本書屬於“天津歷代文集叢刊”第一輯

高繼珩集

(清)高繼珩　著
張大爲　整理

天津歷代文集叢刊　閆立飛　羅海燕　主編

社會科學文獻出版社
SOCIAL SCIENCES ACADEMIC PRESS (CHINA)

天津文脈傳承工程指導委員會

天津文脈傳承工程編纂委員會

「天津歷代文集叢刊」編輯委員會

總序

天津社會科學院黨組書記、院長　靳方華

文化是一個國家、一個民族的血脈和紐帶。只有堅持從歷史走向未來，在延續民族文化血脈中開拓前進，才能做好今天的事業。习近平總書記曾在聯合國教科文組織總部的演講中提出：「中國人民在實現中國夢的進程中，將按照時代的新進步，推動中華文明創造性轉化和創新性發展，激活其生命力，把跨越時空、超越國度、富有永恒魅力、具有當代價值的文化精神弘揚起來，讓收藏在博物館裏的文物、陳列在廣闊大地上的遺産、書寫在古籍裏的文字都活起來，讓中華文明同世界各國人民創造的豐富多彩的文明一道，爲人類提供正確的精神指引和强大的精神動力。」如果把中華文化比作一條融匯百川的大河，那麽天津文化就是其中一個不可或缺的支流。大哉天津，居内河外海要衝之地，共五方雜處貨殖之利，歷史肇造久遠，文化底藴深厚。千百年來，天津人民在這片沃土之上，與時俱進，代代相傳，用自己的智慧和力量，陶鑄出彪炳史册的地域文明，並且還在持續地豐富着令全球矚目的天津精神。

源遠流長的傳統文化，堅實厚重的革命文化，開拓創新的當代文化，共同構成了天津文化的淵源脈絡和完整體系，並由之呈現出文運盛、文脈廣、文緣深、文藴厚、文氣足的特點。對此，哲學社會科學工作者理應勇於擔當，敢於作爲，充分發揮自身特長和優勢，盡心盡力、盡快盡好地完成兩個重要的時代課題。一是圍繞天津深厚的歷史文化，系統梳理天津歷史文脈，深入挖掘天津文化底藴，弘揚天津精神，豐富中華文化。二是圍繞天津鮮活的當代實踐，深入解讀天津現象，總結天津經驗，指導天津發展。近年來，黨中央、國務院又先後出臺實施《關於實施中華優秀傳統文化傳承發展工程的意見》和《國家鄉村振興戰略規劃（2018–2022年）》等。正是在這樣的背景下，爲貫徹落實黨中央、國務院與市委市政府的精神和要求，以及達成建設全國一流社科院和國家高端智庫兩面一體的奮鬥目標，天津社會科學院探索實施了天津文脈傳承工程。

開展這一工作，一是要講清楚天津文化的歷史淵源、發展脈絡、基本走向，講清楚天津文化的獨特創造、價值理念、鮮明特色；二是要挖掘天津豐厚的歷史文化資源，推動傳統文化産業發展，提升天津文化品格，增强天津文化認同度，展示天津優秀傳統文化魅力；三是要全方位搜集、搶救、保存、整理天津歷代典籍，建立起完整的天津地方文獻系統，爲文學、歷史、哲學、民俗、旅游、文化等不同學科的天津研究奠定堅實基礎，促進天津政治、經濟和文化的繁榮發展；四是要發揮天津社科院專業優勢，跨學科跨所整合「兩高」科研力量，打造和樹立天津社科院品牌，擴大和加强在全市全國影響力，在新時代新形勢下充分發揮新型智庫作用；五是要加强天津歷史文化研究、城市文化建設、文化資源開發等領域的學術團隊建設，培養一支多領域、跨學科、跨單位、創新性專業研究隊伍，將天津社會科學院打造成爲天津歷史文化研究、開發的全市基地和中心。

傳承和發展歷史文化的血脈，既要有對歷史遺産的把握，又要有對當下情勢的認識，還要有對未來趨勢的展望。實施天津文脈傳承工程，就是要通過全面、系統、深入地研究天津的歷史文化和當代發展，形成一批具有重大學術影響和社會效益的研究成果。與其他的同類工程不同，天津文脈傳承工程具有兩大特點。一是力求深層次的理論與實踐相結合，在工程實施中，强化實踐策論工作，求實踐中的學問、學問中的實踐，同時注重學科理論工作，與主流中的學理、學理中的主流。二是破除基礎研究和應用研究的學科壁壘，在工程實施中，立足傳統的文史哲等基礎研究，對接前沿的經濟、社會、旅游等應用研究，將基礎性的文獻整理、理論性的學術研究、應用性的調研對策，以及多媒介的傳播交流等環節，打通和接續起來，形成「一條龍」，實現「活化」。

天津社會科學院天津文脈傳承工程屬於人文社科領域大型學術研究與文化普及項目，主要圍繞天津歷代文獻整理、天津歷史人物研究、天津旅游文化資源挖掘、天津優秀傳統文化影視傳播四大板塊，開展「立體化」的整理研究和應用轉化，以期出版一批有品牌效應的叢書並建成可共用的天津文化典籍數字化資源庫，完成多項促進文化旅游深度融合的研究報告，製作系列有影響力的宣傳紀録片。

就其基本框架而言，「天津歷代文集整理」板塊，是從現存的近三千種的歷代津人著述中，選取三百種左右社會影響深遠、學術價值較高、旅游資源開發潛力大的稿本、刻本、鈔本，約六千萬字，進行標點、注釋等整理，彙編爲「天津歷代文集叢刊」，並進一步實現天津歷代典籍的全文數字化。

「天津歷史人物研究」板塊，是對有著述留存的衆多天津名人與群體的年譜、生平、思想、業績、貢獻、影響等，進行評傳式研究。爲避免當前某些「坐井觀天」和戲説杜撰現象，在經過整理的文獻基礎上，結合史料，從全國性和歷史性的雙重視角，進行學術性的深入研究，努力推出一批兼具文化厚度和精神高度，並在國内外有一定影響力的「天津歷史人物傳記叢書」，講好「天津故事」。

「天津文化資源挖掘與旅游產業開發研究」板塊，是對傳統文化、革命文化、社會主義先進文化資源挖掘與旅游產業發展良性對接、深度融合等情况，展開全面調查和研究，「陣地前移」，直面新問題、新難點、新趨勢，獲取一手資料，完成《天津文化與旅游產業深度融合系列研究報告》，爲各級政府部門及相關單位的文化旅游規劃、政策和措施的制定、實施，提出具有可行性的參考意見、建議和對策等。

「天津優秀傳統文化影視傳播」板塊，是在整理歷代文獻典籍基礎上，結合天津歷史人物研究、旅游文化資源挖掘的成果，圍繞重大歷史故事和重要歷史人物，創作拍攝以天津優秀傳統文化爲題材的系列紀録片，以此多方位地展示天津豐厚的文化底藴和優秀的傳統文化魅力，提升天津文化影響力。

天津社會科學院把天津文脈傳承工程當作天津文化發展史上的大事來做，但其内容廣、任務重、難度大、時間長、參與人員多，四大板塊全部完成，需要扎實推進，久久爲功。順利完成這一工程，正確的思想、科學的機制、高效的運作尤爲關鍵。這就需要深化馬克思主義，特别是习近平新時代中國特色社會主義思想的指導，深化以人民爲中心的理念、實踐第一的導向，努力推動，形成政府、學界、大衆跨學科、跨部門、跨區域的聯動運行格局。

文運同國運相牽，文脈同國脈相連。歷史的河流綿延不絶，文化的力量生生不息。相信，天津文脈傳承工程必將不負使命，打造出天津智庫的新高地，不僅能充分發揮認識歷史、傳承文明、創新理論、資政育人、服務社會、對話世界的作用，而且可以爲推動天津經濟社會更快更好發展和實現中國夢，貢獻出更直接更强大的人文力量。

「天津歷代文集叢刊」序

天津這一地名，給人很多聯想。屈原《離騷》説「朝發軔於天津」，那是天上的銀河。地上的「天津」，也總與河流有關。歷史上的天津，也確實與運河的開通、南北航運的發達密切相關。後來有天津開埠，形成「南有上海，北有天津」的中國經濟大格局，這是經濟的天津。人們説天津有六百多年歷史，是從明朝建天津衛算起。從永樂時在此建衛所，天津就成爲軍事重鎮，「天津衛」在人們心中是一個深刻的記憶，這是軍事的天津。那麽人文的天津呢？在人們的印象中，這似乎很淡薄。人文積澱，天津確實没有豫、魯、苏、浙那麽深厚。但瞭解天津的人應該知道，天津歷史也一樣悠久。天津所轄薊州，就是一個古老且極具文化積澱之地。「教五子，名俱揚」的竇燕山，「半部《論語》治天下」的趙普，都是天津薊州人。發掘梳理後你會發現，天津的人文積累之豐富，是遠超一般人想象的。清人修《天津府志》，説：「隽、鮑騰聲於天漢，賈、高揚烈於有唐。降自元明，懷文被質者，史不絶筆。彬彬乎邦家之光矣。」近代人所著《天津志略》則説：「歷代之文存詩稿，多如恒河沙數。」民國時天津修志局曾徵書，據説所得頗豐。高凌雯對此感慨稱：「志局徵書，得鄉人詩集最夥，强半未刊之稿，曩所未見者也。藉非有此搜羅，幾何不令前人佳什盡就沉没耶？然既得之矣，更一覽而置之，無所表彰，則沉没者異日仍將難免也！」

爲使這些典籍不至「沉没」，搜輯整理前賢著述，展示天津深厚的文化積澱，傳承天津文化血脈，推動地方學術研究、歷史文化資源開發，瞭解天津，建設天津，一直是天津社會科學院學者致力的事業。前輩學者中，較早的卞僧慧一輩曾校點天津最大文學總集《津門詩鈔》，之後趙沛霖一代創辦文獻類刊物《天津文學史料》，及門巋等先生又編纂《中華民族優秀傳統滙典》與《中國歷代文獻精粹大典》。今天的天津，已經成爲國内學術重鎮，天津社會科學院又是人才薈萃之地，天津的歷史文獻整理工作必須做得更好。新一代的學者，把做好地方文獻的發掘與整理，全面研究天津歷史文化，藉此爲天津經濟社會之快速發展，提供精神動力與智力支持，作爲自己的重要責任。閆立飛、羅海燕等有情懷、有志向的年輕學者，傾注大量心血，投入極大精力，從現存近三千種歷代津人著述中，選取學術價值高、影響深遠之足本、善本和孤本，匯輯、標點、注釋、補佚，編成「天津歷代文集叢刊」，並力求實現全文數字化。其所涉人物及著述，既有梅成棟等文學之士，也有王又樸等經學大家，更有徐世昌等政治名人，内容則涵蓋政治、經濟、軍事、歷史、哲學、文學、語言，及社會、民俗、文物、醫學、農林、科技等。其重要價值，自不待言。

近些年，各地都在整理地方歷史文獻，浙江有「浙江文叢」，江蘇有「江蘇文庫」，湖北有「荊楚文庫」，河南也在啟動「中州文庫」。與這些大工程相比，「天津歷代文集叢刊」規模没那麽大，却自有特色，自有其不可替代的獨特價值。經過整理者長期辛勤的勞動，成果終於結出，叢刊即將出版，這是一件可喜可賀的大事。在祝賀與喜慶之餘，更殷切祈盼政府與學界各方，能予這一工程以更多支持與援助，使歷代津人著述從歷史塵埃中，更快再現於世，並在傳統文化「創造性轉化、創新性發展」中發揮其作用。

是爲序。

查洪德

己亥年冬於天津

（查洪德，教育部長江學者，南開大學文學院教授、博士生導師）

「天津歷代文集叢刊」整理説明

本叢書計劃從現存的近三千種歷代津人著述中，選取三百種左右社會影響深遠、學術價值較高、旅游資源開發潛力大的稿本、刻本、鈔本等，加以標點、校注、輯佚等，並分輯出版。

一、以著者爲單位，各自成集。傳世有兩種及以上别集者，均按一種成書，歸於該著者名下。書名統一爲著者姓名加「集」字組成，如《徐世昌集》。

二、尊重底本，基本依據底本順序編排。不同底本，詩文分開者，則由整理者依據文體順序重新編排。

三、選取錯訛最少、收録較全的善本、足本爲底本，以不同源流的他本爲校本。凡改動處，均出校記。

四、底本之古今字、通假字，一般不做改動；異體字、俗體字、簡化字視具体情况或改爲規範的繁體字，或依從底本；筆畫誤刻，或明顯手民誤植者，徑改而不出校記；因避諱的缺筆字，由整理者補足。

五、全書採用繁體竪排，依據《中華人民共和國國家標準 標點符號用法》加以標點。

六、每部書基本包含七項内容，依次爲總序、整理説明、前言、目録、正文、附録、後記。

目録

海天琴趣詞

養淵堂古文

養淵堂駢體文

卷二……二〇八

翠微軒詩稿

演教諭語
蝶階外史

蝶階外史續編

附録

前言

高繼珩（一七九七至一八六五），字寄泉，籍貫直隸遷安，寄籍寶坻。嘉慶戊寅年（一八一八）舉人，之後至少十二次參加會試，均不得一第。後以「大挑」二等，歷任欒城教諭、河間教諭、大名教諭，晚年因軍功保舉知縣，抵選廣東博茂鹽場大使。其間，在大名有練勇守城之豐功，在水東有臨行禦寇之壯舉，這些都超出了其教諭與鹽尹的本來職責，尤其可見高繼珩其人，並非弱不禁風的文弱儒生與文人。作爲傳統的讀書人，高繼珩於經學（理學）實自有心得，而非僅僅將其當作博取功名的敲門磚，這從其所著《演教諭語》、《味經齋制藝》、《鑄鐵硯齋試帖》以及其他詩文當中可以看出來。除經史之學外，高繼珩善詩文，也作詞曲，尤工駢體文，同時也是畫家，《清畫家詩史》（李濬之）有傳。與邊袖石、華枚宗號稱「畿南三子」。高繼珩的主要著作是《培根堂全稿》（《寄泉類稿》），於《欒城縣志》、《大名府志》也有重修、補續之功。署名陶樑編、崔旭校訂的《國朝畿輔詩傳》，高繼珩是實際上的主要貢獻者。

一

高繼珩出生在一個傳統的士宦家庭，周圍盡是以能臣廉吏、雅善詩文著稱的師長。父高占魁是著名的廉吏，著有《三味齋稿》。母親王氏是寶坻人。嘉慶庚午年（一八一〇），高占魁去世之後，年僅十四歲的高繼珩即先後由其舅舅王古愚（殊渥）、王宮厓（殊洽）撫養、教育。王古愚早年出仕，高占魁去世之後，立刻將高繼珩母子接至山東官署當中，爲高繼珩延請名師，使得高繼珩受到了全面而系統的教育。王害厓亦是寶坻名宿，嘉慶甲戌年（一八一四），高繼珩自山東回到寶坻，由王害厓繼續培養高繼珩。高繼珩成長於這樣的文化環境當中，積累了深厚的傳統文化修養，鍛煉了寫作能力，爲日後的詩文創作打下了良好的基礎。而在高繼珩的影響與教育下，其子女後來也都擅長文學。子高銘鼎、高銘盤均能詩，高銘盤尤爲出色；女高順貞，不僅擅長詩文，也頗具政治遠見和政治眼光。

高繼珩中舉之後，曾薦館於天津徐氏十餘年。其間，高繼珩是以梅成棟、崔旭爲代表的天津詩人和文人集團當中的重要成員：「時梅丈樹君成棟、崔丈念堂旭結梅花詩社，社中數十人，寄泉詩出，每奪其幟。」（樊彬《高寄泉小傳》）高繼珩的文學成就，陶樑稱其「才力閎暢，波瀾富有，性靈風骨，兼擅所長」，並以徐陵、庾信、王勃、楊炯等相比（陶樑《培根堂詩鈔・小引》）。而張世光則認爲「寄泉天才亮特，學海瀾翻。狀貌偉岸，容物指伯仁之腹；文章洪奥，登科符子瞻之年……發攄性情，則驚神泣鬼；體狀物類，則刻楮鏤冰」，甚至拿司馬遷、班固來比喻其史著成就，拿關穜、荆浩來比喻其繪畫上的成就（張世光《培根堂詩鈔・序》）。這些或許不無誇張，但還是可以説明高繼珩早年的文藝、學術水平已經達到了一定的高度，產生了較大的影響。離開天津以後，高繼珩從直隸到廣東，以微末小吏奔走海内三十年，將豪邁而又深情的胸臆，同世道滄桑與身世感慨結合起來，詩文日顯深摯純熟、老筆紛披。

高繼珩對於詩、詞、曲、古文、駢體文（包括辭賦）、筆記小説等各種文體，均抱着一種開放的心態，都有所涉獵。高繼珩爲詩强調真摯，一如其人：「詩到能傳祇一真，日輪出浴總鮮新。」（《寄懷馬鶴船即題其三研齋詩卷時乙未除夕二鼓後也》）類似這樣的説法，不止一處，下面這段話，或許能够代表其詩歌觀念，甚至整個的文藝觀念：

《詩》三百篇以道性情，惟真故傳，千古不易。彼撫漢魏之皮毛，分唐宋之畛域，嘵嘵於格調間，而按之如空瓠然，其真亡矣。善詩者，達其胸臆所欲言，而學問見焉，閱歷深焉，涵養具焉。無意爲詩，自鳴天籟；不沾沾於格律，而格律悉符。惟得於天者厚，而成於人者深。所謂工夫在詩外，非虛語也。（《王侶樵國均詩序》）

高繼珩的詩作，讓人看到李白、韓愈、杜牧、蘇軾等人的影子，可以見到高繼珩學古的功夫，但同時又不爲古人所束縛，亦不以此自標高格。這在以復古爲尚、流派紛爭的清人當中，實屬難得。在這方面，對於高繼珩詩作的評價，作爲《永平詩存》編選者與《寄泉類稿》編定者，史夢蘭在《止園詩話》中的評判，應該比較客觀：「（高繼珩）詩以發抒性情爲主，而格調自然合拍。不沿宋派，亦不自詡唐音。尤工於結束，每篇末俱饒有餘致，絕不作一頹唐衰颯語。」史夢蘭的評價，總體上與樊彬、陶樑、張世光、張維屏、符葆森等人的評價一致，但更加具體，並列舉了許多詩句作爲例證，切實而詳盡，實屬可信。

高繼珩像通常的傳統文人一樣，對於詞曲的態度，可能不及詩文來得嚴肅。在高繼珩不多的詞作當中，某些詞作從用語、修辭上，似乎都是比對、模仿着前人的作品完成的，這本身或許包含有游戲成分。儘管如此，作者高超的文藝才能有時恰恰藉此輕鬆隨意的心態，反而得到別樣的呈現：

綴紅凝碧，寒林晚，憑空勾起秋興。斷雲天半漏斜陽，欲帶栖鴉暝。認幾點，巢痕樹頂，小橋流水相招引。有遠嶂歸樵，趁暮靄、肩挑冷翠，來覓霜徑。　村外過客停車，商量貰酒，玉鞭遙指簾影。愛他楓葉和人醉，一色酡顏映。恁冷艷、教誰記省？新詞含露吟清迥，似訪來老倪迂，皴染疏烟，寫將幽境。（《霜葉

飛·秋林》）

這樣的詞作，雖然總體上没有超出傳統的境界，但造語新奇，筆觸如畫，寫出蕭索清幽的秋景，非常人所能。而「有遠嶂歸樵，趁暮靄、肩挑冷翠，來覓霜徑」，更是道前人所未道，近乎神來之筆。

高繼珩的古文，樸實無華而真意蘊結，説理透徹，叙事得法。往往於應酬之作當中也能翻出新意，加入己意，生動感人。在清代駢體文復興的潮流當中，駢體文應該是高繼珩曾經著力之所在，也確實不同凡響。像《白秋海棠賦》，可能是其早期的作品，文筆縹緲不測而又情深文明，充分體現了作者高超的文學才華與深厚的傳統文學修養。像《瓶菊賦》將狀物摹形與身世感喟、抒情説理結合起來，有動人心魄的力量。《李北癡先生遺稿序》將豪縱而纏綿的筆致，挽結爲傳主舅、甥關係及與自己經歷遭逢的相關與相似性，使得文章的情理，具有了立體化的縱深。

二

高繼珩的著作當中，比較有争議的是《國朝畿輔詩傳》。《國朝畿輔詩傳》署名爲陶樑編、崔旭校訂，但這衹是個論資排輩的形式上的署名方式。客觀地説，《國朝畿輔詩傳》的編選，高繼珩應該是事實上的主要貢獻者，徐世昌甚至認爲此書的著作權應該歸高繼珩，而被陶樑「攘之以爲己有」（徐世昌《大清畿輔先哲傳·高繼珩》）。那麽，徐世昌的這種説法，是否屬實呢？

應該説，有意選輯畿輔地區詩歌的，肯定不止是高繼珩，當然更不止是陶樑。而人們心目中的畿輔詩歌選本，也不一定就是後來看到的《國朝畿輔詩傳》所呈現出來的面貌。人們今天看到的署名陶樑編、崔旭校訂的《國朝畿輔詩傳》，共六十卷，選録清順治三年（一六四六）至道光十七年（一八三七）近二百年間，畿輔人士八百七十五家的詩作。古人編選此類書籍的態度，一般都很嚴謹，梅成棟自言編選《津門詩鈔》三十卷，費其「數十年掇拾辛勞」（《津門詩鈔·弁詞》），以《國朝畿輔詩傳》的規模，更不可能是一朝一夕之功。高繼珩屢屢言及其自弱冠之年，即開始用心於此，窮二十餘年之力，輯得五百餘家（樊彬《小傳》中説是六百餘家）畿輔詩人之作。這個數量較之後來《國朝畿輔詩傳》之成書規模，已經完成一半，乃至四分之三以上。再加上後期成書時高繼珩的工作，説高繼珩是該書的主要貢獻者，並不爲過。這個事實，當時高繼珩的師友們似乎也都清楚，屢見於各人的詩文，以及關於高繼珩詩文的各種序跋、題辭當中。高繼珩自己對於這個過程，有過清楚的記述：

> 道光歲在丙申，夫子約珩爲大名之游。先是，崔丈念堂以《畿輔詩》屢輯未成，屬同搜采。既而念翁之官山右，瀕行諄諄諈諉。繼珩采訪二十餘年，集詩五百餘家，顧以綿力，不克集事。夫子欣然樂觀厥成。既抵館，命課公子讀書，並從事選政。時梅丈樹君、崔丈念堂，均來大名。復約邊君袖石，共襄斯役。旁搜博采，朝夕商榷，得詩八百餘家，付之剞劂。（《陶鳧薌少宗伯師紅豆樹館詩跋》）

關於《國朝畿輔詩傳》成書的這個過程，高繼珩表達得很明白，也合乎情理。這其中的基本事實是，高繼珩與崔旭在道光四年相識於天津，崔旭即以張曉園主政《畿輔詩鈔》未成，語之高繼珩。高繼珩當時雖謙讓未遑，已隱然有自任之意，崔旭因此而「私喜者累日」（崔旭《鑄鐵硯齋試帖序》）。而事實上，高繼珩實際上的選輯工作其實早已開始。道光六年，崔旭出任山西蒲縣知縣，臨行之前，即將《畿輔詩人待徵録》贈給高繼珩。崔旭長高繼珩三十歲，當時已年届花甲，因此此舉本身，可能意味崔旭已自認爲無法完成此項工作，而將其全面移交給高繼珩。此後，道光十二年，陶樑補大名知府，至道光十六年，才招高繼珩至大名。道光十六年，高繼珩四十歲，距其起意編選畿輔之詩的「弱冠」之年，正好二十年。如前所説，以《國朝畿輔詩傳》的規模，既不可能是一時之功，也不可能是「屢輯未成」、半途而廢的崔旭等人的功勞。如果没有高繼珩前期的大量工作爲基礎，就不可能有在陶樑主持下，崔、梅、邊等人一起進行的最後的總成工作，更不可能在短短幾年之後，即在道光十九年，便成書並刊刻完成。

在這種情況下，陶樑祇許高繼珩以「襄校」之功（陶樑《培根堂詩鈔・小引》），顯然與事實出入太大，並非實情。而像高繼珩那樣的真性情之人，一方面感戴陶樑的知遇之恩，同時陶樑又是師輩與上司，所以於此事確實未曾多作計較；但另一方面，又有讀書人的耿介與天真，所以也屢作不平之鳴，始終認爲此書主要是自己的勞動成果，陶樑祇是助其完成「奢願」、刊刻成書而已（《祭陶鳧香師文》）。關於《國朝畿輔詩傳》的成書過程，高繼珩在詩文當中表述過很多遍，而基本的説法與態度也從未改變。徐世昌本人主持編輯了不少大型叢書，對此類著作的編輯程式和工作機制，應該是比較瞭解的，所以徐世昌的説法雖略過激，但不無道理。總體上説，《清畫家詩史》所説的《國朝畿輔詩傳》初稿爲高繼珩輯成的看法，比較妥當。自然，這麼説也並非否認陶樑對於《國朝畿輔詩傳》的貢獻，但正是在高繼珩工作的基礎上，陶樑後來召集衆人，加入己意，才迅速完成了該書的編輯與刊印。當然，再加上後來的工作，高繼珩對於此書的貢獻也就不止是「初稿」了。

三

本書整理所采用的底本，以《清代詩文集彙編》（上海古籍出版社二〇一〇年版）第六〇〇册所影印的《培根堂全稿》（《培根堂集》）爲主。據《清代詩文集彙編》介紹，《培根堂全稿》爲清道光至同治間遷安高氏私刻本。僅從影印本就可以看出，《培根堂全稿》的刊刻，實在算不上精良。除了全書並非整體新刻，而是用不同時期的書板拼合而成之外，異體字的使用雜亂而隨意，還有好些比較明顯的錯誤，儘管無書可校，推想也應該是刊刻過程當中造成的問題。《清代詩文集彙編》所影印的《培根堂集》二十二卷，含《培根堂詩鈔》十二卷，《海天琴趣詞》一卷，《詞餘》一卷，《養淵堂古文》一卷，《養淵堂駢體文》二卷，《味經齋制藝》一卷，《鑄鐵硯齋試帖》二卷，《鑄鐵硯齋試帖續編》二卷，同時附有高繼珩之女高順貞《翠微軒詩稿》三卷。《清代詩文集彙編》所取應爲《培根堂全稿》的前十二卷。但《培根堂全稿》還包括第十三卷《演教諭語》，第十四、十五卷《蝶階外史》，以及第十六卷《蝶階外史續編》，大概因爲非「詩文」，所以爲《清代詩文集彙編》所不取。

但《清代詩文集彙編》的影印本身，也並不清晰，有不少地方無法辨識。在這種情况下，整理本用國家圖書館普通古籍館所藏的一部清同治甲戌年（一八七四）刊《寄泉類稿》（《培根堂全稿》）加以覆覈。此書一函六册，如與卷首所附《培根堂全稿目録》相校，則缺《鑄鐵硯齋試帖》及《鑄鐵硯齋試帖續編》。就函套尺寸與新舊程度看，又不像是丢失一兩册書之後，另配函套的情形。其中情由，一時無法推測。好在本次整理《味經齋制藝》、《鑄鐵硯齋試帖》部分因時間問題無法完成，暫不收入，因此一時也用不上。但因爲整理者發現這部還算比較便於利用的古籍較晚，所以整理本當中的《演教諭語》用的是光緒癸未年（一八八三）津河廣仁堂刊本。《蝶階外史》正、續編，則以此種同治刊本爲準。

本書在整理過程中的具體技術問題，遵循如下原則：

◎原書當中的異體字、俗體字等情况的處理，按照相關規定進行的同时尽量依從底本。其他類似情况酌情處理，不復一一注明。

◎本書的標點，按照文意，很多地方似乎可以用到更多的頓號、冒號、分號、引號、問號、嘆號等。但這樣一來，尤其是對於古、近體詩歌與駢體文來説，將使文句變得雜亂而零碎，失去其凝重、雅潔、對仗的古典之美。然而，不用或少用表達複雜意義層次與內在關係的現代標點，又將失去整理古籍與標點本身的初衷和價值。此實爲左右爲難之事，祇能視具體情况而定，難以絶對一律。比如，駢體文的對偶句中間用分號，但若兩個四字句中間也用分號，則使文章不能卒讀；詞作有韻處加句號，但如果兩字句、三字句也都加句號，則使文句過於瑣碎，《菩薩蠻》將有八個句號，《浣溪沙》將有五個句號……因此，這些都不宜膠柱鼓瑟地理解。相信有過此方面工作經驗者，容易體會此種情形。

◎對於較長的文章，酌情分段，便於閲讀。長篇古風一般不分段，因爲這樣將無法與幾首並列的古體詩相區分。排律亦不分段。《蝶階外史》屬筆記、隨筆、札記性質，原書不分段，因爲每段文字多數並不是很長，整理本因此尊重原書，也基本没有分段，但作了一些適當的處理，比如將其中所引用的長篇詩文單獨成段以便閲讀。

◎原書當中，因爲表示對帝王、尊長的避諱、敬重而空格、换行頂格另起等格式，整理當中不再保留。

◎本書的注釋，本來也可以不在整理工作範疇之内，祇是整理者在標點過程當中隨手所加，主要是考慮到對於一般讀者來説，加上這些可能聊勝於無。鑒於本書的性質，注釋以知識性和疏通文義爲主，一般不加評議性注釋。因爲交稿期限所限，實在没有時間遍檢群書、廣爲查考，當注而未注之處甚多，各部分亦不平衡，博雅君子幸勿以全面、均衡、詳贍相責。校記因爲數量很少，故不單列，混雜於一般性的注釋當中。

高繼珩是典型的中國傳統文人。他生當中國歷史前所未有的衰變與傾頽時代，雖然經術純熟、竭忠盡智，但和當時大多數的士人一樣，並没有找到真正有效的濟世良方與變革之途。而高繼珩的文學作品，就整個中國文學史來説，也肯定達不到一流水準。儘管如此，其作品還是可以給人以各個方面的啟發與藝術的熏陶，考文證史，參稽一方風土人情、地方文化之功，更不待言。我們不應讓這個執著而又灑脱、誠樸而又磊落的靈魂，湮没於歷史的塵埃當中。高繼珩的主要著作就是《培根堂全稿》（《寄泉類稿》）。眼下這部《高繼珩集》，收録了《培根堂全稿》當中除《味經齋制藝》、《鑄鐵硯齋試帖》之外的全部著作，應該是對高繼珩著作首次進行的比較全面、系統的整理加工。我們希望能作出关於高繼珩著作的一個基本讀本，爲與其相關的各個領域的研究工作提供文獻基礎。

張大爲

二〇一九年十一月二十日

培根堂詩鈔

序

侍御耻預常科，信詩人之達者；太史首開大疋〔一〕，推海内之詞宗。遺集具在，嗣響蓋難。繄名賢之華胄踵前〔二〕，徽於異代，沿流討源，方軌齊軫，則吾友寄泉其人乎？寄泉天才亮特，學海瀾翻。狀貌偉岸，容物指伯仁之腹；文章洪奥，登科符子瞻之年。著作幾欲等身，鉛槧未嘗輟手。披覽之暇，歌咏斯寄。發攄性情，則驚神泣鬼；體狀物類，則刻楮鏤冰。論列古今，則出入遷、固；模範山水，則辟易穜、浩。牢籠萬有，變化百端。是編所登，鴻珤共識，豹斑未全。壯歲所造，卓卓如此；子建寸多，豈復可量？顧子雲自歉於壯夫，退之尚目爲餘事。寄泉學古入官，立言垂世，燕、許制作，必有更進於是者。《會昌一品》之著〔三〕，《宣公奏議》之書〔四〕，次第而表章焉。滄州、青邱，不得顓美於前矣。

山陰張世光序

【校注】

〔一〕太史，此處當指朱彝尊。朱彝尊於康熙十八年舉博學鴻詞科，以布衣身份授翰林院檢討。疋，即雅、正之意，「大疋」即「大雅」。

〔二〕繄，助詞，相当於「惟」。

〔三〕《會昌一品集》，唐李德裕著。《會昌一品集》中，皆武宗時制誥。

〔四〕《宣公奏議》，指《陸宣公奏議》，唐陸贄著。

小引

寄泉幼孤〔一〕，依其外家王氏。其舅氏王君宮厓爲寶坻名宿，閔君孤露，督之學。君兀兀刻苦，多聞强記。杜石樵尚書督學直隸，首拔識之。弱冠領鄉，薦館於津門徐氏者十餘歲。梁承乏大名，聘君天雄書院主講，並襄校《畿輔詩傳》〔二〕，始得讀君所著。才力閎暢，波瀾富有，性靈風骨，兼擅所長。游盤山諸詩，尤刻畫雋永，耐人吟味。至其駢體之工，幾於上追徐、庾，下掩王、楊。使得與夫承明著作之林，誠爲無愧。乃僅大挑二等〔三〕，行將以廣文謁選，殊爲可惜。然聞君在津門時，交游最廣，一時南北才士與君往來者，結佩攬環，靡不心折。蓋其樹立有素，光焰固不能掩也。

道光十八年二月初吉長洲陶樑拜手書〔四〕

【校注】

〔一〕高繼珩之父高占魁，字約齋，號亭嵐，乾隆五十一年舉人，歷官山東濟寧州知州，著有《三味齋稿》。嘉慶十五年，病故於山東濟南。當時高繼珩僅十四歲。

〔二〕《畿輔詩傳》，指《國朝畿輔詩傳》，詩總集，陶樑編，崔旭校訂，六十卷。畿輔，清爲直隸省别稱，包括今北京、天津、河北等地。該書選録清順治三年（一六四六）至道光十七年（一八三七）近二百年間，畿輔人士八百七十五家詩作。仿蕭統《文選》之例，不録生者，雖主選詩，實意在存人。各作者名下，均列小傳。書前有《凡例》詳述緣起，附徵引書目。其采録各書所載作者事迹，保存了較多畿輔人士的生平資料。有道光十九年（一八三九）紅豆樹館刻本。

〔三〕清乾隆年間定制，三科（原爲四科，嘉慶五年改三科）不中的舉人，由吏部據其形貌應對挑選，一等以知縣用，二等以教職用。每六年舉行一次，名曰大挑。

〔四〕陶樑（一七七二至一八五七），字寧求，號鳧薌，一作鳧香。江蘇長洲（今蘇州）人。嘉慶十三年進士，官至禮部侍郎。著有《紅豆樹館詩稿》。

高寄泉小傳

天津 樊彬 文卿

寄泉名繼珩，順天寶坻人。少孤，長於外家。舅氏王喜厓先生殊洽，名宿也，教之讀。寄泉專愚攻苦，杜石樵太傅時督學順天，首拔識之。戊寅舉於鄉，以親老，館於天津。天津文物之地，多江南北豪俊寓公，咸願交寄泉。結珮攬環，靡不心折。時梅丈樹君成棟〔一〕、崔丈念堂旭結梅花詩社〔二〕，社中數十人，寄泉詩出，每奪其幟。念堂以《畿輔詩》屢輯未成，屬寄泉采訪。寄泉專心致志，窮二十餘年之力，訪得六百餘家。陶鳧香師爲刊之。

上春官，數薦不售。挑二等，以禄養就選。初選欒城，丁母憂，邑人留主書院講席。修《欒城志》，以韓五泉、康對山、陸清獻爲則。刊成，頗有文減事增之目。起復，選河間教諭。因文勵行，教士以誠。著《演教諭語》三十三則，春秋兩試，售者相望也。調大名教諭。咸豐三年，粵匪北擾。寄泉奉大吏檄委，練勇防堵，與士卒同甘苦。先清户口，約賢紳，守城門，詰奸細。四年三月，賊至冠縣，相距七十里，以有備，未來窺伺。走臨清，破之。四月，復至冠縣，寄泉帥勇渡河禦賊，擒獲數十名。時兵民皆奮勇争出，格殺者無算，共擒獲三百餘名。大名城獲保全，與有力焉。大吏上其功，奉旨賞戴藍翎。咸豐四年，黄河銅瓦厢决口，河北開州、東明、長垣一帶盡成澤國。寄泉奉檄，赴長垣。查户口，解賑銀，收賑米，顧車拉運，逐户散放錢米。跋涉風雨泥淖中閲兩年，不辭勞瘁，全活無算。俸滿保薦，奉旨以知縣用，抵選廣東博茂場鹽課大使。

寄泉温其如玉，與人交，終身無忤。然遇事敢任，要其表裏如一，皆一誠主之也。

【校注】

〔一〕梅成棟（一七七六至一八四四），字樹君，號吟齋。天津人。與崔旭、姚元之同出張船山（問陶）門下，人稱「張門三才子」。道光年間倡立輔仁書院，主講席十餘年。曾在天津水西莊結「梅花詩社」。著有《欲起竹間樓存稿》、《四書講義》、《管見篇》、《吟齋筆存》等，輯有《津門詩鈔》。

〔二〕崔旭（一七六七至一八四七），字曉林，號念堂，清代直隸天津府慶雲縣（今山東省慶雲縣）人。曾任山西蒲縣知縣，後兼理大寧縣事，政聲卓著。著有《念堂詩話》、《念堂詩草》、《津門百咏》（即《津門竹枝詞》）、《津門雜記》，選輯《滄州詩鈔》、《慶雲詩鈔》，編纂《慶雲縣志》、《慶雲崔氏族譜》等。

丁柘塘晏〔一〕華梅莊長卿〔二〕詩序一則

君與寶坻高寄泉繼珩、任邱邊袖石浴禮齊名，時稱爲畿南三君。〔三〕

【校注】

〔一〕丁晏（一七九四至一八七五），字儉卿，號柘堂，江蘇山陽人。道光元年舉人，官至内閣中書。著有《尚書餘論》、《石亭紀事續編》，編有《頤志齋叢書》二十二種。

〔二〕華長卿（一八〇五至一八八一），原名長懋，字枚宗，直隸天津人。幼有夙慧，工詩，與邊浴禮、高繼珩稱「畿南三才子」。

〔三〕邊浴禮，字夔友，一字袖石，直隸任邱人。道光二十四年進士，官至河南布政使。博聞宏覽，於書無所不讀。嗜詩，年方弱冠，所作詩已數千首。著有《袖石詩鈔》、《東郡趨庭集》、《健修堂詩集》等。

張南山維屏藝談録一則

寄泉茹古涵今，才優學博。著有《培根堂詩集》、《養淵堂文集》、《海天琴趣詞》。窮二十餘年之力，著《畿輔詩傳》。爲欒城教諭時，著《欒城縣志》、《蝶階外史》，餘數種未暇備録。爲大名教諭，奉檄防堵。咸豐四年三月，賊至冠縣，寄泉率兵勇禦之，擒獲數十名。兵民皆奮勇争出，格殺無算。大名城獲保全，寄泉與有力焉。聽松廬詩話

寄泉至粤，一見如故。其人誠樸之儒，非徒才華之士也。松軒隨筆

符南樵葆森寄心盦詩話一則

余聞寄泉明府名，幾二十年矣，覓其詩不可得。近始晤於京師，索讀所著，真摯爲多。至《費宫人故里》、《岳忠武王硯》諸詩，才氣縱横，不可方物。惜篇長集隘，不能悉録。采五律五章，刊入《國朝正雅集》中。

卷一　丁沽萍泛集

咏史（二首）

紛紛枳棘叢，難栖鸞鳳姿。翩翩鴻鵠志，豈爲燕雀知！翁子日采樵，生妻求去帷。相如歸成都，壁立無餘資。聲施既赫濯，人皆希光儀。當年委窮巷，過問伊何誰？君子貴自立，安知世所嗤！

平原高鳥盡，魚服良弓藏。急流苟不退，駭浪沈餘艎。子胥悲屬鏤，怒濤湧錢塘。鐘室殲淮陰，六月飛嚴霜。高蹈仿赤松，此事殊渺茫。明哲能保身，清風懷子房。黤黤商山芝，千古同芬芳。

新霽懷鐵琴

雨霽天如洗，一鈎涼月生。塵懷頓清朗，鄉夢倍分明。曲檻花摇影，晴空雁有聲。知君亦懷我，此夜定詩成。

偕徐蘭生訪梅丈樹君成棟不遇

難得兩人閑，尋梅款竹關。相携花外影，來識夢中顔。雪夜舟空泛，孤山鶴未還。伊人隔秋水，何日許追攀？

同人約游田盤山邦均道上作

雲樹鬱蒼茫，松林漏夕陽。山如迎客笑，人爲看花忙。漸覺塵心斷，從教夙願償。一鞭風力緊，生恐負春光。

入玉石莊山口望少林寺

曲磴漸逼仄，盤旋尋翠微。落紅粘客屐，新緑上人衣。佳境妙於轉，群山大合圍。僧雛頻指點，塔影挂斜暉。

嶕嶢峰

瘦峭插天際，田盤第一峰。何年遭劫火，鍊出碧芙蓉？怒茁萬株笋，倒懸千樹松。願隨顛米拜，洗蕩舊塵胸。

雲凈寺

怪底雲山凈，危樓剩幾椽。碑經苔暈蝕，鐘就樹枝縣。地僻僧無伴，梁穿佛見天。倚欄人小憩，枯柳拂茶烟。

由西甘澗文殊洞溝至盤谷寺

兩山夾一溝，亂石積如藪。猴嶺居其前，盤谷藏其後。俗傳文殊佛，説法栖石臼。自從世尊去，千載少人走。歲在己卯春，游山約勝友。同抱探幽心，先登志各負。拾級忽高下，捫石踏蟠宿。攀樹防失足，牽蘿待援手。手足不能施，蛇行繼以肘。一層又一層，直到盤谷口。山僧遥相呼，雲牖不煩扣。入寺重回頭，群山皆培塿。乃知天下事，盡受退諉咎。雖遇平坦途，亦難語株守。此溝險且峻，何以造其首？精進懷文殊，據地獅子吼。

侯家山

小嶺通西澗，横抄一徑斜。路如螺轉殼，人似蟹爬沙。石滑常捫葛，鞋穿爲避花。買山何日事？常願住烟霞。

法藏寺蟠龍松歌

畫鱗難畫龍，畫樹難畫松。和龍與松雙管一齊下，畫工不敵天工工。今春游盤過法藏，欲識龍松破格狀。果然鱗角孥風雲，怒濤直捲桃花浪。向北一枝伸復回，東雲見爪西雲埋。想是當年雙眼未曾點，不然早已破壁飛去鳴春雷。穩睡不醒蒼髯叟，明珠入抱月如斗。我欲探之入杯酒，一聲未已蒲牢吼！

天津城内東偏費家巷傳爲明季費宫人故里

君不見秦家白桿兵，桃花馬上曾請纓。殺賊直如殺鷄狗，石砫屹立夫人城。又不讀沈氏雲英傳，奪父虎穴身百戰。游擊銜加娘子軍，大書志入蕭山縣。衰時義烈光閭里，憤結蛾眉不避死。宫庭突出女荆軻，壯氣英風堪鼎峙。甲申三月天柱蹉，二百嬪御沈碧波。宫人掉頭獨不顧，匕首雪亮懸胸窩。豐干何事苦饒舌？〔一〕貴主芳名假不得。竟將厮養配才人，痛哭蒼天甘縱賊。宫人背裂心忡忡，權將老革當元凶。泰山鴻毛等死耳，封狼血映蛸蠐紅。吁嗟乎！衣冠巾幗當時有，巾幗如斯真不朽。緑珠井與明妃村，艷事徒然挂人口。我來故里訪遺迹，堂前燕子無人識。當日門楣何處尋？故老難逢空嘆惜。空嘆惜，留桑梓，海潮夜挾陰風起。漆身吞炭將毋同，一著殘棋報天子。揭來憑吊不勝情，古巷斜陽感廢興。莫道費家秋色冷，西風衰草十三陵。

【校注】

〔一〕宋釋道原《景德傳燈録》卷二十七：「閭丘胤出牧丹陽，豐干禪師謂曰：『若到任，須謁文殊、普賢，在天台國清寺執炊洗器者，寒山、拾得也。』閭丘訪之，見二人致拜，寒山笑曰：『豐干饒舌。』」

岳忠武王遺硯歌爲宋文湖銘堯賦

大鵬奮翮忠心赤，金牌歸命血痕碧。赤心碧血何處尋？祇剩當年一片石。石亘長虹氣不消，何論青花與白蕉！想見羽檄日旁午，一硯如山難動摇。不能痛飲黄龍府，悠悠此恨天難補！何年又歸中山王，英雄愛惜頻摩撫硯旁有明中山王跋。中山百戰樹奇勛，三百開基事業新。能將已缺天全補，要替湯陰作替人。吁嗟乎！金陀坊裏家書奇，斷腸字字凝紅淚。大功坊字膺褒封，揮毫賜第殊雍容。岳王何其悲，徐王何其喜！悲喜情懷一硯知，滄桑歷劫如彈指。我聞東方未明擊權奄趙高邑有東方未明硯，銘曰：「殘月熒熒，太白睒睒。鷄三號，更五點，此時拜疏擊大奄。事成策汝功，不成同汝貶。」〔一〕，橋亭卜卦謝疊山先生硯，後遺謝皋羽韜文焰。更有文山玉帶生竹垞太史有《玉帶生歌》，合之四美俱無玷。留守棋予曾見宋留守棋子二匳，黑白瑩潔如玉，匳以檀爲之，刻「澤藏」二分書。索直太昂，不能購也，蘄王〔二〕甕船山太守有《索馬》、《秋菊》、《韓蘄王酒甕》詩，昔賢手澤均堪重。奇物奇人信有緣，於今此硯歸於宋。清時偃武掃欃槍，持賦梅花筆墨馨。會看椽燭修全史，古色斕斑照汗青。

【校注】

〔一〕關於東方未明硯，《閱微草堂筆記》卷二亦有記載：「沈椒園先生爲鼇峰書院山長時，見示高邑趙忠毅公舊硯，額有『東方未明之硯』六字，背有銘曰：『殘月熒熒，太白睒睒，鷄三號，更五點。此時拜疏擊大閹，事成策汝功，不成同汝貶。』蓋劾魏忠賢時，用此硯草疏也。末有小字一行，題『門人王鐸書』。此行遺未鐫，而黑痕深入石骨，乾則不見。取水濯之，則五字炳然。相傳初令王鐸書此銘，未及鐫而難作。後在戍所乃鐫之，語工勿鐫此一行。然閱一百餘年，滌之不去，其事頗奇。」其中所録硯銘，與此處完全相同。

〔二〕蘄王，指韓世忠。

三好歌贈孫春沂日點即送還都

孫君三好棋、酒、書，各有奇氣淩空虛。酸鹹世味殊嗜好，俗塵萬斛全消除。有時閑對文楸局，神機倏變冷暖玉。

打盡紅羊小劫天，坐使積薪雙手束。有時滿斟金叵羅，一氣一斗鯨吸波。多少大户望塵拜，雙頰不露朱顔酡。有時手握如椽筆，揮灑淋漓風雨疾。棋之變化酒之豪，拂拂都從十指出。更施餘技爲文章，班香薰透中酒腸。龍牙在懷森萬象，鷄距入手窮三倉。嗚乎孫君才若此，早應簪筆明光裏。胡爲落拓苦依人，年年萍迹隨流水？天涯我亦如蓬飄，塗鴉畫蚓誰解嘲？心盲不識局幾道，量淺詎勝醨三蕉？樗材不爲宗匠棄，瀕行惠我换鵝字。離緒難同樵斧忘，深情直抵醇醪醉。西風殘照還春明，循陔長慰倚閭情。一肩行李奚奴負，筆橐棋匳共酒罌。孫君孫君善自勉，且將棋酒光陰遣。有日揮毫入鳳池，摶風健翮從容展。他年倘卜軟紅居，清簟疏簾日造廬。願貰元亭問奇酒，看君更作擘窠書。

瓶菊（三首）

芰枝翦葉小經綸，瘦影横斜妙入神。一盞寒泉饒供養，天然靖節配靈均。

巧安棐几障雲屏，笑對黄花眼獨青。頻囑奚奴温寶鴨，莫教凍損汝窑瓶。

重簾踠地護霜痕，消受殘香一縷温。多少遺枝應羨汝，西風猶自寄籬根。

下酒謡（九首）

赤帝子，爲亭長，居泗水。送徒到驪山，縱徒歸故里，公等皆去吾逝矣！老龍當道卧，大蛇安得過？袖中青蛇時一揮，首尾立分腥血飛。既斷蛇，旋逐鹿，一夜西風鬼母哭。公既有劍能剸犀，何不家中殺野鷄？

大丈夫，當如此！彼可取而代，西楚霸王語類是。成則帝，敗則死，生歌臺上風，死咽烏江水，此中具有天命耳！若以成敗論，埋没英雄矣！

鴻門宴，項莊劍光飛匹練，沛公之命危一線。樊噲真壯士，目眥盡裂髮上指。死且不敢辭，何論彘肩與酒卮？

示玉玦，碎玉斗，沐猴而冠負此叟，廁中有人間道走。

而欲烹而翁，分我一杯羹！置之死地然後生。咄哉性天地，乃以兵法行。爲天下者不顧家，殺之無益徒損名。片言緩頰怒氣平，太公乃不儷韓彭。若使當年無項伯，几上肉作鼎中液！

銅馬帝，英雄真蓋世！今日復見漢官儀，一時老吏咸垂泣。火爲主，乃天數，鳳翼龍鱗任攀附。賊赤眉，朕赤心，群雄角逐咸就擒。見小敵怯大敵勇，乃知帝王自有真。帝王自有真，寧混龍與蛇？君不見遼東豕、井底蛙？

貧賤之交不可忘，糟糠之妻不下堂。嗟哉事不諧，回首語湖陽。富易交，貴易妻，依古以來信有之。田舍翁多收十斛麥，左抱緑瘦右紅肥。何况貴居九重上，那不黄裹歌緑衣？君不見娶妻當娶陰麗華，郭后幽廢長咨嗟？

清白吏，關西夫子台輔器。天知地知爾我知，金來暮夜嫌應避。嫌應避，讒何巧？夕陽亭西徒熱惱。生前賀者有三鱣，死後吊者惟一鳥。

武陵蠻，兵如火，有尸應教馬革裹。銅柱功名毒霧埋，飛鳶跕跕水中墮。矍鑠哉！是翁據鞌示猶可，聚米爲山陣雲鎖。一朝困壺頭，哆侈箕舌簸，薏苡明珠何必剖？當時莫塞梁松口〔一〕，梁松亦有敗死時，畫虎不成反類狗！

隆準手殲白帝子，昭烈乃在白帝殂，英雄氣盡、手托六尺孤：嗣子可輔則輔之，覩時察變無失機；不然君自取，休令鼎足亡根基！劉使君，真英雄，末命直流胸臆中。卅年契魚水，何至疑蛇弓？此間樂，不思蜀！早知阿斗才碌碌，甘以錦城資卧龍，勝竪降幡悲失鹿！

【校注】

〔一〕梁松（一九至六一），字伯孫，安定烏氏（今甘肅平凉）人，東漢太中大夫梁統之子。博覽經書，舉孝廉出身，選爲郎官。迎娶光武帝劉秀之女舞陰長公主，拜駙馬都尉，遷虎賁中郎將，寵倖莫比。構陷名將馬援。光武帝去世後，接受遺詔輔政。永平元年，遷太僕卿，襲封陵鄉侯。

鷄聲

鷄聲喔喔漏沈沈，明昧關頭敢自瘖？與爾談元多妙諦，送人出險有餘音。叫殘野店凄迷月，提醒塵寰睡夢心。幾輩祖鞭先我著，摩挲長鋏起悲吟。

機聲

誰家絡緯徹宵鳴？織素流黄想未成。似共文心抽乙乙，每偕夜漏轉更更。惜陰莫挽抛梭影，入耳難忘斷杼情。金盡年來裘亦敝，最消魂是下機聲。

春陰

應是東皇懶放晴，困人天氣又清明。禁風簾幕吹難起，隔水樓臺畫不成。薄暝易從杉屋覺，淫烟常傍柳絲生。曉來料峭寒猶重，欲典征袍繫我情。

送雙松歸省（二首）

柳比人憔悴，低徊不忍攀。羨君懷槖筆，先我唱刀環。得失塞翁馬，變遷愚叟山。歸心差足慰，菽水侍慈顔。

形影孤如雁，風霜祇自知。惟憑好兄弟，相與共扶持。小别增惆悵，重來繫夢思。徐陵儲菊酒，遲爾醉東籬。

哭劉韻湖錫（四首）

三沽名士漸飄零，淚眼看天一樣青。怪底滿城風雨惡，破空吹隕少微星。

說到名場心暗悲，青衫困頓骨支離。可憐阿弟登龍去，魂斷泥金報捷時。

一從緑綺斷朱絃，忍把鸞膠續舊緣？今日鴛鴦築成塚，《廣陵散》絶悼亡篇韻湖喪偶，後終身不娶。賦詩萬首，多悼亡之作。

每讀君詩意氣傾，緣慳一面昧平生。吟成持向秋墳火，願訂他生臭味盟。

落花壬午公車報罷後作（六首）

不隨桃李傍公門，鳳泊鸞飄又一村。紅雨紛紛應化淚，緑陰漠漠寂無言。誰尋净土埋殘蒂，可有名香返舊魂？
多感流光如逝水，惜春心事共誰論？

已拚色相付空空，過眼繁華曉鏡中。命薄難逃三月劫，情癡怕聽五更風。平分茵溷天心白，祗剩文章水面紅。
我亦天涯感淪落，擬將因果問蒼穹。

曾記穠華帶露時，九疑萼緑鬥丰姿。剛勞小苑金鈴護，倏被江城玉笛吹。何處酒杯名不落，一年春信到將離。
閑情不許游絲綰，偏向勞人拂鬢絲。

萍梗生涯舞絮緣，游仙一枕夢難圓。香消粉退醒胡蝶，雨妒風狂泣杜鵑。住久黃鸝渾惜別，化來紫玉已如烟。
江郎縱有生花管，寫到花殘也黯然。

殘紅狼籍逐波流，風景非秋却似秋。鴻爪難尋香雪海，蛾眉已墜緑珠樓。再來漁父迷桃渡，絶世佳人葬玉鈎。
憐子惱公聽不得，莫愁歌罷更生愁。

不飲胡爲醉欲酣，忍看零落徑三三。虞兮血迸重圍地，白也魂消贈別潭。人每相憐天反妒，樹猶如此我何堪？
低徊欲證前生果，一片癡雲羃法曇。

草夢

夢裏光陰野燒枯，青青舊迹幾時蘇？隔年花信縈懷久，一寸冬心入抱孤。懵懂幾忘春似海，惺忪漸覺雨如酥。池塘句好殷勤問，天外群山睡醒無？

蝶魂

芳魂一縷正摇摇，知逐花飄逐絮飄。撲鼻香濃雖易返，滿身粉退不禁消。漆園可惜莊周化，苔徑曾經謝逸招。便有滕王五色筆，幻中小影亦難描。

寄崔曉林明府山西

回首分襟五月中，太行汾水夢魂通。詩成尚帶幽燕氣，書到如親唐魏風。似此宦情差不俗，幾人臭味與君同？自憐鷗鳥三沽寄，不及西飛雪裏鴻。

潞河感舊（三首）

十年不到潞河城，眼底滄桑幾變更。惟有城隅古蘭若，浮圖依舊向空撑。

桃花門巷夕陽多，賃廡梁鴻幾度過。聞説雕梁三易主，尋巢社燕感如何？

街頭樹影尚離披，不見當年舊餅師。仿佛黄壚魂斷處，緑槐根畔立多時昔赴試時，每賒餅而食。

寄慰孔繡山（憲彝）悼亡

西風快於翦，翦斷連理枝。我聞心惻惻，况君身當之。憶君前年冬，保陽初結褵。比肩兩璧人，載歸洹水湄。姑翁見之喜，羹湯手親炊。緑窗静無事，喁喁畫纖眉。有時作繪事，弄粉互調脂。有時發清吟，唱和茗華詞。去年寄我書，吉夢符熊羆。瑞靄照德門，誕生石麟兒。高堂笑口開，弄孫而含飴。自從丁大故，牛衣相扶持。方冀歌偕老，白頭終唱隨。何期紅閨彦，倏爲二竪欺。收凉以熨體，風露甘凄其。恨無返生香，束手嗟盧醫。可憐羅浮花，竟同慈姑萎（夢素夫人名梅，逝時距太夫人喪不及一載）。索乳雛啞啞，對之增歔欷。安得懷夢草，姍姍而來遲。賤子陳芻蕘，愚者進一知。君本清華胄，趨庭訓聞詩。兩葉待承歡，何以慰重慈？同氣待匡輔，何以吹塤篪？藐孤待庇蔭，何以培蘭墀？人身非金石，憂鑠如殘糜。努力慎眠食，寶此千金姿。勉學莊生達，勿效奉倩癡。我有糟糠婦，練裳髻如椎。玲瓏莫難扇，遠荷瑶華遺。物在人斯亡，玉箸闌干垂。翩翩姊妹花，未見成將離。詩成寄遠人，黄姑渡河期。天孫不忍聞，淚雨霏淋漓（詩成於七夕，時大雨如注）。

己丑報罷後車中作寄李芝湖學博昌平（四首）

料峭東風作意寒，柳花如雪撲歸鞌。竭來仍負三沽米，羨煞蕭齋苜蓿盤。

大官米飯碧芹羹，也是吾儕禄養情。爲問麻姑泉畔客，板輿曾否到昌平？

十三陵上夕陽多，松蔭殘碑手自摩。紅樹青山皆伴侣，新詩題罷自吟哦。

吟成珍重付征鴻，愁對殘英滿路紅。若向劉蕡祠下過（祠在昌平），瓣香爲我薦春風。

贈姚朗山承恩（三首）

垂簾静對坐移時，消我胸中鄙吝思。無敵才真如白也，承家風不愧元之。冰心獨抱祛塵想，梅骨能修肖導師師梅樹君，詩骨清高，沆瀣一氣。花萼竹林相照映，一門群從盡奇姿難弟玉農，小阮菊坪，皆雋才也。

披襟容我話蟬嫣，豈是浮生泛泛緣。四座蘭芬羅墨寶，一簾梅雨溼茶烟。得沾餘液心先醉，癖嗜枯痂性太偏索予駢體近稿。小技雕蟲勞弁首，愧無錦段報纏綿拙作《試帖》，辱賜駢序。

顧周畿甸訪詩人，孤棹愁難遍問津。何幸知音遇姚合，好持同志報崔駰謂崔曉林。燕臺市駿休遺骨，瀛海探驪共采珍。從此先賢心血聚，不教香草嘆沈淪。

秋生以春茶留餉賦謝兼以志别

一筒紫笋抵瓊英，拜賜重尋淡水盟。七碗精神和夢浣，兩人臭味比詩清。感君預解相思渴，剩我孤懷忍獨烹。何日重携鴻漸手，繙經花裏共支鐺？

題蔡畹孫傳謹重理故園圖（二首）

百年喬木幾家存，堂構重新仰德門。明月飛烏原繞樹，西風落葉自歸根。軒窗仍染詩書氣，梁棟全無斧鑿痕。衮衮魚鹽塵世裏，浮家誰識狀元孫謂季實殿撰？

豈徒樓閣幻空中，立奏門庭再造功。補壁泥黏當日紫，翻階花發昔年紅。和聲自有鳴陰鶴，回首應憐逐浪蓬。福地幾生修此福，經營又見主人翁。

賀梅丈樹君移居（四首）

左倉門畔闢新居，家具零星撿舊儲。莫怪聾奴嘆清絶，壓肩只剩幾箱書。

廳容旋馬屋盟鷗，舊雨苔岑足唱酬。多種瀟湘數竿竹，會看重築選詩樓先生有《竹樓編詩圖》。

少陵家在鄜州住，元結居曾瀼水遷。多少樓臺頻换主，詩人第宅至今傳。

情多莫戀舊巢痕，高隱襟懷勝鹿門。天地蘧廬原逆旅，相期珍重葆靈根。

卷二 丁沽帆影集

申屠晉齋世寶惠詩示以桐廬水山之勝作此奉酬（四首）

賤子生北方，家住田盤麓。排雲廿四峰，山光洗人目。卯春曾一游，飽看雙蛾緑。松泉倏萬變，探幽苦不足。一從橐筆來，依人鎮跧伏。負米養慈親，差冀供半菽。十載成勞薪，遑借僧寮宿。山靈笑我癡，何年返初服？讀君山水咏，鄉心陡棖觸。恍如猿鶴儔，招我歸盤谷。囊無買山資，素願負清福。歸夢夜迢迢，望雲空局促。

身如一葉萍，泛泛丁字沽。空谷遇佳人，貽我明月珠。意氣水合乳，雅度冰在壺。醪醇心易醉，蘭臭情相孚。願言奏里曲，爲君歌烏烏。

申屠漢著姓，歷代多偉人。相業砥中流，佞倖心爲馴。直諫止游幸，抗身而軔輪。因樹結茅屋，葆真爲天民。瓶隱亦游戲，仙骨超凡塵。遥遥數千載，高風誰爲振？夫君不世才，傭書懷席珍。轉眴看燒尾，珥筆依楓宸。蒼生沐霖雨，赤手回陽春。衣錦返珂里，垂釣桐江濱。努力繩祖武，出處咸彬彬。岧嶤桐君山，千古同嶙峋。

爲我説故鄉，詩筆湛秋露。我非桐廬人，亦動蒓鱸慕。客星照雪瀧，冥鴻不可溯。正氣吊文山，皋羽尚留墓。九里梅花洲，香海枕江渡。兩山多畫眉，笙簧囀圓嗉。人傑地則靈，物亦殊秉賦。夢想富春山，莫展江東步。何時挂輕帆，選勝釣臺路？一洗塵壒心，同領山水趣。

擬李長吉將進酒

酒星孤照劉伶墳，酒泉難起平原君。空張醒眼看白日，倏忽變滅春空雲。蓮花歌，柘枝舞，招酒徒，詣賢主。

蠻腰束素猩唇紅，醉煞春魂香一縷。吁嗟乎！人生不飲徒自苦，桃花如淚飄紅雨。荷鍤相隨已千古，莫待深杯漬黃土。

孤鸞翼雛歌爲馬母洪太孺人作

罡風逼天威鳳死，顧影孤鸞孤莫比。遥從丹穴抱鵷雛，儼若青禽將鷇子。孤鸞本是離群姿，竹食梧栖振羽儀。求凰昔遇烏衣彦，射雀曾牽繡幕絲。假令朝陽叶藹吉，同歸燕寢調瑶瑟。偕老宜歌弋雁章，好逑摯本關雎匹。朝雉頻歌未結縭，倏同病鶴骨難支。翼雖可比今誰比，名錫長離竟永離。孤鸞聞之凄欲絶，彩紋陡變雪衣潔。骨如寒鐵心如冰，花枝灑遍啼鵑血。淹蹇誰憐鷁退風，文鴛折翅感途窮。數奇合作單栖鳥，志决常依半死桐。老鳳思雛莫悲嘯，代養有人供鶴料。誓將返哺答烏慈，忍令祝噎慚鳩孝？鳳釵典盡作羹湯，凫鼎烟消五夜長。秋雨雁奴醒遠溆，春風燕子伴空梁。老鳳雙雙昇鶴馭，蝶裙兜土埋仙翥。不惜經營手口瘏，歸葬丹山最深處。單門搘拄少遺孤，何處投懷引燕雛？叔娣明珠貽寡鵠，衰宗元草屬童烏。一髮千鈞肩莫謝，丸熊畫荻消長夜〔一〕。蛾術勤於烏數飛，鵬程盼到鯤能化。苦心不負有青天，到底宗枝一綫延。漸逵勢闢三霄路，夢鶩文成萬選錢。雛鳳聲清毛羽變，扶摇九萬摶如電。立持龍印侍鴛班，已賦鹿鳴膺鶚薦。吁嗟乎！鳳有子，鳳不死，鳳毛令譽翩翩起。月曉霜天好護持，知否孤鸞心碎矣！飲蘗如飴蔗境香，報甘節苦若爲償。千秋鶴算盈仙島，五色鸞書焕女床。

【校注】

〔一〕丸熊，即和熊膽爲丸，見《新唐書·列傳第八十八》：「（柳公綽）子仲郢，字諭蒙。母韓，即皋女也，善訓子，故仲郢幼嗜學。嘗和熊膽丸，使夜咀嚥以助勤。」

題梅（四首）

閑持湘管寫南枝，多少鄉心付阿誰？驛使不來春又去，黄梅將熟雨絲絲。

小窗寂寞月黄昏，消受疏烟一抹痕。絶憶南陽袁處士，雪花如掌不開門。

欲買臙脂畫牡丹，囊空那得一錢看？小窗剩有南枝影，勾取冰魂共歲寒。

林和靖抱烟霞骨，宋廣平懷鐵石心。養得根荄生意足，也宜廊廟也山林。

自畫蘭扇贈孔繡山憲彝即送之昌平讀書

畫蘭如畫龍，胸有靈氣蟠虚空。見首見尾倏閃爍，筆挾疾雨兼驚風。畫蘭如畫馬，牝牡驪黄稱心寫。骨相能將皮相超，六騶八駿皆瘖瘂。我畫蘭花無所師，揮灑任其意所之。世人見之皆唾罵，君垂青眼偏稱奇。開箱付我聚頭扇，囑畫幽香三兩箭。感君雅意一揮毫，盈盈露眼珠痕濺。短衣策蹇游昌平，執手録别難爲情。抱琴爲譜《猗蘭》曲，絃絃都作斷腸聲。知君此去覃精思，心花怒發便便笥。同心况有玉溪生謂李稚皋時爲昌平學博，培風共養摩天翅。功餘閑上十三陵，懷古吟情感不勝。興來定把靈均珮，寫到烟巒最上層。夙根意蕊勤培養，臺省揚風如反掌。珍重拏雲龍馬姿，騰驤遠路超塵鞅。素心人去淚絲絲，扇上西風管别離。一束芳蘭君記取，殷勤爲薦去華祠唐劉諫議蕡，字去華，祠在昌平。

袖石以嘉魚晚菘見餉賦謝

劇憐乞食餓王孫，忽地分餐到蓽門。幾載烟波成釣侣，一畦風露憶秋園。頓教鄉夢消鱸膾，同把冬心證菜根。欲和新詩愁腹負，酸鹹滋味待重論。

寄懷馬鶴船即題其三研齋詩卷時乙未除夕二鼓後也（四首）

春明返轡落花時，驢背馱歸一卷詩。寶壓輕裝虹萬丈，酒沾別袂淚千絲。七年往迹從新數詩始癸未迄己丑，半載閑愁借此支。孤館挑燈慰岑寂，開編恍對舊鬚眉。

詩到能傳衹一真，日輪出浴總鮮新。情惟相印堪移我，語本無籬耻寄人。沃雪詞華如此俊，干雲意氣幾時伸？蒼蒼若爲蒼生計，忍使斯才更隱淪？

米珠薪桂居非易，且共梅花守歲寒。范叔青袍偏耐冷，文淵絳帳果誰安？便思晤鶴窩俱從，縱到無魚鋏不彈。馬似游龍車似水，書生著脚本來難。

萬家爆竹響晴雷，斗室新成避債臺。燈吐雙花春不翦，集編束笋喜重開。團欒剛下慈親拜，笑語如逢故友來。草就新詩堅後約，杏花香裏共銜杯。

温東川吉士予巽自都來津小集姚朗山齋中賦此以贈即送乞假歸里（四首）

雪泥舊迹印陶然癸未同買醉於都門之陶然亭，一別飛卿又五年。葱嶺風雲蟠彩筆，蓿盤滋味飽青氈東川先官燉煌學博。文章儘得江山助，臺閣新承雨露偏。杯酒重斟話離緒，晚晴剛放菊花天。

詞場久冷古梅花，忽接高軒興轉奢。不以雲泥分出處，且將詩酒度年華。宛陵句好頭先點梅丈樹君首倡一律，孝穆才多手並叉浣雲即席和之。綿麗更推姚秘監，制成文錦燦朝霞朗山繼成二律。

今宵析木聚文星，閑撫頭顱念旅萍。卅載塵容憐我鈍，廿年慧眼累君青珩應童子試時，東川在關鷺田師幕府，即蒙奬飾。候蟲長此耽吟竅，飢鶴憑誰刷翅翎？多謝故人期望厚，樗材自分老林垌。

折梅古驛送征軺，衣錦鳴珂返故巒。溫造聲華傾耳聽，向平婚嫁稱心完。再來定握量才尺，妙咏應多入網珊。知否苔岑諸舊雨，待君旗鼓建騷壇？

寄馬鶴船（四首）

鳶肩不拍動經年，想到幽憂劇可憐。鳩已覆巢烏止屋，傷心仍渡奈何天。

無錐已是嘆奇窮，况復漂摇雨又風。自恨補天無妙手，常將忍字代書空。

莫把元龍氣頓消，拚將額爛與頭焦。何時得遂團欒樂，努力春雷尾一燒。

青萍湛湛淬英鋒，暫付塵埃匣裏封。不見趙岐並李燮，埋頭餅肆酒家傭。

寄徐蘭生

久未報君書，欲書無好況。久未接君書，葫蘆想依樣。昨日過君家，新詩懸壁上。一縷游子魂，空際隨風漾。翹首望中州，迢迢不可望。前年我舅氏害厓夫子，曾爲瘧鬼欺。自春而徂秋，日日來刻期。交戰叩貝齒，寒粟生玉肌。空中冰雪泉，直注心肝脾。倏變百沸湯，炎敲不可支。安得招涼珠，風摇白龍皮。兩境相循環，爲虐無已時。我時侍其側，恨莫身代之。聞君亦患此，瘦骨勞撑持。唯其疾之憂，古聖炯戒垂。願言慎眠食，寶此千金姿。痛癢遥相關，高歌少陵詩。髑髏血模糊，聊代《七發》詞。碌碌爲飢驅，抗顔懸一帳。兩弟來問字，各具幽蘭相。愧無一勺泉，爲助新花放。杞梓負良材，斤斫慚大匠。秋賦不得意時諸生皆報罷，眊矂神難王。招我賦《歸來》，猿鶴尚無恙。唯負我良友，看天心悵悵。甘作蠹書蟲，志豈在熱官。小人有老母，禄養冀承歡。明年如天福，畀我苜蓿盤。少申烏鳥私，隨遇得所安。夫君不世才，振翮如鵬摶。清時重馮翼，努力刷羽翰。勿學鄙人鄙，功名鮎上竿。不能致青雲，長此泥中蟠。

送袖石歸任邱（六首）

抱琴同作海門游，忽向紅橋送客舟。三疊驪歌喧耳畔，幾年鴻雪印心頭。欲分薄賁榆先落，難挽輕颿柳亦愁。從此繩床添旅夢，吟魂常繞古虞邱。

有親可養莫言貧，且理歸裝整釣綸。除却書箱無長物，即論詩卷已傳人。風希文禮才華艷，日對元方意氣馴。料得筍輿花下奉，陔蘭潔饍一家春。

記曾共剔讀書檠，重訂詞場耐久朋。幾度問途慚老馬，頻年垂翅惜霜鷹。文章豈藉科名顯？術業須從閱歷增。六月培風原健翮，青霄終竟要飛騰。

兩年借榻傍元門，咫尺重城展屐痕。紫筍同煎清得韻，黃花靜對淡無言。互砭一字心相印，便幻千瀾舌可翻。往事成塵留夢影，臨歧贏得共銷魂。

窮搜香草遍幽燕，奢願蟠胸已十年。空冀馬多紋似錦，負山蝨小力如綿。苦心助我珊同網，慧眼輸君鏡並縣。珍重分襟無別語，千鈞擔荷要同肩。

雙丸梭擲去堂堂，禁得蹉跎鬢染霜。經世才高期有用，驚人句好不須狂。家傳好啟邊韶笥，鬼語休探李賀囊。持贈故人心一片，勝將別淚灑離觴。

談棋

往古來今黑白盤，誰言當境遜旁觀？未曾下子親身試，何不依枰袖手看？成敗論從終局易，輸贏決到事前難。

眼中殘劫分明在，漫把談機逞舌端。

說劍

霹靂橫飛舌有鋒，破空一吼似神龍。笑談祇練千秋膽，恩怨休縈五岳胸。敢説古人疏此術，任呼知己許相從。隱娘紅線今何處？問水尋山訪異踪。

呑花

嚼梅餐菊尋常事，又擷天葩信口呑。胸鬲不曾留宿物，肝腸定許種靈根。化爲丹篆心頭褭，幻作青蓮舌底噴。聞説桃花堪悟道，朝朝炊粥傍元門。

聽香

心清忽覺耳根聰，一縷旃檀繚繞中。蘭氣如雲疑作雨，樨枝墜露豈關風。静參寶篆開靈慧，閑撥金爐警瞶聾。縱到成灰香不散，聲聞悟徹見圓通。

枕流

一覺黄粱水國秋，暫抛書劍枕寒流。夢中琴筑清於洗，耳畔塵囂凈不留。漫學漆園參幻蝶，且隨巢父飲耕牛。烟痕如帳波如簟，好向瀟湘續卧游。

寄馬鶴船都門（二首）

迢迢三沽水，渺渺長安道。望遠寄相思，客愁亂秋草。

閱盡人情後，方知直道難。寸心宜水鑒，六月養風翰。

同人分咏竹林七賢得大阮

典午世運微，秉軸多機心。危言不知遜，難保七尺身。卓哉阮步兵，慮患何其深！有口但飲酒，絶不臧否人。求婚以醉免，耻附椒房親。當壚濡首眠，亮節動高鄰。當時無英雄，神州嗟陸沈。窮途惟自哭，佯狂聊葆真。所以嵇吕流，委命如輕塵。惟公不玉碎，偃仰終泉林。韜晦寄醉鄉，豈戀醇醪醇。抗懷在孫登，一嘯鸞鳳瘖。

題陳石生光緒沽上望雲圖

親在不遠游，遠游親心蹙。雖曰「必有方」，終遜膝前宿。所以古孝子，屺岵念顧復。想像父母心，慘澹征人目。我友陳驚座，翹材會稽竹。挾策走京華，願謀升斗禄。捧檄怡椿萱，焉敢戀鄉曲？强臺雖再登，如鷁退飛六。槖筆丁字沽，鵬摶暫雌伏。結社十硯廬，鶴梅並高陸。轉瞬變星霜，蒓鱸念棖觸。夜夜夢倚閭，魂繞駝峰麓。淒切望雲情，寫成圖一幅。秋風歸計决，若絃送霜鏃。到家省高堂，牢愁破千斛。遥持仲氏米，佐以曾皙肉。日勸加一餐，樂於官九牧。誰無人子心，我猶萍梗逐。家有白頭母，身無伯仲叔。行脚年復年，轅駒太局促。反哺羨鴉雛，循陔隔蘭馥。同抱寸草心，各戴慈雲福。願言報春暉，努力趁朝旭。

贈翁寄塘紹海（五首）

名士多於鯽，如君得幾人？淵雲才特妙，湖海氣難馴。傾蓋輸肝胆，傭書暫隱淪。蓮瓢真寶筏，可許渡迷津寄塘有「渚蓮零落不歸去，醉拾紅衣當酒瓢」之句，因號蓮瓢？

難得同心侶，生平事事同。功名吐腸鼠，身世寄居蟲。陟岵悲無極，聯床夢亦空。慈雲垂遠蔭，此樂抵三公。

自冷姜肱被，惟餘小阮癡。無才愧癡叔，繩武盼孤兒。何日家駒騁，能舒寡鵠悲？知君亦同病，忍賦《棣華》詩？

各有東山墅，言從謝傅游。相期在無忌，酷似擅風流。久作天涯別，能成宅相不？憐君更凄絕，一慟過西州寄塘舅氏，已歸道山。

自笑才如櫟，逢君眼獨青。他山借攻錯，藥籠備參苓。不作尋常語，真忘土木形。文章交有道，肯逐泛波萍？

寄石生

別夢渺烟水，空腸轉轆轤。知君趨子舍，勝我滯丁沽。鱸膾羞晨膳，駝峰認故吾。江南梅放早，能寄一枝無駝峰，石生舊日讀書處？

卷三　天雄集

題翁寄塘紹海南溪草代柬

飽讀先生入蜀詩，其文與境兩離奇。五丁鑿險思千折，萬笏排空筆一枝。地僻何妨官號隱，風淳難得母真慈。故人掩卷頻翹首，望把循良答聖時。

德州道中

前路莽蒼蒼，如經古戰場。環村餘禿樹，帶水剩浮梁。雲日凍俱白，風沙捲更黄。澆寒思唤酒，茅店野蒭香。

覓薌師選畿輔詩傳招珩共襄盛舉敬和見贈元韻（二首）

德星高拱五雲端，遍采群芳等蜜官。恒岳定知呼應遠，浮圖豈畏合尖〔一〕難？化來畛域心原廣，網盡珊瑚意始安。我替枌榆深感戴，江花謝草免摧殘。

瑶華招我雪門游，奢願蟠胸喜竟酬。價到龍門增十倍，身隨驥尾足千秋。棗梨立見傳三輔，節鉞行看督八州。寄語故人勤訪葺，早將遺稿付星郵。

【校注】

〔一〕合尖，謂完成塔尖。見《新五代史·李菘傳》：「爲浮屠者，必合其尖。」

別崔文念堂星霜十易天雄重晤即疊前韻贈行（二首）

十載相逢感百端，頗聞蒲國頌清官。印心敢負千秋約，握手方知一見難。氣味喜乎蘭静穆，精神幸比竹平安。《待徵目》尚留行篋，忍把遺編任蠹殘念堂之官山右，瀕行，以《畿輔詩人待徵目録》見遺？

同向天雄作壯游，志堅差喜願終酬。惟憐鶴範才親日，又到驪歌疊唱秋。前路慎防飛雪夜，後期再訂聚星州。家書屈指傳應至，早向回峰托雁郵。

和前韻送梅文樹君成棟之官永平（二首）

七百詩魂活筆端，此行何必遜除官？編排不負《燕風》約樹君曾與珩約，仿商寶意太史《越風》例，共選《燕風》，精進應翻《蜀道難》。喜向山頭逢杜甫，怕從雪裏送袁安。鐸音若到盧龍塞，回首天雄月未殘。

約我驅車覽勝游，崔儦謂念堂先生吴質謂更生足賡酬。陪耆英會真慚少，住晚香堂不感秋。奮鬣天衢仗文舉，揚眉尺土倚荆州謂皛香師。故人倘問鯫生況，徑寸魚書待續郵。

蘆花和皛香師用阮亭尚書秋柳韻（四首）

白描誰爲寫秋魂，一片蒼葭繞蓽門。酣戰西風迷舊夢，慣餐清露飽凉痕。修成絮影兼花影，占斷烟村復水村。料得伊人今宛在，溯洄詩好待重論。

芙蓉寂寞共禁霜，只合萍踪泛野塘。蘆管倚聲難入拍，荻灰畫字漫盈箱。藏身誰飯真窮士，問渡思參不壞王。掃盡繁華成白地，願依碎錦署裴坊。

懶擷輕花絮客衣，華年彈指悟今非。芳洲月好人來晚，小蕩霜寒雁到稀。剩有鄉心和席捲，憐他膏首學蓬飛。關情更切門閭望，忍把當時素抱違？

顧影低迷祇自憐，肯輸柳絮撲春烟？無才也解燒丹竈，有用終期抵玉綿。懸望酒旗消渴吻，輕裝布被度流年。清吟得傍秋聲館，準擬浮槎日月邊。

大名郡齋紀事詩（十八首）

策馬天雄郡，經年此薄游。流光如逝水，風景又新秋。兀坐枯禪室，頻登望遠樓。長吟驅旅夢，申旦不能休。

海内論風雅，除公更屬誰？清河翻舊譜，石帚富新詞。政簡無留牘，官清愛咏詩。耆民思借寇，作鎮久淳熙。晃香師。

啖我牛心炙，程門義薄雲。膏肓鍼砭切，宏奬齒牙芬。磊落酬知己，氋氃愧逸群。神丹能換骨，重爲洗塵氛。

三輔英靈聚，宏開舊選樓。塔高千佛坐，蜜熟百花收。僞體嚴持擇，新編細校讎。手民期早付，附驥亦千秋。

兩度逢崔實，携琴反故林。丹黄千古業，風雨十年心。總集編垂就，遺珠願更尋。料應揩老眼，善本待披吟。崔丈念堂。

沽上吟梅叟，驅車古北平。緣空耽净業，官冷足詩情。秋老盧龍塞，風高射虎城。寄書知達否？回雁盼雲程。梅丈樹君。

落落邊文禮，毫端華岳驅。目光然列炬，慧業湛元珠。年富才逾老，情真誼不渝。畿南足文獻，大雅仗同扶。邊袖石時同襄校《畿輔詩傳》。

雛鳳琅琅讀，横經日課工。問途慚老馬，屬對羨奇童。雄辯誇才慧，清華有父風。瑩然如玉粹，何以效磨礱？曼生。

小陸江東彥，頻搴問字帷。槐花忙未了，梅子熟經時。鞭弭雄三入，螯弧仗一麾。燕臺文戰早，懸望捷書馳。陸費芝卿。

半載皋比擁，慚無善誘能。飛鳴培六翮，甘苦證孤燈。花樣隨時改，薪傳願共承。強臺今在望，賈勇孰先登？

五代雄分據，茫茫古戰場。危樓存鐵鎧劉智遠兜鍪，尚存署樓上，列帳衛銀槍。臺聳平臨鄴，樓高俯瞰漳。清時久偃武，沃野富耕桑。

天子雕青貴，柴家夢亦奇。雄心指花項，慧眼出蛾眉。翠鈿軍曾餉，黃旗業早基。當年埋甲處，秋草没離離魏人柴公，夢花項少年爲天子，有女，歸後周太祖，以資助太祖發迹。事出王銍《默記》。按《志》，周太祖劍甲墓在縣南八里。

汴宋開雄鎮，邊防此要衝。運籌資魏國，命酒賦秋容。香晚標奇節，堂高想舊踪。神誰傳蘄叟，古柏鬱葱蘢晚香堂在府署，傳爲韓魏公遺迹。

古道停車處，豐碑撲地眠。境傳城邑舊，字蝕政和年。趺裂頹青石，苔荒繡紫錢。何人更扶植？應賴使君賢。宋《五禮碑》，在大名舊治，今斷。

何物能消暑？新來蒲鴿瓜。漿含梁苑雪，味勝岕山茶。展帙掃餘葉，翦燈留艷花。青蟲紛似雨，歷亂撲窗紗。

籬畔牽牛發，瀟瀟疏雨零。客中逢七夕，簾底看雙星。簟滑涼先覺，宵長夢易醒。遥憐小兒女，瓜果薦中庭。

葉抱孤螢墮，涼生一夕中。蟬聲咽暮雨，鈴語答秋風。幽草可憐碧，晚花隨意紅。倚闌清興極，拈韻付詩筒。

廿載飄篷慣，年來更遠征。光陰惜此日，師友重平生。訪古風頻采，言懷詩易成。狄公祠下過，時觸望雲情。

陸費芝卿隨仕保陽賦詩留別和韻答之（四首）

士龍才調幾生修，竟作參苓藥籠收。訂布衣交真耐久，無紈袴氣本清流。梅花骨格何慚宋？宮錦行家不數邛（一）。

唱到《陽關》心欲醉，勞君杜若采芳洲。

回首金臺選佛場，何人玉尺細裁量？明珠暗擲光難掩，濁酒同澆醒亦狂。且自下幃耽竹素，有時衣錦返桐鄉。讓他桃李春風早，至竟幽蘭抱國香。

任人呼我作愚公，入世名心淡更慵。鱸膾思深風乍起，驪歌寫就墨難濃。蓿盤菽水平生志，倦羽閑雲去住踪。十樣蠻牋勤寄與，雙魚珍重慰離悰。

踏歌岸上學汪倫，潭水桃花漫愴神。此後文章歸阿士，他年清秘有傳人。經綸早具期繩武，負荷休忘咏析薪。柏署清嚴塵不到，奇書飽讀慰雙親。

【校注】

〔一〕 邨，即古邱字。

丁酉歲尾訪陳石生明府光緒冠氏官署歸後却寄（四首）

卅年不到清泉地，城郭人民疑是非。我是當年丁令鶴，飛殘遼海又來歸。

依依三宿戀空桑，倏醒槐安夢一場。老樹婆娑猶識我，誰從遺愛説甘棠？先君子、先母舅古愚夫子，均宰是邑，近三十年矣。

花猪燕笋抵醇醪，冷粥三場惠早叨。更挹廉泉蘇涸鮒，此情何止勝綈袍？

柳拂東風踠地垂，離愁難綰一絲絲。知君已兆三刀夢，早付雙魚寄我知。

用皃香師韻呈李夢韶觀察（二首）

醇醪心醉對詩筒，二十年來刺未通。鸞掖簪毫推領袖，羊城入彀盡英雄。隨車潤挹千村雨，輓粟清餘兩袖風。

計日丹屏書上考，豸冠先换黑頭公。

命中先期决射筒，幾人蕊榜姓名通？翻新花樣争非孟，依舊頭銜負薦雄。故紙重鑽思化羽，神山將到引回風。尖叉吟就敲難穩，一字師資感至公。壬午會試，薦卷於黄惺溪夫子、房中實觀察，賞激而贊成。

送覍香師觀察荊州並辭同行之約（六首）

三年絳帳坐春風，忽送公旌渡漢東。元亮一心原落落，士行八翼起隆隆。依劉我暫陪蓮幕，借寇群思挽玉驄。料得方城諸父老，福星翹首望天雄。

喜聞丹詔下明光，豸繡新銜出玉堂。詎止文章扶八代？竚看膏雨被三湘。天憐荊楚留耆宿，帝錫絲綸重晚香。嬴得階前五株柏，婆娑猶認舊甘棠。

尺書招我赴荊門，知己難違况感恩？眼底鶴樓思更上，胸中雲夢欲平吞。生懸蓬矢誰無志？未别萱堂已斷魂。病婦飛蓬兒歷齒，褰帷誰與侍晨昏？

若非老母倚門閭，誓逐鈴轅載後車。情重願爲清獻鶴，緣慳難食武昌魚。赤心置腹勞推轂，白髮垂肩忍絶裾？莫報師恩呼負負，空將别淚灑瓊琚。

石麟生小太聰明，攻錯他山愧未成。顧影心難抛玉笋，承歡家苦少田荆。公如有意憐元直，我願臨歧薦禰生。沆瀣淵源原一脈，千秋衣鉢有人擎。

驪駒唱罷淚絲絲，棖觸前塵不自持。到底能償搜玉志，此生難忘吐茵時。旌旄指顧開三輔，堂陛分明重一夔。待到八騶重涖日，再携書劍拜蘭墀。

卷四　欒臺集

題百粵攬勝圖爲馮文江同年鼎祚作

百粵之山高千尋，灕江之水清且深。山高水深不可即，披圖想見循良心。萍踪偶泛丁字水，忽逢磊落嵚崎士。二十年前香火緣，種此妙因初御李。夫君矯矯人中鸞，賓筵長鋏羞空彈。清餘大樹家聲在，橐筆彤廷作寫官。寫成官書叙勞勳，作州司馬蠻荒地。當朝老宿盡咨嗟，雲鵬未展垂天翅。鞭絲裊裊指桂林，橫衝瘴癘披荆榛。頓酬宗慤乘風志，敢惜王尊叱馭身。下車疾苦咨黔首，栽花拔薤推神手。黄蘆笙和誰嗣歌？虹螺杯酌介眉酒。一官落拓如繫匏，常思砥柱挽俗澆。臣飢耻逐空倉雀，建策休譏合口椒。易保赤子難獲上，鑠金衆口紛塵障。知命甘爲鷁退風，如虹浩氣添悲壯。直絃棄道古所嘆，人心方寸生波瀾。收帆再轉回風舵，九萬扶摇振羽翰。吁嗟乎！大馮君，丈夫意氣干青雲。灕江澄澈留鴻爪，直與粵山萬古同嶙峋。

送廖豸峰炳奎謫粵東（四首）

傳聞噩夢到鄱陽，棖觸驚魂黯自傷。篸鳳誰憐飢欲死？池魚不料及斯殃。高歌灑淚空懷顧，營救無權轉愧康。剩有癡情消不得，瓣香長爲禮空王。

渺渺征帆指粵東，步兵何事哭途窮？儘搜軟玉花田白，飽啖生香荔子紅。壘塊逢場消酒盞，襟懷到處豁吟筒。金鷄竿上傳佳讖，頻祝東皇送好風。

江湖落拓一年年，何地鴻泥不夙緣？商婦秋絃悲白傅，村婆春夢醒坡仙原謫江右，改定廣東。鏡心入抱磨逾透，鐵骨經霜鍊更堅。地接枌榆歸路近，願君早蓄買山錢。

浪迹年來學旅萍，寒氈枯對夜燈青。愁深怕聽飛花曲，情重難登折柳亭。無匹匏瓜空脈脈，傷春絲鬢易星星。黄粱一枕何時熟，夢幻場中願早醒。

馬若軒昂以周刀筆周削拓本見貽賦謝

蒙恬造毛穎，其制古則無。筆筆而削削，遺範良匪誣。馬君磊落人，好古追唐虞。貽我手拓本，兩紙存規模。其筆刃外向，端曲如勾瞿。下作丁字文，千象文明孚。其削儼佩刀，穿鐶如鹿盧。庚庚雜午午，柄理精鐫摹。我聞古倉史，結繩闡機樞。雨粟鬼夜哭，秘泄苞與符。後世易書契，版簡垂嘉謨。文用刀筆鐫，深刻無模糊。削以剗其譌，勿使混焉烏。所以書從聿，契鍥文無殊。炎漢蕭相國，入關收籍圖。起家刀筆吏，此物資匡扶。後世趨簡易，乃縛尖頭奴。古制浸以亡，古道誰問塗？走也夙謭陋，賦質如康瓠。學雕童子蟲，未棄介子觚。即次拜君賜，百朋雙明珠。裝池謹什襲，忍令寒具污？結交視吉金，千秋無改渝。

贈沈子珊瑶粵即題其香玉集詩草（三首）

新詩吟罷杜司勛，腸裊千花齒頰芬。沆瀣氣涵名士筆，樓臺香化美人雲。風懷似我能憐我，艷福輸君轉妒君。一任悠悠呼渴睡，忍將緑綺並蘭焚。

斷無悱惻不芬芳，繞指原來百鍊剛。萬丈青虹蟠俠氣，半灣春水瀉柔腸。薔薇盥手猶嫌涴，豆蔻含胎未是香。仙佛英雄與兒女，一齊迸入錦詩囊。

吐盡春蠶一縷絲，天涯芳草正離離。此心不死皆成債，歷劫難灰祇剩癡。羅襪聯娟宜自惜，微波要眇許通詞。

幽懷萬種紛難訴，說與燈花知未知？

春日言懷次子珊韻

粉榆望斷路綿綿，宛轉鶯簧雜管絃。若不傷春復傷別，只除成佛與成仙。眼前流水憐今月，洞口桃花憶往年。天氣困人人似柳，朝朝三起又三眠〔一〕。

【校注】

〔一〕《三輔舊事》：「漢苑中有柳如人形，號曰人柳，一日三眠三起。起而婆娑，伏而靜穆。」後人所謂「漢柳三眠」，通常指情緒、感情等起伏纏綿。

集李義山詩柬沈子珊

繡被焚香獨自眠，九枝燈檠夜珠圓。郎君下筆驚鸚鵡，望帝春心托杜鵑。獨坐遺芳成故事，清尊相伴省他年。看封諫草歸鸞掖，榆莢還飛買笑錢。

蠶豆

又是紅蠶上箔時，青畦旆旆實離離。三眠蘊火初垂莢，一頃登場正吐絲。別種何曾類羊角，芳華可憶鬥蛾眉。休言冷腐無經濟，衣食蒼生會有期。

欒城學廨作（四首）

老槐垂蔭羃檐楹，疏雨初過放晚晴。把卷當風秋寂寂，一天黃雪撲簾旌。

麥光鋪几寫蘭胎，露葉風莖次第開。墨瀋作花香不著，山蜂何事入窗來？

小圃新鋤菜幾畦，園丁汲水轆轤西。閉門敢説英雄老，準備窮冬十甕虀。

慈烏侵曉噪啞啞，倚樹營巢便是家。我有安輿迎未得，朝朝反哺愧雛鴉。

感懷

自笑頭銜稱冷官，青氈落拓耐春寒。廿年幻夢芙蓉鏡，半月清齋苜蓿盤。安分何嫌茅屋陋，幾時纔奉板輿歡？區區反哺心難慰，誰爲臨風刷羽翰？

桂丹盟明府超萬出示洨河工竣紀事詩即用其韻賦呈

北地苦炎旱，河源每易竭。歲久不疏濬，川流半淤塞。欒邑古洨河，平地草其宅。一朝降霖潦，漫溢國成澤。神君念民瘼，用汲心爲惻。考古詳志乘，訪舊證碑碣。鳩工具畚鍤，輸粟謀餉饁。德星謂趙州德刺史與福星謂元氏福明府，同寅恭則協。大手挽回瀾，奔走如救熱。信而後勞民，忘勞民愈悦。南村篠編竹，西村鍬鑄鐵。啟土牛服軛，潰堤蟻防穴。培疊成堰岸，深廣中繩尺。俾水歸故道，恍如車入轍。詎止溝洫間，一手足之烈？我來當首夏，瞬交大暑節。朝雨如繩，穿破油雲黑。意彼下隰田，浸若瓠子決。晚晴出郊坰，平原多秀色。靈根土膏滋，大穗嘉穀結。雨久不妨農，濬川之道得。假使昧先幾，井待臨渴掘，水潦無所歸，安能若妥貼？乃知大智勇，才學識三絶。凡事豫則立，成算通盤徹。收效在百年，蕆工已數月。績並龔黃高，法詎鄭白竊？愧無少陵筆，吟詩附公側。淘河與布穀，林表啼未歇。

送樵香赴都謁選即用留別元韻（四首）

仙侶同登貫月槎，蓬瀛浩渺望無涯。送君暫索長安米，遲我來看上苑花。薄宦雖銓如作客，閑官將就又辭家。何時同把初心遂，弄月吟風更漱霞？

第一功名博望槎，好從宦海得津涯。雄心早辨金銀氣，冷眼羞看富貴花。山水窮時還有路，海天闊處便爲家。空囊贏得文章在，似赤城頭十丈霞。

曾記亭名第二槎，好詩題寫遍天涯。能申遠志休名草，怕贈將離懶折花。定有强臺堪避債，知從客路更思家。梁公悵望惟親舍，遥指層雲絢綺霞。

故鄉何日返枯槎，知否吾生信有涯？根上栽培終結果，鏡中絢爛究空花。膳羞潔後宜迎養，婚嫁完時早作家。載誦清芬先德好，江南棠蔭燦餘霞。

答謝崔曉林文代柬（二首）

遠道貽朋貝，開緘涕泗流。絹分胡氏俸，麥抵范家舟。交久誼愈摯，感深恩莫酬。何時親杖履，重續晚香游？

一諾堅金石，栖栖廿載情。幽燕經訪遍，梨棗竟鐫成。願大天人助，緣深遇合并。寄君詩一帙，差免負平生。

楊花和沈匏廬太守濤用阮亭尚書秋柳韻（四首）

東風作意捲春魂，布穀聲中雪打門。蕉葉籠烟真入畫，梨雲和夢淡無痕。戀他故物氈鋪徑，裊上吟鞭樹隔村。指點銀瓶香滿店，惜春心事與誰論？

騎驢竟認板橋霜，波縠粼粼綠縐塘。幾匊離愁迷驛路，一宵生意糝魚箱。春風吹起詩吟謝，燕子歸來宅姓王。《漱玉》編成餘故里，名泉曾汲藕花坊李易安故宅在濟南，宅畔柳絮泉，七十二泉屬第五。見《齊音集》。

廉纖碎點五銖衣，懶向華年問是非。新綠裝成園柳變，深紅落盡海棠稀。祇留潔白千人見，一任升沈滿路飛。好把金鈴重繫取，護持忍使素心違？

有人顧影暗相憐，朝旭晴霏暖玉烟。三月韶光同逝水，一生心性太纏綿。好從絮果參禪後，盼到萍踪結實年。何日珠簾高捲起，餘香沾得硯池邊？

贈桂丹盟明府即送之任豐潤（四首）

結交結君子，君子多古歡。譬彼衆香祖，托根依崇巒。觥觥經世才，鸞臺栖祥鸞。相依近兩載，青眼勞相看。賤子命不猶，菽水冷蓿盤。氋氃憫飢鶴，手爲刷羽翰。黽勉在道義，匪獨矜盤桓。一朝歌驪駒，難挽馬援鞍。同心而離居，別緒天漫漫。臨池寫素心，如抱綠綺彈。摛藻遜潘尼，贈扇慚謝安。願言揚仁風，流聲馥秋蘭。

儒者兼三才，非徒貫天人。俯察及地理，幽贊能通神。夫君才槃槃，妙悟逾景純。鈎摘遍河洛，胸臆羅星辰。此理通文章，儗之詎非倫？來龍宜顧母，納氣宜求真。改置到門閭，造士涵深仁。化雨遍沾溉，宗工大陶甄。搴芳並蘅杜，擷秀披荆榛。多士會升庭，龍岡生陽春。

酈氏注《水經》，數言斯洨水。禹迹今茫茫，千載迷故址。百川灌秋河，禾黍在中沚。築堤捍陽侯，意良法未美。先生導其源，疏濬使順軌。田不汩波濤，農獲舉覃耜。萬民沐德澤，豐碑樹河涘。芝蘭生庭階，願介君子祉。

我讀《靈壽志》，抗懷清獻公。實心行實政，被物如春風。明府今古人，志氣遥相通。搜輯到志乘，禮教開愚蒙。興觀備文獻，矩矱遵武功。愚者贊一得，雕龍資雕蟲。汲深綆則短，勉盡區區衷。不羨胡與梁，開府聲隆隆。美報在他年，俎豆數仞宮。

題鄭板橋書册爲達經圃綸賦

我聞揚州有八怪，巨擘首推鄭鷓鴣。非獨蘭竹走蒼勁，書法古澤當時無。怒猊抉石陡逾健，美女簪花麗且都。此老胸中蘊清氣，嗜好與俗酸鹹殊。囊在津門見數幅，至今夢想如蓴鱸。有達大哥我執友，抱持巨册如瑾瑜。云是橄欖軒主舊墨寶，索我題句如索逋。開緘頓覺發光怪，拍案不禁狂歌呼。六分半書計八葉，精神煥發非莽粗。果然鎔鑄合今古，漉漉心血爲洪爐。先生十年宦東魯，范縣濰縣飛雙鳧。囊無一錢返初服，賣畫沽酒還菰蘆。今讀六卷《板橋集》，劈空奇氣驚豎儒。要其真摯平易處，近情近理存真吾。老兄關中昔作宰曾官陜沔縣令，霖雨灑潤蒼生蘇。拂衣忽擸回帆鼓，蓿盤一飽歡且愉。襟懷冲淡秋水潔，浮雲富貴忘榮枯。不學其怪學其曠，氣求聲應德不孤。魯男子與柳下惠，善學何必追形模？我言未畢君大笑，揭來又發催詩符。詩成兩心相印證，各將真面存匡廬。此册珍藏好什襲，直心道場懸冰壺。傳之子孫若琴鶴，勿令六丁下攫風雷驅。

題馮文江名山采藥圖

前年艤舟丁字沽，感君惠貽一束芻。手持巨幅索我句，云是《采藥名山圖》。我時奉諱撤琴瑟，遑拈韻版搜腸枯。藏之篋衍近三載，駒隙莫挽流光徂。昨朝發篋見古墨，久稽前諾慚顏朱。高吟聊以報知己，體格敢説追髯蘇？羨君家聲繼大樹，耻彈長鋏歌烏烏。邗江修文錦五色揚州開《全唐文》館，君曾與其事，灕江佐治水一盂選粵西八達州司馬。忽然掉頭去不顧，回帆又向津門趨。拚把監州換大蠏，時課虎鹽供天厨改長盧鹽知事。臨池絶藝悟争道工書，洞垣慧眼通《靈樞》精岐黄。傳神虎頭筆特妙，伴影鴉觜鋤堪扶。童携都籃步其後，閑向空山衝烟蕪。吁嗟此山非捷徑，獨來獨往胡爲乎？毋乃世網厭膠擾，猿鶴招隱思蒓鱸？我愧儉腹資獺祭，不堪持贈聊相娛。芣苢車前擁藍母虻貝母及果贏栝樓，葛葛根芩黄芩蒿茵陳杞枸杞葩經腴。《爾雅》、《月令》難備舉，更僕以數供扁盧。東山遠志豈小草，西蜀當歸名文無。紫團參遺王介甫，青衣童呼劉寄奴。防風炊粥香七日，金鹽五加皮釀酒跳千珠。芍藥醬爲五味主，茯苓糕美八珍俱。薏苡盈車招貝錦，檳榔滿柈貽葭莩。黄精生苗采馬祖，崔煒有艾名鮑姑。王不留行一斤餉，草木亦足供使驅。古人佳名今肇錫，百藥李去病霍良匪誣。君負吟身如藥樹，更抱佛心同俞跗。靈苗毒草紛萬種，收拾盡入壺公壺。《肘後方》奇臂九折，君臣配合膏肓瘉。方今兵氛閧瀛海，蒸黎瘋痒憂毒痡。願施妙手起沈痼，小醜二竪同駢誅。功成拂衣反初服，溪南小築鄰菰蘆。左汲蘇仙橘雙井，右種董仙杏百株。高致商山隱甪里，清風泰伯趨勾吴。噫嚱吁！詩成一笑償夙逋，任君笑我詅癡符。瓊報望君丹换骨，療貧爲我傾醍醐。

前年珩奉諱念堂樹君兩丈寄書來唁情真語痛字字血淚日月不居忽忽已三年矣重檢讀之凄然動心成五古七章奉寄

三年不吟詩，吟詩輒懷人。所懷伊何誰？崔、梅兩子真。拂衣風何高，秉鐸氣自馴。鴻雁久不來，望遠勞心神。夢中見顔色，月照屋梁塵。寸心兩相印，天涯猶比鄰。

昔我方少年，抱琴客海上。兩公若龍頭，儕輩推宗匠。訂交杵臼間，心契年可忘。招朋啟白社，走伻趨絳帳。日日奉詩筒，如拜瓊玖貺。時蕩雲海胸，爲我洗塵障。更侈説士口，爲我樹聲望。故交豈不多，難得襟懷曠。人生重知己，知己感恩況？東海深復深，此情不可量。

觥觥陶開府，天雄開選樓。遍采三輔風，顯微而闡幽。兩公應其聘，載詩汗九牛。新篇徵梓里，騷壇倚荊州。

鶴杖返故鄉，鱣堂篤清修。尺書薦禰生，約我漳河游。賤子抱耆願，廿載勤旁求。早逢崔黃葉，激勵同討蒐。移山效愚公，撼樹忘蚍蜉。因緣喜合并，主賢轄竟投。慧眼借邊讓袖石，掃葉同校讎。編或三絶韋，燈或五夜籌。敢云持擇當？差喜妍秘抽。難得沈麟士雲巢觀察，手民功孱鳩。吴質錦洲參軍有同志，梨棗監雕鎪。浮圖喜合尖，不脛走八陬。先賢在九原，許可應點頭。敬以慰兩公，願耆志竟酬。所冀夙願了，敢望傳千秋？

養拙守青氈，筮仕得欒城。欒城豈不好？荒齋餘兩楹。銜泥補舊巢，勉學燕燕營。典去數間屋，乃奉板輿迎。捆載憐弱小，同向滹南行。卅年謀禄養，始慰烏烏情。昊天胡不吊？撼樹多風聲。就養纔五月，遽廢莪蒿賡。欲歸歸不得，一慟呼九京。蘭訊雙魚來，語長心怦怦。爲我籌去住，爲我謀死生。伯桃羊角哀，古誼今人争。努力守歲寒，敢背同心盟？

流光駛飛電，倏忽彈祥琴。彈琴不成聲，宛轉餘哀音。或云服既闋，宜復插華簪。保陽謁鈴閣，倘冀毛檄臨？還顧嬾散性，蚊負知難任。區區文學掾，何當大旱霖？自依馬少游謂廷實，送抱兼推襟。梁鴻借廡居，高鳳持竿吟。年來擁臯比，抗顔長士林。不爲士林棄，玉笋羅森森。雖無點雪手，勉竭鏤冰心。人生貴適意，安問升與沈？

去年卜窀穸，爲母妥幽宅。次兒逾弱冠，更爲賦韓奕。馬鬣亦既封，雀屏亦既射。夙逋積如山，債臺崇百尺。殘年應追呼，長春日交謫。三春徂夏五，皇天靳雨澤。階草渴欲死，遑問中田麥。黄糧市一斗，青蚨幾六百。八口徒嗷嗷，硯田有定額。何處訪赤松，言尋辟穀策？

生平志結納，意氣重朋友。嶽嶽龍鸞姿，馳逐翰墨藪。非徒誇文章，所冀展抱負。李華困津門采仙，張藉寄淮右杏史。東山孔北海，知復依誰某久不得秀山信？邊韶入蓮幕，負米藉升斗袖石。清才華叔駿，橐筆依諸舅梅莊依其舅氏沈雲巢觀察於江寧。時携馬賓王鶴船，訪古吊鐘阜。筆畊各依人，磨硯欲成臼。徐陵蘭生與姚合朗山，奉諱判先後。不能守桑梓，四方謀餬口。更有翁槐花寄塘，挂冠脱紛糾。買山九里洲，歸來學五柳。陳才四座驚石生，温賦八叉手東川。仙風錢若水冬士，各繫纍纍綬。晚景誰最佳？要讓博陵叟。階森三株樹振甫、雅甫、正甫，少者更無偶。聞已乘五馬，騠騠渡江走。宛陵與鰤生，各抱寒氈守。青天多白雲，蒼波淡於酒。舊雨悵星分，高歌空擊缶。良會知何年？臨風但翹首。

馮子明焯屬題母祝太夫人畫册（四首）

著紙珊珊骨欲仙，四時花草門新鮮。蘭陵設色南樓韻，妙理都從一筆傳。

筆墨香中望母儀，開函如拜北堂慈。知君繙到湘蘭影，重按《陔》、《華》補六詩。

暫攜書劍伴天涯，捧檄歸來喜氣加。他日板輿重寫照，南橋枝茂映萱花。

衣綫誰縫我獨寒，慈雲一隔望漫漫。願君早把春暉報，萬卉樓前負母看。

子明將歸保陽賦詩留别長歌送之

我將行，君且住，萍蓬聚散兩無據。君忽去，我又留，驪駒一唱仙亦愁。士生斯世重知己，傾蓋相看眉宇喜。大地茫茫感百端，魂銷三疊《陽關》裏。四方之志期不朽，誰能牖下常相守？互印如冰一片心，珍重臨歧一樽酒。讀君留别詩，婉摯直沁人肝脾。拜君桃花印，千尺深情寄游刃。更從雅扇揚仁風，書法畫意雙玲瓏。雪中爪迹從今認，那識鴻飛西復東？生平測交重意氣，飽領兩載芝蘭味。他年車笠盟不寒，留取丹心照天地。君家祖德浙水長，繩武要仗孫謀强。勉圖捧檄娱親舍，莫漫吹篪滯異鄉。似我勞人徒草草，乞食王孫謀一飽。甘作埋頭蝨字魚，朱顔漸向風塵老。落葉蕭蕭不可聽，尊前誰與訴飄零？期君氣骨秋同健，天外蒼岩萬仞青。

鄂城行爲李雲生明府文翰作

修鄂城，明府明。明府誰？李雲生。雲生名文瀚，江南宣城人。手把夫容善咏詩，身爲屏翰能治民。骨格棱棱紫閣紫，來權宰印孤城裏。不存五日京兆心，立擁頽垣平地起。募錢肯飽蠹胥橐，出納一聽賢紳約。董其偷惰奬其勤，邪許聲中争踴躍。吁嗟乎！村氓力役從來苦，見吏持符如見虎。鄂城之役民子來，誰道今人不如古？僝功更思善其後，爲策餘貲權子母。再經風雨早繕完，懸布敢來窺僻陋？城頭拳石堆成山，待拒鈎援資捍守。仡仡長如鐵甕堅，千古金湯同不朽。雲生本色書生耳，一行作吏乃如此。即今衆志已成城，想見愛民真若子。斗城雉堞何森森，城樓望遠彈鳴琴。改絃翻作《岐山操》，更寫循良保障心雲生新授岐山令。

高碑店古柳（二首）

年年青眼送行人，踠地柔絲拂軟塵。儘爲天涯綰離别，飛花飛絮餞殘春。

憐渠曾入船山集，此日相看倍有情。恰似蘭成傷老大，攀條作賦感金城。

城南看花歌贈孔繡山並柬朱伯韓琦

鳳城春暖花如海，逝水流光不可待。九陌黄塵車馬馳，看花幾個閑人在？東山巢父逸興豪謂孔秀山，一别七載心神勞。相逢約我探春去，意氣直並春山高。初登凌虚閣，飄飄欲化寥天鶴。快讀江亭展禊文，願移玉醴花前酌。更詣花之寺，東風吹醒海棠睡。花間喜遇朱桂林伯韓侍御，游侣遑知驄馬避。傾蓋相看眼倍青，舊雨新雨俱忘形。因緣同證三生石，契合無心兩葉萍。夕陽在山可歸矣，棗花寺裏重隨喜。鼠姑含蕾未全開，似待泥金舒魏紫。百年鼎鼎如電光，年年誰作探花郎？酒徒零落晨星在，爪印猶存查氏莊。人生聚散信非偶，莫厭深杯常在手。珍重尊前見在身，力挽回瀾期不朽。樹頭一一鳴提壺，此時不飲胡爲乎？待君飽酌瓊林酒，再訪《青松紅杏圖》。

麥飯亭懷古

滹沱烟水涵蒼溟，道旁笠影凌空青。老農指點向余説，此是當年麥飯亭。銅馬君王真大度，夜乘風雨堅冰渡。郵亭凄冷斷炊烟，落魄英雄嗟失路。大樹將軍共苦辛，一盂麥飯餉勞人。壺飧聊實真龍腹，乞食空悲五鹿身。昨宵憶向滹南走，蕪蔞亭畔空搔首。曾將豆粥慰調飢，進食王孫真不偶。鄗南指顧開明堂，攀鱗附翼紛翱翔。大官玉食羅珍味，争及亭邊麥飯香？有臣如異真英武，時不至兮徒自苦。一朝形像畫雲臺，此亭聳峙同千古。麥秀青青滿一坡，沙洲渺渺隔長河。絳衣帝子今何在？悵對空亭感逝波。

偶成

代馬斜陽卧，吴鈎破壁懸。閑心忘漢魏，俠氣冷幽燕。白水有真味，紅塵多幻緣。散材全碌碌，參悟静中天。

月夜

疏點不成雨，月華流淡雲。遥天净風露，替我洗塵氛。簾幕下重捲，爐香冷更熏。停琴寄遥想，沙雁起紛紛。

謝文魯齋明府穎寄東繭

匹絹分廉吏，綈袍戀故人。一函來遠道，四體載陽春。永佩解衣德，長懷制錦身。願將裘萬丈，廣被及斯民。

題書畫六幅爲謝信齋誠孚作楊大瓢先生賓書鍾嶸詩品卷子

孝友關至性，何争騷雅名？筆墨浥心血，漉漉舒丹誠。昔見大瓢先生手書兩巨册，自吟自寫趨邊城。徒步省親萬里外，膚皸足繭荒山行。黄沙白草枯，撲面腥風腥。峻嶺蹲虎豹，林薄啼猩猩。一身所履匪人境，純孝呵護動百靈。得見親面死亦得，遑知到戍皆餘生。相見各悲喜，樂於得乳嬰。金鷄未下蓼莪廢，孝子一慟天爲驚。卒輦廣柳車，父骨歸故塋。父義子克孝，大節何觥觥！我時焚香三頓首，感極雙淚如雨傾。就令書未佳，寶應若球瑛。何況筆法直入二王室，歐虞以後誰與争？今又見此卷，棖觸昔日情。雖書名隽語，性真骨彌清。安石妙考訂，方干〔一〕謂鐵珊工題評。更有鶩座陳刺史謂笠漁，品詩高論如尺衡。鯫生愧不文，附名驥尾心怦怦。要知文章本忠孝，千秋健筆凌空撐。詩成亟欲報良友，但見西山一髮遥天青。

【校注】

〔一〕方干（八三六至八八八），字雄飛，號玄英，門人私謚曰玄英先生。睦州青溪（今浙江淳安）人。有《方干詩集》傳世。

徐文長謂秋樹雙烏〔一〕

雙烏噤寒柯，竹樹莽蕭瑟。挂壁生凉飆，知是青藤筆。入幕掌箋奏，奇才殊横逸。九重動咨賞，褒獎出宣室。談兵得清暇，層雲蕩胸出。潑墨偶得之，天趣自流溢。君與共鄉井，展玩每竟日。歸夢慰蒓鱸，什襲寶遺帙。

【校注】

〔一〕謂，通常作渭。原書如此。

八大山人雙鵲

我聞山人工畫龍，解衣揮霍靊雲從。又聞山人喜畫虎，山木槎枒含健武。不畫龍虎畫雙鵲，想見山人胸磊落。只解天空任爾飛，邱隅羅網俱無著。山人有明之逸民，潦倒以酒全其真。哭笑不成署八大，酒氣拂拂十指皴。筆墨之間露光怪，石濤板橋俱下拜。雙鵲代訴真宰聽，一吐痦啞心神快。謝公監古偶得之，殷勤索我爲題詞。清時不用嗟寥落，藉譜嚶鳴伐木詩。

戴岩犖尚書明說墨竹（二首）

不肯放筆作直幹，偏從低首寫虛心。蕭齋颯颯驚風雨，恍聽蒼龍壁上吟。

秀骨亭亭玉一堆，心顔時爲此君開。日逢竹醉題新句，待向麻姑兑酒來。

孫文正公高節書院圖

謝公手持《高節書院圖》，索我高節書院詩。載歸偶繙《高陽集》，筆未敢下心然疑。既云書院故地魯連墓，首邱合鄰東海涯。况乃籠河狄城均在濟水畔，應與古墟牧唱同疆陲皆高苑古迹，見《縣志》及《高陽集》。胡爲遠隸高陽界，毋乃修志附會牽引偶及之？更閱《高苑志》，乃識真址基。距城三里許，故塚懸纍纍。後人仰高節，爲創書院兼建祠。至今士民沐餘澤，廉頑立懦百世師。射書聊城臺聳時魯仲連臺在聊城，兩地照耀同嶔崎。文正公子宰高苑，崇禎十年太歲在丑時。安輿就養到花縣，臨池寫圖兼題詞。證以公年譜，毫髮無差池。緬維仲連天下士，義不帝秦蹈海湄。成功高隱不受賞，非徒解紛排難稱英奇。愷陽先生秉正氣，三邊節制扶顛危。運籌幃幄盡傑士，鹿伯順與茅元儀。

隨問隨答百八扣，韜略秘洩真元機。卒標高節殉勝國，支撑急劫收殘棋。胸襟要與仲連肖，寫意故將鐵畫揮。不負狀頭凡幾輩，公與信國存風規。至今筆墨有生氣，凛凛如見公鬚眉。管窺詎敢矜典博？實事求是忘其癡。題句敬諗我良友，並勵高節可許相攀追？

唐伯虎寅謝傅東山圖（四首）

已向八公驅草木，拚將孤注擲林巒。神機打盡紅羊劫，争忍從旁袖手看？

捷書飛到神偏暇，門限微聞折屐聲。不是矯情誇鎮物，果然此喜爲蒼生。

白雲明月堂新起，百辟功高戀一邱。寫出中年絲竹感，六如筆意太風流。

珍重東山大隱身，運籌幃幄展經綸。羨他玉潤陳鶯座謂少泉，風致何殊乞墅人？

題李謹堂令原觀棣圖照謹堂甘肅西寧人兄名協中宰東鹿代李琢之明府作（四首）

隴西家世舊知名，説到連枝劇有情。手把一編春樹下，脊令原上聽嚶嚶。

花裏青棠頻注目，詩中《常棣》耐披吟。畫工具有風人筆，寫出怡怡一片心。

鹿城琴任季方彈，彈到和鳴雁下灘。手種甘棠三百樹，待兄一日一回看。

對床風雨憶論文，我有荆花兩地分。展玩君圖更惆悵，油然長望泰山雲時兄雙南司鐸泰安。

題李采仙雲楣瓣香軒遺稿（四首）

詩在人何處？風流隕瓣香。志高偏運蹇，命短惜才長。逝者行堪念，思之黯自傷。遺編幾披讀，鄰笛感山陽。

卅載盟車笠，津門溯勝游。硯廬聯舊雨，梅社幾同舟。成共推麟角，癡尤邁虎頭。吉光留片羽，剩我哭山邱。

七十二沽水，低頭梅子真。冷官成大隱，老宿已陳人。空自留遺集，何時付手民？夜臺應晤對，念我共傷神。

有子才如驥，群真冀北空。殫心歌白雪，努力守清風。業向楹書肄，名期蕊榜通。生平未吐氣，亘漢化長虹。

崇因寺感舊示兒子銘盤（四首）

禪院無塵雨氣涼，雁王導我禮空王。松陰滿地清於水，一洗凡心領妙香。

海棠墜雪絮紛飛，誰受當年無垢衣？綹面觀河人易老，飄然隻履已西歸空相上人示寂已數年矣。

昔年曾飽伊蒲饌，精饍如嘗護世城。十載重來增感觸，厨空香積若爲情。

僧傳衣鉢我傳經，一樣修真養性靈。珍重佛馱鐵如意，元燈常炳焰熒熒。

李琢之明府約赴正定襄閱試卷賦此述懷（四首）

敢云玉尺善衡裁？約我論文試院來。士果無雙真杞梓，人經拔十出蒿萊。焚香共矢求賢志，抱璞應逢濟世才。知己居然心可信，幾年相印憶欒臺。

掃空形迹任天機，晤對兼旬掩棘闈。勸飲醇醪開蟻釀，助加餐飯問漁磯。偶因清暇凌丹閣，爲惜緇塵浣素衣。愛我真情同骨肉，天涯游子澹忘歸。

更將遺卷細追摹，棘句鈎章忍遽塗？助采紅珊張鐵網，怕經碧海失元珠。騰驤逵路期多士，毰毸春風憶故吾。選佛場開天軼蕩，兩人心迹證冰壺。

檐際芻尼送好音，十年謁選到於今。幾從牖下畊枯硯，又向河間守泮林。借箸感君籌出處，忘機笑我任升沈。

冷官詎有經時策？勉答昇平望作霖。

留別及門諸子（四首）

抗顔講座幾多年，玉笋森森列几前。唱到驪歌心欲醉，印留鴻爪迹如烟。繡絲敢説金鍼度？磨墨仍期鐵硯穿。珍重臨歧一杯酒，好從香火證因緣。

讀書豈但科名計？要養心田見性靈。李杜詞源忠與孝，韓蘇文骨史兼經。道根似竹千尋節，善果如蘭九畹馨。閉户自精真樂在，休因小忿履公庭。

文字先求氣骨清，銷融渣滓見精英。水因曲折波纔壯，山以崚嶒勢不平。灌溉根株花競艷，删除枝葉竹先成。眼前境界皆奇妙，悟到空明本一誠。

曾爲槐黄幾度忙，飛騰盼爾上名場。逢時花樣雖頻改，法古薪傳慎莫忘。能抱苦心天不負，果輸真力願終償。芹宮桂苑聯翩起，多寫泥金早寄將。

題張玉夫明府五烈記傳奇

人生秉至性，雖死猶不死。烈魄耿丹虹，剛腸照青史。我讀張君《五烈記》，滔滔清淚如鉛水。方丞（振聲复贈太守，謚義烈）分駐斗六門，官秩雖微志節存。哦松庭畔羞斯立，揭竿海上愁孫恩（賊黄城及族子黄水來，其黨張丙及梁辦、莊五、吴貂）。馬孟起（步衢守備，贈都司，謚剛烈），陳元龍（玉威把總，謚勇烈），同官爲僚稱協恭。共勵丹心鎮鯨海，誓張毅膽撲狼烽。黑風陡吹海水立，擣穴夜學蔡州襲。元凶漏網焚其巢，詎防逆黨開門揖（張清紅，又名彩五，邑之富而猾者也，潛爲之應）？神師鬼卒重招摇（僧允報爲之謀主），擁如蜂至喧如潮。恃張紅頭（張清紅掉號）作内應，逾溝毀栅妖氛驕。文武三人窮守禦，任爾九攻還九拒。恨煞全軀破栅人，甘抱長城付一炬都司許荆山以敗相，依勢亟毁栅逃，賊遂乘隙入。計窮巷戰接短兵，縛賊手恨無長纓。諸天劫重紅羊爛，閩海瀾翻碧血傾。幕府蓮花高十丈，階前玉樹尤森爽幕客冼志勇，贈六品銜，子聯輝，贈七品銜。喬梓赴義甘如飴，雲中甲馬風濤響。巾幗氣骨争嶙峋方妻張贈淑人，陳妻唐贈恭人，義僕江承惠、曾大祥、邱新許厨子走卒外委朱承恩、許國寶、林登超、蔡大貴，額外陳騰輝、朱萬年，皆戰死甘致身。各完各分無留戀，降表僉名愧昔人。女中杵臼心如擣，藐孤矢爲花雲保方妾粱氏，乳媪蕭李氏，携幼子維善先遁。留得方家一脈根，忠貞有後原天道。天兵指日掃欃槍，捧海澆螢敢距撑？鐺釜游魂空泯滅，河山壯節自峥嶸。九重彩鳳銜丹詔，建祠特榜昭忠廟。雲車風馬魂歸來，靈爽九泉應一笑。玉田按拍點紅牙，唾壺如意頻頻撾。真氣淋漓貫鐵板，雄心激越咽霜笳。君不見菊泉楊大令，闔門曾致趙城命。合與方君合傳書，誰作前茅誰後勁？昔成小啟爲徵詩，勵俗同將節義持。願君揮灑如椽筆，更譜雙忠合璧詞。

卷五　河間集

題劉子重銓福甎祖齋圖〔一〕

有齋蓄甎必甎祖，想見主人真好古。從今齋與甎並傳，齋甎何幸得賢主！在昔肅寧苗明經，得一「君子」喜欲舞。持示揅經阮太傅〔二〕，命爲「甎祖」書之譜。劉君秉鐸涖肅邑，搜訪幾傍舊墻堵。「日華」「君子」紛來集，恍若明珠歸合浦。此宫此館亦傳舍，三千餘年一抔土。傳經遺澤寄八甓，摩挲不惜日三五。彈指華嚴現樓閣，蕭齋直欲抵秘府。毘陵許君精六法，春氣盎盎腕下吐。遠寄便面索我詩，開椷喜慰翻意憮。笑我求一不可得，君乃羅列紛可數。無甎有齋齋亦空，破屋況不蔽風雨。何時排闥一訪之，手拓方花辨交午。君乎割愛能不能？還問齋中劉遼父。

【校注】

〔一〕劉銓福，字子重，别號白雲吟客，大興人。生於嘉慶末，卒於光緒中期。有《甎祖齋詩鈔》。

〔二〕阮元齋號爲「揅經室」。

題蘭贈畢芸堂刺史昌緒即送之潞河任（四首）

一般霜露幾般承，悟澈榮枯理足憑。信是國香根柢厚，烟巒合種最高層。

日指宣德淡金鑪，肯使纖塵半點污？想見妙明心不染，焚香常供素心孤公喜鑪。

偏於樗散眼垂青，勗我臨池意可銘。自愧在山無遠志，何時小草亦升庭？

久依大厦意難忘，拜送雙旌引別觴。寫到清芬滋九畹〔一〕，代他父老頌《甘棠》〔二〕。

【校注】

〔一〕《離騷》：「余既滋蘭九畹兮，又樹蕙之百畝」。

〔二〕見《詩經·召南》。

贈崔次龍秀才士元即書其雪廬詩草後（四首）

一卷披冰雪，渾如背癢搔。江山欣得助，湖海氣能豪。骨相空群馬，胸衿策六鼇。坫壇今冷落，期爾振風騷。

昔見陳蓮浦，仙才照眼青。修文太匆促，餘韻悵凋零。繼美推斯筆，鍾奇信有靈。好延文獻澤，努力抱遺經。

荆璞難藏氣，干將莫掩鋒。我殊憐病鶴，誰解好真龍？味以清彌永，交從淡後濃。良才期用世，休漫養天慵。

卅載耽吟癖，年來鬢欲華。塵心清苜蓿，俗耳厭箏琶。差喜聯同調，從今見作家。細論期異日，把臂引流霞。

題蘭贈鹿和軒廣文（二首）

千秋道脈溯江村，純孝奇忠聚一門。仰止傾心低首拜，喜從空谷見蘭孫。

風節嶔崎意氣深，善根苦爲護東林。願君夙夜思繩武，苜蓿盤中保素心。

宋謝文節公橋亭卜卦硯歌爲劉子重賦

橋亭卜硯蒼潤堅，銘詞題識篆額鐫。材脩九寸廣五寸，其厚九分形模全。謝公携之建陽市，賣卜索米不受錢。

四海茫茫石一片，鷓鴣淚眼同涓涓。初笠肥遯繼苦節，《易》理《易》數通先天。曾寫却聘書一紙，恍從橋上聞啼鵑。紅羊劫重不可返，眼看旭日沈虞淵。北來燕市甘槁餓，亮節直接西山賢。當時此硯落閭海，出土乃在永樂年。不知何時亦北上，海潮菴作支床甎。月東上舍見之笑，抱歸浄洗蛟螭涎。程文海銘何足重？重公忠節扶坤乾。儉堂中丞愛不釋，季子之劍同留連。千金一諾死不易，堂中銅鼓俱流傳。子重學博洵好古，拓本索我詩一篇。云是得之查氏子，椿庭寶貴羅華筵。玉帶生硯歸御府，竹垞詩好萬口宣。愧我孱筆難繼美，感君摯意揮雲箋。願君喬梓勉報國，老鳳雛鳳桐岡聯。颺拜都俞溯皋、禹，文章黻黼追許、燕。潤色太平數敷奏，隃麋萬笏供磨研。謝公魂歸色亦喜，頓化滄桑舊感爲雲烟。

題潘彤侯參軍煒觀蓮雅集圖

故人寄我空中書，媵以長卷《觀蓮圖》。索題新句押卷尾，留作圖中記事珠。開帙精神頓蕭散，扶疏花木和塵澣。三年舊夢上心頭，恍到鴛鴦舊池館。主人性愛君子花，年年鑿池栽藕芽。延賓每值觀蓮節，酒如淮水花如霞。前年我向樊輿住，曾到安仁種花處。携手花前倒醁醽，碧筒呼吸酣清露。坐中吴質壺山何英英，覓句方干更老成鐵珊。奇芬共挹楊凝式謂蓮卿，曾説與花同日生。去年此日花如昨，祝嘏花間尋舊約。我羈薄宦去瀛州，坐少東公〔一〕應不樂。一年一年復一年，賞花人換看花筵。荷露纔圓向風散，主人悵對花合烟。颯爽難忘惟伯起，鞭指太行西去矣。五夜文星落解州，與花同生先花死。主人懷舊發幽情，田君妙手調丹青。寫得生綃圖一幅，花亦如聞太息聲。花事轉環人易老，但期人共花長好。萍蓬聚散等浮漚，雪中踪迹留鴻爪。願君什襲珍此圖，展翫休令寒具污。死生離合烟雲變，心迹同盟冰一壺。

【校注】

〔一〕車公，即車胤。《晋書·車胤列傳》：「桓温在荆州，辟爲從事，以辯識義理深重之。引爲主簿，稍遷别駕、征西長史，遂顯於朝廷。時惟胤與吴隱之以寒素博學知名於世。又善於賞會，當時每有盛坐而胤不在，皆云：『無車公不樂。』」

灤平有青石嶺險巇難行行人憚焉蔡東川懋昂權篆兩月爲剗平之賦贈一詩代邑人爲壽

我讀古《尚書》，曰「天壽平格」。惟能平不平，大年享耆碩。君昔宰灤平，心平若衡尺。聽斷秉至公，俗與化移易。邑有青石嶺，岧嶤插空碧。坎坷設天險，險巇奪人魄。螺旋苦迢遥，鳥道太逼仄。樵徑絶攀援，輿馬斷行役。安得秦始皇，怪石神鞭策？安得驅山鐸，爲徙山靈宅？君也心悵然，慷慨爲開闢。一朝施椎鑿，萬古通地脈。恍運巨靈掌，陡將太華擘。恍驅夸娥子，夜移太行脊。力逾六甲神，奇勝五丁迹。崎嶇變康莊，跋涉如衽席。商賈及行旅，歌舞趨傳驛。有功德於民，聲施流烜赫。心平能格天，天全壽斯益。即此咏《甘棠》，何慚召公奭！灑墨書豐碑，願勒南山石。

庚戌二月奉使紀事（八首）

也備皇華選，銜寒載月來。輕車馳百里，遺詔下三台。鶴氅風標潔，龍髯雪涕哀。餘情更咨度，吹垢正需才連日大風。

兩度過雷封交河明府雷鶴峰，情懷勝酒濃。善交徵子惠，共濟協寅恭。磊落青藤氣徐笠山，高寒白石容姜雲岩。主人尤雋爽，逸鶴駐奇峰。

十載欽遲久，蕭齋夢往來。達夫思學咏，穎士解憐才。論古胸襟宕，談詩眼界開。陽春歌一曲，欲去轉徘徊東光蕭春田明府。

不見元卿面，難兄意藹然寧津蔣和叔大令奉委工差，晤令兄麈仙。登龍心一快，揮麈骨疑仙。陳實雨卿通新契，潘尼士安溯舊緣曾居寶坻李明府幕中。恍如携二仲，三徑憩雲泉。

驚座才難遇陳仁山大令奉委上道，言尋退叟廬朱懷民。前徽仰忠孝鹿和軒忠節後裔，後起富詩書劉蔭雲文學，綺歲妙才。數典枯腸索，談棋慧眼舒。高風緬吴質，訪戴意何如訪吴竹菴司馬不遇？

柳雪頻來往，廣川今再游。未能追驥足未見龐四學博，空自仰魚頭魯卓泉刺史公出。袁粲極風雅聽濤少尉，陸雲工勸酬配庚同年。鞭絲縈驛柳，維縶負攀留。

君謨交誼縶蔡東川，漢皐我重經。潑墨心留素，開樽眼共青。畫從雲嶺索嶺在瑞安，陳琢如大令瑞安人，善畫，時同在署中，詩向渭陽聽琢如令甥蔡小琴孝廉，公車北上，甥舅相遇甚歡。瀟灑陳無己，蘭因證德馨。

琴待鍾期聽鍾嵩生奉差入都，詩從賈至論塤伯。清聲天水遠趙午橋偕計入都，遺澤獻陵尊。風雨將君事，馳驅載憲恩。惟憐劉子驥，盼斷北來轅謂子重，予兩次奉差，未至肅寧。

卷六　後天雄集

上何玉民觀察耿繩（四首）

鑾臺幾日拜行轅，洹水重回黍谷温。更向北門瞻鎖鑰，每開東閣伴琴尊。作人敢説能承化，知己從來勝感恩。恰似揚州依水部，官梅清極並詩論。

香火緣深六十霜，科名兩代接芬芳蘭士年伯與先大夫同舉丙午，春民與珩同舉戊寅。城南雅集瞻遺範，海内高門仰義方。雪案嘔心資秘笈童時喜讀《九家詩》，風檐把臂憶傳觴壬午禮部試，與春民同號舍。鳳毛喜見摩天翼，翹首丹山萬仞翔謂鏡海昆仲。

群從褰幃問字來，翩翩俱是不凡才。山聯大小池塘夢謂鏡海、芙川，境闢琅邪錦繡堆伯履。原父不徒文藻麗茗柯，謫仙行見筆花開端甫。愧無點雪洪爐手，遒鐸頻摇當鉢催。

略分言情氣誼深，滄溟收納到蹄涔。遷喬喜遂依劉願，坐鎮常懷借寇心。玉樹春風容我伴，黄花晚節爲公吟。蒼生霖雨需良弼，鳳扆綸音指日臨。

贈李君佩參軍聯賡即答元韻（四首）

一見遽心許，三生有夙緣。情均共命鳥，胸藴在山泉。神愜我能喻，誼深人笑偏。此中相契處，不止藉詩傳。

托命聖賢酒，耽心《主客圖》。三杯和膽露，一字已腸枯。難得此同調，從今德不孤。徐公嗟久別，喜又見真吾友人徐蘭生，與君同齋額。

卅載求吟侶，風塵見此才。名心知我嬾，倦眼爲君開。劍澀刃將頓，琴焦心未灰。韋絃應互佩，今雨望頻來。

塞上冰霜厚，從知憚遠征。勾留遲兩月，心迹喜雙清。如鶴且相和，爲蟲耻應聲。試燈風信早，生怕送君行。

謝友惠粤茶

我生有茶癖，日飲苦不足。清氣沁心脾，勝於倒醽醁。良友洵知我，爲遣穎士僕。惠以茗一筒，云産六嵩麓。開緘發狂喜，拜賜等祭肉。蟹眼沸竹爐，一吸仙雲緑。玉碗捧蛾眉，殊欠此清福。聊解文園渴，遺經遑問陸？用代小龍團，此品差不俗。一盞汲寒泉，留薦蘇玉局。

寄贈芝卿即和見懷元韻（二首）

河梁握手瞬三年，洹水題襟溯舊緣。高鳳耽書原有癖，王喬作令本如仙。傳家治譜天孫錦，改歲鄉心客子綿。循吏儒林須努力，君拖紫綬我青氈。

陽春有脚送暄和，遡聽風聲雜感多。蟻酒何防留客醉，龍泉莫漫替人磨。切磋記否資韋佩？經濟傳來勝甲科。手洗金尊盼前馬，待君同唱百年歌。

喜芝卿來郡疊前韻贈之（二首）

東風入坐又新年，重結詞場翰墨緣。律必援經非俗吏，筆如使劒挾飛仙。期君但酌臣心水，勸我親裝佛手綿。三世淵源承一脈，冷官應不嘆無氈。

鋒芒收歛氣融和，廿載名場閲歷多。不負初心燈共翦，頻揩老眼鏡重磨。棠陰話舊存模範，花樣翻新謝臼科。縱口莫談門外事，且敲銅斗共高歌。

寄鐵琴灤州並致直存寶坻又凝鳳縣季彭丹棱補録九月作（二首）

望罷泉州望益州，含情重問草凉樓用船山句。登高各有懷人句，可付征鴻寄我不？

海陽喬梓亦清寒，共守清齋苜蓿盤。簾捲西風人不見，黄花瘦影當君看。

新春君佩索詩因論詩中三昧作此代柬（四首）

淑氣催人早，東風爲送詩。期君試新筆，和我及春時。墻外塵全隔，門中格許窺。絶無人賞處，相對共支頤。

石桐與少鶴，一代兩詩仙。除却王熙甫林希白輩，誰窺張賈傳？君家老松圃，獨與結因緣。衣鉢祖庭得，好參無字禪。

早與崔塗遇謂曉林，論詩憶舊游。推敲争半字，精力貫千秋。大雅悲淪落，無因再唱酬。見君心一快，如病喜新瘳。

不求俗眼説，可知風骨高。神來頻得句，髭斷久忘勞。墨凝冰生硯，泉流珠在毫。金鍼度人否？問訊首重搔。

喜晤芝卿通守即贈時權清豐尹（四首）

再見翻疑夢，前塵十五年。湖湘頻悵望，燕趙更留連。道義雲霞契，文章香火緣。感君投轄意，争忍促歸鞭？

不到蓬壺頂，天應惜此才。貽將士民福，留待使君來。舊夢連宵醒，新花滿縣栽。牛刀雖小試，游刃已恢恢。

促膝申情話，留賓不廢公。判花心似水，掃葉手如風。聽雨燈頻翦，傳餐漏未終。更餘豪興在，拈韻入吟筒。

有子慚雛鳳，多君雙眼青。神丹勞點化，頑石竟瓏玲。沆瀣聯三世，淵源本一庭。臨歧無别屬，重爲刷脩翎。

附　芝卿和作（四首）

不意吾師至，離懷罄四年。風塵旋聚散，杖履久牽連。下榻兼新雨時陳琢如大令、王樂菴二尹同至〔一〕，挑燈話舊緣。驛梅寒到骨，香雪撲吟鞭。

卅年艱一第，天竟厄奇才。白日催人老，青山送客來。芝蘭情更洽，桃李手親栽。褊急慚爲政，甄陶量漸恢。

宦迹如蓬轉，年年作寓公。驚心聞夜雪，促膝坐春風。醉引金尊滿，談深玉漏終。聯吟纔幾日，好句滿詩筒。

天亦解留客，連朝不放青。玉龍飛片片，鐵馬響玲玲。別路雲遮樹，排衙草滿庭。傳薪貽鶴子，接踵振霜翎。

【校注】

〔一〕明清時，俗稱同知官（縣丞或府同知）爲二府。二尹，即二府。

菊影（四首）

簾捲西風證夙因，好從幻境見天真。三間餐罷餘秋思，五柳歸來有替身。與我周旋空色相，共誰贈答祇形神？低徊欲倩丹青手，渲染屏山待淡人。

美人遲暮耐端詳，移照燈光儼鏡光。夢想之中含晚節，塵根以外寫孤芳。如烟清韻超凡界，絶世秋心上粉墻。比似梅花誰較瘦？橫斜風趣細評量。

瀟灑精神稱冷齋，便思坐卧亦相偕。根移月下香同淡，花現空中色更佳。愛爾玲瓏饒骨格，與君脱略到形骸。填詞除却張三影，誰與吟秋《漱玉》儕？

幾回相顧復相憐，四面安排對几筵。映入酒杯秋灧灧，醉扶佳客舞仙仙。高人心迹疏狂慣，我輩交情冷淡緣。

禿筆自慚難繪影，東籬聊補《和陶》篇。

題陳章軒明府政典種竹圖

未見種竹圖，先吟種竹詩。執筆未下負奇氣，想見主人凌霄姿。髯公策馬來，爲洗竹根卮。高談雄辯驚四座，渭川千畝、齊向胸中窺。或云古人多愛竹，七賢六逸相攀追。緑卿青士詡別字，虛心勁節陳訣詞。我持鷄距如鴉觜，舊文剿說、一一删除之。聞公宰沙河，刻竹銘去思。又聞牧滏陽，扶筇父老、送別情依依。三沽是我舊游地，故人竹報、道公蔽芾甘棠垂[一]。即今還頓邱，竹馬萬騎羅群兒。想公愛民如愛笋，錦綳香褓勤護持。愛士亦如愛篠簜，清泉洗濯森森枝。士民得此鬱生氣，參天拔地、都變傾陽葵。我今歌下里，竹葉酤還釃。願君成竹胸，不爲醉竹移。刳爲餘皇舟，大川共濟乘良時。築爲百尺樓，元龍湖海呈英奇。薇紅柏翠相掩映，柯葉不改鸞凰儀。豈徒媲美子猷子，清風嘯傲、但向林泉吹。

【校注】

[一]《詩經·召南·甘棠》：「蔽芾甘棠，勿剪勿伐，召伯所茇。」

題張蘭畹思洪將游五岳圖（三首）

先生胸次太超超，示我真形鄙吝消。耽寫小詩留卷尾，愧無健筆不能搖。

年年行脚走風塵，何日能抽自在身？寫得新圖酬壯志，眼前五點起嶙峋。

胸中五岳漸銷磨，夢裏游踪認幾多？差喜向平心願了，安排蠟屐訪烟蘿。

題陳章軒洗馬圖照

使君相士如相馬，超盡驪黃與汗赭〔一〕。使君牧馬如牧民，求芻求牧儥氣馴。使君洗馬如洗俗，良者無塵駁者伏。滏陽使君牧，析津使君宰。頓邱與平干，竹馬兒童負弩待。方今兵氛盜潢池，害馬之馬宜去之。挽芻飛檄刻難緩，多備緑耳兼纖離。使君本是老馬援，據鞌勢比廉頗健。請纓手繫南粤頭，飛馳露布傳銀箭。大功成後重祓湔，五花照影雲滿川。爲君長歌《洗兵馬》，行看真面畫凌烟。

【校注】

〔一〕赭爲紅色，汗赭，即汗血。

題淡曙軒明府春暉曙萱課子圖照

松間曙色紅曈曨，石畔萱花青蘢葱。倚石坐者明府公，膝下清課催奇童。明府矯矯人中龍，去年捧檄來天雄。握手訂交水乳融，肝腸若雪氣若虹。消盡塵世鄙吝胸，同舟共濟真和衷。東鳴西應豐山銅，雷煥之劒中郎桐〔一〕。一載駒隙何匆匆？《陽關》法曲歌三終。折柳贈策心忡忡，手持玉照催詩筒。爪痕留印泥中鴻，所親一去誰可宗？禿筆潦倒墨不濃，黯然何以慰别悰？丈夫意氣凌青空，臨歧兒女羞喁喁。壽萱〔二〕養志甘旨充，雛鳳振翮毛羽豐。君如旭日方在東，實心實政聲隆隆。八騶行乘御史驄，留取真面見阿蒙。他年萍水重相逢，披圖笑印同心同。丹心鐵骨撑雲峰，不信請問圖中松。

【校注】

〔一〕《晉書·張華傳》載：雷煥任豐城縣令時得雙劍，劍名「龍泉」、「太阿」。雷煥死後，「龍泉」不知流落何方。後雷煥之子佩「太阿」過延平津，劍從鞘中躍入潭内。使人潛水尋劍不得，只見雙龍在水中相偎。中郎桐，即中郎琴，指蔡邕的著名的「焦尾琴」。

〔二〕萱，俗稱忘憂草。嵇康《養生論》云：「萱草忘憂」。

德華女于歸劉婿樾村詩以送之〔一〕

春風生繡幰，之子方于歸。人倫從此始，好逑歌《風》詩。汝生廿三載，掌上明珠璣。一朝離膝下，未言先淚垂。作婦良有道，婦德宜無虧。堂上奉甘旨，中饋勤職司。同氣和娣姒，交讓情怡怡。子女慎撫育，教養嚴寓慈。流惠及臧獲，逮下恩頻施。努力相夫子，靜好永無違。汝父愧寒氈，添妝無多儀。瀕行語不休，鄭重汝自知。一語慎毋忘，無父母貽罹。他日來歸安，室家稱相宜。鳳毛衍瓜瓞，鸞誥承芝泥。賢聲動閭里，彤管流芳徽。庶幾生女者，光彩生門楣。

【校注】

〔一〕德華，即高繼珩之女高順貞，道光元年（一八二一）生。直隸知縣、南直隸劉垂蔭（樾村）繼室。兄高銘鼎、高銘盤，弟高銘鑒「皆能世其家學」。高順貞在父兄的教導與熏陶之下，自幼熟讀《四書》、《五經》及先秦、兩漢、魏晋南北朝及唐宋八大家的著述與史書。《永平府志》記載：「高順貞幼聰慧，五六歲時，從其父兄問字，讀《毛詩》、《女誡》及《唐宋詩醇》，略皆上口。繼取其家所藏諸名家詩集，遍加審閲，偶學拈韻，不待點訂，居然穩愜。」同治四年（一八六五），永平府爲她輯印《疊翠軒詩集》。現存同治十三年（一八七四）《翠微軒詩集》，附於《培根堂全稿》之後。

贈李象九明府鼎（三首）

俠氣湧如酒，名心澹似秋。高歌真灑落，把臂儘勾留。且盡千鍾量，同澆萬古愁。梅花是知己，清福幾生修？

甘旨高堂奉，寄將雙鯉魚。一心戀菽水，此意佩蘭初。陡觸廿年夢，回看一畝居。白雲渺何許？清淚灑塵裾。

交濟誼彌摯，情深累轉多。匆匆度駒隙，草草唱驪歌。彥道巾〔一〕拚擲，元龍氣不磨。重來休負約，遲爾醉婆娑。

【校注】

〔一〕《晉書·袁耽傳》載：「耽字彥道，少有才氣，俶儻不羈，爲士類所稱。桓溫少時游於博徒，資産俱盡，尚有負進，思自振之方，莫知所出，欲求濟於耽，而耽在艱，試以告焉。耽略無難色，遂變服懷布帽，隨溫與債主戲。耽素有藝名，債者聞之而不相識，謂之曰：『卿當不辨作袁彥道也。』遂就局，十萬一擲，直上百萬。耽投馬絶叫，探布帽擲地，曰：『竟識袁彥道不？』其通脱若此。」

送查子穆太守日華之河間任（六首）

略分敦情誼，情深一往中。焚香瞻北斗，贈策立西風。五馬從茲遠，雙魚望屢通。黃花吟晚節，此意悵誰同？

授我皋比座，知音自古難。士風從耻勵，文教貴心安。提唱端坊表，栽培借羽翰。更分香一瓣，珍重付階蘭謂滋軒。

心與氈俱冷，青門想種瓜。感恩孫伯樂，太息賈長沙。世事看頻換，吾生信有涯。徑荒松菊盡，鄉夢繞烟霞。

風緊鶴頻唳，羽摧鴻自哀。烽烟嗟役困，撫恤待公來。何日銷兵氣，真逢撥亂才。懸知憂國意，蒿目上瀛臺。

括盡司農餉，安能實漏卮？空爐停鼓鑄，何術起瘡痍？善後籌邊筆，争先打劫棋。軍儲資上策，猿鶴正調飢。

殺運需收拾，生機妙轉移。天心終厭亂，國手賴匡時。指日欃槍掃，行看露布馳。待公勛勒鼎，重獻凱歸詩。

題劉筱北刺史聽泉圖

使君聽泉如聽訟，來有源頭流有縫。分風擘流手眼高，净洗凡音歸空洞。使君聽訟如聽泉，心如鑒朗如珠圓。

脈絡分明得歸宿，一塵弗染何澄鮮！誠爲人謀常自喜，聽泉別具聽言理。上出旁出時不窮，在山出山清不滓。才大如海心自平，破浪宜聽風濤聲。胡爲眷戀此涓滴，一帆偏不到蓬瀛？我謂大小豈形迹？悟徹靈源形莫役。一吸噴作傅説霖，億萬蒼生含潤澤。使君且飲聽我歌，活潑潑地涵無波。願得此泉化爲酒，日傾三百金叵羅。我識使君近一載，淡交如水永弗改。且歌小詩待君聽，披圖中有寄泉在。

偶成

持帚拂塵案，一時懷抱清。明知掃不盡，且得暫光明。

哭文魯齋明府穎

文君英烈士，陽穀飛雙凫。履任纔三日，爲國捐其軀。憶及欒臺瓜，大椿曾代吾。共焚告祖香，聲氣交相孚。君泛孝廉船，趨庭習操觚。手持羔雁贄，問字來吾廬。爾時閲君文，血性紙上鋪。決爲不世才，昂藏真丈夫。果然捷春官，捧檄之東都。初爲東蒙主，神君流令譽。量移宰商河，再權陽信符。羽檄調從軍，挽粟而飛芻。方冀息勞薪，霖雨蒼生蘇。一朝罹大難，碧血飛模糊。常山齒穿齦，温序口銜鬚。眷屬悲伶丁，寡鵠兼童烏。難弟來收骨，扶櫬歸明湖。愧我遠相隔，綿力難爲扶。練勇近一載，獲醜殲厥渠。代雪九泉憤，心剖腸更屠。敬奉一瓣香，臨風奠吾徒。上慰雙白髮，下弔六尺孤。

閲邸抄吊殉難諸君子（十首）

畿輔悲同志，英靈儼在天。參連飛碧血唐際虞明府盛宰欒城，先受二矢，而後死，一炬化青蓮孔菊農明府慶銈，暨公子霑鄰，孝廉繁渥，死交河堂皇，並焚其尸。守土官無愧，登陴尉亦仙陳賡揚少尉虎臣，死欒城東門上，孫巡檢文驄代理滄州吏目，三日死之。雲中聞甲馬，想像錦鑣聯。

觥觥陳刺史笠漁希敬，未見兩傾心。交自文中訂，詩從畫裏吟珩爲謝信齋題畫六幅，深蒙激賞。一朝伸大節死深州，千載失知音。流水高山意，因君碎古琴。

其人如玉潔玉星垣明府衡死沙河，妻佟孺人，妾某氏，同殉節，更有汝南周周蔭之、司馬憲曾死臨洺關，妻蒯宜人，妾郭孺人，同殉節。共説楊無敵，休悲廣不侯楊瀛仙刺史雲鶖死晉州。紅羊歸浩劫，白鶴返瓊樓。淚雨紛紛灑，環澆土一邱。

朗吟樓下望樓在滄州，爲哭沈東陽沈月海刺史如潮死滄州。城小膽逾壯，旗高氣倍揚城守尉德成同死。丹心雙節峻，俠骨一門香月海胞兄沈如江，堂叔母吴氏，次媳屠氏，長子沈康保之妻殷氏，並幼孫女，堂侄康升繼妻陳氏，三子監生沈康吉長媳管氏，堂侄孫沈承爔，並家丁二名，同時殉難。重釀麻姑酒，招魂奠羽觴。

尼山傳道脈，有孔菊農詎無顔顔勵堂判官錫敏死深州？不忝聖賢裔，能超生死關。見危真致命，立懦足廉頑。一例叨旌恤，尋看鳳詔頒。

休薄寒氈腐，其中大有人。張星煥光彩張廣文秉廉，死任縣葦塘中，鐵骨植嶙峋。名入千秋鑒，堂明萬古倫。蒹葭倚玉樹，宛在水之濱。

沽上舊游地，臨風懷謝公謝雲舫明府子澄。練心人似虎時宰天津，練勇萬人，殺賊氣如虹。陣亂黑衣潰，濤寒白馬雄死於衛河。鳳毛能雪憤，墨絰尚從戎練勇萬人，衣白衣，奉公子，殺賊復讎。

嶽嶽佟都統，當橋遏萬夫。纖離傷易蹶，砥柱倩誰扶？熱血迎風灑，雄心映日孤。高堂垂白髮，雙淚眼將枯佟都統鑒，死於天津。

自古誰無死？諸君得所安。妻孥成毅魄，賓客抱忠肝王文學長申死晉州幕，何君戴筐死洺關幕。馬革從教裹，鴻毛忍並看？河山留正氣，努力挽狂瀾。

　聖世人心勵，光争斗六門。昭忠瞻廟貌，恤節戴君恩。厲鬼能殲賊，沙蟲未返魂。溪毛多采擷，忍淚薦蘋蘩。

題趙海門學博文涵菊隱圖

頭如青山峰，眼如紫石棱。白髯如戟森幾莖，膽抱子龍氣元龍。矍鑠哉！是翁本是真英雄。胡爲愛花愛隱逸，托志乃在陶淵明？我意不謂然，此語非知公。公昔秉鐸居容城，白溝河上麾前旌。練勇數千人，坐作進退何雍容？捧檄之高陽，專陳上策、矢口如洪鐘。愷陽車陣〔一〕妙祖述，小范老子、胸中羅甲兵〔二〕。今更來清豐，蓿盤一飽心冰清。不忮亦不求，無忤兼無争。坐對黄花淡如此，光風霽月開軒楹。古今豪俠士，所見皆相同。譬如昆吾刀，開匣光熒熒。伸則鏗然屈則卷，韜光匿彩歸藏鋒。公聞此語掀髯笑，請留爪印存泥鴻。他日再訪畫師將我補，權當白衣送酒之王宏，與君同醉東籬東。

【校注】

〔一〕愷陽，當指孫承宗。孫承宗（一五六三至一六三八），字稚繩，號愷陽，北直隸保定高陽人。曾爲明熹宗朱由校的老師，明末的文壇領袖。曾任兵部尚書、遼東督師、東閣大學士等。崇禎十一年（一六三八），清軍進攻高陽，孫承宗率全城百姓及家人守城，城破後自縊而死。南明弘光元年（一六四四），獲追贈太師，謚號「文忠」。清高宗時追謚「忠定」。著有詩集《高陽集》、軍事著作《車營扣答合編》等。車陣，即當指其《車營扣答合編》。

〔二〕指范仲淹，陸游《醉中歌》：「元祐大蘇逝不返，慶曆小范有誰知？」范仲淹文武兼備，鎮守邊關時，西夏人相戒言：「小范老子胸中有數萬甲兵。」

贈吴雲佐廣文起元（四首）

停雲乍合憶丁沽，閲盡星霜感故吾。屢變滄桑如夢幻，空嗟老大撫頭顱。好尋白社殘詩本，怕問黄公舊酒壚津門故家，如徐、李、朱、張、查、郭、繆、樊，盡歸零落；舊雨如梅丈樹君、崔丈念堂、李彩仙、瘦山昆弟、徐新莽、鶴臞昆弟、樊問莊、黄薜青、范蓮如、華智溪、李亭午、王春帆、吴鄰笏，均歸道山。幸有素心堪慰我，一番情話勝菰鱸。

早知雲佐意干雲，絳灌何心共策勛。此日瘦羊稱博士，去年大樹憶將軍。投醪饗士揚兵氣，執戟同仇掃賊氛。捍禦功高揮手去，重將文教振河汾團練義勇，保障一方，功成辭賞，有子推之風。

匡城何幸得人師，手握金刀斷亂絲。片語息紛緣素望，奇方去病抵盧醫。心光料事開奩鏡，險著求安打劫棋。薦牘已聞書上考，循良指日勒棠碑。

曩時同過孝源家，讀畫談詩更鬥茶。一第艱難頭欲雪，卅年聚散手摶沙。期君且醉中山酒，何日同乘下澤車？倘晤徐公謂蘭生應念我，兩閑人尚寄天涯。

贈王丹麓承楓（四首）

聞説王丹麓，於今十八年。豪情憶湖海，老將數幽燕。握手成新雨，論心證夙緣。俗塵紛萬斛，一夕爲君煎。

海内存知己，論交歲已遲。淵明琴外趣，摩詰畫中詩。慧抱九仙骨，繡應五色絲。幾生通氣誼，恍認舊鬚眉。

投筆從軍去，曾依大將壇。吉光留片羽，冰影看加冠。上策驅戎馬，閑身現宰官。胸襟超更冷，未改舊儒酸。

又送君歸去，《陽關》唱别聲。加餐慎眠食，攬轡待澄清。金石敦吾好，雲霞喻此情。從今風雪夜，有夢繞彭城君居磁州之彭城鎮。

寄劉子重書書後

家釀頻傾祖母緑，園蔬新薦女兒紅。寄語辰溪劉子重，懷人無語立東風。

寄津門諸舊雨（二首）

水光雲影記登樓，三岔河湄溯舊游。鴻爪迷離人似夢，匆匆一十八春秋。

題襟命酒人何處？難解傷今吊古情梅樹君、李采仙、范蓮如、崔曉林，均歸道山。韋蘭襟、罝吏議，後久無消息。舊雨飄零，不堪回首。我是當年丁令鶴，何時展翼過津城？

和毛素存先生韻

爨下餘焦尾，非公孰賞音？平生儲熱血，慷慨質同心。落葉紛無數，餘香焰未沈。刀鐶空自撫，時作老龍吟。

赴東明長垣解賑

帶水拖泥行路難，衝波叱馭敢求安？此行未忍須臾緩，十萬生靈正待餐。

題蘭贈張子陶大令鎔（三首）

使君大手挽回瀾，溝壑餘生得所安。我替灾黎深感戴，素心托出萬人看。

積重誰將痌疾驅？激之生變緩難圖。心花四照棼全解，荆棘叢中氣不孤。

自憐小草等飛蓬，援溺無權露眼紅。情願將身化香稻，爲君中澤哺哀鴻。

長垣縣查災作

歲在乙卯秋，捧檄勘黄水。櫛沐敢辭勞？言至匡城里。距此六里遥，村在水中沚。大樹没及頂，家家屋廬圮。秸草結小菴，風雨蔽婦子。米麥掘泥中，臭不可嚮邇。老稚相扶將，暫忍須臾死。更聞白叟言，此地乃其涘。東南一帶村，困苦尤倍蓰。舟從屋脊行，比户家盡毁。不見大堤頭，流亡聚如蟻。蒼天降鞠凶，昏墊何時已？無術拯飢溺，對之空淚泚。願人存好心，庶幾天意悔。更望回瀾手，早樹中流砥。指日合龍門，滔天胥順軌。貸麥種成苗，少少蘇枯骴。又恐水再來，盡付洪濤裹。稽首拜神龍，淚下不可止金龍四大王數至長垣。

寄邊袖石觀察（八首）

我别邊韶久，匆匆過隙駒。心隨雲共遠，夢與月同孤。樹立欽君子，蓬飛感故吾。何當拜官閣，天外下雙鳧？

楚豫毗連境，年來蟊賊多。詩書演韜略，錢鎛鑄干戈。生死堅於信，天人應以和。知君有成算，總集富鐃歌。

日判籌邊筆，雙旌晝偃門。愉愉承母訓，蹇蹇答君恩。河洛波瀾闊，廬山面目存。相期各努力，珍重葆靈根。

憶昔津門住，浮踪兩葉萍。同心長印素，雙眼鎮垂青。拈韻搜奇句，烹茶撿舊經。前塵如一夢，赢得鬢星星。

又合陽平轍，宏開舊選樓。推敲争一字，持擇訂千秋。掃葉珠頻拾，鎸梨玉待搜。鴻名蜚日下，剩我卧林邱。

自秉珂鄉鐸，斯文運漸通。群英争立雪，五鳳已摶風曉泉成進士，選蜀三台令，晋山以孝廉得中書令，爲遼陽州牧，復堂館選，蔭雲、夢九中鄉舉。幸遇淳良俗，慚無教育功。望雲空奉檄，重到古天雄。

志乘編方就，鄰封走豕蛇四年三月朔、四月朔，賊兩到冠縣。練心期似鐵練勇六百人，閲一年之久，殺賊忽如麻生擒長髮賊六十名，格殺者無數。又散太倉米收米拉運，赴長垣放賑，頻吹越石笳赴鉅鹿，勸民解散脅從。蓿盤歸一飽，坐到緑陰斜。

已分書叢老，官符倏又臨。愧無經世學，空抱濟時心。羽弱鴻難起，鱗疏鯉易沈。枯桐彈一曲，宛轉寄知音。

贈彭勉吾明府即題其荔溪詩草

扁舟來東明，爲恤哀鴻蹙。握手見彭宣，沅江蘭芷馥。示我詩一編，小窗快展讀。恍如冰雪泉，直注心肺腹。小杜陳罪言，長沙惟痛哭。銅駝抱杞憂，鐵馬塵蒿目。一匊新亭淚，遍灑瀟湘竹。有時入歡場，牢愁紛萬斛。賤子賦癡性，熱血空漉漉。感時花濺淚，拊心矢幽獨。幸遇同心人，如輻共一轂。憂來能傷人，珍重韞匵玉。他時作霖雨，洗蕩瘡痍毒。厝火寢積薪，緘口向當軸。相對兩無言，寒泉薦秋菊。

題藺少香士元詩卷楊子方携來索題（三首）

凝式傳來絶妙詞，開編恍對好丰姿。曉風殘月思千縷，雪碗冰甌筆一枝。時雜仙心如唳鶴，能砭俗耳勝聞鸝。枌鄉喜見清才出，霖雨蒼生會有期。

相如彩筆欲干雲，合向文壇早策勛。至竟登科符杜鎬，休將下第感劉蕡。硯田多種豐年玉，詩壘重摩生力軍。手盥薔薇幾披讀，奇香端爲令公薰。

鯫生性癖耽佳句，媚世無才只信天。老境猶爲新嫁女，初心敢溷在山泉。難忘結習惟文字，各有因緣問佛仙。多謝多情楊伯起，詩媒兩地置郵傳。

懷何菘蹊判官慶熙

自別何無忌，光陰又蟹秋。開尊停鬲縣，封月憶監州。西陸隨蓬轉，南風益杞憂。元龍豪氣減，何日共登樓？

卷七　居庸集

丁巳閏五月劉婿樾村約赴居庸官署寄京師諸知好（二首）

不唱《凉州曲》揀發甘肅，不果，蕭然且看山。携琴去京國，策蹇到雄關。親戚耽情話，疏慵養退閑。山靈如笑我，疊翠亦開顔。

用世非無志，蹉跎奈老何？頭顱空顧盼，髀肉不消磨。飛鳥脱塵網，飯牛聞夜歌。寄言醫國手，努力起沈痾。

關溝望雨

漫漫雨氣幻山容，羃㕡〔一〕油雲四面封。破傘孤撑人似鶴，飛泉怒吼澗如龍。東坡《笠屐圖》應補，海岳烟巒墨太濃。逸興不嫌衫袖溼，振衣重上最高峰。

【校注】

〔一〕羃㕡，彌漫。

居庸關偶成

勝國留雄鎮，關山據上游。清時任畊鑿，遍户采薪樵。駝橐呼風過，羊群似水流。賨錢輸國課，例税喜新抽。

漫成

自入深山裏，忘機鳥不驚。眼中人易老，髀裏肉還生。飲水名心淡，看雲俠氣平。勞薪暫休息，穩睡夢魂清。

感興

馬踏閑雲得得來，身隨一鷗脱塵埃。泉清不礙山遲出，花好何妨歲晚開？習静且求經世學，匡時勤訪濟川才。奚童怕我傷炎熱，手接飛流飲一杯。

微雨

一劑清涼散，山靈與我分。炎消窗外雨，潤浥嶺頭雲。關戹人烟静，邊城草木芬。騾綱墻外過，時向定中聞。

贈劉婿樾村（三首）

青眼出風塵，延明本快人。崢嶸識神健，骨肉况情親。策馬蝗氛净，當關虎氣馴。大椿長不老，代祝八千春。

零落古渠陽，南豐賊勢張。相看俱異地，何處是家鄉？但得團圓樂，權消歲月長。南天摧半壁，極目盡滄桑。

約我山中住，幽居儼軸薖。臨風策笻竹，鎮日訪烟蘿。誼重黄金賤，愁深白髮多。感君真摯意，同唱百年歌。

山居偶成

亂石多於地，群山高過城。崎嶇憫行役，名利誤浮生。守默喧還静，忘機險亦平。岩栖少人事，時聽賣花聲。

夢登日觀峰觀日出

羊胛熟時天鷄鳴，金光一線東海生。黑雲湧現忽没滅，欲出未出真有情。倏見茫茫白浪先鋪平，五城十二樓，流丹飛縱横。中有仙人互來往，雲車風馬、紛紛羽葆來相迎。或跨琴高鯉，或騎碧海鯨。魚龍變化、不可以悉數，恍如白羊萬隊、上有龍女鞭之行。陡聞碾碎玻璃聲，羲輪半吐扶桑晴。濤頭一上千萬丈，咸池浴罷開群盲。赫然大地盡一赤，閃鑠紅射鼈魚晴。我時策杖、日觀最高頂，洗蕩雲海雙眼清。填胸五岳、渣滓盡融化，炯炯方寸生光明。推枕一覺癡復瞠，披衣起坐心怦怦。朝朝夢境盡如此，何苦身爲世網攖？詩成仰天忽大笑，但見小窗旭日輝銅鉦。

枕上作

伏枕聞鷄語，瀟瀟尚滿林。群山圍客夢，夜雨溼愁心。放溜溪聲壯，開窗嵐氣深。三農殷望澤，喜沛傳岩霖。

酬樾村見贈元韻（四首）

我識延明近十年，絲蘿緣好締生前。珠擎聊當傳心訣，玉潤欣逢坦腹賢。離緒難憑鸞紙寄，老懷頻借雁書傳。欒輿路接東華路，兩度扶持仗爾先。

憶馳羽檄共論兵，助我天雄敵六營。時運元機舒妙策，能和衆志比堅城。勛高保障封疆固，秩進頭銜雨露榮。勠力辛勤幾二載，誰知戎馬兩書生？

青眼相看屬我曹，印心不改舊冰操。有時逵路舒鵬翮，且向雄關養豹韜。大好林巒容著脚，俯看塵世等吹毛。竭來爲踐看山約，擬上高峰振彩毫。

羲輪莽莽去如飛，過眼韶光悟昨非。有約先期開蘚徑，無家何處叩柴扉？憐予伏櫪心猶壯，盼爾凌霄願不違。今子傳經親健飯，齊眉同舞老萊衣。

德華呈詩四律依韻和之（四首）

作繭春蠶儘吐絲，伏轅疲馬力猶支。蓬瀛欲問仙誰渡？蔗境休言老似飴。慣踏長安三尺土京師諺云：「無風三尺土」，怕歌工部《七哀詩》。今番策蹇來看汝，萬疊關山慰夢思。

天雄遣送憶頻年，過隙駒光屢變遷。官柳助吟飛絮影，女蘿喜結施松緣。悵予誓墓心難遂，知爾看雲眼欲穿。返照嫣紅峰疊翠，停車且爲小留連。

烽烟擾擾未休兵，何日方隅慶砥平？勉竭婦工勤綺閣，好偕吏隱住山城。兩人合志萊衣舞，千里鄉心杜宇聲。喜聽飛泉喧夜雨，眼前塵土一時清。

久諳世味識時艱，此日謀生詎等閑？瑣蛣寄居身負累，文禽對語意相關。當歸有約勞投轄，遠志難酬悔出山。待我他年銓善地，魚軒迎爾錦衣還。

贈山中老道士

破廟露天光，中栖老道士。野性似麋鹿，呦呦啟黑齒。撥雲訪幽徑，壘石垝垣圮。危坐舊蒲團，絮絮夕陽裏。借問何清修，姓字並鄉里？屢問衹搖頭，以手指其耳。留我啜苦茗，新泉汲瀰瀰。此意良足佩，高情渺何已？對之豪氣盡，翛然消吝鄙。回首長安塵，車馬游龍駛。熱血湧江潮，湛然化秋水。

古廟納涼見回兵作

庚伏苦炎溽，遍體揮雨汗。散步來野廟，拾級登古殿。老樹如青虬，清陰冪庭院。謖謖松下風，何殊揮羽扇？披襟坐當之，頗覺泠然善。門外蒙古兵，歸騎正滿澗。觸熱苦奔馳，還鄉勝轉戰。以我耽閑暇，視彼脱憂患。身雖判炎涼，心乃共安宴。可知勞逸境，盡由人心變。退步能知足，寒暑心不亂。汲泉飲一瓢，煩憂毛孔散。

偶成

山中多宿雨，長夏儼如秋。争怪嚴灘叟，常披五月裘。雲埋巒隱現，泉挾石奔流。静坐心俱淡，翛然熱念收。

寄王直存表弟楷壽即送之官山西殺虎口巡撿（三首）

久别重來瞬廿年，相看握手各華顛。羡君椿健能伸養，愧我萍浮只信天。别緒三秋争慰藉，平原十日儘留連。關心多少滄桑感？回首家山一惘然。

指日吟鞭指太行，百端交集感茫茫。守株苦戀知難待，换馬飛馳氣自揚。長路崎嶇增閲歷，空山雲水證行藏。聞鷄試把青萍舞，看爾冲霄一鶚翔。

説到重逢未有期，數行書罷淚絲絲。心期可證惟餘我，門户支持更仗誰？青眼高歌傾季雅，白頭難贈是將離。待君晝錦歸來日，再賦聯床聽雨詩。

八月十一日夜坐

山居時物變，頓使客心驚。屈指中秋近，鄉愁一夜生。西風催畫角，片月落邊城。盼斷南來雁，雲開送遠聲。

卷八　枌鄉感舊集

丁巳四月歸里埽墓感賦（四首）

卅年薄宦滯他鄉，此日歸來鬢有霜。莫羡傍人誇晝錦，空餘孤影吊滄桑。山邱寂寞頽華屋，禾黍迷離半夕陽。贏得羊曇撾馬策，西州門外淚浪浪先舅氏古愚、害厓兩夫子，均歸道山。

墓門拜罷眼將枯，寸草難酬一世劬。菽水慚非三鼎奉，淚痕滴到九泉無？貧無可獻呼兄嫂，壯不如人愧丈夫。守拙但期綿世澤，依依臨去更踟躕。

無多親串且盤桓，爲盡平原十日歡。村釀太醇猶帶苦，盤飧有味助餘酸。詩書培養還宜讀，門户支持自古難。寄語外家諸俊彦謂直存表弟，芝圃、午亭、小春、吴述之諸表侄，桃源須擴寸心寬。

驅車欲去暫淹留，難别多情馬少游謂陶軒。還我紫雲能割愛予舊有端硯，爲崔生挈去，後轉贈陶軒，今仍歸予，醉君緑酒且消憂。故鄉難得逢青眼，歧路相看易白頭。多少愁心誰識得？廣渠門畔月如鈎。

里門感舊七絶五十首

歸里小住十日，幽懷舊感，拉雜書成。譬之蟬咽西風，蛩吟秋砌，亦自紓其無聊之況而已。

人民城郭都非舊，棖觸心情鬱不開。華表千尋聞鶴語，前身丁令又歸來。

十年爪迹印蓬門，一度經過一斷魂。不及銜泥雙燕子，年年來認舊巢痕故居歸於芮，今又歸王姓。

鐵琴僑寓海陽城，鬚鬢蕭蕭白幾莖。望斷枌榆歸不得，携壺忍聽杜鵑聲。

季彭別我去眉州，過隙流光十二秋。更有難兄臨古驛，含情重問草涼樓用船山句〇謂雲浦時官草涼驛丞。

多少琴書付劫灰，置身無地況樓臺？沙哥崔嫂西川去，先向關西策馬來靜存携眷赴陝，將由陝入蜀。

鶴生有子莫從姑謂嗣繼，頓化沙蟲付劫餘。爲問中州流寓客，滑臺風景近何如館於道口？

載將弱小付縲絏，指日鞭絲指太行。聽到鐸鈴深夜語，聲聲猶自喚郎當直存選殺虎口巡檢，即日赴任。

幼同研席憶虞尊，一領青衫有淚痕。至竟專愚宜食報，孝廉船上見文孫謂巫乾，名煦健。

惟有茅亭從舅名玠氣誼敦，聯吟三載憶西軒。白髯老子今何在？白酒黃鷄哭墓門。

笑山慣畫米家山，艾艾期期語莫刪。玉樹三株摧二本謂令子小蓮、珊蔭昆仲，傷心贏得鬢絲班。

七字群推老舍人宜齋名思義，廿年容與鳳池春。鳳毛留得家聲在，驥子龍孫意氣馴芝圃、鏡芙、子佩、竹林。

倔強長思笠卿子，皋比坐擁未還家。荆扉屢扣無人應，悵對街頭樹影斜名金臺。

修文感逝陳驚座荷樵名壽朋，刻燭難忘門捷時。幼子不知何處去，柴關北望淚絲絲。

錦萱本是文中虎從舅名瑋，舞折哥舒半段槍。階下科名新草綠，喜看令子繼書香迎壽。

懸鶉不掩英雄氣，膾鯉能酬鞠育恩？惆悵故人今有子，一雙松下賦《招魂》午亭，雙松之子。

舉舉吴郎亦少孤，雛烏負米奉慈烏。年來盼煞泥金報，讀破遺經似我無述之，鄰笏之子？

袁宏〔一〕已作蒼髯叟，臨去猶留執手緣。記得丑樽工罵座，曾安背上七星拳玉樵。

敲詩度曲憶春航王名震，以進士爲長泰令，一去仙山路杳茫。閩嶠楹書無恙在，好遺雛鳳讀琅琅謂紫瀾，名賓儀。

鶴巢老筆邁香光，健骨遒筋逼二王。額上蝸廬今失去，空吟黃葉助悲涼公名承祐，余外祖行，爲予書額。有句云：「黃葉冷空山」，人呼爲「王黃葉」。

五臺作令解歸韋步雲從舅名琮，時年八十有二，三代都爲有印官橘園同年名憲猷，其子叔平，亦以縣令分發山左。重拜龍頭真喜慰，爲扶鳩杖勸加餐。

贊虞從舅名長凱俠氣古無儔，曾共田盤十日游。得見蘭孫小春在京邸堪慰我，歸來重與吊山邱。

鶴汀依舊許丞聾從舅名保成，善書，秋潡從舅名彥乂，善畫羈栖濟水東家於濟寧。書畫當年稱二妙，難從泥爪問飛鴻。

一官閩海順風航，丹旐歸來劇可傷。留葬花田傳義烈，芳魂難返蔡三娘樸岩從舅，名殊淳，卒於閩，蔡姬殉焉。

杭州遄返赴青齊，得領鹽官日又西。文子文孫留歷下，鳴琴吐出氣如霓廷彥官濤雒場鹽大使，次子瑞書、長孫勵臣，均以大令分山左。

英風矯矯憶桐岡廷彥第四子名鳳祥，沽上曾經醉羽觴。丹頂喜聞書懋績，酬恩血戰在沙場以副將留軍營。

三尺雄心敵萬夫，漁莊逸氣古來無名澎，官編修。使星爲盼詞曹出，銜恤歸來比鶴臞近丁外艱。

國史修成筆有神，嘯舲名祖培，以庶子提調國史館雅度實温淳。傳家妙悟《臨池訣》，早信冰廳有替人謂仲蓮。

問樵常共笑顔開，冰雪聰明絶世才。中道遽悲良驥蹶，殷殷屬望到三台三台，問樵子。

誰及蓉塘至行醇芮君名斯振？和風入座室生春曾館予家。八聲唱到甘州曲，争羨伊、凉制錦身以知縣分發甘肅。

范齋譫語夜嘈嘈，一命争回仗石膏試禮部，病疫，予投以白虎湯，立愈。訪我瀛臺留兩日，十年不見夢魂勞單名維模。

昔聞楚北雙凫下，瀟灑誰如單十三？剩有殘尸歸馬革，沙場能死是奇男硯農名維楷。

一錢不選推劉寵昆圃邑侯名秉琳，楚北黄安人，尊酒論文繫我思。忽憶憐才林刺史前邑侯林梅甫，名靖光，侯官人，後升涿州牧，棠陰墮淚撫遺碑。

旭亭爲我靖氛囂公前實坻尉，予少年曾遭謡諑，公爲解紛，射鴨堂空感寂寥。聞道石泉才肆應名青選，晋雲領袖冠群僚作宰三晋，今調陽曲。

模山範水東堂筆前學博魏公廷模，不及新畬今學博張公錫田妙入神。五夜深談真不厭，《翦燈餘話》又翻新。

珍重香泉七卷詩名清，姓王，粵西人，寄還小阮小村隸藉賓坻，已入庠，今游幕上谷意孜孜。滇南一去無消息，難恝聯吟《四蛻時》其咏蟬、蠶、龍、蛇四蛻，卅年前事也。

時藝中推芮勵齋先生名振宗，遺稿皆手訂，前存予手，今爲馬陶軒所藏，嘉隆已後孰堪儕？閑將老輩從頭數，馬十先生子由先生名思聖，有專稿足與偕。

圍棋共說王今垣好，敵手還推王九峰。記服柴胡湯一劑，立驅時疫汗溶溶九峰善醫，爲予治疫，立愈。

王家昆季對門居，館穀零星爲我儲。握手相看皆白首，流光似水共唏噓榮德堂主人。

崔郎温潤舊從游階平，意似醇醪愧莫酬。許我重抄《醫鏡》本，可能如約寄來不？

陡遇多情耿伯山治平，盈頭霜雪變朱顏。前塵忽忽如春夢，第五居先舅氏寓厓師齋額中日往還。

結得芳鄰舊姓蕭，應門童子正垂髫蕭三淘氣。當年佻達今成立，秀出班行認楚翹。

劉三舊是好比鄰，憶我提壺奉老親。小立長街空悵惘，低徊不見賣茶人。

夏五燒羊冠一廛，晨饈備得勝烹鮮。白雲望斷黃壚杳，使我從今不慕羶予不食羊二十年矣。

少年酒失如陶侃，訓誡諄諄憶母慈。親友開尊休更勸，石鐫酒猬最堪思。

小擔凉糕賣李英，嬌黃豌豆一聲聲。何當重聽街頭唱？慰我蒓鱸夢裏情。

玉腴蚶子賽桃花，市足鮮魚並活蝦。費却囊錢三十二，十枚大蟹縛青麻。

春動黃泉海帶萌，麥蠶碾出翠生生。不徒鄉味行厨少，口外鯿魚繫我情。

硯匣雕檀畫錦韜，庚三秃子外家群從，常以古董爲生任奇操。松煤漫詡純一借作平子杜文端公，烟細膠輕讓北曹冠五。

故家喬木盡凋零，誰識天涯一旅萍？剩有泮池南畔柳，依依撩眼向人青。

登車難忍淚潸潸，此去何時得再還？恍聽刺船歌小海，曼聲唱到念家山。

【校注】

〔一〕袁宏（約三二八至約三七六），字彦伯，小字虎，時稱袁虎。東晋玄學家、文學家、史學家。陳郡陽夏（今河南太康）人。

前詩未盡所懷又成十首

三年立雪困求通，奬勵常誇氣似虹。更向今支宣鐸語，維桑與梓化春風芮輔菴師。

登高作賦筆無靈，刮目鰥生眼獨青。周甲歸來嗟瓠落，扶筇重拜老明經鏡軒從舅名舒秀，年幾八十。

桂山從舅，名長岩文社啟蟬聯，盼煞飛騰幾少年。藥籠桂山工醫行厨子漢章，名慶雲，善烹飪無覓處，文孫猶守舊青氈增印以訓蒙爲生。

敬齋王名其慎風義足廉頑，瑞伯居然廣柳還。争怪漁莊甘下拜？千尋俠骨峻如山。

昔年雙管下生枯，曾爲名花惜半株。借問當年觀察第，牡丹猶發舊根無起濤名如洋，家有牡丹，枯其半，曾索予詩？

侯門一入深如海，懷刺生毛未敢通。剩有一方西洞石，摩挲猶認舊磨礲王巽三爲予制硯，今館京邸。

熱不因人苦賃舂，柳營橐筆勝爲傭。食貧居賤安如素，氣骨何慚獨眼龍復初眇一目？

四十依然不娶身，朝朝作苦奉嚴親九江。難兄難弟弟大波真難得，豈是尋常趁食人？

長安市隱貧非病，星命争推芮子小岐精。門外車塵渾不問，下簾讀《易》學君平。

老年服役老僕程福忘勞瘁，有子今爲守墓人程會。藉爾年年供祭掃，一回相見一回親。

珩外家姓王，注中凡外家人，皆不書姓，餘則否並識。

卷九　西笑集

丁巳二月初九日抵京師十八日移寓送子白衣菴

琅然清磬悟聲聞，膜拜慈航净俗氛。爲祝多男瞻寶相，喜從初地息勞筋。薄寒料峭如春水，鄉夢迷離隔暮雲。手撥金爐人寂寂，憑欄無語對斜曛。

上陶鳧薌師

不到龍門下，於今二十年。重來心嚮往，展謁意欣然。人瑞熙朝重，靈光薄海傳。耆英推矍鑠，儕輩仰神仙。憶侍天雄坐，曾開地主筵。遺珠撈瀚海，搜玉遍幽燕。險韻秋蘆和，金燈老桂縣。南皮叨盛醼，北面拜屯田。玉樹春風伴，黃花晚節堅。焦桐邀顧盼，舞鶴任翩躚。自送荆門旆，旋歸析木船。匆匆違雨化，忽忽變星躔。講幄容三拜，文琴罷七絃。鹿車誰共挽？鴻案憶分饘。爪印前塵在，心儀舊夢圓。先生真健飯，弟子亦華顛。京雒緇塵浣，蘇門翰墨緣。願常依廣廈，南極耀中天。

樊文卿二尹（彬）貽詩二章作此奉答

君家父與伯，先君稱齊年。賤子與君兄，同上孝廉船。昔泛丁沽萍，雁序如繩聯。小阮（鶴州）來問字，玉樹何翩翩。三世香火因，種此翰墨緣。同心二三子，卓哉華（梅莊）與邊（袖石）。騷壇建旗鼓，文陣鏖兩甀。爾時尚意氣，各自争先鞭。一别星再周，再見霜盈顛。執手感疇昔，潸然復歡然。羡君宦黃州，文章助山川。總集厚盈咫，循吏如神仙。

芝蘭森庭階，有子能象賢。愧我困塵役，時復守舊氈。我子縱椎魯，故紙猶鑽研。各抱千秋心，勉冀世澤延。貽我詩二章，真摯尤纏綿。相約看花去，同賞春光妍。難得惟舊交，即事堪流連。報瓊愧空囊，結契金石堅。

顧亭林先生祠堂春禊詩（二首）

卓犖孔巢父繡山，約我慈仁寺。同謁顧公祠，重三脩禊事。幼讀《日知録》，穆然抱遐思。長讀《利病書》，嚮往不能至。一朝申瓣香，庶慰平生志。

是日雨初霽，天氣何晴明！夭桃笑口開，荑柳争萸榮。至者廿七人，盡是人中英。祭酒屬宗澤皃師應主祭，以不任跪拜，屬之滁樓侍御，龍頭推士行皃師。展卷拜遺像，一一書其名。方今時事亟，海内方苦兵。善人國之紀，努力同持撑。何以挽劫運，何以答昇平？共保歲寒心，願矢同心盟。顧公倘來歆，應鑒此丹誠。

贈朱伯韓觀察琦

憶昔始見君，乃在花之寺。廿載忽重逢，慈仁亦初地。古佛證因緣，喜極翻欲淚。一談復再談，如我胸中意。旋乾而轉坤，增長英雄氣。一壺抵千金，砥柱中流峙。行矣赴前途，各有當爲事。

丁巳三月初二日在勤政殿引見奉旨以知縣用紀恩

觚棱曉日射曈曨，瞻仰天顔喜氣融。載路勞薪蒙藻鑒，出山小草矢葵衷。綏民博采循良術在保陽，筱麓太守贈《牧令書》三帙，奮武宏開閶闔風在出入賢良門下，敬讀純廟《觀射》、成廟《紀捷》各御筆。從此羽儀欣遇順，先將吉兆協逵鴻。

贈葉潤臣舍人名澧即題其敦夙好齋詩集（二首）

難得望衡住，清風懷水心。倏然忘貴介，把卷日高吟。奮翮雲中鶴，移情海上琴。高山不可即，敢自詡知音？

貽我新詩卷，中含真性情。蒼凉多古調，吐納盡宫聲。行脚幾千里，名心澹一縈。從今敦夙好，願結歲寒盟。

張貞女詩

張貞女，名重姑。父惟剛，母氏胡。居潛江，清且臞。咸豐六年六月十九日，竟完貞，殉厥夫。一解　夫伊誰？鄭本功。江陵人，稱奇童。求繫援，紅絲紅。膏肓疾中不可攻，青盧將開已告終。二解　貞女聞，哀至毁。冽無波，古井水。絶粒食，見夫子。越五日，猶能起。卒吞金，歸一死。三解　溯母教，胡孺人。夫既死，子不存，一條白練亡其身。節母之節有如此，潛江萬古清不滓。四解　乃知貞女貞，得氣由先天。醴泉與芝草，豈必無根源？五解　歌短歌，聲激楚。臨難求免果何許？敬告守土人，毋愧此貞女。六解

松蘿篇爲楊烈女賦

峨峨百尺松，施之以女蘿。蘿萎松亦枯，四時不改柯。歲寒抱貞心，之死矢靡他。一解　貞烈女，楊氏姑。涉縣人，父三珠。女事繼母婉以愉。母愛之，鳳將雛。簡對乃得武陟吴。二解　吴家郎，潤如玉。卧東床，稱坦腹。結縭方有期，郎疾乃日篤。扁盧束手命難續，蒼蒼者天何太酷？三解　女聞之，色欲死。誓以身，殉夫子。寬言婉諭不入耳，寂無一語，鉛淚瀉如水。四解　家人知其志，晝夜嚴爲防。女乃眠食如尋常，言笑晏晏神暗傷。五解　防既疏，志不變。蹈間隙，人弗見。甘爲自經雉，耻作孤生雁。萬鈞身，三尺練。六解蘿萎不腐，松枯不僵。一死重泰山，足

争日月光。女父女母毋自苦，貞烈之風傳萬古。願鎸其名嵩高山，留與人間、扶植綱常作砥柱！七解

李樸園年伯贈詩賦答（二首）

福壽如公幾世修？喜從枌社拜龍頭。鄉言頓慰蒓鱸思，里曲重添海鶴籌。陸績歸裝惟白石，坡仙宦業繼黄州。瓣香幾載欽虚受，小草依聲勉唱酬。

香火緣深四十霜，譜聯小阮雁成行謂令侄滋園、新堂、誠夫，與珩同舉戊寅京兆試。垂青偏向年家子，浮白來登介壽堂。詎止鄉閭推祭酒？巋然海内峙靈光。蘭牙待到三加日，携手同稱百歲觴。

爲毛煦初侍御昶熙題蘭扇（三首）

最難忘處是師恩，卅載重過立雪門。喜向蘭階脩夙好，春風座上有餘温。

幾回焚草蕉花下，時聽台垣鳳鳥鳴。寫得國香無俗念，毛萇家世本經生。

出山小草卜行藏，自愧常荒陸氏莊。剩有清風堪贈與，素心一瓣即心香。

題符南樵葆森淮樓聽雨圖爲其師周止安作

符君落落人中英，西川舊感隨風生。曾到雪門最深處，同坐淮樓聽雨聲。止安先生今孝侯，許君共登百尺樓。樓中師弟樓外雨，縱横上下三千秋。憶傾醇酒如淮水，説劒談兵感知己。雨聲樓影今依然，回首山邱長已矣。君今羅詩千萬囊，慧眼高張選佛場。大願船園衆香國，正聲一代諧宫商。師恩欲報向誰語？矢作傳人並千古。選樓清暇寫淮樓，紙上淚痕瀉如雨。從師憶我髮鬖鬖，聞聽西軒猛雨酣。四十年來頭易白，撾門痛哭剩羊曇先舅氏王害庢師，歸

道山已廿餘年矣。方今烽火黯揚州，期君再上籌邊樓。手挽淮流洗兵馬，收拾金陵控上游。我爲君歌發長嘯，師恩許共君恩報。更揮椽筆銘燕然，止翁九原應一笑。

送宗滌樓稷辰侍御之東河

自交陳石生，知有宗滌樓。鴻名擅八區，老氣橫九州。心藏三十載，不見云胡瘳？今年孔北海，約我慈仁游。喜遇少文翁，矯矯推龍頭。聞已拜恩命，指日馳星郵。乘船耻下水，砥柱懸中流。定有宣房策，上紓宵旰憂。李侯乃人傑謂夢韶河帥，幃幄資運籌。和衷拯昏墊，慷慨歌同仇。方今賊氛熾，赤眉森戈矛。黄河據天險，設防尤宜周。多備射潮弩，先焚濟河舟。决勝關大計，其樂逾封侯。蒼天佑善人，玉燕懷中投。芝蘭生庭階，介福來相酬。富貴紛如雲，儻來皆浮漚。抱此耿耿心，百折逾清遒。渡河呼殺賊，君家儲遠謀。會並岳忠武，英風垂千秋。

貽我二章謝梁馨士儀部元桂（二首）

貽我棕櫚扇，高情安石同。愧非袁彦伯，也要奉仁風。揚播叨餘惠，吹噓入化工。清歸懷袖裏，何礙阮囊空？

貽我端溪硯，重申縞帶交。試之墨與水，如以漆投膠。温潤歸於琢，堅貞永不淆。此心盟介石，更筮盍簪爻。

掘蝻行爲蔣紫珍明府元瑞作

我聞唐文皇，上苑曾吞蝗。與食民稼穡，寧食我心腸。蒼蒼鑒其誠，雖有不爲殃。一解 又聞漢魯恭，治化逾文翁。鄰境蝗四起，中牟境中無一蟲，黍稷與與麥芃芃。小民頌慈母，太史書年豐。二解 卓哉蔣明府，其治媲古人。實心行實政，如傷視斯民。來宰永清縣，四境生陽春。三解 去年蝗蜂擁，今年蝻蠢動。明府赫怒，去惡貴勇。下令掘蝻，勿俾遺種。四解　青黄不接，老稚啼飢。收蝻子，米易之。斗蝻換斗米，八口何止朝食糜？婦孺歡呼聲如雷，踴躍挖土恐後期。五解　旬日之間，蝻堆成山。解上七萬斤，大府開歡顔。天下之官盡如此，百姓何至飢餓死？六解　天鑒苦衷，甘雨隨車。蝗蝻一掃空，割麥插禾、但聞春鳥呼。蔣明府，捍民患。媲古人，唐與漢。我歌短歌代民諺，寄語采風人，補入《循吏傳》。七解

輓謝忠愍公

疾風知勁草，嚴霜摧大樹。寒濤白馬向東流，此是英雄致身處。西川謝公好身手，束髮從戎膽如斗。鳧舄善政流餘芳，麟閣勛名期不朽。粤西賊氛捲地來，長驅欲上黄金臺。津門厄要咽喉地，破竹拚將火炮開。怒髮衝冠有縣主，練勇萬人等虓虎。誓斬長毛報聖君，天河挽作洗兵雨。一戰賊怒號，兩戰賊遁逃。招將雁户槍似雨，奪來龍盾兵如猱。黑雲墮地鼓聲死，賊趨炮臺紛蟻子。雄心爲救佟將軍，躍馬横刀喚蒼兕。轉戰月黑天色昏，傷痕班剥血染褌。良驥已亡悲失路，後軍不至嗟無援。健兒拚命負公走，公下卒身怒龍吼。報主甘捐七尺軀，躍入長河不回首。人生自古誰無死？死得其所無憾矣！一枕黄粱醒黑甜，萬古丹心照青史。白衣如雪掃境迎，一路痛哭多悲聲。公如不死提兵去，早靖烽烟四海清。

天津樊烈婦詩

我聞天津九星冠女星，間氣往往鍾娉婷。九烈墳頭土花紫，至今苦節流芳馨。惟我執友樊文卿，雍穆善氣盈門庭。有子月槎年弱冠，皎如玉樹何亭亭！烏衣賢媛協佳偶，鳳卜敬仲來觀型。紅絲善引中屏雀，緑窗佐讀催囊螢。無何樊郎瘵痼疾，霜摧落葉先秋零。燀湯續命醫寡效，爇香請代佛不聽。常冀文鴛伴夫子，倏成寡鵠悲伶仃。婦當

此際拚一死，追隨後塵趨九冥。約指金鐶吞已下，回腸玉軸旋無停。三黨畢集進婉語，勸以守身方合經。婦言女子重節義，共夫存亡心可銘。蠶絲自縛戀難捨，如薰染蕕渭濁涇。與稱未亡靦人世，孰若同死心安寧？絶決甘如井墜瓶，果毅乃若刀截釘。從此水漿不入口，舍生取義雙目瞑。絶粒倏過一七日，畢命纔及二九齡。神明既定色不變，泡影已悟夢易醒。是時天門夜不扃，雲飛蓋兮風蕩鈴。前有金童揮霓旌，後有玉女推霞軿。裴航雲英互徵逐，文簫彩鸞如影形。芙蓉城飲沆瀣露，蓬萊島護翡翠屏。是仙是佛是神聖？可貫日月驅風霆。三沽士女盡雨泣，丹書綽楔頒天廷。吁嗟乎！首陽樂飢雙鵜鴒，大義照耀青史青。彭家再傳餓夫墓，千秋響應鼓有桴。此事難覯在頍弁，抗節乃見傳娥娙。采供白蓮塵不滓，芬芳皎潔酬英靈，直與九河之水流衍長清泠！

葉潤臣示見懷之作作此奉答（二首）

喜作鳳池長，雲霄一羽毛。定尃新石畫，不改舊冰操。薇雨潤流吻，藥雲香在毫。粵中氛可靖，南望首頻搔。

久向居庸住，歸來滿袖雲。無心衹自悅，冷趣合君分。静對鬚眉古，清談齒頰芬。見懷頻得句，差足慰離群。

題孔繡山韓齋雅集圖即步元韻

韓齋每集必題名。今年三月十一日，劉炯齋、符南樵招同陶梟香師、朱伯韓、葉潤臣、汪少穆、林穎叔、王少鶴及予，並主人凡十人。重九日補題，時梟翁已歸道山，炯齋之官甘肅，南樵之濟南矣。

人生天地間，貴各適其適。難得素心人，脩然忘主客。韓齋紹孔璧，詩儷香山白。招邀集群彦，才盡和氏璧。我倏去京國，光陰逝可惜。散若手摶沙，聚留爪印雪。聚散洵非偶，念曩心不懌。龍頭返箕尾，壇坫失古澤。符劉各遠行，分贈繞朝策。存亡心可質，遐邇夢不隔。請視在斯圖，庶幾慰朝夕。

潤臣招飲市樓賦謝

有約到旗亭，相看眼倍青。雄談成一子，佳客得雙丁（謂頤伯、仲山昆仲）。酒釅心先醉，樓高雨共聽。前途各珍重，絲鬢易星星。

訪伯韓先生談即贈

如坐春風裏，悠然靜氣生。文章能載道，山海足移情。自有性真契，全消鄙吝萌。願焚香一瓣，相與證生平。

梁馨士招同韓紫冬給事（錦雲）余襲芸太史（金垣）張霽亭（澐卿）馬雨儂（恩溥）謝琴石（棨照）三儀部聶巘屏比部（榮禧）賞菊

黃花四壁儼圍屏，樽酒招邀眼獨青。晚節香時欽魏國，落英餐罷補《騷經》。諸公才望儲霖雨，大好園林（君居爲芥子園故址）聚德星。未飲醇醪心已醉，幾從末坐浥餘馨。

題葉潤臣風雨懷人圖

千古善懷人，莫如鷄鳴〔一〕詩。膠膠復喈喈，况當風雨時！庶幾見君子，令人心坦夷。讀詩發遥想，想見古襟期。鄭本弱小國，兩大復問之。交争奮虎視，殘局豈易支？國手出東里，薦賢推子皮。一朝秉國鈞，群才升廷墀。有詞抗强鄰，以禮鞏國基。卅年不被兵，撑柱資棟榱。穆穆君子心，坦白可共知。時勢縱如晦，旦明方寸持。披君《懷人圖》，所懷伊何誰？真氣貫海内，卓犖名世姿。苟能得所藉，隻手扶坤維。抱此區區心，遉〔二〕然振頹衰。披圖當詩讀，小窗生朝曦。計日過重陽，黃花留東籬。采擷備清供，聊慰望遠思。

【校注】

〔一〕《詩經·齊風》中有《鷄鳴》篇，但内容並非「懷人」。此處指的應該是《鄭風·風雨》。

〔二〕遉，同偵。

贈王侶樵國均即送濟南之行（四首）

握手翻疑夢，相思證卅年。印將心似水，修到骨俱仙。搜玉得同調，斷金孚夙緣。吾鄉足文獻，千古倘留傳。

雅意陶彭澤謂晃香師，高風葉水心謂芸士廉訪。荆州得憑藉，香草不銷沈。各抱褐中玉，閑彈海上琴。相孚真意氣，息息應磁鍼。

憶與難兄遇謂一樵，西南筮得朋。話殘矮屋月，挑燼客窗燈。白社驚俄散，黃壚喚不譍。見君真失喜，萬感又紛乘。

乍見遽言別，臨歧各惘然。明湖千尺水，殘照一林烟。簪許天涯盍，床期異日聯。北來逢塞雁，莫惜衍波箋〔一〕。

【校注】

〔一〕衍波箋，見《詩話總龜·紀夢門》引《王直方詩話》：「蕭貫少時，嘗夢至宮廷中……見群婦人如神仙，視貫驚問何所從來。貫愕然，亦不知對。貫自陳進士，能爲詩。中有一人授貫紙曰：『此所謂衍波箋，煩賦《宮中曉寒歌》』，貫援筆立成。」清王士禛著有《衍波詞》二卷。

題王侶樵蘭根草舍詩鈔

一卷披冰雪，翛然絶點塵。興來頻得句，垂老尚依人。得慧全從定，能傳祇一真。臨歧無別語，珍重苦吟身。

贈段芳山員外承實（二首）

落落芳山子，雄才久軼群。乾坤待旋轉，意氣薄風雲。別緒三秋慰，心香一瓣焚。蒼生望霖雨，早爲洗塵氛。

爨下桐焦尾，風塵孰賞音？逢人争説項，難得是知心。欲報嗟何日，捫懷感不禁。側身望天際，意緒敢銷沈？

贈崔次龍士元即題其雪廬續稿

磨硯成凹又幾春？瀟瀟冰雪苦吟身。心原相印能憐我見惠《陳少室印譜》，語本無籬耻寄人。石破天驚存氣骨，水窮雲起見精神。故鄉梅鶴新招隱，珍重空山獨角麟次龍將歸里門。

京華求友詩（二十一首）

京師人海，海内奇才異能之士聚焉。繼珩爲選，人居此一年矣。《詩》云：「嚶其鳴矣，求其友聲」[一]，歷述所遇，亦事賢友仁之義也。

太白天下才，能救郭子儀。爲天下得人，相士眼如箕謂救張軍門國樑事。穆然歸程朱，課實真吾師。朱伯韓觀察琦。

東山峙清才，詩禮氣息醇。結交三十年，愈久誼愈親。達人種明德，擔荷歸斯人。孔繡山舍人憲彝。

毛公中州彦，氣骨何超超！丹鳳鳴朝陽，人憚開口椒。師門芾村夫子得繼述，公道從兹昭。毛煦初給事昶熙。

次山掌銓司，激濁而揚清。精神湛秋水，公論能持平。家學纘大雲，卓犖人中英。惲次山吏部世臨。

身爲貴介弟，翛翛山水音。下直伴一燈，劬書尤耽吟。不爲簪組縛，我愛葉水心。葉潤臣閣讀名澧。

岳岳芳山子，傑直樞庭中。元氣待旋幹，爽氣凌秋空。努力贊石畫，早見昇平風。叚芳山禮部承實。

磊落焦孝然，出納推領袖。社散古梅花，肫肫常感舊。望君早建牙，挽劫施補救。焦桂樵光禄祐瀛。

林宗折角巾，訂交纔一面。清德衆所知，既死無以歛。鶚薦及吾兒，思之淚如霰。郭雲亭贊善驥遠。

伯鸞縝密人，温潤抱古澤。長守貞介風，如彼西洞石。贈硯訂心交，千古永無斁。梁馨士儀部元柱。

郭公尤儁爽，楷法衆所尊。謹慎入樞垣，得氣如春温。小子謂鼎兒樗散材，難副薦剡恩。郭玉麓農部祥瑞。

文陳出健將，軍中有一韓。好善兼好古，真氣充肺肝。對之鄙吝消，空谷生幽蘭。韓少文進士寶鴻。

同心遇難弟謂春圻，未登大願船。頗聞淹雅名，博洽如茂先。待升君子堂，一叩腹便便。何願船比部秋濤。

八閩毓孤秀，婉摯能説詩。遂令傷心人，讀之長涕洟。法曲唱《凉州》，定爲慈母慈。劉炯甫大令存仁。

太華十丈藕，爲杠濟斯世。才卓氣能歛，中虚外匪脆。騎鶴訪揚州，何日畢吾志？郭藕杠太守志融。

抗懷甄祖樓，心儀劉原父。扼險辰龍關，文士能禦侮。歸與采《陔蘭》，差勝吟《陟岵》。劉子重通守銓福。

文卿負逸氣，飽食武昌魚。拂衣而歸來，不言丞負余。囊餘萬首詩，依然出無車。樊文卿二尹彬。

霞舉如朱霞，骨峻氣益馴。下筆走潮海，竦然獨角麟。上黨天下脊，王官谷中人。王霞舉主政軒。

汀鷺文中虎，其氣能食牛。閲世具慧眼，避俗如仇讎。張皋文先生惲子居先生不得見，見君心一瘳。楊汀鷺孝廉傳第。

昔遇小馮君謂子明，知有魯川子。氣骨堅且蒼，誦芬在秋水。願言游竹林，把臂從此始。馮魯川比部志沂。

五橋寫山水，妙筆追三王。紀游精且雅，匪獨工文章。何年游明湖，與君聯咏觴？王五橋司馬蔭昌，時將之濟南。

黄岡吴又桓，練達如老更。丹筆溢膏雨，詩律尤研精。前後游蘇門謂冕香師，種此香火情。吴又桓比部榮。

【校注】

〔一〕見《詩經·小雅·伐木》。

戲柬樊文卿

馬上制刻漏，古人殫巧思。西洋造爲表，藝仍中國師。廣輪若轉轂，法條爲總持。用以驗晷刻，分杪無差池。神於龍代漏，捷比猿報時。售技來中華，四方咸寶之。金支互撐拄，鞶囊繡葳蕤。關心鍼回旋，耀目光陸離。樊侯疏宕人，閑情偶寄兹。竿木喜逢場，携友相娛嬉。散場日之夕，言歸方委迤。出門人肩摩，若忘而若遺。到家爽然失，明珠誰探驪？黄鶴逝不返，妙手空空兒。君乃大不怡，齦齦攢雙眉。告之御史臺，中城爲職司。刻期限伍伯，不獲加鞭笞。我謂中有數，大笑前致詞。陰陽互消長，得失關成虧。得若蚌還浦，失若羊亡歧。得亦勿歡喜，失亦毋嗟咨。齊觀總一致，方寸何坦夷！瓦當拓漢廟，銅版逾唐碑。摩挲對古澤，把翫忘朝飢。胡爲不釋然，念此如棼絲？破甑不復顧，補牢未爲遲。願君大解脱，拈花一解頤。意君聞此言，定笑癡人癡。更有報我章，翹首遲新詩。

堂花詩（二首）

人巧奪天工，堂花照眼紅。寒梅抱本性，無語待春風。

一片火雲烘，開早謝亦早。生意任自然，何若窗前草？

偶成

此身安處即爲家，借廡何妨度歲華？案上青氈仍故物，眼中玉笋喜無瑕。寸心似水波休起，萬事如棋子莫差。爲盼平安書一紙，金錢卜罷祝燈花。

贈姜荔山鍾喆明府（四首）

沽上梅花社，東華剩幾人？見君真失喜，於我倍相親。别緒紛難説，交情老更真。回頭念梅樹翁李采仙，能不共傷神？

文物當年勝，頻傳雅集觴。分携各南北，問舊半存亡。不覺悲欣雜，相看鬢髪蒼。休論時事改，此亦小滄桑。

白石才無敵，江山得壯游。光陰消逆旅，寄托賦《登樓》。早謝緇塵涴，重加素履修。文章載經濟，努力質千秋。

珠桂長安迫，權爲寄廡人。出山仍小草，周甲尚勞薪。環佩聯京雒，蒓鱸感析津。東風知不遠，同看鳳城春。

題墨蘭贈王紫瀾寶儀

紫瀾卓犖才，學能世其家。執贄來問字，虚谷無津涯。憶昔尊先德，襟抱凌朱霞。同心勝蘭芷，俗耳湔箏琶。吾兒樗散材，曾經繩墨加。日坐春風中，攻玉瑜琢瑕。一朝去閩海，脱手如搏沙。怕過舊黄壚，噩夢悲龍蛇。階前森玉樹，楹書餘五車。見子真失喜，棖觸長咨嗟。感此兩代交，爲寫青蘭花。培兹靈秀根，吐出智慧芽。轉瞬快升庭，國香萬口誇。九原如可作，幽明無邇遐。應鑒此素心，相印如晨葩。愧我乏衣缽，唯餘破袈裟。參領木樨香，努力保春華。

戊午人日孔繡山舍人韓齋雅集分韻得春字

雅集韓齋啟，三生翰墨因。一庭方速客，七日喜逢人。桐韻宜燒尾安桐齋從事，梅花有替身吴亦梅從事。天涯聯勝友，海國正來賓二君俱朝鮮人。邦彦群英聚，家聲大樹振馮魯川比部。鸞音通嘯語孫琴西侍講，龍壁仰嶙峋王少鶴農部。更有中林蕙吴子玲孝廉，誰非獨角麟？散材如社櫟，末座接文茵。邸衍東山舊，尊開北海新。詞源蘇浩瀚，情味顧清醇。家釀傾殊魯，庖丁妙比郇。筆談符寄譯，茶話碾飛塵。中外心無隔，詩書氣益馴。名山殫著述，文物助咨詢。梓澤墟原久，蘭亭迹易湮。盛筵明德飽，嘉會寸陰珍。高誼思投轄，歸程各出闉。試燈風信早，重咏帝城春。

題吴亦楳從事慶錫天竹齋圖

吴君海邦産，瑩然比瓊玖。來朝到中華，同飲聖人酒。示我《藏書圖》，其富逾二酉。齋額署天竹，古趣盎庭牖。駢枝綴火齊〔一〕，祝融見之走。差媲古琅嬛，階所二龍守。秦火不能灰，六丁不敢取。窮年事簡册，胸藏古澤黝。《洪範》演九疇，祖庭得授受。彝倫重攸叙，苞符泄元紐。道德發文章，虹光貫牛斗。斯人與斯圖，永保金石壽。

【校注】

〔一〕張衡《西京賦》："翡翠火齊，絡以美玉。"《文選》李善注："火齊，玫瑰珠也。"另《梁書·諸夷傳·中天竺國》："火齊狀如雲母，色如紫金，有光耀。别之，則薄如蟬翼；積之，則如紗縠之重遝也。"

贈安桐齋從事載興

海上生孤桐，其質儷嶧陽。斫爲百衲琴，制作何精良！絃以古朱絲，其音中宫商。一彈《思賢操》，噰噰來鳳凰。携之到震旦，國珍貢明光。球玉飾徽軫，雲錦裝鞶囊。識曲聽其真，萬象儼在旁。穆然移我情，山海思茫茫。

德華賦詩送行酬以四律

帆影飄摇落五羊，壯游夙願喜初償。山程絡繹休辭遠，世味酸鹹要飽嘗。官小幸無民社任，地偏差免賊氛荒。蒼蒼雅意憐幽草，爲染餘霞絢夕陽。

策蹇重看萬疊山，又隨征雁度雄關。也知晚景難爲别，暫慰輖飢一解顔。剩有壯心憐老驥，好安比翼學祥鸞。買山忍負三年約，營就菟裘待我還。

持門井臼劇艱辛，懷抱新添小玉麟。好自將雛慎眠食，休因望遠損精神。縱籌家計宜殫力，善慰親心要保身。知汝柔腸輪共轉，平安錦字托文鱗。

萍泛如登大願船，逍遥且作地行仙。九千里外聊充隱，六十年來只信天。北海水通南海水，出山泉是在山泉。宦成早辦歸田計，還爾團欒骨肉緣。

樾村以詩送行賦此奉酬（四首）

飽看燕山醉兕觥，最難爲别是延明。誼深不減江湖水，詩好纔知骨肉情。贈策望君加勉勵，辦裝爲我費經營。離懷萬種紛難説，只有心期可共盟。

青虹意氣雪肝腸，矯若鷄群一鶴翔。且向關山耽伏處，行看逵路快騰驤。布帆無恙休懷遠，兵火連天莫望鄉。一樹大椿雙玉樹，桃源方寸證行藏。

萬里游踪渡普陀，楚山過後粤山多。文章疏宕增豪氣，境界雄奇任放歌。夢想梅花到南海，飽嘗荔子學東坡。他年待寄羅浮繭，小鳳團圞聚一窩。

人生如露點荷錢，一度分離一度圓。直上早期君刷羽，重來好待我歸田。雲烟過眼看疑幻，冰玉爲心抱共堅。兩地相思誰寄語？料應賣貴雁頭牋。

京師喜晤馬鶴船賦贈四律即以留別

乍看名刺喜還驚，萍合誰知又鳳城？重拍鳶肩如隔世，閑從虎口説餘生。艱難歷盡心應定，文字燒殘老更成。落落天涯逢舊雨，翦燈莫厭話三更。

行窩晤鶴證行藏，海上停雲聚一航。時共孝先敲半字謂邊袖石，共尋凝式謂楊蓮卿討三倉。離懷似雨憑誰訴？舊夢如烟不可忘。怕過黄壚問存没，百端交集感茫茫。

輕帆憐我指高州，老就閑官亦壯游。荔子香蠔耽嶺嶠，梅花仙蝶問羅浮。壓裝肯購包公硯，返棹行乘少伯舟。他日紀行詩一卷，皎如秋月待君修。

分襟何久見何遲，纔得重逢又別離。三十年來沙聚散，九千里外夢相思。我從珠海飛蘭槳，君向金臺折桂枝。後會未知何日事，雲天珍重寄新詩。

題鶴船懷青山館詩（二首）

一身辛苦賊中來，半世文章付劫灰。心血紅餘潮漉漉，頭顱白剩雪皚皚。胸懸皎日才如海，氣貫青虹胆若雷。詩界雄奇新闢出，張船山黄仲則袁子才蔣心餘境重開。

天助君詩爲送窮，不緣窮極詎能工？情深老杜悲歌裏，身僊長沙痛哭中。此卷不傳如白水，斯才弗遇問蒼穹。手民預選紅梨版，早録全編寄粤東。

孔繡山舍人馮魯川比部志沂王少鶴農部錫振許海秋主政宗衡楊汀鷺大令傳第李子衡比部汝鈞王霞舉主政軒公餞朱伯韓先生及予賦此申謝並以志別

別緒蒼莽連海天，旗亭酒熟開綺筵。德星一聚來群賢，深情高誼丹心鐫。繡山訂交三十年，歷久不渝金石堅，鳳池容與涵静淵。少鶴筆竦龍壁顛，樞庭入直參經權，請纓行見銘燕然。大樹家聲推魯川，丹筆膏雨霏涓涓，詩律細共法律研。海秋骨格宣平仙，記左右史筆若椽。霞舉文如下水船，石舟雋三稱比肩，鷺序一振飛聯翩。汀鷺風度龍珠圓，微雲山抹鴻名傳君爲包慎伯令坦，《天人三策》待播宣。子衡才調今青蓮，白雲望重心平平〔一〕，覆盆多少供洗湔。座中遵度得氣先謂伯韓，長途已自揮先鞭。鰥生瓠落今華顛，挂帆擬向珠江邊。方今海上多腥羶，賊氛蹂躪凄啼鵑。諸公才望羅星躔，文雄飛檄如連拳。會施霖雨清烽烟，愧我刀如一割鉛，羅浮蝶繭同伏跧。不將別淚揮雲牋，常佩令德如芳荃。五羊城外方扣舷，定能寄我《寶劍》、《明珠》篇。

【校注】

〔一〕本詩句句有韻，此處「平」（房蓮切）字，當屬下平聲「先」部（而非通常的「庚」部），方爲叶韻。

留別李滋園少司農同年菡（二首）

一榜於今剩幾人？一回相見一回親。每聆法曲憐同調，屢醉醇醪證夙因。脱手摶沙驚易散，寸心相印老彌真。臨歧不唱《陽關》曲，萬里雲天好結鄰。

總持天庾鎮舟梁，雅善持籌運妙方。經濟傳家欽萬石，文章報國富三倉。早施霖雨通河運，永靖烽烟慎海防。

嘉績崇高書藪座，幸分餘蔭照枌鄉。

贈陳秋帆比部駿即以留别（二首）

當年城北雀屏開，結彩欣看潤玉來。十載賓筵曾濫廁，三沽甥館許叨陪。賃春自笑羈栖客，驚坐長欽卓犖才。此日東華重握手，一思往事一徘徊。

翹才望重白雲司，丹筆流膏妙主持。冰鏡懸胸全掃翳，金刀在手善治絲。多情喜遂瞻韓願，高誼重修薦禰詞。唱到驪歌心欲醉，天涯芳草正離離。

留别李樸園年伯光庭（二首）

幾回御李謁龍門，贈到將離欲斷魂。不惜齒芬争説項，重承心賞爲推袁。羊城得撰南山杖，梟卣如傾北海尊。未飲醇醪心已醉，常將古誼印靈源。

征帆渺渺指高州，垂老聊爲汗漫游。無計謀生逾嶺嶠，有緣尋夢到羅浮。駑庸敢謝鹽車困？馬鈍争貽棧豆羞。三載歸田堅舊約，摳衣重拜老龍頭。

卷十　北轍南帆集

出都偶成（二十二首）

潑翠西山照眼明，塵心熱念一時清。薰風吹斷檐前雨，爲送勞人出鳳城。

河瀉琉璃徹底清，橋排雁齒鐵篙撑。鐵槍雖没英名在，元豹皮留死後名。琉璃河。

亭亭大樹問樓桑，錦里豐碑峙道旁。髀肉消磨傷老大，遑從炎漢説興亡？涿州。

泉臨飲馬拜桓侯，也逐征人飲一甌。半世盟心如止水，出山依舊是清流。涿州。

千秋道脈屬江村，純孝奇忠萃一門。更有夏峰遺迹在，常從方寸證淵源。定興。

堯母陵邊古慶都，稻田無雨亦荒蕪。開成水利人何在，蓄瀉良方近有無？望都。

清風明月無人管，小雨愔愔過定州。安得中山千日酒，醉鄉深處覓封侯？定州。

燕昭當日築金臺，故里於今問郭隗。易水蕭蕭風似舊，幾人市駿解憐才？滿城。

一車兩馬渡滹沱，風裊鞭絲夕照矬。七丈金身應不朽，也應皺面感觀河。正定。

十年泥爪印欒臺，兵燹摧殘劇可哀。我似令威身化鶴，横飛東海又歸來。欒城。

故里千秋慕順平，常山太守共崢嶸。趙家膽與顔公舌，濟美誰堪鼎足争？正定。

廉頗健飯氣如雲，夕照巍然上古墳。争怪相如致三讓？故應心折老將軍。趙州。

大冢巍峨署鵲王，千秋藥樹共流芳。我來不覺低頭拜，願乞醫貧度世方。内邱。

策馬匆匆度遠林，廣平遺迹峙碑陰。何妨學作《梅花賦》？不改當年鐵石心。廣平。

編詩曾住晚香堂，十載重來意自傷。多少樓臺頻換主，恍如客燕語雕梁。大名。

漫將志乘詡雕蟲，奔走羞言保障功。七載栖遲輿論在，依依白叟與黄童。大名。

清豐境有清風在，千古傾心孝子祠。除却青霞誰可配？更推南八是南兒。清豐。

澶淵一役表純忠，酣睡如雷布置工。貝錦任他孤注語，北門鎖鑰讓萊公〔一〕。開州。

滑臺曾闢讀書堂，賦到《秋聲》〔二〕黯自傷。他日内黄申夜話，求生一語轉春陽。滑縣。

峨峨艮岳付東流，剩有浮圖鎮汴州。行盡六街誰共語？自沽濁酒醉樊樓。汴梁。

濟寬濟猛垂明訓，救世殷殷具苦心。一瓣心香祠宇炷，千秋遺愛洧川深。洧川國大夫祠。

山環水抱申陽國，中有伊人誼若蘭。五日勾留心未厭，淮南叢桂正堪攀。信陽。

【校注】

〔一〕《宋史·寇准傳》：「主上以朝廷無事，北門鎖鑰，非准不可。」萊公，即指寇准。

〔二〕歐陽修《秋聲賦》，爲其任滑州通判時所作。

渡黄河

冒雨渡黄河，風帆瞬息過。投鞭餘壯志，擊楫且高歌。天險中原在，洪流濁浪多。何人作砥柱，努力挽頹波？

汴梁道中

自入中州境，驅車渡遠林。早禾秋露重，密樹曉烟深。托鉢且行脚，著鞭餘壯心。自憐歸夢遠，耳畔改鄉音。

獅子橋道中

誰惜裝如洗連日遇雨？輕軀薄笨車。晚霞明夕照，秋雪淡蕎花。輪緩因沙輭，簾高易日斜。光陰真過客，只有夢還家。

確山道中

境僻行人少，揮鞭又一程。亂山圍小縣，遠霧隱孤城。水落蓮塘浄，風高槲葉清。衰年苦行役，羸馬共長征。

即次作

西山片月照無聊，夜坐胡床旅悶悄。争怪青衫凉似洗？桐陰秋露下如潮。

信陽道中

爲踐良朋約，來詢古信陽。詩盟尋北地，風味近南方。緑稻登場早，紅菱出水香。鴻書何日達？只是遠枌鄉。

黄鶴樓毁於兵燹欲登不果

欲借飛仙笛，吹開江上梅。危樓竟捶碎，孤棹惜遲來。芳草洲仍緑，晴川樹盡摧。誰招黄鶴返，重吊劫餘灰？

登岳陽樓

飽讀希文記，閑披杜老吟。乾坤容放眼，憂樂總關心。向往無空闊，高寒閲古今。塵襟期共滌，快意此登臨。

過洞庭

風利不得泊，張帆過洞庭。鳥飛疑附翼，豚拜偶聞腥。湘水連天遠，君山對我青。停舟重薦福，阿護謝仙靈。

長沙喜晤陸費芝卿即贈（二首）

樊輿同咏試燈風，走馬欒臺類轉蓬。卧雪喜逢賢地主，停雲重駐古天雄。三千里外舟如鷁，二十年來爪印鴻。此日星沙重握手，燈花舒笑吐緋紅。

南北分携况亂離，重逢那不喜還悲？白原無敵餘詩在，廣不封侯嘆數奇。銜恤遽嗟衣似雪，感時争怪鬢成絲？胸中萬語從何説？衹有青天皎月知。

九瀧十八灘

怪石虎牙撑，舟依曲折行。波濤雙峽束，性命一篙争。雪浪迎磯怒，風帆放溜輕。涉川仗忠信，險阻亦和平。

觀音岩

嵌空山有縫，開闢佛之靈。鐘乳垂岩幻，天花作雨馨。莊嚴超色相，樓閣聳丹青。願乞楊枝水，湔除瘴海腥。

途中書所見

野塘蓄水一鏡圓，中疊一埂太極旋。老農荷鍤來墾田，勤策水牛驅之鞭。辛苦不得朝酣眠，妻孥温飽身胝胼。世人舉箸思擊鮮，當筵不惜十萬錢。日嫌粗糲求加籩，安知老農身可憐？穀賤傷農古所嘆，碾得斗穀售市廛，僅值一百青銅錢。吁嗟老農雖可憐，與世無忤全其天。胡爲苦被名利牽，何時歸卧南山巔？買將黃犢耕春烟。

抵廣州（二首）

吹簫行萬里，竟到五羊城。節喜三冬暖，囊如一葉輕。禪山初賃廡，瘴海未銷兵。且汲清泉水，高吟濯我纓。

蠻花不解語，蜑雨只聞腥。愁鬢塵中白，家山日下青。終朝抱孤悶，何術瀹虛靈？擬訪華胥境，傾尊到醁醽。

塗中望雨作

天氣化水水化雲，山容雨勢不可分。恍如混沌未開闢，一氣回薄歸氤氳。我時閉置笋輿裏，急點濺衣何紛紛！輿夫蠏行跋泥淖，前呼後諾渺不聞。眼底蒼茫盡一白，天瓢倒瀉殷雷賁。若馬奔櫪脱閑勒，盼到即次休勞筋。易衣解履付奴曬，晚霽猶幸留斜曛。得此奇觀差可喜，孱軀頗亦忘辛勤。却羨老農聚妻子，新篘共酌酡顏醺。

擬古別離（六首）

去謀稻與粱，居守鹽與虀。伯勞共飛燕，指顧各東西。

雙燕倏分飛，手把簾鈎上。晴絲一縷柔，婉轉空中颺。

子規枝上啼，五更最凄咽。聽到斷腸聲，是妾眼中血。

怕損風雲氣，牽衣制淚痕。贈將雙桂楫，遮莫載桃根遮莫鄰鷄下五更，猶言儘教也。

去去覓封侯，行將萬里游。休移心鐵石，薄倖是青樓。

人生百年耳，如露亦如電。願保金石身，白首重相見。

寄梁福草比部九圖（六首）

海南耆宿凋零盡馮魚山、温筠坡、黄香鐵諸公，均歸道山，獨峙靈光拜老漁謂張南山年丈。更向禪山松桂里，撥雲來認子雲居。

踏破苔痕叩竹關，閑雲曾未返幽巒。渾如放棹山陰夜，雪爪鴻泥自往還。

惠而好我慚高鳳，熱不因人想伯鸞。十二石留塵外影，當君玉照一般看。

傾心已結三生契，執手偏慳一面緣。雒誦詩篇心可印，豪懷清氣挾飛仙。

俠腸爲挂延陵劍，高誼能鎸死友詩。留得《蘭亭》真本在，優曇花萎淚絲絲。

薄宦栖遲到水東，酸鹹嗜好有誰同？新詩好共梅花寄，莫負南來驛使筒。

南山松歌壽張南山年丈維屏

南山之南生古松，根蟠怪石柯青銅。翼鬣箕張若翔鳳，鱗皴礧砢儼卧龍。一逐飛雲作霖雨，歸來依舊潛靈蹤。遍體文章結成字，恰與著書歲月精神通。謖謖爽籟吹天風，雅音恍聽笙磬鐘。忽放濤聲落幽壑，直驅韓潮蘇海瀉入胸懷中。爲堅多心復多節，飽餐霜雪忘春冬。脂液浸地妙含孕，茯苓雲白琥珀紅。夙根千尺毓間氣，石芝九莖靈秀鍾。我學詩人頌天保，籌添海鶴慚氋氃。純嘏〔一〕有常介眉壽，長年爲祝十八公。留爲楩杞梓桐作模楷，參天黛色衆所宗。蒼髯拂雲永不朽，直與南山萬古同巃嵸。

【校注】

〔一〕純嘏，大福。《詩·小雅·賓之初筵》："錫爾純嘏，子孫其湛。"

卷十一　珠海集

鄧式如庫使元鈺擢權電茂鹾尹訪我水東小住二日撫今追昔成五言排律二十六韻

自到禪山後，逢君德不孤。心期堪互證，聲氣儼交孚。青眼因予啟，丹忱爲爾輸。瓣香同告祖，蘭券見真吾。袂向關河判，鞭催日月徂。韋絃通惓惓，雁鯉致區區。管庫推神算，牢盆嘆守株。誠憐明贈策，興等敗催租。失馬庸非福？探驪竟得珠。運籌出荆棘，收效及桑榆。再樹熬波績，旋分正策符。風清携一鶴，電白集雙鳧。命駕容投轄，交鄰許問途。攬環欣我與，作楫咏卬須。下榻情逾孺，聯床誼等蘇。西窗中契闊，南國起嗟吁。豕突悲漂杵，鵑啼孰孰殳？連城毀烽火，長路梗榛蕪。鄉夢迷蝴蝶，歸心唱鷓鴣。隨緣學沙鳥，觸緒感蒓鱸。且盡樽前酒，聊乘海上桴。彼蒼垂遠鑒，吾素肯輕污？願砥中流柱，權聽下里竽。加餐勞勸勉，修業仗持扶。窮達皆時命，升沈任菀枯。魚鹽關國計，努力矢訏謨。

寄謝佟西山鹾尹培性

西山磊落人，三韓衍箕裘。萬里共梓里，同泛珠江舟。去年一握手，氣味欣相投。譬彼空谷蘭，其香清且幽。煮海擅妙才，正策工運籌。臨池喜擘窠，打劫敲文楸。我百無一能，雅意偏綢繆。如何敗鼓皮，亦被藥籠收？新春來高涼，見君心一瘳。相晤纔兩度，相思抵三秋。芥孫萊菔兒，擔送勞園叟。開甕松花香，恍到桂林游。近貺大吉羊，纏綿無止休。拜嘉飽明德，若餉十二牛。所愧珍羞來，殊乏瓊玖酬。高誼鐫丹心，詎止口實求？側聞及瓜期，預爲行李謀。小住亦爲佳，且復斯須留。我輩生北土，迂拙不自由。直絃棄道邊，念此生煩憂。但有百畝田，悔不身早抽。爲君進一解，世事如浮漚。蝨賊訌姑蘇，烽火排戈矛。無論智與愚，同歸貉一邱。委心而任運，安問沈與浮？努力崇明德，隨時礪清修。位置聽彼蒼，天地兩沙鷗。

題聊齋志異

聊齋無聊傳狐鬼，百怪入腸文有斐。描摹幻態如有神，息之深深達亹亹。如椽大筆扶綱常，孝友節義言之詳。挽回世道人心處，毫端湧出蓮花香。就中考官與妒婦，芒刺在胸刀在口。痛心疾首數十年，聊藉殘編一分剖。要之先生本無心，獨鼓成連海上琴。試問伯牙何處覓？除非黑塞與青林。

又題

薜蘿山鬼語，香草美人心。把臂誰堪共？搜腸獨苦吟。靈均應墮淚，長吉許知音。幾度挑燈讀，如聞海上琴。

次日又題

窮而後工，古言如此；工而益窮，造化所使。卓哉留仙，厄窮不已。發憤著書，筆凌《左》、《史》。可泣可歌，忽悲忽喜。富貴浮雲，性情澹水。斯文必傳，斯人不死。

寄懷宋華亭澤元（四首）

聞道蓮花幕，新居爽塏更。琴書添朗潤，心目頓空明。諦悟鷄談妙，情如燕賀傾。《斯干》詩繼咏，吉夢卜初成。

寄我玲瓏扇，仁風許奉揚。歲寒堅鐵骨，雅誼抵瓊漿。高鳳慚無似，邊鸞藝可方。三年懷袖置，珍重意難忘。

讀罷新詩册，才高筆更超。琴心涵曉露，劍氣薄層霄。骨藉崎嶇錬，胸宜壘塊澆。蒼茫身世感，掩卷首重搔。

我似鹽車困，匏瓜鎮日懸。浮雲看世事，逝水送流年。久醒繁華夢，難忘文字緣。相思誰可證？梁月正娟娟。

寄笏山

珠海文緣結，如君有幾人？豈徒聲氣合，端爲性情真。甘苦嘗曾共，形神夢亦親。三生應不昧，石畔證前因。

曹貞女

曹貞女，姑蘇人。父仁龍，羈海濱。父視女，掌上珍。女訓女誡，教之循循，女志日堅氣日馴。一解　阿父殘年，日暮生愁。愛女誰托？亟思相攸。老妻稚子，借箸以籌。寸腸轆轤轉，念此生煩憂。二解　何生蒙養，美秀而文，藉文字緣通殷勤。仁龍刮目看，軒鶴超鷄群。許納玉鏡臺，冰清玉潤兩不分。三解　愛女得所歸，全家得所依。阿父疾篤魂夜飛，何生悲復悲，携其一家還庭幃。四解　何生家，有老父，不告而聘怒如虎。有妻有妾苦不足，不肖之子、瞀於淫而不悟！五解　憚嚴命，雙淚酸。還金翦，捐秋紈。任別嫁，心所安。一封訣絕書，視之凄肺肝。六解　聽阿母，細分剖。以兒好脚手，何愁不作官家婦？寒盟非自我，彼哉信非偶。擇木而栖，何必苦守？七解　蹇脩頻來，女心若灰。父命不可違，翁意不可回，女節不可摧。之死矢靡他，何事重徘徊？八解　女命薄如花，女心勁如鐵。一杯濞，一命絕。不戀鴛鴦冢，甘化杜鵑血。九解　古來貞烈女，半爲殉厥夫。貞女之死何其愚？其愚不可及，廉頑礪懦世教扶。貞女名繩昭，無愧曹大家叶姑。願鎸其名，泐之南海紅珊瑚。十解

寄懷陸費芝卿菜（二首）

三載相思夢，羊城指桂林。一輪天上月，合照兩人心。

爾累如扛鼎，予心似捲蕉。窮惟堅可耐，且撿舊詩瓢。

題蘭贈張秋粟明府日銜

張侯家住古錢塘，孤山毓秀梅骨香。手持玉版箋一幅，索我墨瀋飛淋浪。憶昔東華互相訪，挂帆同泛珠海航。君賦高才性磊落，萬選萬中工文章。千秋金鑒在胸臆，甘辭玉堂登琴堂。從化黔首從雅化，香山行茇南國棠。魯恭三異傳不朽，叔度五袴歌方長。於今兵燹苦凋瘵，撫字培養需循良。願君愛民若蘭蕙，荊棘盡去根毋傷。報最〔一〕流聲在他日，秋馥遠邁潘河陽。

【校注】

〔一〕報最，猶舉最，指長官考察下屬時，把政績最好的列名報告朝廷。

題張南山年丈珠海老漁霞唱圖爲李子虎賦（四首）

記從珠海停孤棹，曾向濠梁問老漁。爲我早通詩驛傳，載將虛受謂李樸園年丈一封書。

羊城兩月小勾留，綺閣琴尊快倡酬。一自靈山歸去後，更從何處訪羊裘？

寄我新書盡手編以《詩人徵略》前後集、《藝談録》、《花甲閑談》見惠，每繙簡册一潸然。殘霞唱罷塵緣了，炯炯張星返舊躔。

李君雅抱山頽感，示我新摹《笠履圖》。恍向羅浮尋舊夢，玉梅花下拜髯蘇丈曾有羅浮之約，不果。

七月五日黎忠愍公生日李子虎學博招同人於柳堂拜像賦詩

狀元表人瑞，牡丹稱花王。狀元三載即一見，牡丹狀元、千古標孤芳。卓哉忠愍公，游踪寄維揚。是時詩社排姚黃，公乃一揮詩十章。燕銜落蕋疊金屋，露蘸仙掌霏霓裳。糊名易書推第一，報書似比泥金香。金壘一雙潤詩筆，冰銜四字題詩囊。仰公非徒妙詞翰，大節致命何皝皝！溯公降岳時，七月五日辰最良。子虎學博抱逸興，爲公介壽飛羽觴。群賢畢至抒華藻，昔之影園今柳堂。愧我荒落乏奇思，奪標甘讓龍頭强。他年珠海記詩事，重將牡丹種遍狀元坊。

九品蓮花歌爲連州嚴申之刺史長祐作

蓮花九朵生一枝，如斯瑞應古所稀。皝皝連州嚴刺史，今年陡見生銀池。刺史偉才古循史，利興弊剔慈惠師。四境肅清無警燧，五袴溫煖甘含飴。拔薤不留舊根蒂，芨棠時頌新來綏。士興於詩農抃野，陽春有脚如朝曦。天氣燮和地氣應，池蓮吐萼紛華滋。初發重臺繼三秀，倏分六出歧又歧。最後乃成九疊錦，天工巧幻九張機。九英梅，九莖芝，仙人菖蒲生九節，對此不足誇英奇。陰爲六數陽九數，協和上理花應之。蓮臺九品生凈土，菩薩變相昭慈悲。擬訪淋漓大手筆，詳紀嘉瑞書之碑。願君持此獻九陛，烽清九有還淳熙。豈徒熙平沐雅化？九穀蕃茂九德基。我頌九如無妄語，敬代連州父老長歌天保詩。

賦呈鄭小谷山長獻甫

天瑞符人瑞，光分五色雲。奇愁瀉珠海，健筆掃塵氛。絲爲平原繡，香緣子固焚。同心容入室，朝夕挹蘭芬。

題自寫蘭扇贈陳蘭甫灃〔一〕

我邑王盤麓，昔曾官粤中。爲刊《三家詩》，聲氣交相通。渠陽與番禺，文緣古所鍾。鹺尹愧小吏，兩年羈水東。羊城今歸來，得交蘭甫翁。存誠鞏金石，抱道彌謙冲。餘事爲文章，實大而聲宏。揮絃彈古音，律吕協八風。以視古獨漉，競爽稱兩雄。醉我雙桐閣，逸氣飛青虹。感此真氣誼，爲寫蘭一叢。紉佩贈君子，此緣殊萍蓬。交印兩同心，素心貫始終。紫詮與元孝，靈爽昭青空。拈花定微笑，鑒此區區衷。

【校注】

〔一〕陳灃（一八一〇至一八八二），字蘭甫，廣東番禺人，世稱東塾先生，晚清著名學者。著作有《東塾讀書記》、《東塾雜俎》、《切韻考》、《説文聲表》、《老子注》、《公孫龍子注》、《漢儒通義》、《漢書地理志水道圖説》、《水經注西南諸水考》、《聲律通考》等。高繼珩《培根堂詩鈔》後，附陳灃《書高寄泉鹺尹收復水東事即題其珠江話别圖後》一文。

辛酉七月廿六日約同鄭小谷山長朱眉君光禄王蘭汀鹺尹陳蘭甫譚玉生瑩李子虎三學博倪雲臞少尉鴻河樓買醉賦此應教

河樓四面敞疏櫺，霽宇風光照眼青。萬笏粤山含秀氣，一樽魯酒聚文星。繁華過眼原如夢，湖海論交信有靈。贏得丹心印知己，憑欄倚醉撫青萍。

題鄭小谷山長詩集奉贈

名士比鯽多，首推鷓鴣鄭。説經儼經神，稱詩乃詩聖。鴉鳴與鶴唳，兩集日諷咏。行神氣凌虚，横空語盤硬。

譬如鋼百鍊，選鋒必選勁。又如王三鐵，百戰氣逾横。能與霹靂鬥，不辭心血迸。要其筆所到，蟠曲地無剩。心逐龍鬚友，路梟羊腸徑。發泄天地秘，淘洗冰雪浄。欽此桂海雄，濯我珠江瑩。昨呈得印圖，真贋爲指證。得公一首詩，寶若六鼻鏡。年來飽塵味，常飫范丹甑。啖此麒麟脯，沆瀣氣殊勝。聆音辨徵角，敢云和笙磬。黄鐘發噌吰，倘許牛鐸應。下里奏短歌，語誠匪用佞。何時携我袖，共踏翠微磴有同游西樵之約？

蜀山高題朱眉君代風歸雅集

蜀山高，高千尋。巴水清，清且深。雄秀毓豪傑，各抱千秋心。馬相如，李青蓮，宋有玉局今船山。幾枝健筆撑天關，讀之令我開心顔。不見古作者，乃逢朱萬卷。三生緣太深，一笑興不淺。把君詩稿向天讀，百怪入腸撑我腹。夢吞青龍三百條，吐出槎枒照人目。有時舒卷如閑雲，鼻觀一縷參清芬。詩魂酒魂共一醉，梨花杳靄飛氤氲。此筆栩栩有仙氣，劍閣孤梅冠群卉。供向瓊樓玉宇中，姑射風姿差仿佛。如君才調亦風塵，飽嘗世味多酸辛。此卷常留照天地，苦將冰雪鍊吟身。送君行，題君稿，手捧金樽勸君倒。和聲勉應姑洗銅，催歸又聽子規鳥。願君早去歌《白華》，山水清音故鄉好。

雙桐圃醼飲賦謝主人潘鴻軒恕暨陳蘭甫澧王蘭汀家齊鄧蔭泉大林陳朗山良玉梁小韓國琦顔子墟薰李子虎長榮倪雲臞鴻

海濱老圃雙桐樹，舊是南山讀書處。主人好客屢開樽，招邀共踏花間路。杏林壽客長眉仙，美意不讓董奉專。鍊得金丹能壽世，畫筆况出米家船謂蔭泉。二蘭久矣稱畏友南翁語，德星品推仲弓首蘭甫。江東獨步文度才蘭汀，同作羊、求〔二〕互携手。梁君畫梅追徐熙，胸中結構瓊樓奇。筆端吐出香雪海，十萬玉蝶呈仙姿小韓。就中驚坐推朗山，玉溪寄托夷惠間子虎。延之才藻列錦繡子墟，雲林秀逸如笋班雲臞。主人興高發長嘯，大張酒壘儲詩料。一庭花竹檻幽鸞，四壁圖書隱元豹。主人懶種河陽花，栖遲別業餐烟霞。生平喜接素心友，龍華高會真無遮。諸君對我笑口開，桐尾雖焦心未灰。多少英雄知有我，此番珠海不虛來。

【校注】

〔一〕羊、求，指漢代隱士求仲與羊仲，後世泛指退隱之士、林下高士。

題蘭送朱眉君歸蜀

杜鵑枝上杜鵑啼，疊罷《陽關》意轉凄。聊寫芳馨寄離緒，隨君直到劍門西。

題朱眉君焦山酣睡圖並送歸里

希夷先生得真詮，科頭一覺八百年。勞我以醒逸我睡，道其所道元又元。眉君跨鶴乘逸興，緑楊城郭艤畫船。酣嬉淋漓不可遏，花天酒地紛流連。動極思静掉頭去，松寥傑閣在眼前。《瘞鶴》之銘懶摹搨，瓜牛之廬行與還。夢中忽晤焦孝然，華陽真逸來翩翩。三十種眠一大覺，六如偈妙同參禪。吁嗟此睡已千古，欲與造化争微權。金陵失守鐵甕破，此山境入長髮編。何人夜抱古鼎泣？欲尋舊夢難再圓。君今歸卧峨嵋巔，飽噉古雪詩脾湔。華胥勝境通晤語，定聞廣樂張鈞天。我思買棹惠州去，羅浮展謁玉局仙。身鋪梅花二尺厚，魂與野人相周旋。倘容騎蝶遠相訪，何殊聽雨繩床聯？回首舊游下榻處，江濤捲雪馳風烟。人生百年一夢耳，早醒遲醒各有緣。劃然長嘯送君去，醒耶、夢耶？我亦忘其所以然。

和王蘭汀家齊韻即贈（二首）

瓜代[一]歸來日，羊城首見君。伏鸞宜隱谷，逸鶴本超群。余藪子應佩，伊龍我或雲。千秋交有道，骨肉托斯文。

水淡成於性，春和養自神。世緣參已熟，天趣得其真。誼摯形骸略，情深氣味親。盟心在空谷，潑墨證蘭因。

【校注】

[一]《左傳·莊公八年》：「齊侯使連稱、管至父戍葵丘，瓜時而往。曰：『及瓜而代。』」後世將任期已滿、由他人接替，叫做「瓜代」。

曾平湖鑒衡頭陀像

者個頭陀，跏趺而坐。悟徹前因，觀空後果。長風定幡，彼岸轉舵。梅熟一丸，樨香千朵。海闊天空，無人無我。作如是觀，無可不可。

二傻歌贈曾平湖

二傻居黃陂，大傻家渠陽。兩傻遙遙不相見，難向天意參微茫。大傻泛珠海，二傻居禪山。傻緣既合兩傻遇，對之不禁開心顏。人生所貴是知己，得一知己無憾矣！兩傻談心心印心，塵世浮雲心淡水。有時同煮陽羡茶，有時引醉飛流霞。傻心遍賞堤頭月，傻眼同看海畔花。一傻捧檄水東去，一傻獨向羊城住。兩年踪迹隔癡雲，千篇書翰通癡語。大傻瓜代今归來，兩傻重逢笑口開。天結傻緣人莫解，雲龍魚水兼岑苔。聖言其愚不可及，移山全仗愚公力。癡招子久投漆膠，迂揖雲林訂車笠。我歌傻歌君休嗤，傻頭傻腦通傻詞。傻人自證傻因果，莫使聰明人得知。

譚玉生惠樂志堂詩文集賦謝（二首）

頒來《樂志》巨編新，逸氣蟠胸闢莽榛。五字長城推健將，一朝彩筆付傳人。淋漓大手歸燕許，綺靡矜心謝陸繁弨陳其年。劉金門紀文達公袁子才吳穀人今不作，英靈恍見舊吟身。

風流宏獎推文達謂芸臺相國，學海堂開炳一燈。楊柳春旗誇庾信，珊瑚筆架燦徐陵。當時駢體文無對，此日靈光殿許登。白首自憐相遇晚，敢將綺麗匹飛騰。

題汪芙生瑔秋城夜角圖

五夜一聲角，吹起霜天月。人坐籌邊樓，侵曉不得歇。聲聲陡作蒼龍吟，鐵衣寒重霜滿襟。不知城上與城下，誰觸思鄉一片心？錢塘汪君好身手，誓酬知己膽如斗。群盜如毛草檄忙，同坐危樓不回首。解圍以後膽更粗，流光滾滾過隙駒。偶憶前塵發長嘯，繪作《秋城夜角圖》。我昔筮仕天雄郡，赤眉黃犢如飆迅。也甘拚死守孤城，手握龍泉思一奮。夜夜練勇登危陴，報國心傾向日葵。愧無越石清笳弄，强學老嫗來吹箎。保障微勞荷優獎，司鹺又搖珠海槳。一聽角聲一斷魂，壯心何處邀孤賞？同心之言非媕娿，披圖如聞大法螺。昇平指日堪同樂，重繪金鐃奏凱歌。

爲宗禹侄題蘭即以勉之

晋有大小阮，艷稱竹林游。愧我非步兵，雅意托清流。汝才較仲容，頗難分絀優。從我住京華，伴我來高州。相依四五年，遇事能運籌。處世有權度，不剛亦不柔。蘭生在空谷，其香清且幽。爲汝寫一本，杜若搴芳洲。我家本叢茂，祖德清芬留。中落近卌載，禾黍生羈愁。勉繩香祖武，蘭孫篤前修。努力保國香，志堅願可酬。振起舊家聲，素心償千秋。

卷十二　珠海歸颿集

題倪雲臞豆棚閑話圖

秋風豆莢肥，中含風露香。煮以助茗談，支棚延夕陽。下有素心友，清話情彌長。況丁紅羊刦，觸目何蒼凉！物外餘閑身，萬事付坐忘。談天兼説鬼，何必嫌荒唐？羡君抱高致，倪迂真古狂。我將學老圃，歸計方排當。冀偕舊父老，同課農與桑。種豆歌南山，重理三徑荒。披圖生遠心，儼如還故鄉。

留別史書農楷即用送別元韻

驪駒方在門，別君歸故土。折柳贈行人，離懷紛萬縷。回憶傾蓋初，交誼照千古。君才邁史倫，我慚高仲武。年華若飆馳，倏送津亭鼓。江浦雖分司，凋瘵待安撫。循聲遍海隅，蒼黎得所怙。約我游西樵，秋容淡老圃。前諾愧久稽，方冀後來補。羊城重聚首，談讌迭賓主。征鴻倏北歸，孰解相思苦？欲識九回腸，但聽數聲櫓。願言崇明德，他時作霖雨。

題杏林莊留別莊主人鄧蔭泉大林

古有董林今杏林，杏莊一集留清芬。一十八株異凡艷，綠雲深處霏紅雲。文杏本是北方産，水舟陸車資運轉。修成別業種成陰，要與炎洲留故典。飄飄逸致長眉仙，金丹鍊如石補天。活人功德佛無量，天爲壽世延君年。餘情瀟灑耽風雅，塢啟藏春園買夏。水木明瑟曲徑幽，位置天然出陶冶。就中石丈高峨峨，瘦透縐漏堅不磨。俊侶群學米顛拜，光漏月榭藏雲窩。主人好客開文宴，左挹琴尊右安硯。名園入畫畫如仙，對客揮毫神不倦。前年屢作園中游，屐齒曾向苔痕留。招邀頗類亭邊鶴，親近還如水上鷗。忽憶蒓鱸返鄉里，主人酌我花間醴。晚節同堅菊境香，深情直抵桃潭水。西園雅集如雲烟，一圖一記傳千年。題詩我願留鴻爪，倘附名勝同流傳。挂帆遽送津亭鼓，花埭佛山一聲櫓。回頭猶戀杏林莊，勝游擬作夢游補。羨君玉樹芝蘭芳，預卜杏苑高騰驤。他年事業隆隆起，重署裴家碎錦坊。

題鄭紀常績夢幻圖

人生一大夢，幻相苦不足。或逐槐柯蟻，或覆蕉隍鹿。均不可思議，因想互倚伏。顛倒惘衆生，難就太人卜。鄭君磊落人，思之已爛熟。放懷吟鶻鵃，争食耻鷄鶩。高枕石頭眠，渾忘寒與燠。爲君進一解，慧根證於夙。夢作醒眼看，幻中真意篤。醫人媲良相，丹成命可續。佳士勞寫真，閑情寄薖軸。我歌歸去來，鄉夢慰幽獨。濡毫寫離情，手贈圖兩幅。行將挂帆去，方寸時往復。戀戀君子人，更念羅浮麓。有夢倘重來，談藝待翦燭。聊題囈語詩，趁君醒時讀。

留別樓藪庭召棠

鯫生生冀北，夫君居西江。三生有因緣，同泛南海艭。訂交若金石，氣味孚蘭茳。飲醇傾玉杯，情話燒金釭。過從永朝夕，足音空谷跫。萬里遽言别，盼斷錦鯉雙。更有徐孺子謂曉滄，離緒難共降。去去夢還戀，常逐韓公瀧。

別華樵雲廷傑

觥觥華叔駿，神契逾三年。別君去水東，相思托鸞牋。勖我以知止，真意何纏綿！古誼在真諒，紉佩同韋絃。上書乞骸骨，及瓜早歸田。行將挂帆去，滄海凌秋烟。相期寶素心，餘意皆蹄筌。

別梁山谷采麟

位無崇與卑，各宜念家聲。况炳元燈光，更承相業宏。廬山有真面，不爲塵染更。我欽梁伯鸞，矯矯人中英。驪駒方在門，欲別難爲情。努力保夙根，海若鑒丹誠。

別徐子遠灝

南洲有高士，諸侯老賓客。意氣邁偉長，談兵時岸幘。説經宗鄭孔，每奪戴憑席。陶寫賴絲竹，歌聲出金石。雄才凌萬夫，放眼天地窄。賤子樗散材，愛等嗜痂癖。貽我惜別詩，古意動魂魄。方今時事難，幕府待劈畫。勉拯溝壑瘠，早上《治安策》。祇自展抱負，奚圖垂竹帛？且盡一尊酒，行蠟還山屐。素心寫離情，茫茫海天碧。

上王静山都轉

海水何澒洞，林木方杳冥。置身於此間，撫絃乃成聲。一奏《水仙操》[一]，藝爲千古精。倘不逢成連，其技何由成？從此刺船去，欲別難爲賡。天風吹海濤，先生移我情。

【校注】

〔一〕《水仙操》又名《秋塞吟》、《搔首問天》、《屈子天問》，取材於伯牙隨成連先生學琴的故事。

林香溪昌彝出示太夫人一燈課讀圖敬題

兒廢學，母心悲。古井水，能鑒之香溪族人願其學賈，母止之不獲，自投於井，捄之得免。一解　兒向學，母心喜，燈光心光照經史。二解　采香芹，折桂枝。一第何足榮？願兒勤下幃，莫負檠中脂。三解　兒通經，成大儒，注成《三禮》獻皇都。禮臣専奏帝曰「俞」，頒之史館爲典謨，錫之學官恩禮殊。稽古之榮母心愉，母心不敢幸，兒心直比燈光紙。四解　願假此圖教慈孝，燭龍吐焰盤靈笑。五解

許小琴文深卸帆圖

人生如虛舟，行止皆因時。行則飽張帆，利涉任所之。止宜卸帆早，見幾良可師。憶昔乘長風，破浪如飆馳。輕帆一朝卸，容與心胆夷。左琴而右尊，飲酒兼賦詩。蘆花水清淺，好風時一吹。中流自在行，其樂真無涯！抑予戀鱸膾，勞君贈將離。後會知何年？欲去行遲遲。寄語許宣平，把舵無轉移。代唱《定風波》，欸乃聲嘎咿。願言艤仙舫，勸寄梅花枝。

別史蘭畦同年樸

同榜卅餘年，種此香火因。況兼桑梓誼，重以葭莩親。相看兩不厭。鬚髮俱如銀。情深桃潭水，醉我公瑾醇。去去不忍別，素心各自珍。努力崇明德，頤養保元神。更上《治安策》，净掃炎海塵。多書平安字，遠寄菰蘆人。

贈徐柳臣廉訪同年思莊（六首）

西江毓豪俊，南州蜚英聲。令子到珠江，協恭紓丹誠。兩代香火因，未見心爲傾。卌年孝廉船，永志同舟情。

憶公守潁州，霖雨蒼生蘇。下車剗墨吏，早焚朝貴書。霍邱八里塘，污下成沮洳。淮水灌澧水，萬姓悲其魚。公慨捐廉泉，回瀾隻手扶。助力感風伯，順軌孚天吴。滔天昔澤國，桑田今膏腴。朗朗曜福星，一路争歡呼。

量移到安慶，皖江推領袖。案牘如掃葉，無辜盡寬宥。十月及瓜期，又向滇南走。沙夷方鴟張，交鬥如園獸。威懾復誠感，樵蘇絶糧糗。殲渠赦脅從，膚功刻期奏。狡焉嚙與狍，馴如禽在囿。不大聲以色，蕩平寸心構。達人抱遠慮，隨事施補救。祇期竭區區，遑冀賞功懋。

陳臬涖山東，恩波流濟水。連界約比鄰，合力兜捻匪。稂莠鋤已多，嘉禾遂生理。謡詠到蛾眉，鑠金傷積毁。歸與百花洲，臣心淡如此。

三徑撫松菊，濯纓彭蠡流。焚香課諸子，閉門篤清修。紅巾鬨南昌，更爲桑梓謀。觥觥張中丞小圃，敵愾歌同仇。毁家紓國難，募勇及糧舟。更招千八百，饒州并袁州。飛緣三丈竿，捷逾三丈溝。所向盡披靡，轉戰無止休。守城閲三月，解圍資運籌。功成遂請老，不知營菟裘。回首視塵世，一笑如沙鷗。

賤子愧散材，素耻卑小官。司鐸與司鹺，得味超鹹酸。憶在天雄軍，一得紓葵丹。練勇六百人，一一輸肺肝。同袍修矛戟，肯作壁上觀。户口身爲清，嚴令誅保奸。守門驅健者，入此堅壁難。赤眉五萬人，不敢窺彈丸。名城破幾多，孤城如璧完。今年在水東，蟻賊施摧殘。振臂呼市人，死戰忘朝餐。紛紛鳥獸竄，收復墟衆歡。病軀羞戀棧，乞骸早挂冠。分位隔雲泥，氣類孚金蘭。敬寫一寸心，留待同心看。

題蘭

曾向瀧南見一枝，風裳水佩好丰姿。臨池寫出亭亭影，仿佛湘靈鼓瑟時。

上方子箴觀察濬頤即以留別（四首）

巍峨柱石鎮南天，管領雄關福曜懸。千里羊城嚴鎖鑰，三州鷺堠靖烽烟。籌邊筆爲憂時亟，救劫棋争下子先。我替蒼生思借寇，柏臺薇省祝鶯遷。

香凝燕寢綺筵開，公瑾醪醇盡一杯。略分言情欽雅誼，撫今念舊許追陪。驚心海内方多事，屈指天涯幾俊才？更讀《二知詩》一帙，宫商珍重付敲推。

寸筳遑敢叩瓊鐘？耳目薰然啟聵聾。大海回瀾需妙手，奇雲出岫蕩塵胸。香山樂府翻新樣，杜老悲歌得正宗。更盼皋夔賡喜起，拜颺盛世頌時雍。

使君相送意何長，潭水桃花不可量。憐我喜償歸老願，祝公早建救時方。鯨波立盼交南靖，豹隱甘從冀北藏。望斷平安書一紙，雙魚椷帶嶺梅香。

題聲調四譜贈董研秋大史文焕

聲音生人心，有籟皆由天。所以古謠諺，矢口協管絃。聖人制律吕，八風遞相宣。太史歌聲詩，抗墜循自然。精華日以泄，歷代多詩篇。中各有節奏，心知非口傳。我朝漁洋出，妙悟生言詮。私爲枕中秘，門徑欣獨專。秋谷以私淑，乃刊譜一編。引而不盡發，得意忘蹄筌。賤子抱吟癖，束髮窮鑽研。諷咏古人作，貫珠纍纍圓。以意逆厥志，頓悟如參禪。欲手寫其秘，塵事多牽纏。垂老客京華，乃遇妙音仙。聲調創四譜，塵障歸洗湔。譬行黝徑中，前有明燈懸。如我所欲語，心印詩中緣。抱卷細揣度，申旦忘朝饘。秋谷如有知，含笑於九泉。一代風雅宗，千秋歸仔肩。

崇明吳氏四孝子歌馬漢儒應萇屬作

馬君漢儒今古人，一生孝友至性純。手輯《勸孝集》，勸人孝於親。載讀《三魚堂集》，令我肺腑生陽春。一解　崇明老翁吳其姓，篤生四子具真性。鬻身爲人奴，思親淚齊迸。各蓄資斧各贖身，盡歸來，致温清。二解　四子各娶婦，四婦盡淑媛。醴泉芝草無根源，型於雅化萃一門。三解　家有屋五楹，四子各一房。日奉父母羅酒漿，分養刻期互商量。一月一家太疏遠，一日一家猶嫌長。一家備一餐，愛日沿爲常，每月朔望共稱觴。不必鹿求剡子魚王祥，二老顧之喜洋洋，尋常飲饌齒亦香。四解　老人好博戲，青蚨韞於櫝。持向鄰家場，逍遥互争逐。暗乞鄰人佯敗北，輸時子以償錢續。老翁持錢歸，笑容歡可掬。古人重養志，誰如老翁福？五解　老翁四子天爵全，四婦難得盡淑賢。歷數十年如一日，各完各分全其天。如此人奴世希有，世間多少名家子，文章在手義在口，對此能毋愧顏厚？讀罷不禁心凄酸，白雲望斷淚盈斗。六解　刊成一集勸世文，勸世人，孝於親。親年不可待，寸陰良可珍。吁嗟馬君今古人！七解

題蘭贈聶英林玉階（四首）

廿年鴻爪印欒臺，再證蘭因笑口開。白首如新逢舊雨，九千里外我重來。

池塘秀發科名草，棣萼争開及第花。萬石義方傳善教，金芝玉樹兩無瑕謂芝岩大楣、蔭南大榕兩郎，向皆從問字。

不隨桃李鬥妍紅，静養空山守素風。自賞孤芳誰可語？千秋絶調矗夷中。

飽浥雲痕與露痕，鉛華謝盡淡無言。國香雖好無多在，同向春風葆夙根。

贈馬瑟臣恂（四首）

交誼聯三世，離懷證卅年。枌榆重晤語，鬚鬢各蒼然。閲世久彌澹，論心老更堅。如新雙白首，款款溯因緣。

羨君先德好，渭北種甘棠。世業培根厚，家聲累葉香。安車乘下澤，古殿仰靈光。祭酒推尊宿，巍然重一鄉。

文戰春明日，曾逢老白眉謂退叔。素心堪互印，焦尾竟相知。宦轍憐渠隔，人琴益我悲。蘭孫森玉砌，早發上林枝。

故鄉訪舊雨，寥落幾晨星。堂構君能守，滄桑我慣經。海鷗緣待證，蕉鹿夢初醒。真意涵方寸，丹誠尚可銘。

寄李雨香學博昌時

隴西挺英俊，冀北推經師。幸遇鄭鷓鴣謂小林學博，披君黄絹辭。憑吊哀國殤，慷慨登危陴。正氣殊激昂，血性何淋漓！白頭感炊臼〔一〕，青盧悲結縭。能增伉儷重，愈念羹湯慈。性情太真摯，悱惻凄肝脾。餘事及花月，吐屬關倫彝。不愧風人旨，飽讀療我飢。君家老鳳清，午榜折桂枝謂春卿年伯。先君稱齊年，訂交情怡怡。坦齋捷戊寅，賤子曾攀追。每逢禮部試，良會如預期。倦鳥返舊林，卜宅歸令支。訪舊悲黄壚，老成剩伊誰？忽把君詩讀，觸我兩代思。通家近百年，未同非卮詞。何時見君子，抵掌傾金罍？千里共明月，神交交更奇。君倘憫勞人，更寄見懷詩。素心托烟鴻，長注滹沱湄。

【校注】

〔一〕唐段成式《酉陽雜俎・夢》：卜人徐道昇，言江淮有王生者，榜言解夢。賈客張瞻將歸，夢炊於臼中。問王生，生言：「君歸不見妻矣。臼中炊，固無釜也。」賈客至家，妻果卒已數月。炊於臼中，謂無釜，諧音「無婦」。

題李叙堂六賊戲彌陀照

定慧肖古佛，妙悟參蒙莊。一心超凡界，六鑿貴不攘。李君大英雄，猛斷如金剛。翛然閲塵世，乃作僧伽裝。群魔逞游戲，擾擾依我傍。眼耳鼻舌身，一意恣回惶。如如迄不動，妙相歸端莊。不見亦不聞，趺坐如空王。群魔化烟雲，方寸涵靈光。即此是净土，湧出蓮花香。

卜居令支（四首）

萬里倦游客，浩然思故園。飛鳥頻繞樹，落葉喜歸根。忠厚延先澤，艱難勖後昆。蘭孫森玉砌，殷盼大吾門。

六十年前事，渾如夢一場。門庭重締造，身世小滄桑。消長天心見，艱辛夙願償。勉期堂構保，勤儉紹書香。

悟境隍中鹿，忘機水上鷗。壯懷誰不朽？老物只宜休。事待後人補，心仍净土修。莫誇輪奂美，苟合即菟裘。

芳草餘斜照，癡雲返故山。奔波催我老，閲世幾人閑？顔向鏡中變，塵從門外删。坐忘無一事，戢影閉柴關。

輓章附

輓高寄泉（十二首）

樂亭史夢蘭香厓

數載神交各忘年，識君曾記七年前。性情投契緣偏淺，回首雲山意惘然。

人生離合渺難期，電火光陰迅若馳。忝向斯文稱骨肉，思君惟恨識君遲。

空山猿鶴久忘形，阮籍相逢眼獨青。海内知交半星散，何堪又墜一文星！

我亦前身老蠹蟫，鍾期山水結知音。徵文考獻仔肩重，敢負生平守缺心？

一鄉風雅彙平營，廿載搜羅尚未成。今日開編翻破涕，詩中壓卷得先生。

遺愛猶存粵海濆，水東一旅靖妖氛。官聲翻盡儒酸局，三絶休誇鄭廣文。

咏絮才華早著譽，淵源家學信非虚。佳兒已副中郎望，况有文姬讀父書！

淋漓曾爲寫蘭胎，移近萱堂著意栽。重譜《白華》詩六首，虚稱助我賦《南陔》。

委宛探奇啟秘扃，異聞軼事記零星。遺山老去風流絶，誰建《金源野史》亭？

銀漢迢迢路不通，招魂無計問蒼穹。才人共赴修文詔，地下還應見馬融。

北轍南轅歲月遒，歸田一載竟長休。青山葬近先人壠，得遂初心是首邱。

寒颸淅瀝拂窗塵，檢點遺文隕涕頻。我欲鍊都還自嘆，他年元晏屬何人？

輓高寄泉（四首） 天津樊彬文卿

三秋望斷雁鴻音，回首黃壚感倍深。早悟浮生歸大夢，那堪垂老失同心？儒珍共惜豐年玉，宦橐原無暮夜金。柳未成陰花未放，何曾一日樂園林近營新居甫就？

沽上題襟憶昔時，萍踪南北久分離。青箱課子科名起，絳帳談經教澤施。保障功高胸有甲大名、水東兩次禦賊，絃歌化洽口留碑。窮通過眼空花散，身世勞勞怕更思。

日下重尋車笠盟，挑燈旅館話平生。鬢添霜雪心猶壯，氣歛虹霓病已成。陶令纔聞歸栗里，曼卿何遽返蓉城？送君便是千秋別，難忘河梁握手情。

朋舊年來比逝波，山陽聞笛恨如何！塵封客榻誰頻掃，路記州門忍再過？四海漸知名士少，九原應遇故人多。隻鷄斗酒虛前約，聊寄哀吟當輓歌。

讀劉夫人簡外詩因感懷尊甫寄泉先生用原韻（四首） 天津焦祐瀛桂樵

憶昔聯梅社，津門雅教行。詩壇集名士，監主屬先生道光年間，先生與梅樹君、姚朗山諸人結梅花詩社於天津，多南北知名之士。蒐輯惟期富，權衡慎取平。先公遺手墨，慚愧繼家聲陶鳧薌先生輯《畿輔詩》，先生操選政，采入先大夫詩。

京洛同游日，黎園得縱觀。宦情詩與澹，別恨酒能寬。我愧瓊瑤遺咸豐年間，先生需次〔一〕京師，嘗讌談竟日，並贈余詩，過蒙獎借〔二〕，君辭苜蓿餐先生久任廣文，以截取借選博茂場大使。一從南海去，不復戀春官。

王粲方爲客，淵明已抵家先生乞歸，移家還安。時余主講郡城。著書才可史，感舊字如麻《蝶階外史》盛行於世，來書詢梅社諸人，及都門感舊，語重心長，睠懷無已。風雅傳畿輔，遺碑勒海涯在博茂場，有剿賊功。離離悲宿草，白髮爲君加余答書有訪戴之約，未果，而先生遽歸道山。

我愛龍文子，欒欒晋謁時。少年竟不禄，天道果無知先生没後，哲嗣小泉孝廉來郡，乃服闋〔三〕未久，亦以疾卒。往事心猶惻，窮途老更欺。偶吟玉臺咏，一爲寫襟期。

【校注】

〔一〕需次，候補官員依照資歷補缺。

〔二〕奬借，指勉勵、推許。司馬光《答彭寂朝議書》：「辱書奬借太過，期待太厚，且愧且懼！」

〔三〕服闋，指守喪期滿除服。闋，即終了之意。

梓培根堂集感作（四首）

欣看遺集啟雕鎪，善本麻沙日校讎。展卷不禁增僾愾，生平真性此中留。

卌年鑄硯鐵空磨，未得題名到大羅。根底六經存正味，金鍼自昔度人多《制藝》、《試帖》、《文法金鍼》，前經及門諸士刊刻。

未必傳聞盡子虛，寒氈閑坐續《虞初》。筆端儘有綱常在，軼事留徵野史餘。

雪案鑽研六十春，焚膏如睹舊精神。棗梨豈必期傳世？護取吉光付後人。

謹按　先君所著《味經齋制藝》、《鑄鐵硯齋試帖》、《演教諭語》、《蝶階外史》具有刊本。歲次閼逢閹茂恢台夏月〔一〕，從兄兆鼎復以《培根堂遺稿》編次付梓，囑貞共襄校勘。計古今體詩十二卷，《鑄鐵硯齋試帖續編》二卷，《養淵堂古文》一卷，《駢體文》二卷，《海天琴趣詞》一卷，《詞餘》一卷，《續蝶階外史》二卷，共二十一卷。閲四月始竣。先君政績，《行實》詳載傳述，無容贅語。惟畢生心血，萃集簡端。手澤日披，如聆提命。顧學識譾陋，管窺不及，懼貽曩恥，閲者諒之。

女順貞識

【校注】

〔一〕閼逢閹茂，即甲戌年，此處當爲公元一八七四年。「恢臺」，見《楚辭·九辯》：「收恢臺之孟夏兮，然欿傺而沈藏。」王夫之《楚辭通釋》：「恢臺，盛大而潤悦也。」

贈高寄泉鹺尹歸里序

博茂大使高君寄泉引疾將歸里，廣州之賢士大夫昔嘗與游者，作爲詩畫，彙册以送其行。咸以君爲孝子，爲正士，爲文人詞客、老師宿儒，而未嘗知君之爲能吏也。今天下之變嘗亟矣，仕宦離鄉井、挈妻孥、具資斧，近則二三千里，遠或七八千里，歷水陸舟車，經數月，始能達於所仕之邦。顧盜賊充斥，驛路騷然，風聲鶴唳之驚，無地無之。行旅之人，時時有戒心焉。其卒未易達，又將駕夷船、涉重洋、輕性命以避。畏途者且相率賈勇，視南北人之通衢以爲常。盜風之日熾，民生之日蹙，兵戈不得休息，郡邑不暇講求吏治，固十餘年於兹矣。

方君之再任博茂也，鹽場故沿海，治居電白之水東，又爲海沽聚會所，號稱繁富。當是時，巨盜陳金剛率衆數萬，寇高州，陷信宜，且利水東，欲取之。君則練團勇、治軍械、蓄洋炮，爲藩籬計。籌轉運以足餉課，聯商賈以結人心，捐俸錢以助兵食。盜屢犯不得逞，水東人恃以安堵無恐。

今年二月，君以積勞致疾，上書乞免，將解組矣。賊偵知官欲去，人有懈心，驟發游騎數百，日將暮，銷聲遽至。衆大亂，莫知所爲，悉趨海舟，望風而遁。君至岸，登大舟，號召商民耆老及所練團勇，悉來舟聽令。乃高燒巨燭，海汉明如晝。君大聲疾呼曰：「賊圍困高郡將三載，我軍師老力竭。是必窺伺水東，劫其財盡句，以厚資盜糧。踞此爲犄角，則我之海道絶，高郡危，雷廉悉被其擾，而粵東大患將不可救，爾輩之死亡逃散者勿論矣！」衆皆應曰：「然」，且有泣下者。「今用兵貴神速，遲至天明，濡滯弗能決需則事敗。」衆復泣曰：「然將奈何？」下令曰：「集估船爲戰艦！」共十六句，舟各炮十，炮手、篙師各百人。「勝有賞，退有罰，蓐食銜枚，見墟分兩隊，鼓行而前，賊將不能支。不待黎明，必大克，各復其所。」衆同聲曰：「違令者罰，無餉奈何？」君悉索千金以爲倡，衆共捐二千金。悉如令，而水東乃免於厄。質明賊退，復以水師移守各隘口，賊遠逸。越數日，代者至，君已補葺其衙齋，安集勞來其民人，若未嘗被兵者。嗟乎！使天下守土之吏，禦災捍患皆能如君之所爲，其變不將漸止矣乎！

君來廣州，予罷職閑居，乃悉出其所爲詩古文辭，就質於予。予反覆讀之，知君之攻苦畢生、上下千古，固不欲僅以詩文顯。顧予行年七十，長君僅二歲，君所著裒然成集，信足行遠，如是蓋又不禁自悼其學殖之荒落也！遂書之以贈其行。

同治二年歲次癸亥六月蒲城王增謙拜序

書高寄泉鹾尹收復水東事即題其珠江話别圖後

同治二年，廣東官軍擊高州賊。省城運餉，泛海至電白縣之水東，乃陸運以給軍。水東者，博茂場大使官署所在也。賊瞰水東久，大使高君日籌禦之。既而高君告病將去，賊以馬隊入水東。高君登海舟，集市人，告之曰：「無水東則無高州也，無高州則無雷瓊也。有能擊賊者，賞銀千兩。」市人皆奮曰：「願增二千兩。」海舟人故能戰，火器皆具。君甫出令，衆噪而上。賊方炊熟，不敢食，皆走。凡失水東一日而復。始，賊焚大使署，火不然，則斫壞之。君葺之而後去。時沿海颶風，溺死者無算。君乘海舟至省城，余聞之大驚，訪見之，曰：「幸哉君之出險也！」君曰：「吾所遭不一險。」爲余述賊事，余謂：「君之擊賊，可謂有功矣！君非守土官，且將去矣，而擊賊，且葺官署乃去，則忠厚之至也。今之人能擊賊者有之，忠厚者則罕見也。以君之忠厚，出險而亨，宜哉！」友人爲畫圖，題詩以贈君之行。余不能詩，敘其事書於圖後。

陳澧未定稿

海天琴趣詞

序

詞有三境，秦、柳則纖麗也，辛、蘇則豪宕也，姜、張則清空也。非纖麗則涉於粗，非豪宕則流於靡，非清空則鄰於滯。三境遍進，乃能通變；到熟境，乃化三爲一，惟所納之，無不如志矣！惟平分陰陽、仄嚴上去，此中消息微乎微矣！且以文爲詞，不可以詩爲詞，不可以曲爲詞，又不可界劃甚嚴。此聞之晁香師者。賦性駑鈍，不耐推敲。隨筆所填，皆已散失。數十年來，所存祇此。自問絕無所得，不過抒其胸臆而已。

歲次辛酉寄泉高繼珩自識於水東鹺署

海天琴趣詞卷一

如夢令 題《吹簫仕女》小幅

手握洞簫當牖，一寸眉峰常縐。黄柳是歸期，盼到絲絲垂後。知否？知否？吹得消魂人瘦。

沁園春 陸秋生南歸，艤舟緑楊城下。夢一古墓，豐碑巋然。因題五律一首，恍惚見碑上現七律和章。墨瀋淋漓，作墓中人語。既覺，二詩不遺一字，繪《邗江詩夢圖》。爲填此闋

小住歸颿，一覺揚州，分明夙緣。見豐碑三尺，寒螢暗點，新詩兩首，墨瀋猶鮮。原唱蒼凉，和章凄咽，結習難忘劫後天。求妙手，把夢中夢畫，夢境依然。　機關頗費尋研，何處覓春婆子細圓。嘆一場幻迹，空餘泥雪，百年泡影，都化雲烟。他日探花，言歸晝錦，定繫扁舟緑樹邊。携此册，向秋墳高唱，聊慰重泉。

鳳凰臺上憶吹簫 題《張問槎添香伴讀》小照

龍腦閑焚，烏皮净拭，虧他解事雙鬟。把奇芬細散，俗慮全删。偶向鄴侯架上，抽善本、宛轉頻看。盈鼻觀，古香一縷，散作沈檀。　翩翩，者般風致，令我憶、依依張緒當年。甚茂先博物，不許追攀。較似風流京兆，持彩筆、但畫眉山。争如恁、琅嬛妙雲，湧出華鬘。

金縷曲 乙酉九月初七日同人登文昌閣遠眺

高閣頻搔首，况又是、風風雨雨，節臨重九。難得同心人七個，閑把元關同扣。早撲去、緇塵三斗。檻外田盤山色好，門新妝、環拱空中牖。且預飲，茱萸酒。　斫輪老將推諸舅謂客庄舅氏，及鏡軒、椿橋兩從舅，喜金昆、珠聯璧合，非瓊即玖謂王鐵琴、笠卿、雙松昆仲。自愧散才同社木，也願追隨左右。倚闌干、從辰到酉。北望燕臺真咫尺，盼泥金、捷足駸駸走。看誰是，奪標手同人半應京兆試者？

前調 送崔丈曉林旭之官山右

其一

把臂三年久，薰風裏、悤悤又折，虹橋垂柳。此去中條山色好，小試栽花妙手。書善政、碑懸衆口。未宴瓊林休悵惘，舊青箱、况有賢郎守。終飽飲，御厨酒。　絳都自古風醇厚，願神君、多培桃李，多芟稂莠。花落印床琴鶴静，料理簿書清後。知定有、新詩萬首。回望丁沽雲樹渺，嘆孤鴻、依舊蘆中走。還繫念，故人否？

其二

駒隙光陰速，驀回頭、聯吟問字，宛然在目。從此公旌天樣遠，誰與推敲反覆？争怪我、淚珠盈匊。一段癡腸難擱起，訪詩人、願遍燕山麓。何忍負，《待徵録》以《畿輔詩鈔待徵録》見遺？　我師曾夢松生腹謂丁麗生師，宰樂陽，一錢不選，棠陰簇簇。君與同舟稱共濟，定卜彈冠情睦。説有個、門人尸祝。送友憶師縈别緒，逐雙輪、夢繞王官谷。詩酒約，幾時續？

前調陳石生、陸秋生，皆蘭生，同年生而未謀面，介予定交。蘭生將有山右之行，秋生、石生亦欲買舟南歸。蘭生因倩秋生寫《三生圖》，一名《秋風蘭石圖》，以存爪印。同人分咏，爲譜此闋

結契三生早，羨幽蘭、石交同訂，秋心同抱。寫上玲瓏飛白扇，永矢弗諼之好。更誰喻、此時鳧藻？代作蹇脩應念我，爲聯成、香火因緣巧。華、管、邴，一龍矯。人生聚散浮雲繞，趁涼飆、孤帆匹馬，各馳周道。陟屺循陔歸計決，使我離愁如搗。況子又、鞭絲西裊？驛路迢迢空谷遠，壓行裝、一扇真鴻寶。期共把，素心葆。

前調賀陸秋生納姬　姬姓田，秋生吴家姑之媵也。秋生大婦體素弱，爲襄中饋計，亟求納焉。時吴家姑隨宦沽上，秋生春闈北來，因以贈之。六月既望，三五在東，戲填此解，志喜也

其一

篷室春生矣！又何須、桃根桃葉，江干迎止？情較鮮卑應更切，本是阮家小婢。天留待、阿咸燕爾。如母慈姑真解意，鏡臺緣、一笑諧魚水。衾裯抱，大歡喜。　士龍矯矯如龍士，又豈屑、荒耽於色，若登徒子？况有牛衣同卧侶，忍與秋紈等視？天下事、難逢雙美。樛木同心能逮下，寄紅絲、代繫鴛鴦趾。更上秉、祖慈旨。

其二

人隔銀河久，忽小星、既明且慧，黄姑左右。不是天孫真大度，誰爲聯成佳耦？問此意、田田知否？夜續温香朝捧硯，小檀奴、何福能消受？情繾綣，實難負。　燕蘭吉夢濃於酒〔一〕，誕明珠、較他遥集〔二〕，合稱瓊友。指日君歸符晝錦，再拜倚閭王母。携得個、清娱在後。既博高堂歡且笑，謝冰人、還向梁鴻婦。休上下，畫眉手。

【校注】

〔一〕《左傳·宣公三年》：「初，鄭文公有賤妾曰燕姞，夢天使與己蘭，曰：『余爲伯儵。余而祖也。以是爲而子，以蘭有國香，人服媚之如是。』既而文公見之，與之蘭而御之。辭曰：『妾不才，幸而有子。將不信，敢徵蘭乎？』公曰：『諾。』生穆公，名之曰蘭。」後世遂以「燕夢徵蘭」代指婦女懷孕生男。

〔二〕揚雄《劇秦美新》：「遥集乎文雅之囿，翱翔乎禮樂之場。」

前調 金文波觀察重修水西莊落成，梅丈樹君招集同人於此，倚聲二闋，並餞秋生、蘭生

其一

放棹烟波裏。訪名園、抱琴載酒，輕帆風駛。遥指紅樓環緑蔭，此是蓮坡故址〔一〕。陡换作、畫樑文所。借問山僧誰改造？道使君、分注廉泉水。功德簿，大隨喜。　廢興乘運疑天使，憶往歲、秋風送別，石生杏史。徑草青蕪羸馬嚙，凄咽蟬聲聒耳。現樓閣、華嚴彈指。不是文星來秉節，果何人、布地黄金起？斟大白，向東釃。

其二

把酒臨風嘯！喜座中、風流裙屐，並皆佳妙。厲、萬、汪、杭今不作，先哲英靈常照厲太鴻、萬柘坡、汪槐塘、杭大宗，皆當年蓮坡坐上客。。算我輩、堪爲同調。但有新詩能不朽，隱烟霞、且學南山豹。何世事，易吾好？　萍蓬聚散雲離嶠，纔幾日、徐陵西下，陸雲返棹。安得并州雙翦快，翦斷離愁繚繞。嘆百歲、須臾來到！知否他年詩酒彦，憶吾儕、也作閑憑吊？今不醉，後人笑。

【校注】

〔一〕查爲仁（一六九五至一七四九），清代詩人，字心穀，號蓮坡，又號蓮坡居士。天津人，出身書香門第，水西莊爲其父所建查氏園林別墅。查爲

仁在此廣置圖書金石鼎彝，結納國内著名文人、學者。與厲鶚合箋《絶妙好詞》，被收入《四庫全書》。另著有《庶塘未定稿》九卷、《外集》八卷、《蓮坡詩話》三卷等。

壺中天 寄題王寀厓舅氏第五居

聚星光下，乍昂頭、如見新居門户。十笏蕭齋門額上，何意標題第五？一瓦一椽，某街某巷，屈指聊相數。填胸喬岳，隨風皆化花乳。　竊謂杜牧科名，和凝衣鉢，不過同炊黍。千古文章猶若此，而况樓臺亭宇？破甑舊巢，顧之何益，且作風花主。嘉名自錫，豈羞驃騎爲伍？

金縷曲

小子萍浮慣，卅年來、寄身人海，所居十換珩生於濟南，隨先大夫官霑化、冠縣、濟寧州僑寓，聊城依三舅氏古愚先生，齊東、冠縣、歷城歸來，初卜三教堂故宅，今移居又十年矣。風雨飄零依大厦，恰似尋巢乳燕。枉費了、主人青盼。壓線生涯常作客，剩羈魂、夜繞琴書案。愁夢醒，又孤館。　光陰忽忽真流電，嘆劉乂、幾時得志，攫金盈萬。更替先生營别墅，料理菟裘輪奐。署第六、門楣重焕。庾信園林蚊睫宕，學韓康、甥舅常相伴。知何日，畢斯願？

摸魚兒 沈五樓鳳才《漁樂圖》，爲馬鶴船壽齡題

嘆賓王、新豐久困，幡然思隱於釣。江南畫史休文瘦，爲寫烟波風貌。彈古調！閑譜出、斜風細雨《漁家傲》。峰銜夕照，喜得鯉歸來，携竿戴笠，繫緊草鞋峭。　逃塵網，春水桃花一棹，青山迎我而笑。笑君火色鳶肩狀，栖霧偏同元豹。休潦倒！那便學、苕溪來往嚴灘老。後車將到，有大手荆、關，含毫麟閣，相待寫英照。

鳳凰臺上憶吹簫沈五樓《漁樂圖》，爲邊袖石浴禮賦並代索畫幅

試問塵寰，何人最樂？算來還是漁家。稱西風得鯉，淺水撈蝦。持向市頭換酒，吹荻火、歸卧蘆花。開笑口，鳧朋鷗侶，同醉流霞。　休誇，後車事業，消磨了、泱泱表海繁華。便嚴灘星朗，物色頻加。争似志和泛宅，栖苕雪、一葉船划。全不管，山高水長，雨細風斜。

沁園春

玉樹亭亭，經笥便便，别樣風流。道帳中有馬，蹇脩可托，江南瘦沈，妙畫頻郵。書味清醇，襟期曠朗，大筆居然逼虎頭。君休懶，把鼠鬚墨灑，鴻爪痕留。　開函已豁吟眸，幸紙上、從今識五樓。想寒江秋柳，胸懷灑落，風帆沙鳥，神韻夷猶。寄語文淵，致聲麟士，肯賜通靈一幅不？歌短調，更望深邊讓，代乞琳球。

飛雪滿群山題金朝霞女史《江山雪霽圖》

六出瓊花，一庭絮影，拈來糁遍江山。閑抛翠黛，輕勻鉛粉，直堪奪席荆、關。仲姬嫺翰墨，對松雪、揮毫灑然。教人想像，神仙伴侣，紗帽與雲鬟。　思往昔、鸞閨傳畫史，衹禽魚活潑，花鳥幽閑。争如妙筆，雲烟萬里，寫將氣勢波瀾。此中多寄托，念家山、何時得還？宦成偕隱，歸程認取圖畫間。

摸魚兒題《問紅軒詞》呈王青溪四丈

嘆先生、南帆北馬，壯懷多少酸感！黑貂裘敝黄金盡，衹剩新詞一卷。休憤惋！任柳膩辛豪，幾入時人眼？銅

琶鐵板，且按拍高歌、大江東去，聲逐浪花捲。　黄河曲，任爾旗亭傳遍，個中三昧誰辯？清空一氣真如話，别有盧山真面。論過片，者没縫天衣、欲帶秋雲浣。霜寒歲晚，擬更倩何戡？吹簫低唱，消得酒盈碗。

金縷曲題王淡音夫人《環青閣詩集》代

林下傾風久，爲曾見、謝庭絮雪，吟成驛柳。雨載鹽車嗟落寞，瞇目俗塵三斗。除障翳、難尋仙手。幸得《環青詩》一卷，似金鎞、刮去層層垢。烟火氣，掃如帚。　卅年世誼芝蘭臭，悵參軍、修文早去，緣慳樽酒。公子鳳毛垂令譽，盡出熊丸指授。倚玉樹、無慚小友。待上探花櫻笋宴，望紗幃、再拜宣文母。並重讀，詩千首。

齊天樂題邊袖石浴禮《聽雁聽風雨圖》

緑陰如水書堂静，天涯故人來訪。手握新圖，索題新句，難得吟身無恙。披圖悵望，恰仿佛當年、豪懷跌宕。曳起羈愁，一繩秋雁共酬唱。　瀟瀟風雨欲暝，正不眠側耳，音遠流響。惓念分飛，季江仲海，不及烟鴻偎傍。逍遥堂上，問歸去何年、對床相向？繪出張詞，客懷和夢颺。

前調寄懷蔣半坡春霖

荷風吹得雙魚到，回環朗吟千遍。蘭訊緘雲，薇香盥露，勾起閑愁無限。離情難翦，視易水滹沱，不争深淺。潘鬢霜絲，甚時容易故人見。　晴窗孤悶誰語？嘆尋巢覓侣，同是梁燕。衣染緇塵，尾焦爨火，禁得風霜磨鍊？流光飛電，漫輕把良時、蹉跎午倦。悵望西山，一痕天際遠。

金縷曲 題李雲生文瀚《味塵軒詞鈔》，即以代柬

其一

我別雲生久，喜贏得、新詞一卷，置諸懷袖。軒署味塵塵味盡，清比交梨雪藕。豪宕處、青萍怒吼。似此才華真絶世，壓姜、張，吞併辛、蘇、柳。洵不愧，雕龍手。　春明共貰旗亭酒，落花風、吹將萍散，掃愁無帚。自夏徂秋駒影速，君又征帆南走。擬重向、丁沽聚首。誰料君來予又去，慰門閭、歸奉陶家母。兩相左，雲離岫。

其二

此後鴻魚杳，望淮南、小山叢桂，夢魂顛倒。一縷相思誰翦斷？唱徹倚聲嫋嫋。恍日對、青蓮才調。蓮幕東南雖盡美，算依人、心事殊難了。努力擷，科名草。　壽椿計日家山到，問斷絃、鸞膠鳳喙，何時續好？花種河陽知有待，盼到銓司上考。料鷄肋、空腸難飽。五夜壯心歌伏櫪，折宮花、插上欹檐帽。應再譜，舊詞稿。

前調 寄桂丹盟超萬海上練勇

天外烟鴻到，喜故人、防秋海角，不虛英抱。何物能消胸磊塊？愁對南雲如搗。恨蹂躪、經他多少？大樹將軍城萬里，翦長鯨、勝算籌須早。舟一艤，電横掃。　新詩漫繡弓衣稿，應打疊、搜岩訪遍，風塵屠釣。薪膽光陰甘苦共，別試火攻神巧。看露布、建章飛報。寫本幽蘭聊寄遠，撫刀環、人倚青萍嘯。期更把，素心保。

摸魚兒 題《陸費紫卿鴛湖漁隱圖》

念家山、湖光鋪練，劈空勾起清興。苔磯滑笏垂楊緑，三尺漁竿把定。鈎下穩！看潑刺、紅鱗掉尾跳笭箵〔一〕。

斜陽半暝。料貰酒歸來，玉蓮花下，有個睡鴛等。　絲綸事，萬里風雲一瞬。鱸鄉休學棲遯，崢嶸門第金張好，況負才華如錦。君記省！繼封鮓清風、譜作烹鮮政。宦成歸隱，再脱却朝衫，換將蓑笠，重向畫圖證。

【校注】

〔一〕笭箵，打魚時用的竹編盛器。

疏影 梅影用紅豆樹館韻

驚鴻瞥舞，恁橫斜作態，明靚如許。瘦倩風扶，淡欲烟偎，春在寂無人處。奩雲乍啟凉蟾露，恍重門、鏡中眉嫵。是林家環珮幽魂，待向段橋歸去。　長憶澄湖倒映，遍枝南枝北，欲折頻誤。供養銅瓶，添照銀釭，點綴屏山清趣。冰姿也作低徊顧，應自嘆美人遲暮。最難忘、香夢醒時，枝上翠禽寒語。

買陂塘 水仙頭

結花胎、冬心醞釀，靈芽一寸常抱。渚烟秋老沙棠艤，傾出筠籠多少。臨碧沼，愛净洗、香泥綺石拳同小。繙來畫稿，有百合團欒，柔莖未吐，添寫歲寒照元人有《百合水仙圖》。　苔盆供，淺水層冰微膠，春痕寒勒風峭。《十三行》帖臨初罷，惆悵驚鴻人渺。彈雅操，倩瑶軫朱絃、重迓湘靈到。凌波娟妙，看環珮珊珊，清脩無恙，長此宿根保。

前調 送崔丈念堂回里

悵天涯、三番相遇，匆匆旋又分手。故山梅鶴牽懷抱，不慣他鄉住久。斟別酒，贈滿把、將離聊當旗亭柳。先生信否？剩百結回腸，連宵旅夢，頻逐去輪走。千秋業，掃葉何辭奉帚？編排甲乙麓就。晚香老柏鬚眉古，念此也應回首。風信驟，盼人共秋來、莫等黃花後。使君情厚，況竹榻高縣，金樽待洗，此意未應負。

疏影 水仙和邊袖石寄懷

沅雲破曉，認倚風倩影，飛向瓊島。露浥珠漿，沁入檀心，幽香一線微裊。珠簾踠地垂垂護，總未識、塵根煩惱。妒芳姿羞煞梅花，轉問幾生修到？往事如烟如夢，照湘月楚楚，同證幽抱。翠袖禁寒，羅襪生塵，不是當年花貌。安絃欲譜《迎神曲》，又忘却《水仙》王調。只更吟、江上峰青，可奈曲終人杳。

金縷曲 題徐漢青桂花圓扇即送赴京兆試

紈扇裁明月，露樛枝、梢頭綴滿，瓊樓黃雪。幾載燕山酣雨露，老幹連蜷如鐵。更挺出、孫枝高潔。吹得珠英堆石臼，擣西風、化作泥金帖。重認取，舊清節。與君大阮經年别，見石麟、峥嶸頭角，才堪奪席。參木樨禪文字悟，珍重當年手澤。努力效、郄詵射策。好借吴剛修月斧，偕竹林、同把天香折。留我醉，桂漿液。

陌上花 花毬

紅紅白白，偎烟凝露，暗香初逗。絶世鍼神，閑擘色絲輕扣。結成宛轉相思絡，點點春痕全漏。看玲瓏逼肖，楚橙黃剝，越梅青鏤。喜籠馨襲艶，珠蘭末麗，恰比筠籃裝就。取次羅幃，欹枕夢回頻齅。密緘欲向天涯寄，生怕長途蔫透。只空閨，留翫幽懷孤悶，幾翻挼皺。

梅子黃時雨 梅湯

塵土東華，正紅日滿庭，無計銷暑。記玉液時斟，翠甌深注。市近喧傳金盞子，鼎調略借《糖霜譜》〔一〕。添酸楚，皓齒慣嘗，遍愛微齼。來去，携錢沽處，怕飛蠅遽集，冰縷旋貯。問乞得瓊漿，何年移住？仙酪分須瀛館早，涼糕同買天街午。鄉思苦，熟梅又聽檐雨。

【校注】

〔一〕《糖霜譜》，宋代王灼撰，是我國古代唯一的製糖專著。

齊天樂 蓮蓬

銀塘粉褪殘紅老，圓苞數莖凝翠。鵝項微彎，蜂房倒挂，取次雲漿低墜。參差棹尾，記皓腕頻搴，畫船曾艤。照影離離，舊香何處渺烟水？冰盤絲藕並貯，費春纖細擘，商略間醉。韞玉蓬空，銜珠實小，待到深秋餘幾？絲瓤留綴，謾剩得枯腔，悟來身世。墨暈青花，蘸將殘瀋洗。

月華清 螢燈

纖月濛濛，繁星點點，前身猶記芳草。寂寞蘭閨，翦就碧紗籠小。閃翠袖、兜住還飛，回寶扇、撲來偏巧。裝好，向花陰挑過，竹床縣早。斗帳低垂人悄。正玉體橫陳，密燈停了。幽夢初醒，贏得餘輝留照。密縝映則墨痕新，涼焰吐夜珠光皎。低笑，料綃囊伴讀，一般風調。

金縷曲題華梅莊《鴦香館詞》却寄

衣帶丁沽水，有伊人、溯迴宛在，蒼葭之涘。彩筆一枝誰付與？定是唐家仙李。雅令勝、三湘蘭芷。更向風流京兆府，蘸春山、幾斛新螺子。香與艷，問誰比？　有時吐出長虹氣，更一縷、柔情不斷，忽悲忽喜。鐵板銅琶高唱處，忽漫移宫换徵。又殘月、曉風盈耳。恨我病魔纏未了，待何時、重論偷聲旨？知我者，畫眉史。

瑣窗寒蕉窗聽雨

緑漾紗痕，紅消土氣，小窗梅雨。芭蕉未翦，釀就早秋情緒。淅零零、通宵到明，瓦檐細溜如泉注。憶賞從茅屋，聽來荷榭，一般清趣。　亭午晴烘處，正鹿夢驚回，亂蟬噪樹。點滴聲聲，又被癡雲留住。真清脆、腰鼓細敲，和蓮漏、響如送暑。折餘青、爲懺漂摇，遍寫楞嚴語。

九秋詞其一　霜葉飛秋林

綴紅凝碧，寒林晚，憑空勾起秋興。斷雲天半漏斜陽，欲帶栖鴉暝。認幾點、巢痕樹頂，小橋流水相招引。有遠嶂歸樵，趁暮靄、肩挑冷翠，來覓霜徑。　村外過客停車，商量貰酒，玉鞭遥指簾影。愛他楓葉和人醉，一色酡顔映。恁冷艷、教誰記省？新詞含露吟清迥，似訪來老倪迂〔一〕，皴染疏烟，寫將幽境。

【校注】

〔一〕　倪瓚，善畫山水，與王蒙、黄公望、吴鎮並稱元四家。性多怪癖，人稱「倪迂」。

九秋詞其二　憶舊游 秋寺

現鐘樓一角，閃閃浮圖，挂住斜陽。待撥閑雲問，道楓林轉處，便是紅墻。倚筇入門微笑，初地最清凉。有翠竹真如，黄花般若，容我參詳。　虚堂倩僧引，見碧黯琉璃，長對空王。鎮日無人到，但成群仙鼠，旋掠回廊。剔罷斷碑苔暈，山月上經幢。約八桂開齊，携金粟紙重搨將。

九秋詞其三　瑣窗寒 秋烟

著雨成絲，攙雲作絮，恁般摇漾。疏林半約，禁得晚風低颺。裊春魂、輕縈緑蕪，幾痕又把秋光釀。恰水亭人卧，波紋如簟，乍垂羅帳。　凝望層樓上，看密罥紅欄，淡籠青嶂。纏綿不斷，寫出舊愁新樣。太空濛、倩誰劃開，一繩雁、遞遠音響。似横江、曳艫飛來，剪破吴淞漲。

九秋詞其四　聲聲慢 秋砧

携將玉杵，拭罷羅襟，更深欲歇還敲。惓念清寒何人，爲寄征袍？層層細心熨貼，更飛來、空外音遥。天似水，正紅閨力盡、白帝城高。　望斷歸期没準，伴銀蟾、瘦影孤負良宵。素手纔停，揾殘淚雨條條。霜華又催遠韻，倩西風、吹渡臨洮。君寢未？料聽時、魂也暗消！

九秋詞其五　玉漏遲 秋柝

柳梢凉月上，銅壺漏轉，下簾人悄。捲入凄風，閣閣鈍蛙聲峭。側耳丁冬幾度，盼不到、夢回天曉。邊信杳，料衡朔氣、鐵衣寒早。年來飽味風塵，悵乍卸吟鞍，又催遠道。數遍更籌，歷亂秋心如擣。鐸語郎當笑我，和警夜疲兵同調。顏易老，何時一闋常抱？

九秋詞其六　疏影 秋鐙

蕭齋向暮，看玉釭乍上，花暈微吐。露氣沈沈，親下簾櫳，青蟲亂撲無數。荷盤剔罷脂還凝，莫更問、此中情緒。映鬢絲、顧影堪憐，歷盡十年風雨。曾記兒時況味，有慈母畫荻，宵斷機杼。勉課書幃，聲伴寒檠，小缶清油頻注。光明不異當年焰，但悵望、白雲何處？照淚痕、一點心孤，耿耿夜闌誰語？

九秋詞其七　綺羅香 秋衾

簟捲寒筠，綿裝輭玉，客館涼宵如水。擁到天明，消受苦吟情味。學心畫、著指曾穿，改腹稿、裏頭重起。更憐他、酣睡嬌兒，踏來顛倒裂殘裏。池塘春夢久醒，回憶彭城舊約，時光曾幾？秋雨秋風，只剩一條姜被。搴柿蒂、麝冷慵薰，卧蘆花、雁孤誰倚？羨人家夜暖香篝，滿床荊影紫。

九秋詞其八　翠樓吟 秋蟬

抱葉黃黏，栖枝翠老，柔颸蕩漾如許。身輕雙翅聳，怎不向、青霄冲舉？金貂無據，且學坐枯禪，祓除幽緒。疏音度、五更天氣，暗消餘暑。碧樹生意婆娑，似一江潮湧，亂喧炎午。倏迎秋信早，又嘶斷、琴絲涼雨。斜陽憐汝，任緑鬢凋殘，向誰傾吐？酣清露、羽衣重化，御風仙去。

九秋詞其九　月華清秋蛩

苔縫低吟，莎根凉語，逗成多少淒惋。問爾何心，竟負者般幽怨。咽緒風、籬菊初開，唬曉露、海棠微泫。孤館，伴蘭釭一穗，夜深慵翦。　絮絮情懷難遣。正月映金梭，鄰機宛轉。芳草王孫，莫惜歲華將晚。住宣窑、縹碧盆輕，飽蜀郡、栗黃仁輭。凝盼，趁天香開後，奪標酣戰。

詞餘

南雙調題孔繡山《問月圖照》，圖爲悼亡而作

步步嬌

看冰輪吐出雲中嶠，來向孤衾照。愁懷湧怒潮，負手看天，細把寒簧叫。蓬島境，歸何早？敞晴空，釀作相思料。

醉扶歸

曾記得拜蛾眉、簾底凭肩笑，還記得折天香、同度可憐宵。和新詞、低按玉人簫，配丹青、偷畫常儀貌。書生命薄福難消，到今朝，只落得形影空相吊！

皂羅袍

一縷癡魂斷了，怕重提往事、兜上心苗。他控青鸞、拚學廣寒逃，剩鰥魚、自譜《朝飛》調〔一〕。青天碧海、人遥路遥，柔腸別緒，千條萬條。這衷情，月姊應知道。

好姐姐

儘東鄰、釵横釧嬌，更西家、珠圍翠繞。問銀蟾、何事偏與伴蕭騷？心如擣。團團皓魄還依舊，渺渺芳魂不可招。

尾聲

聰明福澤從來少，願認取前身，子細描畫、一張月圓人缺的傷心稿。

【校注】

〔一〕「穌魚」，當指關於河北名菜「聖旨骨穌魚」和「宰相肚裏能撑船」的傳説。《雉朝飛》既是琴曲名，亦是曲牌名。歷代有大量以《雉朝飛》爲題的詩作。琴譜中所載，多數謂爲牧犢子所作：牧犢子年老鰥居，拾薪於野，見雉鳥比翼雙飛，上下顧影，不覺意動心悲，遂作《雉朝飛》曲，如「雉朝飛兮相鳴和，雌雄群飛於山阿……時將暮兮可奈何？」云云。此曲既爲題「爲悼亡而作」的《問月圖》，則當指琴曲。

南雙調 題意蘭女史《關山策蹇圖》

意蘭氏乙，袁蠡莊姬也。蠡莊以事謫戍烏魯木齊，養母許欲奪其志。意蘭買蹇驢，腰短劍，覓老嫗，一意尋夫，卒抵戍所。蠡莊感其意，賜環〔一〕後，繪圖徵詩。爲譜此曲。

步步嬌

玉門關古驛斜陽道，天遣兒夫到。化石也無聊，打疊輕裝襆被偕聾媪。風和雪、拚餐飽，券疲驢、追和《伊》、《涼》調。

醉扶歸

多則爲畫葡萄、藤葛滋纏繞，因此上戍輪臺、蓬梗嘆飄摇。愧不能代夫囚、捧疏叩丹霄，又何忍過鄰舟、別把琵琶抱？雄關四扇岳岧嶢，鎖堅牢、鎖不斷俠氣如虹矯。

皂羅袍

一望黏天衰草，替征夫怨婦、種就愁苗。既不是蘄王偕隱段家橋，又不是虬髯共走扶餘島。淚磨郎鏡、朝潮夕潮，腰縣妾劍，魂銷氣銷。倒好替聶隱娘，畫一幅流離照！

好姐姐

學朝雲同聽海濤，似清娛追隨雲嶠。便長埋青冢、何必嘆蕭騷？心頻禱。飛馳黑衛人千里，盼到金鷄詔一條。

尾聲

人懷苦志天應笑，把塵障情魔一筆消。唉！只可憐萬斛牢愁，倒虧你者個瘦驢兒馱得了！

【校注】

〔一〕《荀子·大略》：「絶人以玦，反絶以環。」

北雙調 題王椿橋從舅玠《問鬚圖照》

從舅與予同硯席三載，以多鬚，同人戲呼曰「毛亭」。年四十五，髯盡白。繪對鏡小照，若自訏其白之早者。

新水令

問髯奴、何事白條條？陡驚心、鏡中人老。年華纔五九，頦下雪飄蕭。要解君嘲，願借取雁來紅〔一〕一名老少年名字妙。

駐馬聽

你莫漫牢騷，鶴髮童顏宜自保。修持古貌，熏衣鬀面讓時髦。三公位看黑頭標，五言城撚霜髭造。且逍遥，萬黃金、買不轉人年少。

沈醉東風

曾記得捋吟鬚、新詩共敲，還記得翦佛髯、青春鬥草。論姿致署參軍舊郄超，論風度遇元齡稱大好。幾年間酒霸詩豪，黑髭盡向墨丸消。和白髮，催人恁早。

折桂令

數當年、先輩丰標，有一個瀟灑彪之〔二〕，領袖風騷。未三十拂霜髯，意氣高照，烏衣鬚眉，皓似一株、凍不倒的雪中蕉。奏膚功、才窺斑豹，敷石畫、治比夔皋。果能够元箸超超，真樂陶陶，一任他陸雲狂笑，周蠹呼毛。

沽美酒

截許惇霜滿刀，染陸展愁須掃。爬梳好倩麻姑爪。待龍頭屬了，纔知道猬磔勝蝸髻。

離亭宴帶歇拍煞

龍眠爲寫神明照，晴窗戲打黃香稿，直抵過、頰上三毫。者壁厢綠綺懸，那壁厢青萍挂，興到時，葫蘆倒。勸東坡、捫腹首休搔，合時宜、强學青童小。從今後，多買些牡丹脂，多畫些紫芝眉，多備些烏鬚藥讀去聲。萬事等吹毛，且自掀髯嘯。到明年，白頭翁奪了錦袍，那其間，有一個紫珍神，在者七尺的芙蓉鏡中笑。

【校注】

〔一〕雁來紅，原産亞洲熱帶，中國廣泛種植。又名老少年等。據醫典記載，有退熱、治吐血、血崩、痢疾、目翳等功效。

〔二〕王彪之，字叔武，東晉名臣。尚書右僕射王彬之子，丞相王導堂侄。二十歲時即鬚鬢皓白，時人呼爲「王白鬚」。

南雙調 題鄧樵香《晚香老圃圖照》

步步嬌

步東籬、索共黃花笑，閑把清霜傲。拊髀氣逾豪，老圃秋容、除此誰同調？萬事等浮泡，翦瓊英、釀就新詩料。

醉扶歸

曾記得客天雄、徑雪松間掃，晚香堂、同倚選樓高。啟吟壇、三友約邊韶謂袖石，訂心盟、一面通吴縞。珂鄉笑我燕營巢〔一〕，盼知交，剩癡魂天際停雲繞。

皂羅袍

細認泥中鴻爪，憶灘江桂海、曾夢三刀。奏蘆笙、來暮譜風謠，嘆甘蕉、無故遭彈稿。請纓而去，羊城路遥，書勛而返，鳶肩寵褒。者根由，惟有花知道。

好姐姐

到而今、吟髭雪飄，倚西風、捲簾人老。相依蓮幕，詩酒任消遥。開懷抱，魏公晚歲堅多節，陶令歸來不折腰。

尾聲

權爲隱霧南山豹，待際會、風雲上九霄。須記取、者人同花淡的神明照。

【校注】

〔一〕《新唐書·張嘉貞傳》：「嘉祐，嘉貞弟……昆弟每上朝，軒蓋騶導盈閭巷，時號所居坊曰鳴珂里。」珂里，後亦作珂鄉，指故鄉，或尊稱他人的故鄉爲珂鄉。

南雙調題倪雲臞《珠海夜游圖》

步步嬌

俏倪迂、玉樹臨風皎，慣放珠江棹。忍俊轉無聊，買醉呼燈、細把紅兒照。邀壁月，金樽倒，岸傍人，争羡人年少。

醉扶歸

説甚麽斗量珠、氣吐石家豪，也抵過屋裝金、嬌貯陳家小。問玉人、何處教吹簫？看狂奴、一笑詩成了。酒龍俠氣湧如潮。恁逍遥，對名花，聊瀉孤懷抱。

皂羅袍

劫换紅羊誰料？倏羊城一炬、赤壁同燒。莽飆輪、檣艣溺秋濤，颭驚魂、風鶴催人老。黄裳慘緑，枯桐半焦，雲翹星散，紅心捲蕉。剩冰輪，依舊波心照。

好姐姐

到而今、豪情雪消，醒黄粱、滄桑看飽。只丰標入畫，癡態尚堪描。留鴻爪、風花瞥眼，吟身在、泥絮禪心結習超。

尾聲

歡場也要收場早，把壘塊胸襟付酒澆。留與那、絶代詞人，題遍風流稿。

養淵堂古文

序

先輩有言：文之不容已者，紀政事也，道人善也，有益於世道人心也。予於庚申夏，奉檄至雹白，過博茂𪎭尹署，獲讀《養淵堂古文》。見其養粹功深，閱歷有得，絢爛之極，歸於平淡。拗折處似介甫，疏落處似柳州，提頓處似廬陵，辭約理足似考亭，而皆不外乎紀政事、道人善、有益於世道人心。至其中一氣盤旋，或現或伏，或分或合，或長章或短幅，皆有水到渠成之妙。因不揣固陋，僭加批點。昔張水部稱韓昌黎之文曰：「獨得雄直氣，發爲古文章。」予謂《養淵堂古文》：「真淳留古意，新菁發宏文。」文之傳，當於此決之。急勸付剞劂，以公同好。識者當不以鄙言爲阿其所好耳！是爲序。

潕溪弟龔莊拜識

卷一

送沈雋山明府光曾出宰定襄序

雋山沈君，謁選山西定襄令，將以咸豐七年三月廿六日之任。珩與君未見時，以賢甥劉子重道意，即有聲氣之合。前年在保陽，一見如舊相識。焚香告祖，訂金石交。於其行也，不能無一言。

今之爲州縣官者，爲極難耳。軍需之支應，上官之供億〔一〕，迎送之絡繹，酬應之紛紜，勞精苦神，已屬不堪；而小民頻年疾苦，元氣未復，水旱蝗蝻之告灾，振貸撫恤之難給，逆賊土匪之竊發，又復踵至。况上自名法之司，下至僕隸，無不思蒙蔽官之耳目。以一人之精神應之，其難乎？其不難乎？然而無難也，知其難不畏其難，在有志者自爲之耳。古之以學術飾吏治者，首在得人。刑名錢穀得其人，則案牘理矣；會計得其人，則財之出入有章矣；司閽、司印得其人，則凡事就緒矣。官日坐堂上，準情酌理，爲小民判斷曲直。此時之民，最易得心，數月之間，循聲播矣。好官之聲既播，必爲上官所器。猝有急需，民亦必趨以赴之。明以察人，誠以接物，兩言盡之矣！

抑更有進焉者。保甲之法必可行，亦必需行，惟在長官耐煩耳。無事時周行四鄉，與士民接談，如家人父子。某村有某正人，某憸人，歸輒志之。隨令爲士者籍其鄉之户口，一鄉一册，不假手胥吏，别繕清册，編條目，置堂上。命盗案來，如指諸掌。故《三字箴》以勤爲清、慎之本也。曩見李象九明府鼎用此法治廣平，去年兵差至境，值荒旱，諸務不備，拚貽誤矣。四鄉父老踴躍樂輸，車馬供張，咄嗟立辦。此亦前事之師也。

珩以小草，亦思出山，方懼不克負荷。曷敢以未試之一割，爲高明益？然念古人贈言之義，亦不敢秘其芻蕘之見，而不以獻也。雋山行矣，他日《循吏傳》中補書一人，請以雋山爲首。

傾囊到篋而出之，無非至言。足見數十年讀書涉世，實心講求。此文在今日爲忠告，在異日爲傳文。凡爲民牧者，應各書一篇以銘座右。世小弟毛昶熙拜讀

大開大闔，筆力千鈞，作者經綸，已可概見。弟龔莊拜識

【校注】

〔一〕供億：供給，供應。劉禹錫《謝貸錢物表》：「饋餉時久，供億力殫。」

送帥石芝太守惺出守柳州序

石芝太守，二十年前舊交也。戊午三月引見，遇於朝叙間闊，相見甚歡。太守拜柳州之命，將行，索贈言。珩以瞢識，何足以益高深？顧承下問，亦不敢秘其一得之愚，而不以告也。

國家設知府官，知府者，知一府之事耳。夫一府之幅員，廣者千餘里，次亦數百里。欲以一人周知其故，難已！顧孔子云：「先有司」〔一〕。一府州縣，或十餘員，少者數員。平時察其人之賢否，表率而訓迪之。抱肆應〔二〕之才者，宜處繁劇，尤宜勖以仁廉。其自安樸素者，任中簡則有餘，加之勤敏，亦由上官鼓勵而出。或有閑冗不職之員，早爲撤去，以免荼毒地方。餘俱量其器爲位置，俾與民習而相安。小有過失，原情而保護焉。勞績無論大小，獎勵必逾其分。事有難處，力爲擘畫而肩任之。人將感奮，爭爲好官，以報知己。夫州縣爲親民之官所屬，果盡得人，一府可以卧治矣。而其道尤在獲上，上官相信，言無不行，乃能馭下，而董勸無所梗。而其本尤在誠，身至誠

而不動者，未之有也。百變而不離其宗，聖賢之言，爲可據耳！

况粵西賊氛闃擾，柳州已經蹂躪。捍禦凶殘，培養元氣，良二千石責尤無可貸乎！君家中丞、憲副兩公，治績昭昭，在人耳目。循其譜而行之，必有載誦清芬，克繩舊德者。他日建藩開府，卓然爲一代名臣，柳柳州後，復傳一帥柳州！繼珩忝同鄉里，與有榮施。猶將濡筆，而補循良之《傳》也。

【校注】

〔一〕《論語·顔淵》：「子曰：先有司，赦小過，舉賢才。」

〔二〕肆應，出自《淮南子·原道訓》：「是故響不肆應，而景不一設，呼叫仿佛，默然自得。」後世通常指善於應對各類事務。

望海樓送别圖序

望海樓在天津三汊河口，潞河、衛河、海河三水之所匯也。夫河海之潤物也，滌故生新，引之以達田間，高原下隰沾溉無遺。靈物一吸而上九天，則膚寸而合，不崇朝而雨遍天下。人之施德於民，何以異是乎？陳侯章軒宰天津，甫下車，課農桑、興教化、鋤豪右、平訟獄，實心實政，頌聲作焉。四閱月，以事去。士、商、兵、農扶老携稚，走送數里外，咸涕下不忍别。同官兹土者，復設供張、祖道於望海樓。既爲歌詩以頌，李君小泉復繪圖以紀其事。夫人之在官也，或習與相忘，一朝去位，則賢否判然矣！侯非有入人之深者，何以得此於津之人也？昔疏氏二子之去也〔一〕，工畫者繪圖以寵其行；楊少尹之去也，昌黎爲文以送之〔二〕。雖畫與不畫固可不論，要之畫以人傳，人亦以畫傳。况侯之德政，諸君子之雅意，李君之畫，俱實有其可傳者在乎？津門余舊游地，昔年文讌，多在此樓。今以薄宧遠羈，未與斯會。猶幸得見兹圖，不可謂非幸也！因記其顛末，俾後之覽者，有所觀感而興起焉。

【校注】

〔一〕《漢書·雋疏于薛平彭傳》：「疏廣字仲翁，東海蘭陵人也。少好學，明《春秋》，家居教授，學者自遠方至。徵爲博士太中大夫。地節三年，立皇太子，選丙吉爲太傅，廣爲少傅。數月，吉遷御史大夫，廣徙爲太傅，廣兄子受字公子，亦以賢良舉爲太子家令。受好禮恭謹，敏而有辭。宣帝幸太子宫，受迎謁應對，及置酒宴，奉觴上壽，辭禮閑雅，上甚歡説。頃之，拜受爲少傅。」韓愈《送楊少尹序》開篇，即提及疏氏廣、受二子事。

〔二〕楊少尹，名巨源，蒲州（今山西永濟）人，貞元五年進士。有詩名，官國子司業。年滿七十，即告老歸鄉。

柳堂雅集序

七月五日，爲黎忠愍公生日〔一〕。李子虎學博招同人集於柳堂，拜像賦詩。按先生生應孔雀之兆，以才雋名於時。游揚州，賦《黄牡丹詩》奪標，人呼爲「牡丹狀元」，聲譽日噪。讀《蓮鬚閣集》，奇才横溢一時，老輩咸推服之。然不足以盡先生也。勝國既亡，先生殉焉。潘次耕耒《像贊》云：「大廷臚封〔二〕，三年一人，問幾人其報國，能不低頭而拜君？」今諸君子之拜先生，亦其景仰風徽，發於彝好之不容已也。夫一觴一咏，古人所尚。顧留連光景，曷若慨慕先賢足令人觀感而興起也乎？繪像者，鄭紀常司馬績；繪《黄牡丹金罍圖》者，鄧蔭泉署正大林；繪牡丹孔雀者，潘鴻軒茂才恕。同人各賦詩，詩成，張諸壁。柳堂者，子虎别業，在廣州永清門外海岸傍。風日晴美，水木明瑟，尤足令人移情云。

【校注】

〔一〕黎遂球（一六〇二至一六四六），字美周，番禺板橋鄉人（今廣州市番禺區南村鎮板橋村人）。明天啟七年（一六二七）舉人，應會試不第。崇禎中，陳子壯薦爲經濟名儒，以母老不赴。南明隆武朝，官兵部職方司主事，提督廣東兵援贛州，城破殉難。謚忠愍，善詩文。有《蓮須閣詩文集》、《周易爻物當名》等。

〔一一〕《莊子·外物》：「儒以詩禮發冢，大儒臚傳曰：『東方作矣，事之何若？』」成玄英疏曰：「從上傳語告下曰臚。臚，傳也。」白鴻儒《莫孝肅公詩集序》：「合天下士對策於大廷，臚傳以莫公宣卿爲第一。」此處「臚封」，當指皇帝降詔旨敕封。

王害厓師遺詩序

舅氏王害厓先生，生平喜爲詩。所作不下三四千首，顧不自收拾，隨作隨棄。珩甲戌自山東歸，先生愛之，教以詩法，因獲略窺門徑。遂勸先生存稿。稿脱付珩録存，積二十年，繕成四卷，將謀付梓。寄京師，交邊君袖石選訂。後爲中表弟曇浦、季彭携歸，不知輾轉落於誰手。珩在大名，檢點殘稿，復抄得兩卷。先生嘗曰：「他日編集，少存勝於多存。」謹遵遺訓，采録二百餘首，付之剞劂。先生篤於孝友，義氣深重，急人之難，不遺餘力。顧以數奇，連不得志於有司。既不屑出而干人，又不屑理家人生產。千尋俠骨，窮且益堅，卒以貧老，齎志以没。悲夫！珩幼孤，先生撫如所生，飲食教誨，周摯纏綿。今先生下世幾二十年，珩髮已種種，周甲無成。所以報知己者，僅止於此，不亦重可悲乎？校閲既竣，不啻羊曇過西州門，淚浪浪不能制也。

揚芬録序

《詩》曰：「民之秉彝，好是懿德。」天地之所恃以不隳者，綱常節義，充塞而撐拄之耳。先王制禮：女子未嫁夫死，從父，而别適人者不禁，不强人以所難，順人情也。而有能遂其志者旌之，則所以風勵人心者。爲何如震川歸氏曰「女子不可以心許人，故嫁殤非禮也」？然自有此論，天下之懷二心以事人者，皆得援爲口實，無惑乎腆涊依阿，一旦臨小利害，委而去之者紛紛也。中州楊蘭士農部女，以身殉其夫，卒能宛轉以成其志。倭艮峰、毛煦初各爲之傳，聞者莫不泫然流涕。作爲詩歌，長言而咏嘆之，亦可見人心之所同然，而大義之不可泯矣。今天下方苦兵，揆其源，皆由人心生也。苟人人懷節義之心，以自盡其分所當爲，將見官日思所以綏吾民，民不忍犯其上。即至遭時之變，亦必致命遂志，以上報君父，庶幾撥亂返之正乎？如烈女者，求遂其志以成其仁，此其維繫於世道人心者非淺鮮也。同人輯其詩爲《揚芬録》，付之剞劂。予喜其足以扶世翼教，於人心有所感發也，故樂爲序之如此。

司馬頫莽先生詩詞序

余交秀谷十四年矣。秀谷每來津，主蘭生家，予輒過與飲。飲既，輒作畫。當其解衣盤礴，握筆起落，如急風驟雨，如河決下流而東注。及其竟也，神采煥發，有若天成。余雖不勝杯酌，對此亦爲滿引一白。蓋十四年以來，來無不飲，飲無不畫，畫余無不在旁。秀谷畫益進，而予之心乎愛之者，亦如中酒然，不覺與之俱深也。

今年秀谷又來，飲與畫如始來時。余笑問曰：「妙筆通靈，向謂以造物爲師，是固然矣，然亦有所師法否？」秀谷悵然者久之，解篋衍出詩詞各一册，示余曰：「此先叔頫莽公作也，子觀之，可以知我畫法之所得矣！」予受而讀之：時花好女，爲其艷也；澄潭霽月，爲其情也；蒼松拏雲，爲其健也；青萍吐虹，爲其豪也。讀其詩詞，如見其人，無不與秀谷畫法相印合，乃今而後恍然於秀谷畫法之所得矣。復爲之滿引一白既，秀谷容益戚，顧予曰：「噫！先叔抱昂藏磊落之才，屈於末僚守牖者十餘年。鬱鬱不得志，礧砢之氣，一一發諸詩詞。舊稿尺有咫，手自删存，僅若干首。子知其境，子知其詩詞之所以工矣。予奔走風塵二十餘年，其窮較先叔有加，不能以詩詞自見。少喜觀古今名迹，長瀏覽大江南北山水之勝，家貧親老，不得已，托於畫以糊予口，豈予志哉！」

予聞而悲之。使頫莽公得志於時，出其所蓄積，以效於上下，其所設施，必有不朽者在；使秀谷早致身通顯，亦必有以上承家學，造福於蒼生者，何至僅以詩、畫見哉？然頫莽公與秀谷，境不困，困不極，雖其詩畫有以勝乎人，必不能造乎今之境、以必傳於後無疑也。時白雲初流，明月如晝，秀谷洗盞酌予曰：「子知我深，請爲先叔序其詩。若詞，予不敢以不文辭！」遂志其顛末，筆之簡端，復滿引一白而去。

崔次龍士元詩序

吾於獻陵得二詩人焉。陳蓮浦，仙才也，吐棄凡近，御風而行。讀其詩，恍見天際真人，飄飄然有遺世獨立之概。惜早歸道山，其所成就者，止於如此。然迄今讀《劍花龕集》，非食人間烟火者所能夢見，雖吉光片羽，亦足傳矣。崔次龍，雄才也，筆如天馬行空。雖鴻文無範，未能不失其馳，而駿骨雄心，不受羈靮。前予司諭河間，讀其詩，即許爲傳作。今年謁選來都，而次龍蒼然老矣。身世困厄，儼從冰雪中來，而其抑塞磊落之才，進而愈上。古之詩人，窮而後工，次龍身經磨鍊，故其所作，亦復有進無止。則天之所以窮次龍，正所以玉成次龍，次龍其善於承天乎！珩奔走風塵，筆花零落，次龍虛心下問，深愧無以益之。獨念蓮浦仙去歷有年所，今序次龍詩，益增我黃壚之感矣！

王侶樵國均詩序

《詩》三百篇以道性情，惟真故傳，千古不易。彼撫漢魏之皮毛，分唐宋之畛域，嘵嘵於格調間，而按之如空瓠然，其真亡矣。善詩者，達其胸臆所欲言，而學問見焉，閱歷深焉，涵養具焉。無意爲詩，自鳴天籟；不沾沾於格律，而格律悉符。惟得於天者厚，而成於人者深，所謂工夫在詩外，非虛語也。北方之稱詩者，前有申、殷、張爲畿南三傑，繼之者代有傳人。近珩所與游者，崔念堂、梅樹君兩丈，造詣所就，各自成家。真力彌滿，萬象在旁，則有邊君袖石。而吐棄凡近，飄飄欲仙，向推陳君蓮浦。滄州王君侶樵，聞其能詩，故未之見也。今年冬，初遇於京師，因得盡讀其詩。如吸三危沆瀣，不覺兩腋風生。蓋人籟三分，天籟七分，幾不知塵世間復有烟火氣味，如飲酒然。殆有別腸，非可學而致也。抑珩重有感焉。憶珩弱冠，采訪《畿輔詩》二十餘年，得五百餘家，陶鳧香師刻之。君亦匯刊《滄州詩》，裒然成集，則我兩人以性情孚合，別有心心相印之旨，又不僅在吟風理月間也。惜崔、梅兩丈，久歸道山，蓮浦亦仙去有年，而袖石遠宦中州。每憶舊游，不勝棖觸。今喜初識君，未幾匆匆別去，後會未卜何年。序君詩，竟渺渺於懷，又不知其何極也。白雲在天，滄波無際，意君當亦有同情乎？

李君佩參軍聯賡困役集詩序

《易》曰：「困，亨。」夫困之與亨，猶天時之有寒暑，地道之有陵谷，日月之有明晦盈虧。消息盈虛，循環無端，一部《易》理，盡於此矣！庚戌冬，遇李君佩參軍於古天雄。一見如舊相識，出《困役集》，屬爲弁首。予曰：「子盍易以佳名，胡以行役爲困？」君佩曰：「我困而後役，非以役爲困也。」因歷述家事，及之官之由。嘻！甚矣憊，雖欲不困，烏乎能？雖然，境能困人，人亦能不爲境困。貧賤憂戚，玉汝於成，心安理得，處之泰然，雖困何病？唯困乃以見君子。自兹以往，君宜固守此困。窮且益堅，行見由困而亨，自天祐之，有方興未艾者。君詩宗高密派，尊先伯祖松圃先生，與李石桐、少鶴兩先生爲執友，刊《主客圖》。君所著《癡吟集》，先已刊行，洵能不失家法。今讀是集，矩矱森然，行將與王熙甫、林希白諸君子後先輝映。其可傳也，亦即於困、决之易〔一〕。又曰：困而不失其所亨，其唯君子乎？唯君子乃能困；唯君子困而不失其所亨，乃不終困，而必得其亨也！願與君佩共勉之。

【校注】

〔一〕此句意謂：其詩之所以可以流傳，本身即是由「困」到「决」的（天道）變化與循環的體現。

聶氏族譜序

嘗讀《周禮》：「小史……奠繫世，辨昭穆。」〔一〕鄭康成注云：定繫世，則知祖宗之本原，辨昭穆，則知生叙之倫次。禮至隆也，法至善也。方今聖天子以孝治天下，士大夫肫然生報本反始之思。上延俎豆，下衍箕裘，崇宗法而聯族姓。譜之修也，其能已乎？唐李守素通世姓，號「肉譜」，而其學不傳。最著者，宋廬陵歐陽氏、眉山蘇氏兩家。當時多病其簡，然所謂孝弟之心油然生者，至今無以易也。聶氏世居欒城城東聶家莊，其先山西榆次人。明永樂二年遷此，迄今四百餘年矣。族姓繁衍，代有偉人。珩自己亥承乏欒邑訓導，諸生來謁，聶氏多至數十人。率循循規矩，有舊家風範，心已異之。迨予奉諱去任，邑人留主書院。聶生大楣、大榕晜季，從余問字。其尊甫英林先生，一日奉族譜四册，命序於珩。受而讀之，系譜一卷，名譜二卷，事實譜一卷，次序釐然，若網在綱，有條而不紊。蘇氏所謂孝悌之心油然生者，於此見之矣。《禮》曰：「尊祖故敬宗，敬宗故收族。」〔二〕聶氏一村數百家，率閉户奉法，勤於耕讀。英林以名孝廉，淡於仕宦，家居教子弟，介然有古人風，尤使人敬而愛之。自兹以往，歲時祭掃，合族以食，益與族人相敦勉。篤春露秋霜之思，推水源木本之恩，上奉蒸嘗，下綿似續，子子孫孫，勿替引之〔三〕。珩將以此譜，爲聶氏券也。

【校注】

〔一〕語出自《周禮·春官宗伯》，原文作：「小史：掌邦國之志，奠繫世，辨昭穆。」

〔二〕見《禮記·大傳》。

〔三〕《詩經·小雅·楚茨》：「神嗜飲食，使君壽考。孔惠孔時，維其盡之。子子孫孫，勿替引之。」

大名府志序代毛素存太守作

大名，古重鎮也。自唐宋五季以來，控馭河北，爲京師襟喉。官此者，率多賢能邁衆之選，如狄梁公、李武穆公、韓魏公、文忠烈公、王沂公、歐陽文忠公，罔弗興利剔弊，求民之莫，載在史策，赫赫若前日事。我朝定鼎，以大名接壤豫東，爲畿南屏障，凡城池之修圮，關河之阨塞，風俗之醇駁，官職之治忽，户口田賦之增減，兵防馬政之得失，往事如鏡，非志述以紀之，何以貽餉後人乎？舊志修於前明，乾隆二十五年，前太守朱公雅意重修，未集厥事。道光三十年，何亦民觀察、武蓉洲太守踵而成之。何公以憂去，武君引爲己任，歷三年，剞劂告蕆，未及印本，武君歸里。永柏承乏茲土，飭梓人印定，樂觀厥成，故不辭譾陋，爲疏引其大意如此。

大名爲古衛地，其民質直剛武。君子深思，小人任俠，大約猛鷙强悍，樂於戰鬥。今國家承平二百年矣，漸仁摩義，民不知兵。然其風氣，猶有未盡泯者。自逆匪盗弄潢池〔一〕，上廑宵旰。永柏適涖斯郡，修築城池，捐備器械，操募練勇，爲先事預防之計。凡力之所能爲，敢不竭力殫心，上報主知，下求民瘼？抑更有進焉者。前數十年，境皆沃壤，耕桑遍野。自漳河泛濫，水旱頻仍，至今元氣未復。有守土之責者，正宜詳請大府，合豫直全局，通籌善策，奠厥攸居。秖以兵車絡繹，軍書旁午，未暇議及。然予心耿耿，實有莫忘者。倘能久於其職，必爲民請命，力挽回瀾。即或量移他往，後之君子，諒有同心，疏濬源委，修築堤防，除田廬漂没之灾，登斯民於衽席，庶幾繼武昔賢，無負前人修志之意也夫！

【校注】

〔一〕盗弄潢池，典出《漢書·循吏傳·龔遂傳》：「海瀕遐遠，不沾聖化，其民困於飢寒而吏不恤，故使陛下赤子盗弄陛下之兵於潢池中耳。」後人用以比喻不自量力而興兵作亂。

孔繡山舍人配方安人學紡圖序

風俗之美惡根於人心，而天下之治亂關焉。由矜張而奢靡，由奢靡而窘乏，由窘乏而譸張〔一〕，由譸張而很戾，由很戾而反側，始於一身一家，而受其敝者乃在天下。吁！可畏也。孔繡山舍人德配方安人，桐城巨族，于歸後，親井臼，勤操作，有敬姜夜績、德曜練裳之風。舍人爲繪《學紡圖》。夫聖人之門，天下於是乎觀法。由一家而推之天下，將見反樸還淳，人心復古，節儉尚焉，廉耻興焉，安有反側之患哉？是安人紡車一軸，具有轉移風俗之機，而舍人之能修其身、以教其家，亦可見矣！予故樂爲序之。

【校注】

〔一〕譸張，欺詐，作僞。語出《尚書·無逸》：「民無或胥譸張爲幻。」孔安國《傳》曰：「譸張，誑也。君臣以道相正，故下民無有相欺誑幻惑也。」

竹林記夢圖記代司馬秀谷作

道光甲午，漢卿自大梁北來，止予署。予偕之赴津門。棹一舟春水中，明月如洗，夜不能寐。漢卿告予曰：「異哉夢也！藏之胸中，兩年於兹矣，幸先生爲我繪之！」予曰：「子夢若何？」漢卿曰：「夢侍先母余夫人坐竹林中，緑陰參天，上露牡丹，一莖兩花，一盛開，一含苞欲吐。几上陳湯餅五簋，予侍先母食，徘徊看花而寤。次日，夢如之。蓋先母歿於道光八年八月十一日，越四年，壬辰十一月初八、九日，兩夢之，毫髮不爽也。」予曰：「嘻！有是哉，子之夢也！予在大梁，與若翁交最久，知夫人内行甚悉。今雖下世，而漢卿克自樹立。夫夢者，心之精神凝結而成，子之夢，子之孝思所結也，子之重夢，子之不匱也。是不可以不繪。」遂篝燈申紙，構成此幅：坐修篁中，倏然有林下風者，余夫人也；侍坐於側，森森如玉笋、嶄然見頭角者，漢卿也；蒼翠萬狀，如漢白虎觀中以子母慈孝名者，竹林也；清腴豐艷，如以富貴相餉、方興而未艾者，牡丹之已開未開也；几上陳五簋，食之綿延不絕、且預兆五鼎之奉者，湯餅也。夫爲善無不報，而遲速有時，漢卿勉乎哉！他日顯揚建樹，報聖善於無窮者，可以此圖卜之矣！圖成，鷄鳴遍四野，紅日方升，蓋舟已抵大紅橋云。

道光十四年二月望日司馬鍾記

黄母賀太宜人六十壽序

廬江郡公優游壽寓，沐浴雍熙，約太原公而訪焉。曰：「方今聖天子乘乾出治，壽考作人〔一〕。於十月册立皇后，禮成，覃恩及於命婦。女之有懿行者，罔弗涵泳聖澤，上荷錫命之榮。吾與君職司風化，盍舉所知，以爲簡册光。」太原公作而對曰：「菽原明府之母賀太宜人，壼範懿德，洵足繼美古人矣！」廬江郡公曰：「盍縷言之，予將徵諸古人，以紀其實。」

曰：「太宜人，長沙望族，世有嘉德。及笄，歸錦堂贈公爲繼室。時西潭太翁在堂，太宜人潔滫髓〔二〕，奉盤匜，夕膳晨脩，二十年如一日。」曰：「此姜詩婦之膾鯉也。」

「相夫子相敬如賓，静好無間。」曰：「此冀缺妻之餉饁也。」

「前室有二子，年甫弱齡，愛逾所生。繼育二子，有鳲鳩一心之德。」曰：「此陳穆姜之均愛也。」

「贈公淬志於古，道高學博，以諸生處鄉閭間，有盛德。太宜人有無黽勉，不慕榮利，偕隱同甘。」曰：「此桓少君之挽車也。」

「和於娣姒，藹如春風，一家化之，有交讓之美。」曰：「此王覽妻之分勞也。」

「親操井臼，米鹽淩雜，咸有條而不紊，平居却紈縠，安布素，儉德可風。」曰：「此敬姜之夜績，德曜之練裳也。」

「贈公既歸道山，支持門户，内外必蠲〔三〕，蘋蘩脩脯，務竭其力。」曰：「此巴婦之清操〔四〕，梁媛之高行也。」

「教訓四子，不以慈廢嚴，夙夜督課，勉繼書香，竟先人未竟之志。四子率其教，均克成立。」曰：「此孟母之斷機勖學，柳母之丸熊助勤也〔五〕。」

「及菽原明府聯捷成進士〔六〕，出宰大邑，太宜人安居鄉里，頤養太和。淡於榮禄，却板輿之迎，遺書敦勉，勖以矢清矢慎，報國抒忠。」曰：「此陶侃母之却封鮓，雋不疑母之問平反也。」

「菽原明府欲報之德，請於朝，晋荷崇封。迄今孫男十二人，曾孫二人，繞膝承歡，含飴自樂。」曰：「此張齊賢母之福壽，衛尚書母之起居也。」

太宜人秉巽順坤貞之德，以媲美於古人，享有大年，受兹介福，豈偶然乎？今當設帨之辰〔七〕，介壽祝釐，禮亦宜之。爰率令長掾屬，共采元芝，酌以大斗，造明府之廬，而致祝焉。時惟良月，嶺梅吐華，弧婻之星現於天際。相與歡喜贊嘆，載筆而書之。斯所以沐聖后之德化，而著邦媛之丕應者，允堪紀爲熙朝盛事云。是爲序。

【校注】

〔一〕《詩經·大雅·棫樸》：「周王壽考，遐不作人。」孔穎達疏：「作人者，變舊造新之辭。」

〔二〕滫瀡，柔滑爽口的食物。

〔三〕蠲，即清潔。《禮記·内則》：「凡内外，鷄初鳴，咸盥漱，衣服，斂枕簟，灑掃室堂及庭。」

〔四〕《漢書·貨殖傳》：「巴寡婦清，其先得丹穴，而擅其利數世，家亦不訾。清寡婦能守其業，用財自衛，人不敢犯。始皇以爲貞婦而客之，爲築女懷清臺。」

〔五〕丸熊，見前注。

〔六〕指科舉考試中，兩科或三科接連及第。

〔七〕《禮記·內則》：「子生，男子設弧於門左，女子設帨於門右。」設帨之辰，指女子生日。

鄧母僧太恭人壽序 代王子槐先生作

《易·上經》首《乾》、《坤》，《坤》道成女，有母道焉；《下》首《咸》、《恒》，《恒》之五爻曰：「婦人吉」，有婦道焉。《恒》之爲德，應乎《咸》之娶女〔一〕，即應乎《坤》之載物〔二〕：始爲女，繼爲婦，終爲母，一秉柔順、貞正之德，而持之以恒，斯以大耋而受兹介福，亦恒其德者所自致也。

某承乏兵部，部屬鄧贊元郎中，篤厚而馴謹，將以正月假歸乞，言以壽其母。按略太恭人，東光人，姓僧氏，在室孝於親，無違言，無忤色。年十五，歸贈公。時祖翁、姑翁、姑俱在堂，恭人奉晨昏，先意承志，得其歡心。相夫子莫不靜好。前室宋遺一子，撫如己出。既生郎中，義方之教〔三〕，視如一體。祖翁、姑翁、姑之卒也，葬祭各盡其誠。及贈公歸道山，郎中方六齡，前室子年甫逾冠。太恭人夙興夜寐，以庀其家，送往撫孤，事事合禮。雖自奉甚儉，而周恤族黨者必至。購書三萬卷，延名師，課兩兒讀。復立家塾，俾族之子弟就學焉。咸豐三年，聞賊擾中州，命二子爲贈公及前室姚亟安窀穸。是年大水，饑民甚多。匪踞深州，命二子出貲團練，以賑貧乏，而衛鄉閭，闔邑感之。四年正月，賊過境，參贊大臣率兵追賊，止於其家。出薪米餉軍，軍如夙飽。此其生平之大略也。

於是欣然作曰：太恭人之事父母則女也，而婦矣；其事兩代公姑則婦也，而令子而賢孫矣；其相夫子則佳耦也，而嘉賓矣；教二子成立則母也，而嚴父而良師矣；贍恤族黨、實惠及人則女宗也，而有道仁人矣；出貲團練、竭薪米餉軍則不徒爲一家之母，而真爲衆人之母矣。夫坤爲母，爲吝嗇，躬行、節儉者有之矣〔四〕，求其刻勵乎一身而惠及於一鄉一邑、且不惜毁一家以效於國者，豈易得哉？然而無異也，皆恒其德貞者有以致此也。郎中兄弟以勛保州司馬銜，繼郎中復遵例得今職。覃恩贈公及太恭人，均荷崇封如例。郎中又推親志，貤封及其兄嫂〔五〕，皆太恭人一人之恒德成之也。《詩》曰：「如月之恒」，又曰：「如南山之壽」。月爲太陰之精，得天久照，太恭人以坤順、恒貞之德，而壽比岡陵，夫豈幸而致哉！郎中行矣，歸而跪進一觴，即述某之言以爲壽。

【校注】

〔一〕《周易》下部首卦爲《咸》，《咸》卦《卦辭》曰：「咸，亨，利貞，取女吉。」《周易·序卦》曰：「夫婦之道（指《咸》卦），不可不久也，故受之以《恒》。」此爲高説所本。

〔二〕《周易·序卦》曰：「有天地然後有萬物，有萬物然後有男女，有男女然後有夫婦……」所以，《上經》起始的天地之道（《乾》、《坤》），與《下經》起始的男女之道（《咸》、《恒》）相對應，是所謂「應乎《咸》之娶女，即應乎《坤》之載物」。

〔三〕義方之教，語出《左傳·隱公三年》：「臣聞愛子，教之以義方，弗納於邪。」

〔四〕《周易·説卦》：「坤爲地、爲母、爲布、爲釜、爲吝嗇……」

〔五〕貤封：清制，官員以自己所得封誥，請求朝廷改授親族尊長等，稱貤封。婦女稱貤贈。

河間知縣陳君梅皋遺愛碑

庚戌八月二日，瀛州書院諸生告予曰：「前邑侯陳梅皋先生卒逾年矣，父老子弟身被侯德，不可弭忘，請書貞珉，以垂不朽。」余曰：「侯之德被於民者，能悉數乎？」曰：「侯諱敬猷，閩縣人，乙酉科舉人，道光十五年大挑一等，分發直隸。初補内邱，大吏廉其能，再調吾邑。吾邑爲附郭首邑〔一〕，事煩而衝，地瘠而貧。去年霖雨兼旬，各村盡爲水鄉。侯下車，親勘灾報，緩征差徭，胥免往來供億，以己囊應，不足者稱貸而益之。治官文書，漏三四下不寢。雖簿書鞅掌，月課士必親至書院，口講指畫。以積勞又積累，去年八月初二日，以疾卒。身後不名一錢，公私逋負，柩幾不能歸，公子尚羈於此邑。人思侯，如周人之思召公，愛其甘棠，況其子乎？顧以瘠區，不能效綿薄。願書侯德，用志不忘。」

予聞之而喟然曰：「善哉諸生之請也！今之去官者，類有德政碑，大約上市以惠，下市以諛。國家功令著爲禁，誠惡夫上下交相市，以成此名也。侯卒逾年矣，邑之人何所希於侯而没世不忘如此哉？亦可見侯之德入人之深而直道之公。父老子弟，其亦有不能自已者在乎？」予與侯同官一載，以道義相契合，不敢以溢美之詞，重爲侯累。爰述諸生之言，勒於石。後之覽者，亦將有感於斯文乎！

【校注】

〔一〕附郭，古時指縣政府治所與上級州、府、省的治所設置於同一城池當中的情形。

桂邑侯濬洨河築堤遺愛碑代

洨河發源獲鹿，至牛莊，入欒城界四十五里，出龍門村，爲趙州界。舊有堤堰，明萬曆十二年，耿侯修之。國朝康熙七年，趙侯修之。迄今百七十餘年，久經堙廢。往年水溢，河北十八村，田廬墓道半爲河伯所據。道光某年，桂侯下車，以禮防民，政平如水，除暴安良，百廢具舉。十九年春，勸沿村疏河培岸。復會元氏福侯治金河上源，趙州德刺史治洨河下流。兩年以來，霖雨既降，上游水有所歸，高原下隰，咸免沮洳之患。昔史起引漳水溉鄴田，河内以富，民歌之曰：「終古舄鹵生稻粱。」〔一〕而「鄭國在前，白渠起後」之謡〔二〕，至今昭人耳目。侯以挽瀾之手，挈吾民而登衽席，今日畋爾田，宅爾宅，皆侯賜也。上臺嘉之，移知豐潤。繼侯治欒者，睹遺迹，思明德，增修而濬治之，俾吾儕世食其利。侯之有造於欒，豈止綏我甿庶於今日已哉！侯名超萬，字丹盟，安徽貴池縣人，道光癸巳科進士。

【校注】

〔一〕《漢書·溝洫志》：「於是以史起爲鄴令，遂引漳水溉鄴，以富魏之河内。民歌之曰：『鄴有賢令兮爲史公，決漳水兮灌鄴旁，終古舃鹵兮生稻粱。』」舃鹵，指多含鹽鹼成分、不適於耕種的土地，也作「潟鹵」，如《史記·貨殖傳》：「故太公望封於營丘，地潟鹵，人民寡。」

〔二〕此謠見於《漢書·溝洫志》所載：「田於何所？池陽、谷口。鄭國在前，白渠起後。舉臿爲雲，決渠爲雨。涇水一石，其泥數斗。且溉且糞，長我禾黍，衣食京師，億萬之口。」

浙江建德縣知縣百史馮公墓志銘

公姓馮氏，諱宬，字百史，號勖齋，山西代州人。五世祖如京，國初以勛仕至廣東布政使，世所稱秋水先生也。曾祖光裕，湖南巡撫。祖祁，翰林院編修。父廷丞，湖北按察使。公幼負大志，好騎射，有河朔少年風。少長，折節讀書。庚子舉京兆試，隨父官京師，一時父執如大學士朱文正公珪、朱學士筠、錢宮詹大昕、王光禄鳴盛、蔣編修士銓，咸器之，名日起。以繕寫四庫書，簽得〔一〕刑部司務。

公故沈文恪公初婿，或諷之曰：「泰山之力也。」公聞之，投牒吏部，請就大挑。以縣令分發浙江，歷署於潛、長興、西安、龍泉、慈溪、桐廬知縣，峽口同知。初補麗水知縣，調江山，改建德。所至之區，惠政皆在人口。麗水號岩邑，民墾沙田遍荒谷，争界鬥且訟。公下車，親爲履勘，界畫平允，民皆悦服，終公任無争田者。江山地接八閩，俗獷悍，一言不相中，輒出白刃相讎。有小鬎鬁者，入山伐木，奪刀殺人。火伴曰：「邑有慈母，忍相累耶？」小鬎鬁袖刀自首，以減等充軍。遇赦歸，率妻子拜堂下，卒爲善人。吏廨火將及堂，公具衣冠拜之，風轉火熄。人皆頌公，公曰：「偶然耳。」會德清徐倪氏獄起，紛糾莫決，按察使王惟詢憂懼自經。事聞，上命祁墳、陳臯覆訊。祁故與公同官刑部，廉公能，檄令研鞫，卒平反。一時謂祁能知人，公能不負所知云。建德大水，田廬漂没，溺人呼救，慘不忍聞。公購漁船數百拯之，捐俸賑饑，全活無算。水落，撫凋瘵，給籽種，時有「萬家生佛」之頌。大吏上其功，爲浙第一，而家亦由是落矣！公每涖一邑，書利弊揭廳，事次第舉行。時進諸生講肄文史，拔其尤者，給膏火。喜種花木，所過成林。舊生者必封殖，禁樵采。人謂公愛花木如其愛士民也。故「甘棠」之咏，至今遍浙東。顧以風骨巖峻，不畏强禦，卒浮沈一縣令以老，而不竟其用也。悲夫！

道光八年九月二十二日卒，春秋七十有三。公喜爲歌詩，宗蘇、祖杜，同時如曾都轉燠、伊太守秉綬、洪太史亮吉、趙舍人懷玉、孫太史源湘、姚上舍椿，詩筒往來無虛日。著有《涉江》、《人海》、《寄巢》等集，藏於家。庚午、癸酉，兩爲浙江鄉試同考官，得士如沈鑅、沈如潮、王乃斌，後皆以才望顯公。配沈孺人，先公卒。子二：壽椿，己卯謄録，浙江鹽課大使；壽榕，太學生。孫三：長炳，太學生；次烺，次焯，候選從九。從公治命〔二〕，以年月日，與配沈孺人合葬於蘇州石湖澄灣新阡。

越十二年，珩始得交公第三孫焯。焯，篤雅君子也，奉其父命，次公行實，俾銘其幽。嗟乎！公子孫不求諸當代大人先生，而以諉珩。將傳公也，珩之文足傳公哉？然公之行，久傳於浙東士民之口，則珩文轉將借公以傳，故不辭而爲之銘曰：

朱邑治成，葬於桐鄉。梁鴻之墓，要離冢旁。惟公佳城，鄰范文正。契在性情，非慕形勝。上方峨峨，石湖淼淼。神謐泉宮，鶴歸華表。善人有後，枝蕃視根。謂予不信，卜之文孫。

文潔而道雅，近北宋大家。弟昶讀

翼舒箕張，操縱如志，其得力於《史》、《漢》者深也。弟邊浴禮讀

此文鍼縷細密，草蛇灰線之法，均從盲左得來。翁寄塘評

【校注】

〔一〕簽得，指通过掣簽獲得。掣簽，是明代後期沿襲至清的一種吏部選授遷除官吏的方法。

〔二〕治命，指人臨死前神志清醒時的遺囑。

舅氏古愚先生墓志銘

舅氏古愚先生既卒，之明年，其子鐵壽歸自雲南。以珩侍先生久，知其爲人，詮次行實，命爲銘幽之文。珩幼孤，受先生教養，義不敢辭。

先生姓王氏，名殊渥，字佩新，號古愚。先世於明永樂二年，自小興州〔一〕以軍功隸籍寶坻，世有隱德。先生幼而竦異，乾隆甲寅舉於鄉，兩上春官不第。丁奉政公憂，服闋，就鹽課大使。奉劉太夫人命，出爲伯父中憲公後。初補浙江蘆瀝場大使，調下砂場大使。俸滿保薦，選山東齊東縣知縣，調冠縣、歷城縣知縣，升東昌府同知，調濟寧直隸州知州。嘉慶二十五年，遵武陟例，捐道員，歷署濟東道、山東鹽運使司。

先生精敏仁恕，通達治體，服官三十年，大吏倚如左右手。所居民愛，所去民思。其官鹽大使也，恤竈〔二〕惠商，販私絶迹。官齊東、冠縣也，潔己愛民，案無留牘。歷城爲山東首邑，甫下車，擒巨猾，有爲關白者，立斥去，卒置於法。總理審案，清結積案，梟獄逸，劇盜七人立擒獲。嘉慶十八年九月，定陶教匪爲亂。先生偵知，先獲教首

崔士俊等，匪黨伏二千人南門外，謀劫以叛。先生調兵衛南教場，而潛押崔士俊等，於西門羅城斬之。時東省戒嚴，先生督率兵練，兼理軍需，衣不解帶者百餘日。一日，訛傳賊破東門入，民情凶懼。時劉太夫人就養在署，謂先生曰：「城破，汝宜盡節，勿以我爲念。」命積柴於門，待賊入舉火。先生受命出，獲間諜，戮之，毁僞册無算，人心始定。

迨教匪撲滅，而東省虧空之案又起矣。先生以軍功，擢東昌府同知。奉檄總理清查局。白大吏，定清釐章程。有著者歸款，無著者攤捐。務無懸款，保全實多。當是時，審案、軍需、清查三局，册卷庋閣如山。大吏信先生有素，案非先生署押不定。先生亦思有以報知己，不惜精力，核册卷率至漏三四下。軍需報銷數百萬，清查虧空數百萬，平反疑獄，定爲信讞者，亦以萬計。心血過耗，後之痼疾實基於此。二十二年，軍需告蕆，保薦知府，調補濟寧牧。先生雖不務爲苛刻，而遇事敢任，侃侃而談，必求當於事理。以故感之者多，亦復爲人所忌。旋有構先生於大吏者，奏參冒攤軍需，奉旨革職拏問。先生由濟寧之省，每食兼人，比寢，鼾聲如雷。委員曰：「君禍且不測，何以坦蕩如是？」先生曰：「軍需作正開銷者才十之四，其六俱按奏定章程，各州縣攤賠歸款，解司報部，冒於何有？我心泰然，何憂何懼？」

已而審係誤參，開復原官。及以道員分發山東，署濟東道，又署鹽運使。先生嘆曰：「吾始官大使，即有意恤商竈，商竈亦民耳，百姓不足，君孰與足？」絶供張，緩奏銷，捕鹽梟，督兩運，次第施行。南橋爲引鹽以舟易車之地，有欲據爲龍斷者，呈請縣令轉申，先生立斥罷之，各商歲省萬金。署事一年，務課無虧，商竈漸裕。得代，以無缺可補，歸部待銓。行之日，官士商民送者以數千計，車不能行。

先生既歸二年，以疾終於里，第春秋六十。計先生三十餘年中，一丁本生劉太夫人憂，服闋，以中憲公年高乞養。再丁中憲公憂，服闋，始復之官。至是，又居里門。在官之時多，而居鄉黨之時少。然其居鄉黨也，事親以孝養，葬祭必誠、必敬。兄弟之間，怡怡如也。教訓子弟，不假辭色。周恤三黨，不問有無。邑有善舉，首先倡捐。故邑之稱鄉先生者，咸推先生無異議云。

曾祖枚士，鉅鹿縣教諭，江蘇常州府同知，以子詢官，贈資政大夫。祖贊，荆州府同知，贈中憲大夫。父振孫，廪貢生，贈中憲大夫。本生父振榮，乾隆丁酉科舉人，揀選知縣，贈奉政大夫。先生以道光十三年七月初四日卒，以十五年三月十九日，葬於城西西臺莊之原。元配紀恭人，繼配張恭人。子四：鐵壽，紀恭人出，道光辛巳科副榜，雲南候補直隸州州判；鉅壽，側室陳孺人出；鉢壽，鳳縣草凉驛驛丞；鏗壽，四川丹棱縣典史，側室程孺人出。女一，適從九品賈叔。孫二：熾昌、焌昌，熾昌，道光壬辰科舉人，灤州學正。孫女四：一適刑部主事袁彦齡。曾孫一。曾勉〔三〕。曾孫女一。

珩之母，先生妹也。生珩十四年，珩父卒於官。先生憫其孤，迎母子至署，爲珩擇師，教以禮法。珩無似，不克負荷。然承先人後，粗有成就，皆先生之教也。縷述穆行，悲從中來。乃爲銘曰：

心光如鏡，屢照不疲。判筆如刀，能斷亂絲。省括於度，動中機宜。趙衰日愛，國僑母慈。斯人不作，蒼生何依？鬱鬱佳城，悠悠我思。

【校注】

〔一〕《欽定熱河志》卷九十七：「宜興故城在灤平縣西北七十五里。金初爲興華縣之白檀鎮，泰和三年置宜興縣，屬興州。元初因之。致和元年升爲宜興州，以舊有興州，故俗稱小興州。」史籍所謂「古北口外小興州」，即今河北灤平大屯鄉興洲村。

〔二〕恤竈，指體恤竈户。《清會典·户部三·尚書侍郎職掌五》：「凡民之著於籍，其別有四：一曰民籍，二曰軍籍，三曰商籍，四曰竈籍。」原注：「竈户即爲竈籍。」竈户，即以煮鹽爲業的人户。

〔三〕此處「曾勉」二字，義不可曉，疑衍。

節孝杜太安人傳

杜太安人，姓鄧氏，甘肅秦安縣文學承烈公女。時山西稷山贈公杜誠齋先生，惟一客游隴西，公一見器之。決其有厚福，以太安人歸焉。寓秦安者十二年，生子三：長凌霄，次凌漢、凌斗。嘉慶二年，贈公以疾卒於秦安。太安人誓以身殉，繼思翁姑在堂，夫子棺羈異地，諸孤藐然，乃忍死謀歸稷山。扶柩，携弱稚，匍匐過汧、隴、渭，倍嘗艱苦。

既抵家，携三孤，拜翁姑於堂下。翁姑泣且喜曰：「苦吾婦，携杜氏三塊肉，不遠千五百餘里，歸吾杜氏也。顧吾二老皤然，不及見三子成立，責在吾婦。」太安人跪受命。時嫡室史太安人在室，太安人與史如左右手，事二老未嘗食息怠。二老甘之。初，贈公兩弟陳齋、季端，皆先卒，無子，家有七棺未葬。太安人黽勉有無，置地邑北，一一禮厝之。以凌漢、凌斗分承叔、季祀，成贈公志也。訓三子，慈寓於嚴，均克成立。凌霄以博士弟子，食廩餼〔一〕，舉優行，貢入成均〔二〕。屢薦不售，遵例捐縣丞，分發直隸。奉安輿迎養，太安人曰：「鄉人有不能葬者，不能備婚禮者，貧不能舉火者，邑城郛有剥落者，號舍有傾圮者，皆須佽之金〔三〕。吾無多金而贍之、助之，則有多金者必益勸於義。諸孫稚，予就養，奚恃焉？汝曹勉爲吏，有清白聲，吾心慰矣！」後卒一一踐其言。道光十四年，以子凌斗貤贈誠齋公，爲武略騎尉。嫡母史爲安人，而太安人亦得貤封如例。十九年，邑之親族上太安人行實，請於大吏，咨部，奉旨以節孝旌表、建坊。計太安人一生，孝翁姑，睦築里，恤鄉黨，訓子孫，嘉言懿行，備詳家乘，兹書其大者。太安人以道光二十七年正月二十七日卒，享年七十有九。子凌霄，前署赤峰縣丞，卓異侯升，補大名縣、漳河縣丞。凌漢，候選從九品。凌斗，由河保營千總，推升湖北提標守備。二子均出嗣，孫四：登瀛、登臺、登峰、登閣；孫女四；曾孫女一。

凌霄與繼珩同官大名，爲道義交。嘗語繼珩曰：「幼赴塾，偶逐群兒嬉，太安人偵知之，加鞭撲焉。或曰：『孤兒何忍束之嚴？』母泣曰：『使兒有父，吾居慈矣。』凌霄跪泣，請卒業。今凌霄以下吏，不克終養。顧母氏聖善無以表揚，罪逾大，子其爲我傳之，世世子孫感且不朽！」繼珩少孤，育於母王太宜人，其教之也，與杜母同。今承諈諉，於我心有戚戚焉，因不敢以不文辭，濡淚和墨而敬爲之傳。

【校注】

〔一〕廩餼，由公家發給在學生員的膳食津貼。杜牧《禮部尚書崔公行狀》：「復建立儒宫，置博士，設生徒，廩餼必具，頑惰必遷。」

〔二〕《周禮·春官·大司樂》：「掌成均之法，以治建國之學政，而合國之子弟焉。」鄭玄注引董仲舒云：「成均，五帝之學。」

〔三〕佽，幫助。《詩·唐風·杕杜》：「嗟行之人，胡不比焉。人無兄弟，胡不佽焉。」朱熹《集傳》：「佽，助也。」

陶鳧薌少宗伯師紅豆樹館詩跋

咸豐七年閏五月，吾師少宗伯鳧薌先生卒於京師〔一〕。天顏悼惜，有「學問素優」之褒。舉朝士大夫，罔不咨嗟涕洟，以爲老成典型，不可復覯。繼珩留滯居庸，爲位以哭之〔二〕。九月旋都，吴又桓比部以《詩集》十四卷，命代襄校，並述公子曼生比部意，屬爲跋尾。道光歲在丙申，夫子約珩爲大名之游。先是，崔丈念堂以《畿輔詩》屬輯未成，屬同搜采。既而念翁之官山右，瀕行諄諄諈諉。繼珩采訪二十餘年，集詩五百餘家，顧以綿力，不克集事。夫子欣然樂觀厥成。既抵館，命課公子讀書，並從事選政。時梅丈樹君、崔丈念堂，均來大名。復約邊君袖石，共襄斯役。旁搜博采，朝夕商榷，得詩八百餘家，付之剞劂。既卒業，夫子觀察楚北。珩以親老，不克從。然兩年之間，飫聞微言緒論，所以拂拭而甄陶之者甚至。今年謁選東華，重拜門墻，文酒談讌，無異曩昔。曾幾何時，而杖履不能復侍矣！師詩温柔敦厚，寄托遥深，大旨已見祁春浦相國、張詩舲大京兆師序中，不俟贅語。故叙相依始末，以志知己之感。木萎山頹，吾將安仰？校閲既竣，蓋不勝伯牙絃絶之痛云。

【校注】

〔一〕少宗伯，相當於《周禮》上的官名「小宗伯」，後世指禮部侍郎。

〔二〕位，指祭位。韓愈《太原郡公神道碑文》：「上罷朝三日，爲位以哭。」

劉子重君子八甎拓本贊

維劉原父，嗜古成癖。懶戒李甎，勤運陶甓。君子道長，其數有八。以其彙征，如茅斯拔。或爲元愷，或爲顧厨。得一而治，况其八乎？實事之是，君子所求。與古爲徒，請視斯樓。

君子館在河間縣，漢河間獻王築以待大、小毛公諸儒講經之所也。每甎皆刻「君子」字，四面具方花紋。肅寧苗仙露曾得其一，拓呈阮芸臺先生，謂逼真西漢物，在近人所藏魏晋各甎上，呼爲「甎祖」。子重官肅寧學博時，訪得八甎，構小樓供之，題曰「甎祖樓」。拓以見示，因題其左方。寄泉並識。

祭舅氏王古愚先生文〔一〕

嗚呼！繄昊天之不吊兮，悲哲人之就萎。玉棺自天飛下兮，繼傅説而騎箕。行路聞而雪涕兮，矧珩之感恩知己，能勿灑西州之淚、而廢渭陽之詩？敢述信於生平兮，用代《大招》之詞。

緬公之篤生兮，挺異質於蘭芝。秉彝訓於鯉庭兮，擅雅譽於白眉。看出手而得盧兮，舉京兆而翥鴻儀。靈椿陡折於嚴霜兮，賴撑拄乎堂基。謀禄養於升斗兮，雖投筆其莫辭。遠筮仕於武林兮〔二〕，鹽車甘困乎驥騏〔三〕。公旌假道於將陵兮，珩方總角而嫛婗。送歧路而初解跪拜兮，實悠悠乎我思。望錢江而坱莽兮，年華儵忽其飆馳。酌西江以勵清兮，書上考於卧治。仰鳧舄之雙飛兮，佩虎符而一麾。時珩方賦《蓼莪》兮〔四〕，南喬折而罡風下吹。慟母子之伶仃兮，渺伥伥其何依？幸公來宦東土兮〔五〕，憫孤露而護持。謂卜宅有吉相兮，待小子以成之。既教養之兼至兮，更歷聘乎名師。懸絳紗以致禮兮，後丁固麗生夫子而前宋祁東園夫子。裨麓有所建樹兮，栽樗櫟而就繩規。嗟珩之無似兮，負遠大之相期。霜蹄八蹶於春風兮，深抱慚於伯樂之知。撫頭顱而於邑兮，涓埃莫答乎鴻施。

慨念公之偉績兮，濟水濯澄心之鏡、而岱雲屹墮淚之碑。折疑獄而多平反兮，如抽刀之斷絲。籌軍儲而運幃幄兮，亦稊米之無虧。蓋公之撫民也，不剛而不柔；抑公之持己也，無黨而無私。大僚倚公如左右手，而隸宇下者，咸愛趙衰如冬日之日、而頌子産爲慈母之慈。因簡在於帝心兮，遂歷擢乎監司。權都轉於一載兮，嚴蠹剔而靡遺。絀管子煮海之霸才兮，殫桓寬著論之精奇。握牢盆而算禹莢兮，民不食淡而鹺不後時。處脂膏而不潤兮，辭兼金於楊震、而謝匹絹於胡威。其他惠政之在人兮，非蠡測所能窺。即見聞之所及兮，已生氣之淋漓！信爲善之食報兮，令子繼宦於滇池。羡青箱之克紹兮，文孫弱冠、又折桂林之一枝。

公雖急流勇退兮，冀再起於雲逵。擁節鉞於大邦兮，資坐鎮於邊陲。胡二豎之感夢兮〔六〕，頓衰海鶴之姿〔七〕。漸深中於膏肓兮，竟束手於盧醫。哀龍蛇之值年兮，天星隕乎少微。嗚呼！古之傳人，生則應嶽降，死則爲明神。游青城而翳鳳兮，返碧落而乘螭。以公之聰明正直兮，召甲馬之嚮而奚疑？抑公之事業，峙泰山而不朽，公之後人，如在東之朝曦。縱游行而撒手兮，亦何恨乎或寄而或歸？

唯珩戴恩重於山抃兮，不禁淚落如綆縻。爲飢驅而橐筆兮，蓬漂乎析木之湄。病不能嘗藥石，殮不能視含玉，唯有腸涫湯而猿咽，吻啼血而鵑悲。悵九原之不作兮，大鳥啁啾乎繐帷。嗟有墅之莫乞兮，躡屐齒而難追。蘸涕痕於湘管兮，研紅淚於隃麋。敬望雲而申奠兮，冀靈爽之鑒兹。嗚呼哀哉！尚饗。

【校注】

〔一〕此文可與前文《舅氏古愚先生墓志銘》相互參證：此文文體爲辭賦，仿《祭陶凫香師文》例，似乎應置於《養淵堂駢體文》當中，而將其收録於此，可能正是此意。

〔二〕筮仕：初官曰筮仕。

〔三〕驥服鹽車之典，出自《戰國策·楚策四》：「夫驥之齒至矣，服鹽車而上太行。」此處當爲「驥騏甘困乎鹽車」之倒裝，以求叶韻。

〔四〕《詩經·小雅·蓼莪》孔穎達《疏》曰：「親病將亡，不得扶持左右，孝子之恨，最在此時。」

〔五〕東土，此處當指山東。高繼珩之父高占魁歿於山東濟南，而王古愚歷官山東齊東縣、冠縣、歷城縣知縣，東昌府同知，濟寧直隸州知州，濟東道道員，山東鹽運使司等。

〔六〕《左傳·成公十年》：「公疾病，求醫於秦。秦伯使醫緩爲之。未至，公夢疾爲二豎子，曰：『彼良醫也，懼傷我，焉逃之？』其一曰：『居肓之上，膏之下，若我何？』」

〔七〕唐李郢《上裴晋公》詩：「四朝憂國鬢如絲，龍馬精神海鶴姿。」

養淵堂駢體文

序

往予與客論駢儷之文，謂自漢、魏以降，逮於晋宋，而其體制乃具，而尤大備於陳、隋。若庾子山、徐孝穆，非世所號爲極盛者哉？然而世之學爲子山、孝穆之文者，或徒使人驚喜其博麗，循流而昧其源，益之泛濫，其流失將遂沿而不知止也。吾蓋嘗讀唐初張説道濟之《燕公集》[一]，其爲體雖猶沿襲駢儷，而其文粹美，典雅有則，庶幾合乎古作者。竊心好之，謂駢儷文若斯乃足貴耳。其後覽蘇子由之論説，其推美説之文章，意固略與予合也。同僚高君寄泉，示予以所爲駢儷文數十篇。其詞簡而有要，故淵雅而不爲支蔓；其氣醇而弗矜，故雍容而無所凌厲。非徒欲使人驚喜其博麗已也！視説之文章，貌不必遽合，而其體制、意理，乃略相類，異乎學子山、孝穆之文沿而不知反者，是誠可貴矣！夫爲學必期乎有典則，而無取乎循流而昧其源。爲文且然，况其大者乎？駢儷之文猶若斯，而况其進於是者乎？吾所爲諷誦高君之文，既深其嘆美，而益憬然有慕乎古之作者也[二]。古人之於文章，非徒以其工拙也，其於體制辨别之蓋尤嚴。今君自録其駢體文，中有數篇别題曰《外集》，庶幾乎古人論文之旨矣！雖外此數十篇中，亦固有文甚工麗，而其體制宜録入《外集》者。吾知君異時自編其集，必能審所抉擇，詳於集録，俾文體益尊，而可貴於以傳世而行遠者。故樂就君之所爲，更舉古人論文之旨，引申論列之如此。

愚弟王家齊撰稿

【校注】

〔一〕《張燕公集》，唐張説撰。説字道濟，又字説之，河南洛陽人。張説前後三次爲相，執掌文壇三十年，爲開元前期一代文宗，與許國公蘇頲齊名，號稱「燕、許大手筆」。

〔二〕此篇序文行文，似乎不很通順：「既深其嘆美，而益憬然有慕乎古之作者也」似應作「既深嘆其美，而益憬然有慕乎古之作者也」，下文「其於體制辨別之蓋尤嚴」似應作「其於體制之辨別蓋尤嚴」。此外，諸如「其流失將遂沿而不知止也」「而可貴於以傳世而行遠者」等，也只能略會其意。

卷一

玉界尺賦 以温潤正直如玉界尺爲韻

棱棱道骨，鍾秀靈源；謙謙雅範，抱璞雲根。攻錯兮他山之石，追琢兮大匠之門。尺絜長而絜短，玉半凉而半温。物以人傳，人同物峻，人自精純，物尤芳潤。端石同堅，命圭共鎮，壓到銀箋，貯偕金印。伴緑綺以横安，畫烏絲而巧襯。夫其執冲含和，立中生正，體潔玉環，心懸玉鏡。玉山朗朗，則雪白成性也，玉樹亭亭，則風華掩映也。不剛不柔，無忤無競。疊仿重摹，莫形容乎！德業之盛，則有由准氏〔一〕，黎司直〔二〕。譜文房，來倭國，檀則香，鐵則黑。並用磨礱，巧加雕飾。此更金粟爲規，苕華是刻。威夏楚以同收，達圭璋而並特。臣也方諸，非飾非虛。《治安》上策，媲美仲舒，是謂玉杯，宜焕鸞書。風流自賞，叔寶同譽，是謂璧人，宜乘羊車。磨昆山之片玉，釣渭水之寒渠。誇豐年於元康，匹完璧於相如。故其接人以温，而不敢托絶俗也；潤身以德，而不敢忘啟沃也。正大飭躬，悉除斜曲，直方爲懷，不弛檢束。惟衆美之兼長，洵足以比德於玉。於時士慕其修，君欽其介，俾坐鎮以持衡，忠讜存乎規戒；俾出使以量才，鑒别來於上界。莫不稱物以平施，勝任而愉快。

歌曰：在昔南唐螭坳客，清如冰兮介如石。端儒者之清風兮，肅朝廷之方格。映笋班兮垂青，效葵心兮舒赤。願摶扶摇而直上兮，去天三尺。

【校注】

〔一〕由准氏，即界尺。宋陶穀《清異録・畦宗郎君》：「歐陽通善書，修飾文具，其家藏遺物尚多，皆就刻名號：硯石曰紫方館……界尺曰由准氏。」

〔二〕明黄一正《事物紺珠》：「界尺曰黎司直，又曰木訥老人。」

桃花水賦 以春來遍是桃花水爲韻

緑波鱗鱗，爲瀾爲淪；桃花灼灼，宜笑宜嚬。水傍花而霞映，花落水而風皴。借紅芳以名水，遂占斷乎芳春。昨夜風開，水净無埃。豈桃花之鹽撒，訝桃花之箋裁，恍桃花之粥熟，儼桃花之醋醅。牽叱撥以問渡，憐顧影以徘徊。釣鱖魚之一尺，勝松江之四顋。賦桃花於春水，洵衆妙之難該，述古人之遺迹，庶脱口而神來。有如大令清才，烏衣之彦，迎之子於江干，識春風之人面。羌桃葉兮桃根，早臨流而歌遍。又若采藥天台，忽逢彼美，看波面之胡麻，雜芳蕤與落蕊。托夭桃爲蹇脩，鑒深情之如是。别有汪倫古誼，太白詩豪，共醉五經之酒，同看十里之桃。驪歌一唱，魂夢爲勞，指深潭之千尺，寫離緒之蕭騷。更有武陵漁父，踏浪生花，遇避秦之世界，蒸遠近之紅霞。聽雲中之鷄犬，看塵外之桑麻。向仙源而小住，亦何羨乎乘槎？歲歲此花，年年此水。花自落而自開，水忽流而忽止。願見花而悟道，更汲水以洗髓。何必感前度之游踪，而寄惆悵於中沚耶？

白秋海棠賦

秋海棠，昔人謂思婦之淚所化。對兹皓質，觸我幽懷，因賦之。

秋光滿地，秋色盈盆，秋花綽約，秋淚紛繁。羌素心兮獨抱，對皓魄兮無言。豈辭家之倩女，幻影寫其幽魂；

抑空閨之思婦，玉階化其啼痕？蕉窗岑寂，聊伴清樽；金莖沆瀣，借潤仙根。玉質依依，冰姿耀輝，謝鉛華而不御，安縞素以歔欷。剩柔情之一縷，望長天兮不歸，傍林於而欲染〔一〕，似湘水之雙妃。若夫慧心凝素，淡影含芬，曳白羅之長袖，蕩白練之湘裙，捲珠簾其共瘦，溼幽恨以如焚，承唾壺而欲凍，似別母之靈芸。方其人靜燈初，香殘飯後，別夢空迷，離懷孰剖？愁含玉箸之漿，懶挽飛蓬之首，似亡國之息嬀，泣瓊瑰而怨偶。及其夜午雲開，庭空風淺，色相能超，相思難軟。和露珠以如滴，對月眉而欲喘，似新寡之文君，緲春山而不展。乍凌波以爭妍，旋捧心以涕漣，裊雪兒之衫薄，盼月姊之珠圓。恍白綃以裁帳，卧甘后而娟娟；倏縞衣以入夢，對趙子而仙仙。故淡掃蛾眉，誰能遣此？而橫陳玉體，我見猶憐也。

歌曰：郎爲波面萍，妾作斷腸草，花開郎不歸，郎歸花已老。

亂曰：一握兮靈苗，玉映兮清標。悵獨處兮盈盈，望刀環兮迢迢。澆秋醅兮白墮，和秋心兮白描。

【校注】

〔一〕林於，即林箊，竹名，亦泛指竹。庾信《奉和永豐殿下言志》之六：「含風摇古度，防露動林於。」

瓶菊賦 以落花無言人淡如菊爲韻

郭子稚山齋頭瓶菊盛開，爲予述其顛末，因取而賦之。

火種紅爐，香薰翠閣，髹几鏡明，膽瓶珠絡。則有菊吐雙葩，如棣之萼；別開一枝，如雲之鶴。花清而腴，骨瘦若削。有香無香，是昨非昨；爲雪爲霜，不雕不鑿。儼彌勒之同龕，恍瑶臺之有約。

郭子告予曰：「異哉！此花殊落落也！方其買於老圃，來伴蒹葭，三朵五朵，欲花不花。渾如旅客，對月思家，魂消南浦，目斷天涯。又如思婦，暗惜年華，寒生翠袖，淚漬紅紗。羌結轖兮誰語，實抑鬱兮紛拏。斯時也，良朋西笑，仲弟與俱，分飛鴻雁，爲奏驪駒。乍歌芍藥，那覓文無？清閑綺閣，寂寞庭除，折花供養，聊以自娱。膏之沆瀣，滌其泥塗，注以銀碗，盛以冰壺。縱葉密其若綴，纔苞小而如珠。未幾葳蕤怒發，蓓蕾紛繁。寄北窗而得地，對西風其欲言。規一盂而猶大，訝寶鏡之無痕；厚三分而不止，訝滿月之同源。然猶含情莫吐，抱心未宣，待駱丞而來訪，遲陶令以開樽。無何人歸綠淀，客反紅塵，緬述斯語，咸以爲神，人對花而欲笑，花向人以舒顰。羌歡心兮㒵藻，更生氣兮輪囷。果其三生石上，認故我之前身；抑其衆香國裏，種後果與前因。爰述異乎異事，願索解於解人。」

予曰：「是奚異哉？今夫隨國明珠，每投於暗，拂而拭之，其光愈紺；豐城干將，沈埋以暫，掘而出之，鬼不敢瞰；嶧陽孤桐，焦尾於爁，削而彈之，聲希味淡。蓋夫以困頓者老其才〔一〕，而後以勃發者釋其憾。菊也有之，何弗與郭子共勘也？是故以情感者，其情自舒；以心印者，其心相於。自家意思，窗草不鋤，君子品藻，池蓮不污。愛梅香古，師竹心虛，深情所托，精神赴諸。況菊之素心麗質，賁如皤如，反不能真情迸露，勁節扶輿，酬雅人之深致，壯隱士之幽居乎？」

郭子曰：「善哉，子之賦菊也！」於是旃檀乍焚，薔薇盥沐，爇心香之一瓣，傾濁酒之千斛。乃對花而定盟，更向花而致祝。予酌而祝曰：「荆樹同根，交讓木兮；泰山側峰，松矗矗兮；賤子萍蓬，緣如夙兮；同心之人，花俱馥兮；願晚節之齊芳，康茀禄兮！」

【校注】

〔一〕「蓋夫以困頓者老其才」，「夫」在此似不通，疑當爲「先」，因形似而誤：「蓋先以困頓者老其才，而後以勃發者釋其憾」，於義爲長。

藍翎賦爲桂竹孫作

竹孫告予曰：「吾有篋焉，以宅吾翎子。盍賦之？庶可箴而可銘懿。」

夫翎之爲制，國體係焉，繄昭德而象功，標冠冕而高縣。故其爲物也，或翠或藍，耀日呈妍，以之賞鳳尾，以之被鳶肩。所以表羽儀於鴻逵，不啻勒偉績於燕然。緬君家之祖庭，簪翠羽而彌鮮，嗣及大阮，如珥貂之蟬聯。可以啟後，可以承先。紀成績於太常，而表風度之翩翩。惟君高才績學，折桂枝於鷲嶺，歷農曹與水部，懷令德而勤宣。謝蘭臺而投筆，向柳營以控絃。上馬能擊賊，下馬草露布。騁文雄於飛檄，而執醜虜於近邊。斯藍翎之酬勛，亦拜恩於九天。願君承家報國，更思勉旃，氣作一鼓，軍揮兩甄。掃塵氛於四海，致昇平於入埏。重膺懋賞，世澤克延，三加冠於孔翠，昭日月而雙圓。庶載誦乎遺芬，繩祖武而象賢。繼珩昔練勇於天雄，禦么麽者一年。亦殲渠而獲醜，矢努力於埃涓。以微勞而得叙，承雀弁之翩躚。奮千里之壯志，冀永靖乎烽烟。揆同志之爲朋，望祖逖之先鞭。詞愧不文，勉著於篇，頌將飛而得羽，聊用志乎文緣。

研廬雅集圖序

山陰余竹泉廷霖僑居天津，有十研茅廬。乙酉冬，慶雲崔曉林旭，天津梅樹君成棟，山陰陳石生光緒，錢塘陸秋生鳳鈞，遷安高寄泉繼珩，醵飲於此，爲詩社。

水西莊冷水西莊，查氏別業，在天津城西北，今廢，難招花影之魂查蓮坡爲仁有花影菴；問津園荒問津園，張氏別業，在城東北，今廢，空剩平泉之石。海門秋老，沽樹烟寒。往哲云徂，徽音孰嗣？幸鷗社鷄壇之長，提唱宗風；合江南冀北之踪，聯爲舊雨。續題襟之韻事查儉堂禮刻吴内翰廷華、汪徵君沆諸人唱和詩爲《沽上題襟集》，半日浮生；問看竹之主人謂研廬主人竹泉，一時佳話。苟非虎頭妙筆，寫出精神，鴻爪遺痕，留於天壤，等烟雲之過眼，負此因緣；問明月以前身，更誰記憶？此《研廬雅集圖》所由作也。

時則黄花含露，紅葉凝霜，遂携嵇、阮之英，同訪求、羊之徑〔一〕。陸子春單衣自異，素負天才謂秋生；陳孟公四座皆驚，别饒逸氣謂石生。老當益壯，崔子真博覽群經謂曉林時年五十九；敏而且工，梅聖俞先成妙句謂樹君時先成七古一首。況逢賢主，自號歲星謂竹泉時年七十九，老而詼諧，人目爲東方朔，不棄鯫生，許陪末席。品羚羊之三峽，落落自豪竹泉嗜研，所蓄甚富，故號十研茅廬；辨鴝鵒之雙波，盈盈欲閃。既而筵張北海，宴盛南皮，郇厨之名有雙竹泉如君善烹調，侯鯖之味合五。博酒泉而封大户，互倒金尊；鬥詩壘而建長城，高搴赤幟。坐無俗客，望之如白鶴朱霞；談到壯游，何處無名山佳水？洵可謂前因早結，清福能修者矣！陸君於是精淘蔗汁，細擣榴皮，以謫仙人之才思，運小將軍之格律。一邱一壑，位置咸宜；半點半癡，描摩畢肖。活六人於腕下，影欲成三；變六幅於圖中，藏應各一。

從兹結契，無問過從，問字之酒頻携〔二〕，换經之鵝又至竹泉善書。轉瞬杏花開後，卜諸君定賦登龍；自憐萍梗飄來，雖小子亦思附驥崔、梅庚申同榜，高戊寅，陳、陸壬午同榜，明年皆應春試。三獻三刖，倘終邀結緑之知〔三〕；一咏一觴，願重啟軟紅之社。凝眸開卷，各認鬚眉，回首前塵，恍如夢寐。復尋舊約，止期無負金心；再繪新圖，何必別臨粉本？若問本來面目，無忘十研之廬；永宜寶此丹青，視作三生之石。

【校注】

〔一〕羊、求，已見前注。趙岐《三輔决録・逃名》：「蔣詡歸鄉里，荆棘塞門，舍中有三徑，不出，唯求仲、羊仲從之游。」

〔二〕《漢書・揚雄傳下》：「家素貧，嗜酒，人希至門。時有好事者，載酒肴從游學。」

〔三〕《戰國策・秦策三》中：「范子（睢）因王稽入秦，獻書昭王曰：『……臣聞周有砥厄、宋有結緑、梁有懸黎、楚有和璞。此四寳者，工之所失也。』」

水西莊感舊詩序

壬辰午日，樹君梅丈重招硯北之侣，同作水西之游。時也榴火燒雲，槐陰羃地。竹觥醉緑，濃斟般若之湯，櫻厨綻紅，鮮分香積之味。酒酣耳熱，斫地歌豪。學王仲宣之登樓，誰能遣此？代劉去華而落淚，忍俊不禁。諸君各狂其狂，小子思步亦步矣！猶憶曩歲，屢作勝游，借別業於蓮坡，合知交於萍水。酒如淮而不竭，士比鯽以猶多。握手論交，既韋絃之互贊；聳肩覓句，亦燭鉢之偕催。司馬文章，江山之助非淺；元龍豪宕，湖海之氣未消。此際風流，其才足照千古；每出緒論，所了詎止十人！

然而爲茵爲溷，飛花有時命之殊；可北可南，歧路有分離之感。崔伯深鹽酒同味，綰綬太行曉林出宰蒲縣七年矣，徐修仁風月可談，分符梁苑蘭生以縣令需次中州。張步兵思深蒓菜，返南國之蘭陔杏史以親老歸養，數年不出，翁文饒咏擅槐花，佐西江之蓮幕寄塘佐江西新喻陸二雅明府明之幕。助量才之玉尺，有涯暫隱於瓶中屠晋齋爲廖玉夫學使邀共衡文；擁授講之皋比，孟公能驚其座陳石生游幕宜陽，兼主書院講席。孔文舉瓢城去後，僅餘雙鯉遥傳繡山近有書自鹽城來；錢仲文笄宴叨來，共説一夔足羨社中年來惟冬士成進士。又况雲間留士龍之號謂陸秋生，天上有石麟之譽謂徐浣雲。李昌谷嘔出心肝謂采仙，姚武功情餘筆硯謂朗山。或坐困於長安之米陸、徐、李均以旅食寄都，或敗興於重九之租姚朗山以有事未赴。均以塵羈，未與斯會。

思桓子之不凡，無車公而不樂〔一〕。棖觸所及，惓悒良增。而虎卿一官捧檄，千里挂帆，行將去作監州，何論有蠏〔二〕？又復送之別路，重爲歌驪。雲不常停，沙何易散？黄壚迢遞，白社飄零。懷舊雨之紛紛，剩晨星之落落。愁予眇眇，能無一往情深；對此茫茫，誰勿百端交集也乎？用是各抒偉藻，共吐天葩，藉景物之暄妍，寫離懷之寥落。分寄同心之侶，證紅豆之相思；繪作後游之圖，仿黄筌之妙筆。命曰《水西莊感舊》，成初志也。嗟乎！人生如寄，嘆花影之沈淪；前夢難尋，對蒲觴而酩酊。謹成弁首，殊愧蓬心。不見古人，還以慰我同志；後之覽者，將毋有感斯文？

【校注】

〔一〕桓子，指桓温，車公指車胤。《晉書·車胤列傳》：「桓温在荆州，辟爲從事，以辯識義理深重之。引爲主簿，稍遷別駕、征西長史，遂顯於朝廷。時惟胤與吴隱之以寒素博學知名於世。又善於賞會，當時每有盛坐而胤不在，皆云：『無車公不樂。』」

〔二〕蠏即蟹。歐陽修《歸田録》卷二：「國朝自下湖南，始置諸州通判，既非副貳，又非屬官。故嘗與知州争權，每云：『我是監郡，朝廷使我監汝。』舉動爲其所制。太祖聞而患之，下詔書戒勵，使與長吏協和，凡文書，非與長吏同簽書者，所在不得承受施行。至此遂稍稍戢。然至今州郡往往與通判不和。往時有錢昆少卿者，家世余杭人也，杭人嗜蟹，昆嘗求補外郡，人問其所欲何州，昆曰：『但得有螃蟹無通判處則可矣。』至今士人以爲口實。」

李北癡先生遺稿序

李潮精大小篆，少陵之集以傳；阿士有文章譽，王融之才愈顯。嘗讀北癡先生遺詩，觥觥大筆，無對日下之人；悠悠我思，陡觸渭陽之感。珩燕臺散櫟，沽水靡萍。憶懷襴刺，恭謁蕭齋，半面曾親，長城許入。時賢甥邊君袖石，頭角露爽，負石麟之奇，珠玉在旁，有璧人之目。宗元幹挑燈讀史，許樂霱〔一〕之相咨；韓子通釃酒論兵，非藥師其誰語？後先生俶裝入洛，槖筆登樓，自爾分襟，一別如雨〔二〕。而袖石蒸蒸日上，落落不羈。訂耐久朋，真吾畏友。當其蹈厲風發，能屈坐人〔三〕，清詞泉流，如飲醇酒。每賞酷似於無忌，未嘗不懷跌宕於牢之也。

太歲在午，芳序徂秋，燈閃涼螢，耳酸哀雁。袖石單衣叩門，雙淚承睫，爲言先生遽歸道山。太傅脱東山之屣，難將絲竹寫哀；羊曇過西州之門，衹剩山邱一慟。復謂大藥無濟，丹難返魂；香草長存，人原不死。假使唐瓢水葬，任等諸沈李浮瓜；將毋鮑唱風凄，莫慰乎青林黑塞？用是五夜發篋，搜錦囊之斷句；千里裁書，求茂陵之遺稿。斯人不作，此卷長留，手訂一編，報之千古。嗚呼！其志誠，其心苦矣！伏讀先生之詩，沈雄綿麗，各擅專長；悱惻芬芳，自流馨逸。干將之氣莫掩，號鐘之響不沈。世有賞音，無勞贅語。

惟珩幼遭孤露，長於外家。周翼長貧，賴郄鑒舍飯以哺；陸杲小弱，恃張融誘掖而行。迄今碌碌飢驅，勞勞旅食，家浮無定，宅相難成。空懷玉汝之恩，愧乏金環之報。亦冀裒輯舊稿，勒爲成書，藏之名山，傳諸後祺。今讀先生之詩，棖觸所及，悲從中來。雖一生一死，居然異事而同情；而一詠一吟，安禁百端之交集也？嗚呼！百年鼎鼎，身後誰名？再世茫茫，前因難證。幸逢後死，爲收三篋之書；以質先生，應瞑九原之目。他日刊成善本，火向秋墳，看光焰之燭天，勝醁醽之澆土。繙縹緗而寄遥想，心傾此舅此甥；壽梨棗以答靈脩，責在難兄謂心巢難弟。

【校注】

〔一〕《梁書·樂藹傳》：「樂藹字蔚遠，南陽淯陽人，晋尚書令廣之六世孫，世居江陵。其舅雍州刺史宗慤，嘗陳器物，試諸甥侄。藹時尚幼，而所取惟書，慤由此奇之。又取史傳各一卷授藹等，使讀畢，言所記。藹略讀具舉，慤益善之。」

〔二〕王粲《贈蔡子篤》：「悠悠世路，亂離多阻。濟岱江行，邈焉異處。風流雲散，一别如雨。」

〔三〕坐人，見《資治通鑑·梁武帝大同九年》：「若不能殺賊，又不爲賊所傷，何異逐坐人也！」胡三省注曰：「逐坐人，指當時持文墨議論者，但能相隨逐坐談而坐食也。」

方竹儂先生晴川補樹圖序

庚子夏五，于役恒陽，得交方芥圃參軍。松柏爲心，杞梓挺秀，未展驥足，殊有鳳毛。培植之厚，嘉樹延譽，負荷之殷，析薪無忝。可以樹善，君子也。出尊甫竹儂先生《晴川補樹圖》，命序於珩。芳洲浩渺，傑閣崔巍，佳哉氣何鬱葱，望之蔚然深秀。蓋先生奪標綺歲，制錦英年〔一〕。本顯允，爲壯猶〔二〕，行所學，有佳政。退食餘暇，周行四封。漢陽歷歷，木盡摧薪；芳草凄凄，桑將成海。樹猶如此，人何以堪？爰施鍊石之才，小試栽花之手，非徒以恣游眺、飾觀瞻也。菑翳必屏，如其去惡；梗枏必植，如其安良。垂樾蔭以覆暍人〔三〕，振廪均惠；資棟隆而修郛郭，衆志同堅。生意婆娑，枌榆建爲欒社；仁心長養，桃李盡在公門。豈非十年之計，所慮者周，千章之陰，所庇者廣哉？迄今箕尾之宿久復，峴首之碑未湮。澴之氓，莫不攀條泫然，思我故侯不置也〔四〕。先大夫作宰將陵，勤思樹德。植榆柳於周道，種豫章以成林。愧珩櫟樗多散，堂構莫承，未能譜入丹青，托之毫素。而芥圃推其錫類之德，觸我明發之思，言匪未同，懷將何已？嗟乎！《甘棠》愛及其子，欒武子德在斯民；某樹種自先人，楊巨源心儀令緒。幸附謝庭之樹，獲睹遺縑；願偕潘縣之花，長綿世懌〔五〕。

【校注】

〔一〕《左傳·襄公三十一年》：「子皮欲使尹何爲邑。子産曰：『少，未知可否。』子皮曰：『願。吾愛之，不吾叛也。使夫往而學焉，夫亦愈知治矣。』子産曰：『不可……子有美錦，不使人學制焉。大官、大邑，身之所庇也，而使學者制焉，其爲美錦，不亦多乎？』」後世以「制錦」，指代賢者出任縣令。

〔二〕顯允，見《詩經·小雅·湛露》：「顯允君子，莫不令德。」壯猶，出自《詩·小雅·采芑》：「方叔元老，克壯其猶。」鄭玄箋：「猶，謀也；謀，兵謀也。」朱熹注：「猶，謀也；言方叔雖老，而謀則壯也。」

〔三〕《淮南子・人間訓》：「武王蔭暍人於樾下，左擁而右扇之，而天下懷其德。」暍人，中暑之人。

〔四〕《史記・蕭相國世家》：「召平者，故秦東陵侯。秦破，爲布衣，貧，種瓜於長安城東，瓜美，故世俗謂之『東陵瓜』，從召平以爲名也。」東陵瓜後又稱「故侯瓜」。後世用爲失意隱居之典。不置，即不止。

〔五〕懌，歡喜。

梅小樹寶璐竹林夜咏圖序

玉笋翹秀，必資美蔭；金荃奏雅，尤重繼聲。如竹友《竹林夜咏圖》，洵可謂克世厥家，善述其志者矣！尊翁樹君先生，雅抱子猷之癖，欲構仙人之居。曾繪《竹樓編詩》一圖，傳爲韻事。小樹生階露穎，趨庭聞詩，和鳴則子鶴在陰，嗣音則雛鳳來集。嘯傲千個，每自呼爲主人；跳出一篇，輒欲驚其長老。綺歲所造，已自卓然，縱其所如，豈復可量？今觀是圖，緑雲醫俗，青霄挺姿。籜龍含風雨之氣，凉蟾蕩荇藻之影。凡厥清穎，盡屬吟情。印琅玕之兩幅，真喬梓之一轍也。他日東笋成集，折竹喻清，即寫照於鵝溪，卜振聲於牛渚。能與虛心爲侶，訂交合比紀、群；倘容把臂入林，良會願希嵇、阮。

邊馬倡和集序

張司空之兩劒，各淬淵、阿；韓宣子之雙環，並銜龍、雀。信有美之必合，惟相得而益彰。嘗讀《邊馬倡和集》而嘆觀止焉。袖石閉門索句，趨庭聞詩，抱古調而獨彈，慨《陽春》之誰和？忽過新豐之市，喜遇鳶肩；爲奏竟陵之琴，妙臻羊體。乍逢萍水，遂訂苔岑，擷芳蘭而賦同心，拾香草而酬《騷》韻。子歌我舞，試萬言而不窮；此推彼敲，商一字而數返。居諸既久，賡和遂多，筆之於書，裒然成集。夫有飛卿之温麗，始匹樊南；非太白之清超，誰儷工部？今二君石勞米拜，鶴爲林招，既懷譽之畢彈，復同工而異曲。闢出塵中別徑，人是羊、求；乘來天際仙舟，世稱郭、李。洗箏琶之俗耳，星軫齊調；儷笙磬之同音，雲璈疊奏。他日聯鑣蓬島〔一〕，翔步花磚。貢諸閑庭，即是夔、皋襄贊；播之樂府，居然燕、許文章。同氣同聲，定有新聲之譜；一官一集，再看合集之鐫。珩幾年御李，曾於笥裏窺邊，此事推袁，又向帳前謁馬。對尹、邢而慚穢，自憐刻畫無鹽；遇褒、鄂之戰酣，敢復爭衡寸鐵？仰高山而俯流水，雖曰略解琴音，左挹袖而右拍肩，終覺難稱鼎足。一面幸叨舊識，我欲繪拜袁揖趙〔二〕之圖；千秋自有定評，誰勿推北宋南施〔三〕之繼？

【校注】

〔一〕聯鑣，是指相等或同進。《北史·甄琛傳》：「觀其狀也，則周、孔聯鑣，伊、顔接衽。」蓬島，指蓬萊仙島。

〔二〕袁指袁枚，趙指趙翼。趙翼有《拜袁揖趙哭蔣三圖》詩：「程生作繪定可人，雅尚所存非漫戲。」

〔三〕南施指施閏章，北宋指宋琬。王士禛《池北偶談》曰：「康熙以來詩人，無出南施、北宋之右。」

韋蘭襟偉人五雲書屋詩序

司空以冲淡品詩，超心鍊冶；太史以疏宕行氣，得助江山。信兩美之能兼，自群言之高挹，《五雲書屋詩》非其選與？蘭襟晉熙著族，有關西男子之風；京兆分宗，爲鄒魯大儒之裔。一經世守，飽讀楹書，五字掄才，早登蕋榜。宜其裁花作骨，摛藻爲春。長卿之賦，非人間來，太冲之詩，有世表意。然使長守故園、不出鄉弄，作枌榆之祭酒、爲松菊之主人，不仕則逍遥號公、問字則浮圖執贄，雖静者多妙、飄然不群，亦足巧擅鏤冰、工逾刻楮，而欲其驅役華岳、吐納風雲，吸清氣於太空、縱大觀於瀛海，不亦難乎？乃蘭襟南帆北馬，蒙茸擁裘，古驛長亭，崎嶇躡屩。當其發秣陵，涉瓜步，指瓊花而弭節，望燕子以揚舲，固已平揖金焦，横吞天塹。繼而問黄河之渡，弔青齊之墟，摩蚪篆而宿雲亭，候烏輪而登日觀，訪遺經於魯壁，識匹練於吴門。遂歷幽燕，爰過涿鹿，問地險於榆關之塞，朝海若於析木之津。雙槳劃烟，一筇拄雪，屐齒半乎天下，輪蹄周於四方。驢背船唇，唐求之瓢必挂；曉風殘月，長吉之囊日充。故其爲詩也，如奇峰之陡壁，而脈絡能分；如春水之方生，而波瀾自闊。據神淵而吐溜，蒸靈液以播雲。洵足奪席高、岑，抗心温、李，迹其舷答歌韻，鞭裊吟情，固因濟勝之具豪，亦由會心之趣遠。奚止《浣花》名集，步端己之後塵，衍波授牋，賦《曉寒》於春夢而已哉？

珩幼居歷下，長返渠陽，薄游丁沽，栖遲丙舍。等循墻之廉蚓，自暢秋吟；譬舞甕之醯鷄，安知天小？今讀大著，華嚴彈指，現洞天福地之奇；星宿羅胸，具摘洛鈎河之妙。遇山川而能説，深服雄才；愧婚嫁之未完，久孤夙願。一編坐讀，千里卧游，與寓目焉，喜可知也。行見射策長安，看花日下，名題佛塔，體覆宫袍。五雲燦郇公之書，雙戟秉韓翃之節。采九州之風土，譜入輶軒；咏四境之烟巒，蔚爲經濟。定知模山範水，必多謝客之吟；所願掃地焚香，重讀蘇州之集。

華梅莊詩序

秋風振林，一葉初落，空庭如水，萬塵俱消。忽憶往歲，袖石寓津，每唱新聲，輒訪舊雨。摘其警句，欲繡虎韔；砭我俗耳，方之鸝音。自袖石槖筆中州，塊然獨處，渺焉寡歡，元規之扇莫障，韓陵之石誰語？不自知其鄙吝之萌也。夕陽在山，可人排闥。座上清談，霏來玉屑，袖中詩本，擲作金聲，則吾友梅莊其人也。梅莊廉而不劌，醒亦能狂。錫名慕司馬之風，立身以子魚爲戒。當其伸紙萬言、捷於倚馬，徒手一往、能擒生龍，鑒古則胸照千秋，説事則喙長一尺。以視袖石，長途騤騤，不止驂之有靳，英姿颯颯，直如鄂之遇褒。今讀大著，比趨庭之草，一時有兩玉人；成一家之言，其味如百花酒。洵可藉牛腰束縛之卷，慰鷄鳴風雨之思已。

抑珩重有感焉。回憶駿臺射策，同誇秋駕之工；燕市看花，屢醒春明之夢。而乃一氈無恙，桃梗波浮；三載爲期，蓿盤秋冷。智珠已失，嗟畫壁之難工；心計日粗，愧《渭城》之莫唱。梅莊則耽心白業，努力丹鉛，譽擅牛心，成如麟角。藐鴻鵠之高舉，於此不凡；望騕褭之絶塵，瞠乎其後。他日備左右之史，三沐三薰，讀清秘之書，一官一集。揆精進之所造，豈涯涘之可循？嗟乎！持好詩而共讀，清尊不空；思美人而未來，碧雲無際。以我之念文禮，知君之懷孝先。他日便便腹笥，返自梁園，皎皎玉樹，重來沽水，相與話樊樓之鐙火，評雪苑之文章，證異地之相思，悟三生之夙契。知其望千里月，念兩閑人，必有見懷之作焉。試持此卷示之，定如宮商之應，當不河漢斯言也。

王蘭谷從酉詩序

長卿之賦，非人間來，太冲之詩，有世表意。良以冰甌雪碗，纖塵未許相侵；火棗冰桃，凡骨焉能知味？今讀蘭谷先生大集，畫中逸品，詩有別腸。列禦寇御風而行，泠然善也；王子晋控鶴而上，渺矣仙乎！洵所謂夙具慧根，飽餐靈液者矣。

猶憶往歲，良友書來，梅丈樹君爲申作客之懷，兼述得朋之樂。謂先生霞心照水，風骨薄雲，抱古誼以測交，非今世所易覯。適有故人，逝於即次，奴星分散，舊雨悲涼。聽鄰笛而魂銷，過黄壚而目斷。先生勇於見義，憤不顧身。分收麥之艇，慰他鮑唱風淒；護廣柳之車，欲使狐邱首正。方其雪濤山立，飆輪電馳，仗忠信以涉川，拚載胥而及溺。卒之天吴效順，河伯回心，輿櫬歸來，布帆無恙。嗟乎！以勢交者，勢竭則交疏；以利交者，利盡則交絶。半癡半黠，豈交道之能終？一死一生，乃交情之畢見。高山仰止，流水知音，藏之胸中，十年於兹矣！

今春小住樊輿，敬申展謁，匆匆録別，未盡所懷。長夏謁選，復來保陽，因得快誦詩歌，屢見顔色。夫聲音之道，足以感人；縞紵之通，貴乎知己。繼珩殘杯冷炙，飽飫塵羹，俗障文魔，難超凡想。今日得讀大集，障元規之塵，藉爲寶扇[一]，除韓陵之石，誰與晤言[二]？洵有得味於烟火之餘，傾心於筆墨之外者矣！所惜者宛陵遺老，久歸道山！舉杯招邀，問明月之三影；臨風浩嘆，剩承天之兩人。然而萍水乍合，蘭芬既通，訂同心而不渝，實九泉之可作。冥冥有知，當亦有拈花微笑者乎？

【校注】

[一] 元規塵，見《世説新語·輕詆》：「庾公（亮）權重，足傾王公。庾在石頭，王（導）在冶城坐。大風揚塵，王以扇拂塵曰：『元規塵污人！』」

[二] 韓陵石，見唐張鷟《朝野僉載》：「梁庾信從南朝初至北方，文士多輕之。信將《枯樹賦》以示之，於後無敢言者。時温子昇作《韓陵山寺碑》，信讀而寫其本，南人問信曰：『北方文士何如？』信曰：『唯有韓陵山一片石堪共語。薛道衡、盧思道少解把筆，自餘驢鳴犬吠，聒耳而已。』」

劉茗柯鹺尹軺心出家菴詩序

萬緣俱空，耽清净業，一塵不染，見妙明心。嘗觀劉君茗柯《心出家菴詩草》，而深契焉。茗柯金、張門閥，燕、許才華，固宜作官樣之文章，掇名經之科第。而乃羈懷易感，世網憚攖，彈指華嚴，現空中之樓閣，皈心迦葉，拈坐上之曇花。未免秋令春行，遲眠早寤。不知險阻艱難，閱歷所由廣也，盛衰榮瘁，覺悟所由生也。茗柯南船北馬，柳往雪來，四海無家，一身如寄。年年托鉢，處處打包。難尋青豆之房，易醒黃粱之枕。固宜其即實觀空，因定生慧，運廣長舌，樹精進幢，以天龍法象之神通，闢水月松風之境界。以視玉溪、香山、東坡、劍南諸公，清修具足，未知成佛誰先？如是我聞，殊覺當仁不讓已！他日茗柯名登閬苑，身現宰官，以在家抱出家之心，即出世建入世之績。慈悲六道，利濟衆生，除莠而降服諸魔，鉢誰能揭？安民則宏施大願，筏早同登。蔽芾成陰，盡是菩提之樹，醍醐灌頂，無非般若之湯。則此詩也，豈徒梅子熟時、木樨香後，齋持蘇晋，喻演儀卿，作藝苑之津梁，爲詞林之談柄也乎！珩結習未除，塵根難凈。愧無衣鉢，藉文字以譚禪；大有因緣，向阿難而索解。以詩説偈，何妨賈島敲門；援釋歸儒，莫道豐干饒舌。

棗花軒詩序

蓋聞周於德者，樹骨必高，深於情者，述詞必顯。本温柔敦厚之旨，發芬芳悱惻之音，則不必上徵韓、杜，遠溯齊、梁，而言成一家，業高千古，於我經圃大兄先生《棗花軒詩》見之矣！

先生襄平世胄，天水名家，樹棠蔭於烏延，共欽祖德；開柳營於龍塞，久焕先猷。先生生秉奇資，幼承彝訓，星緯在手，雲夢羅胸。富武庫之青霜，樹文壇之赤幟。薦辛盤於早歲，翔步蟾宫；奪癸席於中年，高標雁塔。遂以謝庭之樹，去栽潘縣之花。牛刀小試以絃歌，鶴琴不愆乎弓冶。寸心如水，四境皆春。孰料磨蝎臨宫，竟厄黄楊之閏；遂令鳥凫退舍，致回碧海之帆。先生寵辱不驚，怨尤俱泯，甘以調琴之妙手，更宣秉鐸之元音。鱣序常温，春風共坐，蝶階不掃，化雨横飛。闔家抱偕隱之懷，共修到大羅仙子；斗室無纖塵之集，望之如天際真人。即其天之克全，見所學之無負矣！然而厚德載福，善人必昌，乃冥報之自然，詎天心之或爽？長君魯齋，小阮觀潮，此郊、祁之同榜，等軾、轍之聯鑣。一則綰綬岱雲，清比明湖蓮萼；一則分曹水部，馨如官閣梅花。況仲子皡如，季子子駿，雖未化之鯤鵬，皆不凡之龍鶴。而叔子禹門，一枝健筆，矯如天馬行空；萬丈豪情，欲並長虹吐氣。將來蘭階挺秀，蔗境彌甘，笏滿一床，家封萬石，固可以理數卜之也！

珩與先生，孚在情性，誼同膠漆，久訂忘年之契，互焚告祖之香。談醼餘閑，出《棗花軒詩》命爲較訂。受而讀之，立意之真，則問寢之摯也；樹義之正，則戀闕之誠也。其結構之精嚴也，如其造士；其烹鍊之融化也，如其擾民；其訓詞之深厚也，如其全交；其吐屬之周詳也，如其課子。世之讀先生詩者，因言知行，以詩見人，又何必儷白妃青，是丹非素，爲界宋分唐之歧論，争絺章繡句之風流哉？勸付手民，毋虚意匠，勝名山之藏弆，成斯世之瑰觀。他日者花開纂纂，水沈薰百合之香；實結纍纍，安期證長生之果？重携善本，坐向秋林，當有味美於回，讀之不厭者矣！

戴師木大令澤同詩序

蓋聞俯察地理，通於《易》者幽贊神明；諧暢天機，深於《詩》者根源忠孝〔一〕。師木先生，汝南望族，濟北名家。束髮受書，注《禮》而兼通《大》、《小》；揚眉吐氣，明經而謦噪公卿。解群難於蘭臺，奪將重席；折天香於桂苑，僅中副車。遂棄鷄肋之虚名，有懷投筆；非慕蟹螯之佳味，也作監川。謁選於軟紅塵中，揚帆利涉；筮仕在點蒼山下，拄笏相看。蓋先生以白鳳之才華，嫺《青烏》之秘術。陳希夷《金鎖》之訣，星宿羅胸；郭景純《錦囊》之經，河山在掌。簿書餘暇，杖履閑行。尋脈於洱海滇雲，類九方之相馬；印心於金沙玉尺，認萬里之來龍。酌損益以攸宜，胥協天邊象緯；攬會垣之全勝，清於指上螺紋。觀《滇南形勢》一編，洵可謂造化爲爐，山川能説者矣！

既而宦情水淡，歸興雲濃。指故國以言旋，向急流而勇退。方謂烏私遂養，得安泉石以逍遥；孰知鳳闕求賢，又荷絲綸之徵召。今天子御極之十年，别求吉壤，改卜名山。擇土撥沙，亟需慧眼；搜岩采幹，彌係宸心。先生以名世之英，膺大臣之薦，因之金精妙技，上達辰居，《玉髓》仙經，得邀乙覽。安車就道，畢數過於蒲輪；温室覲光，褒美逾於管輅。先生承恩既渥，銜感尤深。沐雨櫛風，不辭况瘁，尋山問水，務得真源。獲嘉峪於龍泉，卜年卜世；慶無疆於螭陛，宜子宜孫。從兹國脈長綿，天心永眷，致聖懷之悦豫，頒奎藻以輝煌。復命注籍銓曹，真除仙吏。此日麻宣朵殿，志鳧飛王令之祥；他年花滿棠陰，知蝗避戴封之境矣！

先生以範水模山之暇，舒鈎河摘洛之才〔二〕。報主之思，既纏綿而悱惻；知己之感，亦濡染而淋漓。今讀大集，眼電橫飛，亘長虹而閃閃；胸雲排蕩，鬱佳氣以葱葱。吐才子之筆花，奚止銜官呼宋；喻美人以香草，直欲奴僕命《騷》。豈徒辨妃豨之舊文，批風抹月，步叔鸞之遺軌，谷飲岩栖而已哉？珩抱樗櫟之庸材，自嗟椎魯；盥薔薇而細讀，莫罄高深。敬陳槃籥之詞，以代矢繆之贄。異日者分符綰綬，定知三起三留；陳臬開藩，再讀一官一集。定看入騶擁座，誰言執御之無緣？或者一葉扁舟，竟克造門而相訪！

【校注】

〔一〕此句意謂：俯察地理（的堪輿之學），通於《易》道幽贊神明之功，而欲求諧暢天機，深於《詩》者，將以忠孝爲根本。

〔二〕範水模山，此處指堪輿；鈎河摘洛，原指章句之學，這裏借指作詩。此處與篇首「俯察地理，通於《易》者幽贊神明；諧暢天機，深於《詩》者根源忠孝」相呼應。

史魯泉光簡寫葉存草試帖序

蓋聞柿飽霜紅，肄字當硬黃之紙；蕉含露碧，拈毫工懷素之書。自古勤則必精，專斯獲益。肱經三折，知草聖揮灑功深；手敏八叉，識詩仙推敲律細。嘗讀《寫葉詩草》而益信焉。

魯泉永和世族，京兆名家。世居君子館邊，代傳絕學；宅卜獻王城畔，笥有遺經。幼具慧根，粲花有舌，長通藝事，摛藻爲春。三年殫刻楮之勞，才原無兩；百步擅穿楊之技，中合疊雙。而乃奮垂天之翮，方一飛而一鳴；援及堞之城，竟三登而三隕。筮貞不字，慨媒妁之難逢；寫貝多經，感漂摇而欲懺。回憶春明，曾攻夏課，爰合雕華之咏，題爲《寫葉》之吟。裒成一卷，命序於予。受而讀之：浥柏葉之露爲其清也，翦楸葉之花爲其巧也，裁杏葉之韉爲其艷也，酌竹葉之酒爲其醇也。掃去荒蕪，培作他年根柢；拾將遺籜，戲爲上世衣冠。洵可奴僕命《騷》，詎止銜官呼宋？

夫掃葉而較訛字，鮑彪久著藝林；摘葉而草制詞，李琪終翔翰苑。以君生花吻妙，嘯葉音清，拭井梧以留題，贈江楓而得句，固宜翦成圭式，致禮聘於儒珍；流出溝來，沐恩波於仙液。成一家風骨，掌絲綸則儷葉駢枝；拜千佛名經，書姓字於重花密葉。又何至江頭葉冷，嗟敗興於催租，床上葉堆，向小園而歸隱也？君勉乎哉！葉珠難秘，蓂莢易更，梯雲已躡初桄，問世應傳累葉。度光陰於蟬翳，暫同顧子之栖遲；乘風雨而龍騰，且試君家之變化。

沈子珊香玉集詩序

學者自負蕙心，横操栗尾，孰不欲盧牟六合，皋牢百家，見生公證三生，與古人争千古？卒之牙慧任拾，心香不發，每開一帙，沈睡三日者何哉？腚不靈，骨不飛，情不芳，魂不悦也。子珊沈君，具鄴侯瑣子骨，抱廣平鐵石腸，感落拓於青衫，寄纏綿於紅豆。每當金釭笑晚，玉洞浮春，消醇酒之雄心，呼名花爲知己。珠遺子珮，釵挂臣冠，黛暈潮痕，費煞苦心。熨貼脂匳粉碓，盡歸彩筆平章。忍俊不禁，唱徹一聲《河滿》；因寄所托，諳將三疊清商。信乎古調獨彈，孤芳自賞。或謂正聲未沫，煩手宜捐，一墮情禪，恐傷雅道。不知温柔敦厚，爲詩教之遺；好色不淫，乃風人之旨。忠山孝水，盡出情天，佛果仙根，無非情種。彼聽白傅之秋絃、感均頑艷，賦玉溪之《錦瑟》、思入華年者，豈盡登徒子之化身、熱趕郎之真面哉？繼珩情苗莫刬，慧海易枯，捧心而别具笑顰，畫眉而未諳深淺。舉一案於伯鸞，賃春有日；立四壁於司馬，滌器何年？忽遇解人，自憐同調。所願擷二閭之香草，重錬吟身；散五蘊之空花，同超結習。

王青谿楚雲燕夢詞序

悟因緣於萍梗，迹本如雲；參幻影於槐安，境誰非夢？青谿四丈，以運海之鯤鵬，爲倚聲之龍象。三年鴻雪，獨印燕雲。擕塵外之詩瓢，倦游冀北；念山中之叢桂，苦憶淮南。拾紅葉以當牋，對青燈之如豆。換移宮徵，咀嚼姜張，檢出奚囊，抄成新本，命曰《楚雲燕夢》，志感也。竊謂朵殿奏高唐之賦，夢亦爲雲；梨花吟三建之詩，雲還入夢。是一是二，即色即空。悟澈三乘，儘隨緣而著脚；消融五岳，何磊塊之填胸？他時策馬重來，蘭氣帶從夢澤聞將之楚游；此日雕龍一出，紙價貴到長安。繼珩旨昧挂羚，班窺全豹，敢陳芻得，敬答桐知。出岫無心，是所望於達者；修簫成譜，何妨説向癡人！

張玉夫明府聲玠桃花魂傳奇序

蓋聞劉晨采藥，聯眷屬於天台；崔護求漿，晤娉婷於籬落。雖前度仙郎再到，已嗟古洞雲迷；去年人面難逢，空賦春風花笑。然而山期重造，終遇真妃；香爇返魂，率偕佳耦。從未有無因而至、因以夢成，有緣可諧、緣隨醒盡，如玉夫明府《桃花魂傳奇》之喚轉癡迷、掃空結習者也。

花潭君者，指仙李而得姓，冀夭桃之宜家。玳瑁書裝，鴛鴦社鬬，繫援未就，寤寐求之。載來歡喜之丸，竟賴氤氳之使。紅雨青山而外，如此樓臺；桃花流水之間，別有天地。忽逢粲者，的是可人。瀲瀲瓊漿，解得相如消渴；纖纖春笋，擕將張碩歸來。預兆齊眉，梁鴻對案，願爲比翼，孔雀開屏。寫韻而彩鸞並工，揮毫而靈犀暗度。十二時中，機轂種此根塵；兩三年裏，夫妻味茲繾綣。曇花一現，那禁天上罡風；善果初完，空剩水中明月。蘧蘧而覺，歷歷在前，不遇目中之仙，甘抱尾生之信。幸蹇脩之爲理，竟消息之遥通。謂李下可以成蹊，豈齊大而云非偶？指山家之門徑，清溪流出胡麻；傍綺閣之妝臺，小苑並無雜樹。境真世外，人是意中。願遂牽絲，奚啻重懷夢草；期臻郤扇，果然再見瓊花。何姍姍其來遲，喜盈盈兮不隔。雖獨夢未曾同夢，守十年不字之貞；而新人宛似舊人，儼兩世相逢之樂。婿鄉乍到，仙侶終諧，證一夕之迷離，洵十分之美滿矣！然而短夢匆匆，五年易度，流光冉冉，百歲難期。恨二豎之欺人，乏十全之爲上。空費荀郎熨體，藥不延年；盼他倩女回生，絲難續命。君如柳絮，禪心已悟沾泥；妾本桃花，夙業安逃薄命？從此鴻都客渺，誰招環珮之魂？鸞馭人歸，並少羅浮之夢。賦五十絃之錦瑟，怊悵華年；撫十二日之瑶箋，悲凉身世。當紫玉烟消之日，正黄粱飯熟之時矣！

嗟乎！泡影因緣，大都類此，邯鄲名利，不過如斯。何人跳出迷團，幾個打開悶境？明府筆參造化，界闢光明，借桃葉之鸞笙，排成法曲；似桃都之鷄唱，唤醒塵寰。六夢中超盡恒溪，恍若金繩接引；《四夢》外別開生面，何殊玉茗風流？繼珩鹿悟隍中，蝶飛階上，久訂聯床之誼，敢陳無夢之愚。搯檀板以高歌，如君乃先覺者；見桃花而悟道，何妨説向癡人！

孔繡山憲彝青天騎白龍圖序

蓋聞叩關而至，柱史曾跨青牛；沈水不濡，琴高曰乘赤鯉。坐青獅而游異域，騎白鶴而上揚州，歷溯高踪，頻驚世眼，究未如繡山《青天騎白龍圖》之逸情雲上、妙想天開，蕩空矯矯之胸，思入非非之界也！繡山達人之孫，名父之子，生而神駿，見頭角之嶄然；勢挾蜚鳴，露爪鱗於倏忽。入懷有夢，演繁露以成書；探頷多才，看明珠之在掌。摛青蓮之句，賦詩斷章；繪白龍之圖，因寄所托。綜其大旨，可得而言。

今夫南陽之隴，諸葛卧游；東野之雲，昌黎願化。禰正平衢堪直躍，嵇中散性故難馴。登李膺之門，聲價十倍；入荀淑之座，慈明無雙。他若平輿燉煌，公沙濟北，均留雅譽，共識神奇。斯皆聲氣相從，憑依有自，馭長途而無愧，補華衮以何慚！今繡山飛欲點睛，宴將燒尾，仙贈葛陂之杖，瑞符雷澤之梭。策以珊鞭，鞚之珠勒，得勿以遺世獨立者、喻意出塵，以行神如空者、自爲寫照乎？

顧或謂秀珊生方綺歲，具此英風，正宜雕劉勰之文心，振陸雲之賦手，奚容疏狂駭俗、作意好奇？顧夏蟲難語元冰，井蟆安知滄海？繡山燭銜文焰，枕警惰心，延津淬其劍鋩，藥店留其骨格。行將吸研池之水，噴作甘霖；藉尺木之階，凌於霄漢。要豈管窺自小、葉好難真者，所能喻其出没之神、飛騰之致哉？珩金餅誰貽，玉京莫上，宛困圖澄之鉢，難傳柳毅之書。今睹斯圖，陡增豪氣。行見攀鱗而上，君不愧耿伯山之倫；倘容附尾以傳，我願列管幼安之末。

孔經閣憲緯觀海圖序

蓋聞金宮銀闕，幻頫洞之奇觀；鯷壑鯨波，現委輸〔一〕之勝境。閱盡滄桑變態，米擲麻姑；渺茲海粟微形，簫吹蘇子。擘千重之波浪，翅展金鳩；湧百尺之樓臺，氣嘘靈蜃。源從頭溯，問附尾傳。莫矜河伯之尊，共識谷王之大。珩家居赤緊，生長青齊，塵事多牽，游踪屢滯。望蓬萊之清淺，未免緣慳；瞻瀚海之風濤，徒勞夢想。雖欲逐琴高之鯉，釣謫仙之鰲，張鮑靚之帆，灑木華之筆，竊有志而未逮焉。

庚寅夏初，孔君經閣示以《觀海圖照》，受而讀之。一丸曉日，浴出曈曨；幾縷閑雲，鋪成浩淼。茫茫大地，問誰亂點齊烟；渺渺予懷，直欲平吞雲夢。不衫不履，張銀海以閑看；聽水聽風，洗紅塵而欲净。落想之妙，何其先得我心也？經閣吞海奇姿，觀瀾家世。説經則清詞源混，談史則辯口河懸。陸士衡才敏千人，何邵公學充五庫。他日得時而濟，利涉以游，文章如下水之船，功業視中流之柱。乘風破浪，宗元幹克建奇勛；擊楫渡江，祖士雅不虛偉略。則此圖也，豈徒侈一微塵、妙談佛果，奏小海唱、但聽鄉音而已哉？

惟愧珩也寸心若蓬，雙瞳如豆，望洋徒嘆，斷港難航。然而鷗盟既深，蠡測敢恡〔二〕？見縱同乎蛙井，化尚冀乎鯤溟。從此白鱗奇木，願英年早播鴻譽；懸知紫鳳天吴，持玉照傳摹鮫室矣！

【校注】

〔一〕委輸，彙聚。

〔二〕恡，同吝。

鍾靄山飲馬圖序

冷雨漬窗，落葉盈尺，一寒至此，三日閉門。客有披犯雪之裘、策銜寒之騎，叩扃而至者，則海寧鍾靄山也。出《飲馬》玉照囑題，受而讀之。暑雨炎風之内，别有清凉；長竿短棹之旁，倍形暇逸。爲臨虎渡，飲我龍媒，幾乎有息駕之思，勞薪之感焉。

靄山浙水名家，潁川世族。生而神駿，長更騰騫。一顧空群，名馳冀野；千金市骨，望重燕臺。曾隨宦於泉州，更移旌於孤竹。方期天街蹀躞，珠勒探花，上苑馳驅，金門對策。快春風之得意，誇秋駕之能工。而乃流水高山，子期莫遇；蘭筋竹耳，伯樂難逢。驥伏櫪而長吟，馬作參而誰恤？斯時也，霜飛五夜，忽折靈椿；路遠三千，言旋廣柳。一鞍朔雪，兩袖清風。桑梓徒切其敬恭，松楸益深其棖觸。先靈雖慰，幸卜牛眠；生計難營，敢希騑轡？南轅北轍，暮逐朝馳，塵封杏葉之韉，汗迸桃花之血。雖憐驥渴，安得清泉？縱賦馬瘏，何來棧豆？爲傳壯志，爰繪斯圖。

殆謂鳥道蠶叢，始知駿足；廉泉讓水，庶潤枯腸也已。今夫委心任運者，境也；濟時體物者，心也。彼營營者，驍勝利禄之場；徒衮衮焉，馳騖勛名之藪。無論夏畦必病，春夢多迷，下乘貽羞，上閑難選；即今秩尊五馬，坐擁八騶，飽如鼹鼠之飲河，貪若長鯨之吸水，芻蕘莫畜，害馬誰除？膏雨終屯，枯魚獨泣，猶且催科有政，上考頻書，鞭策維嚴，下民奚恤？若逢騏驥，或竟帖耳而受羈，倘遇駑駘，保無趹蹄而踶駕乎？若靄山者，飢渴縈諸寤寐，榮瘁聽之昊蒼，亦謂九江非多，一勺非少，借滋渴吻，少蕩塵胸。爲酬跋涉於關山，聊洗炎歊於人海。其體恤者至矣，其閲歷者深矣。從此呈才御苑，縱轡天衢，推己飢己溺之心，拯如渴如飢之衆。行見據鞍矍鑠，攬轡澄清。烏憲風生，御史群欽驄馬；豹韜霜肅，將軍舊號龍驤。凡此遠到之先聲，皆將於此圖卜之也。

某藝短如綫，才鈍於蛙。梗斷明湖，萍飄渠水。惟踏磨驢之陳迹，難返旅燕之舊巢。梁鴻賃舂，高鳳流麥，動形窘步，未遇坦途。局促類乎轅駒，問途欲尋老馬。倘使早晤靄山，早睹斯圖，將以非馬而喻心，亦何敢謂失馬之非福哉？嗟嗟！隙駒易逝，野馬難羈，急著先鞭，漫嗟遠道。他日言瞻馬首，願爲平仲執鞭；此際初唱驪歌，聊當繞朝贈策。

黄薛青閣望雲圖序

珩搴幃拜母，橐筆依人，托盞三沽，吹簫廿載。爲謀菽水，深慚夏清之疏；每眷庭幃，空悵春暉之隔。雖雪來柳往，暫教萱草忘憂；而夕膳晨餐，終愧蘭陔侍養〔一〕。因思予季行役，陟屺興嗟〔二〕；梁公宦游，望雲下淚。願繪昔賢之意，用申今日之情，竊有志焉，而未逮也。

乙未孟冬，薛青出示玉照。綿綿遠道，靄靄春空，望眼欲穿，結想於幻。蓋以寸草之報，爲慈竹之思。殆同志之爲朋，洵我心之先得也。薛青千頃洪波，澄於叔度；一身仙骨，换比初平。江夏之聲譽，播從綺歲；魯直之孝友，追配古人。才具光明，不減曹昆白地；胸襟爽朗，如披樂廣青天〔三〕。而乃四方餬口，遂爲蓮幕之游；三釜縈心，致闕萊衣之舞。太夫人錦江隨宦，克享大年；諸昆弟棣道承歡，共依愛日〔四〕。薛青半生作客，兩地有家。空懷伯約之當歸，未遂安仁之迎養。每當慈鴉夕噪，子鷄晨鳴，恨切夢之無刀，悵抽思之若絮。所由味當年之熊膽〔五〕，苦憶劬勞；望拔地之蛾眉，目窮靉靆也。

噫嘻！易逝者過隙之駒，反本者在河之獺〔六〕。且無心以出岫，終有翼以垂天。願薛青凌空書揚子之文，紀瑞符太史之筆。芝泥煥采，酬聖善於三遷；竹帛銘勛，問起居於八座。祝鳩拜手，奉爵介眉，喜二人之同心，慶兩母之健在。則珩雖愧非揚風之手，猶將進而賡《卿雲》之詩也。

【校注】

〔一〕蘭陔：束皙《補亡詩·南陔》：「循彼南陔，言采其蘭……馨爾夕膳，絜爾晨餐。」

〔二〕《詩經·魏風·陟岵》：「陟彼屺兮，瞻望母兮。母曰：嗟！予季行役，夙夜無寐。上慎旃哉，猶來無棄！」

〔三〕樂廣，字彥輔，南陽郡淯陽縣（今河南南陽）人，西晉名士。尚書令衛瓘曾贊樂廣：「此人之水鏡，見之瑩然，若披雲霧而睹青天也。」見《晉書·列傳第十三》。

〔四〕揚雄《法言·孝至》：「事父母自知不足者，其舜乎！不可得而久者，事親之謂也，孝子愛日。」後指供養父母的時日。顧炎武《爲丁貢士亡考衢州君生日作》詩：「傷今已抱終天恨，追往猶爲愛日歡。」

〔五〕《新唐書·列傳第八十八》：「（柳公綽）子仲郢，字諭蒙。母韓，即皋女也，善訓子，故仲郢幼嗜學，嘗和熊膽丸，使夜咀咽以助勤。」

〔六〕在河之獺：《補亡詩·南陔》：「有獺有獺，在河之涘。」

卷二

陸秋生鳳鈞短褐吹簫拜美人照序

吹簫吴市，本英雄落魄之情；乞食歌姬，亦名士風流之概。秋生孝廉德符公紀，才匹士衡。槖無使越之金，畫擅探微之筆〔一〕。感飄蓬於秋興，王粲登樓；幾射策於春明，劉蕡下第。因寄所托，爰作斯圖。亦謂元亮叩門〔二〕，賢者不免；黔敖蒙袂，廉士猶然〔三〕。我何人斯，而敢逃此？然而分餕墦間，托鉢檐下，甚囂塵上，僕病未能。無已，托美人於香草，黧面行吟；乞仙子之玉漿，藍橋解渴。臣飢欲死，剩傲骨之棱棱；我見猶憐，冀婆心之惓惓。果其浴之芳茝，飯以胡麻，即可於下都籃，脱離席帽。所以學對山之浪迹，甘作柘枝之顛〔四〕；對汧國之淑姿，唱徹蓮花之落也。嗟乎！柳往雪來，窮途易感；殘杯冷炙，乞相誰憐？進下走之讕言，證狂奴之故態。勉爲國士，誰云漂母難逢？大有新詩，且學王歡高唱。教吹簫於何處，試問玉人；信秉節於他年，認兹鐵丐。

【校注】

〔一〕陸探微，南朝宋畫家，吴郡人，善畫肖像人物。

〔二〕元亮叩門，元亮指陶淵明。陶淵明《乞食》詩有句云：「飢來驅我去，不知竟何之。行行至斯里，叩門拙言辭。」

〔三〕黔敖蒙袂，見《禮記·檀弓下》：「齊大饑，黔敖爲食於路，以待餓者而食之。有餓者，蒙袂輯屨，貿貿然來，黔敖左奉食，右執飲，曰：『嗟，來食！』揚其目而視之，曰：『予唯不食嗟來之食，以至於斯也。』從而謝焉，終不食而死。」蒙袂者非黔敖，而是餓者，此處用典似有誤。

〔四〕沈括《夢溪筆談·樂律一》：「寇萊公好柘枝舞，會客必舞柘枝，每舞必盡日，時謂之『柘枝顛』。」

孔星廬（憲階）淮陰話雨圖序

踏軟紅於三月，浮大白者千回。思北海以開尊，不來舊雨；望南天而引夢，但賦《停雲》。面且難謀，話從何寄？乃當倦游之始，忽來小册之遺。展讀再三，豁我心目。孤城一角，風帆沙鳥之旁；老屋三間，翦燭聯床之趣。寫蘇家之情思，堂號逍遥；養薛氏之羽翰，名高鸑鷟。塤篪和，詩比聯珠；柳往雪來，話如屑玉。載觀子照，能移我情，恨不身入圖中，議參坐末矣！猶憶難弟繡山，伴予沽水，訂天涯之雁序，攄情話之蟬嫣。每當館造拏雲，燈移聽雨，裴僕射之談名理，靡靡可聽；王安豐之論古人，超超元箸。睠懷文仲，遠莫致之。思桓子之不凡，無車公而不樂。以當年之情事，證此日之襟期。懸知三鳳爲群，定悵閑鷗不與也！嗟乎！哀王孫而進食，漂母難逢；思公子兮未言，靈均寄慨。勉爲軾、轍，視此大木千尋；除却褒、融，誰是韓陵片石？何時北上，慰既見於鷄鳴；聊附南風，印相思於鴻爪。

徐如菴（璋）結網圖序

欲求善事，成風之摩厲須殷；冀得安居，未雨之綢繆宜亟。如如菴《結網圖》者，絶非以斜風細雨，抗志釣徒，枕石漱流，希踪漁隱。蓋將運予懷之杼軸，密爾室之經綸，藉持閉户之修，免作臨淵之羡也。觀其若斷若續，盡出心機；一縱一横，自尋頭緒。絲綸在掌，恐三面之或疏；經緯羅胸，冀一目之不漏。固宜手斫蓬池之繪，足踏冠山之鰲。而乃尾未龍燒，額仍鯉點，嗟敝笲其莫制，歌長鋏以歸來。嗟乎！奉我爲師，愧鼂黿之弗若〔一〕；憐君有志，終魴鱮之能收。從兹益勵初心，勿虚遠志，重披雪鍊，再擘花縷。治而不棼，紀綱畢舉；析而不紊，組織彌工。擣作銀牋，行見化爲金帖；張之碧海，何難擷取紅珊乎？珩十年聚首，絶少裁成，五夜論心，願資紬繹。愧鱣堂之坐擁，悔獺祭之徒勞。行將欹笠以還，投竿而隱，訪志和於苕霅，歌孺子之滄浪。爲臨別而贈言，試看星罶〔二〕；祝程功之加密，更理冰絲。他年得意而歸，君勿作忘筌之想；此日牽絲少懈，我猶爲斷罟之人。

【校注】

〔一〕 鼅鼄，即蜘蛛。

〔二〕 星罶，出自《詩經・小雅・苕之華》：「牂羊墳首，三星在罶。人可以食，鮮可以飽！」

蔣退菴同年成驛柳圖序

珩壬午春官被放之館，天津同人餞之，泊菴繪《柳橋晴絮圖》以贈。曉風殘月，過客魂銷；蹄渴輪飢，勞人夢醒。先零有兆，顧悅之未免生愁；搖落關情，桓宣武因而寄慨。昨索題於秋生，秋生告余曰：「適爲蔣退菴寫《驛柳圖》，茲幅何酷肖也！退菴與子同舉戊寅鄉榜，面契未申，神交先訂。子不可以無言。」

余受其圖而讀之。韉粘雪絮，鞭裊烟絲，壯心托「老驥」之歌，詩卷壓奚奴之背。對腰支之瘦損，冷眼相看；悲髀肉之消磨，愁眉欲鎖。春來秋去，慣經敝帚光陰；北轍南轅，孰憫勞薪況味？儼出門之合轍，劇同病之相憐，幾幾乎一筆描成，兩心印合矣！顧退菴筭班世澤，竹徑家聲，秉星宿之奇姿，擅風神之絕世。呼之欲出，張緒依依；如其爲人，王恭濯濯。倦聽羌笛，暫同人字之三眠〔一〕；濃染宮袍，終遇神靈於九烈。移植靈和殿裏〔二〕，湛露承恩；盼來夫婿樓頭，春風報捷。他日陶士行之吏治，盜咸服乎武昌；周亞夫之軍容，人謂肅於霸上。

持畫圖爲左券，卜遠到之先聲。以視珩之散樗自廢，斷梗依人：類乞食之泉明，迎門手種；學避人之中散，鍛鐵心慵。真顧影之可憐，實望塵而莫及也。來年西笑相訪〔三〕，東華互披〔四〕，兩幅之圖，同證三生之石。樹猶如此，願開函各認鬚眉，余愧不文，藉贈言聊當縞紵〔五〕。

【校注】

〔一〕「三眠柳」，已見前注。本篇所用之典，多與柳樹有關。

〔二〕靈和殿，南朝齊武帝時所建殿名。歷代多有關於靈和殿及三眠柳的詩作，如宋胡仲弓《靈和殿》詩云：「靈和殿下三眠柳，舞盡春風入畫圖。記得風流年少事，青青還似舊時無。」

〔三〕西笑，語見桓譚《新論·祛蔽》：「人聞長安樂，則出門西向而笑；肉味美，對屠門而嚼。」

〔四〕東華，此處當指東華門，與上文「西笑」一樣，都是指代京城。

〔五〕縞紵即指縞帶，《左傳·襄公二十九年》：（吳公子札）「聘於鄭，見子産，如舊相識。與之縞帶，子産獻紵衣焉。」縞帶，指友人間饋贈的物品。

諸葛益齋錫朋眠琴看劍圖序

益齋卧龍家世，吐鳳才華，古調獨彈，俠腸别具。挹其雅韻，志在高山，拭厥英鋒，皎如秋水。往歲訂交於吳鄰笏家，僑、札初遇，恍如舊交，荀、陸相逢，不作常語。從此樂數晨夕，無間過從，對明月而影成三，咏《停雲》而心如一。金石之契，不以生死渝也。

時鄰笏欲繪《眠琴看劍圖》。益齋曰：「予素蓄此志，子何先得我心也？」鄰笏瞿然曰：「請爲君寫照，而我兩人題之。聊傳雲夢之胸，留作雪泥之爪。顧安所得寫生手乎？」珩曰：「吾友陸子秋生其人也。」爰命探微〔一〕，代圖小影。綸巾羽扇，閑描名士風流；竹牖茅廬，細寫隆中門徑。枕來流水，出世心清，對此雄風，封侯夢遠。圖成，適益齋賦歸，而鄰笏構疾，沈綿已將不起。珩携此圖過問，鄰笏欹枕告珩曰：「竹樓既多名彦，梅社大有詩流。子盍持此，傳遍三沽，題之百咏，俟余少瘥，當踐兹約。」適珩于役潞河，塵事倥偬，未遑捉筆，因遂廣徵佳制，遍質同人。迨珩返轡津門，而鄰笏已修文天上矣。嗟乎！王子敬人琴亡，張茂先身偕劍化，《廣陵散》於今已絕，延平津何日能還〔二〕？則今日重對斯圖，不特珩淚墮黃壚，感逾鄰笛，而益齋觸景思人，撫今念曩，當更深伯牙碎琴之慟，延陵挂劍之悲已！益齋勉乎哉！青桐入爨，終遇中郎；赤堇淬鉎，定逢薛燭。他日援琴卻敵，仗劍從軍，舒霹靂之手，改絃而張；拂鸊鵜之膏，及鋒以試。廉同趙抃，伴鶴影以俶裝；氣吐朱雲，呼龍泉爲知我。則此圖也，不第同心之左券，抑亦遠到之先聲矣！

珩囊琴久客，學劍不成，玉軫飄零，蒯緱淪落。撫絃動操，聊供宗子卧游；斫地高歌，愧乏王郎妙咏。敢陳匡略，以志石交。嗚呼！畫本詩懷，願此後勿忘車笠；琴心劍膽，倘他生重證因緣。

【校注】

〔一〕陸探微，見前《陸秋生短褐吹簫拜美人照序》注。

〔二〕延平津，晉時屬延平縣（今福建省南平市東南），故稱。與龍泉、太阿寶劍及雷煥之子持劍過此，劍化爲龍的傳説有關，已見前注。

余竹泉慕雁圖序

塞鴻成陣，不愆北鄉之期；越鳥營巢，終戀南枝之影。此間雖樂，詎無蒓羹鱸鱠之思？未免有情，頗多護樹鴒原之感。惺忪羈夢，恍如雙鱅摇來；多少鄉心，都被一繩牽去。揮五絃而送目，琴軫初停；憑一紙以傳神，刀環望斷。此余竹泉先生《慕雁圖》所由作也。

先生之江望族，於越名家。奮志而鴻鵠誰知，舒嘯而鸞凰莫匹。方冀鵬摶萬里，鶚薦千尋，遇順風而高搴，干青雲而直上。徒以家貧親老，嗟捧檄以何年；因之旅食羈栖，雖捉刀而不惜。橐活人之筆，王粲登樓；運決勝之籌，郄超入幕。讀書讀律，身雖寄析木津邊，陟屺陟岡，心不忘山陰道上。旋歸難必〔一〕，暫署寓公，來往自如，殊慚陽鳥。書空咄咄，一往情深，對此茫茫，百端交集。固宜其路無驛使，惟憑旅雁以傳書；身匪弋人，亦向冥鴻而致慕也。然而辭金楊震，終看堂集三鱣；治獄于公，早卜門盈駟馬。積善餘慶，如影隨形，以此日之累仁，信後來之必大。行見詒謀燕翼〔二〕，奮翮鵷雛，可用爲儀，將飛得羽。挂春帆而回故國，艷羨靈椿；榮晝錦而啟新堂，爭誇玉樹。公歸不復，遵渚重賡。鳥倦知還，鑒湖無恙。又何必「不如歸去」，易消杜宇之魂；每值來賓，輒動枌鄉之感哉！

珩身羈似燕，性拙於鳩，渠水萍飄，丁沽羽滯。覓稻粱之粒粒，常作勞薪；念菽水之融融，止餘寸草。敬披玉照，陡觸鄉愁，亦復代馬依風，隴禽憶別。所幸鶺鴒易知，鷗鷺忘機，鶴範初親，鳬趨已遂。樽盈緑螘，社建同岑。人抱紅鵝，書求戲海。此日揮毫數語，聊志雲水之因緣；他年開帙重看，細認雪泥之爪迹。

【校注】

〔一〕旋歸，見《詩·小雅·黄鳥》：「言旋言歸，復我邦族。」難必，難以肯定。

〔二〕《詩·大雅·文王有聲》：「詒厥孫謀，以燕翼子。」後世以「詒燕」，指爲子孫妥善謀劃，使子孫得享安樂。

沈青來銓忠佞圖序

蓋聞史成《檮杌》，本麟、獍之俱書；鏡鑄軒轅，亦鴞、鸞之畢昭。非徒以別氣類，蓋將以示勸懲也。青來沈君三長素擅，六法能精。小住京華，借來粉本，以少君之攝魄，爲道子之寫生。五日不勞，一摹逼肖，則歐文忠、包孝肅、文信國、楊忠愍諸公小像，而以嚴分宜附焉〔一〕。

蓋嘗論之：廬陵繼韓愈而起衰，師尹洙之絶學〔二〕。爲諫官則豸冠嶽嶽，辨論黨人；主文衡則犀照熒熒，別裁僞體。若夫内黄夜語，剖白精微，竭力求生，無愧崇公之訓；一言造命，竟回彦國之心。信能噓作陽春，培將元氣。奈何鑠金致毁，介石全貞，遂令揖讓之文雄，獨享林泉之清福。包待制績著三司，操嚴一硯，節如山峻，笑比河清。正門洞開，下情無壅；關節不到，法紀誰干？考遺迹於龍圖，實無慚於貂珥。厥後史、賈競進〔三〕，宋祚將衰。彌遠托鷹犬於僉人，平章視蟋蟀爲急務。群小乾没，中原陸沈。惟仗文山維持正氣，迹其崎嶇嶺海，抗論臯亭，百折不回，九死何悔？以迄厓山盡瘁，柴市全歸。嗟龜鑒之已亡，洵龍頭之無忝。成仁取義，不偕玉帶俱生；剩水殘山，可惜金甌誰補？天實爲之，謂之何哉？有明中葉，仇嚴秉軸。楊忠愍親拜二疏，連擊兩奸。朵殿批鱗，恥稽誅於鯨鱷；椒山有膽，不借助於蚺蛇。乃埋輪之志未伸，而覆巢之禍旋及。遂使滿城枷鎖，盡染香風；千古松筠，同標亮節。嗚呼！烈矣！分宜以青詞進倖，較藍面尤奸。狐媚而固寵榮，鼠伺而移喜怒。逆子助虐，豪奴煽威。托鄢趙爲爪牙，閉沈楊之喉舌。柔同貓伏，毒逾偃月之堂；噬等狼貪，翦盡凌霜之幹。鑄九州之鐵，莫罄爰書；揚四海之波，難湔穢迹。卒之東樓伏法，冰山立消，剩墓側之殘生，亦尸居之餘氣。胡椒八百斛，都變官儲；珊樹一千株，盡歸籍没。游魂已餒，臭惡猶彰。覽斯圖者，可以鑒矣。

嗟乎！忠不止四君子，佞不止一分宜。慨浩劫之成塵，元黄多雜〔四〕；撿殘棋之覆局，黑白攸分。當浮生入夢之時，每菀枯之互易〔五〕；迨傀儡下場而後，已面目之難更。一世徒雄，而今安在？千秋不朽，雖死猶生。則此圖也衮榮鉞辱，直標信史於麟經；媸骨妍皮，難遁真形於龍鏡。願藏者三縑什襲，莫爲寒具所污〔六〕；冀觀者觸目警心，常切冰淵之惕。

【校注】

〔一〕嚴嵩（一四八〇至一五六七），字惟中，號勉庵、介溪、分宜等，江西新餘市分宜縣人。嚴嵩以善寫青詞獲寵，即下文所謂「以青詞進倖」。《明史》將嚴嵩列爲明代六大奸臣之一，稱其「惟一意媚上，竊權罔利」。青詞，道士上奏天庭或徵召神將的符籙。通常爲駢體文，用朱筆書寫在青藤紙上，故又稱綠素。

〔二〕尹洙（一〇〇一至一〇四七），字師魯，洛陽（今河南洛陽市）人，北宋散文家，世稱河南先生。

〔三〕史、賈，即史彌遠、賈似道。

〔四〕元黄，即玄黄。《易·坤·上六》：「龍戰於野，其血玄黄。」《象》曰：「龍戰於野，其道窮也。」

〔五〕菀，茂盛。《詩·小雅·菀柳》：「有菀者柳，不尚息焉。」

〔六〕寒具，亦稱「饊」「環餅」等，俗稱「饊子」。寒食節禁火時，用以代餐，故名。《楚辭·招魂》：「粔籹蜜餌，有餦餭些。」朱熹《集注》曰：「粔籹，環餅也，吴謂之膏環，亦謂之寒具。」

明東甌湯襄武王畫像序 爲湯厚田丈作

湯厚田丈以名將之孫，居師儒之職，於五鹿之地，開三鱣之堂。化雨敷膏，道腴得味。攬逸興於琴餘酒罷，動遐思於木本水源。乃從元城張氏《元良圖》中，見其十五世祖明東甌襄武王像。因命畫師重摹一幅，裝成巨册，命序於珩。拜而觀之：骨相權奇班定遠，虎頭燕頷；英姿颯爽郭知運，猿臂虬鬚。李臨淮之壁壘旌旗，能使風雲變色；羊叔子之輕裘緩帶，依然詩禮傳家。洵勝國之長城，開基之大樹也。

憶王部勒群兒，幼諳八陣；皋牢豪傑，長習《六韜》。乃從太祖，奮迹戎行，有陷必摧，無堅不破。當其禽陳埜先，降方國珍，殲吴滅夏，八遇八克，如吴漢之戰成都；七縱七擒，等諸葛之征孟獲。雖流矢傷股，鼙鼓之音不衰；飛礮及身，霹靂之威能鬥。一身是膽，誠塞霜所不能寒；衆志成城，亦海颶所不能蕩也。而乃矛頭淅米，克振軍威，屋脊讕言，旋招主忌。王則謝兵權以杯酒，乞骸骨於林泉。從此蘄王歸老，竟騎湖上之驢；飛將退閑，但射南山之虎已。

群倭窺海，小醜跳梁，太祖重念耆臣，再徵宿將。廉頗健飯，磊砢之鐵骨猶存；馬援據鞌，矍鑠之雄心不改。於是濱海置衛，案户選丁，成竹在胸，全虜入目。既貞定識，何恤人言？卒之螢光易撲，鯨海不波，人服先見之明，家晋太平之祝。宜其金甌既鞏，寵錫自天，鐵券爲盟，賞延於世也。當是時也，胡藍獄起，剖白勢難。豈功狗致易烹之嗟，實乖龍有難馴之氣。王遜志無尤，謹身寡過。小心翼翼，問温樹而不言；舊交拳拳，或班荆而道故。然後知厚德之載福遠，而忠藎之食報長也。丈代著簪纓，盤清苜蓿，勤思祖德，載誦清芬。此日麒麟摹像，肅瞻元老之威儀；他年瓜瓞承家，長衍勛臣之世澤。

謝信齋誠鈞筆記四種序

信齋六丈先生嵇山碩彦，上谷寓公。時以三絶之才，老作諸侯之客。捉刀蓮幕，囊無孽錢，養志蘭陔，氣如醇醴。比郄生之佐治，佩歐母之求生。抽刀斷絲，覆盆懸鏡。每當聞鷄起舞，捫虱高談，淵乎假休沐之期，斐然有述作之志。著《四似子隨筆》四卷、《讀畫軒偶記》四卷、《知非子贅筆》四卷、《瞶瞶軒讀畫記》四卷，命代校讎，並爲喤引。

蓋先生仙心時雜，道骨彌堅，類海客之狎鷗，忘塞翁之失馬。止談風月，且食蛤蜊。出四十年之束脩，購五千卷之書畫。烟雲供養，翰墨因緣，序仿《餘冬》，記成《銷夏》。博漱石枕流之趣，抒模山範水之才。慣溯淵源，不遺土壤，乃復盧牟六合，皋牢百家，綜貫群言，別裁僞體。熟諳掌故，雅擅心裁，記事逾珠，益智如稷。又況憐才若渴，説士彌甘，不棄纖綫之微長，時取鉛刀之一割。吐出胸中邱壑，汗漫無涯；韞將皮裏陽秋，妍媸畢照。共服先生之公是，絶非公子之憑虚。以視《東都事略》、《南部新書》、《北夢瑣言》、《西京雜記》，牙籤慧拾，舌可瀾翻，契或參同，言終述異。下筆能開生面，飲酒疑有別腸。是蓋元龍豪宕之情，久已推爲湖海；司馬文章之妙，信能得助江山也。迄於今百年母在，詩已廢乎《蓼莪》；四海囊空，徑猶存乎松菊。鑒湖娱老，笠澤言旋。將繪《卧游》之新圖，定有《歸田》之續録。

珩於先生，訂忘年於一諾，結神契於三生。再見何年，一別如雨，從此去矣，能勿黯然？謹弁首以摛詞，愧蓬心之未化。異日者拏舟雪夜，戴笠山陰，重聯舊雨之盟，再聆隨風之唾。資君談柄，導我津梁。仿《新志》於虞初，續《舊聞》於日下。當更有百端交集，一往情深者矣！嗟乎！風花一瞥，萍水三秋，藏名山者一編，證明月於千里。作序我慚皇甫，願題爲安石碎金；過江倘遇蘭成，即此是韓陵片石。

梅樹君六十壽序代樹君門人作

夫馬文淵高懸絳帳，不聞盧植祈年；揚子雲卓立元亭，未見侯芭祝嘏。固是古人尚質，弗重摛詞；幾如史氏闕文，不無遺憾。竊謂光風霽月，親炙者知之最真；江漢秋陽，身受者言之彌切。用敢删其枝葉，備陳懿行於鱣堂；何妨自我權輿，恭紀師門之鶴算。

唯我樹君夫子，宛陵華胄，汝國名家。子真衍出仙風，聖俞傳其詩派。太夫子義方有訓，竇禹鈞望重燕山；世範光昭，陳仲弓德隆潁水。而且畫禪成癖，詩隱能工。文與可渭畝胸吞，颯秋聲於紙上；鄭所南江皋夢遠，吸香氣於毫尖。夫子鯉對克承，鳳譽早擅。歌《鹿鳴》於綺歲，賦鶚薦[一]於雲衢。譜成仙闕《霓裳》，慧業群推梅福；傳得詩人衣鉢，奎光躔入張星。萬首吟成，竹樓欲起，一編梓出，梅骨曾修。迄今殿峙靈光，鄉推祭酒。值金粟霏香之日，正琱弧懸牖之年。敢述臚言，用資華祝。

吾郡城西北隅，舊有文昌宫，星霜閲歷，風雨摧殘。夫子心傷燕厦之頹，力倡鳩工之議。莊嚴畢肅，廟貌重新。旁餘隙地幾弓，闢作講堂十笏，爰仿鵝湖舊迹，居然鹿洞遺踪。大吏欽玉尺之衡，皋比致聘；多士作瓊鐘之叩，麈尾頻揮。繩墨一施，榑櫨植地，栽培所及，杞梓參天。復謂月旦之課，僅勖成材；冬夏之書，宜勤蒙養。乃興義塾，爲聘經師。槐市芹宮，竟作學生之屋；樵童牧豎，咸居弟子之班。樂育爲懷，甄陶不倦。斯其宜壽一也。

歲在壬辰，民呼庚癸。夫子關心道饉，蒿目流亡。請發粟於太倉，勸捐金於巨室。思推仁術，惠溥灾黎，陽春一嘘，寒冰立化。又復自捐脩脯，喜捨窮簷。綿定奇温，類大裘之萬丈；薑原去穢，儼神湯之八成。若乃饑與疫並，疾因戾釀，施神丹之粒粒，立起瘡痍；逐鬼伯之飄飄，同登仁壽。禦灾捍患，偉烈豐功。斯其宜壽二也。

城西八烈墳者，土花芳草，恥偕青冢俱傳；孝竹貞松，長共彤輝相映。何意陽侯厄重，烈媛魂凄，一抔之土難乾，千疊之瀾莫挽。夫子憫茲節義，忍聽沈淪？檢篋底之青衫，付於質庫；俾原頭之黄土，永奠幽宫。豈徒敬重霜操，實欲扶持風化。斯其宜壽三也。

津郡素多詩伯，代擅吟豪。顧鶴膝犀渠〔二〕，雖家傳而户誦；而隋珍荆璞，詎璧合以珠聯？夫子殫心博覽，抗志遐搜。統百八十載之風人，合七十二沽之作者，都爲一集，共有千秋。集千佛而建浮圖，合尖非易；釀百花而成石蜜，作苦誰知？信教此卷之長留，誰謂斯人之不作？斯其宜壽四也。

他如肝膽若雪，意氣干雲，程嬰可托孤兒，范氏呼爲死友。以致南船北馬，寓公必造其廬；東箭西金，奇士争投以贄。執騷壇之牛耳，梅社題襟；推瀛海之龍頭，蓮坡接踵。近復性耽禪悦，悟徹真如。佛即是心，知梅子之已熟；吾無隱爾，喜木樨之乍聞。固宜其河水常流，面舒微縐；金剛不壞，壽號無量矣！

某等叨列龍門，瞻依鱣座。高愚曾魯，並荷裁成；枚速馬工，咸資陶鑄。所由才同襪線，或見取於微長；質等鉛刀，亦效能於一割。總緣春風化雨，啟迪爲勞；終覺北斗泰山，高深莫罄。所願開同滿月，年年如意之花；酡映流霞，歲歲長生之酒。此日輪周甲子，六秩宏開；明年印拓辛家，一籌先下。祝南山之不老，瓣香申仰止之思；願北面之常依，茀禄晋期頤之頌。

【校注】

〔一〕鶚薦，見孔融《薦禰衡表》：「鷙鳥累百，不如一鶚，使衡立朝，必有可觀。」後世以「鶚薦」，指代舉薦賢才。

〔二〕鶴膝犀渠，見左思《吴都賦》：「家有鶴膝，户有犀渠，軍容蓄用，器械兼儲。」鶴膝爲矛，犀渠爲盾，皆爲兵器。鶴膝，後人亦用以指詩、書之病。鶴膝犀渠，此處是以「家有鶴膝，户有犀渠」，代指「家傳而户誦」的作詩風氣。

馬母楊太孺人七十壽序 代

夫鴻儀振彩，綏後禄以慰母心；燕喜開筵，介繁祉以祝兒齒。良以德符巽順，道協坤貞，咏岡陵則稱彼兕觥，表河山則宜其象服。如我馬母楊太孺人者，以淑慎之令儀，致蕃昌之丕應。固宜祝鳩拜手，捧爵介眉，同賡難老之詩，長獻無疆之頌已！

太孺人，贈公懷威先生之德配，而庭實明經、芝亭廣文之賢母也。毓秀鱣堂，秉詩書之厚澤；來嬪馬帳，協琴瑟之和聲。時贈公文成豹變，志奮鷹揚。柳營樹儒將之風，梓里有善人之目。太孺人鹿車共挽，鴻案相莊，俾內顧之無憂，早外言之不入。迨贈公之歸道山也，凌空一鶚，承祧既嗣乎宗枝；繞膝雙雛，啟佑待賡夫綿瓞。太孺人有無黽勉，夙夜支持，畫荻流徽，折葼垂訓。俾無墜簪纓之澤，期更延堂構之傳。

當此數十年間，隻手回春，苦心裕後，綜其大旨，敢進臚言。惟時家無長嗣，上有尊章，惟婦職之克端，早姑恩之紀曲。膾鯉羹而洗手，勞代姜詩；求鹿乳以延齡，誠逾剡子。其孝有如此者。荆株一本，萁豆同根。惟娟姒之能孚，若弟昆之交讓。巷有同功之火，協氣旁流；椸無常主之衣，善心爲窈。其和有如此者。若夫性懲紈袴，既欽垂教之嚴明，服愛練裳，不憚親身以浣濯。孟德曜自操井臼，矢精白於晨炊；魯敬姜躬御杼機，織流黃而夜績。其勤儉有如此者。至於講讓型仁，敬宗收族，源分九派，河潤無遺；樹發千枝，露生必遍。典鴛奩而濟困，待舉火者數家；懸鸞鏡而知人，剔分金於三益。其慈惠有如此者。

惟厚德之載福，卜善人之必昌。長君庭實，食餼黌宮，貢材天府。賑饑而貸國人粟，安集鴻嗸〔一〕；承思而近天子光，晋銜鷺序。仲君芝亭，奪標泮水，秉鐸河間。宏開桃李之門，克贊菁莪之化〔二〕。長孫子皋、仲孫卓山，殊有鳳毛，成如麟角。並芹香之擷秀，廩餼神倉；待桂苑之蜚聲，材儲史館。季孫瀛仙，願助邊以輸餉，靖掃鯨波；因拜命以酬庸，榮膺鳳詔。太孺人含飴可樂芝蘭，則五代齊芳；扶杖而觀松柏，則千秋不朽。所以天增鶴算，紀仙島之千籌；帝錫鸞書，煥女床爲十色。洵人倫之全福，亦壽考之上儀也。

某叨居史職，誼屬通家。因文孫負笈從游，克悉柔嘉之行；爲壽母稱觴致祝，勉成駢儷之文。看此時十二金鵝歌茀禄〔三〕，而先陳閬苑；待異日三千銀管頌期頤，而再獻瑶池。

【校注】

〔一〕《詩经·小雅·鴻雁》：「鴻雁於飛，哀鳴嗸嗸。」鴻嗸，喻饑民如鴻雁，哀鳴求食。

〔二〕見《詩经·小雅·菁菁者莪》，《序》曰：「菁菁者莪，樂育材也，君子能長育人材，則天下喜樂之矣。」

〔三〕茀禄，見《詩經·大雅·卷阿》：「茀禄爾康矣。」鄭《箋》：「茀，福也。」

馬節母王太孺人七十壽序

蓋聞譜《房中》之法曲，鳩祝昉自唐山；添海上之仙籌，燕喜歌於《魯頌》。良以銘椒咏菊，克扇清風；孝竹貞松，同標勁質。堅持苦節，吉卜甘臨，固宜振美彤徽，留光青史。如我馬母王太孺人者，尤可得而述焉。

孺人贈公道平先生之淑配、而海涵參軍之賢母也。生而淑慎，長更幽嫻。訓秉女宗，儀遵姆教。吟成「柳絮」，紹家學於青箱；賦就《桃夭》，助高風於絳帳。鱠鯉羹而洗手，高堂之食性能諳；舉鴻案以相莊，比舍之賢聲久噪。

方冀鹿車共挽，六珈副偕老之懷〔一〕；何期鸞鏡中分，兩髦矢靡他之志〔二〕。斯時也，秋燕縷縈，春蠶絲盡，桐半生而無倚，蘖獨活以何心？祇以上承先業，既虞繩祖之難期；遠顧宗支，更慮藐孤之誰托？單門寡鵠，一髮千鈞，空諧鳳卜於三年，幸協熊占於五月。既而石麟出世，蠟鳳延譽，願截髢以分甘，每刲心而貯苦。從此荻灰畫字，廬陵秉歐母之型；兼之樾蔭生春，昌黎守鄭家之範。迨海涵蜚聲泮水，食餼黌宮，善樹鵝湖，樂捐貲以建學；恩承鳳詔，許佐治於和羹。人咸謂母之貽德長，而節之食報遠矣！

且夫困亨者，遇也；貞固者，性也。以貞彌固、極困乃亨者，則又係乎天也。海涵寸草關心，報春暉而未盡；靈山回馭，賴寶婺之高懸〔三〕。太孺人重撫遺孤，又憐弱息，既爲天而育子，復代祖以將孫。送暖噓寒，篤貽謀於燕翼；型仁講讓，朂忠厚於鵷雛。以故式范倩殷，常奉猪肝之硯；報劉志切，更含熊膽之丸。今日者二龍夭矯，漸看頭角崢嶸；雙鳳聯翩，行見羽毛豐滿。若太孺人者，不徒媲儀型於孟母，真不愧巾幗之程嬰也已！又況氣溢祥和，性成任恤。敬宗收族，繭是同功；信友睦姻，厦能廣庇。救密羅之雀，典盡鴛奩；濟涸轍之魚，質空翠珥。諸姑伯姊，咸欽冰雪之心；婢獲奴臧，盡受慈雲之蔭。解圍有議，清談常護小郎；轑釜無聲，雅量實推邱嫂〔四〕。迄於今千秋肯構，五代同居，里欽通德之門，邑進懷清之頌。謂非抱聖善心、具壽者相，而能厚德載福、美意延年如此哉？道協坤貞，恩從天錫，荷榮褒於綽楔，昭勁節於卷葹。

茲者歲當柔兆，月過小陽，庭開益壽之花，堂進延齡之酒。某叨居史氏，誼屬通家，因小阮之從游，悉大家之穆行。詞芟枝葉，心表松筠，揚雪潔之徽音，樹風聲於珂里。願異日瓜綿椒衍，不止開五世之祥；喜今茲月滿春回，合同晋九如之頌。

【校注】

〔一〕《詩·鄘風·君子偕老》：「君子偕老，副笄六珈。」毛《传》：「副者，后夫人之首飾，編發為之。笄，衡笄也。珈，笄飾之最盛者，所以別尊卑。」六珈，侯伯夫人之飾。

〔二〕兩髦，古代兒童頭髮分垂兩邊至眉，稱「兩髦」。《詩·鄘風·柏舟》：「髧彼兩髦，實維我儀。」

〔三〕寶婺，即婺女星，常借指女神。此處用爲婦女的美喻。

〔四〕邱嫂，長嫂，大嫂。《漢書·楚元王傳》：「過其邱嫂食。」

重建詩社啟

梅樹君先生抱冰爲心，裁花作骨，慨大雅之不作，懼斯文之就湮。爰招寓公，並集里彥，大作無遮之會，同參現在之緣。乃忘某之謭陋，俾倡言於諸君子前。某不獲辭，遂承先生意，而敬陳之。

伏以七十二沽之地，大有傳人；二百餘年以來，殊多作者。問津園啟，兄承鵲印之家聲張魯菴方伯，有問津園別業，中有篆水樓、緑艷亭諸勝；篆水樓高，弟協鷲文之光彩筌山居士，方伯弟也，有詩萬首。好士來四方之彥，懷刺不梗於閽；留賓暢十日之歡，車轄常盈於井方伯兄弟皆好客，一時名士如吴蓮洋、趙秋谷輩，皆主其家。是以延陵公子贈帶交深謂蓮洋，稷下詞人倚樓句好謂秋谷。孰意茫茫駟隙，渺渺蟲軒弋蟲軒，筌山齋名，雲烟之過眼都迷，風雅之賞音誰嗣？

幸有菴名花影，人號蓮坡，莊築水西，重開墨壘，社聯硯北，再振騷壇查心穀一號蓮坡，有水西莊別業，又有花影菴，爲靜攝之所。不獨柘坡槐塘，方以類聚；更有蔗村棠樹，樓並人傳汪槐塘西灝、萬柘坡尤泰，皆主查氏；佟蔗村鋐，所居在水西莊對岸，家有艷雪樓，姬人艷雪居之。樓前海棠一株，爛漫彌茂。斯皆一代偉才，抑亦千秋佳話也。厥後虹亭居士于豹文，黄竹老人金芥舟，非不藻績性情，縱橫楮墨，然第孤芳自賞，獨寐寤歌。豈蘭臭之難乎，何苔岑之寡合？

往者太歲在酉，良契屢申，曾聯香火之因，共建硯廬之社。陳蕃謂石生、陸羽謂秋生，裁詩而俱可石城；崔實謂曉林、李膺謂采仙，説經而並堪奪席。先生不棄下走，許追古歡。依曼倩作主人余竹泉以東方自目，胸中氣吐；仗探微之妙筆，頰上毫添秋生繪《研廬雅集圖》。加以文若積薪，張水部後來居上張杏史世光；春摛逸藻，沈隱侯旁若無人沈春帆湘。復有孝穆之才，歸自荆州之幕徐蘭生新自韓對山觀察幕府歸。相與雕雲鏤月，量酒評花，抒寫性靈，商略經濟。吐出懷中朗月，矢以斷金；定知天上文星，躔於析木。當此時也，樂可知矣！

無何而摶沙易散，贈策爲勞，鷗盟未寒，驪歌疊唱。或折腰於五斗，綰綬花封曉林之官山右；或餬口於四方，捉刀蓮幕蘭生復游山西趙錦帆明府幕；或返武林之棹，侶賓雁以言旋秋生歸杭；或思鑒湖之蒓，動季鷹之歸興石生歸越。舊稿雖富，尚遂牛腰；昨夢難追，已迷鴻爪。緬懷曩哲，山高水長；回首前塵，風流雲散。出山在山，誰能遣此？居者行者，何以爲情？且夫盛而有衰者，天之道也；散而思聚者，人之心也。又况江南北之方家，人號曹倉杜庫；沽東西之名士，家多荆璞隋珠。苟弗爻協盍簪，誼聯班草，聚奇才而鳳吐，拓情話之蟬嫣，不幾寂寞楮隃，冷落壇坫，致溪山之無色，嗟風月之笑人乎？

爰諏吉日，遍啟名賢，願懸杖以偕臨，伫抽毫而並至。有蘭亭之四十一子，不妨把臂而來；即蓮社之一十八賢，何必攢眉而去？萬選萬中，文俊於錢；一咏一觴，詩多於酒。醉龍渴驥，湖海之豪氣未除；繡虎雕蟲，風雨之秘思畢騁。脱略形迹，所期者率真；超軼塵氛，相賞以不俗。行見新篇脱手，價重鷄林；會須妙繪傳神，更摹鵝絹。他日賦《遠游》者，驅車再返；歌《歸去》者，橐筆重來。悵觸舊游，招邀新侶。交成以淡，自相印乎心同此心；人苟可傳，並無論乎畫與不畫。嗟乎！星霜易邁，金石不渝，文章之砥礪原多，臭味之感孚最易。假使古人可作，鑒若冰輪；倘教今雨不來，罰依金谷。

爲鄉賢侯公徵詩啟

蓋聞禦大灾、捍大患，固祀典之惟彰；歌有思、哭有懷，亦人心之不死。是以拜欒公之社，思遺愛於仁風；過鄭俠之坊，緬恩膏於霖雨。鄉先生殁而可祭，其在斯人；大君子信以立言，此爲不朽。述枌榆之穆行，曷勝欽遲〔一〕；祈李杜之雄文，用光志乘。

泰階侯公，上谷著姓，析津名家。幼號聖童，壯成偉器。豐玉荒穀，早儲應世之宏才；霽月光風，共飲迎人之善氣。迹其黄席夏清，姜被春温，固已至行無虧，人言不間。既而鷹揚與宴，尋以虎賁起家。涖任文安，克籌武備。時嘉慶六年，滔天告警，大水無涯。晋陽之三版僅存，滹沱之兩堤難保。公身爲砥柱，手障狂瀾，救赤緊之陸沈，挽蒼生於昏墊。因之見重軍門，檄查賑籍，家貸四鬴〔二〕，户饟一鍾。國無飢人，嘆先生其猶龍也；子實生我，微斯人吾其魚乎？以功升，授武定巡鹽守備。萬户焚香，爲感王尊之拯溺；億人卧轍，難攀侯霸之行轅。即所去之民思，徵所居之民愛。下車伊始，令甲先頒。戢戎行而鳧藻騰歡，翦豪右而梟私斂迹。

而乃上表陳情，急流勇退，思娛萊彩，遂挂陶冠。鱠生鯉以奉二親，依然孺子；活枯魚而周三黨，不愧完人。津邑三門，舊有石道，經輪蹄之撞擊，成繭足之崎嶇。城東北隅，有潴蓄水，是宣是泄，與外濠通，疏濬久缺，淹滯堪虞。汾澮之惡不流，風雨之漂難免。又西門外官道水潦，不時沮洳爲患。咏漸車者，屢嗟陷淖，解障泥者，不止褰裳。凡此艱虞，急需補捄。居者行者，愀然愍然。公乃思濟衆之謂仁，耻見義之無勇。謁龔黄之宰，集衆腋以成裘；開鄭白之渠，盟一心而若水。憫石頭之滑路，使變康衢；培地脉於高原，永無濕隰。口碑載道，額表旌門，固已識御説有恤民之心，奉國僑爲衆人之母已！

爾乃龍蛇值年，鵩鳥爲祟，家多疫鬼，户有棘人。公則施堊黝之桐棺，人無暴骨；撿神丹於藥籠，天亦回心。

信乎大劫能支，生機不竭。西門外隙地，旅櫬近千具。收麥之艇誰分，廣柳之車莫返〔三〕。唱鮑詩於永夜，正狐首以何年？公爲買閑田，代營兆域，環植宰樹，各識短碑。葬中流之一棺，殷仲堪方斯下矣；瘞無主之百槥，曹叔通何以尚兹？

午未之歲道光二、三年，饑饉薦臻。陽侯逞驕，蒸黎失所。公乃廑蒿目於瑣尾，顧菜色而關心。妙手活人，狂奔救熱。錢分卅塊，晝叉頒續命之資；米煮雙弓，塵甑釀回春之氣。又念蒙袂輯屨，得飽無虞，短布單衣，一寒至此。結苫廬於白葦，何殊廣厦千間；裝衲襖以黃棉，真個大裘萬丈。俾壯者自求口食，調水成符；擇老成托以心聲，巡更執鐸。是役也，載離寒暑，不憚焦勞，看赤子之來蘇，待青苗之重植。聽鴻嗷而酸鼻，霜染千絲；迨鳩集而僝功，血消數斗。真萬家之生佛，一路之福星也。

城西文昌宫，多歷年所，漸就傾頹。公仰止雲斿，廑思露處。布地煥黄金之色，撑天生紫府之輝。松棟芝楣，取良材於忠山孝水，霓旌星馭，現寶相於愛日慈雲。廟貌聿新，童蒙先養。聘經師而授講，坐擁皋比；使弟子之來游，功勤熊膽。復謂小子可造，成人待裁，稟請觀察金公，建立輔仁書院。賃梁鴻之廡，上舍頻增；誦高鳳之經，焚膏必繼。金鍼度世，推仙尉之文孫；玉尺量才，薦子真於上座謂院長梅丈樹君。每月淬而季鍊，萃墨妙與筆精。借七碗以潤詩喉，親烹雀舌；備三餐而酬便腹，手撿饔牙。是以市向金臺，盡是五花騏驥；羅之鐵網，都成七尺珊瑚。則又造就者宏，而裁成者遠矣！

善果初圓，拈花微笑，方執爵而襄月祀，遽騎箕以返雲駢。上自大吏，下迄文人，以及汲水之擔夫，抱書之童子，或慕風聲而佩德，或蒙露覆而銘恩，罔不淚灑千珠，涕長一尺。時道光八年二月三日也。闔郡士民，公詞申請。藉藉人言，共仰三山之老鳳；煌煌天語，許分兩廡之特豚。於年月日，奉主入祠禮成。較梓里之服黄香，倍饒功德；視桐鄉之祠朱邑，更播馨聞。其生也榮，其死也哀。謂公不仁，吾不信也。

公之官武定也，先兄筆橐王粲，幕入郄超，蒙公路迹雲泥，訂交杵臼〔四〕。繼珩以燕南之下走，作城北之寓公，憶接蘭言，曾親芝宇。今日者山頹木萎，慨挂劍之無從；懦立頑廉，願勤碑而紀實。蓋棺定論，溯山高水長之風；載筆揚芬，待起雷造冰之手。

【校注】

〔一〕《晉書·隱逸傳·陶潛》：「刺史王弘以元熙中臨州，甚欽遲之。」欽遲，即敬仰之意。

〔二〕《周禮·地官·廩人》：「凡萬民之食食者，人四鬴，上也；人三鬴，中也；人二鬴，下也。」鬴，此處指量器，六斗四升爲一鬴。

〔三〕廣柳之車，此處當指喪車。

〔四〕杵臼，典出《後漢書·吴祐傳》：「時公沙穆來游太學，無資糧，乃變服客傭，爲祐賃舂。祐與語大驚，遂共定交於杵臼之間。」

爲趙城知縣楊公殉難徵詩啟

蓋聞殺身成仁，臨大節而不奪；舍生取義，置亡地而勿存。斷嚴將軍之頭，凜凜生氣；化萇大夫之血，悠悠蒼天。敢述新聞，續入遠、巡之傳；用祈大筆，共摛燕、許之詞。

楊菊泉明府延亮者，四世清德，三楚名家。獨秉元燈，早登甲榜。以知縣分發山西，補趙城令。魚每懸庭，蝗不入境。好賢若渴，嫉惡如讎。采蘭數叢，清泉灌之；拔薙一本，利鋤殲之。以故正士傾心，僉人切齒。邑之耿峪村，有曹順者，虺毒殷天，豺牙成性。師尊張角，守米賊之源淵；黨聚黄巾，托金仙之詭秘。納帛書於魚腹，群誇應籙而生；幻篝火以狐鳴，妄冀揭竿而起。妖僧道洪，生成險健，性極狡邪。曾膺扶臂之懲，思作鞭尸之報。甘爲虎翼，遂縱狼心，自命神師，重招鬼卒。聳以刻期舉事，助之縋紡先登。衆情洶洶，人言藉藉。

明府密僉爪士，體訪真情，冀奏膚公，克擒巨猾。詎料黨惡之秦諜，竟成漏師之豎貂。以致郵亭供張，轉齎盜糧，古驛纖離，翻成賊騎。時也黑雲墮地，鼓聲死而不揚；雪刃如林，賊焰張而愈熾。清拂魋之僞訟，禍起抽戈；鱄設諸之逞威，變生置劍。明府身衣華衮，手捧銅符，出坐堂皇，喻以大義。謂我拚一死，久忘生戴吾頭；汝犯三章，何術更延乃命？早革心於封豕，尚邀赦於金鷄。儻授首之難逃，悔噬臍而何及？群凶已有退志，賊髡獨倡逆謀，露刃而前，排墻以進。遂使温序銜鬚，去作稱雄之鬼；常山噀血[一]，死餘罵賊之聲。聚來九個貞魂，闔門殉難；贏得一家毅魄，拔宅齊升。以及幕中之賓，厨下之嫗，周將軍之義僕，蕭穎士之才奴。血化千磷，盡染沙場白草；魂歸一炬，都成烈焰青蓮。嗚乎惨矣！

或謂明府機事不密，大難親攖，未免迂致焚身，計疏揖盜。不知吹笳越石，猶散羌心；免胄諸梁，尚收人望。公之縱談而慷慨，亦冀定難於從容。果使昌黎收廷湊之軍，子儀受吐蕃之拜，豈不片言弭變，一城獲安？不幸而身與邑亡，命偕印殉。片土作王羆之冢，斷魂咽謝豹之音，亦自盡其職分而已。卒之終軍雖隕，竟函南越之頭；來歙既亡，旋奪公孫之魄。賊於次日，分犯鄰邑，大軍雲集，聚而殲旃。小醜跳梁，莫漏彌天之網；亂螢熠耀，詎禁捧海之澆？從賊盡戢鴟張，戎首安能兔脱？行抵觀城，爲陳石生明府光緒擒獲，解往伏法。魚游沸鼎，難蘇鐺釜之游魂；虹貫重霄，少慰河山之壯節。

事聞，天子震悼，賜之恤典，命建專祠。春秋報以馨香，俎豆酬其忠義。凡與斯難，咸祔祀焉。致祭之日，主祀鄂中丞，縱聲一哭，和者萬人。慟此長城，頹成瓦礫，灑將淚雨，齊化瓊瑰。嗚呼！馬革殘尸，伏波不辜素志；犀軒直蓋，無還疊沐恩榮。雖榛蕪莽莽，莫歸先軫之元；而栗主森森，若動杲卿之髮。一時致命，千載如生，人咸悲之，公何憾已？聞是年元旦，公太夫人夢緋袍神，以硃封封其宅門。豈夢裏朱衣，預識沙蟲之劫？意天庭丹詔，先爲笙鶴之迎？又聞公有誓死一詩，揭諸齋壁。想張悌不去軍中，已成定數；抑郭璞自知死日，難望考終。天乎？人乎？不可知矣！

珩欽遲亮節，借礪冰心，敢厓略之粗陳，乞瓊章之共賁。嗟乎！復仇獲醜，尚勞梅社之詩人陳石生原名詩，梅花社舊吟侶也。；吊古揚芬，用待藝林之飛將。

【校注】

〔一〕噀，音巽，含於口中而噴出。

勸捐書院經費疏

伏以鵝湖講學，故多規仁矩義之才；鹿洞傳經，不乏說《禮》敦《詩》之士。惟興賢之有地，乃籲俊以無方。顧繼晷尤賴焚膏，而傳薪亦資續火。教由養出，訓以富成，依古已然，於今爲烈。

大名書院向無經費，均由七州縣捐辦。多歷年所，習爲故常。邇來郵置夷庚，檄飛旁午〔一〕，車馬之絡繹，供張之浩繁，疐後者跋前，支右者絀左。餼牽告竭，挹注惟艱。將來後勁難支，勢必半途而廢。彼紫府撐天，尚啟神燈之宇；黃金布地，猶生佛日之光。況書院卓爾文峰，尤關地運。忍令講習之壇鞠爲茂草，橫經之席荒若污萊，於心安乎？予滋懼矣！

夫作室三重，有基勿壞；爲山一簣，有志竟成。惟日久而月長，可積小以高大。是以頻移拳石，徙盡太行，不擇細流，匯成滄海。大郡夙崇禮教，俗號貴鄉，必多慕義若渴之人，詎乏從善如流之士？所冀共襄義舉，喜捨廉泉，集衆腋以成裘，釀百花而爲蜜。多寡惟所欲，原不强以所難；高下在其心，要貴各殫其力。將來捐有成數，仍由各州縣發商生息。權行子母，青蚨成不竭之源；闢闢聖賢，白鳳有聯飛之勢。庶從此皋比授講，麈尾談經。滿注蚖膏燭龍，則輝騰文焰；學工鳳尾玉麟，則賞遍詞壇。來年市向金臺，盡五花之騏驥；此日羅諸鐵網，胥七尺之珊瑚。

出貨泉者萬觚一瓢，無非八功德水；書姓字於重花密葉，即是千佛名經。

【校注】

〔一〕夷庚，指平坦大道。《左傳·成公十八年》：「今將崇諸侯之奸，而披其地，以塞夷庚。」旁午，亦作「旁迕」，交横、交錯、紛繁之狀。《漢書·霍光傳》：「受璽以來二十七日，使者旁午。」

代孔峻峰丈上葉筠潭都轉書 借支廉俸修署

伏以梅閣常開，何遜之風流可溯；松廳未建，崔丞之露處堪虞。蓋惜官邑非僅庇身，勤垣墉亦以輔政也。某自蒙陶鑄，補授越支，矢策駑力於再三，期報鴻慈於萬一。乃當下車伊始，不免仰屋而嗟：既棟橈乎數椽，亦苔封乎三徑，家徒壁立，僅剩頹垣，室若罄懸，迄無完壁。夫鞠躬盡瘁，雖陋室其奚辭？而有母尸饔，立岩墻則不可。雖欲賃伯鸞之廡，假館無門；即思更平仲之居，芳鄰莫卜。彼蜂衙整肅，樓臺修葺乎將潮；鳥語纏綿，户牖綢繆於未雨。此日牽蘿補屋，猶燕賀之可期；他年伐樹爲楹，恐鳩工之匪易。伏念大人望隆鳳閣，澤沛鮫宫，闢仁義爲蘧廬，納困窮於衽席。敢懇俯借朱提六百金，以爲修署之費。乞廉泉之一斛，暫醒鮒魂；償宿債於八年，願分鶴俸。况大人千間廣庇，且遮風雨於窮檐；豈屬吏一木難支，弗仰帡幪於鈞座？如蒙俞允，俾得繕修，縱塗墍之未敷〔一〕，自拮据以蕆事。庶從此板輿有托，慈烏伸反哺之私，鹽莢可平，黠鼠無穿墉之患，則益感憲眷於靡涯矣！

【校注】

〔一〕塗墍，指用泥塗抹屋頂或墻壁，亦泛指塗飾、修繕。

公舉節孝呈

呈爲公舉節孝，懇恩轉申，以重彜倫、以維習俗事。

伏以霜操克勵，風化攸關，婦德能全，人倫最重。聖謨諄切，孝子偕悌弟同稱；國典輝煌，節婦與忠臣並祀。良以抽心不死，無慚勁節於卷葹；正氣常存，合受褒榮於綽楔。

茲有崇智里節婦王杜氏，係候選通判杜廷芳之女，儒士王旭照之妻也。幼而淑慎，夙簡笑言，望重烏衣，徽書彤管。恪遵母教，咸服女宗。無忝相國之元孫，克守大家之懿範。重三令節，歌迨吉而咏《桃夭》；十五華年，叶于歸而賡穀我。鱠鯉羹而洗手，慈姑之性能諳；奉鴻案以齊眉，如賓之饁常肅。挑燈佐讀，用成夫子之名；執爨服勞，敬備先生之饌。方冀鹿車共挽，雙飛長作文鴛；何期鸞鏡中分，早寡倏歌黄鵠！斯時也，藥名獨活〔一〕，竹泣孤生，何難視死如鴻毛，委身若蟬蜕？徒以宗枝似續，堂構無傳，兩葉尊章，晨昏誰奉？暫緩須臾之死，仙馭遲昇；聊償未了之緣，人間小住。從此絲纈寡女，券繼嬌兒，十指皆皸，寸腸幾斷。搗熊丸於五夜，荻管書殘；典鶴氅以三年，蘭脩奉潔。心逐鷄聲而欲碎，淚隨燈影以俱沈。加以小郎荏弱，如鄭氏之撫昌黎；兄女伶仃，類謝傅之憐道韞。迨至偕偕士子，言采香芹，振振公孫，皎如玉樹，人咸謂氏之受福多，而不知節之食報遠也！

氏於某年月日逝世，全歸全受〔二〕，未亡已亡。三十載以前，陽冰不冶，六十年而後，古井無波。允爲巾幗之完人，宜受絲綸之異數。某等居同桑梓，操重松筠，願樹風聲，敢輸月旦。須異寵於天閽，萬人共仰；發幽光於泉壤，千古如生。庶幾扢雅揚風，處處頌懷清之行；廉頑立懦，人人抱沃雪之心。伏乞據情轉申，實爲德便。

【校注】

〔一〕獨活，爲中藥名，性微温，味辛、苦。有祛風除濕、通痹止痛之效。

〔二〕《禮記·祭義》：「父母全而生之，子全而歸之。」

代諸布商頌周未菴明府栻德政碑

伏以抱布貿絲，固蚩氓之本業；蠲租免額，實循吏之仁風。昔庾季堅市絹還官，貞操嶽嶽；山巨源藏絲庋閣，清德觥觥。以昔方今，若符合節。爰集同袍之侶，共銘挾纊之恩。津邑向有成規，例輸官布。長短同則價相若，奚論鄰地雙絲；精粗混而值無殊，安問仙園獨繭？商等托業黃綿，懋遷白氎，敢不恪遵令甲，行若夷庚？惟是供億滋繁，致操贏之乏術；徵求無藝，實折閲之難堪。前任沈垂憫商艱，酌增官價，俾牽牛之可服，早逐虎以除苛。固已戴若二天，感之無地。今本縣周汝南名族，冀北神君，經緯羅胸，絲綸在掌。才真白地，知制錦之裕如；人頌青天，早治絲而不紊。下車伊始，疾苦先咨，改絃以張，徵輸悉革。縱杼軸之屢匱，機可從燔；爲制度以無遷，帛真有幅。夫公孫僑褚衣致誦，先除强賈之風；胡伯武匹絹傳家，猶問從來之所。稽徽音於今日，亦何讓乎古人？商等叨沐鴻施，頓蘇鮒涸，既追呼之可免，更利賴之堪資。洵可謂衣被蒼生，殫寸心而忘温飽；裘同白傅，擴萬丈以庇孤寒者矣！唯祝鶚薦早膺，鵷班疊進，以垂紳之雅度，施補袞之嘉猷。顧願切推袁，所冀早持乎旌節；而心殷借寇，更思再展其經綸。愧難尋黃絹奇才，敢吝三縑之報？藉以頌素絲清節，高吟五緎之詩〔一〕！他年人繫去思，知蕉葛均沾化雨；此日歌成來暮，看橦花盡是甘棠。

【校注】

〔一〕《詩·召南·羔羊》：「羔羊之革，素絲五緎。委蛇委蛇，自公退食。」

余泉姑傳

泉姑姓余氏，字素如，明散吏余芬女也。生而淑慎，長更幽嫻，秉訓女宗，婉從姆教。毓秀在三山二水，梅花遜此清脩；蘊才於機絕鍼神，柳絮抒其餘藻。爲余公者，珠圓擎掌，虛懸射雀之屏；玉潤關心，慎選乘龍之偶。有表仲夫巳氏者，膏粱遺胄，紈袴家風。既虎狀而豺聲，復麞頭而鼠目。本非嘉耦，妄冀好逑，藉繫援以通詞，托蹇脩而爲理。嗟乎！天生彩鳳，詎使隨鴉？梁有禿鶖，何堪匹鶴！危矣備鏡臺於溫嶠，幾成却扇之緣；幸而索玉杵於裴航，未諾求漿之請。於時余公珍藏白璧，別選烏衣。幸坦腹之有人，稱比肩而無忝。爲夫巳氏者，宜乎駑庸負愧，鳩拙自安，何期因妒成讎，以讒泄憤。毒逾蠆尾，狠勝狼心。平地而起風波，逞蛾眉之謠諑；無端而翻雲雨，致燕羽之差池。遂使金翦還來，非緣貴盛；素紈抛去，不爲秋深。於斯時也，心生棘刺，淚迸桃花，何難視死如鴻毛，委身若蟬蛻？徒以苦遭蠍譖，莫炳犀然。破鏡之影已分，覆盆之冤誰雪？

心搖旌而颭颭，口銜闕而凄凄。采蘼蕪而問故夫，方冀披肝自剖；歌葑菲而遺下體，豈期反目爲仇！是則冤沈似海，難教精衛填平；命薄如花，空學杜鵑啼遍者矣。噫！糟糠已棄，蕉萃誰憐；咄咄頻書，敻敻焉返？望闌干以顧影，追迹銀瓶；歌麥麴以忘生，何心茅絰？出污泥而不染，依然茂叔之青蓮；落古井以無波，甘化景純之紅豆。一洗臙脂之辱，不賦魂消；永伴轆轤之痕，能毋腸斷？嗚呼烈矣！詎不悲哉？

夫曹娥殉孝，屈子死忠，毅魄一沈，芳名萬古。若泉姑者，爲溷爲茵，前世之孽緣已了；不移不屈，兩間之正氣常伸。果結習之能超，定生天之有路。而夫巳氏，釁生雀角，靈昧犀心，縱陽逃鈇鉞之誅，必陰墮泥犁之獄。孰得孰失，自能辨之；何去何從，可以悟矣！珩愧無黃絹之才，爲撰青溪之誄。嗚呼！因節殉身，共仰千秋之砥柱；爲文傳信，願鐫百世之貞珉！

討蠹魚檄

夫太倉粟朽，耗蠹爲灾，大海瀾生，鯨鯢可戮。彼猖獗而非類，尚殄滅之不遑；乃托命於倮蟲，竟附名於水族。穿天有技，遨游乎杜庫曹倉；漏網稱雄，游泳乎韓潮蘇海。使果腹饒古趣，命有仙緣，變卷髮之如規，換凡胎而不俗，供人獺祭，佐我蟲雕，或可香捲重簾，網開三面。乃竟食古不化，亦假穿穴之名；味道無腴，巧肆剥膚之技。非昌黎之入夢，篆亦呑殘；異匡鼎之偷光〔一〕，壁將鑿破。以致蟲書滿篋，僅剩零星；魚簡盈箱，迄無完璧。郤行蜍息〔二〕，入夜而晝多有聲；虎卧龍跳，開帙而碑皆没字。且也管城子樂供晨夕，常罹鹽腦之灾；楮先生時伴縹緗，也抱貫胸之痛。凡此罪孽，何可勝言，置之網羅，未爲過分。予也仁垂法外，《驅鱷》之檄先傳；義激胸中，辟蠹之方早購〔三〕。倘猶怙終不悛，定當盡殺無遺。速爲橘窟之移，勿俟芸香之發。

【校注】

〔一〕匡鼎：指匡衡。

〔二〕郤：與隙同。

〔三〕沈括：《夢溪筆談·辯證一》中言：「古人藏書辟蠹用芸」。

祭陶晁香師文

嗟昊天之不吊兮，悲哲人之云亡。聞甲馬之來召兮，倏玉棺之下將。山頹木萎而安仰兮，雪涕洟而彷徨。敢述信於生平兮，用代《大招》之章。緬夫子之篤生兮，氣上應乎文昌。執牛耳於騷壇兮，搴赤幟於名場。工秋駕而摩壘兮，依三泖之漁莊。擅倚聲之三昧兮，屢奪席於姜、張。入冰廳而容與兮，窺中秘之珍藏。上天人之三策兮，竭忠藎於對揚。旋一麾以出守兮，樹偉績於黃堂。

鯫生夙抱奢願兮，搜遺册於梓桑，謂畿輔多詩人兮，久沈作作之光芒。采舊稿於藎篋兮，收斷句於錦囊。歷二十餘年之瘁，萃五百餘家之集，空踟蹰於蠹飽兮，實願大而難償。夫子聞而起舞兮，尺書招我、由津門而束裝。伴玉樹而坐春風兮，證黃花之晚香。延崔、梅之二老兮，訂文獻於青箱。約邊韶之腹笥兮〔一〕，諧六籍於笙簧。朝懷鉛而就質兮，夕執卷以熟商。采山淵之珠玉兮，慎揚簸乎秕糠。授剞劂於金陵兮，侍沈約雲巢與吴剛錦洲。竟梨棗之鐫成兮，合六十卷、總八百家，裒然大集，實昭耀乎縹緗。

夫子倏拜恩命兮，將弭節於三湘。願載我以後車兮，冀同游乎四方。戀倚閭而難捨兮，灑別淚於離觴。感年華之梭擲兮，寄魚書之數行。聞秉臬而開藩兮，屢出鎮於大邦。旋内召而典容臺兮〔二〕，繼夔龍而贊襄。歷四朝而屢蒙顧問兮，鄉人推爲祭酒、而海内仰乎靈光。小子謁選於京華兮，重展拜於門墻。冀問字而載酒兮，愧束脩之無羊。類羊公之鶴舞兮，等陸氏之莊荒。夫子閔予小子兮，申情話以彌長。謂廿年之不見兮，亦鬢髮之蒼蒼。啖牛炙而延譽兮，嗟鴻逵之不颺。慨黑貂之易敝兮，將攬勝於崇岡。携樊賙文卿與吴質又桓兮，同買醉於黃壚之傍。謂小別當重來兮，祝杖履之康强。

悲一別而頓成千古兮，灑雨淚之浪浪。繄古之傳人，生則應岳降，死則爲明神，驂青虬而遠馭兮，繄丹凰以翱翔。以夫子之文明光大兮，定騎龍而返乎帝鄉。致宸心之震悼兮，憫耆宿之遽傷。延懋賞於後世兮，頒鉅典之煒煌。繄公之事業載在國史，公之文章昭如山斗，公之後人皎如圭璋。慨百年之如寄兮，游行撤手、亦何憾乎彭殤！惟珩感知我之殊恩兮，始終歷乎卅霜。慟山邱之難問兮，孰再賞乎孤芳？愧國士之見知兮，碎瑶軫而悲凉。墨黯淡而漬淚兮，詞宛轉而回腸。知九原之可作兮，致丹誠於心喪。冀靈爽之來格兮，鑒百感之茫茫。嗚呼哀哉！尚饗。

【校注】

〔一〕邊韶，字孝先。東漢時人，以文章著稱。「邊爲姓，孝爲字。腹便便，五經笥」的「大腹便便」的典故即出於邊韶。

〔二〕《淮南子·覽冥訓》：「容臺振而掩覆。」高誘注：「容臺，行禮容之臺。」容臺，後世用以指禮部。

外集附

友蘭居士雪泥鴻爪詩册序

最難忘者知己，矧真賞出自青樓；最難得者佳人，况重來已埋黃土。拔蓮花於火裏，夙願徒虚；迎桃葉於江干，他生未卜。魂消南浦，空賦相思；夢覺揚州，難辭薄倖。此《雪泥鴻爪》一編所由擘牋寫恨、灑墨描愁，聊填紅豆之詞、代染青衫之淚也。

友蘭居士朗如衛璧，抱有荀香。偶作姑蘇之游，無意女蘿之托。何期白傅，見賞紅兒，結萍水之鸞儔，實風塵之鮑叔。鍼神機絶，扣結同心；絮語莊言，砭真入耳。證蘭因與絮果，悟徹前身；歷孽海與情天，思超浩劫。得助大家之箴，雖荆布其奚辭？願抱小星之裯，謝綺羅而不恤。居士既憐其慧，又鑒其癡，許拚十斛之珠，同坐三生之石。方冀蛾眉贖得，燕羽無差，清娱常侍史公，朝雲永隨坡老。孰意彩雲易散，弱草難栖，當黄驄再駐之年，正紫玉成烟之日。鴛鴦冢畔，離離草生；芙蓉城中，冥冥花遠。泥中墜絮，恍如此日心情；門外夭桃，想像去年人面。欲招魂而入畫，空唤真真；悲續命之無湯，長呼負負。固宜其數行清淚，搦管揮來；萬縷情絲，抽刀不斷也。

珩慚無慧業，學種情根，快讀新吟，請參轉語。假使枇杷花下，攜手同歸，温柔鄉中，稱心偕老，雖多情之京兆，或有甚於畫眉，而見慣之司空，未免視同嚼蠟。究何如一抔净土、幾闋清詞，爲足動千古之欷歔、極一時之憑吊哉？嗟乎！瓊華已歸天上，金碗猶在人間。月多闕而少圓，花有開而必謝。期君空空色色，悟透情禪；祝他世世生生，永歸樂土。鴻印爪而有痕可認，非徒志行雲有雨之因緣；䍪挂角而無迹可尋，願同超爲溷爲茵之結習。

馮雲亭慶軟紅送別詩序

己丑重陽後一日，同人集於芥園。惟馮君雲亭于役京華，不與焉。思桓子之不凡，無車公而弗樂。孔君繡山告予曰：「子知雲亭之奇遇乎？枇杷花裏，管領春風，芙蓉帳中，消除暮雨。素心矢約，白首相要，如仙客之偶無雙，在校書誠居第一。」予時漫而應之，第羨其福之艷，而未悉其人之畸也。未幾，雲亭長鋏罷彈，大樹莫倚，自軟紅而返，衣慘緑而來。示予一卷新詩，中有千絲別淚。想到驪歌獨唱，真個銷魂；看他燕影西飛，誰能遣此？果仙才之妙擅，呼情種以何慚？顧雲亭傲骨嶙峋，俠腸磊落，雖類多情之杜牧，原非好色之登徒。以故昔有蹇脩，辭之決絶，謂功名其未立，謀家室以何心？兹胡以柔情旖旎，綺緒纏綿，癡等三挑，深於一往？豈蠶絲束縛，斷銀手以未能；鸞鏡綢繆，嗟鐵心之易改乎？

雲亭曰：「嘻！子胡不諒我之甚也。曩因索米，曾赴長安，無意看花，偶來斜巷。祇爲曉風殘月，妙領珠喉；不過流水行雲，借清塵耳。本來無妓，未妨白眼相看；何事干卿，竟把緑波吹皺？識鯫生將來必貴，簪纓信是傳人；嗟鮑叔半世難逢，巾幗竟成知己。代備纏頭之費，不惜傾囊；頻申齧臂之盟，先謀同穴。從此迷香洞鎖，不放人歸；擲果車懸，任教客妒。拳拳半載，脉脉三秋，蓮花仍陷於青泥，桃葉難迎於白舫。彼則惄焉如擣，凄然動心，計出萬全，籌深五夜。謂君囊澀，贖蛾眉原少黄金；倘守到箱空，分燕羽祇餘紅淚。外家猶在，指綿山汾水之間，將伯堪呼，拚蹄渴輪飢而去。親如垂憫，或望生還，事苟不諧，請以死繼。滔滔白水，應鑒此心，悠悠蒼天，實聞斯語！予也送之歧路，一語全無，疊罷《陽關》，寸腸幾斷。心原匪石，誰弗傷緑波碧草之神；首憶飛蓬，何嘗作滴粉搓酥之夢也？」

珩聞及此，不勝瞿然。信如子言，非沈酣於花柳；以志吾過，願更進以芻蕘。自古相思，空言何補，由來末俗，薄倖爲多。一旦紅瘦緑肥，左抱右擁，誰念微時故劍，已成秋後齊紈？况彼徑寸芳心，相賞於牝牡驪黄之外；一雙俊眼，實超乎尋常螺黛之中。忍或故素新縑，捨小玉而就婚盧氏，倡條冶葉，棄文君而別聘茂陵哉？惟冀養成風翮，努力雲程，知英雄原自有真，俾癡兒勿虚所望。他日貯之金屋，照以玉臺，鴛鴦社携手同歸，温柔鄉比肩偕老。則珩也數莖香草，左券先操；而君家七葉玉芝，靈根早種矣！嗟乎！朱顔易改，白日如馳，任教地老天荒，莫使石枯鐵爛。君逢紅拂，知衛公事業能成；我愧黄衫，願李郎心期勿負！

翠微軒詩稿

高順貞撰

叙

貞幼承先君口授《毛詩》三百篇，嘗訓之曰：「《詩》貞淫正變，諸體皆備，可以驗風土，可以達人情，有關治教，宜勤習之。」因學爲詩。稍長，於織紝組紃之暇，趨庭問字，略涉史鑒。觀歷代賢婦人，如敬姜、德耀輩，未嘗以才藻見長。是知婦職有在，未敢專力於詩。于歸後，良人權榷居庸，身任井臼，兼之體弱善病，鞠育爲勞，去筆墨益遠。間或有作，率不過思家憶親，藉抒其情而已。迨先翁棄養，移寓昌平，宦游十載，惟餘兩袖清風。嗣後，寄住安昌，又值椿萱萎謝，池塘風木，觸境傷懷，而詩興頹唐，更少佳趣。偶爾拈韻，旋即棄去，故存稿無多，既無足傳，亦不必望傳也。乙丑秋，樂亭史香厓先生過訪先君，談次，索觀《疊翠軒詩稿》。謬蒙獎許，選入《永平詩存》若干首。茲復檢先生所嘗點定者，抄輯成帙，略弁數語，以志生平之大概云爾。

同治十三年歲次甲戌荷月下浣疊翠軒自識

題詞

樂亭史夢蘭香厓

達夫老去幾經春，喜見深閨有替人。林下清標推咏絮，謝家才媛本無倫。

一編冰雪擅清辭，知是鉛華洗盡時。芍藥薔薇春雨句，少游翻愧女郎詩。

緘情五字托魚鴻，藹藹仁言利不窮。他日名登《循吏傳》，傳家治譜出閨中《昌黎道中柬外》數律，藹然仁者之言，爲牧令者，皆當書爲座右銘。

江西郭功叙芑田

久聞巾幗勝鬚眉，詩卷流傳不在詩。贈我一言堪愧甚，青綾障卷拜儒師。

咏絮庭前早著才，三生慧業現靈胎。《玉梅》高格《水仙》調，不著人間一點埃。

絕無才調逞鉛華，標舉性靈學作家。羨煞奩前携手讀，可人夫婿似秦嘉。

骨肉情真語可憐，寄懷贈别倍纏綿。吾鄉太史操閨選，可惜遺珠失此篇謂蔡槑盦太史選本朝閨秀一百家。

南豐湯雲松鶴樹

東井江村後，靈鍾不櫛才。機絲摛錦繡，翰墨灑瓊瑰。謝絮庭中咏，潘花縣裏栽。登堂他日拜，蘭玉看滋培。

孫椿林曉珊

君家三妹素能詩，更得生花筆一枝。萬斛明珠流筆底，半由家學半天資。
寄懷贈別最多情，洗盡鉛華字字清。咏絮丰裁真不愧，椒花獻頌許齊名。

卷一

讀全史宫詞

閲遍興亡廿史中，眼光如炬氣如虹。褒譏别寓陽秋旨，遺意真堪補《國風》。

新柳

依依連灞岸，纔透幾分春。鴨緑籠烟淺，鵝黄蘸水均。黛眉遲舞態，青眼到行人。迷望虹橋畔，低垂一桁新。

晚眺

極目層樓上，蒼茫落照微。斷雲含雨散，歸鳥破烟飛。遠樹疑檣列，殘星出塞稀。倚闌一聲笛，山月吐清輝。

九月八日

兀坐疏燈畔，秋深覺夜凉。雁聲過紙閣，蟲語上苔墻。風竹敲寒月，霜花勒晚香。滿城天氣好，佳節近重陽。

懷叔新兄

首夏分襟後，秋光荏苒過。歸期空悵望，何事屢蹉跎？風緊雁聲澀，天寒雪意多。遥知客舍裏，彈鋏定高歌。

寒夜與蘿洲兄圍棋

翦燭敲棋夜未闌，吟肩頻聳耐宵寒。橘成尚作林中隱，柯爛徒勞局外觀。千古輸贏争一著，百年日月走雙丸。何時南望烟塵净，風雪連天正渺漫。

寄懷清湘（二首）

欒臺瀛海各天涯，苦憶階前姊妹花。數載盟心投氣味，一從分手换年華。雲箋屢寄相思字，月地難邀訪舊車。剩有癡情消不得，望窮紅樹與蒼葭。

人生難得是知音，睽隔芳容思日深。晝到芙蓉憐共命，夢爲蝴蝶亦相尋。乍醒猶戀超凡影，久别方知感舊心。珍重國香須自愛，異苔有日卜同岑。

哭笙侄女（六首）

一紙書來未啟緘，持封猶自禱平安。誰知已逐春冰化，腸斷燈前不忍看。

生性聰明最可憐，何堪紫玉竟成烟。回頭往事渾疑夢，淚灑東風變杜鵑。

記得河干判袂時，牽衣絮語淚絲絲。怪儂渾不知先懺，竟説今生少會期！

昨宵得夢覺非祥，蘭蕙無端竟萎霜。豈料果然爲汝兆，返魂何處覓奇香？

小謫塵寰僅十春，曇花空現刹那身。而今解脱依王母，慧業前生定有因。

異地魂難翦紙招，弱齡詎識路迢迢？光陰轉瞬清明近，卮酒臨風爲爾澆。

讀桃花扇傳奇（五首）

鶯花窟裏帝王家，樂境渾忘日易斜。一曲深宮歌燕子，隋堤楊柳正飛花。

清議紛紛起禍胎，閹兒得志氣如雷。秦淮夜半燈船歇，餘黨重收復社來。

烽火綿延遍九州，倉皇避亂一身游。重來不見佳人面，寂寞東風鎖畫樓。

漁樵舊夢醒揚州，説到興亡淚欲流。休向秣陵回首望，銅駝荊棘故宮秋。

南朝多少興亡事，都借雲亭妙筆收。一種傳奇千種恨，桃花零落水東流。

送蘿洲兄應試（二首）

此去雲鵬萬里程，行看振翮起家聲。登科早遂澄清志，莫把先鞭讓祖生。

雁聲嘹唳各西東，入耳誰人感倍增？怕憶明宵當此候，客窗孤影翦秋燈。

菊影

捲簾相對悄無言，何事離披上粉垣？松徑移來秋有迹，槿籬隔斷月無痕。神傳《漱玉》詞人筆，夢幻柴桑處士魂。問答應同花解語，忘形伴爾度朝昏。

對菊懷清湘

東籬把酒强爲歡，獨對南山思渺漫。記得聯吟蹊徑畔，折來分插鬢雲端。譜成定咏新詩賞，簾捲誰憐瘦影寒？

收拾落英交驛使，當梅花寄與君餐。

水仙花

渺渺一仙姝，盈盈步塵境。微月照低徊，澄波涵素影。自從海上歸，漢皋遺佩冷。清魂化此花，豈與凡卉並？獨懷泉石心，雅稱歲寒景。相對静無言，瑶琴彈夢醒。

煮雪

紅爐初爇品旗槍，六出紛飛茶事忙。火候未看翻蟹眼，凉痕先覺沁詩腸。入瓶花氣融春液，沸鼎松風瀉冷香。消渴最宜殘醉後，一甌時對玉梅嘗。

送蘿洲兄之保陽

臘盡無多日，何堪又遠行？兵戈正滿地，風雪况長征。滹水縈懷迴，燕雲繞夢清。歸期須早計，應念倚閭情。

留別琴卿二嫂

繡閣相隨二十春，趨庭侍膳共晨昏。同心語勝芝蘭氣，知己情逾骨肉恩。此夜挑燈愁聽雨，他時覓句怕開尊。感君無限箴規意，説到將離欲斷魂。

晨起

晨起慵臨鏡，開窗曙色微。夢隨啼鳥散，愁逐落花飛。時節看頻换，行人尚未歸。遥憐驛路柳，霏絮點征衣。

渡滹沱（二首）

驅車北向渡滹沱，流水年華感逝波。惆悵臨風一懷古，青青宿麥滿長坡。

憶同大母共南轅，往事依稀欲化烟。十四年來重過此，春風回首淚潸然。

過安肅

返照餘光散綺霞，長亭流水咽琵琶。寒原一望平於掌，日影蕭蕭見葦花。

初至居庸

天險何年闢翠螺，鑾輿想見昔經過。山連上谷秋聲壯，地近盧龍朔氣多。曲澗成群嘶牧馬，危岩作陣走明駝。時清不用防邊戍，裕國長輸例税科。

感懷

本自愁腸結，况兼離緒侵。思親時有淚，聽雁更無音。兵火家書貴，關山客感深。浮生空碌碌，莫慰倚閭心。

初度寄懷諸兄（四首）

又負春風廿四番，回頭舊夢總如烟。持家作婦憐今日，學禮趨庭憶往年。繞屋梅花香似海，透簾歌管韻疑仙。燈前戲彩看兒女，剩有離情分外牽。

阻迹雄關欲盡頭，言歸無計豈遑留？雲山重疊家何處？烽火延綿客自愁。入世敢云逃俗累？不才偏願附清流。偷閑呵凍吟詩句，念及《蘭陔》筆輒投。

宦况頻年類轉蓬，又司管鑰萬山中。一關冷抱閑於鶴，八口飢驅瘠似鴻。酒可澆愁拚盡醉，詩緣遣興不求工。北溟振翮輪黃鵠，刷羽南天待好風。

聚散如雲未忍論，驚看歲序欲更新。雪中鴻爪思前夢，海内萍踪感夙因。逝水年華將過臘，離家心緒懶逢春。遥知兄弟團欒處，定爲今朝話遠人。

寄外（四首）

何事銷魂最？魂消遠別離。停雲增悵望，落月助相思。香寂鴛衾薄，宵寒蝶夢遲。金錢方罷卜，破悶復抄詩。

不爲謀衣食，嚴冬詎遠游？君雖慣行役，妾豈願封侯？看劍心逾壯，聞鷄志定酬。燈花連夜報，歸騎莫淹留。

屈指幾旬日，天長少雁音。將穿盼書眼，時切望雲心。兩地愁腸結，三冬別緒深。擁衾眠不得，風柝聽沈沈。

夢覺疑窗曙，開門雪滿山。臨風念征客，何日唱「刀環」？裘敝霜侵骨，天寒酒借顏。瓊瑶埋馬迹，清磬出雲間。

謝人畫梅

夢裏梅花見一枝，孤山月落曉霜時。多君繪出風前影，却付郵筒换我詩。

冬月十三常女彌月

鴻泥踪迹兩茫然，彈指駒光廿四年。憶我前生真似夢，看渠小影倍增憐。懸弧莫慰高堂望，湯餅徒爲此日筵。回首慈闈千里隔，離情長繞白雲邊。

夜坐偶成

欹枕難成寐，疏燈映畫屏。夜風吹虎嘯，凉月伴人醒。詩境愁中仄，家山夢裏青。望雲情不極，雁語入蒼冥。

雨中作時外奉檄赴四海治巡緝礦匪

巖居絶俗紛，晦明饒興致。坐看白雲鋪，群山寂如睡。檐前走雷電，驟雨傾盆至。中庭鵝鴨浮，拍手歡童稚。身閑境亦安，悠然滌塵思。嗟彼行役人，長途策征轡。山徑多崎嶇，衣裳苦泥漬。勞勩不能分，恨少方縮地。直欲訴真宰，鞭策商羊類。驅之萬里行，洗蕩妖氛熾。更願用世者，體此爲霖意。會見海宇清，早慰蒼生企。倒峽勢漸平，螮蝀五色備。林際漏斜陽，遥峰猶滴翠。

家大人謁選入都由寶坻省墓順道來關喜呈（四首）

風塵磨鍊鬢添絲，回首家山感不支。報國新猷誇制錦，趨庭舊夢冷含飴。松楸久别應無恙，桑梓重來定有詩。

自愧伶俜歸未得，鄉雲遥望繫葭思。

丁沽負米記當年，鴻爪匆匆歲月遷。多士規模尊著述，半生香火結因緣。春闈蹭蹬名心老，冷宦消磨鐵硯穿。尤喜一經能早授，承家蕊榜盼蟬聯。

會殲巨寇擁雄兵，又領花封譜治平。秉鐸幾人能却敵？分符從古重專城。北門鎖鑰思勛績，東郡絃歌溯政聲（祖父宦山東，至今有遺愛焉）。料得頭銜他日擢，口碑齊頌長官清。

忍話經時世網艱，向平無計得身閑。驚心海内猶傳檄，謀食天涯苦抱關。兩地有親垂白髮，故鄉何處買青山？思歸翻羡烏衣燕，舊壘尋巢任往還。

代柬寄蘿洲兄（五首）

聞説蓮花幕，扃門校藝初。披沙勞五夜，刻燭惜三餘。燕雀衡非易，珊瑚網莫疏。推敲如得暇，應寄大雷書。

老父逾花甲，勞勞走四方。官貧家負債，愁重鬢添霜。養志慚鳩拙，承歡勖雁行。書香綿世澤，努力愛時光。

同氣幾兄弟，飄零各一州。挑燈思聽雨，對月怕登樓。骨肉何時聚，兵戈苦未休。離情消不得，歸雁又新秋。

極目滄桑感，南天夕照中。田廬歸劫火，親故化沙蟲。作受因難料，家鄉信不通。何時息兵革，搔首問蒼穹。

自住深山裏，幽閑似野村。奇雲常繞屋，流水鎮當門。地僻官衙静，風清民俗敦。紅塵飛不到，何必訪桃源？

附　宗禹兄和章（二首）

天外烟鴻到，傳來絶妙詞。開函無俗韻，觸緒發清思。月下簪花格，風前咏絮詩。長城出閨閣，那得不驚奇？

畫罷雙蛾筆，雕成五鳳栖。仙心容易雜，慧業幾生修？玉律輸君健，金鍼度我不？願持交勉意，千里質蘿洲。

恭送家大人之任粵東（四首）

東華羈迹忽經年，始見鸞書下九天。白首一官輕萬里，青氈十載比三遷。身栖粵海詩應健，路接羅浮夢亦仙。
贏得坡公吟興在，飽嘗風味荔枝鮮。

文章早歲冠騷壇，乍喜頭銜換冷官。老境誰期逾嶺嶠？詩名天遣繼蘇韓。半生歸隱輸彭澤，千古從征愧木蘭。
此去花田春正好，長途珍重勉加餐。

休從宦海感升沈，食祿何方有夙因。改轍漫嗟遷左秩，出山無計息勞薪。愁看華髮難爲別，名到珠江那濟貧？
一語臨歧須記取，風波穩處早抽身。

驪歌高唱大江東，百粵遨游氣自雄。涉世總能增閱歷，謀生何暇問窮通？栖遲八口如巢燕，匏繫孤身類轉蓬。
途次平安書一紙，南天早晚盼飛鴻。

送宗禹兄隨任（四首）

憶昔天雄別，光陰瞬一年。鴒原纔聚首，驪唱遽歸鞭。夜雨何時聽？離情萬里牽。流連方幾日，別緒筆難傳。

白髮椿庭健，珠江賦遠游。勞君侍長路，使我憶羅浮。骨肉原堪倚，音書莫憚修。片帆風色穩，指顧到高州。

此去欒臺道，難兄蒞講壇。共爲羈旅客，權作故鄉看。力弱謀生拙，家貧菽水艱。相逢應問訊，爲道勉加餐。

百粵風光勝，繁花四季開。飽嘗南國荔，好寄嶺頭梅。湖海增豪氣，山川展驥才。高堂勞望眼，須早計歸來。

題昌平呂蓮舫刺史捕蝗圖二十韻

蝻子殲除浄，緣何又見蝗？田間頻蠢動，山徑慣深藏。莫慰循良願，時虞稼穡傷。嗷嗷悲雁户，默默禱蟲王。令甲頒休緩，人丁選最忙。溝通濠預掘，簿列網齊張。遍野金鉦擊，連阡火炬揚。焚之光耀赤，埋處壤翻黄。善撲鞋如掌，濃煎釜沃湯。侵陵紛堵禦，剿滅比團防。惠政昭精白，仁心感上蒼。薰風吹陣陣，霖雨濯浪浪。鹽腦蛆群嘬，穿胸鳥集翔。氣充生不憤（蟲名氣不憤，善食蝗），氛沴變爲祥。捕逐遵前軌，兜擒普化疆。蝝頭俱掃蕩，螽股盡消亡。紅粟籌官廪，青錢罄己囊。飲和占歲稔，樂業喜民康。上苑吞堪並，中牟異可方。繪圖傳偉績，萬口頌甘棠。

繡蘭爲外佩

蘭生空谷中，托根期不朽。君子紉佩之，清芬長共守。

戊午孟冬得家大人湘潭九日手書記之（二首）

寸函珍重抵南金，解釋離情萬丈深。遥想蓬窗揮筆際，布帆安穩過湘陰。

江湖勝境足勾留，垂老看山願竟酬。木落洞庭秋色好，朗吟應上岳陽樓。

憶母

一葉金風動，天涯復授衣。露嘗滋弱草，心總戀春暉。寒暑看頻换，晨昏奈久違。日歸空有夢，夜夜繞萱幃。

憶父

遠宦憐爺老，遥遥萬里途。暮年還慟子，經歲懶裁書。風景他鄉異，音容久客疏。未知湖海外，詩興近何如？

憶兄

驟覺鄉心動，霜天雁叫群。乘風來遠渚，排陣度秋雲。粤海行中斷，燕山序又分。銜蘆真遜汝，惆悵對斜曛。

晚霽

暑雨欣初霽，烟巒翠欲流。炎消蘇病體，塵浥豁吟眸。近水垂虹彩，遥山挂月鈎。誰家吹玉笛？風景似新秋。

代外作癸亥仲春同人邀看花以桃花能紅李能白爲題限七古

東皇作意妝春色，艷李濃桃開頃刻。淡白嫣紅各鬥妍，繽紛陵谷成香國。曉日烘花花氣曛，紅霞爛熳接梨雲。青山掩映真如畫，蜂蝶聞香也作群。抱關計日慚微吏，興來偶著游山屐。張周與博結同心，携樽共踏尋芳迹。我住雄關近十春，眼看桃李幾成陰。花開花落東風裏，坐惜流光老壯心。看花憶昔偕同伴，春風歲歲同人散。敬亭踪迹轉何方，午橋別後音書斷。鴻爪東西各渺茫，看花再到剩劉郎。萍踪遇合渾疑夢，今雨相逢又舉觴。飛觴斜月已東昇，追歡感舊不勝情。醉來欲共花相語，桃李無言各自榮。

讀沈芷香夫人感懷詩題贈沈西雍先生女公子（六首）

早欽咏絮慣趨庭，家學淵源見性靈。手把新詩親浣讀，恍如林下挹芳馨。

一編冰雪出新裁，萬斛詞源筆下來。贏得千秋傳絕調，甘將庸福換清才。

茹蘖和丸漫自傷，鳳毛繼美擅文章。他年鼎食尋常事，天意終教蔗境償。

大厦全憑一木支，高風想像歲寒姿。炎凉世事滄桑感，洗盡人間粉黛詩。

研史鎔經寫正聲，天機不是小聰明。少陵格律青蓮筆，多少江山助得成。

僻性耽吟近卅春，自披雅什滌根塵。瓣香倘許依紗幔，願向天涯結比鄰。

題范信生監水圖雅照

止水如鏡明，毫髮無隱匿。明鏡有時昏，止水常湜湜。豈無莊老流，相忘守元默。豈無豪華子，玩弄快胸臆。先生抱道心，殷勤述祖德。披圖見真吾，得失參消息。坐石臨清流，鬚眉勤省識。心清如水清，淵源不可測。念茲釋在茲，勉勉永無極。

題昌平呂蓮舫刺史捕蝗圖代外作

今年捧檄來昌平，循良之吏見呂公。和衷共濟掘蝻子，心心相印將毋同？斗蝻易以米一斗，黃髮蒼髫竟奔走。以工代賑古法良，除民之灾餬民口。旬日蝻子堆成山，或舂或撲須臾間。餘種更以畀炎火，使君宵旦懷恫瘝。天鑒誠心降霖雨，八蜡神靈齊伐鼓。收拾遺孽無一存，禾稼芃芃生凈土。吁嗟乎！捕蝗之弊傳有唐，官符如火催下鄉。鵝鴨既盡田苗荒，吏胥擾擾紛如蝗。使君仁心常鑒此，民困奚容吸骨髓？輕騎減從周四封，不飲鄉間一杯水。我聞中牟不入境，投海化蝦存善政。古人成績今人追，繪上新圖互輝映。菲材佐治愧鉛刀，但竭誠心敢告勞。公名高列《循良傳》，驥尾應容附我曹。

正月十三日偶成甲子

餞歲渾如昨，春風已隔年。良時徒自惜，久病倩誰憐？雪影燈初試，雲光月欲圓。歸途滯何處？夜夜卜金錢。

正月接家書知大人安抵欒城喜而作此（二首）

年來出險幾如夷，别後頻牽萬里思。今日還鄉仍是客，開函喜極淚翻垂。

經時二豎久纏身，十載離家苦憶親。他日承歡雙繞膝，轉愁難慰白頭人。

寄諸兄書題後

東風何處來，吹我夢中路。仿佛聞人聲，全家忽相遇。雙親撫我笑，雪鬢同皤然。投懷效兒戲，恍若十年前。諸兄携我手，問我歸何遲？别來數年景，過眼如斯時。翩翩衆仙侣，栩栩開心顔。繞屋梅花香，知自羅浮還。幻境本心生，樓閣憑空現。上有新添人，眉目何能見？心緒紛如絲，欲訴無從剖。會當問家人，此境真同否？想像欒臺雲，還照薊門月。縮地有神方，關山久飛越。宛轉讀家書，筆澀墨痕凍。緘取燈下光，題詩寄君夢。

甲子暮春省親都門楊三世嬸王宜人招飲賦此志謝

瑯琊古郡鍾靈秀，大家淑德芳堪漱。一見傾心林下風，閨閣儀型推領袖。記從冷宦結通家，幾度隨親侍絳紗。萱閣圍爐時煮酒，槐陰清話每煎茶。歡娱不覺時光换，匆匆袂向關河判。難忘身世等摶沙，常把離愁托魚雁。風聚萍踪詎偶然？相知已在十年前。東華爲祝椿庭健，又結閨中半日緣。華堂勝會足風雅，琴樽左右共陶寫。座中董李各天人，傾蓋談心杯共把。回首天雄憶舊游，星移物換幾春秋？相看不減今朝興，坐少萱幃淚欲流。于歸久住深山曲，聽雨看雲耐幽獨。自憐相隔等雲霄，何意西窗重翦燭？翦燭談心夜漏長，前踪後會兩茫茫。人生離合真如夢，難得花間且盡觴。飛觴同愛春光好，素心互印期常保。流輝逝水暗催人，一度相逢一度老。撫今感舊黯銷魂，別緒如絲忍共論？投詩未敢言瓊報，留作他年雪爪痕。

歸途口占

恐作傷心語，臨歧悔別輕。嬌憐慈父意，友愛長兄情。折柳更何日？浮萍托此生。昂頭祝鴻雁，奮翼起遐征。

留別疊翠山

十年相對久，送我若爲情。雨過看嵐色，春來聽鳥聲。眉痕分鏡翠，宧味比泉清。此後書窗下，相思空月明。

跋

抒寫性靈，清新俊逸，的是咏絮才華。亦吾師家學淵源，故有此不櫛進士也。內子昔在天雄，與宜人時相往還，諗知內則，素嫻莊静，賢淑足資閫範。觀《思親》、《憶家》諸作，可以略見一斑矣。

密雲任式坊拜跋

卷二

贈外

歸君近十年，琴瑟諧佳耦。清夜戒雞鳴，勖君慚益友。時難愁禄養，抱關薄升斗。今子將出山，心知語難剖。敬爲書管見，君其擇可否。四海尚燔烻，勞民事奔走。既苦差役煩，生業焉能厚？或構雀鼠端，終歲羅枷鈕。盡傾比户資，飽侵胥吏口。所賴長官賢，庶各安農畝。婦子同欣欣，歡樂逮雞狗。拯民如拯溺，臨淵急援手。教之誠務本，孝弟其爲首。慎哉作牧難，民生關國久。願子裕民財，勿爲兒孫守。驅車過大田，永晝日當午。憫彼田中人，耘作何辛苦！春耕方播種，鋤苗需夏雨。秋風禾黍登，輸納入官府。不辭力穡勤，免受催租侮。何故華堂中，日夜事歌舞？閑坐雜娼優，歡宴聚朋伍。酒盡付纏頭，青蚨那能數？使君戒奢華，萬民快瞻睹。君或理一邦，揮金休若土。白頭親已衰，黄口兒待怙。薄俸能幾多，瞻家猶不補。民間汗血資，忍更相剥取？青樓一夕歌，中人産一户。願子識財難，毋爲顏色蠱！

乙丑五月移居昌平喜雨

橫空白雲頹，衆峰皆隱伏。跳珠碎萬籟，撼我如舟屋。低檻轉奔濤，垂檐走湍瀑。賴兹虎骨投，驚起蟄龍宿時方祈雨。遲苗庶有濟，節逾播早穀。側聞東岱間，群凶正馳逐。飛蓋隕當營，戰伐方野哭閲邸抄，逆匪竄擾山東，僧王陣亡。稽首禱阿香，霹靂疾推轂。倒峽挽天河，一爲洗兵鏃。懸知戎與農，同此快心目。膏乳滿溝畦，赤子瘡痍復。久病怯炎歊，清凉實錫福。開軒理素琴，絃澀曲難熟。昂首視征鴻，飛鳴去何速！十載守薊門，幽居窈深谷。暑雨滴烟巒，澗流勝箏筑。螺鬟當户峙，秀奪人膏沐。韶光恍掣電，妙景失飄倏。移居儼夢中，空庭敞平麓。新種豆沿籬，秋花或可卜。興至不自禁，塗抹動盈幅。莫名造物功，且尋書飽讀。時送好風來，田歌雜樵牧。

途中即目

奇雲斂盡敞遥空，莽莽平蕪入畫中。剥雨琳宫黯金碧，迎霜柿葉間青紅。飢鷹怒掠高原草，牧馬驕嘶大澤風。懷古蒼茫無盡意，夕陽低映水流東。

又

侵曉聞鈴語，輕車古驛中。凝霜天氣白，浴日海波紅。沙積龍堆雪，秋高雁陣風。野田遺石在，射虎憶英雄。

黄台夕照遷安八景之一

日薄衆峰低，紫翠變俄頃。返照上孤亭，空山荷笠影。

峽谷影龍

峽口影蜿蜒，潛形閲今古。何不挾風雲，與世作霖雨？

冷口温泉

昔重華清池，今出冷峰口。合配《湯盤》銘，一洗衆生垢。

獨木仙橋

試問洞中仙，何年置丹竈？采藥示前山，時踏長虹到。

觀音菴

曲徑達禪境，松陰補石苔。泉聲導塵去，山色破空來。花雨諸天象，鍾魚説法臺。兹方離五藴，無處著纖埃。

曹墨琴夫人墨迹書後（二首）

集開淵雅睹瑯編，跨虎人歸韻已傳。今日鷗波亭子外，又瞻華陣墨華妍。

端莊流麗總清華，翰墨林中數大家。自笑臨池將半世，曾無妙格仿簪花。

中秋後外子扶櫬旋里書此志别（三首）

置足無錐地，全家等斷萍。期安營兆穩，敢怨别離輕？愧我機絲短，憐君宦槖清。時聞征雁語，風雪若爲情。

客况知君慣，中年繫我憂。星霜催鬢髮，負荷重山邱。勝事浮雲影，歡場聚水漚。相期崇儉德，努力紹箕裘。

歧路無多囑，長途慎保身。廿年游倦客，千里獨歸人。寒暖誰知己？艱難仗所親。春江潮信早，珍重附雙鱗。

先嚴周忌志痛

一自蒼天降鞠凶，光陰瞬息又隆冬。春秋空展墳前拜，色笑惟瞻夢裏容。插架圖書悲物在，當門几杖剩塵封。成仙成佛真何據，誰叩蓉城問去踪？

紀夢

何事慈懷繫？連宵入夢頻。全忘生死隔，衹覺笑言親。矮屋沈梁月，殘釭泣鮮民。自憐身世累，難慰夜臺人。

題畫

柴門斜隔水迢迢，一樹横鋪勝小橋。折得溪蘆歸正晚，月明牛背學吹簫。

送宗禹兄赴廣東（四首）

遺愛應存粤海涯，喜看小阮竟承家。他年上考書循績，好種河陽縣裏花。

無多荆樹況分栽，愁對將離次第開。何日一堂重聽雨？西窗翦燭待歸來。

黽勉同心抵孟光，蘭偹代子奉高堂。宦成早蓄還山計，莫戀花田遠故鄉。

文鴛比翼久分飛，海闊天長信亦違。誦到《蓼莪》餘病骨，憑君傳語寄當歸月村時客恩平。

壽史太夫人（四首）

瑶池桃熟彩雲縈，壽母徽音重一生。何止宜家稀淑德，早聞潔饍著賢聲。荼蘼勵節清風峻，綽禊旌門湛露榮。浴佛良辰開八秩，瑯璈仙樂滿蓬瀛。

茹蘗含冰數十春，承歡膝下有傳人。脱身簪紱晨昏慰，養志林泉歲月新。諫果回甘娱老境，萊衣戲彩樂天真。期頤預上南山頌，福壽能兼總夙因。

頻年海幄鶴添籌，懿訓常垂世澤留。家有文孫能繼武，人欽大母善貽謀。鳳毛延譽名超謝，鸞誥承恩德報劉。燕喜應占書上考，瓞綿茀禄奉千秋。

無才愧我托枌鄉，遥望慈暉仰義方。孟母斷機成宿學，范家貽硯迪前光。瞻將翠柏凌霜健，咏到金萱愛日長。猶幸溯洄非遠道，介眉携酒願登堂。

書懷

寄食又經歲，流光轉易過。有兒徒索栗，無屋可牽蘿。身世耐浮梗，年華感逝波。朝來明鏡裏，青減鬢絲多。

悼小泉兄（八首）

商飆一夕變中秋，難覓生香到十洲。佳節何堪成永别，蟾光添與一家愁。

天道難云藥餌誣，病源至死肖模糊。知君結習消除盡，直到彌留一語無。

伯道無兒最可傷，蓋棺身後太凄凉。七齡繼嗣麻衣短，苦把熊丸累孟光。

漫祝修文上九天，敢期成佛與成仙？願君再世仍兄妹，留補今生未了緣。

身家百計替經營，一度追思一淚傾。休戚相關生死係，哭君何止弟兄情？

痛絶同袍又夜臺，沈憂百疾更誰哀？九京倘得長依聚，寄語庭幃我欲來。

手澤猶存助我悲，遺編檢罷涕頻垂。他年東閣妝臺畔，斷紙零箋輯者誰？

哀辭錯雜不成文，寫向靈前藉火焚。當作郵籤傳竹報，平安兩字可知聞？

過前庭（二首）

棠梨落盡柳飛綿，花下聯吟憶昔年。書卷生塵琴在壁，更無人坐小窗前。

記消長日賭楸枰，滿地槐陰夏氣清。時有鬥禽檐際墜，尚疑花外落棋聲。

留别家人

維持數載感情深，潭水桃花誼轉真。此别偏逢明月夜，再來須待隔年春。相思且盡杯中酒，後會難憑病裏身。咫尺天涯稀把袂，平安勤與寄雙鱗。

昌黎道中柬外（四首）

極目郊原闊，藍輿趁曉行。遠山環郭峙，古木抱村生。海氣連雲潤，沙田積雨平。無才慚佐治，入境畏官聲。

邑屬韓公後，遺型萬代觀。士敦文定富，民樸政宜寬。地勢雄堪鎮，嵐光秀可餐用放翁句。高風與形勝，瞻仰藉微官。

萬井人烟集，相看等一家。察情周疾苦，問俗到桑麻。吾道誠能盡，民生自有涯。蒲鞭雖示辱，黎庶莫輕加。

折獄須仁術，如山案定時。是非容己判，得失有天知。此俸能無愧，斯民未可欺。願君常懔念，止水寸心期。

即景

自别居庸路，常懷疊翠山。三年住郰邑，百夢繞雄關。忽睹潭邊影，重開鏡裏顔。白雲如解意，飛上兩峰間。

夜坐

夜静聞疏雨，極寒覺驟加。秋心澄似水，詩骨瘦於花。遣睡聊繙史，清吟試煮茶。惟憐籬畔菊，忍凍傲霜華。

琴韻軒偶得（六首）

也闢琴軒學種花，涓埃同未答皇家。病軀敢視民情緩，日誦《鷄鳴》勖早衙。

長案均排筆墨丹，標題應識弊多端。到銷兩字成陳例，第一籤差察役難。

官厨魚肉進隨時，未必烹調味定宜。終勝田家糜粥奉，何曾下箸莫遲遲？

幕僚落落兩三人，相助他山誼最真。契合終須賢地主，休將寒煦異周親。

愚氓雀鼠構争端，閃爍情詞喻解難。莫倚桁楊能用猛，庭前常作子孫看。

早識瓜期在眼前，既膺民社敢安然？青山負郭渾如笑，相對猶餘半月緣。

呈焦桂翁世丈兼酬感懷先君元韻之作（四首）

記侍椿庭日，傳聞化雨行。樽前論老輩，詩裏識先生。名望高南斗，文衡持北平。臯比推首座，多士載歡聲。

得失尋常事，知公亦達觀先生前因部議去官，主北平書院。時艱臣力困，命在主恩寬。舊社梅堪賦在津結梅花詩社，先君預焉，高懷菊可餐。料應添著述，猶覺勝居官。

聽鼓慚微吏，浮萍轉當家。棄書研律令，學治辨蓬麻。别夢常天際，秋心在水涯。幸依仁宇近，策勉望時加。

五字須新咏，臨風雒誦時。交深卅載見，誼重九京知。肝胆詩猶露，頭顱雪漫欺。一彈《流水》調，存没感心期來詩：「離離悲宿草，白髪爲君加」。

冬閨

坐久爐香散，房櫳似水清。窗虚風借勢，人静月含情。斷句繙書得，新衣翦燭成。來朝知雪意，飛雁度先聲。

春陰

啟户迎晨爽，花光潤遠岑。春遲連夜雨，寒釀詰朝陰。市静低珠價，泥輕稱燕心。石欄憑眺處，幽興寄清吟。

送月村奉調回省（二首）

芰荷香裏拂征輪，無限離情上酒樽。輸與田家饒樂事，一犁膏雨課兒孫。
何來薏苡擬明珠，謡啄憑他衆口誣。兩袖清風一片月，印將心迹在冰壺。

得外書戲寄（二首）

冒暑奔馳底事忙？風塵赢得鬢蒼蒼。虚名衹益天公笑，却倒銀河爲洗裝。
行裝盼到卸泥途，旅店清樽酒漫沽。簾内琵琶簾外雨，夜深消得客愁無？

糊窗

一色雲光膩，新裁護碧櫺。添將虚室白，隔住遠山青。映日宜書案，籠花勝畫屏。紋紗來歲補，翻覺太空靈。

秋暮感懷

薄暮西風緊，霜催九月天。囊空猶買藥，衣冷待裝綿。生計憑誰問？浮踪漫自憐。尚餘身外累，兒女在燈前。

庚午初度

雙雛繞膝小團欒，客裏愁心强自寬。避世情懷聊習静，未秋蒲柳已知寒。一身多病歡容少，四海無家退步難。天末獨留修竹倚，年年常此報平安。

贈荔香（四首）

憶我歸寧六載前，添香瀹茗北堂邊。今朝送爾宜家去，回首庭幃意惘然。

頻年曾代浣淄塵，贈到將離也愴神。解識持家爲婦道，挽車提甕要師遵。

明眸翦水鬢堆鴉，却扇人看衆口誇。不數夭桃能結子，春光先到早梅花 佳期十月杪。

荆釵裙布意安和，莫向侯門艷綺羅。試上田疇高處望，鄉村終古緑陰多。

燕

華堂雙海燕，憐爾歲依人。寄食猶偕侣，銜花解惜春。慣窺珠箔影，長惹玳梁塵。不覺秋風及，相看奈客身。

輓環侄女（四首）

矢恃相看僅數齡，他生未卜畢今生。開函重觸存亡感，二十年前姊妹情。

無端惡疾苦相侵以心疾終，雪涕何堪到老親。更有嬌癡兒女小，争教奉倩不傷神？
記從遠嫁適欒臺，懷抱思歸鬱不開。地下相逢應一笑，重幃鶴馭竟先來。
形容幾載隔天涯，小夢惺忪聚碧紗。怪底驚人風雨急，吹來遠信隕曇花。

燕子

夢閑壓綫對春暉，喜聽烏衣社後歸。莫傍朱門徒刷羽，雲霄有路望高飛。

寄宗禹兄書題後

活活聞流澌，東風初解凍。河中雙鯉來，嶺外尺書送。緬懷同堂人，卓犖才殊衆。弱冠據文壇，廷譽名超鳳。中年宦粤海，美玉加磨礱。官卑氣不降，識高言易中。五載隔參商，一函披霧淞。臨風三復後，作答趁燈空。親飯雖未加，子書漸能諷。持慰羈旅思，較勝還鄉夢。

李廣石

怪石負嵎疑虎蹲，將軍行獵出塞門。草豐原野盤馬疾，烏號應手山靈奔。平明詣視石宛在，鷲翎没入青苔痕。精誠所貫堅亦破，狼牙直被於菟呑。猿臂挽强世無偶，至今佳話留乾坤。鎖鑰倘使當一面，邊防砥柱長城存。徒聞臨軒憤老將，封侯不到漢寡恩。數奇曷遭醉尉罵，黄沙絶漠沈忠魂。我來憑吊重懷古，功名成敗何足論！柳營遺迹不可睹，但聞朔風怒吼吹雲根。流傳百世生氣足，土花班剥誰敢捫？安得媧皇補闕手，鍊爲猛獸司天閽。

杏花下感舊

雨聲一夜將春絢，催得枝頭深色變。粉蕋含烟破曉風，輕霞轉借朝陽烘。看花憶昔居庸住，茅檐長有青山護。芸窗乍拓百合薰，花林缺處奇峰露。陽坡高占迎春先，落燈節後山桃然。山桃未謝杏蕾結，棠梨樹繼堆香雪。石澗流泉筝筑鳴，松濤柳浪攙啼鶯。畫家總擅徐熙筆，難仿春山淡冶情。十年消盡看花福，鵲巢那更遭風木。海風吹我落令支，客中偏惜韶光速。回頭舊夢等浮雲，虛名徒在實何補？澆愁漫仗酒盈樽，解語應憐人寄廡。今歲春寒花放遲，插柳已過清明時。花間悵觸前塵感，訴與東風恐未知。

梁氏雙烈行有序

孝烈女姓梁，静海人，世居獨流鎮。父鳳翰，舉進士，仕永平府教授。母氏趙。女生有至性，嫻禮讓。母病，晝夜侍藥餌，及卒，哀毁不欲生。母遺三子，皆幼，女訓養周至。父時未第，授徒於鄰邑。咸豐三年九月，病歸，將屬纊矣。女涕泣守之，數夜不寐。時粤西賊李開芳等率衆數萬，渡河北犯，所過州縣，望風而靡。既陷静海，獨流鎮鎮濱運糧河，賊築壘，爲持久計。方賊未至，鎮民相率遠避。女外祖亦以車逆，父病不能起，請女行。辭曰：「父行亦行，父死亦死，棄父獨生，此心何忍？」固請之，終不去。未幾，賊至家虜掠，日以千計。女懼爲賊所辱，匿空室中，乘間取剪刀刺其喉，不死；又自戕其胸，血殷襟袂，猶不死。半夜，出泣語父曰：「兩創不死，可奈何？」父哭不成聲，顧有曬衣繩，曰：「是可以畢命矣！」向父再拜，縊於别室，年二十一。賊至，嘆曰：「烈女也！」爲覆其面。明年正月賊去，始葬。同治六年，事聞於朝，旌表如例。先是，女有妹，適張氏，十月而病卒。女衰麻號哭三日，謂家人曰：「有兄嫂事舅姑，我可殉矣！」止之不及，仰藥死。時稱梁氏雙烈女。

黑雲羃天塵蓋地，獨流鎮前騰萬騎。一片刀光掩日光，蜂擁粵西賊匪至。臨危致命出純臣，蹋波蹈刃皆成仁。異哉閨中雙蕙質，見義勇決能忘身。絛山蒼蒼静海緑，靈毓嬋娟孝且淑。母教從知四德兼，家世淵源出望族。嚴君雅抱伯鸞才，燒尾龍門待浪催。羽書未發木蘭嘆，雀屏已爲緹縈開。春暉欲報沈淵速，寸草心灰杜鵑哭。失恃弟幼僅數齡，身任提携與撫育。那堪風鶴警深秋，兵氣長虹亘不收。二豎無端頻作祟，椿庭抱恙幾時瘳？外家宅寄桃源闊，安車屢迓情難奪。人拚事極化沙蟲，争忍背親成獨活？升堂群盗集如麻，搜括驚聞耳畔嘩。豈爲勛名垂竹帛，方教熱血濺桃花？疾風凛凛燈明滅，床前再拜詞嗚咽。繡剪剛回頸上魂，長繩又挂心頭鐵。人生自古此嚴關，山岳鴻毛頃刻間。芳徽但使留青史，浩劫何須惜玉顔？先行有妹重泉伺，飲鴆早畢共姜志。烈魄相逢定莞然，不下人間兒女淚！欃槍净掃天威尊，建坊先後蒙殊恩。特書孝烈春秋筆，奇事争傳萃一門。投江曹娥曾殉父，衛女就喪身得主。今日居然睹二難，高風頡頏同終古。環珮珊珊若有靈，歲寒松柏想儀型。衹今沽水生蘋藻，留與千秋薦德馨。

題秋釣圖即用元韻

垂楊夾岸水光連，一碧清波影接天。知有人家然楚竹，隔林仿佛露炊烟。

月下獨立

秋分纔幾日，霜重覺衣單。節候炎凉異，人情去就難。草間蟲語碎，雲外雁聲寒。獨立西風裏，茫茫感百端。

燈

寒檠當斗室，一穗耿宵深。花助蘭膏艷，光凝玉漏沈。關山兒女夢，風雨弟兄心。相對情何限，疏窗伴苦吟。

立春日作家書寄外東光署

大地青陽轉，條風應候新。農心盼宜穀，人日恰逢春。未啟龍蛇蟄，先施草木仁。葭灰飛隔歲，萍迹判兹辰。宦海升沈事，浮家去住因。謀生羡鴻雁，緘恨藉魚鱗。蘇蕙回文體，秦嘉久客身。感時增悵望，惜别任艱辛。聽鼓隨轅後，看人作郡頻。旅懷半珠桂，鄉思豈鱸蒓？才質輸長線，官階儼積薪。但期梁案重，誰恤阮囊貧？翦燭論詩夜，銜杯話雨晨。前途宜自愛，舊夢未全泯。祇願民情樸，休誇吏績循。癡雲出岫懶，遠志入山真。此際羈官閣，行當返析津。班荆到孔李，傾蓋抵雷陳。爲卜門投轄，從知榻掃塵。東郊勝車騎，北海集朋賓。暢飲剛宜卯，和衷定協寅。平安書彩勝，臨穎意難伸。

呈史香厓先生（四首）

海内聲華久軼倫，手提鄉序愛才真。韓蘇品望靈光峙，濂洛薪傳道氣純。萬卷名山能壽世，一時大雅仗扶輪。儒林共喜增佳話，煦徧和風有脚春。

青綾幛捲拜儒師，愧荷斯文累世知承示《永平詩存》，祖、父兩兄暨貞詩，均蒙選録。林下清才輸道韞，卷中遺墨感鍾期。生叨驥尾名尤忝，詩到龍門句始奇。何幸一編貽手澤，心香爇罷繫餘思。

乾蔭騷壇昔騁雄，傾心枌社記推公。文扶八代胸羅宿，筆架千秋氣吐虹。將母園林輕大隱，采詩朝野羡高風。知君亦切人琴感，無數涔泥印雪鴻。

名園有約憶前秋，花下開樽願未酬曾約先君游園，因疾未果。緣淺豈期成隔世，病餘猶自惜清游。思親意冷詩慵補，愛客情殷轄莫投。知有巨卿高誼在，鴻文惟乞闡泉幽。

治盜

吏民美聽斷，動援召伯棠。古人已不作，餘子何足方！心誠政自實，豈望名譽彰？譬彼耕與耘，除莠而安良。孰謂風霜冽？大道回春陽。不見水波柔，積溺亦須防。雷霆和雨露，中有日月光。三復子産言，懷古徒彷徨。

菊

鉛華洗净愛秋魂，陶徑新移玉一盆。别有精神超眼界，肯容霜雪壓塵根。群空老圃餘風骨，伴對疏燈現月痕。寄語高人休送酒，天涯離緒滿金樽。

卷三

遣興

綴浣塵襟滌，維摩示疾纔。垂簾明月退，展卷妙醫來。守拙吾知命，匡時世有才。青蟲相對語，籬畔幾花開。

治獄（二首）

大府際聖世，力振頽惰風。縣頒平頭格，朔望填過功。考語勖勤慎，曾計期年終。求治意逾切，掩瑕智愈工。鞫奸實諱盜，鞫鬥將格充。是非慣倒置，朱碧相淆蒙。時恐吏不文，攛稿蓮幕中。援例别出入，一字差異同。殺人憑片楮，不見刀光紅。官符勝星火，民命非草蟲。焚香對北斗，各拊區區衷。

清晨呼囚來，上堂云點解。塵垢黄髮枯，日炙紅衣敗。枷鎖聲鋃鐺，環跪階爲隘。招房讀前狀，瀉若瓶水快。官耳雖聰聰，囚心實憒憒。無乃平生魂，都緣三木憊。臨行重叮囑，勉應不敢懈。十步九回頭，情似戀官廨。明知去不返，躊躕足懶邁。其如先死鬼，久候閻羅界。寄語世間人，勿爲償命債。

野望（二首）

惠風被荑柳，春意透溪烟。近水雲根活，承橋石溜穿。人來孤嶂外，鷺起落霞邊。不盡郊原景，題詩意藹然。

近郭垂楊晚，茅茨覆幾家。墻低時過蝶，籬彈半欹花。賒葉春醂繭，分池雨漚麻。熙風還太古，城市抵天涯。

山行

石勢參天陡，危岩曲徑開。螺梯旋樹轉，馬足拂雲來。突兀撐詩骨，嶔崎聳霸才。芙蓉真成削，應倩五丁栽。

黃昏

圓月窺人薄似冰，床前雲母瘦堪憎。多應小玉催茶去，已下重簾未上燈。

寄王宜人（三首）

回首春明判袂晨，别來幾見草如茵。癡情擬化羅浮蝶，時向華胥訪故人。

朔風吹雪惠鴻音，秋水蒼葭感燕心。欲寫離悰寄鱗素，碧雲無際海波深。

奉到瑶華報轉遲，全荒家學敢言詩？開緘已作移情想，風雨青燈落筆時。

海棠詞

溼烟低壓花晝暝，枝頭百舌呼春醒。昨夜通明達緑章，護香勑勒條風冷。驚雷啟蟄花始胎，萼點碎綴珊瑚纔。東皇解意助媚斌，輕陰日日加滋培。半弓閑拓墻坳地，遺澤曾經手封植。不教定惠占嘉名，異種疑從西蜀致。文蔭婆娑覆綺窗，垂絲麗品擅無雙。中人花氣濃於酒，何必花前倒玉釭？惜花生恐玉成烟，銀燭高燒照不眠。金谷倚嬌塵障複，華清罷浴醉妝妍。笑儂自少看花福，六年空寄花間屋。肝疾輪囷怕見春，閉門却把《華嚴》讀。風光艷極易魂消，日炙胭脂雪欲飄。蛛網罥枝張似幕，蜂聲圍樹鬧如潮。聽説春歸客意傷，留春無計送春忙。飛瓊一去瑶臺晚，芳草簾櫳但夕陽。

丁香

珠蕾綴枝重，新晴拆晚烟。香濃風拂拂，影碎月娟娟。倚檻嬌無語，當杯静可憐。怡情相對處，莊蝶亦欣然。

倚欄

瞥眼韶光换，寒暄警客心。草痕披宿雨，花氣擱春陰。谷暖鶯遷樹，庭虚鳥踏琴。飛騰生意滿，天籟助微吟。

牡丹

花池幾簇傍回欄，不植鞓紅植玉盤。記取先人當日意，特留清白子孫看。

出城書所見

題糕有約踐佳晨，露洗秋空氣象新。濃淡雲峰皴似畫，丹黄岩樹媚於春。稻粱幾處纔登圃，簫鼓前村已賽神。信是弛張文武道，傾城争蹋陌頭塵。

小除夕

逝水流年去，然膏惜夜分。人情驚臘鼓，世態幻春雲。鱗雁三冬渺，萍蓬百緒紛。啄苔看海鶴，俯仰意殊群。

作家書（三首）

星街似水柝聲闌，清逼梅花夢未安。却憶相如消渴後，敝裘獨禦海風寒月村瘧疾新瘥，奉差察夜。

竹報傳來喜氣加，階前又茁小蘭芽。臨封掄指重新卜，可得秋闈擷榜花大兒應試？

仰屋殘年客緒凄，債臺百尺更無梯。藥爐細撥寒宵火，强把平安炙硯題。

示英兒

赴壑餘蛇尾，開春逾冠年。童心猶放逐，文脉欠精研。生世萍浮水，時光箭去絃。如何同學輩，裘馬日聯翩？

偶成

禁寒簾幕落燈邊，漸覺條風動紙鳶。社燕未來花院静，輕陰做出困人天。

偶見

柳花如雪鬧晴空，牧笛吹來水稻風。坐對黄鸝話疇昔，人家多在緑陰中。

遣病

藥裏浮生懶，栖心且作家。借書排永夕，插棘衛低花。浣暇詩程補，眠餘紡課賒。驕人三徑外，松菊飽烟霞。

病起

肝氣輪囷病復遲，一春强半負花時。客懷多畏逢珠價，師俸難逋減藥資。影瘦怕將脩竹倚，愁深只任短檠知。低徊斗室翻成笑，結習猶存尚有詩。

破窗

雨裂冰紋碎，疏櫺補未完。蠅鑽星孔仄，燕寢月光寬。燈閃詩方澀，風欺墨易乾。撩人塵影外，花息透檐端。

孤雲

白衣蒼狗外，孤影尚遲遲。出岫非無意，爲霖或待時。陰晴由世卜，聚散任風吹。莫訝行踪幻，須叨日月知。

得家信

茫茫宦海問沈浮，去住皆成不繫舟。弱骨輕塵拚共化，人間無地可埋憂。

梓培根堂集感作（四首）

欣看遺集啟雕鎪，善本麻沙日校讎。展卷不禁增僾愾，生平真性此中留。

卌年鑄硯鐵空磨，未得題名到大羅。根柢六經存正味，金鍼自昔度人多《制藝》、《試帖》、《文法金鍼》，均經及門諸士刊刻。

未必傳聞盡子虛，寒氈閑坐續《虞初》。筆端儘有綱常在，軼事留徵野史餘。

雪案鑽研六十春，焚膏如睹舊精神。棗梨豈必期傳世？護取吉光付後人。

望月

月色小庭幽，清光已帶秋。分來天外影，併作客中愁。霜露思何極，萍蓬迹共浮。静觀凉意滿，桐井耀宵流。

題畫（二首）

眼明白鳥下汀洲，氣闊寥空暑乍收。烏柏四圍山一面，丹黃抹出塞垣秋。

風梢月影墨光開，拔地參天出俊材。只恐清飆蘋末動，破空吹作雨聲來。

感事

鑄鐵真成錯，深縈世網艱。臨淵雖守訓，洗垢奈求瘢？仰屋蘿難補，當門蕙定删。輸他巢幕鳥，來去境安閑。

七月初六夜得句（二首）

殘釭兀對避塵囂，客緒秋心兩不聊。怪底蕉窗凉似水，星期又送雨瀟瀟。

閲世剛腸剩有癡，鍼樓欲上意遲遲。年來覷得團圓破，修到神仙也别離。

花燭詞賀明珠侄新婚（六首）

三星明啟鞠華天，聽奏《房中樂》一篇。從此雲衢攀桂近，霓裳新迓蕊宫仙。

姆教曾聞戚黨誇，定知淑德可宜家。鏡臺喜遂桃夭賦，燭影紅摇並蒂花。

妝罷堂前斂拜時，彩毫初試畫眉宜。紅絲特繫貽謀遠，蘭祀明馨慰可知。

慶溢重幃屬望深，同聲詎止協瑶琴？須知戒饍鷄鳴早，代補《陔》、《華》廿載心。

遠山宜笑向人青，博議秋光護曲屏。良夜篝燈防佐讀，壓奩準備《十三經》。
簫聲引鳳下瑶池，正是天香結子時。預祝來年徵燕早，筵前重賦弄璋詩〔一〕。

【校注】

〔一〕《詩經·小雅·斯干》：「乃生男子，載寢之床，載衣之裳，載弄之璋。」

書樂亭董孝女事

董孝女，居海潯。父業農，名桂林。女生十二已失怙，《蓼莪》一慟感路人。上書北闕不可作，寒窗子影依偏親。静處蓬門潔蘋藻，德傳里黨知名早。郭氏紅絲温鏡臺，援求媒妁紛還來。手撤環瑱矢養志，自甘荆布安蒿萊。華萼連枝少棠棣，門祚單微復誰繼？拚將巨任弱軀肩，承歡幸有萱幃逮。春把鋤犁秋滌場，半充官租半粥粱。晨羞專藉十指力，夜績每竊鄰壁光。仰搔那識流光苒，母疾難爲羈枕簟。鬻盡沙田易櫝材，附身經濟殊無忝。貧家庀葬力不齊，停匱牖下築以泥。困極轉成廬墓守，露霜顧復恒凄凄。風雨維持幾廿載，麻衣淚漬朱顔改。借箸寧輸鄰女籌，守經豈預千人悔？鄉閭率義企高踪，麥舟賻助足樹封。歲時祭掃永不闕，争傳孺慕出龍鍾。慎終追遠前哲矩，巾幗宗風誠罕睹。北宫之女齊嬰兒，萬古芳名同不腐。表閭榮荷天章垂，凌霄綽楔光門楣。俚歌敬作世人勸，生男勿喜女勿悲。年來我嘆春暉匿，未報深恩辜罔極。讀傳興起心肅然，白雲望斷涕沾臆。

盧龍郭孝婦詩

塞山峨峨，河水瀰瀰。人傑地靈，清聖所止。一解

南有喬木，在山之阿。惟援惟繫，施彼女蘿。二解
義爲郭妻，情猶豈女？昏雖未合，名則已許。三解
北堂有萱，西山有蕨。浮雲無跟，井水不竭。四解
既奉盤匜，既潔滫髓。以養以葬，殫兹十指。五解
揆厥畸行，援義歸仁。不屬毛裏，純篤天真。六解
貞女事夫，忠臣委質。移忠作孝，天無二日。七解
忠孝遺風，倫常振作。景此高山，廉頑立懦。八解

秋閨雜興（十四首）

小雨才添襟袖涼，剪刀聲裏漏初長。晨興忘却瓶花綻，鑪鴨誰温隔宿香？
梨棗工堅手澤存，遺文檢校趁朝暾。妃豨恐誤爲羣恥，疑畫重將字典翻。
趨庭猶記父兼師，插架芸籤任質疑。開卷望洋成自嘆，讀書深悔十年遲。
志乘新編史筆遒，名山考獻足千秋。藝文遺範先型遠，愧煞閨名傳尾留。
無田應免吏催租，風雨重陽興不孤。深巷打門緣底事？謫仙專使下詩符謂李晋九徵詩。
蠂蛣家居百感併，藥爐經卷絆浮生。累人塵務猶難了，日日山陰道上行。
布衣浣後夕陽驕，漿粉濃鋪杵細敲。濡墨臨池偏手顫，塗鴉畫蚓適增嘲。
女伴争推壓線功，緑窗深鎖對秋風。那知蓬鬢梳粧懶，甘把蛾眉讓畫工。
同儕葉戲鬭良宵，憑仗殘書慰寂寥。不是離群誇矯俗，年時勝念已全消。

畫梁雙燕喜新晴，款語如商去住程。勝我有家歸未得，朝朝仰屋聽鷄鳴。
試檢《靈樞》配八珍，河魚困食動兼旬。鴒原雅荷同堂誼，煮藥然鬚日費神。
檢點寒衣寄客邊，秋心熨貼細裝綿。雁聲驚破刀環夢，滿榻西風月正圓。
倚竹渾忘翠袖單，頻修雙鯉勸加餐。書來似被燈花笑，又費兼金墨一丸。
規唐模宋苦矜持，一字耽吟下筆遲。尋亦不來推不去，能真衹有性情詩。

演教諭語

士貴立品〔一〕　諸生素日以文來質，余應之曰：要作好文，先作好人，此時作好秀才，他時便是好官。爲國家宣猷布化，爲民間興利除弊，大抵不出所讀數部書中。即或不能中舉人、中進士，而作一好秀才，孝父母、和兄弟、訓子孫，鄉黨化之，並可傳之其徒，俾讀書種子相延不絶。昔陳實居鄉，争競胥化，而盜牛者耻，爲王彦方所識。秀才不當如是耶？

貴端本　有子曰：「孝弟也者，其爲仁之本與？」仁者，人也，不孝不弟，便不可以爲人。農藝黍稷，賈牽車牛，皆知孝養。下至禽獸，羊跪乳，烏反哺，脊令急難，鴻雁樂群。曾靦然爲四民之首，而顧不識此義乎？人能向大本處作工夫，由此推之，待兄弟必能友愛，待一本九族之親，必能敦厚，待三黨親戚鄉里，必能賙恤。即從此治國平天下，做到大人事業，仍是不失其赤子之心而已。

貴立志　子曰：「學而時習之。」又曰：「吾十有五而志於學。」試思聖人所學是甚麽事？所志是甚麽志？要非讀時文、作墨卷、取功名，便算了。《記》曰：「士先志。」〔二〕既爲士子，將貧賤、富貴、飢寒、死生，一切置之度外，立定此志，堅如鐵石，要作天地間不可少之人。秀才果能立志，不患無成矣。

【校注】

〔一〕帶圈文字為同治刊本舊有格式，此光緒刊本沿用。下同。

〔二〕「士先志」，見《禮記·學記》：「凡學，官先事，士先志。」

貴知恥　孟子曰：「人不可以無恥。」羞惡之良，凡人皆有，特不自家提醒，便顢頇過去了。試思行人乞人，呼蹴不受，此是何心？何以一見萬鍾，遂自蒙其愧恥，由他笑罵？豈非自昧天良乎？故爲士時，守嚴一介，他日爲官，必能操凜四知。

戒訟　縱有橫逆之來，用孟子三個自反之法，任他烈焰燒空，化作天清氣朗。若居心險健，欺壓善良，或鄉邑之中遇有詞訟，幸其鷸蚌相持，坐收漁人之利，因而挑唆、構釁彼此成仇，究之黑白既分，身亦難逃法網。試思身列黌宫，人皆欽敬，乃甘曲膝公堂，爲不干己事，出而爲難，甚至身家性命瓦解冰消，何若閉户讀書，優游自得乎？孟子曰：「鄉鄰有鬥者，雖閉户可也。」此秀才家風也。

戒鎗替　秀才之荒者，多自暴自棄。其有才氣者，又以謀利之故，爲人捉刀，試思所得幾何？儻來之財，只供浪費，隨手散去。一旦犯事，戮辱隨之，不惟不可，亦甚不值。諸生各宜洗心，安守本分。試看農夫力田，是穮是蔉，雖有饑饉，必有豐年〔一〕。秀才安守硯田，必無惡歲，何苦行險僥倖，以身試法乎？戒之凜之。

【校注】

〔一〕「雖有饑饉，必有豐年」，見《左傳·昭公元年》：「譬如農夫，是穮是蔉，雖有饑饉，必有豐年。」

四書要熟讀精思身體力行　聖賢言語，道理無不包括，遵其一二語，終身受用不盡。讀時要字字從心上稱量，身上打貼。讀書所以明理，能將《四書》之理了徹胸中，一生作事便有把握。《四書》以融會朱注爲先，以朱子《本義匯參》爲善本，《四書合講》亦可看。以所引全本，匯參其餘。一切高頭講章，皆靠不住。若陸清獻公《松陽講義》、吾鄉孫夏峰《四書近旨》、鹿江村《四書説約》，均屬近裏著己，皆宜體會。

經要熟讀　凡經中語，皆與《四書》相發明。如《御纂四經》、《欽定三禮》，本當奉爲圭臬。至漢唐以來，諸儒注經，各有專本。古人每著一書，其中各有心得，皆宜博覽，以資考辨。《易》有漢、宋兩家之學，或言象數，或言義理，二者不可偏廢。《詩》、《書》二經，解者尤夥。《春秋》要明書法，兼讀三傳，而《左氏傳》尤需全讀。《左繡》講文法，細入毫芒。《左翼》評語，多采取其議論，可以增長識見。《左傳補義》，簡當爽目。顧棟高《春秋大事表》，若網在綱。范藜照《左傳釋人》，爽若列眉。魏冰叔《左傳經世抄》，别出手眼，參之可儲經濟之用。至於《孝經》，爲人之根本，尤當切實講求。《爾雅》、《國語》、《國策》，以次讀之，時時要與《四書》印證，方非白讀了。

㊈㊀㊀㊀ 以《御批通鑑》三編爲主，參以各朝全史，及袁樞《紀事本末》、張天如《續宋元紀事》、谷應泰《明紀事本末》，考其得失，不可徒事涉獵。惟寒士購書惟艱，先求舊板《易知録》通閲之，親友之家，有可借觀，其人當亦不吝。每讀一傳，先要别其人品，明其是非，尤要設身處地，參酌時勢，代爲推論，方有真見。東坡先生創分類讀史法，如天文、地理、君道、相業、吏治、武功之類，每讀一次，不雜一義，分數十次讀之，久久自能貫徹無遺也。

㊀㊀不可不讀 盡性之學，不外窮理。諸儒遠溯淵源，上承聖制，薈萃精義，發爲微言，實與格致誠正、修齊治平相表裏。即《御纂性理精義》一書，日日温習而體會之，庶身心有所歸著。况國家功令頒行，考場新添《性理論》一道，出而應試者，尤宜夙昔究心也。

㊀㊀宜讀也 龍門之沈鬱頓挫，蘭臺之醇茂淵懿，昌黎之謹嚴醇正，永叔之揖讓雍容，子瞻之歕薄淋漓，南豐之樸實簡潔，皆正軌也。至老泉之老横生辣，得之《孟子》、《國策》，而時有未醇；柳州之峭逸爽雋，得之《公》、《穀》，而規模近小，可徐及之。有明歸震川，直接昌黎，得其嫡髓。繼之者方望溪、劉海峰、姚姬傳、張皋文，此皆古文中薪傳正派。總之古文以立意、布局、用筆爲主，要須各成體格。真西山《文章正宗》、茅鹿門《評選八家》，以及山曉閣、汲古閣諸選本，儘可擇讀。此外如歸震川《文章軌則》、合河康氏所刊之《古文辭類纂》，亦有可觀。

其評點之詳至，則以浦二田《古文眉詮》爲佳。坊刻《釋義》等部，斷毋寓目，以近俗也。至汪鈍翁之醇正，侯朝宗之闊大，魏叔子之縱横，均可博參，以爲之助。

讀時文　功令以制藝取士，士皆以此進身，此敷奏以言之義。擇醇乎其醇而有氣骨者讀之，以《欽定四書文》爲主，而浦二田之《制藝偶鈔》評語細密，尤爲善本。明之金、陳、歸、黄，國朝之京江、望溪、韓慕廬、儲中子，皆正軌也。精選數十篇，朝夕諷咏，要須神與之化，以我之精神，合之古人之精神，乃能有得。文安陳子翽、天津周躍滄先輩，法程尤宜追討。管藴山源出二方，氣息樸茂，更宜揣摩。路閏生新刊《時藝》各編，批解詳明，引人入勝，核與階尤爲顯豁，所當體究也。

應試之文　太高則聲希味淡，真賞難逢，大低又嫌腐爛無品。有體有用，骨肉匀停，即是投時利器。墨卷雖不可不讀，擇老墨中腔板悉合而風骨猶存者，二三十篇足矣另有題單。

制藝首貴審題　審清起迄，相其來龍，觀其去路，中間共有幾層，結聚在何字，何句咬得真、拆得開、令得攏，一氣呵成，自成妙論。向刊胡綺園延《文法金鍼》，論之詳矣。

作文須講局法　人身一小天地，文章亦然。破、承、起講，首面也；講下，咽喉也；提比，臂也；中比，腹也；後比，股也；束比，足也。分之各成體段，合之乃成一人。而最緊要者，周身之氣也，血也，脈也，即文中所用之虚字眼也。尤要者點題，則眼目也；題之所以然，則心也。咽喉通，呼吸靈也；血脈貫，精神足也。諸美具備，再講相貌端莊、衣冠修整，可以出而應試矣！

學貴積理　口耳之學，過而輒忘。雖讀盡天下之書，與不學等。學者心未洞明，動覺隔礙。若今日積一理，明日積一理，真積力久，一旦豁然貫通，左右逢源，頭頭是道矣！

學貴養氣　氣從理出，而又輔理以行之。孟子所謂集義以生氣也。浩然之氣，至剛至大，凡人同具，不養之而害之，所以奄然殆盡也。養得此氣充足，達之文章，自覺浩乎沛然，昌黎所謂氣盛則言之短長、聲之高下皆宜。作者要在善養耳！

文貴儲材　材不外於經史，要須由原及委、分門別類而儲之，乃能應而不窮。若專靠《串珠》、《類聯》、《典腋》諸書，安免錯誤雷同之弊？如《四書經注集證》、《四書釋地》、《四書摭餘説》、《禹貢錐指》、《鄉黨圖考》，均可借爲資糧。庖人爲饌，先儲魚肉，梓人爲室，先備甎瓦材木，未有徒手而呈能者也。

文章宜學鍊法　氣也，局也，筆也，調也，句也，字也，皆由鍊而得之。能鍊，則泥塗皆化丹砂，不能鍊，如蒸沙作飯，不可得食。古人云，心血爲鑪，鎔鑄千古。古人所以能筆補造化者，得力於此字也。至於過鍊傷氣，原所宜戒，若能養得氣調，何慮其傷？

古近體詩宜學也　詩以道性情，《三百篇》爲之祖。大旨有三：比、賦、興，詞也；興、觀、群、怨，體也；温柔敦厚，意也。而一言以蔽之曰：「思無邪。」先以此爲根柢，由是博覽漢、魏、唐、宋之詩，進求其命意、布局、聲律、格調，自能循途守轍，不涉歧境。先從《御選唐宋詩醇》、李、杜、韓、白、陸、蘇各大家入門，再能博覽以盡其變，庶可進而愈上，卓然成一家言。若坊刻《唐詩合解》、《而菴説唐詩》，不必寓目。詩者，思也，如我胸中所欲言，非風雲月露、流連光景之謂也。謝君曰：「爲秀才者，能詩古文，必非俗品。」亶其然乎！

宜學試帖也　國家既以試帖取士，爲士者，不可不嫻此體。紀文達公《我法集》、《庚辰集》，範圍具在，要當善學之，勿失之滑，勿失之舊而已。吴穀人氣骨超卓，別樹一幟，爲試帖獨開生面。《九家》、《七家》，各闢門徑。要亦變不離宗，體係頌颺，戒衰颯、戒佻褻、戒餖飣板滯。要貴以意行氣，以筆運典，層次分明，聲調和諧。要切題，尤要有寄托。每句五字，一火鑄成，不可不貫。做到熟境，通首一氣呵成，自有反正開合，斯得之矣！

後場工夫宜預備也　功令三場取士，士之應試者，率留意於詩文，至後場，遂潦草塞責，往往因之擯斥，可弗盡心乎？經義既所素究，果能沈博瑰麗，自是名貴之品。若但能明白曉暢，亦可達其所見。策對詳明，不出經史，以論體行之，自成一則古文。昔人論文曰：理、弊、功、效。理溯源頭，弊則反面，功則正面，效乃後路，凡文皆不能出此四層，而於策論爲尤。宜再能鼓以盛氣，變化從心，賈茂、董醇何難並美？

賦宜學也　今日之好秀才，即異日之好翰林。不學詩賦，才何以秀？上自《離騷》，以及漢魏六朝尚矣，唐人名作，爲律賦正宗，必須研究。《歷朝賦彙》，滙爲大觀，《國朝館閣賦鈔》，代有名人。要亦不外層次清，波瀾富，以意行氣，以筆運典，聲調鏗鏘，詞意雅馴而已。

四六宜學也　奏牘牋啟，用處甚多，上溯《昭明文選》，次及徐、庾、四傑，四六法海，最佳。宋四六，亦可看其翦裁之法。我朝代有鉅公：坊刻《陳檢討四六》，典多氣盛，惟失之泛；章藻功屬對不板，亦有章法，腕力少嫌薄弱；吴穀人《有正味齋》純學六朝，骨肉匀停；袁子才筆如天馬行空，不拘拘於字面，而引用古事，銖兩適均；楊蓉裳沈博瑰麗，微嫌豐縟。他如洪稚存、孔巽軒之古澤陸離，曾賓谷、吴蘭次之清和圓轉，均堪采取。而紀曉嵐先生敷奏諸篇，尤屬大手筆。要有開合擒縱，運單行於排偶之中，方爲作手。秀才果工此體，制藝試賦，自必詞調和諧，動中音律，文體爲之改觀。

書法宜學也　學字宜從顏字入手，爲其源出二王，心正筆正也。《東方先生畫像贊》爲第一善本。每日臨大字一二百，縮爲小楷，乃不局促。由是而歐，而柳，而二王，而虞、褚，學焉而各得其性之所近。蘇靈芝亦出二王，《鐵像》、《真容》、《德政》諸碑，筆力開展，《道德經》尤精神團結。碑在易州，不難購覓。大要作字不外用筆、結體而已。程子云「即此是學」，學者宜留意焉。

字音不可不審也　北方凡遇入聲，多讀作平聲，一字失拈，即足誤事。今爲汝等立下乘工夫：每日檢韻本，記五字，先從入聲「一屋」記起，記完入聲，再記去聲，再記上聲。若平聲，平素作詩，時常繙閱，更覺好記。擇其常用之字先記之，至不常用者，猶可從緩。久久記之，自不至於錯誤。

字體不可不正也 古人云：讀書宜略識字。今人動筆即訛，亦失於講究之故耳。源本《説文》，證以《字典》、《張氏字鑒》、《佩觿》、漢簡，及《字學舉隅》諸書，六書雖分著其義，大旨不外從某字得義，從某字得音。尋究其源流，記一字，而得義得音之字，即可隅反。苟能隨處留心，數年之間，可無訛誤矣。

爲學宜愛惜光陰 人生百年，如白駒之過隙。今日虚度一日，明日即不能挽。禹惜寸陰，陶惜分陰，我輩宜何如生警惕心也？

讀書宜求遠大不專爲取科名 國家設科取士，士亦以科目進身，上下所以交相成者，固別有在。且人能自重，乃足以重科名，不然即中舉，中進士，適爲科名玷耳。中不中有命，通不通在人。終身作一好秀才，其榮多矣！秀才盡心教讀，從者必衆，所得脩脯，用以儉約，儘足養家。教訓子弟成材，將來必有興者。即不然，書香不斷，代代有秀才，豈不是好人家？若讀書止知求功名，作美官，宫室車馬、衣服妻妾之奉橫亘胸中，念頭便大差了。將來作官，何所不至耶？

讀書要儲經濟 如真西山之《大學衍義》，邱瓊山之《大學衍義補》，馬端臨之《文獻通考》，推之如吕氏之《救命書》，魏叔子之《兵謀》、《兵法》、《救荒策》，吴荷屋之《吾學編》，以及《二十二史名臣言行録》、《皇朝經世文編》、《切問齋文集》、《康濟録》，凡刑名、錢穀、農桑、水利，有益於國計民生者，皆當宣究，以爲他日致用之具。古人著一書，皆閲歷久而後成，故言之鑿鑿。秀才不出鄉里，何處閲歷？有古人成迹在，其所得不已多乎？

學貴存誠 不誠無物。昔河間獻王實事求是，學者步步脚踏實地，勿忘勿助，久久自有效驗。若朝爲一事，暮即棄去，已先不誠，安望有成乎？

學貴悟 人之性質不齊，有聰明者，即有魯鈍者。然而無慮此也，知之成功終歸一致，苟能自移，即非下愚。

要在人一己百，人十己千耳。若置其心思於無用，自甘冥頑，則不可治矣。人心之靈，用而愈出，要當苦思靜索，反復探求。子曰：「吾道一以貫之」，吾輩所讀皆載道之書，所爲皆明道之文，古文、時文、古今體詩、試帖詩、經義、策論、四六，以及稟啟書函、文移公牘，皆是一個道理，一個法子。其不同者，各有體裁，各有面貌耳。生等果能觸類旁通，當不以斯言爲河漢。若謂我是書生，止知作八股文，其餘一概不能通曉，其八股不問可知已。

學宜審問　孟子云：「學問之道，求其放心」；子曰：「疑思問」；子夏曰：「切問而近思」。諸生不問，由於不思，不思由於不疑。先思後問，求釋疑也；既問仍思，求其是也。今與諸生約，每人訂一本子，平日讀書、讀文有疑難者，用筆條記，見時一番質問，心自豁然。夫弟子不必不如師，果能將爲師者問倒，再爲查書詳考，並可別質高明，教學相長，師之獲益多矣。勤學好問爲文，是所望於有志者！

以上三十三條，並非高遠難行。諸生循而行之，將來文風益見興起，必有翹材特異之士，進而愈上，希賢希聖，爲名臣，爲名儒，以不朽於千古者，是予之厚幸也夫！

予守保陽時，得見高寄泉同年自刊所作時藝五十篇，皆當行出色，骨肉停勻，洵屬投時利器。予服膺久之。嗣予於道光二十九年，由清河調任，分巡大名，次年，寄泉同年亦由河間廣文調任大名，相見甚歡，論文尤相浹洽。因令兒輩親炙受業，復得飫聞根柢之學。今出示所著《演教諭語》，始以立品、端本爲基，繼以立志、知耻而訓之，以經史、古文、詩賦、策論、正字，並擴爲經濟之學三十三條。凡中人以上、以下之資，皆可領會奉行，不難由下學以馴至上達。俾士子童而習焉，從此儒行克敦，文章爾雅，以上副聖世作人之化。是編之有裨於學校，豈淺鮮哉！

年愚弟何耿繩跋

福官肅寧教諭時，家大人以閩中謝君《教諭語》授之，命以語諸生。及之任，距河間甚近，聞教諭高寄泉先生語諸生者，較謝君尤淺近加詳，福謝不敏焉。後二年，先生調大名縣教諭，福亦卸肅寧教諭任，隨侍往辰郡矣。今諸生受先生教者，如許復堂業香入翰林，王曉泉浚成進士，劉晋山啟同由中書知遼陽州，張夢九與齡、劉博泉恩溥皆舉孝廉。其餘如劉東峰浴、周錦章誥等，以名諸生，講學勵行，有名於時者，尚指不勝屈。是斯語之効也。天下人才盡出學校，教諭之語不綦重哉？竊願以先生所著斯語，語天下教諭也。先生將之官博茂鹺尹命，大興弟子劉銓福敬記。時咸豐戊午夏四月二十八日。

丁巳秋九月上浣曲阜弟孔憲彝拜讀

戊午孟夏當塗鶴船馬壽齡拜讀

端陽前二日前冀州訓導世小弟樊彬拜讀

戊午秋仲弟邊浴禮拜讀於申陽官廨

越羅蜀錦，華則華矣，不如布帛之切於日用；猩唇熊白，美則美矣，不如菽粟之饜乎飢腸。博茂鹺尹高君寄泉，以所著《演教諭語》見示，所謂布帛菽粟之文也。披讀數過，喜而歸之。

咸豐己未仲秋臨潢友山氏齡椿題

校官之職，經師人師。匪直課藝，實端民彝。先正有覺，輔斯翼斯。傳世立訓，視茲讜詞。

寄泉四兄以所著《演教諭語》見示敬題　番禺許其光

語極淺近，理極深達，士人身體而力行之，無不學養兼醇，體用悉備。斯則寄泉鹾尹之大有裨於後學也。

咸豐庚申孟春閩中邱景湘鏡泉氏識

容城徵君牖世苦衷，其身後得替人矣！

統觀三十三條，皆係淺近易行，並能於生童錮習，洞見癥結，真苦海慈航也！

督學使者年愚弟龔文齡識

爲近時習氣痛下鍼砭，苦心苦口，無一語不求切實工夫，有關於士習文風不少。

督學使者李清鳳識

蝶階外史

小引

茶餘酒半，朋友聚談，遇可傳、可敬、可喜、可愕之事，歸輒篝燈筆之。積日既多，遂爾成帙，命曰《蝶階外史》。予本餐腐之人，亦自罄其腐談，聊供閱者噴飯而已。

咸豐甲寅二月初吉外史自識

評跋

簡而能達，清而能腴，不事矜才使氣，而叙事如繪、狀物如生，真能自成一家言者。相其用筆，能以徵實處翻空，又能於翻空處徵實，故不落窠臼，而文情奇雋若此。

菱溪漫士孫肇脩謹識

古今稗官凡數十種，能與《閱微草堂筆記》、《聊齋志異》驂驔者，甚屬寥寥。尊著卷帙無多，足徵博雅，而筆力運掉，可挽千鈞。方之《草堂》、《聊齋》，尤堪並美，而輔世牖民、勸善懲惡之意，即隱存乎其間。蓋多聞而直諒兼焉者矣！

灘溪龔莊識

序

夫以人爲鑒，古者尚之，記事有珠，知者寶之。既怪力亂神之不語，非嬉笑怒駡以爲文，事可質乎千秋，説有憑於衆口，正而不詭，信無可疑，此《蝶階外史》所由作也。外史著作等身，膾炙人口，六詩三筆，四達八窗。好客如鄭當時，不夷不惠；清談勝王夷甫，亦莊亦諧。爰於課士之閑，偶仿稗官之體。我聞如是，無異其詞，人有不爲，各成厥志。寓勸懲於善惡，化朽腐爲神奇。碎亦成金，聚非鑄鐵。載續《虞初》之新志，自成一家；頓添《日下》之舊聞，願書萬本。

咸豐歲在閼逢攝提格陬月東泖何慶熙謹序

題辭

蝶階外史，著於寄泉。文隨事記，事以文傳。筆墨之妙，寓化工焉。栩栩然蝶，飄飄欲仙。史成外翰，闕補本天。

洗之馬春坊

十斛隃麋墨湛新，笑他干寶枉搜神。談玄説鬼皆荒眇，誰及《齊諧》句句真？
盲左文章萬口誇，腐遷叙贊得專家。怪君舌底青蓮粲，妙論流芳濺齒牙。君微痾，時未痊瘉
文心賦骨邁班揚，海上風吹翰墨香。慚愧相如封禪稿，怯排旗鼓鬥詞場。時余方譔《津門人物志》、《選舉録》各種
擔荷斯文肯息肩？舊聞《日下》慕前賢。幽燕趙魏新奇事，都借《虞初》卷裏傳。

梅莊華長卿

名山柱下遍搜羅時先生輯《畿輔詩傳》，凡八百家，刻既成，梓裏流傳片羽多。集並《中州》存不朽，詎誇鬼𧩙似東坡！
狂瀾百代障紛紜，彩筆如椽憶舊聞。鴛繡從知鍼盡度庚子刻《文法金鍼》一册，誨示多士，粲花妙舌吐奇芬。
鑄來鐵硯竟磨穿先生有《鑄鐵硯齋試帖》若干卷，格律琴心海上仙。瑣記偏兼詩畫意，幾回拈卷幾流連。

伊門郭效程

卷一

王原

文安王珣家貧，困於役，逃至輝縣夢覺寺，爲僧法林供炊爨二十餘年。去時，子原在襁褓，及長問母，知其故。跪辭母，去尋父，遍齊魯郊者數年。一日，宿土神祠，夢古刹，日近午，見廊僧炊飯，曰：「此莎米飯也，味苦，爲汝澆以羹，乃肉汁也。」曰：「甘乎？」曰：「甘。」曰：「如來真個來，好去還須去。」驚寤，遇丈人，語以夢。丈人曰：「日午，南方也；莎草，根附子也〔一〕；調以肉汁，附子膾也。可急去，當於寺中求之。」原如其言，晝行夜禱，逾月至輝縣。雪夜宿夢覺寺門，既曉，僧雛引參方丈。僧問其鄉貫及尋父狀，呼珣使見之。不能識，珣呼原乳名，因父子相抱痛哭。僧資之歸。原生男六人，孫十有五人，曾孫二十有二人，天殆以繁衍，報其孝云。李安溪相國爲作《王孝子詩》，一時和者甚衆。

【校注】

〔一〕 莎草的塊根名香附子，可入藥，有健胃、鎮痛、調經之功效。

某乙

古北口外多山，山水漲發，往往漂没廬舍。某乙者，居半山小村落，年二十餘，家有老母。授室甫年餘，生一子。某乙日采樵，下山售賣養母。一日，斫柴山椒，見白氣漫天，波濤噴湧而至。念水至山半，村必不保，狂奔至家，負母疾赴山頂。比至，水已没足。因母子憩極高處，彌望滔滔，汩天無際，度家人盡葬魚腹矣。越日水退，負母歸。見他村盡墟，獨所居小村無恙。至家，聞兒啼室中，妻炊飯方熟，因食母。問之，云：「他無所見，惟濃陰一日，昏暗如晝晦耳。」此事得諸販羊人，言之鑿鑿，惜忘其姓名。

外史氏曰：白波浸天，死生呼吸。某乙之狂奔救母，非獨仁也，抑智且勇。嗚呼！一念之孝，鬼神呵護，妻子獲全，並澤及於一村。當其負母上山時，念豈及此耶？吁！可以知天意矣。

虎口奪母

趙瓚，柏鄉余舍村農人也。家貧，事母孝。一日出汲水，其母向院落取薪。有虎突入村，直趨瓚家。瓚歸，村人遥呼曰：「虎在汝家，不宜往。」瓚急持柴擔，踉蹌入。見虎方銜母來，奮力擊之，院宇小，虎不能轉身，又以銜人不舍，不能鬥。瓚與持益力。虎遂舍其母，將奔瓚。會縣胥率健勇至，射殺之。令旌其門曰「純孝」。

于蕃

于蕃，元城人。明嘉靖中，倭寇浙甚猖。蕃與堂弟佃，以精兵應募。總督胡公宗憲令守定海、舟山。與賊戰，數捷。佃偶退縮，法當斬。泣曰：「死所甘心，第念寡母老，又無兄弟，子呱呱在繈褓，奈何？」蕃曰：「弟良苦，我有二弟四子，可代也。」因自縛，詣軍門。胡悉其狀，義之。釋其縛，杖佃，免其死。逾年，還鄉里，母得終養。里人高蕃義，聞於有司，表其閭。

五宦殉節

張力字杠侯，崇禎丁丑進士，官萊郡司理。劉璧星字聚五，萬曆乙卯舉人，官即墨令。范春駿字倩美，天啟甲子，以尚書冠秋闈，官崇信令。李允樟字若楩，副憲李建和子，官中書舍人。辛廣慈字航海，諸生。皆東明人。甲申，明社既屋，東明令宵遁。三月，僞官王秉純入據，胥程抱六，虎而翼之，荼毒薦紳慘甚。會國朝定鼎，五人於五月望日，刑牲誓衆，各率蒼頭十餘人，持梃擊賊。至署，力引佩刀，决賊首。抱六等懼禍，密與僞部總張夢熊歃血謀反，囚五人，送懷慶僞將軍劉宗敏營。五人不屈，慷慨罵賊死。

外史氏曰：五人雖死，至今凜凜有生氣。後之仕而鄉居者，可以興矣！

范節婦

吴橋范大司馬妹，名景姒，歸同邑王世德。以應試卒京師，范將殉，有子在襁褓，乃忍死撫孤。范讀書明大義，工詩，兼通書畫，畫大士像尤精。後以避亂，卒於司馬官邸。子孫錫歲貢。孫作肅，康熙乙卯舉人，官南宫縣教諭。曾孫履吉，康熙辛卯舉人，官中書。後人蒐輯遺稿，刻《冰玉齋集》一卷。

文安陳氏殉節

崇禎十年，文安兵變。西馬頭陳氏舉族登舟，甫解纜，兵突至。舟中婦女投水死者，平度州知州陳所問妻王氏，永州府推官陳國維妻王氏，蒲城縣令陳國籌妻苗氏，生員陳國範妻王氏並十五歲女，生員陳國箳妻井氏，恩生陳國史妻劉氏並十五歲女，崇明縣令陳慎妻姜氏，户部侍郎陳協妻王氏，陳所有妻田氏，陳忲妻紀氏，生員陳愔妻井氏，生員陳悌妻紀氏，庠生陳陛妻張氏，貢生陳忯妻王氏，廕生陳怙妻王氏，生員陳惺妻程氏，共十八人，同時畢命。甲申之變，宛平查氏死者七人，一時題咏甚衆。陳氏死者較多，乃泯泯無傳者。然冰心烈魄，千載猶芳，故自不可没也。

張節女

張某青縣人，康熙間流寓東光。有女及笄，明慧纖麗。東光馬德聘爲婦。張既得聘，慮無嫁資。其妻曰：「女艷若此，携而逃，再受聘，且得重金。」張惑其言，全家逸去。女陰以爲不可，泣諫父母，咸唾罵曰：「將行嫁汝貴家，衣錦饜粱肉，顧不安樂，乃欲從寠人子終身操作耶？」女知不可挽回，乃潛易襤褸衣，塗面爲乞人婦，手足皸繭，星夜匍匐至東光，詢馬氏居，詣之。馬故有母，問所從來，告之故。母雨泣曰：「苦吾新婦矣！」盥而視之，光可以鑒。乃命子鳴之官，令拘張至，訊得背盟狀，懲之。具鼓吹送女，與馬合巹焉。

兩烈女

榮姑，文安縣馬頭村李氏女。婢曰春華，姓陳氏。相依數年，視如姊妹行，春華亦盡心事主。榮姑幼字朱氏子。朱官於浙，婿隨往，十餘年音問斷絶。女待字，年逾三十矣。父母在時撫育之，有兄無賴，略不過問。二老相繼死，女饘粥不給，且患痿痹，仰婢十指爲活。女兄以博債急，將鬻婢以償。婢戀主，不肯去。撻之，女護婢，並撻女，血狼籍不能堪。主婢謀曰：「與其分離而死，何如並命之爲愈乎？」夜相持大慟，密綴衣褌。門臨大河，遲明，偕往溺焉。梁藥仙廣文右偓，時寓王慶坨，爲賦《兩烈女行》，詩云：

友人手持烈女狀，勸我試作烈女歌。我無表揚風義、如椽之大筆，對此涕淚空滂沱。東安蕞爾縣，馬頭寥落村。輶軒不恒到，奇事喧里門。春華其名穎川氏，質身隴西供役事。主人有女字榮姑，姊妹相看無異視。榮姑幼結朱氏姻，朱即隨仕江之濱。錦字十年沈宦海，緑窗卅載虚芳春。不幸嬌姿遘痿疾，翁姆就撫難起立。那有然鬚視藥人，同懷經歲絶踪迹。堂前愛日沈虞淵，榮姑從此愁粥饘。但仰女紅度長日，然萁煮豆仍相煎。惟有女奴如共命，十年不字扶姑病。賣珠歸後問興居，壓線問時親祇奉。朝食低顔苦勸餐，夜眠擁被寒同夢。忽忽聲鬩墻，博債急索償。謀奪執爨婢，質錢賣絹郎。薄言逢怒哮如虎，李揚老拳捶敗鼓。病姑匍匐遮以身，撲地梨花碎春雨。大杖小杖何紛紛，杜鵑啼血血染裙。鄉鄰畏事各閉户，氣竭聲嘶如不聞。婢在姑遲死，婢去姑速亡。與其齎恨各分張，何如就死相頡頏？既不能如薛家紅線走堂堂，又不能如俠女竊負偕遠颺。匡門蹈海扶幼主，吾將追逐參翱翔。風許許兮雲憑憑，天陰月黑楓林青。當門巨浪如山傾，水仙羽葆來相迎。主兮婢兮同一哭，回頭猶見、繡閣燈熒熒。詰朝鄰人各驚絶，奔集河干相指説。主衣鮮好密密縫，婢衣暗敝重重結。想見從容就義時，禮數不因造次滅。可憐一水鎮空明，生者何顔死者悦！昔年我作錢塘游，曹娥祠廟臨江頭。歲時村巫奏絃管，我亦躬薦蘋蘩羞。千有餘載得匹儔，彼蒼厚意君知不？假饒主姑無疾嫁，不過媵妾青衣流，孰若兩兩貞烈傳千秋？

王烈婦

王烈婦，平陰東門外縣吏賈某妻，年十九歸賈，時賈年四十，極樸誠，婦亦賢淑，頗相安。道光二十五年，定州張小坡明府樸來宰平陰縣，思風化所關，與邑中紳耆修《節孝志》，請旌立坊。復念幽光潛德，草野豈盡無遺？以賈吏端謹，使董其事。日出郭，逐村訪問，晚歸，具稿以呈，如是者半年。一日，燈下屬草，婦問曰：「日日採訪節婦，今幾何矣？」曰：「境内計有三百，自信可無遺漏。汝問多少，亦欲入《志》乎？」婦一笑。無何，賈病篤。臨終，謂王氏曰：「汝適吾門，已近三年，夫婦之情，亦未云乖，但上無父兄，下無子侄，家無恒産，汝青年，斷不必守，亦無可守。所傷者，采訪一載，成三百人節孝之名，前日戲汝入《志》之言，徒成虚語耳！」婦聞之，不答，俯首嗚咽而已。賈旋殁。親鄰來助喪，不見王氏。尋之，已縊他室，時久身寒，救之無及。張公素知其貧，急捐俸治喪，並題額旌其門。紳民不期而送者百人。時《節孝志》已刊竣，張公作《哀王烈婦詞》並《傳》，急付梓續入。又命石工刻名節烈坊。人咸頌張公之賢，而仰王氏之烈云。

駱六

駱六，寶坻人。幼爲陶㒸香師僕。師戊辰翰林。嘉慶十八年，六從主人在文穎館校書。時睿皇帝秋獮木蘭，逆賊林清勾結内監張泰、王福禄、劉得財等作亂，京師震動。賊數人，入文穎館，駱藏主人複室中，扃其户，而自索器謀拒之。苦無械，乃折棹足，持與鬥。賊削以刀，斷四指，暈而仆。賊入室，虚無人，遂去。時皂隸數人，伏草中，賊去乃出。閉館門，師與諸人共守之。時賊冠白巾，持白旗，遍墻上皆是。成皇帝方爲阿哥，手發火槍禦之，連斃執旗賊二名。天陡陰，雷雨交作，賊恍見武帝持刀指揮，城内外兵勇紛集，墻上賊皆鳥獸散。倉卒之間，圍立解。睿皇帝回鑾，董文恭公誥力請還宫，人心遂定。㒸香師在館，與隸數人日食糜一餐，已三日矣。聞有叩門者，乃出，而駱殊未死。移歸寓，漸蘇。師厚待之。後每陛見成皇帝，輒問義僕駱六尚在否。師養之終其身。予嘗問當時形狀，述之如繪，復曰：「我一細民，徒以一時報主之誠，遂忘其身，即令畢命草莽，與螻蟻何殊？乃屢蒙天語垂詢，復蒙主人豢養恩，不以僕隸視，其榮多矣！」其人誠樸，無他長，不能爲一切機械變詐習，故臨難忠奮，有古人風。年七十，卒於家。子滿倉，家有田二頃，皆主人所賜也。

開福寺塔

景州古塔，在治西北開福寺，累十有三級，高二十二丈，闊八丈。上嵌鐵籠銅瓶，下安瑜欄石砌，内築階甃。螺旋而登，洞門四闢，望數十里。北方浮圖，無有逾者。第一層甎刻：「光禄寺丞知冀州蓨縣事兼兵馬常謌臣記，時大宋元豐二年己未歲五月初十日，同施縣君李氏等，男璟琦、球琥等。知蓨縣事常謌臣書。」又南面甎刻《河間路蓨縣開福寺重修釋迦文殊舍利塔記》，大元至治三年八月十五日。按景州在東漢曰脩縣，隋改蓨縣，宋元因之。舊《志》云塔下傳有海眼通潮，故覆以大石板。近代石損發視，狀如覆斗，砌以五色石，極工緻。中有方臺，圍小石佛千數，蓋昔以藏舍利者。明正統二年，知州劉深甎刻則云觀相輪鐵券，肇自北宋，元祐某年，始克成工。豈始修在元豐，訖功在元祐歟？《經緯集》云，宋與契丹畫白溝爲界，守臣皆密修邊備。或治濼泊以限戎馬，或起浮圖以遠眺望，蓋不使敵人覺，特假以潛爲之備。故時有「拒馬溝，望夷塔」之諺。開福塔之修於元豐、元祐，豈其遺意歟？舊傳隋文皇時建，則不可考矣。

大名府署

大名府治爲宋北京舊城，在今府城東十餘里。明初没於水，舊迹漸不可識。今府城建於明成化中，我朝康熙、乾隆時，屢經增修，城雖完固，而規模狹隘。府署在城東南隅，傳係前人墓道。某年，署内掘地，見朱棺甚鉅，懸而窆，無銘志年代可考。重爲掩之。署中晚香堂三楹，老柏五株，蔭堂下。堂後古木尚數十章，蒼翠森竦。中有石坊，就坊建祠，祀文昌，額曰「桂香閣」。甃階巨石，疑是華表。少後有祠，祀關帝。迤西樓兩重，高三丈許，曰「鎮樓」。老更夫云：「署中舊常見鬼物，太守某用形家言，起樓並祠厭之，乃絶。」今關帝祠下，即瘞棺處也。祠有古印，見南皮張太復《春岩詩草》，今印不存，亦無知者。惟樓上庋鐵兜鍪一，甲一片，傳爲劉智遠所遺。甲色雖黯敗，然不似遠年物。兜鍪重十餘斤，人戴之多不勝。定指爲五代時物，亦無可考證也。

按《宋稗類鈔》載，韓魏公大名府治築善養堂五楹，以爲燕息之所，宏壯軒敞，府、縣《志》均不載。舊府治没於水，遺迹不可問矣。

大覺寺

大覺寺在寶坻城内東街，遼重熙時建。有張瓚《碑記》，文載《日下舊聞》。寺藏貫休《應真像》十六軸，龍象紛綸，裝嚴神妙，數十代寶若拱璧，秘不示人。蓋恐蹈《蘭亭》之賺耳！今尚存。

廣濟寺

廣濟寺在寶坻城内西街。遼碑二：一銀青榮禄大夫檢校司徒宋璋《佛殿記》，太平五年立，今尚存，全文載《縣志》；一重熙五年立，猶標記碑旁，蓋即一碑而上下連書者，後斷其半，碑下尚有字迹。舊有二石幢，雕刻玲瓏：一久廢；一在城中四達之衢，里人謂其下有海眼，俯聽輒作風濤聲。《志》稱中有銀合，盛佛牙二，皆荒誕不足信。或曰未有城，先有寺。建城時，形家言郊外地高，至城漸卑，入城又漸高，中就極高之物鎮之，取凹中凸、凸中凹之義耳，似爲近之。寺中塑三大士像，及侍立諸天神。貌一一奇古，不類近代裝，劉元所改塑也。元，寶坻人，師事青州把道禄，得其塑土範金、摶換像法。始，元欲作侍臣像，久之，未措手。適閲秘書圖畫，見唐魏徵像，瞿然曰：「得之矣！」遽走廟中爲之，即日成。禮像者嘆其憂思深遠，逼肖生人。京師朝陽門外東岳廟像，即其所塑，見《元史·阿尼哥傳》，《輟耕録》亦載之。劉侗《帝京景物略》作藝元者，誤也。又按易州南四賢祠，祀郭隗、樂毅、劇辛、鄒衍，劉鑾塑像，技精巧，見元郝經《碑記》。劉鑾即劉元。張船山太守有《劉鑾塑像歌》云「劉鑾十指恐非指，摶土爲神神不死」是也。

殿瓦大如箕，中硯材，堅緻潤澤。近年寺僧軒成重修，好事者多以新瓦易去，亦略盡矣。

寺中柱皆合抱。一柱近礎處，朽二尺餘，僧欲易之，費頗鉅，聽之，又恐傾覆。一日，有人憩殿上，見僧不怡，問知其故，笑曰：「飲我酒，爲若易之，不費一緡也。」僧爲置酒食，大啖畢，令具碌碡一，量其徑圍高下，分寸悉合，以鋸截斷朽木，即以碌碡補其缺，如推門落臼然。既畢，轉瞬失其人所在。

水泉

薊州田盤之麓地，名水泉，一名石佛寺，張氏別業也。繚垣皆用石砌，斑駁作虎皮紋。薜荔緣生，色蒼緑，葉大如蒲葵扇。徑砌以石子。内室三楹，旁有倉、有庖湢，皆用黄白草苫蓋，堅樸無華。院落頗寬敞，一亭曰「望雲」，高出屋上。坐亭檻上，山笏立目前，天成寺近與拱揖。墻外山田二頃，藝粟米，可供八口一歲資。果園數畝，雜植蘋婆梨樹，歲收其值，可爲衣禦冬。予於己卯年游盤，一至其地。時張氏式微，業將售，索直甚廉。買山無貲，悵悵而已。

靈壽縣

郡邑命名，義各有取。靈壽取義在木，亦豫章、酸棗類也。《爾雅》「椐樻」，陸氏云：「節中腫，似扶老，今人以爲杖及馬鞭，亦名靈壽。」漢賜孔光靈壽杖，唐李靖遷右僕射，乞骸骨歸，加賜靈壽杖是也。《山海經》：「唐都之野，靈壽實華」〔一〕。常璩《巴志》：「朐䏰縣，産靈壽木。」〔二〕《水經注》：「來水合濤水、湘水、千秋水，水出萬歲山，山生靈壽木。」縣今産此木，土人剞以爲杖，頗堅實有致。

【校注】

〔一〕《山海經·海内經》：「西南黑水之間，有都廣之野，后稷葬焉。爰有膏菽、膏稻、膏黍、膏稷，百穀自生，冬夏播琴。鸞鳥自歌，鳳鳥自舞，靈壽實華，草木所聚。」

〔二〕常璩（約二九一至三六一），字道將，蜀郡江原（今四川成都崇州）人，東晋史學家。此處《巴志》，指其所著《華陽國志·巴志》。

屬對四則

獻縣紀文達參知，天才宿學，屬對之妙，信手拈來，觸口成趣。如「太極兩儀生四象，春宵一刻值千金」，已見英旭齋相國《恩福堂筆記》矣。他如「六味地黄丸，二則天青緞」，工絶妙絶。或謂「緞」對「丸」少差，公曰：「古段字，與緞通，張平子《四愁詩》『美人贈我錦繡段』可證也，段對丸，有何不工？」一日，陸耳山學士錫熊云：「適飲馬四眼井，四眼井以何爲對？」公曰：「即以閣下對，可乎？」兩人各大笑。或謂公曰：「京師招牌，如『祖傳狗皮膏，秘制烏鬚藥』、『去風柳木牙杖，滴露桂花頭油』、『秋爽來學，冬季諷經』、『揭表唐宋元明古今名人字畫，發賣雲貴川廣生熟道地藥材』，凡此者，既聞之矣；若書坊之『老二酉』，以何爲對？」文達曰：「汝進正陽門羅城時，試於布傘上觀之。」其人不悟，至其處，賣卜者書「大六壬」三字也。

「此地有崇山峻嶺茂林修竹，是能讀三墳五典八索九邱」聯，懸隨園。又聞純廟持套紅鼻烟壺，一面鐫蘭亭景，一面刻序中十一字，示沈文恪公，初曰：「汝能對否？」沈應聲曰：「若周之赤刀大訓天球河圖」，稱旨，即以壺賜之。

筆墨一道，聯對爲最難。以其爲地無多，需稱題，又需包括，尤需面面圓到，所以難也。西江百花洲，遠景琵琶亭，近景滕王閣，阮雲臺相國集白詩、王序爲一聯云：「楓葉荻花秋瑟瑟，閑雲潭影日悠悠」，工切極矣。又滕王閣懸句云：「奇文共欣賞，我輩復登臨」，亦工。「今夕止可談風月，故鄉無此好湖山」，楊雪椒方伯集聯，在山東歷城歷下亭。廟祠聯之工切者，如鳧磯廟之「思親淚落吴江冷，望帝魂歸蜀道難」；蜀丞相祠之「日月雙懸出師表，風雲長護定軍山」；聖帝廟之「吴宫花草埋幽徑，魏國山河半夕陽」，又「怒同文武，志在春秋」；東嶽廟之「帝出乎震，人生於寅」；湯陰岳忠武廟之「懔懔生氣，悠悠蒼天」。皆久經傳誦矣。蜀中桓侯廟落成，懸一聯輒墮，已更數十聯，神不歆也。廟祝夢神曰：「明日張解元過，當求之。」次日，某秀才至，僧以爲請，書曰：「春雨樓桑，無限落花悲帝子；秋風劍閣，有人釃酒吊將軍」，懸之至今。後某果發解。近傳落鳳坡有龐士元廟，粟明府穗聯云：「造物忌多才，龍鳳豈能歸一主？先生如不死，江山未必許三分」，得尊題法，筆意闊大，超拔可誦。虎邱白公祠落成，林少穆制軍聯云：「唐代論詩人，李杜而還，祇有幾篇新樂府；蘇州懷刺史，湖山之曲，尚餘三畝舊祠堂。」杭州送子觀音廟，百菊溪制府聯云：「我本是一片婆心，抱個孩兒給你；汝須行十分好事，留些陰騭與他。」後人又有一聯云：「上帝本好生，求我與以兒女，不求我亦與以兒女；下民須自愛，爲善報在子孫，爲不善亦報在子孫。」當塗太白祠，吴山尊學士聯云：「謝宣城何如人？祇憑江上五言，教先生低首；韓荆州差解事，肯讓階前尺土，許國士揚眉。」後有吴桂卿學林聯云：「薦汾陽再造唐家，並無尺土酬勛，祇落得采石青山，供當日神仙嘯傲；喜妃子能譏學士，不是七言銜怨，怎脱却名繮利鎖，讓先生詩酒逍遥？」翻空易奇，不落窠臼，尤爲新警。最奇者，莫愁湖上觀音閣，東壁懸徐中山王像，以清凉山在對面，王墓在焉，故供養於此閣。聯云：「湖山舊是女兒家，稽首慈雲，願佳麗盡生西土；圖畫今留元老像，翻身苦海，看英雄竟付東流。」上聯以莫愁襯，下聯以中山王襯，而中四字，各按觀世音本面，末句上聯情致，下聯悟境，情致則春風裊娜，悟境則怒濤橫捲。惜不憶其姓名，真才人筆也。

西湖茶肆當壚人甚麗，或集句云：「欲把西湖比西子，從來佳茗似佳人」，可謂面面到矣。伶人如意工作劇，趙雪蘿贈以聯云：「如其抵掌真孫叔，意者前身是子都」，上贊其技，下諛其貌，首嵌「如意」二字，洵聰明絶世也。

鄉祠壁字

天津關帝廟，越人造，爲鄉人讌會所，俗呼鄉祠。祠後閣三楹，壁書擘窠字四曰「進德修業」，字畫遒勁，類歐陽率更，款署胡璣書。傳爲山陰人，寓祠中，無所事事。一日僧出，爲人家作佛事，留小沙彌居守。胡持墨瀋一盎上閣，又斂寺中坐具，悉移置閣中。半日，出謂沙彌曰：「我將去，若師遇我厚，無以酬，壁上已爲塗鴉，師歸，幸爲我致之。」遂襆被去。沙彌亦不解所謂。僧歸，告以客言。上閣，字在壁上，墨猶未燥也。

柏林寺畫水

趙州城東南柏林寺，兩壁畫水：東壁畫文水，洄波静流；西壁畫武水，奔瀧駭浪。筆意雄闊，殆張南本孫位之流也。題名歲久剥落，《志》稱吴道子筆。按寺金大定中建，道子唐人，安得傅會？

舊宅

通州李達夫兵部如璋，官主事，賃居宣武門内。舍旁隙地，小有園亭。夏夜露坐其中，見南墻下光隱隱從地出，宵深益熾。初不以爲異，後屢見之，使家人掘以鋤，深三四尺，得董思白真、草、行書石刻數具。石質滑潤，知是新藏者。旋爲主人奪去，亦即他徙，空宅扃焉。二年後，又有賃居者，夜仍見其處有光。後來者固不知前事，掘地，得白鏹萬鎰，而宅主不知也。席捲南歸，遂成巨富。

外史氏曰：人生一絲一粟皆有定數，不可强也，而人偏欲强求之，卒之徒勞無益，甚且又加損焉。古人云，富貴逼人來。富貴逼人則易，人逼富貴則難。觀李兵部事，益信！

劉永錫

劉永錫，魏縣人，崇禎丙子舉人，官長洲縣教諭，署崇明縣事，庭無留獄。甲申後，隱居相城。大吏强之使出，永錫祖裼瞋目，大言曰：「我中原男子，年二十渡漳河，登大伾，鳴鞘躍馬，兩河豪傑，誰不知我？奈何欲見辱耶？」

拔壁上劍，欲自剄，門下士抱持之，得解。大吏駭而去。常渡江，鼓枻中流，悲歌慷慨，泣數行下，歌曰：「溯彼中流兮，采其荇矣；思君與父兮，有懷靡竟矣；身爲餓夫兮，天所命矣；中心殷殷兮，涕斯迸矣！」後遂不復歸，窮餓死。其弟子輩，葬之虎邱山麓。錫字欽爾，《大名縣志》作欽若。魏縣今裁，并入大名。

劉倔子

倔子不知何許人，亦不詳其年壽。康熙間，往來通州城市中，出隱語，談人休咎，事後多奇中。性倔强負氣，人争呼爲「劉倔子」云。温某八十餘，遇倔子，曰：「前許道袍，可見惠矣！」温矍然，翌日制袍以贈。或詰温，温曰：「余成童時，從父輩飲某所。會劉在坐，目余曰：『此兒有壽。』余戲答：『如逾八十，以道袍贈！』今憶其言，如昨日也。」總兵王某引爲客，王欲郵書津門，倔子請往，逾宿，以覆函歸報。嘗偕里人游西山，同行者覺健步異常時，移晷而至。既登山，衆苦飢，倔子忽出釜，納石卵，拾松枯以炊。少頃，啟釜曰：「熟矣！」遍餉游侣，味如薯蕷。衆竊其一，匿懷中，及歸，視之仍頑石耳。後去，不知所在。

宋青州人劉跛子，有仙術，年年入洛陽看花，范希文子侄與往還。事頗類此。

看鼓樓人

通州劉翁守鼓樓，司撞鐘。鐘以漏初下爲度，杵一撞，則獄囚收禁，不能轉側。劉憫之，每酷暑，遲撞四刻，謂可少舒緩，不至苦蚊蚤嚙耳。持此念，行之數十年。樓下有酒肆，劉每見數人詣肆飲，衣懸鶉，貌奇古，異之。付肆主錢數緡，謂數人再來，恣飲噉，勿取直。數人詢知其人，即約共飲。高睨大談，所語率世外事，不可解。飲畢别去，劉送之郊外，長跪曰：「某愚人，然知數公皆仙，願度爲弟子，供洒掃。」數人相顧笑曰：「子持念不忍，有仙根，遇我等能識，亦有仙緣。」遂携之去，無迹。劉家有老母，年近九十，無以養。家有櫝，母啟之，輒得錢米，賴以無凍餒。逾年，劉忽自至，鬚之白者盡黑。時隆冬，持一桃餉母，腐其半。母恚曰：「去年餘，將持朱提來，僅一腐桃，何所用？」擲於地。劉曰：「一桃不易得，兒獻此，亦孝心，母不食，數也。」因自掇食之，復叩辭去。母問返期，曰：「待牛市行舟，兒當再至。」牛市者，通州城内通衢也。去後，遂不復來。母死，鄰人共葬之。棺衾之費，皆取諸櫝。桃核棄落院中，後生桃樹，結實極甘美。居人售其實，猶代爲上冢云。

外史氏曰：此事《柳崖外編》已志其概，然與此頗異。余聞潞河友人所述如此，遂更志之。

某翁

某翁，寧河某村人，家貧，父子刈草，售以爲活。村故濱海，草茂時，任人刈取，無禁也。子一日問其父曰：「草叢中有土墳起，何人冢也？」曰：「我居此數十年，未聞有墓，且人亦不肯葬海岸也。」子曰：「是必有故，盍掘而視之？」父子持鐮往，掘尺餘，見箱角，知有物，仍掩之。夜復往掘，兩箱相累，朱提滿中。争以簣携取，竟夜始畢。仍以餘草實其中，培作阜。由是置海舶，買田園，起樓閣，爲富人數年。一日，有車騎甚都，止於門。車中人作四品服，從人十餘，皆雄偉。刺入，主人肅客，問來意，曰：「我某太守，聞翁父子長者，故來謁。」因留讌甚歡，水陸競進。讌畢，漏三下，車中人曰：「由京師携一物來，敢以獻！」自車捧入，什襲鞏固，意甚珍貴。屬主人携入内，然後開視，血迹模糊，鬚髯戟張，蓋人頭也。全家驚愕。時車中人已易短後衣，手持巨刃，光瑩奪目，從者皆拔劍虎視。翁父子益愕，長跪請命。車中人曰：「翁所以起家者，我友某物也，今某已見法，而不得贓，聞爲翁所得，故將其頭來，將殺翁一家，爲某泄憤。然承翁款洽，翁誠長者，能爲吾輩往來東道主，我不翁讎。」父子諾諾不容口，掖起，洗盞更酌，夜闌，獻以千金而去。後每有盗至，恣所取，以爲常。又數十年，漸貧，乃絶。

外史氏曰：方翁得盗財，必大快，及爲盗所挾，必又大戚。然使翁不掘盗藏，亦何至久齎盗粮也？以暴易暴，盗之招也，翁父子有焉。

郭名揚

郭名揚，字賓賓，保定人，事親以孝稱。貧而介，館束鹿令署。邑豪某，謀娶里之嫠婦，不諧，造蜚語巇之，不能白。會公旋里，豪伺逆旅，出多金爲壽，密陳某嫠事由已，乞公於令前實其事。公詭應之，即携金還，白令，令據金拘豪。窮治之，嫠乃白。時魏璫焰方熾，生祠遍天下。畿内諸郡縣，率不日告成。大府檄郡守營治甚急，守不欲爲，抗之懼得罪，咨於公，公曰：「陽重其事，而陰緩之，璫敗可立待。」未幾，璫伏誅。凡建祠者皆得罪，守用郭言，獨全。其識略皆類此。居恒，授妻黨子弟經，人稱爲南城先生。子棻，順治壬辰成進士，官至中允。

王晴溪打盤

寶坻王公晴溪，工打盤術，卜人休咎。術用羅盤，置木尺，問者預書字，覆盤下，令人持尺撥盤，視尺押何度，當作何字，畢集諸字偏旁凑合之。文詩詞不一格，間有似古謡諺者。識之，事後歷歷應。公素不甚晰文義，以此知非僞托。嘗挾其術走京師四方，所至傾動，争延致之。當和相盛時，或决其必敗。問當在何時，書一絶，中有句云：「玉猴授首在羊年。」玉猴隱珅字，後和果以己未年伏法。其奇中皆類此也。公性警敏，髯長尺餘，貌偉甚，如世所繪鍾離權狀。欲試其術者，飲以酒，盡數升許，乃欣然爲之。否雖王公不顧也。卒年七十餘。

袁六先生

袁六先生，予外家姻戚，居寶坻林亭鎮。性孤僻，玩世不恭，好潔，好茗飲。每石首魚至天津，必徒步往。負一囊，中置佳茗及具，行暍日中，渴則就樹陰，汲泉瀹茗。飲畢復行，至津，買石首魚大啖畢，復徒行歸。一日，林亭鹾店賈新至，高車大馬，遍拜鄉人。先生答拜，以錢一緡，雇一人負之往。刺投入，主人速客至庭，然後下，禮讓既畢，大呼人來，遽上其背，至門，拱揖如飛而去。

外史氏曰：予讀蒲留仙所記殷秀才，騎獨龍車，謂其寫孤僻人，未免讕語。及聞袁六先生事，乃知世間自有此一種人，悔向者所見之狹也。

沈泰

沈泰浙江嘉興人，性嗜酒，量不甚宏，微醺時，吴歈越調，刺刺不休。極酣，則曰：「我拚醉死，有伯倫荷鍤風焉！」家貧無業，遂爲府參軍守門。一日，有府庫吏謁參軍，值大雪，未持蓋。匆匆去，遺洋蚨三十番。泰檢存之。越日天霽，詣還焉。吏感其義，分以半，泰曰：「若愛此，即不還，君亦無由索也。還而受其半，爲名乎？爲利乎？」吏曰：「君不受，我心終歉然，請以斗酒爲壽，可乎？」泰曰：「諾！」大醉而歸。聞者義之。後數年，年未四十，以病死。

外史氏曰：泰非義勿取，未獲福禄，其將食報來生乎？或謂冥冥者不可知，然泰一輿臺，而聲譽遍兩浙，較之享大年而泯泯以没者，所孰多哉？

華刺史教織

薊州民無常業，農僅知耕。婦女或編草笠售之，不知織爲何事也。丹徒華惺來刺史濬知州事，自江南聘善織者至，立官機房，募老成鄉民，教以織，日給廩餼。織成，貨於市，無售者，官仍予價收買之。學織者趨如鶩，學既成，乃轉以授其鄉之婦孺。行之期年，户有機聲，抱布貿絲者成市焉。

劉黄頭掘碑

道光三年，元氏村民劉黄頭，掘地得一石，爲唐宣城縣尉李□之妻賈氏墓志銘，十七行，銘辭四言，十八句。末另行刻：「後一千三百年，爲劉黄頭所發」十二字。劉故不識字，或讀之，乃遠近傳其異。今石移植元氏縣署。《志》載建中二年二月卒，三月葬。建中爲唐德宗年號，用甲子紀元法推算，至道光十八年，共得一千一百年，不符所題之數。考《畿輔通志》，載明嘉靖七年，武强人王洛州發得隋河陰太守皇甫興墓碑，亦有「吾葬後一千三百年，被王洛州發之」十四字。興卒於開皇中，葬於咸通三年，推至嘉靖七年，數亦不合，然所差才一二百年。兩事正同。按《後漢書·郡國志注》：鍾離意相魯，於聖人廟得古文策曰：「後世亂吾書，董仲舒；治吾室，鍾離意；璧有七，張伯盗一。」又傳祖龍發孔子墓，有「秦始皇，入我室，上我床」之語，其文不雅馴，時代荒渺，斷屬傅會。他如《博物》所載衛靈公石椁、滕公石椁二銘。後世類此者正多。殆讖緯家推衍小術，偶一幸中，絕無關係，然亦不可謂竟無其事也。元氏碑嘗拓得一紙，無撰人名氏，字體秀勁，似右軍《曹娥碑》。玩其末一行，與志名是一筆書，决非僞增。文亦古雅，今附後：

《大唐故宣州宣城縣尉李府君夫人賈氏墓志銘並序》

夫人諱嬪，字淑容，長樂人也。其先爲唐叔之後，因別封而族焉。遠祖誼，以文傅長沙桓王，漢帝膝之前席。洎王莽末，□祖復以創命功，遂圖雲閣，旌美之。□本仁義，淬文質，守忠義者，良亦多矣。祖王父藝，易州遂城縣令。王父□操，洺州洺水縣令。烈考彦瑨，朝議大夫，閬州刺史。皆種德前烈，温温其恭；澤流子孫，世濟於美。夫人妙閑閨壼，明練威儀，婉娩潛會於徽容，工巧宜資於秉德。有行之歲，儀鳳於飛。聞「既見」之詩，而誓心永畢。公隴西人也，舉賢良，授宣城尉。其餘宦婚，列於別傳，故不書。遂能宮徵調和，塤篪韻睦。奉蘋藻而修盥饋，朝舅姑而事組紃，噰噰喈喈，聞唱必和。豈圖□天不吊，殲我良人。夫人感恭姜之遂孤，痛顔子之不幸，至哀而哭不在夜，居喪而動必合禮，遂其節，潔其名，守其嫠矣。以從父之弟任於兹邑，因臻焉。又能恤孤弱以慈，睦天倫以孝，優游自得，喜怒不形。誰謂六極俄鍾，遐齡不享？以建中二年二月十二日寢疾，奄終於趙州元氏縣之官舍。浹族銜哀，舉門□痛。春秋七十有六。無子。有張氏女一人，泣血毁容，殆於滅性。以某年三月二十三日，窆於七鄭原，權禮也。合防之志，今則未從；同穴之言，他年□復。從子文則，哀迫懇到，寄詞於石。銘曰：

於昭祖宗，誕膺明哲。爰洎夫人，克勤禮節。人欽嘉行，族滿休聲。心存大順，志潔孤貞。嘉行伊何？合於《内則》。休聲伊何？軌儀不慝。物終歇滅，道有湮淪。哀哀孝子，盡我生人。一扃泉壤，萬歲千春。

後一千三百年，爲劉黄頭所發。

謝生

謝生居京師燕支胡同，幼有璧人之目。家故饒，隨其叔賈中州，少年老成，叔頗倚任之。幼聘張氏女，艷甲姻黨，而生爲石女。冰泮迨吉，生叔遺生歸畢姻。女父母憂之，以千金買美婢媵焉。既合巹，生視新婦尤，意良得。

嫗以媵進，道翁媼意，生揮之曰：「去去，烏用是？急爲我返璧可也！」從此伉儷綦篤，如魚得水，若忘其不受椎鑿者。其叔促復出，生眷戀燕爾，屢請緩期。叔以懋遷有無皆其經理，嚴札敦促。不得已，匆匆就道。女自生出，淚零心痗，寢食不甘。漸至痹疾，半載之間，奄然物化。生聞星馳返，入門撫棺，一慟而絶。廖豸峰談。

外史氏曰：生與女，殆相賞於牝牡驪黄之外者耶？何其情之一往而深也！彼胥於淫者，烏足以語情之至！

田好謙

田好謙，鷄澤人，明萬曆間諸生。少不羈，與鄰村董士元善。董爲山東順義島參將，往依之。會朝鮮兵渡海，士元戰死。好謙没入朝鮮國，王聘以教其世子、駙馬及公卿子弟。歷官朝鮮通政大夫、龍驤衛副護軍。至康熙丙寅年没，年七十有七。子四：有一，龍驤衛護軍；會一，會寧道節度使；井一，監察御史；成一，杏花山都巡檢。孫、曾俱貴顯，世禄朝鮮，一門鼎盛。好謙臨殁，屬門人李翊臣，寄遺像與中國族人爲念。及康熙丙戌，朝鮮入貢，遇田孝廉煒於京師，好謙族也，通音問。逾年，寄所題像。像爲咸世輝筆，翊臣作記。煒藏於家。

聽銀

邵公，大興人，家世業賈。持朱提一封，向耳畔摇之，擲案上，聲鏗然，曰：「銖兩若干，色若干。」權以衡，不差累黍，鎔以爐，色符合，若既傾而後言也。百試百中。問其故，曰：「熟能生巧耳！」以是都中銀市，非公至，價不定，亦藉是資其生計云。

外史氏曰：莊子曰「用志不紛，乃凝於神」，又曰「口不能言，若或傳之」，一技且然，况君子之道乎？

查小山

查小山員外有圻，海寧人，官京師。席先世業，稱巨富，性奢侈。京師以「三膘子」呼之。一生取精用宏，不下數百萬。飲食供張，視何曾、石崇，不啻倍蓰。喜蓄硯，石質温潤，琢磨精工，銘刻皆前代名人。雖真贋參半，要以物聚所好，又不惜重價，積數十年之久。門下名士鑒别品評，選其尤者百方，裝潢藏弆，所費累巨萬矣。晚年家日落，頗拮据。一日，取所藏硯，質千金，置車上，騎而出。歌臺舞榭，一日追遍，盡散所質金。歸入門，思贖硯無期，悲極號咷，既而曰：「千古之能散財者，當以查小山爲第一人。」復縱聲狂笑，其任誕如此。稱其名或有不知者，「小山」則中國皆知，「三膘子」外國靡不知也。然敬禮名士。張船山太史以詩名，延爲上客。太史醉後，時詈之，不以爲侮。每送新詩一卷，輒饋五百金，爲潤筆資。其誕也，母夫人夢人自外庭入，稱幹貫太陽穴，鈎權懸兩端，浴血滿面，大呼而寤，遂生。其親串爲業鹽長蘆，嘗以告人云。

侯達夫

侯達夫國璋，新樂人，僑居行唐，以進士官明府。性善走，一日夜行八百里，緩步而進，駿馬不能及也。每至試期，浼友人投文購卷，於初八日自家曉行，至貢院，門未封也。出場後，以考具寄友人寓，己乃出城游西山，住精藍中。次日飽游畢，到院不誤點名。然性落拓，不甚拘小節。一日過余寓，牽大黄犬一，令令然甚拙壯。談亦奇詭。後官陝西某縣尹，罣吏議。林少穆制軍以才能異人，可備緩急，用保留，後補石泉縣尹。嘗聞行唐張橘園岳峙云：「達夫兩足下，各有毛一叢，長行後，不能自主，相某處有樹，抱持之，乃得住。」

外史氏曰：天生異人，必有所用之。夫不龜手藥，用以洴澼洸，則終老河滸；用以破敵，則建不世勳。吾不知達夫將終負此絶技，以老於關中耶？抑別有所建樹，以上報國家也？

趙得秀

明趙得秀，肥鄉人，工木工，多巧思，人謂魯班復生。南游武夷，得異人傳修真訣。歸至林慮，愛其山水陡絶，練藤葛爲繩，橫以木凳轆轤，拾級而升。造三清等殿，精巧絶倫，人迹罕到，遂遁迹其中。隆慶五年，磁州牧羅潮徵造州南石橋，橋百丈，一甃而無斧鑿痕。又於西涯絶渡處，懸木以通，鑿石函，函外高揭石板丈許。將死，語其徒云：「葬我函中，速出，勿久留。」及死，如言葬畢，甫出數武，懸石以下，周匝無痕。常有猿守之，絶澗千丈，人不能至，至今呼魯班壑云。按趙州安濟橋，在城南五里洨河上，隋匠李春造，奇巧聳固甲天下。土人有「趙州橋，魯班修」之諺，豈訛磁爲趙、訛得秀爲春歟？

畫猿

張船山太守問陶，天才俊逸，詩得乾坤清氣，結響清脆，尤他人所不及。尊甫宰館陶時，先生兄甫四齡，出天花，甚危。太夫人憂之，禱於觀世音。俄見白衣婦人，搴幃指床上曰：「此非汝子也。」問：「吾子安在？」攜之出院落，仰指大樹，枝上卧黑猿，驚寤，兄尋以痘殤。越月而先生生，故先生善畫猿。每飲至爛醉後，索畫人磨墨一斗，潛置紙側。先生以手撕綿絮，蘸墨隨手染紙，疾如風雨，旋用筆點睛、勾爪，皴染林壑。張壁觀之，纍纍然連背滿山，王孫活現也。

卷二

河帥二則

栗恭勤公毓美字樸園，山西渾源州人。幼貧而孤，師某，同邑明經老名宿也。同學某甲，年少家裕，有紈袴風。師子女各一，子二十餘，略不辨菽麥；女及笄，婉淑明慧，父母愛如掌珠。素器樸園，欲以歸之。彼此皆有意，女亦微聞其説，特未明議聘耳。樸園以貧故，常宿於齋，師之子伴焉。一夜，師子曰：「躁甚，不能寐，願與子易位。」樸園難之，强而後可。俄自屋上墜一物，鏗然有聲，師子大呼，視之，鐵戈貫胸，氣已絶矣。樸園懼而號，師出，見子慘死，謂樸園謀殺。樸園嘩辨，屋上有洞，然以易位故，疑不能釋。某同學亦質贊之，鳴於官。以文弱書生，嚴刑逼訊，遂誣服以謀殺，寄囹圄，延頸以待決矣。女既無所歸，同學某遣冰人來，願養夫婦老，許之。既合巹彌月，某甲飲微醺，告女曰：「費盡心血，乃能妻汝。」女詰之，曰：「汝兄之死，乃我買盜某爲之，本欲賊栗某，何期誤傷汝兄！然栗某得罪，我始得與汝合，亦天緣也。」女佯歡笑，益勸之醉。某酣卧，女藏刃於懷，徹夜不眠。向曙，出至縣署，擊鼓爲兄泄冤。官廉得情，以某甲並盜抵法，而釋樸園。女大言於堂曰：「我已誤歸某，今爲兄故，出首本夫，前生孽緣也。」出刃，自刎死。樸園以由女得釋，哭不成聲。後以拔貢，由縣令洊至河督，養師夫婦終其身。奉女木主，朝夕申瓣香焉。

黎襄勤公世序，河南羅山人，初以進士令西江。上官命稽案，至某縣，羊角風旋輿前不散。黎曰：「汝冤魂耶？導我行，爲汝雪之。」風果前導，至冢而没。問里甲，云：「某甲，新以瘵卒。」問其家，「繼妻少艾，無子女，以饒於財，未嫁也。」唤其妻至，美而艷。問若夫以何疾死，答以瘵。曰：「是有他故，吾欲驗之。」某氏甚辯，曰：「驗有故，當我以罪，無故，奈何？」黎曰：「我當其罪。」棺既開，骨瘦如柴，驗無據，某氏喧號索命。黎無以難，姑懸待訪。某氏迭控於廉訪中丞，檄下如星火。至省垣，大吏咸謂黎風顛，將參處。黎曰：「固也請賜一月限，世序訪不得實，罪無悔。」憲許之。辭出，作星士裝，周行縣四境，二十餘日，迄無朕兆，心甚鬱鬱。一日微雨，奔至一村，避柴門下，老媪出，闔扉問之，曰：「賣卜之人，暮無所歸，乞投宿焉。」媪曰：「我齒已暮，無所避嫌，家有三楹，客可宿東偏屋。」出脱粟飯之。問其家人，云有子某乙，日游蕩不歸，言之絮絮泣。俄有叩門聲，一男子入，攜酒肴餅餌甚多，呼母曰：「今日博大勝，母可飽餐。」媪告以有客在，導以見。因列酒肴，某乙曰：「汝財星也！今日來，我博即大勝，明日勿去，我再往博。」明日去，至午歸，負赤仄累累，曰：「汝真財星！」因更買酒食以餉。飲既酣，某乙曰：「欲與君結爲兄弟，何如？」黎亦欣然，因勸之曰：「觀子意氣不凡，何甘於下流？況有母，宜務正業，畜妻子，不宜自棄如此。」某乙曰：「我雖賦閑，然奉養老母外，一身無罣礙，得錢多，即樂一日，否則忍飢，要妻子何爲？天下婦人最毒，某村某甲，家貲鉅萬，身不得其死，今且他人入室矣！要妻子何爲？」黎曰：「聞有縣官爲檢驗矣！」某乙曰：「此事除我知之，雖武侯復生，安能測其底蘊？縣官且由此得罪，他官更莫敢問矣！」黎曰：「盍爲我言之？」某曰：「他人是非，言之何益？」黎曰：「我兩人交同手足，保無漏言，閑談佐酒，庸何傷？」某曰：「我梁上君子也。一旦，入某甲家，掘後墻，探首入，見某甲臥床上。其妻子與一男子各持燭持剪，自甕盎中出小蛇一，置某口，以剪剪蛇尾。蛇痛極，入腹中，某甲大呼，氣已絶矣。婦人與男子收蛇尾並剪，置盎中，埋牖下，然後同飲同卧。我觀至三鼓，怒髮上指，不復竊，遂歸。縣官何人，遂能測耶？」既而曰：「我明日仍往博，子毋去，賣卜村市，晚歸同飲可也。」黎曰：「我卜子三日内有奇禍，無出門，過此以往，當交佳運，終身吃著不盡矣！汝在家坐守，我出賣卜。」約晚仍會於家，黎出，暗會人騎馳至省垣，見廉訪，請復審。拘某乙來，跽堂下，視堂上，賣卜人也。黎曰：「第吐實，保無害。」某乙供如前。從牖下掘得甕盎，蛇尾、剪刀並存。再檢棺中，半蛇亦出。供證確鑿，某氏無所遁，乃供在室時，通於表兄某。既嫁，夫有瘵疾，不能滿其欲。與表兄計，夫死無迹，貲既饒，與表兄昵，不嫁終其身。案定，抵某氏及其表兄於法。群以爲龍圖復生也。後黎官至河帥，迎某乙母去，奉養若母。約某乙不爲盜，日給錢一緡，任其游矚。先母舅王泗和先生宰羅山，聞諸邑人云。

郝雪海

定州郝雪海先生浴，以湖廣道御史巡按四川時，巨寇劉文秀雄據滇黔川中，尚多伏莽。各營將弁，率多新附，皆擁兵自固，跋扈無狀。聞欽使至，又白面書生也，意輕之。一日，各營盛陳兵衛，邀公宴，公單騎往。宣諭威德畢，一揖登上座。各營大帥，以次行酒，走卒捧肴蒸至，則以巨鼎盛人頭進。公不俟謙讓，拔佩刀剜一目，大啖之。談笑自若，聲若洪鐘。壁衣中甲士數萬人，皆愕眙噤齘不敢動。各大帥争藉藉耳語曰：「郝公真天神也！」自是帖服無異志。李某高陽人，坦園相國族也。生平負經綸胆略，思一試。當公赴川時，李方在都謁選，得四川某邑。因介相國謁公，備陳才幹，可用入川，願供公頤指。公以其鄉人，又相國同族，漫應之。李抵川，公已在保寧圍中。時賊據錦屏山，勢張甚，公嚴兵守禦。李晋謁時，適命將出師，甲光耀日，礮火震天地，白刃如墻，摩戛有聲。李入營，公呼與語。李目直視，面色灰敗。公命人撫之，僵矣。徐徐救之，始甦。公曰：「君昔自負胆略，而巽懦若此，方今邊患未戢，如君輩者官此，徒膏斧鑕耳。」李遜謝，遂移疾歸。

劉燕庭治匪

蜀幗匪數百人爲隊，居山峒，劫人於途，勒贖逾期，即淫殺，凶慘萬狀，官無如何也。劉燕庭先生陳臬川中，逾數月，匪之有案者數十起，已訊定大辟，其餘尚多。復廉得爲首者若干人，確迹縶以待。謁制軍寶嶮山相國，先將有案諸人，請王命正法。復陳一紙云：「此數十人皆匪首，已訪明確，不盡剪除，民不聊生，請一並正法。」相國云：「人死王法，罪無可辭，既無控者，憑我等意見，致人於死，來生冤債，我弗結也。」廉訪云：「此等事，中堂既不作主，本司尚能肩任。」出乘肩輿，輿夫請進止，曰赴城隍廟，並傳皂隸持大杖往。至廟，所有匪徒立斃杖下。閤城歡呼如雷，市肆居民，人炷瓣香，各奉茜帛一匹，擲輿頂。擲既多，輿夫足下縈繞，牽曳不得行。又人持火鞭，迎輿爇之，由廟至署，儼如火龍一尾云。

賣花人

甲乙驅群豕出售，得金歸，與賣花人同行。賣花人餂之以情，告夜共宿沙河堡逆旅西偏屋。賣花人一担荷二箱，無餘物。先是，有販沙壺客，與瞽者同宿東偏屋。瞽夜聞西屋斧聲甚厲，微聞人呻聲，悄呼客醒，告以故。客無計，瞽曰：「我碎汝壺，汝僞喧，以覘其變。」西屋三人，聞喧出勸，二人爭益力。瞽者謂失錢二緡，指客竊之，客不服。逆旅主人亦來勸，瞽者請搜販壺客，搜迄無兆。瞽者曰：「我無目，甚貧，賣卜積二緡，大不易！今失去，將以性命博。凡寓此者，當悉索其裝。」西屋三人曰：「我好勸汝，乃誣我耶！」瞽曰：「汝不來，吾何得相誣？既入我室，不得不搜！」逆旅主人亦勸啟箱，以釋瞽惑。三人有難色，衆益疑，集寓中諸客，逼三人。啟箱，油紙包各一，血漬尚殷，解之，赫然支解二死人也。蓋每箱預藏一人，俟甲乙熟眠，潛出斫殺，分置箱中，取其資，謀乘夜出。人數既符，逆旅主人不得留也。迹既露，縛送公庭，一訊伏辜。賞瞽者，而置賣花人於法。

外史氏曰：伏人於箱，戕人於旅，賣花人誠巧矣！孰知瞽者之更巧哉？非瞽者巧，天之巧也，人慎勿自恃其巧，而與天爭巧。

永年令捕盜

李時茂，字蔚之，遼東人。赤骨精悍，善左右射，馳馬如飛。順治間，爲永年令。邑有王昌者，無賴子也，素驍黠，從土寇張甫爲盜。既投誠授職，居里門，莠民争蟻附之。籍富人名及鄉之愿者，索例金以時至，不則立箠撻。或劫婦女恣淫嬲，焚掠鄉里。因以所獲，啗當事貴游，邑長吏爲所脅，率震慴，莫敢誰何。由是益横。李下車，持刺來謁，李疑其貌不類。已廉得不法狀，謀捕之。顧左右無可用，因佯與修好，招之飲，啟門以待，而陰令親從藏其槊馬。蓋昌工槊刺，有馬日行五百里，爲諸不法，常恃此。至是昌入，置門外，乃飲其從者，匿焉。既入，門掩。昌心動，欲辭出，挽之，則疾跳走。李急掣劍，劍長不可卒掣，遂徒手搏，昌亦格鬥，持不下。當是時，左右出不意，齶齗不知所爲。稍定，乃群起捽縛之，置階下。責狀，昌大言不服，乃以大杖撲百餘，繫獄，絶脰死。方李之繫昌也，或云宜上白，李曰：「刺虎容可緩哉？若爪牙多，少遲，敗矣！迅殺之，死而白，未晚也。」昌既死明日，所啗當世貴游者，果以書至，人尤服其先見云。

船户妻

天津海河多海舶，洋貨麕集。購貨客率乘小舟，船户皆天津人，或招洋賈來船議價。一客携重貲，駕船往，二洋賈來議。故遲至夜，給船户棹舟至空曠處，出刀殺客，分其貲，貽船户金二百，船户不肯，將並殺之。船户思得金，計亦得，乃如所謀，携金歸。時漏甫四下也，船户妻問金所從來，具以告。妻曰：「此不義財，胡可納也？明日尸主必訟，訟必獲洋客，子得金，禍必不免，不如持此金自首，尚可保身家。命應得財，終爲我有。」船户靳不肯，妻曰：「不聽良言，明日必敗。我不甘爲賊子妻，將來見汝流離，且累及我！」因大呼四鄰，船户不得已，首焉。

遲明，尸主亦至官，命役從船户偵洋客，立擒至伏法。官謂船户明大義，勞以花酒，並二百金賜焉。

外史氏曰：疃人色黑，朱提色白，言利之能動人也。士君子讀詩書，侈口談道義，一旦見微利，輒不有其躬。船户妻，一愚賤女子，乃凛凛明大義，卒使其夫脱禍安居，身名俱泰，何見之超也？雖爲之操舟，所欣慕焉。

張立

静海張立，少孤貧，娶妻某氏，美而淑，寄居岳家。子方周歲，立賈於外，七年不歸。一日携資還鄉里，埋金社公廟香爐灰中，易襤褸衣，作乞兒相，歸至家，將以試其妻也。妻曰：「子去家數年，仍未發迹耶？我無以生，日恃鍼黹，供母子饘粥，昨市得百錢，可持出易升米，作糜也。」某因言得金，並行李寄某所，待旦往取。鄰人朱喜，業市腐，日垂涎立妻。是日黄昏，見懸鶉男子入舍，尾其後，將執奸。既聞所言，陰趨至祠，攫爐中金，並衣裝盡取去。凌晨，立往取，則烏有矣！愧見其妻，縊於祠之楣。妻久待不至，迹之，見懸於梁，赴官訴焉。某明府素稱廉明，驗訖，命執社公，笞二十，數之曰：「爾司香火，乃無所事事耶？罪人不得，將再笞！」俄見紅蜘蛛，裊一絲下垂明府冠，問立妻曰：「汝鄰人有朱姓者乎？」曰：「朱喜者，素無賴，以市腐爲業。」命執還署研鞫，盡得其情。從腐釜中搜得金，還立妻，俾營葬。而抵朱喜以法。

木工弟

孔星廬憲階云：某甲木工，談者忘其里居，愿而戇。妻某氏，極婉淑，母家鄰村，相距二十餘里。弟年十七，美如冠玉，讀書極聰穎。一日某甲出，妻適歸，妻妹來視姊，兩不相值。妹與某甲弟同庚，明靚幽嫺，尤勝於姊。弟爲妹設饌，天倏大雨，妹欲歸，弟曰：「雨幢幢不止，汝獨歸既不可，吾送汝，又無以別嫌，汝宿吾家，我出寄宿鄰舍。早旦晴霽，汝自歸。」妹不得已，宿焉。鄰故場院，人衆且雜，弟求寄宿，道所以，衆賢之。賊某在坐，歸述於妻。妻曰：「孤女在室，盍竊諸？」賊曰：「乘人之虛，不義，我不爲也！」妻笑其迂，自往竊。時有無賴子，一村之蠹，亦在場院，聞弟言者，謀往就女求合。女已寢，見賊妻入，恐甚，伏床下。賊妻方上床，檢衣被，無賴子突入，賊妻疑某甲弟來就女，既昵其俊秀，喜過望。無賴子暗中摸索，賊妻已移船就岸，如臼受杵。方極酣暢，某甲歸，推門，闔而未遂，聞淫褻聲甚穢，疑妻有外交，怒火中燒，解腰下斧，次第斫兩人，落其首。時窗紙未白，以敗袱包兩首，奔至岳家。岳見婿神色俱變，問故，甲曰：「若女敗門風，已並奸夫殺之矣！」岳大駭，妻亦自内出，甲驚愕，不知所云。妻曰：「所殺者，必吾妹與若弟也！」岳偕甲夫婦同歸，驗之非是。從床下搜出女，戰慄不能言，甦半日，乃言初見賊，蒲伏，昏不知人。弟亦自鄰舍歸。鳴於官，令村人認尸。賊出，直陳不諱，亦不索抵。無賴子家人亦來領尸。官廉得情，案定，某甲以疑殺，予杖，俾其弟與女合巹焉。

外史氏曰：賊妻之竊也，所以代女而完其璞也；無賴子之淫也，所以代男而保其命也。此豈人所能料哉？義男貞女，卒成家室，官之明也。此其中有天在。

緞子王

王翁以緞肆起家，人呼爲「緞子王」。翁京師舊家子，習書算。少孤露，遂流爲丐。年弱冠，尚夜宿鷄毛房。京師寓諸丐室，儲鷄毛盈數尺，丐輸三錢，輒棲毛中一宿，以禦寒。時同寓有旗下某公，年相若，一日，翁謂之曰：「我儕皆昂然丈夫，此豈安身立命之地？盍改圖，各謀生路乎？」某公曰：「甚善！寒陰冰雪，何逝而可？然請以改歲爲期，誓不再作如此行徑！」兩人因約爲昆弟，焚香盟於神曰：「苟富貴，無相忘！」時醉司命日也。元旦，各分手去。王翁去爲典肆傭，職炊爨洒掃，以勤慎，頗爲肆主者所倚。至除夕，主者核計簿屢舛，甚焦灼。時翁侍側，睨而笑。主者曰：「子胡笑？」曰：「此亦無難算。」曰：「試核之！」翁持籌一核，符合。主者大喜，曰：「吾不能早識子，屈子久。明年畀汝貲本，爲我職廟市！」廟市者，隆福、護國諸寺，各有市，百貨雲集。典肆縑帛之屬，期滿弗贖，別有人售於市。市列攤，職此者，月俾數金，酬其勞。翁司此，和氣迎人，售速而利三倍。時太監某來購貨，談甚愜，曰：「以子才，宜爲大賈，何小就爲？」翁曰：「只此已過望，敢多求乎？」太監曰：「汝明日辭居停，我居南池子第幾門，後日汝來，我將與汝合爲賈。」翁曰：「諾！」歸，請假於典肆主者，交代經理事，來去分明。越二日，至太監處，已張筵俟矣。太監畀以萬金，俾設緞肆於東華門。翁驟得志，然不改其度。懋遷獲利，其門如市，時乾隆四十年間事也。海外各國，年年例貢，一日，純皇帝問日本、高麗諸使臣曰：「汝觀我中國，風俗何如？」稽首而對曰：「中華沐大皇帝教化，不但士大夫讀書明理，雖市賈亦知信義，即如某緞肆王某者，陪臣與交易，海外遐荒，坦然賒與，且約觀劇，饋食物、荷囊、佩刀、鍼黹各物，厚意深情，有加無已。中華風俗，實大皇帝時雍之化所致，非海國所敢望其萬一也！小臣心悅誠服！」奏畢，復稽首稱賀。天顔大悅，以國體所係，默識姓名。翌日召見，翁以布衣，奏對稱旨。越日，由内務府撥銀五十萬兩，命翁司之。翁辭舊主人，仍業緞肆。時内務府諸公，咸與往來。公亦極意交歡，無弗各得其意以去。越三載，有郎中某，向翁假貸，翁偶未應，銜之。會某郎中司緞匹庫，以庫底舊存老緞五千餘箱，奏明發商變價。緞皆朽敗，實欲以害翁也。箱發下，啟視，果皆霉變，色如漆，質如灰。翁亦拚折閱數十萬金。乃每匹中，各捲金葉若干，蓋前明籍没魏璫物，當時大吏藉以媚璫者，閱兩朝，竟無人知也。翁以此益富。業鹽於豫東、長蘆，引地四十八處，鹺務中推巨擘焉。後翁以查引地，至河南，問巡撫何人，則旗下某公，以筆帖式歷轉員外郎，已由府道洊升中州中丞矣！具柬往拜，中丞啟中門，迎於堂皇。握手曰：「猶記在鷄毛房所語乎？」中丞曰：「唯！不敢忘！」兩人各大笑，中丞留之歡讌數日而去。

外史氏曰：一寒至此，而其志不撓，一朝發迹，一富一貴，兩公皆人傑也。顧害翁者，適以福翁，則飲啄良有定矣！世人亦何必爲無事之擾哉？

賣竈

賣房不賣竈，杭俗也。黄翁家素封，子某，游蕩無度。翁度身後堂構必不保，乃修七竈，每竈埋萬金，冀子售居室拆出，後或有悛心，庶足爲衣食計也。又慮子不知，乃書一册，置中堂額上，計售室必下額也。後翁以疾卒，田産、典肆、什物轉售既盡，乃及居室。既成交，售者屢促拆竈，輒遷延以得貲，故益揮霍。某故茂才，日約仁錢兩學諸生，會飲故宅。初，新主以原業假地宴賓，亦常情。後日日往，厭之，不聽入。某曰：「宅雖售，竈未拆，我用我庖，何傷焉？」新主浼人居間，再畀七百金，俾拆竈去。某既得金，並竈付新主，而日約諸生茗談堂上。新主又屏之，曰：「額未下，猶吾堂也。」又浼人畀以三百金，使下額。某得金，曰：「額亦贈主人，余無所用也。」新主人下額得册，拆竈得金，浮於宅直數十倍，遂爲富人。某旋中副車，官直隸州判官。後不知所終。

外史氏曰：翁之爲子孫計，可謂至矣！豈料厥子之不克終享哉？一絲一粟，皆有主者，人若悟此，可息妄念。

萬人敵

任六先生銜惠觀察通永時，每至我邑，館予外伯祖王啟堂先生家。觀察嘗語先生以萬人敵事，予得而志之。觀察幼師某翁，河南老明經也，品潔而學博。觀察館選，假歸，過豫謁師。時師年已七十餘，白鬚飄飄，短小精悍，目炯炯有異光。置酒歡讌，師弟愜然。酒酣，師謂觀察曰：「我有絶技，俾汝觀之。」飯罷，偕至村外。棗樹數萬株，狹而長，約數千畝，無行列。一童牽棗騮馬，荷大刀一。師忽持刀，躍上馬，横刀大呼，聲如怒雷。從棗桁迤北突入，但見樹株左右倒，中開路一條，食頃，已由棗桁之南衝出矣。下馬置刀，神色不變。觀察請其藝，曰：「此名萬人敵，即西楚霸王所學。人生秉天地浩然之氣，能鍊此氣，奮而鼓之，千軍萬馬皆不能禦。昔張桓侯、岳忠武、常開平歷朝大將，皆得其傳。余幼遇異人，傳其技，生際承平，無所用。汝他日遠到，當爲文以傳，俾後世知河南有貢生某，死無恨。」予時以童子侍側，未敢詢其姓名，至今有遺憾云。

外史氏曰：浩然之氣，人人所具，大都反復梏亡之耳。昔之忠貞報國而大節不奪者，孰不本此氣以禦侮？而致身學者，苟充此氣，發爲文章，將所向披靡，又豈萬人所能敵哉？

三和尚

三和尚，不知何許人。雍正間，祝髮寶坻城北宏福寺，善拳勇，某家延之守望。自言少年爲盜，誓不采花（盜犯淫，寓言曰采花），不竊善良，故生平未破案。後十八人同至關東，夜盜一家，墻甚峻，躍而登。推藝絕倫者一人下，杳無聲息。又推其次如之，次當至三和尚。和尚素執一熟銅杖，杖首銜鍊，長丈許，遂先投杖，聞琅琅有聲。掣鍊，已削去半段，刀鋒棱棱。群盜懼，如鳥獸散。三和尚遂棄去爲僧，洗心滌慮，雖大戒律不啻也。夏夜宿某家廳事，門不闔，橫置二櫈，一擱腦後，一擱足根，空其中，鼾齁如雷。某家小公子輩，戲以鐵杖擊其腹，膨脝作皮鼓聲。目微張，呵欠曰：「勿惡作劇。」齁聲又作矣！某家有樓，高數丈，前後有門。令小公子面北立門中，三和尚當面立，曰：「汝面向南。」公子轉身，和尚已從樓脊躍而過，又當其面。俄頃之間，已數十度。飛鳥騰猿，遜其矯捷。遍體傷痕鱗鱗，撫以手，膚内隱小鐵丸無數。問之，笑不言。臨示寂，始言某年走關東，官兵合圍，伙伴數人悉就擒。火槍如雨，伊身被數十創，潰圍出。每陰雨，傷處輒隱隱作痛。其徒間以告人云。

外史氏曰：三和尚可謂健者，不遇識者，失身爲盜，可惜也。使得奮迹戎行，安知不肘懸金印，與海、岳諸將軍爭烈哉？

高二爸

高二爸寶坻人，爲捕役，藝絶倫。盗相戒，不敢犯其境。歷任令頗優禮之。年七十餘，屢求退，令不許。會武清有盗拒捕、殺事主案，捕不能致。令訪知高，遣僕卑禮厚幣以聘，並函致寶坻大尹，以恤鄰大義婉致之。高不獲已，敦迫而去。至某處盗窟，其渠迎之入，令其下劇盗二三十人，一一謁曰：「爾等皆非二爸敵也！」問來意，曰：「二爸亦太多事，我等相戒不犯公境數十年，今又理越境事耶？」二爸曰：「我來不獲已！」因歷述武清令禮聘狀，邑令敦迫狀，且曰：「我年已七十，既敢來此，數莖朽骨，尚自惜耶？不得案中人，有决一死鬥耳！」渠曰：「遠來大不易，且共飲！」羅列酒肴，延之上坐。酒三巡，獻肉一盂，一盗曰：「我欲敬二爸肉一方，敢食否？」應曰：「敢！」盗持刃之鋭者，刺肉置高口，高張其口承之，盗並力戳，刃穎已爲齒所格，力既竭，不能進毫末，拔之，亦不能出。相持逾炊許，渠曰：「休矣，敢不令案中人隨公去！」高張其口，盗持刀，坐數武外。洗盞更酌，三更向盡，飲啜畢，卒獲二賊歸案。邑侯員家駒榜其門曰：「勤公勵俗。」年八十餘卒。回部之尊稱曰「爸」，高回人，至今人呼「高二爸」云。

檻中人

孫孟孚，邳州人，官雲南雲龍州刺史。喜音律，善技擊，以骹掃地，作旋風舞，地磚碎如粉。自言幼以善病廢學，一日行大道上，見徒役甚衆，解檻車行。檻中人美秀而文，眉如劍，有英氣，指爪長數寸，雙眸湛然，意不類凶盗。尾至旅舍，問解役，知爲翻供解回復訊者。夜聞歌聲，清婉合拍，察之，檻中人也。因問其何如人，不答，云：「日見君，亦有心人，能隨我行乎？」孫諾之，偕至縣堂。縣尹出問，對曰：「廉訪某，頗清正，且遇我厚，我不忍以去累之。汝身居民上，貪庸陋劣，何以官爲？」語未畢，鋃鐺在地，杳不知其所之矣！官吏𪗋齗，色如土，將閉城門大索。孫急逸去，至城外，檻中人坐而待。問之，知爲劍俠，乞從去。至深山，精舍幽雅，請其藝，口吐鉛丸二，飛作匹練，光如龍，周上下四旁，變萬狀，旋復手中爲兩丸，吞之。孫請爲弟子，曰：「子功名中人，學此無所用。傳汝拳勇，可愈病，兼保身。」遂盡授其技，暇則教之度曲，分泑合度，昆山老梨園無以逾也。學成，送之出山，卒不告以姓名。後孫思其誼，入山訪之，迷不得徑，悵悵而返。

少林寺僧

少林寺僧以拳勇稱，欲學其藝者，先納貲若干，拜一人爲師，每日服食，皆取給於貲息。學既成，從中門出，各門土木偶，皆有機，觸即拳杖交下，能敵之，無恙出。師設酒餞於門，反其貲，從此天下無與對。不然，仍返受業。往往學數年不能成，則越墻逸去，貲亦不可得矣。一日，有瞽者來請業。僧視其瞳尚在，特外受膜障，持青銅錢五百，撒擲山上下，俾瞽者覓之，曰：「盡得，當傳汝技。」初不得，甚焦急，漸得一枚，輒喜，復連得數枚，日以爲常。兩餐外，躑躅山上下，暗中摸索。閱年餘，竟得四百九十九枚，其一大索不得。忽一日，摸得之，狂喜，目頓明。竟受其技去。又有患痿症者，兩股不能動，亦持貲來學。僧命沙彌拾石子盈筐，置其旁，山上畫大墨圈，命之擊，既久輒中。又畫小圈，無不中。乃命擊飛鳥，鳥應手下。後以石子小於芥者，擲鳥目，目穿而墜。前後左右，惟所納之，無不如志。師曰：「汝技成矣！」後每坐船頭護水標，身旁置石一器，劇盜咸不敢近。遂業此終老焉。

拳勇

大江南北，以拳勇鳴者八人，約爲侶，甘鳳池其一也。王葑亭先生曾爲之傳。鳳池金陵人，短小精悍，髯如戟張，手握錫器，鎔如汁，從指縫中流出。然在八人中，尚居末席。第七人爲白泰官，常州人，技不如甘，而縱跳矯捷如飛猱，人不能近。第一爲僧某，第二則呂四娘。僧淫霸無行，荼毒善良，七人咸惡之，思除僧以自湔雪。然度藝不能勝，恐轉爲所戕。乃謀六人合圍之，鬥半日，白從空飛下，以刀刺僧首，僧若弗知，鬥如故。白倏又飛去，六人麕集，如是三，乃殲僧於地。七人各散去，以技雄一方，然矢不作蔑理事，至今談者稱之。

外史氏曰：甘鳳池居第八人，則七人之技可知，僧之技更可知矣！顧不善用其技，卒以自戕，其身技雖絶，何尚焉？中四人名姓不傳，益令人想像於吴山越水間也。按曹仁虎、路石瞻，皆在八人中。路工畫鷹，自題曰：「英雄得路。」當塗馬壽齡記。

竇爾敦

竇爾敦，獻縣劇盜也。一日，尾孤行客甚疾，客知其盜，擊馬馳。馬逸，越宿處，至古寺，日已曛黑，不得已投焉。竇亦尋至，僧出迎，貌獰惡，見客裝甚喜。延之食，俾與竇同至宿。户既闔，竇潛啟之，鍵矣，悄謂客曰：「我初欲劫君，乃同陷盜窖。然無恐，我救汝！」出火具，見室西北隅有大筥，中實敗絮，移之見穴，有階梯。竇持刀，潛身由邃道達院落，窺室内張燈，僧方據上坐，少婦環侍，飲甚豪。旋一婦携壺出，挾之僻所，問狀。言某近村某妻，爲僧挾，置秘室，如某者二三十輩也。竇言：「能聽我，當救汝出！」問賊兵器，則二鐵翼，排大小刃數十爲羽，挾以飛，著人立死。竇言：「入勸以酒，竊其翼，彼無能矣！」婦入，約衆婦如竇言，共竊其翼出。竇奔入，以刀刺僧，僧索翼不得，躍起，竇亦躍而從鬥梁間。逾炊許，竇以生力，且持刀，僧徒手，又被酒，遂顛於地。竇手刃之。呼諸婦，囊括僧所藏金錢，待空曠處，呼客打包，牽兩騎出。縱火焚寺，火起，鄰村來救，竇遂與客連騎馳。遲明，至歧路，客感其救，欲分以金，竇曰：「休矣！若圖君金，待此時耶？」遂分道去。

紀亮

紀亮，寶坻盜，日夜行八百里。一夜，盜某所，天大雪。大白驢繫於槽，解之，鐸郎當鳴，主翁起，紀仰伏槽下木。主翁見驢繮開，繫之，就寢。紀又解，鐸又鳴，主翁又起。如是三，翁曰：「是必盜也！」呼五子並工人皆起，將大索。先是，翁爲乘屋計，院落東偏有木數十椽。紀伏木下，前後冥搜不獲。翁曰：「賊必在木後，汝曹速移木！」於是，執燎者、運木者往來蹀躞，將露。紀心急智生，亦負一木，趨院西偏，仍伏木後。運木既盡，渺不見人，衆皆怨主翁多事。天大寒，又辛苦，遂各就寢，鼾聲雷動。紀徐出，以絮塞鐸，以敝履四，倒縛驢蹄，開門乘驢，用巨梃鞭其背，去如弩。遲明，主翁見門洞開，失驢，視雪中，但有來人履迹，無驢蹄去路，無從追覓而罷。

何翁

何翁永平人，居蕭家莊，距城一舍而近。家巨富，性好客，畜豚一笠，客至必特殺，以遠市也。一日，夕陽西銜，聞馬策扣門聲。翁喜客至，自啟門，突劇盜二十餘人，排闥入，勢洶洶，將用武。翁曰：「我識若皆英雄，承枉顧，何所需，告我，必有以應！」盜曰：「何翁長者，吾輩走關東，乏貲斧，願假貸焉！」翁曰：「諾！」延至廳事，衆速之。翁曰：「諸君遠來倉卒，宜盡地主誼，村醪一杯，勿辭！」衆疑其緩兵，或有他變，咸猶與。翁曰：「天尚早，君等去，捕人見之，將以我爲藏家，必大魚肉我，諸君忍乎？」盜渠曰：「願拜嘉惠！」遂開筵，炮炙紛羅，翁必先嘗，以示無他。酒數行，漏三下，衆曰：「可矣！」翁命主計者獻以柈，朱提纍纍，衆大喜，各以囊取盈，束腰際，兩人夾翁曰：「我輩不識路，翁長者，盍送我？」翁不得已，送之五里外，踉蹌而歸。方徘徊中庭，又聞馬策撾門，翁皇然，意聞風繼至者。開門，仍前盜也，問故，曰：「行數里，迷途，翁盍再送我？」翁不得已，又送之二十里外。既歸未幾，盜又以迷惘反。時已遲明，盜曰：「休矣！翁真長者，我輩唐突！」各解囊，傾朱提院落中，連騎馳去。自是，盜相戒毋過何氏門，數十年來，夜無警備云。

外史氏曰：何翁以勤儉起家，銖積寸累，一旦攫去，必有不釋於心者。孰知三度往返，終爲我有哉？數爲我有，攫之不去，可知數非我有，攫之不來也。彼世之謀人財而據爲己有、至死卒不悟者，曾盜之不若矣！

劍術二則

四川典肆，常質古董。一日，有客短衣虬髯，持匣，緘封甚固，索二百金。主者請開篋，觀其稱否。客曰：「此吾至寶，因有急需，三日來贖，篋不可開，開不利主者。」主者曰：「不見物，何以質錢？」客曰：「必欲觀之，即亦無難。」因啟篋，竹劍一，横八分許，長尺有奇。主者哂曰：「此何物，直多金耶？」客曰：「無輕視此物，人自不識耳！」持劍一晃，化爲龍，乘之，夭矯凌空而去。篋至今尚存。龐玉溪談。

嘯崖大令那斯琿，甲寅孝廉。弱冠時，隨其太翁官浙，常游尼菴。遇寄居女子，自言爲宋四娘，少年孤露，流落江湖。窺其居，韇韞在焉。打包之外，無長物。問：「所藏何物？」曰：「劍耳！」問：「精其術乎？」曰：「頗學之，願爲君子一試其技！」延嘯崖上坐，結束爲急裝，竦身立，初舞一片白毫光，如銀毬旋轉，渺不見人。繼而周承塵四隅，如白練一條，倏左倏右，不可端倪。時夜漏三下，燈光深碧，方目眩神竦，疾如鳥墮，女子已立面前，亭亭如不勝衣，仍不改如蘭之息也。復曰：「君子氣宇不凡，將來必遠到，能以筆墨傳予之技，感且不朽！」約次夜仍會於菴，將有所語。次日，其翁訓以課，不得出。越日訪之，已逝矣！

卿憐曲

卿憐，姑蘇女，明慧婉麗，色藝雙絶，艷甲一郡。年及笄，爲人購去，獻王亶望，寵之專房，秘室懸聯云：「色即是空空是色，卿須憐我我憐卿。」後王以事被收，人以爲讖云。卿憐無所歸，遇人載之京師，爲和相珅所得。初不甚顧問，後有失寵姬，置毒飲食中，卿憐發之，遂復得寵。逾時爲同輩所譖，寵又衰，退居別室。數年後，和又敗，乃歸姑蘇，而秋孃已老矣！賦七絶數章，言兩家盛衰事，哀感頑艷。或彈琵琶，自訴苦衷，尤凄絶動人。時人多仿梅村體，賦《卿憐曲》者。李青墅鹾尹遂詩云：

韶光明媚嬌羅綺，楊花摇蕩因風起。化作浮萍亦有情，三生舊恨隨流水。飄泊紅顏暗自傷，廿年兩度閲滄桑。侯門歲月渾如夢，回首春風枉斷腸。姑蘇臺畔如花女，初嫁王昌年十五。夜月教吹碧玉簫，舞腰輕鬥黄金縷。黄金作屋玉爲鈿，憐卿轉自倩卿憐。那知轉瞬成塵劫，金屋凋零玉化烟。傾城誰把珍珠换？通侯年少人争羡。芳信遥通鳩鳥媒，粉痕初拭何郎面。綺閣連雲夾道斜，武安甲第逞豪華。拚將壯歲調羹手，妝點中朝宰相家。風光到眼仍如故，雕欄步障重重護。錦佩光摇明月珠，玉階穩稱蓮花步。瑶臺合往許飛瓊，疏箔玲瓏漾水晶。樓上花枝矜綽約，鏡中鸞影照分明。仙姿易惹群芳妒，閑愁脈脈憑誰訴？吹殘風信太匆匆，閑煞碧桃花一樹。相公才思孰能儔，領袖鵷班第一流。歌扇舞裙争獻媚，銅山金穴鎮持籌。錦屏十二雲鬟簇，華筵夜夜燒高燭。擬把良宵有限歡，盡消人世無窮福。身世何曾自忖量，後車那管前車覆？一聲驚落玉搔頭卿憐詩中語，舉室倉皇泣楚囚。離魂舊冷烏衣巷，斜日新關燕子樓。封侯頓醒黄粱夢，也知負罪邱山重。執法寧嫌瓜蔓抄，鳴岡争賀朝陽鳳。西曹咫尺路迢迢，零亂殘魂不可招。那許癡情分賣履，枉拋心計積胡椒。可憐寂寞春宵永，猶認薰香待早朝。人生富貴如朝露，阿儂苦被繁華誤！早識冰山一樣消，何如生小蓬門住？鳳泊鸞飄痛不禁，鄉關迷望更牽情。纏綿絮語愁中句，欸乃輕舟夢裏聲。

天上人間疑隔世，閱來興廢都成例。蒼狗雲衣一霎空，紅綃剩有傷心淚。金谷園中事渺茫，白雲亭畔月蒼涼。呢喃却羡營巢燕，猶宿朱門舊畫梁！

孔荃溪方伯昭虔詩云：闔閭城下風波惡，美人遲暮傷飄泊。暗惜年華逐水流，生憎風雨催花落。花落花開幾斷腸，雲泥茵溷兩茫茫。十年鴻雪留痕在，三尺烏絲寄恨長。當年生小横塘住，阿母嬌憐鄰女妒。愛惜原同掌上珠，漂零竟作風前絮。單衫二月艷春陽，恰遇琅琊大道王。十斛量珠輕買笑，一宵倚玉便專房。此生自分歸金屋，地久天長歡未足。繫爪春調太喜箏，折花夜按秋娘曲。按曲調箏枉斷魂，教成歌舞爲他人。無端驚破文鴛夢，緹騎飛來已到門。喬松吹墮罡風劫，女蘿花早隨飛蝶。又向誰家舞柘枝，翻憐當日迎桃葉。權門有客慕程松，買得名花進相公。移柱别彈中婦瑟，挂帆高趁大江風。江風浩浩江潮闊，咫尺烟波别燕越。從此天涯一片雲，回頭望斷江南月。相公家世擅奢豪，司隸威嚴戚里驕。門外弓刀傳赤幘，屏前環佩列紅綃。朝回日日耽歡讌，曲房行樂無人見。五夜分薰侍女香，三春頻起催花宴。新妝各自媚春華，誰是平原第一花？自笑立群鷄混鶴，敢嫌失路鳳隨鴉！那堪謡諑蛾眉巧，有人妒殺紅顔好。夢裏蘼蕪憶故夫，篋中團扇悲房老。秋雨秋風冷畫樓，螢飛獨夜暗生愁。争知失寵翻爲福，莫向空房嘆白頭！炙手薰天勢如此，處堂燕雀安知死？内室金錢積似山，私門車馬喧如市。不信冰山一旦傾，連宵貫索度台星。中樞密敕收元載，御史交章劾竇嬰。九卿執法難原免，八議殊恩從末減。絶命哀吟枉費辭，氂纓盤水猶寬典。蕭條舊第鎖葳蕤，零落殘妝金縷衣。幸免收孥輸織室，又搖雙槳渡江歸。歸舟重過西陵渡，記得當時歌舞處。燕子都非舊日梁，桃花莫問經秋樹。匆匆歲月苦消磨，回首平生恨若何？鸞鳳换巢雙宿少，琵琶别抱斷絃多。玉唬香怨傷心重，然脂自寫浮生夢。樂府雙聲唱懊儂，妝臺獨曲翻囉嗊。荷珠風蕩不成圓，蘭炷香濃空自煎。兩度悲歡盡陳迹，卿憐畢竟倩誰憐？苦樂從來相倚伏，傾城況少柔鄉福。紅拂何由出戟門，緑珠枉自埋金谷。虹橋雲水日悠悠，多少紅妝罨畫樓？一種春江花月夜，珠歌翠舞不知愁！

卷三

俠女

公子某，談者忘其姓名里居，父官楚北，某挾重貲，將就婚江西，岳家亦巨族也。既登舟，聞舟子耳語，夜聞磨刀霍霍，覺爲盜，待空曠處，未發也。意惙惙，見於面。一日舟泊，舟子登岸購食物。某守舟，開窗見鄰舟一女子，年可十八九，姣好如仙，曰：「觀子丰采軒翥，何憂之深也？」某曰：「男女受授不親，且汝安能解吾憂？」女曰：「子何輕量天下人！安知我不能解汝憂？盍言之？」某以情告，女曰：「以貲寄我舟，僞爲疾作者，命僕作尋藥狀，傾筐倒篋，以示舟人，彼見無貲，其謀必寢。我父某，居某城某巷子，過我，當以原貲反璧。我救汝命，非有他意。」某念不從，禍必及，因盡出所携三千金畀之。時女父及長年均上岸，既歸，鄰舟遂發。某如女教，舟子見箱篋盡露，衣服書卷外，無長物，謀果寢。抵某處，舍舟，問女家，詩禮族也。詣女父索金，女父愕然。女自屏後出曰：「良有之，我爲若救命，非有他也！」父曰：「女子不守閨訓，寄男子金，詎不羞死？」女曰：「兒籌之熟矣！既救某，今生祇有隨某去耳。三千金還其半，留其半，爲父母娛老計。父母無念兒也！從我幸甚，不從我，有一死！」某曰：「某聘妻，尚未娶，屈居媵，所不甘。」女曰：「我固願之！」父母欣然，某遂挈女去。抵岳家，既成婚，其聘妻以非女無以救其夫，願下之。由是二女同居，誼勝同胞云。

外史氏曰：女子慮周志決，談吐慷慨，何其俠也！而原配能讓，尤有古趙姬之風。公子何修而得此哉？

圓圓像

圓圓事陸、鈕兩傳及梅村一曲，紀之詳矣。長洲宋于庭大令翔鳳云：「今雲南府城五華山，有延陵故王宮址，周山麓皆其宮室。西有華園寺，寺中有樓，傳爲圓圓妝閣。一日，寺僧啟敗篋，出美人像，稱邢夫人小影。蓋圓圓本姓邢，假母陳氏，當時府中仍稱邢也。」大令於庚申夏，携至京師，屬朱野雲摹一幅，而題其顛末於原像，寄歸寺僧。此説聞之楊蓮卿夫渠。按圓圓辭延陵，出家峨嵋，見幾獨早。留影而去，蓋寓拈花微笑之旨云。

蜀婦

蜀中多養鴨，鴨以億萬計。村設蓬，蓬中人合東西南北爲隊，多至百餘人。一村有婦人，居與蓬距數武。夫出外，作小負販。夕有客來寄宿，拒之，客曰：「我携三百金，暮無依，不得已求托一席地，雖户外無妨也！」婦曰：「我孤身女子，户外亦不便留客，盍赴鴨蓬，求栖止。」客如言去。至二更，聞蓬中呼救甚慘，婦度蓬中人謀客貲，宜速救。因縱火自焚其室，村鄰咸來。婦曰：「且無顧火，速往鴨蓬救人。」至則已支解，付鴨食之，僅餘一股矣！因縛送官，分首、從問擬。官畀婦百金，俾復葺室，懸額旌之。

外史氏曰：不納客，節也；聞聲思救客，智也；甘舍所居救人，勇也。呼吸之間，男子意尚不及，婦乃出此，亦足稱矣！雖無救於客，卒獲醜伏辜。百金之酬，詎多乎哉？

舒鐵雲

舒鐵雲，孝廉位，大興人，隨王觀察朝梧黔西幕。嘉慶辛酉，狆苗韋朝元反，妖婦王囊仙助之，勢張甚。雲貴總督勒保帥師進討，王觀察亦統兵相犄角，舒隨營治文檄。勒奇其才，數召至軍中，與計事。時苗卒十餘萬，焚掠村堡，進犯南龍府城，官兵屢戰不利。水西土司龍耀者，兵最健，其先以討吳逆功襲職。麾下將士，皆其幺妹統之，聞變，幺妹率敢死二百人，馳詣軍門，願助順。遂於中秋夜擊賊，大敗之，生擒首逆。事平，召幺妹，賞以銀牌牛酒，加耀軍功一級。妹年才有十八，貌姣好，纖弱如不勝衣。然結束上馬，馳突矢石間，當者辟易。大小二十餘戰，殺賊最多。時尚未受聘，勒欲以歸舒，力辭，事遂已。僅賦《幺妹詩》二章以贈，詩云：

健婦猶當勝丈夫，雍容小字彼尤姝。然脂暝寫蔣三妹，歃血請行唐四姑。上馬一雙金齒屐，乘鸞十八玉腰奴。不須更結鴛鴦隊，白練裙開筆陣圖。

迷離撲朔辨雄雌，千里明駝古有之。軍令靜原同處子，兵符端合付如姬。修來眉史功臣表，繡入弓衣幼婦詞。石硅兜鍪雲彈鬢，不知巾幗定遺誰？

苗呼行第最稚者爲幺，故曰幺妹云。

西秀

西秀，大名某氏女，貌明靚，聞遠近。明季流賊犯大名，城幾陷。僞將軍某，素諗西秀美，願得此女即解圍去。城守文武官聞之喜甚，齎重金，謀諸其家。西秀父母兄弟皆不欲，西秀毅然請曰：「拚兒一身餌賊，而完一城，夫復何恨？兒雖死，毋念也。」遂行，圍解。入賊營，僞將軍某，極昵寵之。後某歸命，授江南太平營守備，西秀膺誥封，稱命婦焉。康熙中，其鄉人某游江南，與西秀遇，時守備已死。因備述兵間事，詢鄉里亂離始末，悉其父母已故，大痛，欲歸掃墓，以道梗不果。其鄉人歸，緬述之。邑人劉六德爲作《西秀詞》。此事大名士人多能傳說，《縣志》載入《雜記》中。因借劉詞閱之，乃如柳敬亭所演鼓棒詞。詞中情事，頗曲折詳盡，文不雅馴，故不備録。

前生

靳某，灤州靳家營人，少孤，育於母，攻苦不輟，未青一衿。年三十，以疾卒。母哭之痛，見於夢云：「母毋悲，兒將降生倴城鎮畢姓家，再世尚可相見也。」次日，母命人訪之。距家三里許，果有畢姓，生一子。當降生時，即靳某告終之夕。既長，自記前生爲靳某，初名夢梅，更名梅，字雪莊。性温婉，狀如女子，以夙慧，過目不忘。有聲黌序，試輒冠其曹。訪前生母氏，時奉養之。才情横溢，古文、詩畫、詞曲，見無不能，能無不精。喜山水，尤喜種花木，花時階除籬落，如五色雲霞，燦爛奪目。嗜酒，工度曲，醉則歌烏烏，宛轉悠揚，移情入聽。游京師，大人先生咸器之，連不得志於有司。牢騷侘傺，縱情詩酒，以明經老。

高陽李文敏公國槽，明相國也。有友劉某，少共筆硯。相國既貴，衣錦旋里，劉以老明經，舊雨重逢，延之談讌，命酒甚歡。既醉，留宿小齋。劉自念等人耳，彼達我窮，何造物太不情也！旋睡去，相國見劉踉蹌入内室，訝而呼之，覺，知是夢。家人報夫人生子，即文勤公霨。異之，造齋視劉，已無疾終矣！後文勤公中順治丙戌進士，歷官東閣大學士。少承遺訓，黼黻昇平，殫心獻替，不動聲色，勛業偉然，恪恭忠慎，三十年如一日。固知前生慧業，非偶然也。

外史氏曰：吴殿撰錫齡前生爲僧，募修道橋，封翁倡捐，工竣，見僧入房，而生殿撰見《石鼓齋雜録》。人之聰慧者，前生皆有根器，畢公兩世潦倒，來生當早達矣！證以李相國事，諒不誣也。

捉鷄得銀

開平屬遵化州，糧店傭保夜擊柝，見大白母鷄率群雛，色皎然，彀彀飛。念店中無此色鷄，潛攫一雛，回首啄其拇指，握益固。就燈視之，朱提一定，約十兩有奇。而啄處一孔，血涔涔滴。藏銀就寢。翌日，創孔浸黄水，楚益甚。市銀爲醫藥資，費盡，始愈。

外史氏曰：今之見利忘身者，比比皆是，何責乎傭保？顧身創而利，卒不爲我有，何如安貧之無灾無害也？噫！

老翁贈棺

寶坻王岳祝先生嵩年，予族舅禮田公祖也。以鹽提舉改選廣東南雄府通判。先生性磊落，不善治家人生産，而醇謹任恤，鄉里稱善人。中年喜壯游，南北名勝，履綦幾遍。五十後始服官，時三子皆家居，惟少子旭晟公夫婦偕往。行至灘河，先生以時疫歿。時方溽暑，一葉孤舟，泊於荒野。少年夫婦，唯知引涕長號，無棺以斂，亦無所爲計也。忽有老翁，登舟致唁，朱履白髯，羅衫羽扇，飄飄有淩雲之意。唁畢，問里居官閥甚悉，慨然曰：「我有一棺，願以相界。」因命僕携長年數輩上岸，由山螺旋而入，見村落，至翁家，扛棺歸舟。棺輕而堅，刳木爲之，當時亦不知其可貴。方翁之去也，先生以斂事匆遽，未皇問其姓名。斂畢，疾覓翁詢棺價，旋將酬以直。再循舊路，村落渺然。群疑山路叢雜，迷於所向，及問采樵人，云：「此山口百十年前，曾有一村，兵燹之後，久廢其趾。我樵此有年矣，有當知之。無勞空索也！」停舟三日，訖無端緒，夫婦惘惘。不得已張帆而發，抵家，家人視其棺，楠木也，香溢一室。閭里傳頌，以爲忠厚之報云。

鬼仙

周君崇福，官東强二尹，後以事罣吏議，居保陽，佐幕爲生。一子某，年弱冠，美秀而文，已入郡庠，旋以疾卒。後屢見乩盤，詩詞清超，且云：「已蒙柳仙度爲弟子，鬼而仙矣！」先是，崇福官棗强時，某曾就學邑人家，後同學召仙，某忽至，書姓名云：「有事相求。」問之，云：「諸君皆素封，能捐五十金，功德無量。」問何事，云：「某父卧病保陽旅邸，不可治，得此具棺衾，感且不朽，他日當結草以報！」問如何寄去，某乃作家書，浼人代書，並金封固，遣役送往，則其父在寓已垂危矣！

外史氏曰：人有生而不顧其父者矣！周子死猶戀戀，宜其仙也。

種沙

浙江海塘，所以禦潮。某年塘圮壞，潮泛濫爲患，屢築不能成功。有人云：「有妖物窟其下，當移檄龍虎山張真人治之！」中丞某公以爲然，檄去，覆云：「能治。」旋遣法官二人來，周視之，下無妖，乃沙空耳。問何術，云沙可種也。索城内外道士二千人畢集，選二百人，復索大鐵牌三十六面，小倍之，連根大竹一百八株，小舟載之，待塘側。築壇十里外，法官據上坐，禹步持咒，道士輩旋繞誦經。至時，遣人下竹塘中，每株懸牌一，竹直立不仆，幾没至梢，而鐵牌浮水面。作法畢，遣人日報，竹長一尺，則沙增一尺。迨竹根畢露，遂成沙堤，而鐵牌不復見矣！法官取覆檄，歸報真人。塘工增築，不日成焉。

趙偉

趙偉新城人，父母老且病。偉年少向學，無以養，恃其兄行賈爲生。兄一日病疫甚劇，偉念兄死，父母失養，刺血疏禱司命神，願減己壽益兄壽。泣祝竟夜，兄漸愈。後偉補博士弟子員，教其侄，亦有聲黌序矣！一日偉病，見役來勾，隨至署。入見城隍神坐殿上，色甚和，謂之曰：「我宋某，容城人，居白溝河，日嘗入塾訪子師，子獨不憶之乎？」偉憶少時，曾見其人，老學究樸直無他長，因唯唯。既又曰：「汝命當盡，今日因汝與兄乞壽，前令達於帝，帝嘉汝悌，命增壽，行當送子還。」偉因求視籍，判官持巨册以觀，見己名下粘乞壽疏，注增壽字，以下字爲判官袖所蔽，不得見。既退，又呼之反，曰：「胡弼人甚良，奈何欲售火酒？陰律鬻火酒家罪甚重，以暴殄粟米也。且伊前有陰德，豈非自隳其功行乎？汝師王果亦良士，奈何出入官府，理詞訟？二人與我皆有舊，汝歸，當戒之。」又曰：「汝南望！」南望，見金字坊高丈餘，榜曰：「義士胡弼之坊。」偉諾，下階，一蹶而蘇。時家人已成服矣！呼飲食，遲明，使以車召王果、胡弼來，告以故。兩人各叱曰：「我初無此意，何誣我？」咸謂偉初愈，殆譫語，並去。後十餘年，弼果行沽，而王果竟以刀筆鳴一邑。時偉尚未死也。先是，邑大饑，胡弼有米百餘石，嘗出以賑云。

外史氏曰：人生爲一事，意念中皆有根蒂。不然，王、胡兩生事尚未形，而陰曹已預決於數十年前哉？是以聖門意誠之功，必自慎獨始。

李成性

李成性遷安人，天啟間諸生。赴省試，其父患癲症，昏憒甚劇。成性禱箕仙，仙爲疏方，弗效。李再禱，仙曰：「當往問華公。」須臾返，索松蘿茶，面有浮沫，戒曰：「止飲半酒杯許。」病者下咽，大呼曰：「冷！冷！」覺一縷冰雪氣，由丹田下達睪丸，即心清思食。仙又曰：「牖間藥二裹，敷之，當瘥矣！」視之，果有藥末半分許，色紫，味香，又一粒如榴子大，色似雲苓，包以蔫花，瓣大如錢。仙曰：「飲藥名冰盤，冰雹之母，一粒可化雹萬億，故戒多飲。敷藥一名雨角，乃龍吸海水氣，凝結角上，刮鍊而成，一名玉苓，爲蟠桃上霜，掃而煉之，瓣則蟠桃花也。」試之，即日愈。仙張姓，應龍名，明天水孝廉。華公即漢神醫華佗，俗傳藥聖者也。

柳神

嘉慶六年，河陡漲，畿南一帶尤甚。新安屬保定府，水與城平，不没者三版。官民在城上，睹洶洶之勢，以爲城没在旦夕也。忽守城人一男子陡起，曲踴距躍，張目披髮，指水中，厲聲曰：「我柳神也！爾欲趁今年水勢與吾尋仇，生死我當之，一城老稚何辜，遭汝荼毒行？將聚吾族類，殲爾犬河之南。」且躍且詈。水中旋露一獸首大如輪，似龍似獅，額端四角森立，長七八尺。觸城西北隅，自顛至底，横裂五六尺，水牛吼而入。柳神以手匊土，向裂處略一簸揚，以足盤辟其上，裂處旋合。又折柳枝指城下曰：「汝真不去耶？」怒擲水中，倏見千萬柳枝，逆流旋轉，勢如萬弩，轟然刺水。波濤鼎沸，西風狂起，雲霧冥濛，日爲改色。食頃，水作深赤色，腥聞於天，血淋漓濺雉堞間，臭穢不可近。孤城震撼，洪濤海翻，萬目攢覷，相顧失色。瞬息間，狂波北奔，水痕頓減數丈，旋見土隍已露。新安城故臨河，又瞬息，水歸故道，特與堤平耳。回視城裂處，堅好如初。合城相慶，莫解所由。而彼一男子者，昏然倒地，灌以湯，醒而問之，茫不省憶。先是，雍正元年，有邑村貧女，姿容婉秀，及笄未字。夏初，就河滸淺水，浣褻衣，老柳一株，横亘水面。坐樹上，浣半日，見苔紋數縷，青滑可愛，波光柳影，互相蕩摩，輟浣而思，怦然心動。嗣亦忘之，而腹漸膨脝。父母疑詰，吐其實，不信，屢受箠撻，憤欲覓死。四更人静，俯後園井畔，泣曰：「妾污父母門閭，爲鄉里唾罵，死何足惜？然孕十八月而不生，孕從何至，又不自知。井神有靈，尸勿變色。」祝畢，縱身入井。其兄突至，抱其足，力掖之，相持甚急，俱仆井側。突有緑衣人，緑面緑髮，高丈許，曰：「我柳神兒也，今日誕生，將覓吾父於金沙島。兒生母死，抱恨終天，且毋以冤死，誰從而白之？舅氏速起，葬吾母村東隙地，樹表以志。百餘年後，城有水厄，我當來護之！」言訖不見。女兄醒，家人奔集，女已不救。以待棺四日始殮，面如生。蓋其兄見女獨入後園，疑之，潛伺井旁叢荻中，故聞見如是。女墓至今尚在。至是柳神爲護母家，城遂獲全。獨不知四角獸爲何怪，與柳神何仇，敗北而奔去之何所耳。

王繡紱

寶坻王繡紱，上舍麟角，余中表弟也。己丑年，病劇已四月，恍惚見一役勾取，同至一署，城隍神坐堂皇，衣冠悉如陽世。吏白某至，神曰：「案情重，宜上解！」命原役押往。行大漠中，黃沙漫漫，陰森不見天日，寒風砭骨，殆不可支。每至一邑，則以鎖縛柱上。行兩晝夜，至一都會，人往來如織。間有識者，皆已故人。市肆列酒肉，蒸蒸然。繡紱欲買食，苦無錢。突見老僕駱達，曰：「公子何得至此？」因訴苦楚，且道飢渴。駱曰：「公子生人，或不宜留此。倘果住此，乃可飲食，奴非靳也！」俄至大署，巍峨如王者宮，門外胥吏紛紛，亦不甚詰問。有吏問役曰：「來乎？」曰：「來矣！」曰：「少需，待升殿。」俄聞呵殿聲，呼某入。繡紱聽之非己名也，乃入，蒲伏墀下，自訴姓名里居，及祖父名字甚悉。王者命吏稽簿，吏挾册卷上，卷高數尺。當是時，繡紱仰視堂上，見王者儀容甚偉，堂柱懸聯二，一云：「善報惡報遲報速報終須有報，天知地知爾知我知何謂無知？」一云：「欺人懦，詐人財，坑人命，侵占人田地，奸淫人婦女，日積月累，恬不爲怪，到我者里，睜眼看看，看歷來奸黨凶徒，到底輕饒了那個？折爾壽，絶爾嗣，敗爾家，刳剔爾肺腑，鎔化爾骨髓，鼎沸碓舂，辜猶未蔽，叫你自家，捫心想想，想從前陰謀詭計，此時還容得做麽？」時吏檢册呈王者，王者怒，呼役：「命汝勾杜某，何誤耶？宜予鐵杖。」即聞階下作肉鼓吹聲，嗷叫甚慘，王者霽顔，謂繡紱曰：「子居心良善，尚有功名一級，且歸休，十年後，當復來此。」命役送還。繡紱下，求役曰：「我來此不大易，盍導游各司，以廣見聞？到陽世亦可傳述，俾知警惕！」役導之往歷十八司，劍樹刀山，鐵床肉磨，如世所傳。末至一處，榜曰「還形司」，見牛頭鬼持一大盎，腥血滿中，問役，役曰：「惡人受罰不足以蔽其辜，收其血至此司，仍復原身，再令受諸楚毒。罪少重者，可三四度，重者數十度，極重者，百十度不止也。」倏見判官叱役曰：「何得導生人至此？」役白其故，判官頷之。既而曰：「子來此三日矣，久恐殼敗，不得生也。」役遂匆匆導之去。至一大池，力拍其領，倏已至門。奔入卧室，青燈熒熒，見已身卧床上，家人扶床而泣。近與迎合，蘧然驚悟，汗流浹背而愈。距初瞑眩時，已三晝夜矣。繡紱素醇謹，不妄語，凡此皆其自述。後戊戌年，繡紱以肺癰而歿。十年之中，果名隸國學云。

外史氏曰：人生一飲一啄，數皆前定，觀於繡紱益信。彼營營於富貴利達者，皆無事之擾耳。念此可以息矣！

新城寺怪

新城有古刹，正殿五楹，懸額約七八尺。一日午，初陰雲密布，風雷交馳，額忽動振，藻井有聲，雷倏至殿側，訇轟旋轉，圍繞殿庭。俄奮擊一聲，驚人心骨，額硼然墮地。一物類盛米囊，色如蚯蚓，肌膚光澤，腹二目，光熊熊，從額中橫飛而出。墀下故有老松，大可三四人合抱，聳峙蒼翠，陰森蔽空。是物據樹顛，旋如磨，雷火捨殿，馳入樹上。樹深綠，天既濃陰，樹亦黑如磐。雷火轟燒，紅徹松蓋。墻外古槐高與松埒，從槐中伸一爪出，極似世所畫龍爪，向松頂盡力攫。怪乃乘風，奔雷從之，瞬息間，聞砰砰怒擊如聯珠，響震天地。須臾雨霽，日光漸出，檐溜間猶點滴零星也。少頃，喧傳雷擊怪在寺南窪田中，長三四尺，狀如大蛆，色紫，兩端狀與腰等，無四肢，無口鼻，腹中二目，猶瞠然如魚目。背上痕六七寸許，如以刀劈分者，滲滲浸穢水。内外皆肉，全無心肝，以手按之，輭如死彘，不知何怪也。南村李姓，三世習弓馬，師弟往視。少年好事者携死妖武塾中，師命切怪肉，層層爲片，曝乾似馬韃，懸壁間習箭，堅逾他革，數年不敗。惟夏月陰雨時，微有腥氣耳。至今刹中松幹，從顛至地，猶顯然有五爪痕。王椿橋從舅隨其太翁官新城，嘗讀書刹中，目擊其事云。

剛剛奪黍

「割麥插禾，郭公郭婆，看蠶看火，脱却布袴」，即布穀催耕之鳥。方言異名，實一物也。吾鄉謂之「光棍奪鋤」，濟寧則謂之「剛剛奪黍」云。李叙五濟人，予姻家，告予曰：「濟有丐，無姓名，人以其好學鳥言，呼以『剛剛奪黍』。居無定所，多宿古廟中。衣敗絮，冬夏不易，肘間繫瓦罌一，斯須不去身。予孩時，聞其過門，必約鄰兒數十環繞之，令其作各種聲。丐蹲墻下，良久曰：『天明矣！』遂聞雄鷄報曉聲、鴉雀争噪聲、牛鳴聲、犬吠聲、蟋蟀聲、蚯蚓聲、長空雁唳聲、夜鼠嚙衣聲、餓猫捕鼠聲、蒼鷹搏兔聲、馬嘶聲、車轔聲、磨室籮麪聲、萬户搗衣聲，凡世間所有，無弗洋洋盈耳。須臾，呼呼作風聲，拔山撼樹、駭浪驚濤，一時並作。復有千百帆檣，互相撞擊，舟人撑篙把舵，竭力呼號，勢紛糾不可解。群兒方噤齘，不敢言。俄砉然一聲，如巨霆轟震，萬籟俱寂。丐徐徐欠伸，曰：『技完矣，乞我錢！』人予一枚，積至百餘，即往酒家，沽酒三杯，以餘錢貫酒滿罌，買膏粱餅數枚，逍遥去。」初，叙五以爲都下口技之流耳。既冠，之江南省其從父，從父曰：「汝在家曾見『剛剛奪黍』乎？」曰：「瀕行時，猶聽其技也！」「鬚髮白乎？」曰：「貌若三十許人。」從父拍案曰：「異哉斯人也！我幼時讀書，聞其人過，即逃塾聽其技，問其年，四十矣。今我年五十五，計此人將百歲，何不老也？得毋仙乎？」叙五留數載，北還，又遇之。貌不異曩時，問年幾何，曰四十耳。噫！仙耶？否耶？抑有駐顔丹耶？予聞古之異人，嘗溷迹塵埃中，惜叙五時尚幼，未以吐納導引之術詢之也。

阜城狐

阜城杜養性，萬曆時人，讀書城南廢寺。夜有處子入其室，芙蕖露涵，桃花雨潤，二十許麗人也。自言虐於繼母，願避此借一宿。杜峻拒之，曰：「不去，將呼鄰人知！」曰：「子胡然？予非人，千歲狐也。見子讀書勤苦，聊用相試。子誠正人，福壽亦遠。予修持將成正果，特與子前生有緣，願爲友！」由是，時與往還，言不及私。後杜萬曆乙酉舉於鄉，己丑成進士，狐輒先期告以所中名次。杜仕襄陽令，以清介聞。遇疑難案，狐預爲體訪明確，杜坐堂，皇訊兩造，如目擊然，神明之稱噪一時。後致仕歸，狐遂不再至。

黃光鬼語

趙君湖州茂才，談者忘其名，竺泉中丞弟也。年方壯，以疾卒。閱數月，魂忽返，與家人語，一家皆驚。問其死後狀，云初見一役，著紅纓冠，攝之去。見妻哭甚哀，戀戀不忍行。役匿笑揶揄之，問故，不肯道。既去，至城隍署，役携之晋謁。神命吏檢册，云：「此人生前無罪，送往黃光，住二十五年後，付轉輪！」命役導往，路漫漫如烟，不知幾百由旬，見沿路桁楊相望，僧尼居十之九。至一處，居如世人，人甚衆，往來拜謁如禮。問之，云：「此即所謂黃光者，人生前無罪，皆發此地，待輪回。有願修仙不入輪回者，聽人住此。甚閑暇，無日夜，不飢渴，消盡一切機械争競心。且有書可讀，惟天日皆黃色。」居既定，頗思家，懇役導回。住家中數日，云有約束者，需返黃光。苦不識路，口授家人書一詞，焚城隍神前，求命役導往。果有役來導之去，越數日又來，云識路矣！來則與其一妹談不厭，云前生從人道中來，有夙根。又有一妹，絶不與語，云前生乃一擔水夫。又云其子前生爲狗，曾被擊死，故今生償以貲；妻前生爲男，趙爲女，同巷居，目成苟合，而未成匹，故今生男女顛倒，以了夙緣，鬼役揶揄，有以也。又云凡輪回，受善惡報，皆由自召，雖有主者，亦莫能主。佛云一切惟心造，信夫！緣城隍案下吏與有舊，檢册使觀，故知之詳。問其見閻羅王否，云：「閻羅王視陽世督撫，將來竺泉兄乃可見，我秀才，分懸殊，安得見乎？」時其父尚在，曰：「我與汝是何因果？」泣云：「兒不孝，不能終事，抱恨終天！」語不及他。又云：「兒現拜一人爲師，學導引延年術，學成可爲鬼仙，不入輪回！」至今往來如常，後不知其究竟。劉茗柯談。

外史氏曰：一切惟心造，此語發人深省。奉勸世人，祇了前生果，勿造後世因也。世果有黄光其地者乎？願脱屣從之矣！

西安城隍

紹興李某，由進士官貴州知縣，未得缺，以疾卒。陝西某扶鸞，李忽降於乩，自述甚悉。云現官西安府城隍，初涖官，不獲上，欲引疾去。人勸止之，漸爲疏通，乃得不獲咎，而公事之賾、酬應之繁、送迎之絡繹、供張之紛紜，視陽世不啻倍蓰。且秋風之客，應接不暇，因之窘態萬狀。表弟某，素無賴，忽來擾，予以八百金乃去。浼邱真人寄家書一通，纍纍數萬言，家事瑣屑，不及備詳。最奇者，李有甥章姓，賈楚北，曰「章恒盛」，市雜貨。李書中云，章甥甚得意，我極知之，然可止即止，不可久戀，否則恐有不測。信至章，不以爲意，一月後，被回禄〔一〕，市貨蕩然矣。

外史氏曰：向謂陰曹官勝於陽世，乃亦爲貧而仕，艱苦不堪如是耶？吁，異矣！

【校注】

〔一〕回禄，火神，借指火灾。《左傳·昭公十八年》：「郊人助祝史除於國北，禳火於玄冥，回禄。」杜預注：「玄冥，水神；回禄，火神。」

雷神

銅陵縣某村某甲，一妻一妾。妾産子，落地氣絶，母亦暈死。雷忽震於室，母子俱蘇。而大婦與穩婆俱震死。

俄穩婆回生，手持白金二錠，云：「主母賄之，令扼小兒喉，並牽産婦腸，今天理昭彰矣！」言畢復絶。衆方安置死者，回視床後，雷公在焉。蓋爲産血所冲，不能飛去也。某甲懼，焚香叩禱，浴以香湯，村外立高臺，擬移置供養。數人移之，屹然不動。衆議曰：「擇一人生平未行惡事者，焚香負之！」果移出，衆爲具湯沐，日請釋道誦經。忽一日，大風雷，凌空去。友人目擊其狀，鷄口肉翅，身生黑茸，如世所繪狀云。劉茗柯談。

劉某

劉某楚人，官刺史。子某，少驕縱，與父爲讎仇。長益忤，見影則睅其目，少與語，即出惡聲。刺史畏之，而用金錢如流水，不敢少拂，任其揮霍而已。及刺史卒，其子不哀，亦不成服。戚友咸勸之，不聽；責以大義，不獲已，允爲供飯，服長衫，注香柩前，指柩厲聲呼其名曰：「劉某，汝亦有今日乎？」戚友咸謂其瘋癲，其子曰：「我非伊子，前生姓潘，官浙江某縣，伊爲某甲乾没我朱提十二萬兩，我以是憤而死。今我用伊錢，皆有簿籍！」開篋衍出計簿，核之，已用過十一萬九千二百兩矣！某復指柩曰：「尚欠八百金，我不再索，汝既死，我冤解矣！」言畢，仰跌於地而絶。

井中女鬼

道光癸巳，陸費芝卿明府棻以事赴紹興，寓周介堂太守岱齡家，下榻廳事。廳外花台下，乃一井。數十年前，有婢投井死，周買宅時不知也。後有人宿於廳，輒出嬲之。芝卿宿時，聲息不聞，惟僕居對面室，聞嗚嗚作聲。芝卿事畢行，以阻風，舟不得發，復返。周公子謂之曰：「君行後，鬼狂叫慘呼，耳不忍聞，君胡驅之？」芝卿乃爲文祭之，曰：

惟年月日，陸費芝卿以錢一陌、酒一樽，致祭於倩女之靈曰：卿本居停，我逢歧路。聽中宵之悲嘯，助旅客之愁懷。爰寫新詩，用當寶懺。若覆盆之未恤，可訴閻羅；埋枯井以長眠，勿驚地主。何况大千世界，任爾遨游，丈六觀音，救人苦難。既升天兮有路，詎悔罪之無門？兩度於兹，或者前因後果；百年而外，何妨我往卿來？但如今咫尺河山，請從此皈依仙佛。再陳短句，用代諫言：

東西兩屋隔紗窗，矮竹簫簫覆短廊。我咏新詩卿擊節，不嫌風雨太凄凉。也解簫條是夜臺，孤魂無伴倍心哀。卿如欲訴生平事，夢裏何妨踏月來？寒逼重泉卧不安，主人讓爾屋三間。祇宜兩好無猜忌，底事中宵學打鬬時防夷兵勇初撤，鄉勇無所歸，肆行劫掠。紹興民家，門户最堅，鄉勇每於夜間叩門，應而開者，輒被搶擄，故云？卿若通靈定解詩，更將一事語卿知：居停縱不驚奇怪，胆怯空房有小兒。《心經》一卷誦年年，不作天仙即地仙。卿是主人儂是客，夜深幸勿攪儂眠。一陌黄錢一餅金，一杯清醞爲卿斟。若逢雪夜來豪客，更望奇形駭緑林。從今安穩卧花陰，要把詩篇當寶珍。莫道書生無寶劍，夜深慣作老龍吟。替生一語最荒唐，竟轉輪回自不妨。若是大千多罣礙，教他來問陸家郎！

方焚文時，旋風捲灰，扶摇而去。後周公子入都告芝卿云：一日，院中見一鴨，形狀甚異，迫之，逃入廳中不見，從此音響寂然矣！

涿州狐

涿州某生，傳者忘其姓氏，年弱冠，美丰儀，見者以爲安仁復生也。未娶，宿齋中讀書，夜有女子搴簾入，海棠睡足，梨花妝成，絶代姝也。詰所從來，女自言爲狐，與有夙分，某昵其美，納之。女囑某謹言。某素文弱，自與女遇，益健壯。以故往來三年，人莫有知者。某所欲，雖滇海鷄蹤、楓亭鮮荔，一舉念，女悉爲致之。會元旦，貽以雪蓮二柄，花産雪山，隆冬始開，不常得。生供齋中，同學來賀者，苦詰所從得。某不能隱，吐其實。女已知之，客去，曰：「屢囑秘密，今乃漏言，緣盡矣！」泣留之，不可，遂去。臨别曰：「爲若物色一佳偶，某處某人女，可聘也。」某嫌其貌不颺，女曰：「老蚌生明珠，君毋以貌取人。」某以女言，卒聘之。後果生三子，以科名亢其宗。

焦龍王

東明馮禮，其先襄垣人。有田夫投宿，求爲傭，貌奇古，問其姓，曰「焦」，亦襄垣人，遂呼曰「小焦兒」。禮留之，委任悉稱意。正德八年，境大旱，白禮往河南拾麥。數日攜一小囊來，曰：「麥至矣，可糞除數屋收之！」〔一〕禮笑：「囊小，焉用此？」曰：「試可乃已！」盈三屋，囊麥尚未盡。會上元，邀禮赴晉，游燈市。辭以遠，焦曰：「試閉目，負以行。」須臾開目，則火樹星橋，千影萬影，已抵太原城下矣！旋仍負歸。三年後辭去，禮問後會期，焦曰：「見西北雷震，驟風雨，即吾至也！感公義，附近四十里不受冰雹，乃所以報公者！」言訖，霧不見掌，雷聲轟然，赴西北去。居人至今呼龍王，馮家立祠祀焉。

【校注】

〔一〕糞除，打掃，清除。《左傳・昭公三年》：「自子之歸也，小人糞除先人之敝廬，曰：『子其將來。』」

社公

曲周河南疃社公祠，舊有樓，不知何時建，年久漸圮。諸生麻天祥，素無疾，忽大笑仆地。移時甦，云有美丈夫延之樓上，命酌酒，色縹碧，殽蒸紛列，無異世人。飲次，見二婦豔絕，丈夫曰：「所居圮，妻孥不得庇風雨，幸爲建寢！」生唯唯曰：「無明命，恐人不見信！」丈夫曰：「有刺，在君几上。」已見庭樹紡一人，就視之，族叔某也。結繩於項，呼救良殷。生爲緩頰，得釋去。生告歸，果見刺，書崔某拜。字體頗端勁，類歐陽率更。初，生族叔某病，噎粒米不能下，至是忽大啖，且述見救狀如生言。生乃募鄉人，建寢宫三楹，申妥侑焉。方丈夫酌生時，鄉人蔡天保過樓下，見生據上坐，賓主儼然，失聲驚走。再視遂無所睹。

芮家塋石馬

明芮總憲釗，竇坻人，賜祭葬，塋在城東門外，石翁仲、石羊、石馬尚存。近塋田禾，夜狼籍，輒至數畝。看青人憾之。夜伏禾中，見一馬來竊禾食，突以鐮削馬首，去半顱，狂竄去。次日，見石馬失半首，血迹殷然。從此不復能爲怪矣！至今馬首石尚赤如脂。

劉四先生

竇坻劉某，忘其名，少游湖南，遇異人，授誅邪術。其術五月五日，擇明浄黑豆百粒，設巨案，覆以紅氍毹，中置一盤，每拈一豆，息諸念，持咒四十九度，擲盤中，盡百豆乃已。念或少弛，豆即自盤躍出，並前豆悉成棄擲。需次年午日，竭誠重鍊。鍊成，囊豆繫腰際，寢食動作不少離，名曰母砂。恃此妖不敢犯。他人或祟於妖，招劉劾治。劉別用黑豆升許，每豆持咒三度，曰子砂，匊以擊妖，妖立斃。邑朱某爲妖所攝，日迓以白騾車，僕曰老安，至一宅，有美婦二，更番媟嬲。朱日見羸瘠。後妖就朱家，蠱益甚。家人延劉至，擊以豆，二女妖現蛇形死。老安是日亦駕車來，蓋蟆，妖騾則白鼠也，擊之並死。自是名噪甚，遠近争延致之。年七十餘，預識死期，遍別周親，至期果逝。母砂一囊，納棺中以殉。咒失傳，後遂無習其術者。劉行四，善鼓琴，人皆呼爲劉四先生。

祁州牧

嘉慶初年，祁州某刺史，安徽人，幼失學，弱冠爲藥店傭工。店主試其謹厚，漸倚托之。數年，使之祁州購藥，買舟而行，頗安穩。一夜，舟初泊，新月西沈，江水如練，船中人皆入睡鄉。某坐船頭，偶欲盥手，俯就船唇匊水，突有手大如箕，執其左手，冷若冰雪。力奪之，執愈固。大呼失聲，且竭全力以争。船爲動摇，舟中人皆驚寤。冷手縮入水底，拂水作潑剌聲，亦不知其何怪也。後某由手漸凉至腕、至臂，雖非疾痛害事，然殊自悔。及市藥反，避水程，由陸路歸。至河南界，逆旅主人疽發於背，甚劇，某略拂以冷手，凉沁心脾，痛遽定。再拭之，倍減，更拭之，瘥矣！明晨，結痂而愈。主人德之，不取其直，且爲揄揚。由是冷手之名大噪，載金帛求拂拭者，門如市焉。會安徽中丞太夫人，疽生於脇，閲兩載，百藥無效。延致之，兩三拂拭，肌膚如初。中丞感其誼，爲報縣捐丞，分發直隸。旋由明府擢刺史，補祁州。時已周甲，手冷漸不如前，衹十指間不似常人熱耳。遇大瘡不必驗，小者仍立效焉。

外史氏曰：或謂水中手爲冷龍，然刺史何德於龍，而獲此報耶？嗚呼！今世瘍醫所在皆是，動輒誤人，安得冷龍遍執其手？

緑毛怪

豐潤魯叔和先生家，正廳東偏，别有廳事三楹，紫藤一株，蔭滿院落，海棠一叢，本皆合抱。春時著花，爛如錦。廳中有緑毛怪，夜必出，人無敢寢處其中有年矣！邑武進士谷某，勇藝冠一時，素以膽氣自負。聞其異，思一試。借宿於庭，弟子數人諫，不聽。弟子輩皆赳赳，願同宿助師，不許。固請，命宿於正廳西廂。廂後牖鄰藤花院，可招呼相聞。囑曰：「不呼，勿往也！」谷秉燭獨宿，二更向盡，大風撼屋，宇門倏開，燈光頓縮，緑如豆。見一怪，高五尺，蹣跚至，遍體緑毛，鬖髿如松上鬣，目炯炯類曙星。谷思先發制之，急起與相搏，力適敵，不相下。自室東至西，復自西至東，蹶而起，起而復，蹶無慮數十度。諸弟子聞相撲聲、撞臂聲甚厲，以師堅囑，不敢入。谷與怪相持至五鼓，漸不支，乃大呼。怪亦恐人至，力掙欲脱，谷力持不釋，怪急以爪抓谷腕，去肉十痕，深寸許，谷負痛，力少懈，怪遂乘風去。手餘毛二握，細如牛氂，緑如出水藻，怪從此絶。谷藏其毛，韜以錦袱，有談異聞者，輒出示之。

宋道人

宋道人，不知何許人，居京師正陽門外五道廟。身不滿三尺，日惟跏趺坐，目炯炯有光，力極雄偉。有人絙大繩，道人握其端，數十人牽之，不動毫末；道人曳之，數十人並仆於地。粤西朱刺史，寓京師待銓，朱固博雅，且工導引術，訪之，道人口若懸河，廿三史如指諸掌。微及呼吸頤養之法，朱語多中肯，道人曰：「子亦非凡人，期某日，與會南西門外破廟中。」朱往，道人先在，談竟日，天文、地理、兵法、技擊、劍術、神仙，娓娓數萬言，不能悉紀。及言歷代盛衰事，道人曰：「大戰棋盤街時，曾親見之，如目前事耳！」朱陡曰：「君非宋獻策乎？」乃瞑不言，再問，終不答。朱辭去，道人從此不知所之矣！後有人於四川峨眉山中見之。按獻策曾爲闖逆僞軍師，精算卜，謂繼明有天下者，首冠羽毛，勸闖軍中冠各插羽，轟然向前，自此戰無不利，勢如破竹。及我大清兵入關，宋見統兵大員各戴花翎，駭然曰：「大事去矣！」蓋我順而賊逆也。遂遁去，不知所之。闖果爲大兵追剿，連敗伏誅。乃知真人應運而生，自有定數，彼盗弄潢池之輩，縱能前知，卒歸敗亡。可見得天者昌，非人力所能致也。

某甲

寧河某甲，有典衣癖，每日檢己衣服，及妻孥輩衣飾，婢珥嫗簪，斂爲一篋，悉付質庫。所質錢置床上，十緡爲埒，如黄標紫標故事。而一月子錢計若干，預於燈下盈貫，付床頭，凌晨贖歸。朝饔後，復質焉。自奉極儉，家不僅中人産，青鞋布襪，意趣恬如。惟一日不典衣，即疾首攢眉，如負重恙。質券到眼，則如服對症藥，通體暢然，笑容可匊矣！歲以錢十餘千，雇一奚奴，往來蹀躞質庫中，四十年如一日。有腴田數頃，坐是化爲烏有。卒之日，無以斂，子孫竟無立錐云。

外史氏曰：某甲前生其負典肆逋耶？何其樂此不疲也？如是之人，吾亦罕見！

郭某

明天啟末年，河間郭某游京師。一日，偶過魏璫門，便旋門側。郭體壯，素有嫪毐之目，爲魏厮養所窺，即呼止之，以白璫。召入，郭不測，意且獲罪。璫驗狀，乃令具湯沐，易鮮衣，携往奉聖夫人客氏所。大見愛悅，不數日，爲求官兵部，得提督四門。郭識客、魏必敗，陰圖自全。謂客居鄉里時，見千夫長出，則羅仗騎從甚都，願假夫人威力，得一出官外地，以爲鄉井榮。客不允，求之至切，再三云，且曰：「幸暫出，便可呼還，常侍左右矣！」許之，郭遂以都督僉事，外補到官。未兩月，崇禎改元，客、魏皆伏法，六等定罪，無郭姓名，竟獲安樂以終。

卷四

秦翁

秦翁保定人，居唐家胡同，年七十餘。家貧，以磨麥麵爲生。有妻，有子女，有孫，與常無異。惟自幼未嘗睡，晝則隨人操作，雖老猶健，夜一家俱眠，秦獨醒，醒亦不能逸，亦不願逸也。仍入磨室，鞭驢添麥羅麵，手無停指，足無停步。驢疲，令驢食已，乃自旋磨，往來蹀躞，力不逐驢。妻子晨醒，復隨人操作如初。有人召箕仙問故，仙曰：「秦前生好逸，日晏不起，既起復眠，天故罰以今生不睡。」

外史氏曰：嘗見磨室中，驢晝夜旋磨，少息，鞭樸立至，以爲太苦。今以此事例之，皆前生好逸之報也。顧秦翁者，驢其質，人其身，意必前生所爲，人性尚有未盡泯者乎？陳迹團團，死而後已。吾願世之好逸者，知所省慎，勿來世甘入磨室也。

魏奄生祠

明魏奄方熾時，生祠遍天下。肅寧爲其故里，所建尤壯麗。伏法後，毁像，易爲佛寺，然榱題轮奂，仍舊也。乾隆中，邑令營建需材，毁之，材多朽蠹，不任用。故寺後三楹尚存，蛇虺穴壁中，多至數十斗，獾狐尤多。村民驚擾，聚火焚之，乃絶。逆祠早應污潴，二百年來，徒爲蹂迹蟠踞，未始非逆奄餘孽戾氣所鍾，經此芟夷，逆迹乃絶。視西山碧雲寺奄墓之掘，同一快心事也。今後寺尚有巨石，方徑丈餘，陷地中，石理蒼潤如碧玉，因重難舉，故不能移置云。

剪綹綹音旅五則

剪綹，一名小綹，京師最多，不操矛弧，攫財於道，神鬼出没，不可端倪。友人傳述數事，筆之以見若輩伎倆，亦守土者所當厲禁也。

寶坻王椿橋從舅，與通州張茂才同寓京師，考遺才〔一〕。榜未揭，閑步於南下窪子。時殘暑尚酷，張著新白袷衫，脱挂柳枝上，王曰：「不畏剪綹乎？」張曰：「四目交射，何慮焉？」俄見老人髮垂白，持去瓤西瓜皮二如盂，蹲於道，匊轍中土，實其一，挹彼注兹，無慮數十度。王與張注目視，互相猜擬，不得其故。老人尋傾土轍中，持瓜皮逍遥去。兩人回視，衣已亡矣！悵悵而返。

騾馬市在西珠市口迤西，有客來市騾，衣甚華，類貴介，小童負匡床，手持紙裹，意是朱提。議價已定，客曰：「不知駛否？試之，歸付直。」遂乘而馳，日夕不返，騾主問童，若主人居何處？童泣曰：「我在前門外，日負栚市糖。彼用百錢，雇我來，並不知其姓名何。」主人爲啟視紙裹，纍纍然鵝卵石也。訟於南城，迄無踪迹。

一人著新靴，行市中，突有人搴其冠，擲屋上，回視不知誰何。倀倀立。市人云：「貴友亦太作劇，市頭如此游戲也！既擲，須升屋取，然無所得梯，我素喜行方便事，子踏我肩升屋，冠可得也。」某然之，即欲憑肩以上。其人又曰：「君太不情，己欲得冠，而不爲我衣計耶？脱靴，乃免泥垢耳！」某果脱靴付其人，因憑肩升屋，既取冠，其人已持靴逸矣！

菜市口某布店，兼市縑帛之屬。一日傍午，有客乘駿騾，止於門，市布若干匹。計錢十緡，解荷囊出百緡帖，即浼店主人代取。既竣，仍收帖荷囊，將乘騾去。忽躊躇曰：「我赴保陽，往返須一月，慮錢店有失，盍市縑帛携往，尚可獲利也。」主人欣然，爲計直九十緡。貨束縛妥帖，某復解荷囊取帖，付主人曰：「盍到錢店知照？」主人曰：「適取錢，何疑焉？」某徐上騾去。至夕，主人使人取錢，錢店人曰：「此贗者，真者卓午已取錢去矣！」

一人市束腰繝綢巾，議直二緡。令隨取直，携至錢店，出朱提一兩易錢，故昂其價，評沽不協，置朱提荷囊，悻悻去。易數處，無一成，謂市巾人曰：「銀一兩，值錢近四緡，我終不慭錢店，願與子！」市巾人欣然持去。後又遇于市，謂曰：「子胡以贗銀欺我？」答曰：「我銀贗，子巾亦非真也，蓋以高麗繝成者。」一笑而罷。

【校注】

〔一〕秀才參加鄉試，要經過學道的科考録送。而臨時添補核准的，稱爲「遺才」。

夢兆

余先外祖王漢桓先生，諱振榮，乾隆丁酉孝廉，不樂仕進，以孝友隱居里門，人推祭酒。辛酉榜前，先生久歸道山，邑人有夢報録人報先生中式者，榜發，吾邑中方育民先生振德、王慕桓榮，以先生姓名，分應二公。何其巧也！

揲蓍奇中三則

余少孤，育於外家舅氏王峕厓先生。教之讀，期以遠大。嘉慶戊寅，應京兆試，望甚切。放榜日，命余揲蓍自卜，得《豐》之初爻，曰：「遇其配主。」先生曰：「子必售，配字合己酉，遇主，謂已合考官意。」是年主司汪文瑞公、劉信芳先生，皆己酉進士也。至三鼓，渺無耗，再筮，得《歸妹》之四爻，曰：「歸妹愆期，遲歸有時。」先生曰：「遲明必至。」鬱鬱歸，就寢。四鼓既盡，捷音果至，報録人曰：「崔家樓渡河，舟子見彼岸有嫁女者，輜重甚多，先渡之，半日方畢。是以遲遲！」後余謁本房袁金溪師，師曰：「子卷信芳先生所中，何其奇也？」今余五十無聞，不能副先生期望，每憶提命，輒憮然自失。因記當日情事，俾後人省覽焉。

又是年同社會文者五人，從舅雨檣、茅亭，表兄王雙松、王漢章也。雨檣盼尤切，赴都之先，以一撮金易數自占，繇云：「君子不和同，勞而未有功。」後雨檣果未售。而是科題亦隱於內，亦奇。

戊申七月，予之任河間，筮得《涣》之四爻，曰：「涣其群，元吉，涣有邱，匪夷所思。」當時不解，後於庚戌年，因大名諭邱佩全回避何玉民觀察，方伯以予對調，真「匪夷所思」也！

酌中志

劉若愚，延慶州人，其先從定遠北遷，世有武功。若愚入宮，隸太監陳矩名下。魏璫伏誅，若愚株連，擬斬，後赦之。作《酌中志》自明，共二十二卷：第一《憂危竑議前紀》；第二《後紀》，記皦生光妖，書始末也；第三《先帝誕生》，謂禧廟也；第四《今上瑞徵》，謂愍帝也；第五《三朝司禮之臣》，謂司禮監諸大奄也；第六《大審平反紀略》，記丙辛年太監三法司録囚事也明制，遇丙辛年，命司禮監太監録囚名，曰大審；第七《先監遺事紀略》，記陳矩事也；第八《兩國椒難紀略》，記客氏譖懿安皇后及趙選侍諸妃嬪事也；第九《正監蒙難紀略》，記魏璫害王安事也；第十《逆賢亂政紀略》；第十一《外廷線索紀略》，記魏黨田爾畊、崔呈秀輩也；第十二《各家經管紀略》，記宮中諸奄職事也；第十三《本章經手次第》，記魏黨票擬矯旨，排擠營刺事也；第十四記客、魏始末；第十五記逆賢羽翼李永貞、石元雅輩也；第十六記内府衙門職掌；第十七記明大内規制；第十八記司禮監所藏書目；第十九記内臣服佩；第二十記飲食好尚；第二十一記瑣事；第二十二《纍臣自叙紀略》，則若愚問擬後，辨明非魏黨，並自述其家世籍貫也。其書載明神廟以來宮中事，及客、魏專擅，與他奄始末，頗詳悉，而文多不甚雅馴。按《正定府志》，房宗玹，欒城人，萬曆中，以天奄入爲司禮監，掌内院文書。小心守法，以不附魏璫，求退。出居九陵山中時，内監劉若愚撰《酌中竑議》，房與參訂成書。則此書似不盡出若愚手。《志》載《酌中志》作《酌中宏議》，殆誤於《憂危竑議》之名，未加考訂，故牽率及之耳。

楮葉集

趙埜字雪蘿，武清人，性孤僻，居尹兒灣。工摹印，專摹漢銅，視文三橋、何雪漁，蔑如也。意所可，鐫十數方，不爲煩。否雖貽以金繒，率並其石棄不顧。嘗曰：「漢印有格律，有神韻，有字體，今人不師古法，以意就《正字通》諸書配合，縱無訛字，亦刻篆字耳，何印之足云？」嘗假草木名字，用漢官私印式，刻爲《楮葉集》印譜。以性嗜刻石，又號石工。

草畫

劉患骨，滄州人，名佚，晚更名夢。明末諸生，隱居不仕，妻亡不再娶，二女通翰墨，俱先卒。惟與一僕居，家無擔石，泊如也。博覽經史，書法瘦硬，畫山水，以草勢行之，工篆隸，尤工摹印。詩蒼涼悲惋，有騷雅遺音。著有《昨非今妄集》，滄州故家，猶有藏其畫者。南皮張佩庚明府恪，有《劉患骨山水歌》。

杜昆山廣文，藏篆書一幅，有草意，筆畫如鐵，云崔雅甫光篴所貽也。

賀副車啟

寧河廉隅中某科副榜，友人倩予作書賀之，曰：蓋聞力士奮椎，曾惜副車之中；美人對鏡，自憐半面之妝。廉公目無全牛，胸藏半豹，看鴻才之大展，喜鶚薦之初膺。而乃將到神山，倏遇帆風回引；已攀仙桂，剛逢紘月餘光。翔鴛路以飛翹，鶺原仙種；躍龍門而鼓鬣，鰈是王餘。習鑿齒才號半人，喜巨魚方縱大壑。孫伯樂鹽回一顧，惜神駒僅得旁驂。加額之餘，扼腕無已。然而青桐半槁，猶望乎隔歲生荑；丹荔側生，究勝於西風落葉。啖無味而棄可惜，漫憐鷄肋之虛名；尺有短而寸則長，已闢龍頭之先路。益切礪十上之策，莫灰烈士壯心；寄游戲三昧之文，應笑狂奴故態。

君子甎

君子館，在河間城北三十里，傳爲河間獻王曾築館以待毛公者。今遺址已不可識，而野人耕田，往往獲甎甓瓴甋之屬，皆非近今之物。近於某年獲一甎，有「君子」二字，似篆似隸，波磔古雅，側刻方花紋。肅寧苗先路明經得之，考其時代，當在魯孝王刻石之前，以爲真西漢時物，珍若拱璧。先路故精小學，得此甎後，繪圖徵詩，聲譽益起。余嘗見榻本。案近人所藏甎刻，多三國兩晋時物，如太平、永安、寶鼎、泰始、太康、元康、永興、咸和、義熙之類，而漢甎，則僅見阮芸臺相國所藏五鳳三年海鹽甎而已。此甎雖晚出，而時代又出海鹽甎上，故芸臺相國呼爲「甎祖」云。後先路復得殘瓦一片，有「開元二十年」字，因藏爲君子甎之副，署其室曰「漢甎唐瓦齋」。

後余官河間，學博劉子重同官肅寧，約共搜訪。子重得九甎，其一刻「日華」字，八皆「君子」也。余得二甎，皆「君子」，又一甎「君子」字已泐盡，僅存其影，而方花紋深刻明潤，質完好，尤古雅。

謝疊山研

天津周月東上舍，藏宋謝文節公卜卦研。後贈宛平查儉堂中丞，一時名士題者如雲。文節更有一硯，見文安紀《小癡遺稿》。文節自銘曰：「端孰爲奇？紫潤無聲。伊惟玆石，實亞其精。歸自東山，獲於南京。從玆棋墅，永儷墨卿。」舊藏黄耦賓家，後歸文節十五世孫謝在震。紀爲作歌，他人集中未見。物蓋有幸有不幸云。按文信國玉帶生硯，始藏東維子七客寮，後歸宋漫堂中丞，人皆傳之。而袁簡齋先生又於江中網得緑蟾腹研，亦文山故物，以贈曾中丞賓谷，人多不知，僅見《賞雨茅屋詩集》及《邗上題衿集》。文、謝兩公，大節炳耀千古，一研之微，猶今人摩挲藏弆，傳播藝林。其研之先後出世，如出一轍，亦一奇也。今玉帶生研已貢内府，采入《西清古鑑》。卜卦研後爲大興劉寬夫太守位坦所得，其二研不知轉徙落誰手矣！

北曹墨

前代制墨者甚多，方、程二家名最著，今皆有譜行世。當時王百穀、汪太函諸人，争以詩歌投贈，刊冠譜首。在制墨者，不過借以獵名，故所刊詩詞札牘，率多溢美，且蕪穢雜陳，不加持擇。以此見明人標榜聲氣之習，即一藝之微，亦必鋪張粉飾，不遺餘力，亦風氣使然也。此外吴去塵、羅小華所作，傳者頗希，不過間一遇之耳。本朝墨工以黟歙爲盛，而最著者爲南曹、北曹：南曹曹素功，所造即藝粟齋墨是也；北曹稍後，爲直隸豐潤人，名鼎望，字冠五，一字澹齋，官至陝西鳳翔府知府。其制墨也，皆廣收曹素功墨，重加擣治，有「玻璃光」、「掌珠」、「天保九如」、「書畫舟」、「五明扇」、「珠胎」諸款識，下爲小印，曰「澹齋」。其曰「瘦菴」者，公子鈖所作也。堅細光澤，又出南曹之上。今天津寶坻諸故家，尚多藏弆。案古制墨者推李廷珪，其先實易州奚氏，非南唐人也。此外北人制墨者，唯正定劉法，然僅傳制墨法，石刻墨亦不傳。餘不多見。如北曹墨，奚氏以後，千餘年一人而已。特以不制譜、不求售，無江湖名士爲之推挽，故不甚顯於世云。

按寶坻杜相國文端、大興朱相國文正，均有墨。杜有「純一子制」四字款，朱則「鄂不草廬」也。

董宗伯書入石

明大名李司寇養正，與華亭董宗伯友善。宗伯嘗主其家，李齋中設石榻，光可鑒，董醉後，乘興書之，字大如掌，視縑楮所書，更爲秀逸飛舞。李子孫寶之。後式微，鬻此榻於傖父，惡其不潔，滌之，字深入石理，不能去。因轉售與某士人，珍若球琳，聞今尚藏於家。欲訪求觀之，秘不肯出，詭以久亡失對，蓋恐有力者之豪奪也。按右軍書棐几，入木三分，傳爲僅事。此能入石，古不多見。《閱微草堂筆記》載，王孟津爲趙高邑書東方未明硯銘，款識書而未刻，亦濯之不脱。二公書法妙絶一代，其精神專注，筆力所至，能貫金石，視熊渠子、李廣射石飲羽，爲尤異矣！

寶石

雲南邊徼諸山，産寶石。山高，人不能徑至，而猿居遍山，往來如織。人習弩以丸彈猿，猿怒，群拾石擲人。人往來避之，倏又彈，以觸其怒。猿又擲石，石大小不一，人拾歸，棄其頑者，而猫睛石、紅靺鞨、祖母緑，五色陸離，群歌得寶矣。亦有藴璞中者，磨治成器，售可得重貲。萬物莫巧於人，利之所在，趨之如鶩。雖時有爲石所中，破面傷骨，或至於死者，亦不惜也。

怪石三則

石之異者，蓬萊閣下有彈子渦石，至此，水旋渦相擊撞，皆匀圓如珠，白如脂。獻陵崔次龍秀才，貽予二十枚，供定磁盂中，養以清泉，如對雪浪淪漪，豁人心目。其具各花紋者，船山太史有天馬石，扁而圓，石黄色中含白，馬形，置水中，形愈真。先生詩所謂一幅小河圖也。張銘一有石作米泔色，中影一人，乘蹇，戴浩然巾，鬚眉畢現，驢則長鞦短轡，顧影如生。沈華南刺史炳章亦蓄一石，與此正同，而所乘者似特。後一童，肩梅花一枝，宛然襄陽風致。背面雜作梅花紋滿其上，聞羊脂玉佩所易，不輕示人。與予交最篤，常屢出翫之。最奇者，莫如京師隆福寺古董攤頭之鼻烟壺，質錦川石，扁而大，式甚古，一面松一株，幹赭墨，斑剥陸離，枝則五粒七粒，鬖髿作蒼緑色，下有鶴一，白身黑尾，脩翅長頸，雅步苔陂。一面蒼黑水波，雲捧紅日半輪，如初出海狀。問其直，索百緡，時以無資，舍去。友人聞之，急拉余往，則已售矣。記王椒園廉訪定柱云：在滇南見一石，狀如龜殼，陰板陽甲，紋理如生，闊三寸，長四寸羸，白紋；一若東行李繩，反覆作井字式，闊一分有半，色如熟葦，無闊狹，亦無斷續，尤異物也。大理石屏間有具人物花鳥者，盧香石大令文選云：雲南會城文廟，有石屏風二，一爲五老游河，一爲十八學士登瀛州，衣褶鬚髮逼肖生人，則尤不可思議矣。

龐玉溪蓄空青石一，形如鵝卵而長，色青緑，摇之中有水聲。索直千金，惜無富而瞽者一試之。椒園廉訪云：在滇見一石，黄白瑩澈，如濁水精，中空，有水不盈，水不就下而就上，向日百巡，顛倒觀之，益諦。蓋水之體，倍清於氣，或即方書所謂空青，但色不作青耳。

廉訪又言他郎多奇物。一昆弟同居，兄見水光，舉網得石，絶類鴨。携歸其家，夜有光。其弟惡而椎之破，腹中墮石如卵，復椎卵破，亦如卵黄，掃而棄於水。後無他異。又有人見水濱有光，迹之，有土浮波上，擘土見石，宛然太極，兩體勾縈，並中二目，均平如畫。置室中，至辰戌，則光瑩然，取者驚怪，椎碎之。或檢得一二剩礫，漫置水盂中。他日目疾作，偶取盂水拭之，立瘥。衆始驚嘆，已覓不可得矣。此皆宇宙神物，隋珠抵雀，横墮惡劫，可爲悒恨。

酒

酒之産於北方者，宋時最多，如正定銀光、河間金皮、定州九醞、深州玉醅、趙州瑶波之類，見張能臣《酒名記》，今久無聞。即周煇《北轅録》所載之金瀾、桂海《虞衡志》所載之金瀾、《鳳洲筆記》所載之薏酒，亦不傳其法。惟滄州麻姑酒著名，其釀以麻姑泉。泉在滄州城外運河中，汲者探其源，乃得上流，下流差數武，味迥别。釀成，窨以甕，久而愈醇。藏一年者，温一度，色味不變；十年者，可温十度。《閲微草堂筆記》曾言其概。蔣心餘太史《謝吴百藥饋滄酒詩》云：「泱泱滄州水，緑净波淪漪。土人汲而釀，五齊六法施。湛熾器必良，滴滴珠槽滋。品居通介間，弗敖弗詭隨。」又云：「此酒類通隱，識者罕見推。我性頗與近，再拜顯以詩。」蓋深賞之。豐潤洩酒，釀用還鄉河水，不藥不煮，味亞於滄，亦清冽。易州淶雪，釀以淶泉，味甘和，無烈性。燒春則武清之泗村、寶坻之北潭者佳。若衡水之衡酒，順德之南和酒，天津之西沽市酒等，諸自鄶無譏矣。

瓜瓤酒

内邱喬磐石，錫官鴻臚寺叙班。夏月，擇大西瓜數百枚，净漉其汁，和以麯糵，釀爲酒，窨以待佳客。甘凉芳冽，勝凉州葡萄緑。善琵琶，家有柏子亭，年八九十，致仕家居，鐵撥鵾絃，蒼音齲齒，嗚嗚唱《伊凉調》，凄艷動人。周櫟園詩所謂「深卮隸事瓜瓤酒，小雪留人柏子亭」也。

桑皮紙

永平之地多老桑，居人植此爲業，而育蠶者頗少。大者蔽牛中車，材柔條脆，幹摧爲薪。葉霜復采入藥，能明目。而其利尤在皮，剥之劚之，揉之舂之成屑，焙釜中令熱，拓石塘，方廣數尺，浸以水，調以汁，如膠漆。制紙者刳木爲範，罨蝦鬚簾，兩手持範，漉塘中，去水存性，覆置石板上，時揭而曝之，即成紙矣。今永平一帶，如遷安紙寨、灤州何家莊，爲尤多。貧民操作甚苦，而獲利微尠，後有興蠶桑之利者，庶不負此良材，而民之食利，不啻倍蓰。是所望於賢守令也！

敷地蘭

天津城西南鄉村，民業紙，名敷地蘭。收買字紙及舊書重漬，仿造紙法制成，供市肆包裹之用。紙上往往見半字，愚無知者，以拭諸不潔物，大乖惜字之義。官斯土者，所當懸爲厲禁也。

象尊牛鼎

豐潤學宫有象尊、牛鼎各一。象形制樸拙，高二尺許，横一尺有奇。甃作縹緑色，塵土膠膩不可拭，一二處未釉者，蒨潤欲滴，真所謂「九秋風露越窑開，奪得千峰翠色來」也。注以水，雖盛暑，經數十日，色味不變。鼎三足，皆作牛首形，銅質古雅。傳金建學時，有聲吼土中，循聲發得之。明時，學吏置諸墻側，承屋漏水，尊復吼嘯不已，駭甚，移置几上，墻砉然頹矣！二物今尚存。高麗使臣過，必詣求觀之，摩挲愛玩，恒嘆爲不可多得云。

工夫茶

工夫茶閩中最盛，茶産武彝諸山，采其芽，窨制如法。友人游閩歸，述有某甲家巨富，性嗜茶，廳事置玻璃甕，三十日汲新泉滿一甕，烹茶一壺，越日，即不用，移置庖湢，別汲第二甕備用。童子數人皆美秀，髮齊額，率敏給，供爐火。爐用不灰木，成極精緻，中架無烟堅炭數具，有發火機，以引光奴焠之，扇以羽扇，焰騰騰灼矣。壺皆宜興沙質，龔春、時大彬，不一式，每茶一壺。需爐銚三，候湯初沸「蟹眼」，再沸「魚眼」，至「聯珠沸」，則熟矣。水生湯嫩，過熟湯老，恰到好處，頗不易。故謂天上一輪好月，人間中火候一甌。好茶亦關緣法，不可幸致也。第一銚水熟，注空壺中蕩之，潑去。第二銚水已熟，預用器置茗葉，分兩若干，立下壺中注水，覆以蓋，置壺銅盤內。第三銚水又熟，從壺頂灌之，周四面，則茶香發矣。甌如黄酒卮，客至，每人一甌，含其涓滴，咀嚼而玩味之。若一鼓而牛飲，即以爲不知味，肅客出矣！茶置大錫瓶，友人司之，瓶粘考據一篇，道茶之出處、功效，啜之益人者何在。客能道所以，別烹嘉茗以進。其他中人之家，雖不能如某甲之精，然烹注之法則同，亦歲需洋銀數十番云。

猴兒酒

永平與邊城近，地多山，山多猴。一旦群猴移家，百十爲隊，携持保抱遍山谷。山下居民聚觀甚衆。有稚子拍手呼猴，謂人將圖己，並狂竄去。遺土盎甚多，範土而成，大可受斗許，小亦數升，渾合如鑄。居民拾而鑿焉，清汁滿中，深紅淺碧不一色，酸甘澁不一味，並芳冽。蓋猴雜采山果釀成，大風雪不能出，乃開飲之，亦旨畜禦冬之意也，因名曰「猴兒酒」。案浮槎散人《秋坪新語》載川中猢猻酒：「游山者載殺果並酒壺，置山中，人伏左右，群猴見酒肴畢集，啟壺無酒，乃各携歸洞，啟藏醪盈壺，連隊而來。人出將掩執，猿鳥獸散，遂取其酒。」亦此類也。

猴茶

雁岩山有猴茶，以泉水烹之，味清而腴。蓋三冬大雪後，猴無所食，各山寺僧，以小袋盛米贈之。春後，猴采人迹不到處之茶，藏原袋還僧。其趣如此。趙午橋談。

鼓環

通州鼓樓舊有大鼓，鼓四周有環，環銜屈戌〔一〕，屈鼓內，外引環以鎖，釘四隅懸焉。年久，一屈戌脱，欲易之，需去皮，費鉅，計不如易新鼓。會有人白能修之，索直甚尠。乃別制屈戌，長咫，旁安簧，如牡鑰然。量鼓木厚薄較其簧，不差累黍，置入，應手簧鏗然，鼓懸如故矣！按寇萊公柘枝鼓事，與此同一作用。此匠果由讀書得之耶？抑有所受之耶？

【校注】

〔一〕屈戌，即屈戍，銅、鐵制成的帶兩脚的小環，釘在門窗邊上，或箱、櫃正面，用來挂上釘鋦或鎖，或者成對地釘在抽屜止面或箱子側面，用來固定拉手等。

花瓶

京師某乙，貧徹骨，然素耻於人。並日而食，無飢寒之色，惟日坐琉璃廠骨董店中。店中人亦以其誠樸，時周之。一日，有乘車至者，白騾昂藏，小窗穴晶，怒馬前導，侍從如雲，蓋太監某也。買一花瓶，索廿四金，已增至廿金，店故昂其直，太監悻悻欲去。某乙曰：「汝輩太不曉事，難得售主如意，偶折閲，庸何傷？他日不能使汝利三倍乎？」店中人亦恐不售，許焉。太監悦，謂某乙曰：「我居内城某巷，暇時可見過也。」携瓶上車去。俄有人衣冠甚都，向某乙拱曰：「請問一言，可乎？」偕至酒家，飲於僻室，曰：「我劉姓，某省方伯僕也，主人命我住京師，職升遷。頃聞某省中丞缺出，欲爲主人營此缺，非某監不可。子能爲主人一言，事成，以五萬金爲謝！」立約券焉。某乙歸，破屋一椽，以席爲衾。意某太監一面初識，遽與言營幹事，焉知不逢彼怒？苟謝去之，五萬金可惜也。終夜展轉不成寐。遲明，念前門内關聖帝君籤極靈，往卜焉。購香一瓣，蹀躞往至廟門，見冠珊瑚冠、簪翠羽者自内出，將登車，又有冠寶石冠者，方下車，各道寒暄，出者曰：「某中丞出缺矣！」答曰：「適已得旨，僉放某方伯。」蓋即某乙意中人也。喜極，不暇求籤，爇香叩謝，亟歸，告劉姓者曰若何慫恿，乃得集事。持五萬金券兑焉。某乙遂爲富人，不復坐骨董店矣。

又

津門古董店，鬻花瓶，久不售。瓶高與人等，成窑，五彩極陸離。一日，有人問價，索制錢五十緡。其人出錢付之，携至街心，持石擊碎。觀者如蟻，咸謂此人殆瘋癲。俄敲底破，墜金一餅，約百兩，懷之，揚揚去。一市盡駭。蓋瓶過高，非金不能穩，前明御用物也。

銅鶴銅鑪

正定梁氏家有銅鶴一，中空，有蓋，如尊彝狀。夏日，置廳事，蚊蚋蟲豸，咸從鶴口吸入，半日，持向院落，揭蓋放之。傳爲蕉林相國所遺，内廷物也。後貧，不知售何處。又贊皇人掘古冢，疑是李相國墓道，獲古銅器甚多。

中有一罏，蓋作十二辰相，士人得之，初不甚貴異。一日，焚香爐中，烟縷縷自所屬口中吐出，周一日夜，十二屬環應無差。乃寶若球璧。今亦不知落誰手矣。

皮毬

京師骨董肆，有皮毬一，渾合無縫，十餘年無問者。後有人問價，答以五百。其人即出錢付之。肆主戲曰：「此至寶，非五百金不可！」其人笑曰：「焉有一皮毬直五百金者？」然愛不釋手。市人評泊之，以五十緡購去。肆主問所用，不答。尾之歸寓，叩再三，矢無悔。其人旋出刀如雪，破毬，乃一巨珠也，大如李，圓匀瑩徹，光鑒數百步。蓋珠産海外，渡海時，夜有光，蛟龍見之，將鼓風浪攫取。韜以毬，乃得免水厄，達中國耳。後其人售珠致富。按查初白《敬業堂集》有《皮毬詩》，載毬中藏藏經，全部蠅頭細書。與此異。

梁葫蘆

聒聒北地，多有好事者，率盛以葫蘆，置暖處，可經冬不死。葫蘆長者如鷄心，截其半，嵌以象牙或紫檀爲蓋，其扁者，旁拓玻璃窗，以刀刻諸花卉。都下尤貴重之。梁九公者，太監也，居輦下，種此爲業，售必獲巨值。方葫蘆未成時，束以範，方圓大小唯所欲。大者如斗，可爲果盒嘗見一盒，蓋與底各一葫蘆，内外同色，不見其瓤，亦無合縫處。上下門筍，渾然天成，毫無枘鑿，質輕而堅，歲久不裂，尤奇。極小爲婦人耳璫，尤精巧。其他奇形詭制，不可殫述。文備山水花鳥之狀，細入毫髮，非由刻鏤，空隙處，皆有「梁九公制」小方印。他人效之，不能及也。聒聒葫蘆尤佳，人皆呼爲「梁葫蘆」。

長鬣馬

豐潤董總戎果，落拓時游寶邑，主華升王公家，其戚也。曉起，立門外，見柴車入城，橫塞門間。忽一人，騎長鬣馬，自南而北，縱轡飛馳，勢不可遏。柴車又猝不及避，董危之。馬忽超乘過，人墜於車。董愛此馬，因走慰其人，詢馬主，杜相國文孫也。董有馬數匹，無當意者，浼華升公購此馬。杜以瓜葛，贈之。後董以侍衛出任甘肅游擊，討逆狪叛苗金川，俱以馬力得功。征苗時，爲賊追擊，不暇擇路，誤奔懸崖，望對崖，相去約五丈，中隔深澗，暗不見底，謂必死是間。馬忽退數步，一躍而過，賊至，萬目瞪視而已。又征金川時，山梁多陡，有馬萬不能行處。此馬忽屈前足，膝行而登，及下，復低首審顧，或木或石，擇可托足處，曲折而下，未嘗蹶。一日，大帥命夜探賊營，騎馬逾山梁數重，下至河。河闊二里許，方憂無以濟，馬忽躍入，踏浪而渡。賊據河爲險，不設備。董下馬，潛入賊寨，梟酋首，繫馬鬣間，周走而呼曰：「天兵至矣！」賊夜驚，自相殘殺，死無算。每遇列陣，輒提刀勒馬，乘間馳之。賊鎗弩皆不及施，往往馘其渠帥。故升至台灣總戎。某賊反，董與戰，屢建奇勛。大帥聞馬良，欲之。遣官喻意，董拂然曰：「果大小百餘戰，所以能不死有今日者，皆馬力，馬不負果，果安忍負馬？頭可斷，馬不可得也！」帥怒，掩其功。董遂謝病歸，養馬碧紗幮中。鬱鬱不得志，携千金，下揚州，飲醇酒，近婦人，尋卒。喪歸，馬日夜哀鳴，不食，死其家。葬馬墓側，祭董，亦爲馬設芻豆焉。從舅代耕公婿於董，曾見馬，色如墨，鬣長委地。又見其刀，作偃月狀，背厚寸許，光如鏡，云以八百斤鐵，鍊至三斤八兩，鑄此刀。葬時埋馬壙中。噫！馬殉人，刀殉馬，異矣！

青騾

河間陳枚皋明府敬猷，侯官人。己酉八月二日，以疾卒。所乘青騾，不食死。予爲文以吊之曰：秉房星之正氣兮，實倜儻而權奇。類穆王之赤驥兮，匹項王之烏騅。耳雙批而竹峻兮，蹄四蹴而風馳。卷青毛爲菊花兮，德稱良而力不疲。主人具伯樂之明鑒兮，乃一見而賞之。出重值以相購兮，如性命之相依。時其芻豆爲飲噉兮，忍聽圉人之鞭笞。主人飛舄瀛海兮，理繁劇如棼絲。既迎送之勞勞兮，前期瓜代、復勒榷算於度支。往歲告祲於陽侯兮，勘災區於東陲。歷風雨而跋涉兮，爾無役而不隨。主人爲民請命兮，集哀鴻而力撫綏。心血耗其數斗兮，鬢霜染以千絲。胡昊天之不吊兮，召傅説而騎箕。嗟一病之不起兮，竟束手於盧醫。爾默感夫主恩兮，不禁淚落如綆縻。謝水草而不御兮，鳴號躑躅、竟與世而長辭。考青騾於古籍兮，實前事之可稽：主蓉城而曼卿以馭兮，游蒲坂而爲少君之所騎。意主人乘之以叩九天兮，比丹鳳與青螭。抑爾雖獸產兮，具人性而不移。夫一心以報舊恩兮，殉明皇而象死，啼故主而鵑悲。彼負心之奄奄以生兮，具形體以奚爲？鄙人心非木石兮，淚濡墨以摛詞。垂風義於千載兮，試看此煌煌三尺、義騾之碑！

牛產麟

玉田農人某，家南新莊，去灤水三里。崇禎己卯正月，鄰人見其院落火光高三尺，疑有災，奔視，見牛產一犢，目圓舌紅，眉間隱黃綠色，方鱗朱文，璘彬陸離，上齒二，下齒四，未刻生，申刻吼數聲，遂絶。邑令陳昌言有《牛產麟記》。按己卯去甲申止六年，而麟乃降生，所謂今非其時，來何求也？

義雁燕、鴛鴦附

明成化間，灤州李氏子弋雄雁，鎩其羽，雌旋飛至，悲鳴三日而去。雄畜久，甚馴，常縱野以媒他雁。及春，其雌復來，飛鳴如初者累日。李異之，出雄隙地，雌哀鳴下，盤旋俯仰，鼓翅招呼，若與偕飛。雄竟不能去，糾頸弗釋，並死。鄉人埋高阜處，名雙雁坨。按金元好問赴府試，行道中，見捕雁者捕得二雁，一死，一脱網，翔空中，上下哀鳴，良久，投地亦死。元贖以金，瘞汾水上，壘土爲邱，因爲《雁邱詞》。雁坨之雁，頗與相類，惜無好事者以文字傳之也。

遷安城北門麗譙上，巢雙紫燕，雄爲鳥鶻擊死，其雌不別匹，飛鳴數日，亦死。

文安勝芳鎮，水泊處也。漁人網一雄鴛鴦，其雌飛翔傍船不去。漁人不知也，割以刃，雌鳴益哀。旋出釜，吹火爇蘆荻燖焉，湯沸，雌驟下投釜中。漁人悔，投於河，相戒毋再弋。

義犬

交河泊頭鎮，正德中，有崔氏母子，爲盜所殺，所畜犬，隨盜吠不已。明日，盜過其門，犬嚙盜馬足，不得行。盜以刃傷犬，犬負創，追數里不及，歸則守主尸。盜去，家人殮尸，犬不食，長號兩夕死。唐秀才理爲作《義犬賦》。

松鴨沙鷄

盤山多異禽入饌者，以松鴨、沙鷄爲最。鴨鴉身鴨觜，毛蒼紫，性喜松，巢松巔，日惟以松子爲食，不栖止他木。渴飲泉，泉必松下者，以浸松脂也。鳴聲啞啞然，呼群鼓翅，百十爲隊，土人網之，充饌肉，作松子香，清腴甘美，不與鷄鶩同。《畿輔志·物産類》及《盤山志》均未載，名家集中，亦無咏及者。詢之山僧，云是物開山時，即多有之，近山諸村及他山所無。世有注《禽經》者，當補入也。沙鷄即鵽鳩，一名半翅，見《爾雅》注，及朱竹垞《曝書亭集》。

鶉

鴻僧住持蔡村之興善寺，村隸武清，距京師百餘里。僧好蓄鶉，蓄鶉以萬計。最後得玉鶉，純潔如雪，長頸短尾，儼然一小鶴也。玉鶉好搏擊，每翔起，高三四尺，如俊鶻落，一擊輒中。閱千百鶉，無與敵者。西賈某，畜一黑鶉，色純墨，短小精悍，每與鶉遇，張兩翼伏地，如燕掠水，啄利如錐，當者辟易。人謂玉鶉爲天龍，墨鶉爲地虎云。兩人以鶉故，雅相愛好，惟相戒兩鶉勿鬥，各恐傷其尤物也。久之，他蓄鶉者，皆不敢與兩鶉鬥。兩人不得已，倩他人持鶉下圍，而潛伺焉。所倩人固不知也。既合，兩人各變色，既已無可奈何。見玉鶉怒伏以待，墨鶉張兩翼伏地，以啄啄玉鶉膺。玉鶉已受數十創，血殷羽毛，突亦張兩翼，效墨鶉狀，往來馳驟，無慮四五百度。最後人不見鶉，第見黑白影，馳逐如梭。觀者千人，皆屏息，嘖嘖嘆賞，以爲得未曾有也。玉鶉忽躍起，高五尺，突下一擊，黑鶉目精已爲抉出，垂翅逃去。西賈怒，出白刃相讎，僧謝曰：「我固不知也，墨鶉敗，誠可惜，請以玉鶉償子，何如？」西賈慚而罷。僧從此不令玉鶉鬥，閉以雕籠，籠畔繫猰狗，有人近籠，輒狂噬。他人飼玉鶉，玉鶉不食，僧自飼乃食。時鶉爲僧所勝金，已買田百頃矣。任城某公子，以好鶉，負千金，卑禮厚幣，假玉鶉去，盡返所負金。僧壽七十餘，與鶉相依爲命。一日，僧方握鶉，忽示寂，鶉亦在僧手中死。

魚骨廟

豐潤唐兒莊近海，莊有魚骨廟，宗廇椽柱，悉魚骨，瓦則鱗也。土人云，此不足怪，每秋盡時，敗鱗殘甲，爛死泥沙者，不可數計，名洗海。蓋海最潔之物，無生氣者所不容，則出之於岸，似此大魚，固常有之也。又云每三五年，海水忽沸，作硫磺氣，隨有焦木千尺漂海面。月必大雷雨，水長拍堤平，大木植如桅，從河達海，至夜，必每株冠以燈，犯之輒有風雷之警。里人謂之龍伐木，豈真龍宮需材結構耶？異矣！又云有劍魚，能傷人，有鏡魚，形圓如鏡，光可以鑒，尤奇。

蘭蠶

江以南蘭最多，而莫盛於閩。蘭叢中生蟲，大如蠶，因名蘭蠶，以蘭膏爲食，不多得。閩人餉客，用古瓷盛一枚，獻之筵上，以爲加禮。客肅然起，主人持鹽少許灑之，蠶倏化爲水，色縹碧。注醯醢中，各一滴，香溢齒牙，亦食譜中所未見也。

蝶階外史續編

序

此編以闡揚忠孝節義爲主，因果報應，亦並書之，以足備懲勸也。而人與言之有風趣者，附識一二，以資談助。不顛倒是非如《碧雲騢》，不摹繪横陳如《雜事秘辛》，不誣衊如《周秦行記》，蓋紀文達公著書之旨如此。聞見寡陋，隨筆記述，達意而止，原無意於傳世也。閲者諒之。

寄泉自識

題辭

表彰人物注蟲魚，藝苑香分子史餘。想見蝶階春晝永，群花擁座不仿書。

筆底花兼舌底瀾，事期徵實戒誇謾。後書紙並前書貴，漫當《虞初》九百看。

借鏡前賢勵後賢，時將果報證因緣。吳均志怪殊多事，衹爲《齊諧》作續編。

人生如夢等蜉蝣，説夢何分笑與愁卷末《夢痕》數則，皆記平生所夢？我識睡鄉真趣味，願隨蝴蝶化莊周。

樂亭史夢蘭香厓

卷上

濬縣守城

嘉慶十八年，教匪鬨於豫東，滑縣失守，强大令克捷死之。濬縣距滑一舍而近，時朱韞山先生鳳森知縣事，嬰城距守，九攻而九拒之，衣不解帶者數十日。大兵至，圍始解。時同在圍城中者，縣丞董藹如敏善，同心繕備，不減南雷張、許之守睢陽。而文檄旁午，刑名某公主之。後先生子伯韓觀察琦，中辛卯科本省解元。董公子似穀，亦於是科應順天試，發解。刑名某公具牒訴於城隍之神，謂兩公大勛，各食報於其子，某亦有微勞，何子不得一第也？後其子某，亦於某科舉於鄉。而朱觀察、董洗馬，均成進士，聲望且隆隆日起云。

紀畿輔殉難

咸豐四年，粤匪北擾，畿輔之官致命遂志者甚多，可見忠義之心，人所同具，記之以諗來者。

周憲曾子蔭之，嘉興人。官臨洺關同知，賊至關，兵潰，蔭之及妻蒯宜人、妾郭孺人，同殉節。幕客何戴筐，平湖人，亦與難。

賊至沙河，知縣玉衡，字星垣，旗人，與妻佟孺人、妾某氏，同死。

楊雲鼇，字瀛仙，雲南人，知晋州。賊破城，不屈死。幕友王茂才同死。茂才名長申，杭州人，香雪判官乃斌子也。

陳笠漁名希敬，海鹽人，工詩，知深州。賊將至，兵弱不能支，矢死職。賊至，詈不絶口，死之。

顔錫敏，字勵堂，曲阜人，復聖裔也。官深州州判，分駐外邑，又奉差，其妻曰：「君可以無死！」勵堂曰：「汝携兒輩歸家奉先祀，無與我事！我一生何事可質先祖？今雖無守土責，然食禄有年，一死可以見先祖於地下矣！」命庖人具湯餅，飽餐後，詣州城。州牧陳笠漁曰：「子無守土責，且奉差，速去，賊即至。」君笑曰：「公何邈視我！公能死，我獨不能死耶？」與俱坐堂上，賊來大駡，遂同遇害。

唐盛字際虞，山西趙城人，知欒城縣，愛民若子。賊至，坐堂上待之。賊曰：「久知汝是好官，不戕汝，任汝逃，欲降則官汝。」際虞曰：「城中均係好百姓，勿殺一人，速開城放之，我即降矣。」賊從之，大開四門，男女蜂湧出。半日後，賊曰：「降乎？」曰：「容我具衣冠，叩别舊君。」著蟒衣補服，叩辭畢，曰：「我爲朝廷七品官，肯降汝臭賊耶？」矢口駡，賊怒，縛之堂柱，射三矢，血被體，駡徹夜不絶聲。賊臨去，戕之。欒民白衣冠哭者數萬人，鄰邑之人咸至。北門外建唐公祠，九月十五日爲公誕辰，會者數千人，香楮日夜不息。至今以爲常云。

陳虎臣字賡颺，錢塘人，欒城尉。守東門，城破，死之。

孔慶銈字菊農，曲阜人，知交河縣。賊至，曰：「汝循吏，且聖裔，我不害汝，汝速逃，肯降則與汝官。」菊農怒髪上指，瞋目大言曰：「我守土官，無逃義，且聖裔，尤宜死！恨兵力弱，不能食汝肉耳！汝欲我降，豈非憒憒？」詈不絶。時公子霈鄰孝廉繁渥，戀公不忍去，賊曰：「汝死職，誠忠義，汝子可毋同死，速遣之。」公顧公子曰：「汝如逃，非我子也！」公子助公駡益烈，賊怒極，縛公父子胡床上，焚其尸。百姓奉公眷、侍太夫人先一日出城，幸未遇害。

張秉廉，順天人，任縣教官。賊至，赴葦塘水中死。

天津爲京師咽喉，賊所必争也。謝雲舫名子澄，四川人，知天津。練勇萬人，與士卒同甘苦。賊至，禦之於黄家墳，大破之。大帥以兵失盾，將督過，即率勇往，盡奪獲所失盾。天津有雁户乘小艇，伏佛浪機，百發百中。公募數百艇，伏港汊，賊至喚渡，陡轟擊之，斃賊無算。佟都統鑒，字鏡心，漢軍人，帶兵防禦，馬蹶於橋，遂爲賊戕。公聞之，急引勇往救。轉戰自巳至酉，勇傷殆盡，餘亦潰散，援兵不至。公身受數十創，天既黑，血殷衣褌，又亡其騎，從者四五人。勇某負公急走，公大吼，滾下卒身，躍入衛河死，求其尸不得。翼日，逆流上，挂某委員舟旁，出之，面如生，津之人哭聲震天。時賊焰尚張。天津西門外，大堤高數十丈，所以捍河決，衛城邑也。一夜堤決，水如牛吼，環天津四面抱焉，賊不能窺伺。兵勇迫之，遂竄。獨留津民爲建謝公祠，歲時祭賽不衰。

外史氏曰：承平日久，民不知兵，變起倉皇，如鳥獸散耳。既官斯土，舍生取義，生氣凛然如諸公者，雖謂至今不死可也。

湯明府

咸豐四年五月十二日，廣東惠來縣知縣湯君殉難，死最烈。劉楚生爲予述其略，因志之。君名廷英，字璞菴，安徽巢縣增廣生，長於外家。外家黄，合肥人，家故饒。舅氏卒，中落，遂游粵東。盧半溪明府宰龍川，約之襄理。盧丁憂，虧累甚鉅，君爲設法彌補。會盧卒，傾囊經紀其喪。楊研芬先生希銓守惠州，聞而器之，薦司東江鹺務。徐文波二尹海署龍川時，鹽梟拒捕，請兵，不許。君曰：「乘梟未覺，以兵往，可得志。」聚兵役民勇二千，各給號衣，官至，排隊迎。梟見人衆，未知虚實，驚而遁，遂焚其巢而還。人謂君有吏才，君亦頗以是自負也。遵例捐巡檢，指廣東，分府惠州。爲江曉帆廉訪所重，因薦隨沈奏篪廉訪。赴合浦辦賊，以功賞六品頂翎。復從征潯、梧二郡，叙功，擢知縣，留粵補用。咸豐四年，署惠來。潮陽賊起，君募陸豐壯勇千餘，自帥以禦。紳士方重巽曰：「異鄉之人，急則難恃，請撤陸豐勇，願練千人代焉。」時潮陽官兵屢勝，惟餉不濟，君不得已，許之。逆首方阿奎與其黨陳阿登，潛通潮陽，賊鄭湯柿等，以五百人犯惠來城。重巽聞風先遁，及呼練勇，無一至者，城遂陷。游擊辛鼎甲自焚死，君與教諭彭瑞龍帥家丁巷戰，力竭被執。賊問之，答曰：「我年五十有六，官知縣，有城不守，死何足惜！恨不能與惠來百姓共食賊肉耳！」賊怒，殺彭教諭，而支解君，以君首送潮陽賊營。同日死者，暮友汪蘭生，家丁李茂、李貴、柳成、毛貴、王斌，凡六人。陳午村，前任許明府幕友也，留辦交代，攜其子及三僕周、楊、邱同死。何訓導之妾與其幼女，死者二人。時楚生在署課讀，聞賊至，率君眷屬逾後垣，雜民間男婦出城。夜行晝伏，奔至陸豐，投君舊友陳樂群。陳君收養之。八月，何篠韻二尹奉委，克復惠來縣城，斬賊首三百餘級，生擒四十餘名，並獲首逆方阿奎暨手戕君之陳阿中，悉斬以殉。剖其心，瀝血祭君之靈。方君之殉難也，惠來之民盜君尸，以紙爲首，合而藁葬焉。至是何公始易以棺，寄東門外慈雲菴中。劉故與黃君承谷，皆君中表行，募貲贍其家人，並獲其柩。例得附書。

外史氏曰：志士仁人舍生取義，遑爲身後計哉？顧君身後事有人料理，此固忠義之心，足以感發之，亦其生前輕財重友之報也。嗚呼！可以興矣！

陳石生

陳石生詩，山陰人，少攻苦，以登山顛於澗，破額幾殞，慨然曰：「石猶生我！」故字曰「石生」。壬午鄉舉後，更名光緒。爲人伉爽，慕善如渴，工詩、古文。前遇之津門，同結梅花詩社。癸巳成進士，宰觀城，周巡四封，問民疾苦，盜賭絕迹。凡外鄉人過者，命里胥呈報共幾人，衣飾若何，鄉音若何，故屢獲劇盜。趙城曹順，戕官而逃，行抵觀城，石生擒獲伏法。敘功升司馬，量移冠縣。予游大名，以書招往，小住三日。時已封篆，忽有以債控者，石生曰：「汝非假貸，乃博債耳！」問何由知，曰：「某夜，汝在某街茶坊，四人共博，茶博士執壺旁侍，著藍布衫，面西而坐者，非汝耶？」其人駭服。又曰：「年近歲迫，予姑弗究，如欲訟，先責博徒，而後追債，任汝自擇！」其人叩首，具結而去。予問之，笑曰：「知縣者，知一縣之事耳！」出大册示予，某日某夜至某所，博徒年貌，皆書之。又每日令役往某村，查有某人否，役言真僞，石生言之確然。故人不敢欺，畏如神明。予曰：「此趙廣漢鈎鉅法也，黄霸之飛鳥攫肉，曾一試之。讀書人飾吏治，故有以異乎俗吏之所爲也。」相與大笑樂。後石生升武定府同知，在省局訊案，以積勞卒。

劉邑侯

竇坻劉崐圃邑侯秉琳，楚之黄安人。撫綏如傷，一塵不染，雖乏肆應才，實循吏也。咸豐七年蝗生時，出示令民自爲捕，禁吏胥下鄉騷擾。有勸之捐辦者，蹙然曰：「連年歉收，何忍以此重累吾民耶？」收買止一二千斤，皆自捐廉，而我邑之蝗，有不爲灾，旋自泯滅，歲收八分。查蝗委員需索，不能滿其意，歸僭於大府，以捕不力撤。去之日，老稚泣於途，合詞保留者不下千餘衆。識者以格於例，恐轉不利於侯，止之，乃罷。大府微聞之，旋令復任。予今年歸，聞署中時斷炊，司計簿者二人，夕飧不備，一欲質衣，一欲質衾。侯至，曰：「已將雙鉦付質庫，晚烟可舉，公等明日再議可也。」予贈以聯云：「一代循聲標水鏡，百年佳話典銅鉦。」吁！天下之令皆如侯，安有反側之患哉？

葛芝山

葛鏞字芝山，江蘇上元人，少孤，極貧。讀書僧寺，遇異人，謂曰：「君有道骨，可學仙。」君笑謝之，嘆曰：「君不信吾言耳！是有命，不可强。以君之慧，不得一襟，以君之厚，不得一子，它日當思吾言也。」持書一卷予之。展視，則歧黄家言，其方皆《肘後》所不載。明日去，遂不復見。由是，君縣府試輒前列，院試竟不售。幡然學醫，檢所授書，心悅以解，試之，效如神。群小兒戲，一人張口而跳，蹶，伏門限，舌斷墜地，一人騎門限坐，力猛，腎囊破，睾墮，君悉爲安之。有患肚癰者，以刀剖其腹，達患處，擠腰血盡，注藥畢，以綫縫腹皮，人無所苦，病良已。與當塗馬鶴船壽齡爲生死交。鶴船侄沛初，幼時遺寸白蟲，漸羸弱。延診之，立方，屬曰：「明晨勿與食，煮藥以待。將午飢甚，進香燥物，如人行五里許頃，飲以藥，聚而殲，然未盡也。再立一方，初四、十四、二十四日各服一劑，必能絶其餘孽。」蓋凡蟲，皆逢四日仰頭向上也。一一如其言。每疑難證，諸醫束手，君參稽群書，廢寢食以思，必得其所以然，錯綜變化，巧出規矩之外，計日而愈。人徒見其奏功之速，而不知其用心之苦也。貧者就醫，不取一錢，轉贈藥資。有所獻，必酬直而後受。朋輩相延，歲時持錢刀將意，誓不納。饋肴酒，必報，報必强人受之。名聞當道，迎者沓至，詭曰：「葛某寒士，藉醫苟活，昨誤殺人，群毆之，已遁矣。」其志趣如此。自朝至日中，門庭如市，口講手畫無倦色。午後，携百錢獨游，或采藥看花，或覓佳山水，或冒雨雪，提酒榼訪知己。高談聲如洪鐘，大笑震屋瓦，和氣迎人，童孺喜親之。澹於名利，而爲友熱中。每秋闈榜發，黎明，躑躅人叢中，索鶴船名不得，輒垂頭揮汗而歸。壬子十二月，陸制軍建瀛奉天子命，馳往九江剿賊，癸丑正月十九日敗回。繼聞祁幼章宿藻方伯守城歐血死，急告鶴船曰：「大事去矣！」哽咽不能聲。二月十日城陷，賊脅爲内醫衙僞官，不從。其妻周氏曰：「善！君若從賊，無以見葛氏祖宗，我若見君從賊，無以見周氏祖宗。」十四日既夕，舁舊制兩棺於廳事，出白金九鋌，招鄰里九人曰：「平生所蓄，盡於此矣，分贈諸君爲别，且托身後事！」九人不應，君伏地叩頭，要其必諾。然大燭，煮臘肉，開甕，與妻縱飲沈醉，整衣冠，各入棺。呼其兄子，蓋而釘之。時夜將半，至四更，聞柩中格格然，蓋氣始絶也。瘞於後園。六月，賊見草深冢大，以爲埋金，掘地，劈其棺，捽尸於旁，摸索無所得。鄰人伺賊去，逾垣重瘞之。初欲不娶，年三十餘，兄嫂慫恿，始娶周氏。生一子，早殤。鶴船予至交，爲緬述之如此。

外史氏曰：不爲良相，必爲良醫，芝山之醫，可謂良矣！乃大節凜凜，視死如歸，成仁取義，無愧孔孟，豈止一藝成名，與華真君後先繼美哉？砭法者，病赤游風，汗不得發，死者十八九，宜以血代汗。君削竹，夾甃鋒砭之，出血如珠，密排而不流，立愈。蓋輕則皮不破，重則肉傷，金陵無第二手。自芝山死，而砭法之傳絶矣。

何亞六

何亞六，廣東順德縣人，捕魚爲生。海盗充斥，亞六廢業，寄居水東墟，爲鹽船篙師。嘉慶六年八月九日，海盗鄭一東、海八等，鈎安南夷，連檣四十餘，進攻赤水港。埸使無備兵責，兵器未備，埸役李忠、陳勝等，偕亞六，借挺刃數事禦盗。時盗已駛三板船，蜂擁登岸，劫掠墟店。陳勝持短棒，舞藤牌，壓倒一盗，無刃，不能殺，其黨救去。亞六舞刀牌，傷數盗。格鬥良久，刀柄震裂，不能握，身受十七創，輾轉陷鹽田泥水中。公平典、鄧儒元，散財募墟衆逐盗，盗遂退。衆舁亞六歸，越二日死，年二十八。女子晏鏡四，居晏鏡山下，亞六素與燕婉，奔哭，殮其尸。吁！亞六非土著也，感同仇大義，奮不顧身，卒以鬥死。署博茂埸大使皖城楊星耀，書木主，招其魂祭之。從祀鎮東廟西檐下，且立碑紀其事，俾後人有所感發云。

任騎馬

任騎馬，保定新城人。父某，與同里馬其仁友善，後以微隙不相能。積久，怨益深，遂絶交。某村有廟會，任往游，猝遇馬，竟被殺。馬既殺任，遂自首，誣任爲白蓮教匪，將起事，故殺之。時嘉慶癸酉，林逆事方定，凡控教匪者，有司不敢辨其誣。以故，馬僅得擅殺罪，擬城旦。方任之被殺也，家有母有妻及子。子十餘歲，終日憨跳，若不知父之被殺者，人咸笑之。祖母使就學，子不可，曰：「讀書取功名，事甚緩，兒不願學也。」爲議婚，力拒之，曰：「有家室，甚累人！兒不願娶也。」問所欲，則曰：「願爲富家傭。」祖母不得已，覓一富室，使受雇。時雖十餘歲，尚未命名，乃自名曰任騎馬。至富家，勤苦倍他傭，主甚喜，歲增其值。騎馬得值獻祖母，輒匿數百文。日久，制一刃，甚銛利，藏之衣底，日夜不稍離。後數年，其仁遇赦歸，騎馬乃漸漸親昵之，時饋以食物。其仁初甚疑，既而察其無他，謂憨子不足慮，疑遂釋。既款洽，數日不晤，輒相訪。又值某村廟會，任邀馬同游，游畢，投廟外茶肆中。任忽曰：「汝忘之乎？此吾父喪身處也！」馬驚曰：「此事吾悔甚！且多年矣，汝何言及此？」任冷笑，袒衣示之，血痕縱横滿胸臆，曰：「吾未嘗一刻忘殺汝！痛極，心若焚，輒爬搔以寄恨。汝今至此，尚欲生乎？」拔刀出舞，颼颼不可當。其仁噤，欲走，砉然一聲，已洞胸倒矣。騎馬躍而踏其胸，痛砍之斃。抽刃，仰天痛哭，呼父曰：「兒今始得報此仇也！吾父知之乎？」觀者圍之數重，皆變色，不能語。騎馬對衆述其事，衆皆環而哭。騎馬曰：「吾出首，衆爲作證可耳！」乃斷其仁頭，一手持刀，一手提人頭，衆人擁之如歸市。既見官，訴其情，官亦爲泣下，曰：「其仁歸數年矣，汝何報之緩也？」對曰：「二親尚在，吾安得爲此？前年祖母死，去年母又死，今年得安葬，吾安能須臾復忍哉？」官嗟嘆久之，繫之獄。制軍那繹堂先生奇其事，親提訊，欲生之，曰：「其仁懷舊恨，持刀殺汝除後患，汝奪刀，反砍之死，刀非汝物也。」騎馬曰：「吾知大人意，大人恩甚厚，然埋没我心矣！不共戴天之讎，謀之十數年，卒復之，方將含笑受刑，往見先人於地下，死生何足道哉？」先生肅然起曰：「真奇士！非人所及也！」仍歸新城獄。令尹敬其孝，於獄别築精室居之。一日，墻欲圮，寄諸犯於鄰封，謂騎馬孝子，使居署中，且曰：「汝之正直，吾所深信！盍藉此歸家一省視，且於街市稍疏散。」騎馬力言不可，尹曰：「吾爲主，不妨也！」騎馬正色曰：「我能殺人，人亦能殺我！萬一馬家復殺我，貽累縣主多矣！」令益敬之。制軍訥近堂先生蒞任，捐廉二百緡，謂新城尹曰：「孝子不可無後，汝持此，爲娶一良家女。」騎馬在獄久，每自鍊筋骨，能伸指洞堅壁。或問習此何爲，曰：「本屢上，不予勾，聖恩厚矣！國家方多事，他日吾出，將投効軍營，殺賊立功，以報國也。」咸豐元年，遇恩赦出。騎馬在獄時，他犯偶勃谿，騎馬一言，咸帖然服。既出獄，諸犯頗難制，尹爲築室獄墻外，使居之，曰：「屈子坐鎮，非敢以隸卒待也！夜居此，兩餐入署中，與吾僕從共食。」騎馬力却，不入署。人問之，曰：「吾豈與僕從同食哉？」騎馬在獄三十餘年，年近六旬矣，聞今尚甚健云。

足兒

足兒，灤州葛莊人，任姓，「足兒」其小名也。繈褓中，父某以貧故，謀食關東，數載無耗。足兒隨母，傭於邑之朱姓家。年少長，屢向母問父所在，將尋之。母以不知對，且禁其往。問父之年貌，母勿告也。一日，忽不辭母而去，徑出關，問父耗，無知者。資斧既罄，乞食以行，艱苦萬狀，無悔心。後聞訛言，謂父在某所。兼程往，誤趨歧路。至黑林鎮，值大雨，投一窰求宿。窰中六七人，憫其幼，與以食，且詢之。足兒自述甚悉，衆詫曰：「汝父，吾火伴也，渠少頃必歸！」雨既止，某歸，衆迎謂曰：「汝子來矣！」某愕然。足兒膝行而前，哽咽不能成語。衆代道其由，且要某設酒食相慶，某諾之。因備詢祖先名字、戚黨姓氏，及己之生年月日。足兒不能盡詳，某怒，謂衆曰：「吾固疑若等戲也！吾離家時，無隔宿糧，迄今十餘年，兩無音信，吾妻子即不轉死溝壑，亦必流離他所。況十四歲小兒，安能跋涉數千里，隻身來此？汝等見吾時時縈念，設此局以詐酒食，酒食吾不吝，惜汝等所不知者，莫能臆造以教此兒，用計尚未工耳！」復謂足兒曰：「伊等機關，吾已識破，汝無復作此態！聽汝口音，是吾鄉人，想隨父母逃荒至此，速去覓若父母來，吾猶可爲謀一飽也。」足兒曰：「兒覓父，既得父矣，復何覓？兒幼，家中事豈能周知？母又諱不以告，且兒歷千辛萬苦至此者，徒以父歸則雙親團聚，兒得侍晨昏耳！今惟急圖歸計，兒之真僞，何足辨也？」衆亦矢其非戲，且强之歸。某終不信，又以囊中蕭索，恥於返里。衆謂足兒曰：「汝父生疑，逐處皆凝竇也！歸與汝母來，彼釋然矣。」足兒然之，歸以所遇年甲面貌告母，果父也。欲同往，苦無資。主人固好義士，奇之，賜數金。足兒遂奉母行。既至，夫妻父子，相持痛哭。同人賭之，乃歸里。朱名垣，庠生，例得附書。

馬鶴船

馬鶴船名壽齡，安徽當塗人，學博而品端，性極伉爽，三十年前津門舊友也。後南歸，寄居江寧城中。咸豐癸丑，粵匪陷城，以所作詩古文辭，入巨甕，埋墻陰，欲奉父母逃。時父年七十五，母年七十三，父有疝疾，行一二里輒卧，因不果。與同志謀内應。賊逼分男女館，君以母屬其妻，而自奉老父同居。無所得食，搜括舊衣數領，易錢二千。黎明起，煮飯與父食。旋携布袋二、繩二、擔一、酒瓶或油瓶一，往神策門、太平門。無賊票不得出城，向能詣買賣街者，買食物賣之，金陵俗呼爲「打雁」。而賊令不許私行買賣，犯者殺。君立頹垣叢樹中，見有負擔過者，婉轉購入，急奔男女館，婉轉售出，日可贏一二百錢。神策、太平門距住處十五里，且賣且拾柴，且探聽大營消息。携七八十斤，走七八十里，手提或酒或油二三十斤，霜雪雨露，蹀躞泥淖中，驚心動魄，未嘗傾跌。日未晡，急歸爲炊，奉新菜鮮肉於父。飯畢，閑語爲歡笑，且言得欽差大臣所發白布，上有印信，大兵且破城，持示可勿憂。父倦，送之睡，聞鼾鼾聲，始就枕，與父同衾。胡煦齋恩燮贈詩有云：「求親一飽兒常飢」，金麗生澍本詩云：「笑送安眠背燈泣」，皆實境也。後有舊友，年六十餘，爲東賊掌書賊諱尚字，故尚書作掌書，與十九歲秀才、投東賊賞恩丞相者偕行，遇諸塗，始以危言怵之，繼以甘言誘之云：「欲要君同享天福，何自苦如是？」君作聾瞽狀，百計始脱。内應幾成，爲人誤者七八次。久之，事漸泄，捉入賊牢，與老父俱。一鋃鐺繫四人，備極苦楚，鬚髮皆白。賊謂其老憊也，未必與外通，面縛瀕於殺者六次，卒得釋。出則聞首主内應謀張炳垣繼庚已遇害，餘亦知事不濟，遁去。因與父謀走，父亦决計行。秦秋澄棣曾、葉一山桂馨，豪傑有心人也。脅於賊，爲賊主掩埋館，扛死人城外瘞之，一以哀死者，一藉以送生者。君與兩君有舊，遇葉君於路，葉君眉語，君會意。詰朝，詣葉所，約曰：「君每黄昏，釋負担來此，觀有尸與否，以伺隙。」一日詣之，則冤殺示衆人頭已臭，賊分發至館使埋者四十五顆。兩君曰：「可矣，旦日與阿翁來！」

至則四十五顆分爲五，其一分十一顆，以水缸盛之，置大稻籮中，以圍一尺、長二尺巨竹扛之。人頭每顆重十餘斤，並缸籮約二百餘斤。葉君曰：「度君父子出，吾與秦君兩人意，同館人非盡相知。吾與君扛其重者，以快衆意！」俾其父肩一鋤前導，君囑父叱咤踴躍，勿作老病狀。送至雨花山埋訖，由南門迤北，穿破屋瓦礫荆棘廁溷間，達上河，潛圩中，其父疝疾竟未發。夜分，負老父由上河達西善橋。中途遇裁兵革勇，作賊裝，脱褌而搜者五次，各餘藍縷衣一領。投親友，無所遇，途窮日暮，老父將泣，君大言慰之。越二日，見錢蓬山雲鶴，款留之。蓬山子芷秋允沅，其徒也。越十餘日，金麗生導之見趙静山中丞時爲江寧太守，中丞曰：「其苦可憐，其孝可敬！」贈金爲太翁壽。越十餘日，爲同謀内應田鼎臣玉梅，薦至向軍門營務處司筆札，乃奉父住孝陵衛。越四月，老父病卒，衣衾棺木，竭力如禮，哀號不欲生。婦孺不相識者，皆雪涕來勸。妻金氏，分入女館，護其姑甚至。姑終，殯葬後，遣其女婦先逸出，而後携四歲孫女、侄外孫女，冒死以脱。一時兩美之。妻出時，走别故廬，賊已毁爲菜圃，生平心血，盡歸烏有矣。

劉孝子

孝子姓劉名弼，寧河人。父爲人僕，同産四人，孝子其仲也。性戇直，寡言笑，役於人，碌碌無所長，人咸以憨目之。嘉慶初，父染瘋症，旋止旋作，瀕危者數矣。一夕疾大作，輾轉床褥，奄奄就斃。家人計無所施，儲喪具以待。孝子負薪歸，偵其父已無生理，退而自維，夙聞長老言，有以割股療親者。日既暝，入别室，以薪斧刲左肱約斤許，屬其妻燔炙以進，家人不知也。父食之，疾頓起。母若妻争詢肉所自來，百計掩覆，不肯泄。惟日以敗絮縛其創，即亦不知痛楚。旬日間，痂落如平時。既久，家人驗其瘢痕，乃漸宣播。崔琴川孝廉述。

外史氏曰：孝子蚩蚩然一村氓耳，然衹知有父，一念之誠，上通於天，天壽之榮，遂至無與倫比，所謂其愚不可及也。其可敬也夫！

樊烈婦

樊文卿彬，天津詩人，官湖北丞，予三十年世好也。丁巳遇於都門，知其拂衣引退，高致可欽！子月槎，上舍景恒，年少雋才，弱冠以疾卒。婦王氏，同里人，時年十八，矢殉貞。吞金約指，不死，家人勸之，三黨畢集，諭以守身爲重。婦情詞侃侃，謂衆人曰：「婦人所以名節不立者，皆不能割斷私情耳！死而不朽，何必生爲未亡人哉？」粒米水漿不入口者七日，氣既絶，面如生。予爲賦《樊烈婦詩》云：

我聞天津九星冠女星，間氣往往鍾娉婷。九烈墳頭土花紫，至今苦節流芳馨。惟我執友樊文卿，雍穆善氣盈門庭。有子月槎年弱冠，皎如玉樹何亭亭！烏衣賢媛協佳偶，鳳卜敬仲來觀型。紅絲善引中屏雀，緑窗佐讀催囊螢。無何樊郎遘痼疾，霜摧落葉先秋零。燂湯續命醫寡效，爇香請代佛不聽。常冀文鴛伴夫子，倏成寡鵠悲伶丁。婦當此際拚一死，追隨後塵趨九冥。約指金鐶吞已下，回腸玉軸旋無停。三黨畢集進婉語，勸以守身方合經。婦言女子重節義，共夫存亡心可銘。蠶絲自縛戀難捨，如薰染蕕渭濁涇。與稱未亡靦人世，孰若同死心安寧？絶决甘如井墜瓶，果毅乃若刀截釘。從此水漿不入口，舍生取義雙目瞑。絶粒倏過一七日，畢命纔及二九齡。神明既定色不變，泡影已悟夢易醒。是時天門夜不扃，雲飛蓋兮風蕩鈴。前有金童揮霓旌，後有玉女推霞軿。裴航雲英互徵逐，文蕭彩鸞如影形。芙蓉城飲沆瀣露，蓬萊島護翡翠屏。是仙是佛是神聖？可貫日月驅風霆。三沽士女盡雨泣，丹書綽楔頒天廷。吁嗟乎！首陽樂飢雙鶺鴒，大義照耀青史青。彭家再傳餓夫墓，千秋響應鼓有桴。此事難覯在頍弁，抗節乃見傳娥婞。采供白蓮塵不滓，芬芳皎潔酬英靈，真與九河之水、流衍長清泠！

烈婦李氏

天津城西偏板橋衚衕，有李氏女，生而端麗，雖寒素，知大義。及笄，歸某。某夙與人司庖，性柔懦。姑某氏，悍而淫，夫亡久，與孫姓昵。孫都轉役胥，虎而冠者也。見新婦，視之尤，浼其姑爲媒合之。姑曰：「若素貞静，容緩圖。」李微聞之，懼不免，每歸，告母與兄曰：「兒拚一死，終不辱門户，貽父母羞也。」言之雨泣。其夫常以司庖外出，李氏密縫上下衵衣，床頭常蓄一刀以自衛。一日，姑謂婦曰：「汝夫不歸，吾伴汝。」夜用拔趙幟易漢幟計，易孫入。時燭已滅，孫强持李衣，糾結不可解。李氏拔刀大呼，孫奪刀，李懼終不免，遂以自劙，血殷床褥，既死不瞑。凌晨，李母及兄來，控於官，其姑訴氏忤逆。時蔣明府兆璠宰天津，僅掌責孫十餘，謂烈婦忤姑，憒而自戕，草草了結。天津西郊舊有八烈墳，梅丈樹君成棟糾合同志，移李氏柩葬墳中，稱九烈焉。山陰張杏史孝廉世光，作啟徵詩，時梅花詩社中，作者數十人。詩多，不備録，録張君啟云：

蓋聞人心不死，恃兩間正氣之存；世事多乖，慨千古變風之作。廉耻喪於男子，不期巾幗有丈夫；褒嘉闕自宰官，尚待表章於儒士。津邑烈婦李氏者，生由委巷，嬪於寒門，遭遇特奇，傷殘最慘。夫彦琛之婦，詈軍士而殺身；樂羊之妻，拒盗人而刎頸。要皆侮自外來，詎必釁由内作？而乃高堂穢行，中冓羞言。梁則有狐，作匹乃其義子；肆真如鮑，誨淫反出慈姑！銜得楊花，將貽雛燕；願爲紅葉，替覓新鸞。憤其鐵石難移，網羅暗設；逐彼藁砧遠遁，襆被同眠。必引渭以濁涇，潛開門而揖盗。搏攫甚於鷙鳥，忍肆毒以彌天；呼號絶類哀猿，幾完貞之無地。氏則圖藏匕首，刀蓄床頭，預懷伏劍之心，智能防患；立踵磨笄之轍，勇以全名。惟百折而不回，雖九死其何悔？遂使杜鵑濺血，遍灑花枝；直令精衛含冤，難填海水。嗚呼烈矣！嗟乎！桓嫠毁形矢志，尚保餘生；凝妻斷臂明嫌，未聞絶命。而表厥宅里，猶遺沛郡之榮；笞其主人，不假開封之法。如烈婦者，輕身貴義，尤爲聞所未聞；旌善誅奸，自宜緩無可緩。何意穿墉穿屋，方成雀角之歌；聽色聽辭，徒作鴻毛之視！俾元凶之漏網，法紀安存？任烈魄之吞聲，褒揚莫及！是可忍也，彼何人哉？光心非木石，操重松筠，悲昭雪之無從，懼高風之就泯。伏願名賢共奬，鉅筆分題，扶名教於塵寰，發幽光於泉壤。心能制義曰度，竟有斯人；物不得平則鳴，正在我輩！各爲揚風抱雅，留俟太史之軒輶；庶幾立懦廉頑，藉作中流之砥柱！

後蔣明府與徐觀察寅第互訐，謫戍烏魯木齊，道卒，津人咸快之。

孫貞女

孫貞女，羅山之南鄙人也。父某兄某，以儒爲業。女生而端重，寡言笑，喜人談節義事。聞非禮之言，則默然避。少長，失恃，女工不學而成。同邑陳夢彪，聞而賢之，爲其子聘焉。年十六，嫁期已卜，陳氏子以疾卒。訃至，女卸裝飾，哭拜其父曰：「兒受陳氏聘，鄉里無弗知，父既以兒許陳郎，豈忍以存殁易哉？兒將歸陳氏，代陳郎事父母，幸勿以兒爲念！」其父執不可，引譬百端，女面壁流泣無一言，如是者數日。其父染時疫殁，女曰：「父在從父，父殁，吾志可以行矣！」其兄適爲議婚他氏，媒妁往來，不使女知。女微聞之，乘間竊其兄衣冠出，沿途問陳氏，匍匐十餘里，手足皴裂，憩道左。會有空輿來，紿輿人曰：「予陳氏戚，就學於其家，病不能行，若舁我去，酬以重資。」夢彪方張燈宴客，觥籌交錯，恍惚見少年郎入其室，急尾之。哭聲大作，哭畢，脱衣冠拜舅姑，述其意，始知爲孫氏女也。夢彪驚愕，出而語客。時燈光深碧，四座寂然，有淚下如雨者，有長太息者，有俯首若思者，有手舞足蹈而去者，皆不知其所以然也。凌晨，其兄尋至，力勸其歸，女不答。夢彪亦恐其不終，慫恿之。女蒙頭而卧，水漿不入口者三日。陳氏之家老感其意，爲之聚宗族，告於廟而立嗣焉，女始飲食如初。先舅氏王泗和先生宰薛山，請於大吏，表其廬。先舅氏王害厓師，爲賦《衣冠行》詩云：

我聞木蘭曾作男兒妝，騎馬代父戍邊疆。又聞西蜀黄崇嘏，易衣射策魁明堂。閨中亦自負奇氣，千古巾幗生輝光！或謂女子守閨則，一步非人行不得。服之不衷身之灾，行權未免累大德。不知壺訓固嚴肅，有時亦難以常律。羅山孫氏有貞女，竹柏爲心花爲色。大布裁裙荆作釵，十年足未及門閾。鳳卜欣占敬仲孫，問名納采結朱陳。《房中》雅樂未奏曲，雲間玉樹先埋塵。女也聞之色如死，從一之義慷慨論。父兮父兮不我諒，絶裾何敢效太真！猶冀父心或可轉，從容去作未亡人。惡風頻來欺少女，繁霜又落凋大椿。父在此志尚無告，父没此恨誰可言？悲極生勇勇生智，乘間忽現男子身。高冠峨峨曳長袖，歸所宜歸非私奔。冲霄志破媒妁膽，合巹酒奠夫婿魂。存孤似比殉身烈，委贄即見許國純。一時義聲驚四方，鄰里走看新嫁娘。入門不暇視顔色，開箱争拜嫁時裳。衣冠衣冠爾何修？既不遇楚囚，又不遇沐猴，不沾禁臠膩，不包穿窬羞。即隨貞女化爲蝶，土花碧血傳千秋。嗟爾陳氏莫改造，此真二姓之箕裘！

楊烈女

烈女涉縣人，户部郎中楊蘭士三珠女，生而端重，讀《毛詩》、《女誡》、《女訓》，皆成誦。既長，見婦之貞節者，敬之若有餘慕。字武陟吴紱子世貞。咸豐甲寅，女年十九，議嫁，而世貞以痞疾卒。女泣不食，家人恐其死也，防之嚴。女言笑如常，防漸疏，九月廿一日，投繯死。倭艮峰先生仁爲立傳徵詩，予爲賦《松蘿篇》云：

峨峨百尺松，施之以女蘿，羅萎松亦枯，四時不改柯。歲寒抱貞心，之死矢靡他。一解 貞烈女，楊氏姑。涉縣人，父三珠。女事繼母婉以愉。母愛之，鳳將雛，簡對乃得武陟吴。二解 吴家郎，潤如玉。卧東床，稱坦腹。結縭方有期，郎疾乃日篤。扁盧束手命難續，蒼蒼者天何太酷！三解 女聞之，色欲死。誓以身，殉夫子。寬言婉諭不入耳，寂無一語，鉛淚瀉如水。四解 家人知其志，晝夜嚴爲防。女乃眠食如尋常，言笑晏晏神暗傷。五解 防既疏，志不變，蹈間隙，人弗見。甘爲自經雉，耻作孤生雁。萬鈞身，三尺練。六解蘿萎不腐，松枯不僵。一死重泰山，足争日月光。女父女母毋自苦，貞烈之風傳萬古。願鎸其名嵩高山，留與人間、扶植綱常作砥柱！七解

重姑

重姑，湖北潛江人張惟剛女，母胡氏。父卒，遺子女各一。未幾，其子夭，胡遂自縊。姑依叔母文氏，許字江陵鄭氏子，昏有期，鄭病殤，姑知之，閤户絶粒，誓以身殉，五日氣不絶，遂吞金死。彭咏莪相國爲之傳，予賦詩云：

張貞女，名重姑，父惟剛，母氏胡。咸豐六年六月十九日，竟完貞，殉厥夫。一解夫伊誰？鄭本功，江陵人，稱奇童，求繫援，紅絲紅。膏肓疾中不可攻，青廬將開已告終。二解貞女聞，哀至毁。洌無波，古井水。絶粒食，見夫子。越五日，猶能起。卒吞金，歸一死。三解溯母教，胡孺人。夫既死，子不存，一條白練亡其身。節母之節有如此，潛江萬古清不滓！四解乃知貞女貞，得氣由先天，醴泉與芝草，豈必無根源？五解歌短歌，聲激楚，臨難求免果何許？敬告守土人，毋愧此貞女。六解

曹貞女

貞女字繩昭，曹仁龍季女也。仁龍蘇州名諸生，晚年僑寓石城，無子，生二女。貞女尤聰慧，博覽書史，嫻翰墨，仁龍篤愛之，不輕許人。女及笄，仁龍老病，相依之意迫矣！何生蒙養，茂名人，美秀而文，嘗與仁龍爲文字交，素慕女賢，而難以簉室請也。適游於石，仁龍竟以女許之，且托妻孥焉。生慷慨，諾而聘之。仁龍旋卒，生遂挈其家歸郡城，倉卒間，實未告其父也。父以生有妻、有妾、有子，猶欲廣置妾媵，色荒廢學，怒弗許。生畏庭訓

嚴，潛致書，道辭昏意，聽別字，以覩其意。由是，執柯者日踵門，而女矢志益堅，居一年，竟無迎歸耗。適有顯宦出重聘來求，母意亦搖。女曰：「父命不可違，翁命不能强，吾死矣夫！」時嚴寒，夜漏三下，女服滷。家人覺之，呼救莫及。時嘉慶乙丑冬至前二日也。未死之先，密緘其書，皆自傷薄命、屬家人勿怒何郎語，聞者莫不酸鼻。生因出其平時往來箋札，語語義稟《女箴》，風霜之氣，溢於行簡。生父聞之，亦哀其志，因聽生迎主以歸。

外史氏曰：貞女才色兼備，豈少佳偶？况寒盟非自我，又有母氏主昏，即別受委禽，君子無譏焉。而硜硜然必矢以死，何哉？誠以父之一諾，重於九鼎，故寧舍生而取義也。

龔笏山大令莊，爲賦《貞女篇》云：

曹氏女，鸞鳳雛，年未及笄德貌俱。一片清冰出松壑，置之閬苑之玉壺。文姬幼慧承父眷，訓女如兒常展卷。從此玉容涵錦心，相攸未得係親念。何生文字交有緣，皎如玉樹臨風前。心慕窈窕求繫援，擬托紅葉無流泉。偶效温嶠留鏡臺，東床中選無嫌猜。匆匆委禽時未幾，丈人峰向殘陽頹。士也方愧聞斯行，高堂知之生怒嗔。詞嚴義更正，婚媾兩無名。少年雖學仍無術，率爾報書嗟寒盟。藁砧幸未成，風花原無定。蹇修屢到門，《摽梅》可再咏。寡母徘徊心未灰，弱女肝腸痛欲摧。父命不可違，此心已許復何爲？翁怒不可磯，此身已字將安歸？兩念長如轆轤轉，寸心已作井底泥。夜深鄰女共談心，古來巾幗多芳名。溺情罔生生亦死，取義樂死死亦生。聽者欽服方歸去，那知談者即古人！吁嗟乎！大家之後有少姑，婺星磊落曹氏廬。從容就義全貞節，汗簡留芳德不孤。

余亦有詩云：

曹貞女，姑蘇人。父仁龍，羈海濱。父視女，掌上珍。女訓女誡，教之循循，女志日堅氣日馴。一解阿父殘年，日暮生愁，愛女誰托？亟思相攸。老妻稚子，借箸以籌。寸腸轆轤轉，念此生煩憂。二解何生蒙養，美秀而文，籍文字緣通殷勤。仁龍刮目看，軒鶴超鷄群。許納玉鏡台，冰清玉潤兩不分。三解愛女得所歸，全家得所依。阿父疾篤魂夜飛，何生悲復悲！携其一家還庭幃。四解何生家，有老父，不告而聘怒如虎。有妻有妾苦不足，不肖之子，胥於淫而不悟！五解憚嚴命，雙淚酸；還金翦，捐秋紈；任別嫁，心所安。一封訣絶書，視之淒肺肝。六解聽阿母，細分剖，以兒好脚手，何愁不作官家婦？寒盟非自我，彼哉信非偶。擇木而栖，何必苦守？七解蹇脩頻來，女心若灰。父命不可違，翁意不可回，女節不可摧。之死矢靡他，何事重徘徊！八解女命薄如花，女心勁如鐵。一杯滷，一命絶。不戀鴛鴦冢，甘化杜鵑血。九解古來貞烈女，半爲殉厥夫。貞女之死何其愚？其愚不可及！廉頑礪懦世教扶。貞女名繩昭，無愧曹大家叶姑。願鐫其名，泐之南海紅珊瑚。十解

任姑

任姑，寧河王剛節公次女也，生而穎異，有至性。以父母鍾愛故，隨任所。母顧夫人病痢，服藥罔效，醫皆束手。姑夙聞古有割肉療疾事，潛割臂肉，置藥鐺中。以救母心切，亦自忘其痛楚。母迄不救，姑痛不欲生，恐益父哀悼，故在父前未嘗有戚容。後剛節公殉暎夷之難，次兄承瀚迎柩及姑歸，而割臂一事，迄無知者。姑亦護其瘢，不令人見。嫂無意中見其痕，詢之，以疾對。姊疑而苦逼之，始得其實。姻族咸嘖嘖稱其孝。姑聞之，曰：「殘親體以救親，不得爲孝，向固迫於情耳！乃親未愈而轉得孝名，是益吾罪也。」言已大慟，復以痛父故，遂構疾。字山西張氏，未嫁而卒。張迎其柩葬焉。張名清甸，癸卯舉人。

劉貞女

欒亭劉姓女，親迎有日矣，夫以疾卒。女聞，欲奔喪，父母止之；欲往吊，母許與偕。女華妝，行至喪所，從容展拜，次及舅姑。拜訖，索衰絰，易以入幕，執婦禮，哭盡哀，遂止夫家。母强之歸，舅姑亦以未合巹故，婉諭

之。女泫然曰：「兒柩前四拜，非交拜禮乎？舅姑在前，非三朝贄見禮乎？禮已成，分已定，兒將安歸耶？況百年偕老，誰不願之？今若此，命也！」衆莫能屈，任之。及夫葬，遂不食死。

賈節母

節孝太夫人，德州盧南石相國女也。幼許字故城賈公子。賈公歿，招其婿於家，延師教讀。公子穎悟過人，年十九，膺選貢。相國欲爲畢姻，公子期登第後歸娶。下幃攻苦，朝夕不輟，以勞致疾，遂不起。訃至，女告其母，欲往吊，母不可。女堅卧不食數日，母不得已，許之。女至婿家，哭奠後，謂其從者曰：「歸語夫人，吾不歸矣，如强我歸，祇有一死！」易衰絰，問孰承嗣，衆言尚未議定。女夙聞猶子中名臻者賢，商之族衆，即靈前立爲嗣。時年十五，即所謂運生觀察也。賈素富，時已中落。殯後，女出簪珥，罄素蓄，買田二頃，使老僕司之。延名師課觀察讀書，勖以勉繼先志。家事井井。仍歸母家，朝夕事母，長齋誦佛。觀察天姿聰慧，年十八，舉於鄉，請迎母歸。母曰：「爾父齎志未遂，爾不登第，吾不歸也。」觀察垂涕跪求，終不許。觀察少年登科，執伐者衆，母於舊家中，擇名姝委禽焉，將擇日完娶。觀察曰：「母以兒不登第不歸，兒何敢不登第而娶也？」亦力辭。次年，捷南宫，入詞林，上書乞假，迎母娶妻，歷陳母之苦節純孝。上嘉其賢，飭誥賜坊，旌表如例。至今鄉黨欽仰焉。

蕭母節壽

蕭蓼洲明府斯嘉，應州人，嘉慶辛未進士，以知縣分發福建，宰尤溪。性慈惠，訊案不忍刑人。任三年，以養告歸，主培風書院講席。教士娱親，垂數十年，寓風流於道學，士林咸矜式焉。初，太翁聘某氏，以貧，見棄於岳，將以女字他族。某氏泣諫不從，夜出奇計，亡歸夫家。既合昏，封翁以未親迎，心終鬱鬱。次日，飄然長往，杳不知其所之矣。太夫人以一宵好合，遂生明府，苦節八十餘年，壽一百六齡。聞於朝，旌以坊，明府亦年幾九十。子三人，長康年，廩生；次康田，道光壬辰孝廉。康田子廣輝，庚子孝廉，選連州學正，抵任逾月，土匪滋事，被執，不屈死。第三子失其名，以貨殖爲生。後裔均能自愛，以詩書世其家云。

外史氏曰：太夫人從一之志甚堅，厥後膺介福、享大年，子孫蕃衍，皆所不及料也。天道無親，常與善人，孰謂蒼蒼者不可問哉？

貞女烈婦三則

貞女，寧河北塘人，遺其姓，家貧，磨腐爲業。女端麗，方及笄，其母視爲錢樹子，微示意，女故作不解狀。漸形詞色，旋加辱詈，朝鞭暮撲，矢不移。一日晡後，母期其必從，蓄枯秸一束，隨詈隨撲，逐條俱糜，傷痕鱗鱗遍肢體，百折不回。母益怒，以死脅之，女懼終不免，暗縫衣履上下爲一，夜投水甕死。

烈婦，寧河之新河村人，不詳所出，適北塘藍氏。其姑故不貞，日與諸惡少昵。甫入門，惡少艷之，以利啗其姑，姑許爲媒合，以婦新至，未發也。婦亦心識其意。適以歸寧返，入謁姑，姑方與惡少轟飲。起居畢，退歸室，反復思維，欲自保其節，無計也。日夕，伺姑寢，從容自縊。時其夫操舟外出，其姑懼，夜浼比鄰二人邏守之。一人素無賴，艷婦已久，夜分，伺同伴熟眠，撫其尸，欲污之。忽空中有物擊其腦，延數刻，竟斃。嗚呼！婦亦神烈矣哉！以上二則，崔琴川言之。

蕭山徐君，以縣丞遷儀徵令，歿後，因家焉。再傳，及其孫，娶王氏，士族女也。讀書明大義，善屬文，生四女一子。而夫死家貧，以女紅筆札自給。三女已適人，惟季女在室，子幼未婚。當賊氛逼近時，鄰人多勸之逃，氏笑曰：「婦人不出閨門，禮也。況兵戈擾擾遍郊野，身携幼女，逃將焉之？祇取辱耳！吾計決矣。」命其子速出城避難，勿同死。其子戀母，號泣不行，則大怒曰：「徐氏一線，止汝一身，汝亡，徐家絶矣！倘邀天之靈，得不死，他日來收予骨，附汝父墓側，吾即含笑於九泉矣！」語畢，叱之出，急閉門，以薪置床下幾滿，命其幼女先自經，視氣既絶，以手燃薪，登床自焚死。時四月二十四日也。賊既去，其子逃歸，收其母妹遺骨灰燼中，窆而合諸墓。武宜軒侍御所言，云得之遷安李君之官江蘇者。

董姬

董姬山東人，貌明秀，性温婉，以貧鬻爲歌伶，非其志也。孫彪如茂才，幕游大名，贖爲側室。姬之歸也，事孫極盡心力，荆釵布裙，自奉儉素。而米鹽井臼，持門逾健男子。有約之游眺者，婉謝之，語人曰：「我出身微，若仍蹈惰游之習，人益藐之。」時彪如以失館病歸，姬留大名，浼其親串，代爲經理。有攘奪意，欲質其衣物，姬約執友某同檢視，書計簿，留以諗夫子。其人慚而罷。後彪如病亟，迎姬歸侍湯藥，心血枯瘁，卒不起。既卒，無子。姬視含殮，厝柩於寺，附身無悔，歸而服滷以殉。彪如名文炳，會稽人，隸清苑籍。爲高才生，食廪餼，屢試不售，以游幕終。李媪者，極老成，依姬數年，凡事左右之，卒成其志。例得附書。

外史氏曰：世風衰薄，不講閨訓，世家大族，往往游惰成風。姬以微賤，而志行皦然，可謂出污泥而不滓者矣！

卷下

馬夫

李象九明府鼎，宰廣平，愛民如子，而嫉惡如仇。咸豐七年八月，土匪過縣，止於東門外，明府出城彈壓，與匪鬥，受三創，馬夫張三死最烈，明府爲詩紀之云：

孤城風警群黎危，單騎叱咤從者誰？飼馬壯兒張三者，躍起馬頭不肯離。一手攬轡頭，一手曳我衣。聞道東門出禦賊，小人身敢效驅馳。短劍横腰逐馬走，此才亦如馬不羈。居者閉門不敢矚，行人兀立語忽低。城頭日午陣雲黑，郭外林深伏梟鴟。躍地大呼使君來，壯氣横生肝膽披。馬頭疾飛入賊隊，雙睛直突刃欲揮。隻身當我前，大聲宣我詞：使君拯民匹馬出，咄爾鼠輩將何爲？順而降者戢爾戈，敢有抗者族並夷！蠢兹野性梗難馴，兩三號動千百隨。刀劍若風矛若雨，不死欲仗神扶持。張獨挺身來巷戰，手無寸鐵力獨支。被創數十喊愈急，但脱吾主死不辭！我時負創劇忍痛，滿地碧血踏作泥。吁嗟乎！古來俠以節徇名，義以死合宜，忠者危授命，斧鉞甘於飴！張一馬夫耳，忠耶義耶俠耶彼烏知？惟張豢馬二十年，性命與馬相因依。馬爲賊所喪，身復何所歸？生時食馬粟，死當裹馬皮。張非愛一馬，主恩不可欺。一心與馬相終始，不死恐將負所司。嗚呼張一馬夫耳，不死恐將負所司！

義伶

伶小香，字蝶仙，隸梨園三慶部。演《借雲》一折，豪情俠氣，擅名京師。嘗過其曹某甲寓，見教新買歌童，夏楚慘毒。香惻然婉諫，甲曰：「此購以京蚨千二百緡，如見憐，請將去，何事囂囂見責耶？」香憤然，即以原價贖童歸。錦衣鮮食，所以慰藉之者良殷。然微窺童意，似甚抑鬱，固詰之，始泫然曰：「蒙師教育恩至厚，然儂名宦裔，鬻身賤役，辱及先人，是以悲耳！」香細詰家世，曰：「兒江左巨族，姜姓，會王父某以大司寇起家，累代簪纓。及某之身，父母早逝。庶祖母不安其室，爲惡少誘去，輾轉掠賣，遂及此。聞舅氏沈小梅，供職内閣，未識能相見否？」香詢内閣，果有所謂沈舍人者。邀之來，與童晤，抱頭雨泣。香即屬沈携童去，沈曰：「我官京朝，貧如洗，原值一時不能歸，祇好陸續以償耳！」香曰：「我亦好人家兒女，今世墮落，願修來生。請携童去，豈可無計也。」沈終不肯，書券付香，香焚之，曰：「我已收却矣！」送甥舅同車返。此咸豐壬子年事也。林慮劉石房大令鎮岡，爲予道其事，並賦《義伶行》一篇。予謂香之所爲，有古俠士風，今世豈多覯乎？因志之，以廣其傳，並録其詩云：

蝶栩栩，仙飄飄，伶兮乃有人中豪！人中豪，美冠玉，委身梨園工度曲。度曲羞作女郎聲，會貌常山趙順平。忠肝義膽當場見，銀鎧花槍相映明。一曲未終齊道好，聲動京華諸大老。樓頭含笑催賜金，金錢散落知多少！得錢羞學守財虜，誓向人寰作豪舉。聞道同曹買紅兒，中堂絲竹教歌舞。弱質筵前半字訛，老伶座上笞如雨。伶兮瞥見呼傖楚，如此相煎何太苦？婉言勸諫手頻揮，反唇稽處兩心違。傾囊一怒贖身券，錦車載得紅兒歸。歸來覆以黄金屋，沆瀣爲餐芰荷服。雅歌日聘老宿傳，艷曲宵隨弱弟讀。殷勤教育寬且柔，底事渠儂不解愁？金縷新聲笑强索，銀釭背立淚先流。知有牢騷在胸臆，再四批根費研詰。千呼萬喚不成聲，一語未宣雙袖濕。上言莫報師恩渥，下言深愧家聲辱。家聲大被冠閭門，先代秋曹八座尊。簪笏數傳少陵替，生不逢辰失怙恃。彼婦之口挾予走，宛轉慘遭念秧手。若非菊部遇吾師，弱質已填溝壑久！輒聞有舅沈中書，内廷食俸清且癯。可憐咫尺天涯隔，焉能拔我出泥塗？伶也聞言心骨哀，驅車速得休文來。渭陽乍見交相泣，鮫珠雙瀉如瓊瑰。手贈明珠還合浦，六十萬錢擲如土！

出門一笑送君行，從此相逢任爾汝。我聞此語疑未真，芒鞋遍踏長安塵。聞德堂中香寓名訪義士，皎如藐姑射仙人。坐久試叩三生石，茫然恍惚昧前因。細翻書策見一紙，感恩密寫珍珠字。下鈐沈姓小梅章，此事乃得窮根柢。君不見諸公袞袞紆青紫，揮麈高譚剖名理。故人偶遇任昉兒，誰肯一救涸魚死？乃知古稱烈丈夫，指囷焚券何途無？噫嘻！伶也其仙乎！噫嘻！伶也其仙乎！

人轉畜五則

大名縣大馬村蔣元吉，家素豐。道光年間，宗人開意夙無賴，與有隙，縊於元吉之門，欲以拖累之也。元吉開門，見尸駭然，移古廟，爲宗人某控於官。吏役訛索纍纍，費千金，閱半年，始結案。方開意縊時，元吉家老馬生牝駒，當時不以爲意。及駒長，年年育騾，且有孿生者。歷數年，育騾十七頭，售出，浮於所費。里老有知其事者，慨然曰：「駒殆開意轉生乎？」後十餘年，復有蔣文成一事。

蔣四麻子，亦元吉同宗，長子某充縣役，幼子文成不才，父母皆恨之，繩結於喉而斃。村有張道存者，有田二頃，蔣求貸弗與，憾甚，以文成尸擊張門。文成死時，衣褐，腰繫黑韋，寬寸許。張以人命牽繫，費百緡，事乃竣。時道存家牝馬生褐色騾，腰亘黑線一條，如黑韋狀，咸知爲文成來償逋負也。後鬻於任游戎，得錢八十餘緡。以上二事，皆予僕所談，僕即大馬村人也。

寧河西鄉保正某，甚惡。鄰村農人某，屢爲所欺，畏之如虎。一日，農人母假寐，見保正趨入後苑，驚醒曰：「伊又來訛詐耶？」少頃，其幼孫喜告曰：「吾家牝驢生駒矣。」問：「某保正來乎？」曰：「未也。」異之。適有自保正村來者曰：「惡人死矣。」農人述保正入室生駒之異，咸曰：「得毋償訛索債乎？」自是，農人呼保正名，驢即奔赴，健步以馳，頗得力云。

寶坻大白莊農家，有工人頭禿，群呼爲大白蓋。傭工數年，極勤謹。某年正月，以事支取本年工價，用盡，旋病不起，謂主人云：「奴不能效力，願來生變畜以償耳！」死之日，主人牛生一犢，頭盡白點。少長，引重力田，極馴擾。呼其名，即若點頭會意者。閱三年，主人售之，得錢與工價適符云。以上二則，蕲綺江廣文述。

通州某甲饒於財，鄰某乙病，其妻貸某甲錢三十千。夫既愈日久，無償意。問之，乙妻曰：「並未假，何誣人也？」甲曰：「汝設誓，予即不索。」乙妻曰：「如賴債，願爲畜以償。」遂罷。逾年，甲夢乙妻披髮入後院，曉圉人報馬生牝駒，甲知乙妻來償債也，秘不言。間數月，駒頗神駿，每駕，使隨車後。一日，騾駕車，陷於淖，百計不能出，圉人欲以駒代服轅。甲曰：「此駒齒未落，安能曳之出乎？」圉人曰：「姑試之。」既駕，駒努力，遂出於淖。甲喜曰：「即此一曳之力，已抵得三十千矣！」既歸，越日駒斃。劉樾村談。

外史氏曰：至親莫如父子夫妻，然割彼肉一片，傅於此身，不能粘著，況他人乎？夫財亦猶是耳，一絲一粒，莫不適分以償。觀此因果，令人不寒而慄！

果師

天津盧長順，以販鮮果爲業。北地蘋婆果，重於南方，閩、廣、蘇、杭，皆其包送。秋日果熟，積如山。果師一人，以手度果，身後伺者，不下百人。師曰：「此宜閩，此宜粵，蘇、杭、豫東，惟所命！」承之者奉命惟謹，分置大甕。其極熟者，乃售市肆。師之指揮，歲不過數日，而酬直乃數百金。凡送遠以舟，計日必達，達則果熟，無一朽敗者，故果行群推爲師云。

外史氏曰：專心致志，而巧生焉。扁之輪，僚之丸，庖丁之牛，其致一也。苟得其道，可以悟學，可以爲治。

王玖波明府

王玖波明府大猷，湖南石門人，以孝廉大挑一等，分直隸，補欒城，調天津，升通州牧。所至有政聲，一錢不名，而片言折獄。津門友人述數事，因志之。

某童家某村，距城五里遥，至城省其姑，持白布一匹歸。遇鄰村瞽者，曰：「先生歸乎？」瞽曰：「賣卜得少貲，今始歸，郎何來？」曰：「頃從姑家携布歸，相伴同行，幸甚。」瞽曰：「盍以布付我，而持竿以導，行較速。」童如言導之。先至童村，索布，瞽曰：「我日推星命，得數十文，積月餘，乃購此布，小子乃圖賴耶？」童大號，家人盡出，各不服，質於官。明府日坐堂皇待訟者，兩造各陳訴，公斥童曰：「彼瞽人，何至賴汝布，必汝賴伊！」叱使先退既，問瞽者曰：「汝布買從何處？」瞽供如前。公曰：「布色鮮明，類新染者。」瞽遽曰：「適從某染坊取回。」問何色，曰：「玫瑰紫。」公拍案曰：「瞎傖！白布乃云紫耶？」以布付童，而笞瞽四十。

麵店與糧店鄰，争一簸籮，致訟，公問：「向盛何糧？」麵店云：「盛麥。」糧店云：「盛雜糧。」公怒云：「簸籮可惡，致啟争端！」命大板責四十，簸籮粉碎，以箒掃之，止有麥粒，無他糧。乃笞糧店人，復罰買新簸籮，以償麵店。

楊某居餘慶府村，某甲傭於其家，主人命入城購烟茶及各用物，並鼻烟若干。傭持錢票，至城内鼻烟店，購烟畢，以廿緡錢帖寄店中，云：「購餘物畢，來取。」竣，索烟及票，店主付烟，云：「並未交票，誣以圖賴！」傭不服，訟焉。公曰：「店主人衣服光潔，乃賴汝二十千耶？」斥傭下，復問主：「開市幾年矣？」答以數十年。公持烟壺付之，云：「汝必知味，試嘗我烟。」店主人大稱佳妙，云：「小店仍有勝於此者。」旋出己壺回敬。公持壺品味，忽云腹漲如廁，退入後堂。炊許，復出，問役云：「拘至否？」答云：「已來。」命之上，則店中司計簿人，持二十緡原帖，呈案上。蓋公遺役持壺爲信，謂店主已招承，故原錢及人咸至也。店主懼，叩頭服罪。公云：「或笞四十，或罰二十千，汝何願？」曰：「願罰。」別繳二十千，釋去。公呼傭上，曰：「汝辛苦，原二十千，罰二十千，均付汝。歸去，安分事主人！」傭既出，少選喚回，曰：「汝太便宜，豈有四十千均付汝者？仍將原帖呈交，聽我另判！」傭止有原帖，罰項已用去矣。問作何用，不答，欲刑之，乃指公差某索去。公怒曰：「罰二十千，乃爲汝作生活耶？」欲笞役，役崩角，願再罰二十千，矢不敢再蹈此弊。公將所罰四十千並付傭，稽首歡呼而去。

公一日出謁賓，鹵簿前導。遇賣漿人荷擔來，擠而顛於石，砂鍋磁碗碎如粉，號咷訴云：「小人覓蠅頭以贍家人，今失本，全家斃矣！」公問所由，曰：「罪在石。」命人移石歸署訊之。歸坐堂皇，問石曰：「人老而貧，借擔養家，汝何故致顛碎？宜償以直。」石無言，公左右顧，時觀者數千人，擁如堵，公遽命闔門，曰：「我判案，汝曹何竊聽爲？人罰五文，否將笞！」人人樂輸，頃刻十數緡，付賣漿人，歡然去。

外史氏曰：公心細如髮，而光明如鏡，命盜各大案，當機立斷，大率以此，此其小焉者也。故書之，以爲有位者勸。

繆星潭

繆星潭鈐，蕪湖人，辛卯孝廉，祖業鹽長蘆，遂家於津門。幼聰慧，詩古文詞，見無不能，能無不精。鄉舉後，益攻苦，娶同縣謝駿生侍御崧女，以春宮屢躓，鬱鬱遘疾。時其婦歸寧，居蕪湖，星潭一日謂其僕曰：「明日午刻，有四客來，延入勿阻。」至期，不見閽報，甚焦急，曰：「約定必來，何不至耶？」其父母謂閽曰：「伊病入魔，汝等宜順其意，勿與違難，致增劇。」閽入報曰：「客至矣！」星潭索衣冠，迎於門，肅客入，揖讓如禮。預具茗碗四，每座奉茶，但聞星潭屢作唯唯聲，僕侍於旁，固無所聞見也。旋送出，告其父母曰：「四人來，約兒去，兒不能終事二親，實愴於懷！然數定不可逃，且去亦無苦，父母勿念兒也。」問將何往，不答。翌日，具衣冠，別家人，從容卧榻上，卒。其婦在母家，謂其母曰：「明日婿當至，兒宜移入花園，庶諸事方便。」以天寒園寂，阻之，不聽，遂移入。次日，曰：「婿至矣，將偕兒去！」其母曰：「勿譫語，行將送汝返津門。」對曰：「兒與婿謫限胥滿，同歸亦大好事。婿柩將來仍宜歸葬蕪湖，兒去又增一累，可無庸也。」手撿衣裙釵釧，曰：「某宜寄津，贈某娣姒，某與某嫗某婢。」家中媪婢，均有所畀，分折了了，盛裝而瞑。

外史氏曰：星潭兩弟，皆從予問字，其尊人月樵比部，歷言如此，當不誣也。慧業文人，修文天上，亦理之常，無足異者。伉儷偕往，來去分明，亦一奇也。

司馬秀谷

司馬秀谷鐘，江寧人，官三角淀通判。畫爲當時冠，翎毛花卉，擅名一時。而山水人物，無不入妙。憶在津爲余畫二扇：一雙蟹鉗蘆花，間以芙蓉；一杏林沿坡陀，一人雅步其中，題曰「瓊林獨步」。直幅二：一作老杏一株，著花鮮妍，如新著雨，六燕翔集，各極其致；一雙桐參天，葉颯颯有聲，鶴蹲其下，閑態可掬。又見一扇，作柳塘歸牧，萬絲裊緑，遠水無波，一牛浮鼻而來，牧兒伏牛背上，望之深遠，咫尺具千里之勢。而其題畫詩尤超雋，憶題牡丹詩七律，僅記中四語云：「難得春兼三月閏，便思力救百花貧。樓台重起寧無地？富貴相忘大有人。」又畫羅漢，手撫虎頭，睫毛雙合，虎亦垂頭而瞑，題云：「人心未必善，虎心未必惡。不是兩相忘，如何睡得著？」禪機悟境，元箸超超。初，秀谷權楊村丞，予訪之，語予云：「他人居此，歲可得八百金，我僅得京蚨八百緡耳。」予曰：「君固廉，何懸絶至此？」曰：「嘻！所謂八百金者，皆斂青樓夜合貲，我雖貧，枯管作畫，歲可售千金，何至以淫泉澆飯耶？」予爲誦唐六如「閑來畫幅青山賣，不使人間造孽錢」之句，兩人各大笑。予遂浼孫子甘蔭棠，爲鎸「不使孽錢」四字大石印，俾押畫角云。

賣薑人

賣薑人，不知其姓氏，傳爲河南人。以其有人心也，故人之。咸豐三年，粤賊圍懷慶，從温縣載火藥一船渡河，舟子均預逃。賣薑人適休於岸，賊招之助拏舟。賣薑人念此藥至賊營，鄉里遭荼毒，所傷必多，憤甚，因暗吸火烟，窺賊不見，擲火艙中。舟既焚，遂赴水死。

外史氏曰：販豎市儈者流，深明大義，拚一死以救數百萬生靈，求之士大夫中，豈多覯哉？雖姓名里居不傳，然至今談之，凜凜然有生氣也。

楊蓮卿

楊蓮卿淞，更名夫渠，山陰人，以父官長蘆，遂家焉。少治舉業，數薦不售，旋棄去，專治經及古文辭，以張皋文先生爲宗。張爲劉海峰高足，得古文法乳，凡其子弟姻戚，皆傳焉。蓮卿與先生子彦惟成孫、侄仲遠曜孫、婿王季旭曦游，故得其傳。蓮卿敏慧過人，一目十行並下，又過目輒不忘。《十三經》、《左》、《國》、《史》、《漢》、八家全文，皆背誦如瓶瀉水。治《説文》，甚精核。篆隸宗鄧完白，習之三十年不輟。顔所居曰「宗張儀鄧之廬」。顧以氣傲岸，不屑與俗子伍，落落無所合。納粟爲丞簿，不獲上，棄去，館於上谷，不見容於儕。時陳弼夫觀察西安糧儲，故與蓮卿世交，携之往。晋省旅邸皆煤炕，中煤毒，自立方，大用參蓍，藥與症反，遂卒於旅次。孺人、妾携孤子方垂髫，弼夫觀察恤之，乃扶柩歸天津。憶余在津，嘗館於其家，蓮卿所往來者，邊袖石、華梅莊、潘彤侯及予，三四人而已。餘人率遭白眼，故人亦弗敢近之。卒潦倒以死，可哀也夫！又蓮卿一生不閲説部書，常曰：「可惜精神，何如多讀一句有用之書耶？」又拜客刺三種，一篆、一隸、一楷：篆刺皆所敬之人，隸則所愛者，楷刺則不屑與交者也。

李鳳來

易州婁山王姓，家巨富，於別村置糧店，店夥六七，半山西人。有李鳳來者，易州人，爲主計者副。粵匪犯順，達天津，人情洶洶。一日，店中會食，皆被酒，或嘆曰：「吾昨入城，聞匪耗甚惡，吾等胡爲預此難？明日辭事歸耳！」李微笑曰：「匪無能爲也，毋太怯！匪炮雖烈，使之不響，何能爲？此地無炮，火鎗與同理，取鎗擊鷄，可驗也。」衆曰：「善。」食畢，取鷄三四枚，飼以米，李誦咒，畫地連綿作圈狀，五六人持鎗擊之，火不然，屢試皆如之。李曰：「即然，亦不能中也！」復誦咒，鎗果震，鷄食米，不少動。李乃指示人，鉛丸去鷄丈餘，皆橫軼，聚旁地凹中。衆乃大駭。初，李住東廂複室中，西廂複室爲核計簿處。衆核算至二鼓，小童奔告曰：「東廂火起矣！」衆驚，出則無有，以燭入照，惟李獨寢，時已醒，曰：「烏有是？勿虚驚也！」次夜，童報如前，出視，又無有，衆斥童妄。主計人異之，囑曰：「明若復然，勿奔號，暗曳吾衣可也。」次晚，童果來曳衣，主計人躡足出，則赫然紅光滿窗也。穴窗潛窺，紅光出李身，如熾炭吐焰狀。大驚，李亦醒，光頓斂。問之，曰：「君等目眩耳！人烏能放光？」由是始知其異。店居山崦中，路狹僅容車。冬月載米送某處，五鼓，李護車行，服馬旁蹶於石，車輪從李背過，但見火光炸炸，作硫磺氣，輪過，李即起，了無所傷。至是，又知其有禁炮法。主人聞之，曰：「以此投效軍營，取公侯如拾芥耳！」李乃之嘉興，投參贊營，徘徊門外，不能入。遇一千總，曰：「投效無公文，事不諧矣！覩子頗英雄，姑往吾營可耳。」未幾，參贊病，求醫，李應募，三劑而病除。參贊問：「能殺人乎？」對曰：「能！」「聞有匪目潛某所，請往殺之！」給兵二百，決其首而還，參贊賞以六品翎頂。居久之，見我兵卒無戰意，乃辭歸。咸豐三年，長髮賊破臨洺關，安肅練勇方待戰，或曰：「得李鳳來，百戰百勝也。」首事者招致之，則死已數月矣。或問安得禁炮法，曰：「幼隨父賈陝西，有總兵見而愛之，傳此法，今已數十年，總兵存亡未可知，併姓名亦忘之矣！」

禁弋雁

天津秋來多雁，弋者時其宿，中以佛郎機，所傷既衆，遂獝其群，嘹唳之聲，聞之酸鼻。梅丈樹君成棟鳴於官，著爲禁。予感賦二律云：

鴛鴦銃發激連珠，砰訇聲中聽慘呼。鎩羽遺音悲曳艣，避繒無術枉銜蘆。雲頽月黑埋機械，露冷風酸溷主奴。多謝宛陵能造命，哀鴻十萬一齊蘇。

恩進解網感深仁，護法今逢梅子真。此日一心悲塞雁，他年百堵惠烝民。稻粱任覓群無擾，雲水安栖夢亦馴。我替征鴻深感戴，萍蓬同是客中身。

劍俠

康熙時，某督以重貲歸里，慮有盜警，募健者護之。某甲年弱冠，美如玉，甲爪長數寸，應募往。每至逆旅，解騾綱，堆篋滿地，某甲少飲，倚壁假寐。劇盜十人，由江南尾行十餘日，不見少年動靜，未敢妄發。至山東境，群謀曰：「今夜不劫，越境即不得發。」以其渠各有成約也。夜分，藝最高者一人先入，啞然號，旋寂無聲。次入一人，又入一人，胥如之。七人曰：「質明入室，以殺人訟。」昧爽共入，惟少年及銀篋數十，尸則杳然。少年呼騾綱，從容去，七人惘惘。至午，見室中央磚似新填者，啟之，見亂髮數團，膿血三凹而已。

外史氏曰：聞劍仙殺人，以藥屑滲之，化爲水，某甲豈其流與？又聞必忠孝者，乃能得其傳，不許妄殺人，妄殺人必遭雷擊。如唐人所傳紅線、聶隱娘輩，今尚有其人乎？何不出而掃蕩賊氛，爲我國家宣力也？

老翁服轅

有人畫己像，作老翁服轅，其子執鞭鞭之，妻女、子婦、童孫、家具，細及鷄犬，皆載焉，所以寄慨也。張菊溪制府百齡，爲作駢序云：

天地蘧廬，看光陰都成過客；風塵轍迹，問宇宙誰是閑人？持門户以全生，阿奴碌碌；咏役車而卒歲，良士休休。同爲擔荷之身，各有室家之累。豈言老悖，不念子孫？若許馳驅，任呼牛馬。故長子名爲家督，思艱底作室之基；而丈夫志在四方，負重合出門之轍。若乃携來八口，載彼一車，短柄長轅，稚兒嬌女。儼浮家兮泛宅，羞戴月兮披星。鷄犬隨行，似舐劉安之鼎；驊騮開道，空題司馬之橋。歲冉冉而援手何人？路漫漫而息肩無地！此入室所以深交謫之憂，而行路不能忘獨勞之嘆也。徒見夫團圞陳迹，安樂成窩，朱輪揚門第之華，白首偕瑟琴之好。名駒汗血，畫軾皆熊，油壁香車，挽車非鹿。巽以順而家人貞吉，生則逸而老子婆娑。惟爾多財，絲竹管絃之盛，謂余不信，東西南北之人。曳歷碌之雙輪，朝秦暮楚，任遨游於五岳，女嫁男婚。居然到處爲家，但可逢場作戲。勞勞亭畔，雨雪情懷，僕僕道中，風塵面目。然而大任必先苦志，英雄無奈多情。非我莫能，干卿甚事？本是扶輪之手，定笞天馬以騰驤；縱無推轂之時，肯傍人門而骯髒？昔日負薪有訓，每呼小子聽之；至今伏櫪哀吟，敢曰老夫髦矣？髮雖短而心長，不作顧婢呻吟之態；途未窮而日暮，究係爲誰辛苦之人？嗟嗟！頭顱如許，信天鳥尚呼翁；腰脚堪誇，識路人原似馬。君真健者，行見高軒呵殿而來；僕本恨人，且乘下澤逍遥而去。

賀聯

保陽某君，壯游幕府，年將八袠，久斷朱絃，忽發續膠之興。友人勸納小星，伊矢志正娶。旋有待字老女，屢亡其夫，年已四十有五，友人爲媒合之。劉桐江大令富春，賀以聯云：「以八千歲爲春，大椿不老；待廿五年而嫁，枯楊生荑。」可謂雅切。

錢譜

翁宜泉先生樹培，覃溪先生子，蓄古錢數十篋。朝夕游小市，每得一品爲所無者，歸必焚香祝之。著錢譜，自有錢幣以來，各朝各代及餘分閏位、海外各國，暨壓勝、打馬、撒帳、洗兒諸品，無不備具。嗣以《錢法策》，洞貫源流。捷南宫，原策進呈御覽。先生歸道山後，以錢殉焉。譜未及刊，後爲劉燕庭方伯喜海收去，擬爲板行。方伯故後，不知此譜落何處矣！按洪尊《泉志》、董逌《錢譜》，歷代以來，每多著録。近來如大興初氏頤園，江南馮氏雲鵷，洪銅劉氏青原，武昌葉氏冬卿，所録較多，然究不如翁氏之備。萃畢生之心血，彙爲一編，卒不得刊以問世，可惜也。

衛輝旅邸題壁

拂娘者，邯鄲雛姬也。幼失怙恃，誤落烟花，里閈既亡，姓氏亦失。蘭生當路，絮飄入泥。明月遜其圓姿，楊柳無其脩態。一雙素手，學得銀筝；十五華年，梳成寶髻。目無情而裁水，膚不幸而凝脂。遂致看同錢樹，使對金夫。儕輩贈以謔浪之辭，假母教以床第之語。獸爲異類，尚識守貞；人之無良，乃有此極。當斯時也，何難委身爲蟬蛻，視死如鴻毛，引决自裁，潔己而斃？徒以爲人之顯晦有時，命之否泰遞代。津雖苦海，尚期寶筏之來；地入幽沈，猶望法輪之轉。孰意章臺走馬，半是狂童，屏曲相人，卒無奇士！偶逢文學，而乞殘書；終渺俠仙，以護完璧。忽忽十載，貿貿半生。乃悟天生情種，自有好逑，迹涉狎斜，必非真士。秦九但有空言，李十尚辜初約，若輩猶爾，其下可知！悔徒久溷青樓，恨不早埋黄土！况復貪狼無厭，惡鴇何知，日責纏頭，時加毒手。苦心約己，雖幸保女貞；膏首向人，已有慚婦道。今者犁面髡髮，始獲遁迹潛踪。如木蘭之改裝，非緣代父；若張一之私遁，豈爲求郎？於丁丑一日，行抵此間，獨抱永恨，况值新年。燈青一床，淚紅雙箸，幾葉斷腸之花，無限凝血之竹。高樓圮盡，誰問北地之佳人？滄海未平，常作西山之精衛。聊題數語，略見生平，漏盡更殘，筆咽墨泣。嗚呼！雙兔傍地，雖莫辨其雄雌；死麕在林，猶冀免夫强暴。斷送有日，超生何年？倘有人惜紅顔之薄命，莫借蘇小以傳名；收白骨之未寒，幸遠真娘而起墓。比紅濡淚自記。

友人于役河北，抄稿寄予，憫其志潔行芳，而詞旨婉惻，因録而傳之。

旅邸題壁詩

友人傳店壁題詩二則。一云：偶隨浪迹逐蝦蟆，一墮風塵事事差。不信有情都眷屬，可憐流水是年華。鐸鈴苦憶檐前馬，沙磧横堆鬢底鴉。鬢髮如雲渾不理，自包羅帕上篷車。

如此風調，而失身爲女校書，可惜也。

一云：一别湘江十二年，朝朝問訊渡江船。郎身别醉紅樓月，妾病終成紫玉烟。弱質何堪戎馬逼？前盟曾比女牛堅。今生但許重相見，紈扇知秋甘棄捐。

飛蓬兩鬢走風霜，命薄何須怨路長？井底汲瓶拚斷絶，房中牽線費評量。願爲葑菲郎應許，采得蘼蕪我自傷。

如此望夫宜化石，配他薄倖石心腸。

怨而不怒，頗得詩人悱惻之旨。

多姑娘

某殿撰未第時，寓京師族叔家。叔京朝大老也，有婢多姑娘，端麗明慧，婉淑知禮。殿撰求爲簉室。叔曰：「予何靳此，待汝大奎時，俾終事焉。」殿撰由此面壁臨池，誓不作第二人想。後於某年，竟以一甲第一人及第，而多姑娘遂爲狀元如夫人矣。方殿撰下幃時，臥室懸聯云：「一心常念波羅蜜，三祝惟求富壽男。」後果如願，一時傳爲佳話。汪蕁伯大令語予如此。或云係朱朵山，予問伊妹婿孔繡山舍人，云：「虹舫先生，並無此婢，殆另一殿撰也。」俟再訪之。

傷心曲序

林若翹，字秀珊，先世閩人，父兄賈湖湘間，遂爲安鄉人。初，其母有娠，夢入廟，甚莊嚴，大士上座，授盎中花，吞之，寤而生姬。姬生而多病，屢瀕於殆。距安鄉城五里，有尼菴，老尼年七十餘。母遂送姬詣菴，願爲佛弟子，度一切苦厄。無何，母思之，挈歸，歸則復病。母曰：「是真不能食人間烟火耶？」復遣之。明年，老尼死，姬方八歲。其徒將他奔，紿之曰：「吾送汝歸。」遂挈之走長沙，而其母不知也。鬻長沙某氏，氏早寡，無子，憐之，乃撫如所生。女稍長，將爲擇婿，女固自矜重，郡中膏粱儇薄子，争委禽，不屑也。時陳慶覃侍御岱霖方家居，以詩酒自娱，思得擘牋引觴者侍几席。耳姬名，請之，恐不得當也。已而報可，遂歸焉。姬娟娟明秀，娜婀如不勝衣，日坐藥欄書圃中，從侍御授唐宋人詩，談古名媛事，漏下忘倦。搦管學書，輒妍媚可喜，復學畫，隨意點染，並工絶。所簪花，能自出新様，一時女伴争效之。道光甲午三月，侍御偕之入都，舟泊岳陽樓下。岳陽故名郡，春水盛漲，柳絮紛飛，士女出游，靚妝炫服，與波光樓影相照耀。時姬著淡青衫，紫荷半臂，曳藕絲裙，命肩輿登樓。憑欄眺望，亭亭玉立，飄然有凌雲之氣。游女輩步擁從之，回環數匝，群以爲藐姑射仙人來降也。既入都，女伴索畫，調脂染翰無虚日。尤愛畫秋海棠，嘗曰：「儂替花寫照耶？花實替儂寫照耳！」言之愀然。既病，猶力疾爲人作畫。生女昭兒，一歲殤，以是病益劇。將從侍御南歸，未及行而殁，時年二十有二。曇花一現，倏反瑶京，姬果從慈雲座下來耶？侍御哭以詩，李雨人太史承霖序之云：

哀蟬一曲，譜入秋風，斷猿三聲，聽殘夜雨。懷人之什，樹棟於楚騷；寫怨之詞，選材於變雅。承霖讀《傷心曲》十六章，竊嘆爲纏綿悱惻，一往情深也。當其春風三月，唱到柳枝，流水半篙，迎歸桃葉，鸚語諳其靈性，鳳翎茂其芳儀。海印菴邊，問前身於蓮界；岳陽樓上，驚下降之蘭香。迨吾師振采春明，服官蘭省，鄉國之烟波如夢，屢觸離愁；燕臺之風雪驚寒，同嘗客味。吟箋和就，雜五字之仙心；畫稿描成，艷一叢之秋色。不獨吴綾越錦，雅號鍼神，豈徒雋燕晨凫，共諳食譜？蓋樂天之得樊素，東坡之携朝雲，不是過矣。而乃明霞易散，好月難圓，人間無反魂之香，鼎内少常然之火。妝樓簾斷，寶鏡塵封。畫圖寫神女之容，仍拈素穎；小傳即名姝之紀，聊代彤編。一時和者，得詩若干首，付之剞氏。嗟乎！霜後荷殘，風中梅落。慧原少福，最難補缺陷於情天；色即是空，始可齊彭殤爲一致。爰疏短引，祗愧卮言。

詩多，不備録。

外史氏曰：西河得曼殊，弱齡而殞，姬豈其替人耶？古來負才色女子，往往不壽，然使其膺厚福、享大年，世又烏知其爲絶代可憐人也？

女冠

女冠韻香，字岳蓮，江南人，主無錫之福慧雙修菴。善寫蘭，風莖露葉，楚楚多姿，人疑爲下玉京化身。小楷法《靈飛》、《黄庭》，尤擅簪花妙格。嘗見友人扇上一詩云：「如珠凉露到花尖，一勺清泉取次添。斗室貪將花氣護，忘他歸燕待鈎簾。」風致不在魚元機下矣！

朱茂才

朱茂才淦，大興相國文正公裔。體甚肥，群呼爲朱九胖子。一生愛著方頭靴，雖長衫藍縷，不著鞋也。門蔭既高，都中年家世誼極多，某官住某街某巷第幾門，悉知之。而性愛優伶，四大部中名伶，皆所屬意。某伶某日在某園演某劇，爛熟胸中。貧無纏頭，伶上車，尾其後，至園看某劇後，又易一園。伶卸裝，又尾車送至寓，始歸。每日如之。看戲園人咸識之，不索其坐資也。伶之以事累者，必爲婉轉解釋，故一時有護花鈴之目。友人戲作一聯，生輓之云：「似跟兔，似長班，花譜搢紳，斷送一朝新掌故；作秀才，作和尚其小名也，襴衫布袋，空餘兩隻大頭靴。」額云：「塊然物化。」亦可笑也。

蜈蚣

廣州某甲，家夙饒，蓄一婢，中人姿，司爨。婢床下有蜈蚣，長六寸餘，婢日以餘飯飼之。數年，蜈蚣長幾及尺，甚馴擾，非婢飼之，不食。婢亦不失其時，恐其飢也。婢及笄，主人遣之嫁賈人子，瀕行，仍以飯飼蜈蚣，祝曰：「我已將去，汝亦可移他所，恐後無人飼汝也。」蜈蚣不食，盤旋數十匝，旋吐一赤色珠，如菽大，蜿蜒而逝。婢懷其珠。

既嫁，婿見其身光彩異常，問之，以珠對。遂供之祖龕。後賈人子負販營求，獲利每逾倍蓰。數年遂爲富人。

外史氏曰：凡物皆有靈性，婢以無心之德，卒食其報。曾靦然人面者，受人之恩，輒負心而若不相識也，視此微蟲，可以愧矣！

馬生兒

河間蒲縈臺，傳爲秦政東游繫馬處。臺四圍多蒲，至今猶然。馬生兒者，郡城回人女也。年十歲，鬻爲徐家婢，以孤介，不見容，售張學博。既又轉售於郭雪齋，郭夫人愛之，視同己出。生兒亦事之謹，早起晏眠，先意承志，五年如一日。有潔癖，不喜脂粉，衣愛青綠色，喜食蟹，他葷不嗜也。丙辰夏，隨郭公子北魏分司任所，因禱雨賽社，往龍神祠，歸語人曰：「予謫滿，不久當歸去矣。」人以謾語置之。八月，郭卸篆，返河間，生兒乘人不見，墜井死。夜見夢郭夫人云：「妾蒲縈臺下司蒲者也，與夫人有夙緣，故化身以報，祈葬妾臺畔，以終夫人之德。」明日，出諸井，面如生，有笑容，衣履不濕。衆異之。因臺畔地窪下，乃瘞於臺北城隈高阜，時年十五。咸豐六年事也。豈祖龍所經，二千年後猶著此異迹耶？金匱孫衲琴紀以詩云：

天上人間兩渺茫，雖然見夢亦荒唐。一朝决絶超塵劫，五載辛勤剩熱腸。霜妒秋花寒更艷生兒小字秋菊，風吹尸氣死猶香瘞時，人聞棺內作荷花香。他年記取蒲臺畔，彌望紅荆瓦礫場。

予亦有詩云：

蒲縈臺畔證前緣，一現曇花詎偶然？吐出青蓮真氣習，不生西土定生天。風鬟霧鬢隨龍女，井水無波葬此身。千古曼殊稱佛種，生兒原是再來人！

夢痕

夢有痕乎？無痕也。然六十年來，所夢歷歷如在目前，則又有痕矣。古人工夫，晝驗之妻子，夜徵諸夢寐。夢中所遇不可告人，其人心地必不光明，慎獨之力，必有抱歉於衾影者。夫人生百年，一大夢耳，夢即是覺，覺何非夢？一世夢覺，作如是觀，打破此關，可了生死！紀夢痕：

嘉慶庚午，寓東昌府光岳樓南之梁姓宅，距樓數武，院落中見樓甚晰。先大夫六月初十日見背，母子伶丁，無以歸葬。時余年十四，先太宜人甚哀。越十日，先太宜人夢外間人聲大嘩，曰：「畔賊入城矣！」仰視不見天光，大幕覆焉。見予在樓上憑欄立，作四品服，冠簪羽毛。寤而告予，訓誡而勉勵之。今予行年六十餘，以防剿微勞，得藍翎，未來事尚不可知。懼無以慰先太宜人於九京，不敢不時時加勉也。

予弱冠，初學爲詩，夢一翁，古貌而髯，戴笠著屐，大布深衣。予延之上坐，奉以湯餅一簋。旁有人告予曰：「此漁洋先生也。」送之出門，旋寤。

予丁丑三月，夢在賓邑城外游，見天上人頭一，飛而前。人云：「妖出矣！其鬚翼也。」予意夷人有飛頭獠，此其是與？頭忽落，火起，入城問之，知爲中表王宜齋思義家。登其堂，不見火，燃巨燈數十，燦如晝。予徘徊而出，遇一人云：「宜齋城內人，汝終爲城外人耳。」數日，宜齋以第四人捷南宮，官中書舍人，轉主事而没。予已周甲，爲教官十餘年，今始得一鹽官，尚不知究竟何如。然城外人則數已注定矣。

予戊寅舉於鄉，報捷之前一夕，先太宜人夜夢堂中設大案，上置坐具，先奉政公坐其上，雙目合瞑，狀如天神。陡聞砉然震響，左目開，光射屋宇，爛如岩電，驚寤。予不才，春官十二上，不得一第，無以慰先人於地下，蓋右目不知何時開也！能償斯願，是所望於吾子矣！

予戊子年送徐生常伯赴試潞河，寓蓮花寺。徐既采芹，夜夢一人告予曰：「汝母病矣！」拍而醒。予心動，買車歸。太宜人患時疫甚劇，舅氏宮厓夫子診之，宜用白虎湯，不敢下。余驗症，力主方，重用石膏，數劑而愈。

夢循古徑行，抵一池，池水清徹底，蓮葉浮水面，清趣可挹。復循徑返，徑兩旁草如茳苢，葉葉作青蓮，花香沁人心脾。陡見黑雲起，疾趨避之。將入水樹，雨點落頂上，一滴而寤。

予墓田與外家塋鄰。嘗夢循行兩壟畔，見兩翁前行：前翁見其背影，意是外祖漢桓先生，後翁脱帽，衣褐色半臂，朱履，曳杖逍遥行，則外伯祖啟堂先生也。近與接，叩以終身究竟。先生笑容可掬，曰：「汝尚佳，將來可得一難蔭耳。」

前數年，夢在一院落，徒四壁立，無屋宇，亦無門可出。予頗藴結，旁一人曰：「越墻，即得門矣！」予憚其高，即有衆人來，運坐具、長几各數種，層累而上，掖予登。既過墻，有階梯，遂下。又一院落，仍如前狀。又有衆來舁具，扶持以上。既下，則一衖，逼仄僅容一身，傍皆人家，門内一人曰：「努力前行！」出衖，則見大道，皆坦夷之境矣。既出，則大野，遂行里許，大河前横，無舟無梁，方慮無以濟。有人指曰：「彼處已涸，可過也。」側望，果見淺處，纍石爲矼，循而過。抵岸，則陡厓也。竭力陟其顛，墻如城垣，方丈之軌環之，高聳而開朗。回首再望，不覺心曠神怡矣！寤後，啞然自笑曰：「一生遭遇坎坷，賴朋友扶助之力，幸不顛蹶，老之將至，或漸入佳境乎？」趾離告我，蓋不敢不勉云。

夢游山，境極奥，丹厓峭壁，環抱如拱。遇山口，入探其幽勝，忽現平坦徑，綿亘數十里。見人衆億萬，紛紛藉藉，不知所以，頗趑趄。衆見余若甚喜，群呼曰：「來矣！來矣！」共相推挽，至坡坨，上設公座一，推予入座。視案上，無他物，惟方石五，作界尺形，一長尺餘，寬寸餘，餘皆長四寸，列作「震仰盂」勢。予睇觀之，不解所謂，方思其故，尋寤。

在大名，夢屋壁上伏一蜈蚣，長三尺餘，百足不僵，紫髯鬔鬙，光彩可鑒。盤兒持大鐵鉗，鉗付院落而寤。在居庸關，夢循蓮花池，池畔一裹青蒲，束麻繩焉。拾歸解視，滿中皆筆，約數千枝。予有詩紀之。丁巳九月至京師，夜夢床前大火池一，內置樽罍無數，皆火酒也。外孫劉發元戲於側，戒之曰：「汝毋嬉，一滴入火，即燎原矣。」發元陡持一尊注於池，火大發。予懼，仰而顛。突有人搴其髮，曳之出門，見天而寤。越數日，夢古衣冠人，贈都盛盤，中皆文玩，纍纍然不可以數。一押書雙魚，銅質，丹碧斑駁，古色盎然，愛不忍釋。摩挲數四，遂醒。

寄泉四兄，與余家兩世年誼，卅載至交，僑寓沽上最久，故蹤迹最昵。今春由粵東回里，遇於京師，見其精神矍鑠，興致如昔。樽酒暢談，舊事都如隔世，不勝今昔之感！出示《蝶階外史》乙編，闡揚忠孝節義，猶是《前編》之意。內紀恒兒婦殉節詩，曲折盡致，生氣勃勃，必傳之作，姓名藉得不朽，感激當何如也！

樊彬注於宣南坊寓室时同治甲子三月二十八日

附録

《寄泉類稿》序

咸豐丁巳，客都門。真定王五橋同年謂余曰：「君知寶坻高寄泉其人乎？君同郡遷安人也，因寄籍寶坻，故自號寄泉焉。博學工詩文，尤喜交游，重氣誼，聞君名久，恒思一見。今適以謁選寓此，盍先一拜乎？昌當爲之介紹。」余應曰：「諾！」翼日懷刺往，至則一見如舊識。出其所著，相與評騭，並縱論古今人物，及文章源流得失。坐移晷，彼此恨相見晚，遂與訂忘年交。然不數日，余遽出都，而寄泉亦於是歲之任粵東矣。越八年，爲同治乙丑，忽得尺一書，知自粵東引疾歸，卜宅於遷。余喜其得老氏知止之義，並幸其過從便也，於是乘下澤往候。翁喜，亟躧履相迎，留之信宿。時翁已老且病矣。酒酣耳熱，高誦其得意之作，或友朋佳什，輒抵掌揚眉，掀白髯一笑。精神矍鑠，猶有據鞍顧盼意。乃別未幾，竟歸道山。哲嗣小泉孝廉以其集屬爲甄録，並出津門樊文卿所作《小傳》，及粵東陳蘭甫《書事》一篇。見其在大名練勇守城、水東臨行禦寇二事，瞿然起曰：「孰謂寄泉僅爲文人哉？然正惟不僅爲文人，此其文與詩之所以必傳無疑也！」今年冬初，余以修志事至遷，其從子宗禹謀以其集付之梓，問序於余。余爲編次其詩爲十二卷，詩餘一卷，古文一卷，駢體文二卷，總名曰《寄泉類稿》。寄泉食研田半生，晚歲以微官，奔馳嶺海，其間南轅北轍，迄無安居。翁之疲曳以此，而其詩文之濯濩紛葩、得助於江山者，亦以此。古人云「讀萬卷書，行萬里路」，翁於此可稱不負矣。翁舊纂《欒城志》，具有史法，使翁而在也，則《遷志》無需於余。即使余任其事，而徵文考獻、記事纂言，得翁爲之折衷，則所撰述當必大有可觀，而竟不能。今序其集，追思其人，仰視寒月在天，竹戛窗窸窣作風雨聲，不禁繞户欷歔，神往於當年酒闌燈灺、相與論文時也。

同治癸酉小陽月下瀚樂亭史夢蘭頓首拜撰

（同治甲戌刊《寄泉類稿》卷首）

《寄泉類稿》序

咸豐乙卯、丙辰之際，余館於祁縣頡氏。時主書院講席者，爲太谷武蓉洲先生蔚文，相善也，因得於案頭讀高寄泉《蝶階外史》一帙，嘆其備多識，寓懲勸，異於綺靡諔詭者流。蓉老並述其敦行誼、工詩古文辭，未嘗不想見其爲人。越十餘年，承乏來遷，則高君已歸道山，而子姓彬彬，一門風雅，蓋遺澤遠矣。甲戌春，其猶子兆鼎將刊其詩古文辭各集，而以寫本示余，屬爲之叙。余荒淺不學，於古文無能爲役，而亦時聞先正之緒論，每嘆今之作者，摹秦仿漢，祖唐祧宋，奇字僻句，號爲復古，而實不免於優孟衣冠，其失也襲。抑或表銘志傳，叙述朋舊，談夢説鬼，動稱奇行，俾閲者驚爲古賢再世，而曾不顧其分量之逾，其失也僞。稱是以斷，免者綦寡。兹讀《養源堂集》駢散雜文、古今體詩、詩餘，以及時文、試帖，學博才優，不名一體，要皆侔分揣稱，如其人之本量。抒其心之自得，無飾美溢詞，殆深有合於古人謹嚴之法，而非若今之襲與僞者比。樂亭史香厓孝廉，高君老友也，余因修邑乘，敦請來遷。與之蒐討近今文苑，微特詩古文辭不能與先輩頡頏，即工制舉業者亦罕矣。爲憶嘉、道之間，遷安一邑，如潘石湖、李春卿、鄭棫林、馬瑟臣、退叔昆仲，皆工聲律，講古學，與高君相伯仲。迄今僅十數年，而餘韻流風，已如隔世。嗚呼！豈皆不才也哉？高君行誼，史孝廉既爲之傳，因綴數語於簡端，以風後之人。

同治十三年秋八月洪洞韓耀光叙於遷安官廨

（同治甲戌年刊《寄泉類稿》卷首）

大清畿輔先哲傳・高繼珩

徐世昌

高繼珩字寄泉，遷安人。父占魁，字約齋，乾隆五十一年舉人。宰霑化十年，地瘠民貧，以清静治之。嘉慶癸亥，患水灾，捐俸以活飢民。海濱漁户向供官魚日一尾，占魁却之，曰：「吾食一魚，吾署内外人各一焉，恐百魚不給也。」鐵保撫山東，廉其清慎，以「卓異」薦調冠縣，升濟寧知州。未幾，引疾歸，至濟南而卒。囊無一錢，惟《三味齋詩文》殘稿而已。

繼珩生十四而孤，依竇坻外家王氏以居。讀書能刻苦自立，喜爲詩、古文辭。年甫逾冠，中嘉慶二十三年舉人，授欒城教諭。移大名，值寇警，親督兵卒禦之。於冠縣禽數十人，大名城獲全。以功擢廣東博茂場鹽大使。鹽場故沿海，治居電白之水東。爲海估聚會區，號稱繁富。時巨盜陳金剛嘯衆數萬，寇高州，陷信宜，利水東之富，謀取之爲利。繼珩練團勇，整軍械以待。賊窺防禦嚴，不敢犯。

同治二年，以勞致疾，上書乞休。行有日矣，賊偵之，突宵至。衆驚亂，悉趨海舟遁。繼珩至，登大舟，集市人而告之曰：「有能擊賊者，賞兩千金。」市人聞令，皆奮躍，乃集估船爲戰艦十六。每船炮十，炮手、篙師各百人。蓐食銜枚，分兩隊而前。賊方炊未食，悉竄走。凡失水東一日而復。方賊之至也，焚大使署，火不然，斫壞之。繼珩葺之而後去。士民攀送於途，有哭之失聲者。

初，福建謝金鑾著《教諭語》，以訓士子，言皆近裏著己，而聞者病爲高遠。繼珩官大名教諭，就所説而闡明之，尤爲平易，名曰《演教諭語》。始於立品、端本、知耻，而約以治經、讀史，兼及詩文、詞賦、策論、正字，列爲三十三條。當時士風丕變，凡秀士俊才，成進士入詞林者，皆奉是書爲法云。繼珩少負才名，涵茹古今，涉筆成趣。駢文之工，上追徐、庾。詩以發抒性情爲主，不假追琢，自然華貴。性好客，喜談兵，與人交，誠樸真摯，不矜不吝。嘗輯《畿輔詩傳》，窮二十餘年之力，得八百餘家。長洲陶樑攘之以爲己有，不惜也。所著有《培根齋詩集》、《養源堂文集》、《海天琴趣詞》、《蝶階外史》、《欒城縣志》諸書。女順貞，字德華，亦能詩，著有《翠微軒詩鈔》。

（天津徐氏刊行《大清畿輔先哲傳》第二十五卷）

高繼珩年譜

張大爲　輯

嘉慶二年（一七九七）一歲

高繼珩生於濟南。父高占魁，字約齋，號亭嵐，遷安人。乾隆五十一年舉人，歷官山東濟寧州知州，著有《三味齋稿》。母竇坻王氏，外祖王漢桓（振榮），乾隆四十二年孝廉，不樂仕進，以孝友隱居鄉里。

嘉慶八年（一八〇三）七歲

霑化大水，高占魁躬親履勘，捐俸賑給，不辭辛勞，跋涉風雨之中，洪水一直淹没馬腹。冬，高占魁病劇，李半山先生醫治經旬，病始痊癒。

嘉慶十年（一八〇五）九歲

冬至前二日，蘇州諸生曹仁龍季女曹繩昭，殉情而死。高繼珩後作有《曹貞女》詩，並在《蝶階外史》中記述此事。

嘉慶十四年（一八〇九）十三歲

從兄長伯超先生學爲時文。

嘉慶十五年（一八一〇）十四歲

六月初十，高占魁病故於濟南，身後囊無一錢，唯《三味齋詩文》殘稿而已，無以歸葬。十天之後，高母王氏夢見外間有人喧嘩「畔賊入城矣」，然後見高繼珩憑欄立於光岳樓上（高家當時寓居於東昌府光岳樓樓南梁氏之宅，院落當中，可以清晰地看到光岳樓），著四品官服，冠簪羽毛。高母醒來，將這些告知高繼珩，並以此訓誡而勉勵之。

此時，高繼珩（三）舅父王古愚（殊渥），官山東齊東縣知縣。得知高繼珩母子境況，乃言「卜宅有吉相，待小子以成之」，於是接高繼珩母子於官署中，對高繼珩教養兼至。教以禮法，並爲歷聘明師。高繼珩先從學於宋東園。不久，又師從丁麗生，授以《左氏全傳》、《國語》、《戰國策》、《史記》及清朝諸名家文，以定基址；復授以漢魏六朝沈博絶麗之文。此時，高繼珩於八股一途，雖心知其義，但尚未窺其堂奥。

嘉慶十八年（一八一三）十七歲

九月，定陶教匪爲亂。王古愚督兵平亂，衣不解帶者百餘日，匪亂始逐漸平息。

九月十五日，宮廷發生林清之亂。當時，陶樑在文穎館校書，義僕駱六將陶樑藏起，獨自與亂賊搏鬥，重傷暈厥。亂平時，陶樑在館中，日食糜一餐，已經三日，而駱六在門外猶未死。陶樑遂養之終身。高繼珩《蝶階外史》中有《駱六》一篇，記述此事。

嘉慶十九年（一八一四）十八歲

自山東歸寶坻，舅父王宮厓（殊洽）授以《與巧集》，使其知曉八股文各題法門。王宮厓於科舉屢不得志，生平喜爲詩，所作不下三四千首，不自收拾，隨作隨棄，有《宧厓詩稿》，高繼珩有《王宧厓師遺詩序》。高繼珩自山東歸後，王宧厓亦教之以詩法，高繼珩因得以略窺門徑。高繼珩初學爲詩，日間精神灌注，夜間遂致夢寐：曾夢一老翁，古貌長髯，戴笠著屐，大布深衣。高繼珩延之上坐，並奉以湯餅一簋。旁有人告曰「此漁洋（王士禛）先生也！」高繼珩送之出門，夢遂醒。

嘉慶二十年（一八一五）十九歲

師從芮輔菴，芮輔菴尚典制文，於是高繼珩也多學爲典制文。

嘉慶二十一年（一八一六）二十歲

春入庠，初應順天鄉試（京兆試），未得中。

嘉慶二十二年（一八一七）二十一歲

師從喬輔文，授以欽定「四書」文，及金、陳諸稿。喬輔文之子喬見齋，也時爲指授。是年爲文較多。冬應歲試，杜石樵拔置優等，補增廣生。

嘉慶二十三年（一八一八）二十二歲

師從陶查仙，陶謂摩舉業不能不讀墨，遂授以歷科名墨。是年，應順天鄉試，中舉。同考者，有高繼珩從舅王雨檣、王茅亭，表兄王雙松、王漢章。放榜之日，王宧厓命高繼珩自行占筮，得「豐」之初爻曰：「遇其配主。」王宧厓曰：「子必售，配字合己酉，遇主，謂已合考官意。」

因母年老，薦館於天津徐氏之家，授徒謀生，前後歷十餘年之久。

嘉慶二十四年（一八一九）二十三歲

春，約友人游盤山，有詩作多首。見張氏别業將出售，索價甚廉，恨無買山之資，徒增悵惘。

嘉慶二十五年（一八二〇）二十四歲

王古愚遵武陟例，捐道員，後歷署濟東道、山東鹽運使司。

道光元年（一八二一）二十五歲

高順貞生。高順貞與其兄高銘鼎、高銘盤，弟高銘鑒，「皆能世其家學」。

高銘鼎，字蘿洲，號小泉，咸豐乙卯科舉人，大挑二等，選滿城訓導，改知縣，加同知銜。高銘鼎不甚作詩，亦不自存録，故所存無多，所作抒寫性靈、真摯纏綿。

高銘盤，字叔新，號小滄，實録館議叙，候選巡檢。從宧廣東時病卒。高銘盤「詩尤名、尤著」，有《小蒼筤館詩鈔》，所作讀史之作最爲擅場，其餘亦皆不同凡響。

道光二年（一八二二）二十六歲

是年，應會試。李夢韶薦高繼珩之卷於黄惺溪、房中實。不第，作《落花》七律六首。

天津同人爲高繼珩餞行，（泊菴）繪《柳橋晴絮圖》以贈。陸秋生方爲蔣退菴（成）繪就《驛柳圖》，並告訴高繼珩，蔣成與其同舉戊寅鄉榜。高繼珩作《蔣退菴同年驛柳圖序》。

道光三年（一八二三），二十七歲

與温予巽（東川）聚飲於北京陶然亭。

道光四年（一八二四）二十八歲

與客寓天津的崔旭相識。崔讀其詩，贊其爲「才藻紛披，諸體皆工」。崔旭以張曉園主政《畿輔詩鈔》未成，語之高繼珩。高繼珩雖謙讓未遑，已隱然有自任之意，崔旭私喜者累日。

四月初一，梅成棟《津門詩鈔》編成，此後數年之內，一直無力刊行。

十月，崔旭爲高繼珩《鑄鐵硯齋試帖》作序。

道光五年（一八二五）二十九歲

九月初七，臨近重九，高繼珩與王宫厓舅、王鏡軒、王椿橋諸舅氏，以及王鐵琴、王笠卿、王雙松等表兄弟，共七人，登寶坻文昌閣，作《金縷曲》詞。

山陰余竹泉（廷霖）僑居天津，有十研茅廬。冬，與慶雲崔旭、天津梅成棟、山陰陳光緒、錢塘陸鳳鈞，於此醵飲，結研廬詩社。高繼珩爲陸秋生《研廬雅集圖》作《研廬雅集圖序》。

道光六年（一八二六）三十歲

崔旭出任山西蒲縣知縣，即高繼珩詩文當中曾屢次提及的崔旭「之官山右」之事。

崔旭臨行之前，將《畿輔詩人待徵録》贈給高繼珩，高繼珩有《金縷曲·送崔丈曉林之官山右》，五個月之後，又有《寄崔曉林明府山西》之作。

道光八年（一八二八）三十二歲

天津鄉賢侯某去世，士民請從祀文廟，高繼珩爲作《爲鄉賢侯公徵詩啟》。

温予巽（東川）自北京來津，小集於姚朗山齋中，高繼珩賦七律四首以贈，即送其乞假歸里。

高繼珩似亦通醫道。是年，高母王氏患瘟疫，病情甚重，經王㝎厓診斷，宜用白虎湯，但不敢下藥。高繼珩驗症之後，力主方（白虎湯），並重用石膏，數劑之後，高母即痊癒。

道光九年（一八二九）三十三歲

是年，又應會試不第，作《己丑報罷後車中作寄李芝湖學博昌平》詩。

重陽後一日，高繼珩與同人集於天津芥園。馮雲亭滯留北京，未與其會。高繼珩後作《馮雲亭軟紅送別詩序》，記述此事。

道光十年（一八三〇）三十四歲

夏，觀孔憲緯《觀海圖》，作《孔經閣觀海圖序》。

道光十二年（一八三二）三十六歲

春，梅成棟《津門詩鈔》由余堂資助，在廣州康簡書齋刊成。余堂並爲其刊刻《欲起竹間樓存稿》四卷。

端午（午日），梅成棟召集同人，同游水西莊。高繼珩作《水西莊感舊詩序》。

十一月，姚朗山（承恩）爲《鑄鐵硯齋試帖》作序。

是年，陶樑補大名知府。

是年，《鑄鐵硯齋試帖》付梓。

道光十三年（一八三三）三十七歲

七月初四，王古愚去世。高繼珩後爲作《舅氏古愚先生墓志銘》、《祭舅氏王古愚先生文》等文。

道光十四年（一八三四）三十八歲

二月望日，代司馬秀穀（鍾）作《竹林記夢圖記》。

道光十五年（一八三五）三十九歲

十月，作《王青谿楚雲燕夢詞序》。觀黃閣《望雲圖》，作《黃薛青望雲圖序》。

除夕，作《寄懷馬鶴船即題其三研齋詩卷》七律四首。

道光十六年（一八三六）四十歲

陶樑致書，招高繼珩至大名知府幕中。高繼珩自天津出發，至大名，課陶樑之子讀書，並與崔旭等共同采録、編輯《畿輔詩傳》。

道光十七年（一八三七）四十一歲

歲末，訪陳石生（光緒）於冠縣官署，高占魁、王古愚都曾任冠縣知縣，此時，高繼珩不到冠縣已近三十年。作《丁酉歲尾訪陳石生明府（光緒）冠氏官署歸後却寄》。

道光十八年（一八三八）四十二歲

二月，陶樑爲高繼珩詩集作《小引》曰：「才力閎暢，波瀾富有，性靈風骨，兼擅所長。游盤山諸詩，尤刻畫雋永，耐人吟味。至其駢體之工，幾於上追徐、庾，下掩王、楊。使得與夫承明著作之林，誠爲無愧。」

陶樑遷湖北荊宜施道，招高繼珩同行，高繼珩辭以母老、養親。作《送鳧香師觀察荆州並辭同行之約》七律六首。

道光十九年（一八三九）四十三歲

春考滿，授欒城教諭。五個月後，高繼珩母親王氏去世，即奉諱去。邑人留主龍岡書院講席。欒之外士，翕然信從。

是年，有《國朝畿輔詩傳》（六十卷）紅豆樹館刊本（金陵）。

道光二十年（一八四〇）四十四歲

夏，與方芥圃（其父爲方晴川）相識，爲作《方竹儂先生晴川補樹圖序》。

與馮宬（字百史）之第三孫馮焯相識，爲作《浙江建德縣知縣百史馮公墓志銘》。

是年，爲諸生刊印胡延（綺園）《文法金鍼》一書。

道光二十一年（一八四一）四十五歲

代人爲桂丹盟（超萬）作《桂邑侯濬洨河築堤遺愛碑》。

道光二十二年（一八四二）四十六歲

三年前，高繼珩母親去世，崔旭、梅成棟寄書來唁，情真語痛，字字血淚。是年，高繼珩重新檢出，讀之凄然動心，作五古七章，寄崔、梅。

道光二十三年（一八四三）四十七歲

高順貞與直隸試用知縣、江西劉樾村（垂蔭）結婚，高繼珩作《德華女於歸劉婿樾村詩以送之》詩，有「汝父愧寒氈，添妝無多儀。瀕行語不休，鄭重汝自知」等語。

劉樾村與高繼珩相識已久，曾助高繼珩在大名（天雄）練勇。高繼珩曾有詩紀此事：「憶馳羽檄共論兵，助我天雄啟六營……勠力辛勤幾二載，誰知戎馬兩書生？」高繼珩言語之間，似亦婿亦友待之。

高順貞二十四歲時，似乎先有一女（名字中有「常」字），後有一子，名劉發元。

道光二十四年（一八四四） 四十八歲

二月，高繼珩爲王古愚《且住爲佳軒詩集》二卷跋尾。

梅成棟去世。梅成棟長高繼珩二十一歲，高繼珩常以「丈」稱之。梅成棟六十壽辰時，高繼珩代其門人爲作《梅樹君六十壽序》。著有《欲起竹間樓存稿》，輯有《津門詩鈔》等。

道光二十六年（一八四六） 五十歲

《味經齋制藝》編成付梓。高繼珩自序曰：「今珩春官十上，一第惟艱，五十無聞，青氈如故。仍抱一編，日與諸同人相商確。年來舊稿盈尺，爲人携去，散失過多。同人憫予半生心血，銷磨於此，就所存者，采録五十藝付梓。」

是年，有高繼珩重修之《欒城縣志》（十卷、卷首一卷、卷末一卷）刊本。此志自康熙二十二年以來，已有一百六十餘年未曾增補修訂。

道光二十七年（一八四七） 五十一歲

正月二十七日，大名縣丞杜凌霄之母鄧氏去世。杜凌霄與高繼珩同官大名，爲道義之交。杜凌霄幼時上學途中，偶與群兒嬉戲，鄧氏獲知後，立即嚴加鞭撲。旁人説，没有父親的孩子，怎忍如此嚴厲管束？鄧氏説，如果孩子父親在，自己就做慈母了。高繼珩感慨於母親王氏之教育，正與此同，於是心有戚戚，和淚爲杜母作《節孝杜太安人傳》。

夏，《味經齋制藝》刊成。

崔旭去世。崔旭長高繼珩三十歲，高繼珩常以「念堂丈」稱之。

道光二十八年（一八四八） 五十二歲

七月，赴任河間教諭。筮得「渙」之四爻：「渙其群，元吉，渙有邱，匪夷所思。」當時不解其義。後至庚戌年，因大名教諭邱佩全，回避道員何玉民，布政使以高繼珩對調，實屬「匪夷所思」之事。

道光二十九年（一八四九） 五十三歲

八月二日，河間知縣陳梅皋（敬猷）以疾卒，高繼珩與陳梅皋同城爲官一年，以道義相契合。陳所乘青騾，亦不食而死。高繼珩後亦有文吊之。

道光三十年（一八五〇） 五十四歲

八月二日，河間知縣陳梅皋病歿一年。應瀛州書院諸生之請，爲陳梅皋作《河間知縣陳君梅皋遺愛碑》。

與大名教諭邱佩全對調，任大名教諭。

冬，在大名與李君佩相識，一見如故。爲其《困役集》作序。

作《庚戌二月奉使紀事》。

咸豐三年（一八五三） 五十七歲

高繼珩奉檄委，練勇六百人，防堵太平軍（「粵匪」）北進，與士卒同甘苦，長達一年之久。

是年，有高繼珩增補之《大名府志》刊本，冠以高繼珩代知府毛素存（永柏）所作之《大名府志序》（序文之末，注明爲咸豐四年，則該序當爲後來補入）。毛永柏亦能詩，有《小紅薇館吟草》四卷。

咸豐四年（一八五四）五十八歲

三月初一，太平軍至冠縣，相距七十里，因爲有防備，未來窺伺，走臨清，破之。

四月初一，太平軍復至冠縣，高繼珩率領兵勇，渡河禦敵，擒獲數十名。兵民皆奮勇争出，格殺者不計其數，擒獲共三百餘名。大名城獲得保全，實賴高繼珩之力。因其功勞，奉旨獲賞戴藍翎。

黄河銅瓦厢決口，河北開州、東明、長垣一帶，盡成澤國。高繼珩奉檄赴長垣，查户口，解賑銀，收賑米。顧車拉運，逐户散放錢米。不辭勞瘁，跋涉風雨泥淖中，達兩年之久。全活無算。

九月二十一日，户部郎中楊蘭士（三珠）之女，未嫁而夫病死，遂投繯自盡。高繼珩爲作《松蘿篇爲楊烈女賦》。是年因戰事，畿輔之官殉難者甚多，高繼珩作《閲邸抄吊殉難諸君子》等詩紀念。同時《蝶階外史續編》當中也有《紀畿輔殉難》篇，詳細記録此事。

是年，有《蝶階外史》（四卷）香火因緣室刊本。

咸豐五年（一八五五）五十九歲

秋，在長垣查灾，有《長垣縣查灾作》詩。

在保定，與沈夢山（光曾）一見如故，焚香告祖，訂金石交。

高順貞隨劉垂蔭至居庸關戍邊，在此居住達十年之久。

丙辰（一八五六年），咸豐六年　六十歲

六月十九日，湖北潛江張惟剛之女張重姑，未嫁而夫病歿，遂吞金死。高繼珩爲賦《張貞女》詩。

咸豐七年（一八五七）六十一歲

二月初九，至北京，十八日，移寓送子白衣菴。自此，高繼珩爲選官，在北京居住達一年之久。

二月二十八日，吏部自書履歷云：「臣高繼珩，順天寶坻縣舉人，年六十歲。」（清代引見官員虛報、少報年齡爲常例，不能據此推算高繼珩的真實生卒年。）

三月初二，在勤政殿引見，奉旨以知縣用。高繼珩有詩「紀恩」。

三月三日（重三），孔繡山約至慈仁寺，同謁顧公（炎武）祠，張顧遺像拜祭，同祭者，有包括陶樑（當時已不能跪拜）在内的二十七人。高繼珩有《顧亭林先生祠堂春禊詩》。

三月二十一日，劉炯齋、符南樵招集陶樑、朱伯韓、葉潤臣、汪少穆、林穎叔、王少鶴及高繼珩，連同主人共十人，韓齋雅集。

是年春，經真定王五橋（蔭昌）引介，與史夢蘭相識，一見如故。相與評騭所著，並縱論古今人物及文章源流得失。彼此聲氣相通、相見恨晚，遂訂忘年之交。高繼珩曾在與史夢蘭信中言：「我輩聲氣相同，便是斯文骨肉。」春，與樊彬相遇於北京，知其隱退。向其出示《蝶階外史續編》，中有《樊烈婦》一篇，内附録高繼珩《樊烈婦詩》，紀樊彬兒媳事。

四月，歸寶坻掃墓，小住十日，有《里門感舊》（七絶五十首、續作十首）等。

閏五月，順道赴女婿劉垂蔭居庸關官署暫住，有「寄京師諸好」等詩。陶樑在北京去世，高繼珩在居庸關，爲位以哭之，並作《祭陶鳧香師文》。

八月十一日，居庸關山居，時近中秋，鄉愁陡增，有《夜坐》之作。

九月至北京，吴又桓以陶樑《詩集》十四卷，委托高繼珩襄校，並轉述陶樑之子陶曼生意，屬爲跋尾。

重九日，補題孔繡山《韓齋雅集圖》，時陶樑已去世，劉炯齋已赴甘肅官任，符南樵已赴濟南。作《送沈萸山明府出宰定襄序》。

咸豐八年（一八五八）　六十二歲

正月初七（人日），韓齋雅集，高繼珩作《戊午人日孔繡山舍人韓齋雅集分韻》。

三月引見，與帥石芝（惺）遇於朝叙間闊，相見甚歡。帥惺與高繼珩爲二十年舊交，又屬同鄉。帥惺將赴任柳州知府，向高繼珩索以贈言，高繼珩作《送帥石芝太守出守柳州序》。

高繼珩部選博茂鹺尹，赴廣州供職。高繼珩之侄高宗禹（兆鼎），從北京至高州，四五年間，一直隨侍。

十月九日，自湘潭寄信高順貞，高順貞有詩記之。

冬，至廣州，於禪山賃居。與李海峰晤於佛山局舍。

咸豐十年（一八六〇）　六十四歲

夏，襲莊至電白，過博茂鹺尹官署，讀《養淵堂古文》，急勸付之剞劂，以公同好。

是年，有《演教諭語》（一卷）刊本（高城登雲樓承刻，香火因緣室藏板）。

是年，有《蝶階外史》香火因緣室重刊本。甲戌（一八七四年）年刊《寄泉類稿》中，《蝶階外史》（即出自此重刊書板）分爲兩册，上册爲《蝶階外史》第一、二、三卷，下册爲第四卷，以及《蝶階外史續編》上、下卷。

咸豐十一年（一八六一）　六十五歲

春，高繼珩至廣州，與李海峰切磋詩文。五月，李爲《味經齋制藝》作序曰：「君根柢百家，經經緯史，理則月窟天根，窮源溯委，法則規行矩步，按部就班。不獨壽之剞劂，足爲後學津梁，而心術之光明，品行之正大，更可於斯文決之也。」

七月二十六日，約同鄭小穀（獻甫）、朱眉君、王蘭汀（家齊）、陳蘭甫（澧）、譚玉生（瑩）、李子虎、倪雲臞（鴻），在河樓相聚、飲酒。高繼珩有詩紀之。

自序《海天琴趣詞》曰：「詞有三境，秦柳則纖麗也，辛蘇則豪宕也，姜張則清空也。非纖麗則涉於粗，非豪宕則流於靡，非清空則鄰於滯。三境遍進，乃能通變，到熟境，乃化三爲一，惟所納之，無不如志矣！」

是年，有《養淵堂古文》一卷、《養淵堂駢體文》二卷自刊本（《大清畿輔書徵》作《養源齋文集》）。

同治二年（一八六三）　六十七歲

二月，以積勞致疾，上書乞免。陳金剛得知，率衆趁夜偷襲水東。高繼珩在海邊召集商民耆老及所練團勇，懸賞禦敵，水東得以免受兵禍。高繼珩補葺衙齋而去，就如未遭兵亂一樣。士民攀送於途，有人痛哭失聲。友人作畫圖、題詩以贈行，陳澧爲作《書高寄泉鹺尹收復水東事即題其珠江話別圖後》。

至廣州，與王增謙相晤，切磋詩文。六月，王增謙作《贈高寄泉鹺尹歸里序》。

同治三年（一八六四）　六十八歲

歸至遷安（今文），並卜居於此，有倦鳥反林、葉落歸根之意。

同治四年（一八六五）　六十九歲

致書史夢蘭。

五月，劉垂蔭與高順貞移居昌平。

秋，史夢蘭來訪。談次，史又索觀高順貞《疊翠軒詩稿》，爲之點定，選入《永平詩存》若干首。史夢蘭《永平詩存》同治十年刊成，選入高占魁、高繼珩、高銘鼎、高銘盤、高順貞高家三代五人之詩，其中高繼珩为「壓卷」作者，其詩幾乎獨占一卷（第十二卷）。高繼珩與史夢蘭平生相見，只有丁巳年（咸豐七年）與此次，總共兩次。

是年隆冬，高繼珩去世。時遷安（令支）新居初就。高銘鼎將詩文稿交史夢蘭，請其代爲甄録。高銘鼎爲高繼珩守喪，服闋不久，亦因病於中秋節故去，病因始終不明。高順貞有詩吊之。而高銘盤之逝，猶在高繼珩生前、隨宦廣東之時。

永平府爲高順貞輯印《疊翠軒詩集》。

同治十二年（一八七三）

十一月，史夢蘭應高兆鼎（宗禹）之請，將高繼珩詩文稿編次爲詩十二卷、詩餘一卷、古文一卷、駢體文兩卷，總名《寄泉類稿》，爲作《〈寄泉類稿〉序》，並與高兆鼎謀劃刊刻事宜。史夢蘭所編次之《寄泉類稿》，實僅包括詩、詞曲、古文、駢文等十六卷。

同治十三年（一八七四）

是年，高繼珩之侄高兆鼎，以《培根堂全稿》編次付梓，囑高順貞共同校勘，歷時四月完工。高繼珩所著《味經齋制藝》、《鑄鐵硯齋試帖》、《演教諭語》、《蝶階外史》，之前已具有刊本。此次所補刻，計古今體詩十二卷，《鑄鐵硯齋試帖續編》二卷，《養淵堂古文》一卷，《養淵堂駢體文》二卷，《海天琴趣詞》一卷，《詞餘》一卷，《蝶階外史續編》二卷，共計二十一卷。最終此稿刊成，雖仍名《寄泉類稿》，並冠以史夢蘭之序，但加入了《味經齋制藝》、《鑄鐵硯齋試帖》及《鑄鐵硯齋試帖續編》、《演教諭語》、《蝶階外史》（正、續編）。因之，此書實際並非整體新刻，故全書之版式不一。

高繼珩也是畫家，李濬之《清畫家詩史》（民國十九年刊本）稱：（高繼珩）「墨蘭任意揮灑，每畫扇、題詩贈友」（該書並言「《畿輔詩傳》初稿，爲其手輯」）。高繼珩集中，有詩記其畫蘭扇贈孔繡山（憲彝）、陳澧（蘭甫）等人。

說明：

（一）《年譜》當中，諸事基本均有文獻可徵，唯因年譜體例所限，不能一一注明。偶有推情測理之處，亦以相應的文字表述表明，不難心領神會。

（二）各年當中，有確切月、日之事及詩文，以月、日次第繫之。無確切月、日者，附録於該季（春、夏、秋、冬）、該年最後。

後記

中國古代的典籍雖然常讀，但從没想過要做古籍整理的工作。去年五月中旬，承蒙羅海燕兄信任，將由其具體負責的一套文獻叢刊中《高繼珩集》的整理工作交給我，我也就不得不勉力爲之。從那時起至九月底交稿，主要的時間都用在了這部古籍的標點整理上。但由於還有不少其他工作要做，實際上的工作時間，其實也就兩三個月。因此，整理工作面臨的最大困難，是没有時間搜尋、查找一個清晰的、方便利用的底本。到了整理工作快要完成的最後階段，才發現了國家圖書館普通古籍館所藏《寄泉類稿》(《培根堂全稿》)同治刊本，並且也比較方便使用，這才解决了影印本當中不少字迹看不清楚的問題。

本次整理，《培根堂全稿》當中還有《味經齋制藝》、《鑄鐵硯齋試帖》没有收入。實際上，《試帖》已經基本標點完成，而《制藝》五十篇還剩下三十幾篇。其中主要問題是原書的行間夾注、圈點，經過縮小影印，字迹很難辨識。等到發現古籍刊本時，已經没有時間完成它了。而在《全稿》之外，可以徵稽的高繼珩著作、詩文，也還有不少。這些遺憾，都祇能等將來彌補了。

古籍整理工作的品級和質量，往往不是整理者個人努力的結果。在此，向所有關心、關注本書和爲本書付出辛勞的師友們，一並致以誠摯的謝意！

由於時間實屬匆迫，而整理者水平有限，這個整理本肯定難免有錯誤、不當之處。希望各個領域的專家和廣大讀者多提寶貴意見，以後如有機會，當作進一步的增補與修訂！

張大爲

二〇二〇年三月二十三日

圖書在版編目(CIP)數據

高繼珩集 /（清）高繼珩著；張大爲整理. -- 北京：社會科學文獻出版社，2020.9
（天津歷代文集叢刊 / 閆立飛，羅海燕主編）
ISBN 978-7-5201-6431-3

Ⅰ. ①高… Ⅱ. ①高… ②張… Ⅲ. ①中國文學－古典文學－作品綜合集－清代 Ⅳ. ①I214.92

中國版本圖書館CIP數據核字（2020）第048082號

天津歷代文集叢刊
高繼珩集

著　　者 / （清）高繼珩
整　　理 / 張大爲

出 版 人 / 謝壽光
責任編輯 / 杜文婕

出　　版 / 社會科學文獻出版社
地址：北京市北三環中路甲29號院華龍大厦　郵編：100029
網址：www.ssap.com.cn
發　　行 / 市場營銷中心（010）59367081　59367083
印　　裝 / 天津千鶴文化传播有限公司

規　　格 / 開　本：787mm×1092mm　1/16
印　張：31.5　字　數：476千字
版　　次 / 2020年9月第1版　2020年9月第1次印刷
書　　號 / ISBN 978-7-5201-6431-3
定　　價 / 158.00圓

本書如有印裝質量問題，請與讀者服務中心（010-59367028）聯繫